요괴를 보호해 드립니다

ⓒ은수민 2022

1판 1쇄 인쇄	2022년 12월 22일
1판 1쇄 발행	2022년 12월 27일

지은이	은수민
펴낸이	박대일
교정	이리예
편집	이문영 · 박지해 · 임유리 · 이지영 · 김하랑 · 임지원
마케팅	임유미 · 백소연
디자인	박현주

펴낸곳	파란미디어
출판등록	2004년 9월 14일 제313-2004-00214호

주소	03992 서울시 마포구 동교로23길 14 국제빌딩 6층
전화	02.3141.5589 영업부 070.4616.2012 편집부
팩스	02.6499.5589
전자우편	paranbook@gmail.com
카페	http://cafe.naver.com/paranmedia
인스타그램	@paranmedia

ISBN	979-11-92591-30-8(03810)

요괴를 보호해 드립니다

은수민 장편소설

샤파란상상

차례

씨앗 요괴

경강시의 뒷골목, 휘이이이, 바람이 거세 구름마저 모조리 날아가 버린 날에 오늘이가 달리고 있다. 허리까지 내려오는 머리를 질끈 묶고, 가녀린 두 팔을 힘차게 흔들며 질주한다.

마구 구겨진 청바지에 하얀 티셔츠를 입고 달리는 그녀의 얼굴에 화장기라고는 조금도 찾아볼 수 없다. 때문에 고등학생이라 해도 믿을 만큼 어려 보이지만, 학교를 다녔다면 대학 졸업반일 스물세 살이다. 다듬어지지 않은 눈썹, 립글로스 하나 바르지 않은 입술. 잔머리가 마구 튀어나오도록 아무렇게나 묶은 긴 곱슬머리는 한 번도 염색 따위를 하지 않은 것이 분명해 보였다.

외모에 무심하고 평범한 여자. 누군가는 그렇게 느낄 외모였다. 그러나 또렷하게 빛나고 있는 것이 하나 있었다. 고집이 느껴지는 둥근 이마를 지나, 다듬지 않은 눈썹 아래의 눈동자. 신비하도록 검고, 또렷하며, 물러서지 않는 기개가 느껴지는 매력이 그 눈동자 속에 숨어 있었다. 그것은 격렬히 달리면서도 목표를 잃지 않고 반짝거렸다.

"야! 거기 서라고!"

질주하는 와중에도 오늘이의 외침은 흔들림이 없다. 외침의 끝엔 하늘이 있다. 아니, 하늘 아래 허공에 떠서 멀리 날아가는 어른

주먹만 한 민들레 씨앗이다. 거기다 하얀 솜털 같은 관모 아래 콩알처럼 붙은 황금빛 작은 눈동자를 깜빡거렸다. 게다가 콩알만 한 입에서 참새의 것만큼 조그마한 혀를 날름거리는 것이다. 자신을 쫓는 오늘이를 놀리는 것이 분명했다. 그러던 것이 어느 건물에 이르러 브레이크가 걸린 듯 딱 멈췄다.

시선을 씨앗에 고정하고 달리던 오늘이는 급히 발을 멈췄다. 끼이익, 마찰음이 들릴 것처럼 몸이 바짝 기울어졌다. 그녀에겐 시간이 없다. 고개를 들어 보니 씨앗은 5층 건물의 벽 틈으로 찰싹 붙어 있었다.

"미친! 설마 저거! 뿌릴 내리려고?"

황급히 두리번거리며 건물 입구를 찾는다. 찾았다! 열릴까? 다행히 문은 열려 있다. 다다다, 돌진한다. 숨 돌릴 틈 따위 없이 옥상까지 뛰었다.

탕! 옥상 문이 열리고 오늘이가 쏟아지듯 튀어나왔다. 그리고 그대로 건물 가장자리까지 달리더니 난간을 손으로 짚고 아래를 내려다보았다. 이제 씨앗은 관모를 떼어 내고 드릴처럼 뱅글뱅글 벽 틈을 파고들었다.

"아, 진짜 미치겠네! 삼촌은 왜 나한테 저걸 잡아 오라는 거야!"

뿌리를 내리면 경강시는 발정 페로몬 뿜뿜하는 씨앗 요괴들로 쑥대밭이 될 것이다. 평범한 인간 남녀는 저것들의 페로몬에 홀려 서로에게 달려들어 짝짓기에 돌입하려 할 테니까. 그야말로 해외 토픽감이다.

초조함에 그녀의 발이 절로 굴려졌다. 요괴 중 희귀종에 속하는 씨앗 요괴다. 함부로 해쳤다간 할락궁이 삼촌의 불호령이 떨어질 것이 분명하다. 해결책은 하나! 뿌리를 내리기 전에 놈을 잡을 것! 오늘이는 숨을 크게 합! 들이마시고 머리끈을 다시 질끈 동여맸다.

"참! 큰일 날 뻔 했네."

이렇게 말하며 바지 주머니에서 솜을 꺼내 콧구멍에 꼭꼭 밀어넣었다. 신력이나 요력이 통하지 않는 그녀지만 냄새까지 막을 순 없으니까. 킁킁, 냄새가 콧구멍으로 들어오는지 확인도 한다. 그리고 옥상 난간에 허리를 걸치고 씨앗을 향해 손을 뻗어 본다. 닿을 듯, 말 듯, 팔을 힘껏 늘여 보지만 닿지 않았다. 희미하게 히히, 웃는 소리가 들렸다.

"아오, 저게 약 올리네! 너, 내가 꼭! 잡는다!"

망설일 것 없이 난간 너머로 몸을 넘겼다. 한 손으론 난간을 잡고 한 뼘도 되지 않는 턱에 발끝을 간신히 디뎠다. 그러곤 힘껏 다른 손을 뻗었다. 거의, 이제 거의 닿을 것 같다. 그런데 그녀의 손이 닿을 듯하자 씨앗은 더욱더 벽 틈을 파고든다.

"너어, 내가 물도 주고! 비료도 주고! 그랬는데 진짜 이러기야?"

끙끙거리며 투덜거리자 작은 눈 하나가 씨앗의 표면에서 반짝하더니 그녀에게 윙크한다. 그리고 이내 동글동글 황금빛의 눈동자가 약 올리듯 데굴거렸다.

"어! 그래, 너! 이리 오라고오."

손을 다시 힘껏, 어깨가 욱신거리도록 뻗어 본다. 반들반들한 씨앗의 껍질에 손가락 끝이 닿았다. 순간!

휙! 강한 바람이 불더니 몸이 부웅, 떴다. 어어, 할 사이도 없다. 길고 단단한 팔이 오늘이의 허리를 감싸고 허공으로 들어 올렸다.

뭐야, 뭐야, 정신을 차릴 틈도 없이 이미 그녀는 옥상 가운데로 돌아와 있었다. 너무 급하고 거칠게 끌어올려진 탓에 솜 뭉텅이 하나가 콧구멍에서 빠져 버린 걸 모른 채로.

"어후! 너, 엄청 빠르네? 육상 선수야? 향기가 벌써 멀리 퍼진 건가? 그럼 나도 멀쩡할 리가 없는데?"

낮게 울리는 음성이다. 누구? 고개를 들어 보니 낯설고 커다란 남자가 자기를 내려다보고 있었다. 송아지 같이 선하고 선명한 눈으로. 그러나 웃음기는 없다.

짙고 긴 눈썹을 갈색 머리칼로 살짝 가린, 눈매도 입매도 시원시원한 김은산은 일단 큰 키로 상대를 압도했다. 그리고 무엇보다 눈, 코, 입, 완벽하게 균형 잡힌 조각 같은 얼굴이 한눈에 봐도, 100미터 앞에서 봐도, 수백 명이 봐도, 미남이다.

깊고 짙은 갈색 눈동자, 그리고 굳게 다물면 더없이 진중한 입매 때문일까. 오늘이보다 네댓 살은 많아 보였지만 실은 오늘이와 동갑인 스물세 살이다. 아주 살짝 입 꼬리만 올려도 진중함 따위 솜사탕처럼 녹아 버리고 장난기로 가득 차는 묘한 남자.

갑작스런 은산의 등장에 오늘이는 어리둥절 눈만 껌뻑거렸다. 그에 은산이 씩, 미소를 지었다. 그의 얼굴 안에서만 햇살이 빛나는 것 같았다.

"반한 거야? 안 돼, 이 몸은 인간이 반해서는 안 될 귀한 몸이거든."

뭐래는 거야? 어처구니가 없어진 그녀는 은산에게서 팍, 떨어져 나와 두 주먹을 쥐고 반박했다.

"뭐야? 멋대로 나타나서, 헛소리나 지껄이고!"

한 발을 탁, 구르며 맞서는 그녀를 은산이 보았다. 땀투성이인 볼록한 이마, 꼭 깨문 발그레한 입술. 희한하게 맑고 또랑또랑한 눈빛이다. 아기들이나 그렇게 빛날 눈동자, 별빛을 박아 넣은 것처럼 빛나는 눈동자다. 게다가 꽤 귀염상이다. 하지만…….

오늘이도 정신을 차리고 은산을 노려보았다. 크다! 만약 계속 바라봐야 한다면 목이 아플 정도로 올려 봐야 할 큰 키다. 그리고 잘생겼다. 부인할 수 없이 잘생긴 외모에 그녀는 절로 으흠, 헛기침을 내 버렸다.

그래, 인정. 엄청 잘생겼네. 아니, 아니, 중요한 건 그게 아니지! 갑자기 튀어나와서 자신을 방해한 것도 이상한데 이제 보니 여기저기 찢어진 청바지 위, 작고 검은 복주머니 같은 걸 허리에 두르고 있는 것이 더욱 이상하다. 정체가 뭐지?

"진짜로 반했나 보네. 어쩌나, 다시 말하지만 나는 인간이 반해선 안 될 높은 몸이셔."

은산의 말에 오늘이는 다시 발끈, 해서 반박하려 했다. 그때 말로 형언할 수 없는 향기가 바람에 실려 왔다. 황홀하게 가슴을 뛰게 만드는 달콤한 향기였다.

어? 향기가 난다고? 오늘이가 황급하게 제 코를 더듬거리는데 은산의 몸이 다가왔다. 눈동자에 살짝 초점이 어긋나 있다. 놈이 벌써 뿌리를 내려서 향기를 퍼트린 것이다. 다른 이성에게 덤벼들게 만드는 발정 페로몬이다. 오늘이는 머리가 어지러운 와중에도 뒤로 물러서며 은산으로부터 멀어지려 애썼다.

달큰하고 향기롭다. 안 돼, 안 돼. 저리 가! 오늘이가 손으로 코를 꼭 틀어막는 순간, 은산의 팔이 그녀의 등을 감쌌다. 단단하게,

벗어날 수 없이, 그의 품 안으로 들어온 오늘이가 눈을 동그랗게 떴다. 안 돼, 이놈은 홀린 거야! 몸을 뒤틀려 버둥거리는 와중에 다시 향기가 몰려왔다. 어지럽다. 어지럽고도 두근거린다.

다음 순간, 오늘이는 머리를 은산의 넓은 가슴에 톡, 기대 버렸다. 이내 팔이 힘없이 툭, 떨어졌고, 이제 그녀는 향기에 완전히 노출되어 버렸다. 그건 은산도 마찬가지였다. 자신이 왜 여기 있는지, 서로가 누구인지 중요치 않았다. 중요한 건 은산이 남자이고, 오늘이가 여자라는 것이다. 어디선가 키키, 웃음소리가 났지만 그것도 중요치 않았다.

따뜻하고 부드러울 것이다. 그리고 다디달 것이 분명하다. 서로의 입술을 보며 둘은 홀린 숨결을 몰아쉬었다. 하아, 하아, 가까이, 더 가까이, 은산은 고개를 숙이고 오늘이는 깨금발을 했다. 서로 입술을 맞대고 황홀하게 숨을 들이마시려던 찰나였다.

쉬익, 하얀 그림자가 그들 위로 날아가더니 은산이 번쩍, 눈을 떴다.

"아!"

단말마의 비명을 지른 그의 등엔 하얗고 긴 학의 깃털이 박혀 있었다. 그제야 정신을 차린 은산이 눈을 살포시 감은 채 금붕어처럼 입술을 내밀며 뻐끔거리는 오늘이를 제 품에서 떼어 놓았다. 그리고 그녀의 이마 위에 흘러내린 머리칼을 뒤로 쓸어 넘겨 주었다. 조심스럽고 섬세한 손놀림이었다.

"아무리 내 매력이 넘쳐도 이건 너무 빠르지?"

그리고 그녀의 어깨에 살짝, 네모난 종이를 붙였다. 순간, 오늘이가 눈을 반짝 뜨더니 고개를 두리번거리며 살폈다. 그리고 이내 볼이 붉어졌다.

"뭐, 뭐야? 나…… 설마……."

아련하게, 그러나 또한 선명하게, 입술에 닿던 따스한 감촉이 떠올랐다. 설마 이게 내 첫 키스?! 오늘이는 눈을 질끈 감았다. 숨이 차고 볼이 폭발할 것 같다. 아니, 아니, 이건 홀린 거니까 무효야! 손등으로 입술을 거칠게 닦았다. 그리고 꼭꼭, 콧구멍 안으로 솜을 다시 박아 넣었다.

빌어먹을 요괴 페로몬 같으니. 욕지거리를 내뱉는데, 은산의 몸이 훌쩍 그녀를 뛰어넘었다. 저거 미쳤나? 오늘이는 놀라 숨을 삼켰다. 죽은 거 아냐? 귀한 몸 어쩌고 하더니 미친 것인가? 죽으려면 내 첫 키스나 돌려주고 가라고!

오늘이가 고꾸라질 듯 옥상 난간에 매달려 아래를 본다. 어느새 사람들이 와글와글 몰려들었다. 아무것도 모르는 일반인들이다. 초점 잃은 눈을 하고 묘한 미소를 짓고 있다. 언제 이성의 끈을 놓고 서로에게 달려들지 알 수 없다.

"어디 있는 거야? 정말 죽은 거야?"

그 때 히힛, 씨앗 요괴의 웃음소리가 들리자 사람들의 입에서 함성 같은 것이 터져 나왔다. 이제 두 팔을 들어 올려 폴짝 폴짝 뛰는 모습이 아이돌에게 열광하는 팬들 같기도 하다. 씨앗과 거리가 멀어서인지 아직 서로에게 달려들진 않았다. 큰일이군, 큰일이야.

그런데 도무지 어찌된 일인지 씨앗도, 은산도 보이지 않았다. 휙, 휙, 고개를 재빨리 돌려본다. 페로몬 가득한 향기가 곧 도시 전체에 향기가 퍼질 것이다. 도대체 어디 있는 거야?

"정말이지…… 어디 있어? 내 첫 키스! 내 씨앗! 돌려달라고!"

분명 방금 전까지 보이지 않았는데 순식간에 은산이 몸을 날려 다시 옥상으로 뛰어올랐다. 그의 품엔 씨앗 요괴가 풀이 죽은 채 안겨 있었다. 향기도 옅어졌다. 자세히 보니 작고 네모난 한지 하나가 씨앗에 붙어 있었다.

　"너, 이놈한테 홀렸던 거야. 그런데 씨앗이 보이는 거야? 인간이 아닌가? 기운이 좀 다른 듯도 하고."

　능글맞게 웃는 은산은 씨앗을 살짝 들어 보이며 오늘이에게 물었다.

　"인간 맞거든! 내 거니까 줘."

　툴툴거리며 오늘이가 한 걸음 다가서자 은산은 한 걸음 물러선다.

　"이 위험한 놈을? 그건 안 될 말이지. 얜 이 몸이 데려가 주지."

　"뭐라고? 안 돼!"

　씨앗을 빼앗으려 오늘이가 두 팔을 뻗는 순간, 은산의 입가에 짓궂은 미소가 번졌다.

　"그나저나 내가 너의 첫 키스 상대?"

　주춤, 씨앗을 향하던 오늘이가 물러섰다. 이번엔 은산이 한 걸음 다가서고 오늘이가 한 걸음 물러선다.

　"누, 누가? 첫 키스는 무슨! 그, 그게 무슨 키스나 되고?"

　"아하! 키스가 아니라 뽀뽀? 아무튼, 내게 반한 기억은 지워 줄게."

　"아니, 누가 누구한테 반했다는 거야? 야!"

　더 이상 커질 수 없을 정도로 동그래진 눈을 하고서 오늘이가 발을 굴렀다. 하지만 은산은 놀랍도록 빠른 동작으로 오늘이 어깨에 또 다른 부적을 하나 더 붙였다. 그때 그에게 안겨 있던 씨앗이 반짝 눈을 떠 바동거렸다. 순간, 은산에게서 검은 비단 주머니가 떨어져 버린 걸 두 사람 중 누구도 눈치채지 못했다.

"어허, 요놈! 가만! 질서를 어지럽힌 주제에 반항은!"

다시 한번 강하게 씨앗을 끌어안고는 은산이 건물 아래로 몸을 날렸다.

"위험해!"

오늘이가 다급히 외치며 추락하는 그를 따라 시선을 옮겼다. 아직 정신을 차리지 못해 멍한 사람들 사이에 사뿐히 내려앉은 은산이 보였다.

"아…… 아까도 멀쩡했었지……. 아니, 걱정하는 건 아니거든!"

무심결에 은산을 걱정해 버린 자신에게 화가 난 오늘이는 입술을 꽉 깨물었다. 그래도 이렇게 높은 곳에서 뛰어내렸는데……. 목을 길게 빼고 그를 살펴본다. 멀쩡하다. 멀쩡할 뿐만 아니라 오늘이를 한 번 힐긋, 보고 팔을 흔들더니 골목 저편으로 성큼성큼 걸어가 버린다. 골목 사이를 빠져나가는 그의 걸음은 여유롭기만 하다. 부드러운 갈색 그림자가 길게 드리운 것 같은 걸음이었다.

"저 자식, 도대체 뭐지? 뭘 지운다고? 기가 막혀!"

얼굴을 찌푸리며 헐렁해진 머리끈을 다시 꽉 묶는다. 그때 오늘이의 손에 뭔가 닿았다. 뭐지? 스티커? 떼서 보니 한지에 붉은 글씨로 쓰인 손바닥만 한 크기의 부적이다.

"이게…… 뭐야?"

어리둥절해진 그녀가 발을 옮기는데 이번엔 발끝에 무언가가 걸린다. 주워 보니 검은 비단 주머니다. 이건? 그 남자 거? 남의 물건에 손대는 게 꺼림칙해 손가락이 잠시 멈칫거렸다.

"아…… 귀찮은데…….."

눈동자를 떼굴, 굴리던 그녀가 결국 주머니를 열어 본다.

"어? 이거?"

주머니 안엔 그녀의 어깨에 붙어 있던 것과 비슷한 부적들로 가득하다. 흥! 거세게 콧김을 뿜어낸 탓에 콧구멍에 욱여넣었던 솜이 뿅! 발사되었다. 오늘이는 콧잔등을 찌푸리며 입술을 삐죽 내민다.

"부적쟁이인가?"

부적쟁이들은 부적에만 의지하는 무리인데, 사람들에게 돈만 뜯어내는 자들이다. 그래서 오늘이가 질색하는 족속이기도 하고.

오늘이는 꽉, 꾸러미를 묶어서 주머니에 챙겨 넣었다. 일반인 손에 들어가서 위험한 일이 벌어지면 안 되니까. 그때 다른 쪽 주머니에서 벨 소리가 울렸다. 폰 화면에 뜬 이름에 오늘이의 얼굴이 찌푸려졌다. 흠! 헛기침을 한 번, 하합! 숨을 크게 한 번 들이마신 후 전화를 받는다.

"네, 삼촌. 아니 그게요…… 놓쳤어요. 아니, 그게 아니라요……. 알았어요."

통화를 끝내고 고개를 푹, 숙인 그녀의 뒤통수가 힘없이 흔들거렸다. 그러다 갑자기 고개를 번쩍 들고 눈을 희번덕거렸다.

"너 때문에 이게 뭐냐고! 이노무 자식!"

씩씩거리며 허공을 향해 주먹을 내질렀다.

잠시 후 건물 아래 골목에선 자신이 왜 이곳에 있는지 영문을 몰라 어리둥절해 하던 사람들이 흩어졌다. 그 사람들 사이로 오늘이가 섞여 들었다. 아무도 모르게, 평범한 사람들의 모습을 하고서. 천천히 화원으로 돌아갔다.

저승꽃밭, 그리고 화원

"삼촌! 그렇게 된 거라고요! 전 정말 억울해요!"

주먹 쥔 손을 휙휙, 뻗는 오늘이가 외쳤다. 그냥 뻗는 것이 아니다. 상대가 맞는다면 상당한 타격이 있을 것이 분명한 품새와 힘이다.

"그래서, 너는 순순히 씨앗을 빼앗겼고?"

오늘이의 주먹을 스윽, 스윽, 피하며 이렇게 묻는 할락궁이는 묘한 인상의 남자였다. 분명 삼십 대 중반 정도로 보이는데 또 어느 순간엔 주름이 가득 잡힌 70대 노인처럼 보인다. 바닥까지 길게 늘어지는 하얀 옷을 입은 그는 최소한의 움직임으로 오늘이의 공격을 피하고 있었다. 비록 그를 맞히진 못했지만 오늘이의 주먹은 허공중에서도 팡! 팡! 충격파를 일으킬 정도로 강력했다.

"순순히 뺏긴 게 아니라니까요! 엄청, 고생했어요!"

조바심에 말이 빨라진 오늘이는 할락궁이를 향해 다리를 쭉! 뻗었다. 그러나 할락궁이는 중력을 거스른 듯 가볍게 훌쩍, 떠올라 뒤로 몸을 물렸다. 멀리서 와아, 하는 아이들의 함성이 울렸다.

"오늘이 이겨라!"

"할락궁이 아찌 이겨라!"

청색과 백색의 깃발을 흔들며 언덕 꼭대기에서 한 무리의 아이들이 아까부터 응원 열전을 벌이고 있다. 할락궁이가 보살피는 저승꽃밭의 아이들이다. 이승에서 열다섯 살이 되기 전에 죽음을 맞이한, 그것도 부모와 떨어진 어린 혼들이다.

오늘이는 자기도 모르게 아이들을 향해 방긋, 웃어 보였다. 그 순간을 할락궁이는 놓치지 않는다. 저승꽃밭에 지천으로 피어 있는 커다란 꽃을 순식간에 꺾어 칼처럼 오늘이의 목을 슥, 그었다.

"실전이었다면 너는 이미 죽은 목숨이다."

놀란 오늘이가 와다닥, 물러서며 방어 자세를 취했지만 할락궁이는 가차 없이 돌아서 버렸다.

"할락궁이 아찌가 이겼다!"

어떤 깃발을 들었든 상관없이 아이들은 저들끼리 끌어안고 깔깔거린다. 웃고 있는 아이들 곁엔 그들을 보살피는 꽃밭의 선녀들이 함박웃음을 짓고 있었다. 다정하고, 아름답고, 또한 뭉클한 풍경이었다.

흰 구름이 하늘 끝까지 몽글몽글하다. 수많은 꽃밭이 또 지평선 끝까지 펼쳐졌다. 노랑, 빨강, 분홍, 주황, 하양, 그리고 이름 지어지지 않은 수많은 색들이 꽃들에 입혀지고 연두는 그들을 덮고 있는 이불이 되었다. 햇살은 뜨겁지 않게 따스한 기운을 나눠 주었고 바람은 꽃향기를 실어 날랐다. 오늘이는 한껏 향기를 들이마셨다. 한바탕 대련으로 땀이 났지만 도리어 후련하다. 하지만 따질 건 따져야지.

"그러니까 애초에 왜 화원에 그런 골치 아픈 씨앗을 들이셔서……"

"그러면 삼백 년 만에 발아하려는 녀석을 고사라도 시킬까? 발정 페로몬 때문에 바깥세상 인간들이 좀 위험할 수도 있다만……
그건 타이밍을 맞춰 중화제를 적당히 뿌려 주면 해결될 문제였으
니…… 문단속을 제대로 하지 않아서 씨앗이 탈출하게 만든 네 잘
못이 가장 크지. 그러니 네게 잡아 오란 명을 내린 것이고.”

그래도 그렇지. 그러면 직접 관리하지 왜 나한테? 꿍얼거리는
오늘이에게 딱콩! 꿀밤이 떨어졌다.

“아! 삼촌! 왜요? 왜!”

“그만 구시렁거리고 아까 그 괘씸한 녀석이 떨어뜨렸다는 것이
나 내놓아.”

아! 입을 벌린 오늘이가 제 몸 여기저기를 뒤져 찾은 주머니를
냉큼 할락궁이의 손에 올려놓는다.

검은 주머니는 할락궁이의 손바닥 위에서 은빛으로 빛나기 시작
했다. 그럼에도 할락궁이는 주머니를 열어 보지 않았다. 다만 뚫어
지게 주머니를 쳐다보며 뭔가를 중얼거릴 뿐이었다. 그러자 비단
의 표면에 어떤 무늬가 드러났다. 가느다란 선과 선으로 이루어진
멋진 귀면 무늬였다.

“오호, 네가 귀한 분을 만났구나.”

“네? 귀한?”

자기가 귀한 몸이라고 했지만 그럴 리가! 그렇게 유들유들하고
잘난 척하는……. 부드럽고 따뜻한 입술……. 오늘이의 머릿속에 선
이 굵고 훤칠한 은산의 잘생긴 얼굴이 떠올랐다. 동시에 파닥파닥,
힘차게 손을 저어서 그의 얼굴을 지워 버렸다. 볼이 빨개진 채로.

“뭐 하는 것이냐?”

오늘이를 바라보던 할락궁이가 다시 주머니를 내밀었다.

"어? 저 주셔도 돼요?"

"누가 준다더냐? 보관하고 있으라는 것이지. 곧 돌려드려야 할 물건이니."

그러면서 휘적휘적 커다란 느티나무 아래로 걸음을 옮겼다. 오늘이도 총총거리며 그를 따랐다.

"삼촌께서 아는 사람이면 바로 주면 안 돼요?"

"알지만 만난 적도 없고, 그가 사람이라 할 수 없으며, 사람이 아니라 할 수도 없지."

수수께끼 같은 말에 오늘이가 발걸음을 딱 멈췄다.

"혹시 요괴예요?"

질문이 이어지자 할락궁이가 몸을 돌려 오늘이를 빤히 바라본다.

"관심이 많구나."

그의 말에 오늘이가 손을 휘저으며 펄쩍 뛰었다.

"아니거든요! 씨앗 찾아야 할 것 아녜요. 뭐, 이게 중요한 물건이면 씨앗이랑 바꿀 수도 있고 뭐, 어쨌든 제 것도 아닌데 가져갔잖아요. 뭐, 그런 것이지."

그녀의 파닥거림에 할락궁이는 피식, 웃고 말았다.

"뭐, 그런 것이구나. 그리고 씨앗은 그쪽에 있는 편이 안전할 것이야."

"왜요?"

할락궁이는 오늘이의 물음에 답하지 않고 느티나무 몸통에 걸린 커다란 거울 앞에 섰다.

할락궁이의 키보다 크고 육중한 거울이 일렁거렸다. 거울 안 할락궁이의 모습도 일렁거렸다. 일렁이며 모습이 바뀌고 있었다. 허리가 굽고 백발이 길게 드리워졌다. 검버섯이 피기 시작한 얼굴과 손에 주름이 가득 잡혔다.

노인이 된 할락궁이가 거울에 손을 대자 하얀 모래가 쏟아져 내리듯 거울이 스르르, 녹아내렸다. 그리고 길이 열렸다. 저승꽃밭의 주인인 할락궁이의 지배를 받는 또 다른 공간인 화원, '궁이'의 모습이 드러났다.

화원 '궁이'는 경강시의 한갓진 곳에 자리 잡고 있었다. 사계절이 봄의 온도와 바람으로 멈춰 흐르는 곳. 넓고 아늑하며, 상쾌하고 녹음이 짙은 곳. 성기게 심긴 식물들 사이로 향기를 머금은 바람이 살랑거렸다. 그리고 군데군데 사람들에게 요괴라고 불리는 식물들도 그곳에서 자라고 있다.

매일 그녀의 보살핌, 혹은 감시를 받는 요괴들이 요기조기서 작은 눈을 깜빡거렸다. 오늘이는 그만 혓바닥을 쏘옥, 내민다. 그에 화답하듯이 요괴들의 킥킥, 히힛, 웃음소리가 울렸다.

"그분은 네가 생각하는 부적쟁이나 요괴가 아니다. 주머니의 무늬로 봐서 비형 일가임에 틀림없어."

"비형 일가? 이름이 비형이에요?"

딱콩! 오늘이의 질문에 다시 꿀밤이 주어졌다.

"아! 또 왜요? 이마에 빵꾸 나겠네!"

볼록한 이마를 문지르며 그녀가 투덜대자 할락궁이는 고개를 저으며 혀를 찼다.

"책도 좋아하는 녀석이 그리 말을 못 알아들어 어쩌누? 그분이 비형 일가라 했지, 언제 비형이라 했느냐?"

"뭐, 그렇다 치고, 그게 뭔데요? 비형 일가?"

어느새 손에 기다란 지팡이를 짚고 거울 안을 들여다보던 할락궁이가 오늘이를 힐끔 쳐다봤다.

"네게 말해 준 적이 없었던가?"

"없거든요. 절대로."

오늘이가 툴툴거린다.

"그랬나? 하긴 인간인 네가 알 필요는 없었으니까. 아무튼, 비형 일가는 모든 요괴들의 우두머리이자 신들의 수호자다."

할락궁이의 말에 머릿속 은산의 이미지가 블랙홀 안으로 꺼져 버린 것 같은 느낌에 오늘이가 화다닥, 머리를 내젓는다.

"그렇게나 대단한 인간이 왜 그깟 씨앗 요괴나 쫓아다녀요?"

"인간이 아니래도. 그들의 조상이 도깨비 왕이니 반만 인간이라 해야겠지. 거꾸로 생각하자면, 반은 강력한 도깨비라 능력도 출중하고……. 그들에게 걸린 저주는 너무 긴 이야기이니……. 여하튼 그들은 예부터 요괴들과 신들을 수호하며 질서를 지켜 왔어. 즉 인간 세상과의 균형을 잡게 해 주었단 것이야. 그런데 씨앗 요괴는?"

아! 오늘이는 절로 고개를 끄덕였다.

"인간 세상을 어지럽히는 요괴나 악귀가 된 것들을 잡아들이고 처단하는 것도 그들의 임무니, 네가 분개해 마지않는 그분의 행동이 이상할 것도 없지."

"대단한 일족은 무슨……. 페로몬에 홀려서……."

"홀리다니? 누가 말이냐? 무슨 일이 더 있었던 게냐?"

할락궁이의 물음에 오늘이가 고개를 파다닥, 저었다. 머릿속 가득 은산의 얼굴이 떠올랐지만 페로몬의 영향일 거라 짐작하고 이를 꽉 깨물었다.

"아무 일도 없었거든요! 아무튼 건방진 놈이었어요. 첨부터 주먹을 갈겨 줄걸!"

"어허! 인간 세상에서는 힘을 함부로 드러내면 안 된다고 하지 않았느냐! 인간들에게 네 능력을 들키면 골치만 아파지니."

다시 할락궁이가 딱밤을 놓으려는데 오늘이가 가볍게 몸을 피하며 거울 안으로 들어가 버렸다. 그리고 요괴들에게 그랬듯이 혀를 쏙, 내민다.

"잔소리 좀 그만하세요. 그리고 이제 나이가 드셨는지 좀 느려지셨던데요?"

"이 녀석이……. 또, 또 대련에 최선을 다하지 않았구나. 그러면 실전에선……."

"아휴, 노인우대 해 드려야지요. 제가 최선을 다하면 삼촌 저승 꽃밭이 아니라 진짜 저승 가세요. 흐흐흐."

손사래를 치며 웃는 오늘이를 보며 할락궁이는 고개를 설레설레 저었다.

"저리 철없는 것이 바깥으로 나가 어찌……. 이제 가 봐야겠다. 아이 하나가 또 도착했으니."

말을 마친 할락궁이는 등을 돌리고 꽃밭 너머 먼 곳을 응시했다. 그러자 거울이 닫히며 두 공간을 잇던 길도 닫혔다.

닫힌 거울 앞에서 오늘이는 검은 주머니를 꺼내 보았다. 달빛 아래서 보니 다시 귀면 무늬가 은빛으로 도드라져 보였다.

"대체 정체가 뭐야?"

엄지손가락으로 살짝 눌러 본다. 매끈하니 검고 부드럽다. 감추지 않지만 무엇도 보여 주지 않는 검은 밤과 같다. 저승꽃밭은 대낮이었지만 화원은 검은 밤이다. 다른 사람들은 듣지 못하는 소란이 일어나기도 하는 밤.

쉭, 쉭, 가느다란 줄기들이 뱅글뱅글 돌며 화원 바닥을 쓸고 지나간다. 퐁! 타타타탁, 화분에서 빠져나온 작은 화초 요괴들이 흙을 흩뿌리며 숨바꼭질을 시작했다. 깜빡깜빡, 초록의 작은 눈동자들이 여기저기서 반짝거렸다.

"니들, 오늘 내가 엄청 피곤하거든. 조용히 하자!"

오늘이가 으름장을 놓았지만 화원 안은 킥킥, 꺄륵, 쿠큭, 요괴들의 딸랑거리는 웃음소리로 가득 찼다. 오늘이는 허리에 손을 얹으며 고개를 푹, 숙인다.

"참자. 참아야 재앙을 피하느니."

그때, 초록색 안개 같은 것이 그녀의 다리를 감싸더니 순식간에 온몸을 잠식해 버렸다. 동시에 짙은 녹색 요괴 하나가 오늘이 앞에 섰다. 오늘이의 무릎 정도 오는 크기에, 머리와 손발이 모두 넓적한 잎처럼 보여서, 화원의 한 구석에 쭈그리고 있으면 식물과 구별이 되지 않을 정도다.

얼마 전 외국에서 들인 화초에 붙어 있던 식물 요괴라 이름도 모르는 녀석이다. 화초 뿌리에서 일 년 정도 깜빡 잠들었다 깨어보니 낯선 곳으로 옮겨졌단 사실에 늘 화가 나 있었고, 틈만 나면 말썽을 피웠다.

"끼! 끼리리끼삐! 와끼리!"

눈이 시뻘겋게 변해 외치는 것이 저주의 말이 분명하다. 오늘이의 보살핌을 받아 온 화초 요정들이 오들오들 떨기 시작했다. 몸을 감싼 초록의 안개가 점점 짙어지며 그녀를 조여 왔다. 하지만 오늘이의 표정은 바뀌지 않았다. 녹색 요괴는 더 약이 올라 풍풍 뛴다.

"와끼리! 와끼리리! 콧푸루······."

마구 소리를 지르는 초록색 입을, 갑자기 다가온 오늘이가 손으로 꽉 막는다. 그리고 녀석의 붉은 눈을 마주보며 말했다.

"나는! 인간이지만 요력이 통하지 않아. 그러니까 괜히 힘 빼지 마. 그리고 삼촌 있을 땐 가만있다가 힘이 없어 보이는 인간만 남았을 때 공격하는 건 비겁해. 누가 통역 좀 해 줘!"

그녀의 요구에 화원의 그늘에서 떨던 요괴들이 인간은 알아들을 수 없는 소리를 내기 시작했다. 오늘이의 품에서 화를 내던 식물 요괴의 널따란 잎이 서서히 처지며 물기가 어렸다. 붉은 눈이 녹색으로 변해 갔다. 마침내 푸르르 몸을 떨자 그 잎에서 방울방울 물방울이 떨어졌다. 그녀를 감쌌던 안개가 천천히 사라져 갔다. 오늘이의 마음에도 물기가 어리며 녀석이 측은해졌다.

"너네, 외국에서 왔다고 따돌리지 말고 잘 좀 보살펴 줘."

이렇게 말하며 녀석을 가장 순한 화초 요괴들 사이에 살며시 내려놓았다.

"가족이랑 헤어지는 건 힘든 일이지. 하지만 씩씩하게 견디면서 잘 살고 있어야 해. 악귀 따위 돼 버리면 네 가족들이 슬퍼할 테니까. 돌아갈 수 있게 삼촌한테 잘 말해 볼게."

삐비, 뽀뽀, 우호적인 소리와 몸짓으로 화초 요괴들이 녀석을 받아들이자 오늘이는 끙차, 일어서며 미소 지었다.

"아오, 넘나 피곤하네. 이건 특근이야, 특근. 아시냐고요, 삼촌!"

"먹여 주고 재워 주는 공으로 그 정도의 대가는 받아야지!"

동굴에서 메아리가 울리듯이 거울 쪽에서 왕왕, 할락궁이의 목소리가 퍼져 왔다. 뜨끔한 오늘이가 어깨를 움츠렸다.

"아, 진짜…… 엿듣고 있었어. 그냥 말이 그렇다고요!"

"너의 말이 그러했으니 진짜 특근을 명해 주마. 자정 즈음해서 파라다이스 클럽이란 곳으로 가 봐라."

"왜요? 뭐 보셨어요?"

아주 가끔 할락궁이는 미래를 들여다보기도 하고, 꼭 필요하다고 생각하면 그녀를 말썽이 생길 곳으로 보내기도 했다. 그런데 무슨 일인지는 이야기해 주지 않는다. 천계의 법에 어긋난다나?

"자정이면…… 한 시간도 안 남았잖아! 에우쒸! 빨리 좀 알려 주시지!"

오늘이가 황급히 화원을 나설 때, 밤하늘 아래 서 있던 은산에겐 조상신의 경고가 떨어지고 있었다.

홀린 도깨비

밤하늘이 심상치 않았다.

— 하늘 길이 어지럽구나. 조심해야겠어.

마당에서 하늘을 올려 보는 은산에게 조상신의 경고가 떨어졌다. 비형 가문의 모든 적장자들은 제 안에 수십 명의 조상신들을 안고 살고 있다. 은산 안에서 사는 수십 명의 조상신들은 늘 느닷없고 소란스럽다. 그래서인지 은산은 별다른 반응이 없다.

"뭐, 언제는 질서가 잘 잡혔나요? 좀 어지럽고 혼란스럽고, 그런 게 세상인 거지."

— 조심해서 나쁠 건 없어. 전란의 시기에나 저리 어지러운 것인데.

"고모도 없고, 의뢰도 없고, 더할 나위 없이 좋다는 건 알겠네요."

탁, 맥주 캔을 따며 은산이 어깨를 으쓱해 보인다.

"이 평화를 맘껏 즐길 거니까 잔소리는 금지."

— 허허, 언제 우리 말을 그리 잘 들었다고!

꿀꺽, 막 한 모금을 맛있게 넘기는데, 벨 소리가 울렸다. 나쁜 예감에 은산의 길고 짙은 눈썹이 꿈틀거렸다.

비형 일가의 수장이자 요괴들의 종주, 김은산은 경강시에서 30

분 남짓 떨어진 군자마을이란 작은 바닷가 마을에 살고 있다. 그곳은 누구도 숨기지 않았으나 숨겨진 요괴와 신들의 마을이었다. 그저 요괴, 그저 신인 존재들이 아니다. 나라 안 모든 요괴, 모든 신들의 우두머리들의 땅이다. 그 마을의 중심부, 모든 길들이 모였다가 흩어지는 커다란 2층집이 비형 일가의, 은산의 집이다.

그곳에서 그는 곤경에 처한 요괴나 신들이 자신에게 보내는 SOS를 기다렸다. 혹은 악귀로 변한 요괴들과 신들을 없애거나 질서를 어지럽히는 요괴를 잡아들이는 일도 했다. 그러나 어느 쪽도 자신의 의지에 의한 것은 아니었다. 그래서 늘 심드렁하고 의욕이 없어 보였지만, 가끔 적극적일 때가 있었다. 바로 그날 밤이 그랬다. 하늘길이 어지러운 밤.

탁! 거칠게 차 문을 닫고 운전대를 잡은 은산은 신이 나 있다. 은산의 운전은 본래 거칠었다. 몇 번이고 사고가 날 뻔한 것을 여러 조상신들의 힘으로 간신히 피해 왔다. 그래서 언제부턴가 출장 시 운전은 신중한 조비서가 하는 것으로. 그렇게 정해져 있었다.

조비서는 수백 년간 비형 일가를 보필해 온 무성無性의 학 요괴다. 씨앗 사건 때 은산의 등에 깃털을 꽂아 정신을 차리게 한 것도 조비서다. 그런데 오늘밤 은산은 꼭 본인이 운전을 해야 한다고 고집했다. 조심쟁이 조비서가 따라 붙으면 운신에 제약이 따르니까. 분명 이래라 저래라 하며 놀지도 못하게 할 것이 분명했다. 떼어 놓아야 해! 소동이 일어난 곳은 대형 클럽! 모처럼 흥이 난 은산은 차 안 오디오의 볼륨을 한껏 높였다.

— 우긴다고 차를 덜컥 내주면 어찌하누!

조비서를 탓하는 목소리에 은산은 피식, 웃어 버린다.

"도깨비가 클럽에서 난리 피운다잖아요. 클럽이라니, 와……. 이 기회를 놓칠 수 없지. 후딱, 해치워 놓고 이 뼈와 살을 불태워 버리겠어!"

— 뭐, 무엇을 태운다고?

차 안은 이미 클럽인 듯 음악이 쾅, 쾅, 울리고 운전대를 잡은 은산은 리듬을 타고 있었다.

— 아까 할아버님께서 조심하라 하셨는데 저 철없는 것을…….

"괜찮아요, 괜찮아. 도깨비라니 우리가 전문 중의 전문이잖아."

— 앞을 봐라! 이 녀석아, 앞을 봐!

흥이 오를 대로 오른 은산을 향해 보이지 않는 딱밤이 날아왔다. 그러나 은산은 그것을 가볍게 피하고 경강시에서 가장 크고 화려한 클럽 파라다이스 앞에 요란하게 주차를 했다. 딱 거기까지였다. 은산의 흥은.

"아니, 왜? 영업 끝낸 거야? 왜!"

거의 울 듯한 목소리로 따져 묻는 은산을 향해 클럽 사장은 뭐가 문제냐는 표정이다. 그때 마르고 뾰족한 인상의 부사장이 나선다. 사장은 눈치채지 못한 모양이지만 부사장은 분명 요괴다. 제정신이 아닌 도깨비가 날뛰고 있으니 잡아 달라 도움을 요청한 것도 그다. 그런 그가 두 손을 비비며 속삭이듯이 말했다.

"편하게 일하시라고. 호르몬 충만한 인간들 부비부비 하는 틈에서 일하시기 힘들 테니……."

은산은 까칠하다고 소문난 종주였다. 비위를 맞추는 것에 익숙한 부사장은 고개를 숙이며 굽실거렸다.

"아냐! 나 부비부비 좋아! 그 충만한 호르몬 속에서 헤엄이라도 치고 싶은 인간이라고."

다급히 부인해 보지만 부사장은 은산의 말을 믿지 않는다.

"아이고, 농담도 잘하시네요."

이제 은산의 눈엔 체념이 들이차기 시작했다.

"그래서, 지금은 저 안이 텅 비었다?"

"네, 일하시기 편하게 다 내보냈습지요."

부사장의 싹싹한 대답에 은산의 어깨가 축 늘어졌다.

"그럼 도깨비는?"

모든 걸 포기하고 어둠이 내려앉은 듯한 말투였다.

"손님 하나를 잡고 장난질을 치고 있는 걸 붙들어 두었습니다."

"알았어."

의욕이라곤 하나도 없는 표정으로 클럽으로 들어가는 은산을 목소리가 황급히 붙잡는다.

— 부적 붙여야지!

"아, 예, 예."

그제야 품에서 부적을 꺼내 붙이는 그 동작도 느릿느릿했다. 부적을 본 부사장은 제 몸으로 그 광경을 가리고, 사장을 달래 집으로 보낸다. 인간 목격자가 생기면 골치 아프니까.

금빛 찬란한 클럽의 입구에 붙인 부적은 흔적도 없이 벽 안으로 녹아들어 갔다. 은산의 형체도 어둠 속으로 서서히 녹아들었다.

간간이 번쩍이는 비상등은 오래된 공포 영화의 클라이맥스에 등

장하는 조명 같았다. 은산은 긴장감 없이 클럽 안을 둘러보며 터덜
터덜 걸었다.

"알코올, 조명, 음악, 다 있는데……. 아, 언니들이 없구먼. 뼈와
살을 함께 불태울 언니들……. 일복도, 일복도 이리 많을 수가 없
어! 정말 싫다."

고개를 흔드는데 격하게 춤을 추고 있는 여자 하나가 보였다.
손에는 빈 맥주병을 들고, 목이 부러질 듯 빙글빙글, 짙은 흑발에
서 땀방울이 튀고 있었다.

— 홀렸구나. 홀렸어.

과연, 은산이 바로 눈앞에서 자신을 관찰해도 오직 춤에만 열중
한 것이 제정신으로 보이진 않았다. 그러다 갑자기 여자가 탁, 뛰
어 올랐다. 말 그대로, 뛰어 올랐다.

당황한 기색도 없이 은산은 재빨리 물러섰다. 그리고 휴대폰에서
터치펜을 꺼냈다. 톡! 그가 엄지로 터치펜을 건드리자 손가락만 했
던 펜이 촤악! 길어지며 빛나는 검으로 변했다. 그저 검이 아닌, 일
년 중 양기가 최고조인 순양의 시점에 만들어진 사인검四寅劍이다.

상당한 무게에 보통 사람은 들기도 힘든 검을 플라스틱 장난감
다루듯이 돌려대는 은산의 눈동자가 순간 은빛으로 빛난다. 모든
요괴를 주눅 들게 만드는 귀면이 그의 눈동자 안에서 번쩍였다. 그
서늘하게 빛나는 귀안으로 휙, 휙, 둘러보았지만 여자는 사라지고
없었다.

— 위다, 위.

과연, 여자는 둥글게 돌아가고 있는 조명에 매달려서 웃고 있
다. 미친 웃음이다.

"야, 사람 다치겠어! 장난을 치더라도 다치게 하면 안 되지."

여자를 향해 검을 겨누며 경고했지만 그녀는 웃기만 했다. 레드에 가까운 핑크빛 입술. 여자의 입술이 미친 핑크색으로 방긋 웃었다. 그리고 곧장 은산에게 뛰어내렸다. 그러나 그는 가볍게 여자를 피하며 넓은 무대를 달렸다.

검에서 푸른 불꽃이 일었다. 여자를 가운데 두고 은산이 뛰자 푸른 원이 생겼다. 은산은 점점 더 빨리 달렸다. 그러자 불꽃의 원이 여자를 향해 점점 조여들었다. 여자의 입에서 고통스러운 울부짖음이 새어 나왔다. 그때 은산이 딱, 멈춰 섰다. 불꽃은 계속 타오르는 채였다.

"그러게, 왜 덤벼? 나야, 나. 일족의 종주! 뭐 잘못 먹었어?"

푸른 불꽃이 몸에 닿을 듯 넘실거리자 여자가 머리를 움켜쥐고 비명을 지르기 시작했다. 그러나 그 음성은 여자의 것이 아니었다. 거칠고 굵은, 짐승의 그것이었다.

— 더 늦으면 사람이 다치겠다.

"알아요, 알아."

은산이 부적을 꺼내 여자에게 팔을 뻗자 정확히 그 부분만큼 불꽃이 사라졌다. 그리고 여자의 가슴에 부적을 붙였다. 끈이 떨어진 목각 인형마냥 여자가 풀썩, 몸을 꺾었다. 은산은 여자가 바닥에 부딪히지 않게 안아 지탱해 주었다. 어느새 불꽃은 사그라져 있다.

"언니, 이제 절대 홀리지 마요. 오늘은 운이 좋았어."

조심스럽게 여자의 몸을 바닥에 누이고 일어서는 은산의 표정이 싸늘하게 바뀐다.

"나와, 상판대기나 보자."

그의 명에 여자의 몸에서 붉은 기가 빠져나와 서서히 형체를 갖추었다. 잘생긴, 지나치게 잘생긴 남자였다. 푸른 바다를 연상시키는 머리칼 아래, 검은 아이라인이 짙은 남자의 눈동자가 방향을 잃고 돌아가고 있었다. 제정신이 아닌 것이다.

"완전 맛탱이가 갔네. 뭐냐, 이놈을 잠식한 것."

은산이 낮고 엄중한 목소리로 중얼거리며, 강렬히 빛나는 귀안으로 남자를 훑어봤다. 인간의 눈에는 절대 보이지 않는 작은 소용돌이가 남자의 가슴에 고여 있다.

"뭐지?"

까딱, 은산이 손을 들어 검지를 움직거리자 소용돌이가 남자의 가슴에서 회색 연기처럼 새어나왔다.

— 이상하군. 감히 도깨비를 어찌?

은산은 단번에 손을 뻗어 연기 속에서 무언가를 움켜쥐었다. 그리고 이맛살을 찌푸렸다. 손바닥에서부터 통증이 울렸다. 손을 당겨 펴 보니 가면 모양의 무언가다.

"이게 뭐지?"

자세히 살펴보는데 파삭, 순식간에 썩어 가루가 되어 버렸다. 독인가? 은산은 급히 숨을 참았다.

"버섯입니다."

공손한 목소리에 고개를 돌려보니 그 잘생긴 남자가 어느새 정신을 차리고 자신에게 공손히 허리를 굽혀 인사하고 있다.

"어? 너, 어디서 많이 봤는데?"

은산이 빤히 쳐다보니 남자가 쑥스러운 미소를 흘리며 답한다.

"텔레비전에서 보셨을 겁니다. 가수로 얼굴이 좀 팔렸으니까요."

"맞네, 가수! 이름이……."

"아! 제가 그만 무례를 범했습니다. 저는 서문 청이라 합니다."

"그런데 그 버섯은 뭐야?"

먼저 이름을 궁금해 했으면서, 은산이 버섯에 대해서만 묻자 서문 청은 그만 머쓱해져 버렸다.

"조선조부터 제가 좀 그런 약 같은 것을 좋아해서……. 현재 하는 일이 일인지라 인간들이 사용하는 상스런 것을 함부로 주워 먹을 수는 없고……. 은밀히 구한 것이 좀 센 것이었나 봅니다."

남자는 쑥스러운 듯 머리를 긁적였다.

"혹시…… 은밀히 구해 준 이가 책장수? 조신선?"

"아니, 종주님께서 아시는 이입니까?"

그 자식, 약 팔지 말라고 경고했었는데! 은산의 입에서 욕지거리가 마구 쏟아져 나왔다.

"알다마다! 조선 최고 난봉꾼이자 오백 년 묵은 능구렁이 같은 인간! 감히 나와 한 약속을 어겨?"

남자는 당황한 듯 고개를 숙이다 문득 주위를 둘러보았다.

"그런데 혹여 다른 이는 못 보셨습니까? 서문 적, 이라고 제 동생입니다. 요만한 강아지를 안고 있을 것입니다."

"한 놈이 아니었어?"

"네, 동생 녀석과 버섯을 같이 먹었는데…… 제가 좀 더 많이 먹는 바람에 완전히 정신을 잃고 저 여인에게 들어가 버렸고, 녀석은 아마…… 그저 버섯에 취하기만 했을……."

그의 말이 채 끝나기도 전에 은산이 검을 움켜쥐고 밖으로 달리기 시작했다.

"종주님! 머리칼이 붉은 녀석입니다! 다치지 않게 부탁드립니다!"

다급한 외침을 들었는지 못 들었는지 가늠도 못할 정도로 은산은 빨랐다. 번개 같은 몸짓이었다.

은산이 입구로 튀어 나갔을 땐 습격을 받았는지 부사장이 쓰러져 있었다. 그로부터 붉은빛이 뒤섞인 회색의 자취가 어두운 골목으로 희미하게 이어졌다.

"한 놈 더 있었잖아! 정보 제공 오류! 의뢰비 추가야!"

이마를 짚고 있는 부사장에게 소리치고 은산은 달렸다. 골치 아프게 생겼어. 눈에 잔뜩 힘이 들어갔다. 저것이 사람에게 달라붙으면 골치 아프다. 마음이 급해진 은산은 이를 악물고 달려 자취의 끝에 다다랐다.

다시 만난, 너

시간은 어느덧 자정 무렵, 클럽에서 멀지 않은 골목에서 오늘이가 주춤거리고 있다. 그 앞엔 붉은 머리의 도깨비가 오늘이를 향해 손톱을 세우고 있었다.

"저 자식은 왜 저러는 거야?"

할락궁이의 명으로 서둘러 클럽으로 가던 길이었다. 그런데 헉헉거리며 골목을 돌아 나오는 순간, 저 붉은 머리칼의 녀석이 괴성을 지른 것이다. 뭐야, 저건! 뒷걸음질 치려는 찰나, 놈의 손아귀에서 낑낑거리는 강아지를 보고 말았다. 그 작고 솜뭉치 같은 것이 분명 숨이 막혀 괴로워하고 있었다.

"야! 비겁하게 무슨 짓이야?"

자기도 모르게 소리를 꽥, 질러 놈의 시선을 끌고 나서야 아차, 싶었다. 놈의 눈동자는 방향을 잃고 팽글팽글 돌아가고 있었다. 요괴 중에서도 제정신이 아닌, 미친놈이 분명하다. 이제 어쩌지? 정말로 뒷걸음질을 치고 싶었지만 자신을 향해 낑낑거리는 강아지를 외면할 수 없었다. 너무 작고, 귀엽고, 연약한 생명체가 오들오들 떨며 고통스러워하고 있다. 오늘이는 주먹을 꽉, 쥐었다. 싸워서라도 구해 내야지!

"야, 이 자식아! 놓아 주지 못해? 아무리 요괴라지만 미쳐도 곱

36

게 미쳐야지!"

그녀의 외침이 떨어지자마자, 놈이 파팟, 도움닫기를 하며 오늘이를 향해 돌진했다. 절로 눈이 감겼다. 팔을 가슴 앞으로 X자로 내밀어 막아 보려 한다. 곧, 곧……. 각오를 한다.

이상하다. 그녀가 각오한 일은 일어나지 않는다. 대신 퍽! 퍽! 둔탁한 소리와 함께 뭔가 부웅, 날아갔다. 실눈을 뜨고 보니 붉은 머리의 도깨비가 멀리 나가 떨어져 쓰러져 있었다. 그리고 한 남자가 그 앞을 가로막고 있었다.

넓은 등이 거친 호흡으로 오르락내리락 했고, 한 손엔 파르라니 빛나는 기다란 검을 들고 있었다. 또 다른 손으로는 축 늘어진 강아지를 조심스레 들어 그 넓은 가슴에 안고 있다. 그 사람이다! 요괴들의 대가리! 그녀가 기억 속에서 남자를 소환했다. 첫 키스, 아니 첫 뽀뽀의 상대! 이름이 뭐랬더라?

은산이 오늘이를 돌아보았다. 하얗고 동그란 이마에 크게 뜬 눈이 초롱초롱한 여자. 눈에 익은 귀염상이다.

"어? 너! 아까 낮에?"

그 순간, 쓰러져 있던 도깨비가 몸을 일으키며 순식간에 은산에게로 달려들었다. 그 짧은 사이에 은산이 강아지를 오늘이에게 안겨 준다.

"안고 있어."

그리고 놈을 향해 몸을 날렸다. 압도적인 속도와 힘의 차이다. 검을 쓸 필요도 없이 은산은 긴 다리를 뻗어 도깨비의 명치를 강타하고 연이어 강력한 주먹을 날렸다.

"네 녀석이 그 동생 놈이구먼? 아무리! 약에 취했어도! 일족의 종주는! 알아봐야지!"

주먹을 날릴 때마다 붉은 기가 흘러넘쳤다. 마침내 도깨비가 완전히 정신을 잃고 쓰러졌을 때 오늘이의 품에서 강아지가 다시 낑낑거리며 꿈틀거렸다.

— 쯧쯧, 너는 어디서 왔느냐?

오늘이에겐 들리지 않는 조상신의 물음에 강아지가 가는 신음소리를 냈다.

— 저 약에 취한 도깨비가 주인이라는군.

— 귀한 저승의 하얀 삽살개를 저따위로 관리하다니!

은산은 곁눈으로 강아지를 보았다. 저승과 이승을 이어주며 혼의 자취를 보는 하얀 삽살개가 맞다. 순수하고 충직한 종족. 오래전 기억 속에서 말갛고 까만 눈동자가 떠올라 은산의 가슴 한 편이 살짝 아려 왔다.

— 저 상처엔 인간 의사가 소용없으니 군자마을로 데려가 치료해 주는 것이 좋겠구나.

조상들의 말이 옳다. 인간 의사는 겉의 상처만 치료할 뿐, 요괴나 악귀에게 당한 내상은 볼 수도 없을 것이다. 어린 요괴는, 특히 상처 입은 요괴는 악귀들의 표적이 되기 십상이다.

"강아지 이리 줘."

은산이 커다란 손을 내밀며 말했다.

"왜?"

쏘듯이 되묻는 오늘이에게 은산은 불쾌감보단 묘한 흥미를 느꼈다. 하지만 괜히 거칠게 검을 탁, 털었다. 순간 기다란 검이 다시 줄어들며 손 안으로 쏙, 들어왔다.

"그 강아지는 아무데서나 치료할 수 있는 녀석이 아니니까."

퉁명스런 말투였다. 이 흥미로운 여자의 기억을 또 지워야 한단 사실이 유쾌하지 않았기에.

"뭘 믿고 너한테 맡겨?"

평소 같았으면 이런 설전이 귀찮았을 텐데, 이 여자는 어쩐지 귀엽게 느껴졌다. 그러나 어차피 또 기억을 지울 사람이다. 그런 생각에 은산의 말투는 건조해졌다.

"뭐, 네가 날 믿든 믿지 않든 상관없어."

그러면서 주머니에서 부적 하나를 꺼내들었다. 그런데 부적을 본 오늘이가 발을 뒤로 물리며 도망칠 준비를 하는 것이 아닌가.

"부적쟁이 맞구만! 낮에도 부적 쓰더니 뻑하면 부적질이야."

그 말에 놀란 은산이 그녀에게 한걸음 다가섰다.

"너, 이게 부적인 거 알아? 아니, 날 기억하는 거야? 분명히 망각의 부적을 붙였는데?"

놀란 건 은산만이 아니다. 그의 몸 안에 살고 있는 조상신들도 함께 놀라 들끓었다.

— 망각의 부적이 통하지 않은 적이 있었습니까?

— 그럴 리는 없지. 혹시 아시는 분 있습니까?

— 최소한 천 년은 없었느니.

— 은산의 능력을 보고도 놀라지도 않고 예사 인간이 아니로군.

― 잠시, 좀 보시지요. 저 아이가 고래 일족, 그러니까 경족 같습니다.

― 경족?

가만히 조상신들의 대화를 듣던 은산이 오늘이에게 정신을 집중해 본다. 낮에도 느꼈었지만 물의 기운이 상당히 강하다. 거의 용족에 버금갈 정도다. 확실히 평범한 사람이 아닌 걸까? 그래도 부적이 통하지 않는다는 건 들어 본 적이 없다. 미심쩍은 눈빛을 보내는데 오늘이가 먼저 말을 건넨다.

"저기, 그쪽이 부적질만 안 하면 나도 공격은 하고 싶지 않거든?"

그녀의 말에 은산은 피식, 웃어버린다. 명백한 비웃음이다. 나를? 비형 일족의 종주인 나를? 네가? 고래 일족은 본래 자만심이 강한가? 그런 생각을 얼굴에 그대로 흘렸으니 오늘이가 발끈한 건 당연하다.

"진짜 기분 나쁘네. 삼촌 말씀 땜에 좋게 봐주려고 했는데, 아, 몰라! 얜 내가 데려가고 부적 주머니도 불살라 버릴 거야!"

그 말에 은산이 재빨리 그녀의 앞을 가로막았다.

"부적, 네가 가져갔던 거야?"

"내가 가져간 게 아니라 그쪽이 떨어뜨린 거겠지."

턱을 쳐들며 바락바락 달려드는 오늘이를 은산은 어이없다는 듯이 쳐다봤다.

"경위야 어찌되었든 분실물을 습득했으면 줘야 할 것 아니야?"

"누가 안 준다나? 나도 그런 부적 따윈 찜찜해서 싫거든!"

"뭐? 찜찜? 아오, 두 번이나 구해 주니까 은혜를 똥침으로 갚아!"

"누가, 누구를 구해 주었는데?"

오늘이의 물음에 은산이 뒷목을 잡았다. 그리고 다른 손으로 자기를 한 번, 오늘이를 한 번 가리켰다. 그 손짓에 오늘이는 흥! 콧방귀를 뀌더니 돌아서서 뚜벅뚜벅 걷기 시작했다. 도무지 예측할 수 없는 여자다.

　"자, 잠깐만! 이놈 처리하고!"

　이제 다급해진 건 은산이다. 그는 각성의 부적을 쓰러진 도깨비의 등에 붙여 버섯을 제거했다. 그리고 서둘러 오늘이 뒤를 쫓기 시작했다. 오늘이의 걸음은 보폭이 크고 거침이 없었다. 어둠도 그녀의 걸음 앞에서 눈치를 볼 것 같은 당당함이 있었다.

　"저기! 강아지 주고 가라고!"

　"뭐래니, 그러니까 널 어떻게 믿냐고."

　팍팍, 파워 워킹으로 걷던 그녀가 돌부리에 걸려 휘청, 한다. 앞으로 넘어가려는 그녀를 은산의 단단한 팔이 재빨리 감싼다. 그렇게 은산이 오늘이를 백허그한 꼴이 되어 버렸다.

　"으잇, 뭐하는 거야?"

　당황한 오늘이가 몸을 돌리며 은산을 밀치는데 오히려 자신이 뒤로 넘어지기 직전의 상태가 되어 버린다. 순간 은산이 오늘이를 자기 품 안으로 당겼다. 짧은 순간, 둘은 씨앗을 쫓던 낮의 기억을 동시에 떠올렸다.

　서로의 품에서 입술이 닿던 찰나의 기억에, 눈을 마주한 이 순간이 영원처럼 길게 느껴졌다. 게다가 안고 있다. 서로의 체온으로 샤워를 하는 것처럼 따스하다. 둥둥, 둥둥둥, 둥둥둥둥, 심장박동이 빨라졌다. 눈이 부시도록 밝은 빛이 둘에게 쏟아지며 설렘의 그림자가 길게 드리우는데……. 빵! 빵! 빵!

"연애질은 방 잡아서 해! 에이, 요즘 젊은 것들……."

주저리주저리 요즘 젊은 것들에 대한 훈계가 쏟아졌다. 깜짝, 정신을 차린 둘은 서로에게서 한 걸음씩 떨어졌다. 이내 승용차가 그들 곁을 지나가자 은산이 몸을 살짝 돌려 오늘이를 가려주었다.

그 순간 은산의 옷이 찢어진 것이 오늘이의 눈에 들어왔다. 찢어진 옷 사이로 팔뚝이, 길게 그어진 상처와 맺힌 핏방울이 보였다. 붉은 머리 도깨비가 한 짓이 분명하다. 자신도 모르게 이맛살을 찌푸린 그녀가 은산을 향해 까딱까딱 손짓을 했다.

"화원에 가서 치료나 받고 가. 으……. 피, 질색."

"화원?"

은산이 되물었지만 오늘이는 벌써 저만치 멀어져 갔다. 서두르며 총총총, 앞서 걷는 그녀의 뒤를 따르지 않을 수 없었다.

"너, 나 치료해 준다고 하지 않았냐?"

화원의 2층, 오늘이의 방에 앉아 그녀를 올려다보는 은산은 어처구니없는 표정이다. 그도 그럴 것이 화원에 들어온 지 한참이 지났는데도 오늘이의 관심은 오직 강아지한테 쏠려 있었으니까.

"쭈, 쭈, 잠깐만 언니가 우유 줄게."

호들갑을 떨며 냉장고를 열었다.

— 어허, 저것은 수컷이다.

"수컷이야."

무심히 알려주었지만 오늘이는 개의치 않았다. 작은 그릇에 우유를 따라 강아지 앞에 놓으며 어르고 달랜다.

"먹어 봐. 맛있겠지?"

─ 먹이보다는 치료가 급하니 마을로 데려가야 한다.

"강아지한테 사람 먹는 우유는 주면 안 돼. 그리고 저 녀석은 치료가 급해."

과연 강아지는 우유에 입도 대지 않고 기운 없이 엎드려 있다. 입을 오물거리던 오늘이는 그만 털썩, 강아지 곁에 주저앉아 털을 쓸어 주기 시작했다.

"에고고, 아프구나. 누나가 내일 동물 병원 데려다 줄게."

말투가 은산을 대할 때와 완전히 다르게 녹아내린다.

"너, 나는 안 보이냐?"

참다못한 은산이 소리를 꽥, 지르자 오늘이는 그를 노려본다.

"다 큰 어른이 좀 참아! 애부터 봐줘야 할 것 아냐!"

"치료해 준다고 한 건 너잖아! 아오! 열 받아!"

"일에는 우선순위가 있는 것이지! 저렇게 쪼그만 강아지보다 관심 받고 싶냐?"

"관심? 누가? 내가? 너한테? 돌았어?"

이제 둘은 벌떡 일어서서 박치기를 할 듯이 서로 맞섰다.

"한밤중에 무슨 소란이냐?"

느리고 진중한 목소리가 1층에서 울려 왔다. 그리고 삐익, 나무 계단이 삐걱거리는 소리가 아래층에서 위층으로 번졌다. 오늘이는 냉큼 은산에게서 떨어져 나와 강아지 곁에 섰다. 여전히 입술이 삐죽거리는 채로.

하얀 미소

2층으로 올라 온 할락궁이의 모습에 은산은 내심 놀랐다. 남자? 오빠치곤 나이가 많은 것 같고 아빠치곤 너무 젊다. 설마, 애인? 어쩐지 확 기분이 나빠져서 절로 고개가 삐딱해지고 자세가 틀어졌다. 그러나 할락궁이의 얼굴엔 미소가 가득했다.

"종주님께서 저희 화원에 귀한 걸음을 하셨군요. 어서 오십시오."

음? 나를 알아? 공손한 할락궁이의 말투와 태도에 기분이 다소 풀린 은산이 시선을 아래로 하고 고개를 까딱, 숙였다.

— 어허, 예를 갖추지 못할까? 저승꽃밭의 주인이신 할락궁이님이신데!

대번에 나무라는 목소리가 들렸다. 그제야 은산이 건성건성 손을 모으고 다시 인사를 했다.

"처음 뵙겠습니다. 할락궁이님."

음? 삼촌을 알아? 이번에 놀란 건 오늘이다.

"삼촌, 이 사람 알아요?"

미심쩍은 시선을 은산에게 보내며 묻는 오늘이의 이마에 딱, 딱 밤이 놓였다.

"아야! 왜요?"

이마를 감싸고 외마디 비명을 지른 그녀는 억울해 죽겠단 표정이다.

"내가 말해 주지 않았느냐. 비형 일족의 종주님께 말버릇이 그게 뭐냐!"

"그건 아는데, 삼촌이 이 사람을 어떻게 알아봤냐고요!"

"그곳에 널 보낸 것이 누구였지? 그리고 저런 귀안을 가지신 분을 어찌 몰라봐?"

아, 역시 저 사람 때문에 보내신 걸까? 오늘이가 흘깃, 은산을 보니 그는 턱을 치켜들고 오늘이를 내려다보고 있었다.

짙은 갈색 눈동자가 은빛으로 반짝거리는 것이 특이했다. 그러나 잘난 척 하는 표정이 밉살맞다. 흥! 콧방귀를 뀌었는데 번개처럼 딱! 다시 딱밤이 주어졌다.

"아! 삼촌, 진짜…… 아파요!"

정말 동글동글 볼록한 그녀의 이마가 빨갛게 부어올랐다. 큭, 은산은 웃음이 터지려는 걸 간신히 참는다.

"그런데 다치신 겁니까?"

할락궁이의 물음에 오늘이는 재빨리 구급상자를 대령했다. 세 번째 딱밤은 피하고 싶었다.

"이 아이들을 구하다 보니 내 몸 상하는 것도 모르고 그만……."

구급상자를 여는 오늘이에게 팔을 내미는 은산은 그녀와 강아지를 한데 묶어 말했다.

"아이? 누가?"

이렇게 묻는 오늘이를 은산은 턱으로 가리켰다. 씩 웃는 그의 눈이 선하고 부드러웠다. 긴 속눈썹이 송아지 같다고 생각했었는데 새끼 기린 같기도 하다. 예쁜 눈이다. 여기까지 생각이 미친 오늘이가 콧구멍을 팍 넓힌다. 그리고 부러 소독약을 솜에 잔뜩 먹이고는 거칠게 상처를 닦아 낸다. 당연히 고통스런 비명을 지를 줄 알았는데, 웬걸, 은산은 눈 하나 깜짝하지 않았다. 대신 꿈틀, 팔뚝의 근육이 요동칠 뿐이었다.

"근육 좀 가만히 놔둘래?"

"내 근육은 태생이 히어로 급이라 원래 제멋대로야. 소독하면서 내 근육이 눈에 들어와? 의외로 취향이 고급지네?"

반짝거리는 수면 아래 애써 감춘 어떤 마음 하나를 들킨 기분에 그녀의 말투가 더 뾰족해졌다.

"약 바르는 데 방해돼서 부탁한 걸 취향이라 착각하는 걸 보니 종주님이 아니라 음란마귀님이신가?"

말이 끝나자마자 할락궁이의 팔이 또 오늘이의 이마로 날아든다. 그런데 탁! 은산의 다른 팔이 그걸 막아 쳐냈다.

"아이가 철없이 한 농담이니 제가 너그럽게 용서하겠습니다."

이유를 묻는 할락궁이의 눈빛에 은산이 선수를 치듯 대답했다.

"아이라니요. 오늘이 나이가 이제 곧 스물세 살입니다. 물론 우리 귀신과 요괴들 사이에선 갓난아기와 마찬가지이지만 인간들 나이로는 성년이 지났지요."

의외다. 은산은 자신과 동갑인 오늘이의 얼굴을 빤히 쳐다보았다. 아무리 봐도 고등학생 정도로밖엔 보이지 않는 앳된 얼굴에 심술이 가득 차 있다. 그 심술보를 톡, 터트리고 싶은 맘이 차오르게 만드는 묘한 여자다.

은산의 시선에 오늘이는 관자놀이부터 열기가 달아오르는 걸 느꼈다. 또, 또 생각해 버렸다. 절대 첫 키스가 아닌 첫 뽀뽀. 안 돼!

생각하지 마! 곧 볼이 빨개질 게 뻔했다.

"성년이 지난 소인이 종주님의 상처를 다 치료했으니 이제 꺼지시지요."

끝까지 하나도 지지 않는다. 할락궁이는 이제 체념했는지 한숨을 푹, 쉬었다.

"어서 드릴 물건을 전하고 보내 드리는 것이 좋겠구나. 저는 꽃밭에 다시 가 봐야 해서……. 먼저 자리를 비워 죄송합니다. 살펴가십시오, 모든 분들."

모든? 오늘이는 고개를 갸우뚱했다. 그러나 인사를 받는 은산은 익숙한 듯 깍듯이 고개를 숙였다. 그때 천천히 아래층으로 걸음을 옮기던 할락궁이의 목소리가 오늘이를 향해 날아들었다.

"강아지도 종주님께 보내 드려라. 인간 세상에서 제대로 치료받기는 힘들 터이니."

"어? 이 사람, 아니, 종주님 땜에 가란 거 아니었어요? 얘, 이 강아지 때문이었어요? 아님 둘 다? 삼촌? 예? 삼촌!"

몇 번이나 이어진 오늘이의 물음에도 할락궁이는 더 이상 답하지 않았다. 다만 희미한 미소를 지을 뿐.

할락궁이가 내려간 후 오늘이는 잠잠하다. 그녀의 침묵에 은산이 겸연쩍어진 표정으로 손을 내밀었다. 헌데 다시 고개를 쳐든 오늘이가 심상찮다. 눈이 반짝거리는 것이 장난을 꾸미는 어린아이 같다. 이상하게도 그 눈빛에 은산이 마음에서 퐁, 퐁, 작은 불꽃이 터졌다.

"부적 주머니 줄 테니까 전화번호 내놔."

"뭐야, 번호 따는 거야?"

퉁명스레 말했지만 내심 싫지 않다. 아니, 이미 손을 주머니 속 휴대폰으로 옮기고 있었다.

"뭐래……. 강아지 말이야. 널 어떻게 믿고 그냥 보내? 번호!"

통, 통, 통, 한마디도 지지 않았다. 당돌하다. 발그레한 입술을 삐죽이 내민 오늘이가 자기 휴대폰을 꺼내며 묻자 은산은 웃음이 나왔다.

"난 뭘 믿고 개인정보를 넘겨주나?"

"여보세요, 여기 내가 사는 집이거든? 난 뭐 너에 대한 믿음이 충만해서 데려왔겠어?"

눈꼬리를 뾰족 올리면서 탁탁, 튕기며 묻는다. 역시 만만찮은 상대, 은산은 그만 즐거워져 버렸다.

"그러게? 요즘 같은 시대에 위험한 짓이긴 하지. 어쨌든 가상하게도 집을 공개했으니 나도."

은산이 번호를 찍자마자 오늘이가 바로 통화 버튼을 눌렀다. 그의 주머니에서 울리는 벨 소리. 오늘이는 흠, 헛기침을 하며 종료를 눌렀다.

"철저하시네."

"기본이야, 기본. 종주님 씨."

은산은 휴대폰을 꺼내서 부재중으로 표시된 오늘이의 번호를 입력시킨다.

"내 이름, 은산. 넌?"

"오오늘. 성이 오, 이름이 오늘."

오늘이의 답에 은산은 다시 한 번 눈에 찍듯이 그녀의 얼굴을 바라본다. 까맣게 커다란 눈동자가 맑다. 왼쪽 눈 아래 검은 점이 반짝, 눈에 들어왔다. 이름에 어울리는 당글당글한 얼굴이다. 그러나 오늘이의 시선은 강아지에게만 고정되어 있다. 걱정에 눈썹이 살짝 일그러졌다.

"말짱하게 치료할 테니까 걱정하지 마."

"……자, 부적 주머니."

주머니를 건네는 오늘이는 어쩐 일인지 풀이 죽어 보였다. 만약 하얀 삽살개만 아니었다면 냉큼 그녀의 손에 강아지를 안겨 주었을 눈이었다. 하지만 그랬다간 다시 연락할 일은 없겠지? 그건 안 되지. 무심코 그런 생각했던 은산이 강아지를 조심스레 들어 올렸다.

"아무튼, 팔 치료 고맙고, 강아지 걱정 말고. 나는 가고."

화원 밖까지 배웅 나온 오늘이에게 은산이 인사 아닌 인사를 남기고 돌아섰다.

"치료 제대로 해 줘!"

은산의 등에 대고 오늘이가 소리쳤다. 엉덩이를 뒤로 쑥 빼고 두 손으로 손나팔을 만들면서. 성큼성큼 클럽 쪽으로 돌아가는 은산은 답도 없이 강아지의 머리를 쓰다듬을 뿐이다. 만면에 미소를 머금은 채.

"저는 정말 몰랐습니다! 둘 다 약에 취했을 줄은……. 면목이 없습니다."

억울함을 호소하는 부사장은 고꾸라질까 염려스러울 정도로 허리를 굽히며 사과했다.

"됐어. 덕분에 재밌는 일도 있었고. 아! 그 형제 놈들한테 강아지는 내가 데려간다고 전해. 불만 있음 전화 때리라고 하고."

"그나저나 다치셨는데 어떻게……."

부사장은 어리둥절해졌다. 그의 반응에 은산은 손바닥을 펴 보인다.

"됐고! 의뢰비!"

"아! 계좌이체로 해 드릴까 했습니다."

이제 부사장은 허둥거리기 시작했다.

"아니, 아니. 여의로 챙겨 달라고. 내가 현금 받아 뭐에 쓰게? 여의로 줘."

은산의 요구에 부사장은 공손히 둥글고 푸른 구슬 수십 개를 바친다.

"그래, 종종 또 보자고! 특히! 클럽에 예쁜 언니들 많이 왔을 때 연락해!"

여의를 챙겨 받은 은산은 만면에 미소를 머금으며 차에 올라탔다.

"오늘 일은 끝. 동이야, 이제 집에 가자."

우쭈쭈, 달래는 소리를 내며 은산은 강아지의 머리를 쓰다듬었다.

— 동이라면…… 옛날에 네가 기르던 녀석 아니냐?

은산은 답을 하지 않았다. 그리고 조심스레 조수석에 강아지를 내려놓았다.

"자, 안전벨트 매 줄게."

어느새 강아지는 작은 아이가 되어 있었다. 하얀 삽살개가 본모습을 드러낸 것이다. 하얀 옷을 입고 얌전히 은산이 안전벨트를

매주길 기다리는 아이. 은산은 아이의 머리를 쓰다듬어 준다.

"착하네, 착해. 조금만 참아."

"네, 감사합니다."

흔들림 없이 부드러운 운전에 은산의 안에서 와글와글 조상신들이 들끓었다.

— 이렇게 할 수 있는 녀석이 그리 거칠게!

— 저 녀석이 본래 어리고 약한 것들한테는 녹지요.

— 지 몸뚱이가 개새끼보다 못한 것이야.

— 개새끼는 좀 그렇습니다. 그래도 저승의 흰 삽살개인데.

— 시끄러워! 그렇게 물러 터졌으니 너만 나서면 일이 꼬이잖아!

— 아니, 아버님. 저는 신중한 것이지요.

아랑곳없이 마을로 돌아가는 은산의 얼굴엔 다시 미소가 번졌다.

"동이야, 가자. 너, 우리 마을 좋아할 거야."

그를 올려다보는 동이의 눈이 까맣고 동그랗다. 그 여자, 오늘이와 닮았다. 은산은 다시 피식, 웃어 보였다. 웃음이 많지 않은 편인데 이상했다.

"반짝반짝 작은 별, 아름답게 비치네."

힙합 풍으로 흥얼거리며, 까만 밤에 홀로 하얀 미소였다.

이목

오늘이가 산책을 나왔다. 밤의 고요함이 제대로 느껴지는 새벽 산책을 좋아한다. 아닌 게 아니라 노란 플랫슈즈를 신은 발은 제멋 대로 까딱거리며 스텝을 밟고 있다.

"오늘이, 어디가?"

다정함이 뚝뚝 떨어지는 목소리에 오늘이는 어깨를 살짝 늘어뜨 린다.

"오늘도 오늘이는 너무 너무 예쁘네."

누가 누구더러 예쁘다는 거야. 오늘이는 화원 문을 탁, 소리 나 게 닫았다. 전자음과 함께 잠기는 문을 살짝 당겨 확인하고서야 뒤 로 돌아 보았다.

아름다운 백룡, 이목이 거기 서 있었다.

이목은 아름다운 남자였다. 연한 갈색 머리칼이 제멋대로 뻗친 이마도, 홍조를 띠고 있는 뺨도, 오늘이보다 길고 가녀린 손가락 도. 눈부시게 하얀 눈꽃송이가 내려앉아 남자의 형태로 변한 것 같 은 자. 가끔 지나치게 여리고 투명해서 햇볕 아래선 저대로 물이 되 어 녹아버리는 것이 아닐까, 싶도록 가는 선線으로 이뤄진 남자다.

그 가느다란 선이 길쭉길쭉 우아한 팔과 다리가 되고, 그 걸음 걸이는 땅을 밟고 걷는 것이 아니라 슬쩍, 공기만 디디는 것처럼 보였다. 그가 디딘 곳은 물방울이 떨어진 수면처럼 여러 겹의 동심원이 퍼져, 보는 이를 홀리게도 했다.

천 년을 넘게 산 주제에 너무 젊고, 너무 아름답다. 진짜 누가 누구더러 예쁘다는 거야. 쯧! 오늘이가 속으로 혀를 찼다.

"손님, 진작 영업 끝났습니다요. 삼촌도 안 계시고."

"괜찮아. 할락궁이 보러 온 거 아니니까. 그런데 어디 가?"

사근사근한 물음에도 오늘이가 툴툴거렸다.

"산책."

"그런데 오늘이는 언제 나한테 시집 와?"

백만 번 쯤 들은 질문이다. 오늘이가 무시하고 눈을 흘겨도, 이목은 반들거리는 입술로 씨익, 미소 지으며 그녀의 새초롬한 시선을 먹어 버린다.

"부끄러운 거야?"

뭐래니. 오늘이는 콧방귀를 뀌고 밤을 향해 뚜벅뚜벅 걸었다. 이목은 둥실 떠올라 그녀의 앞으로 사뿐히 몸을 옮겨 그녀를 마주본 채 뒤로 걷기 시작했다. 흔들림이 없다. 하늘하늘한 미소도 여전하다.

"뻔뻔하기도 하십니다. 천 살이나 먹은 노인네가 꽃 같은 청춘인 아가씨한테!"

쯧쯧, 혀를 차며 그녀는 검지를 까딱거렸다.

"용족이 천 살이면 너랑 마찬가지로 청춘이라고! 딱 좋을 나이지."

"어련하시겠어요. 맨날 똑같은 말, 지겹지도 않아?"

손을 휘휘 저으며 오늘이의 물음에 이목은 오히려 기뻐하는 표정을 짓는다.

"지겹기는. 오늘이에게 하는 고백은 늘 설레는 일이지."

"아니, 도대체 날 왜 좋아하는 거야? 너 좋다고 쫓아다니는 신녀, 선녀, 요괴들 줄을 세우면 천계에서 저승까지 왕복 백 번은 할 거라고 삼촌이 그러시던데?"

툴툴거리는 오늘이의 질문에도 이목은 미소를 잃지 않았다.

"신녀, 선녀, 요괴들 다 합쳐도 우리 오늘이 하나만 못하니 어쩌나. 계속 고백해야지."

능청맞고도 사륵 녹는 목소리다. 정신 차려야 해! 오늘이는 빠르게 고개를 가로저었다.

"그니까 왜! 왜 이 오늘이냐고요?"

계속되는 물음에 이목은 빤히 그녀의 눈을 들여다보았다. 언제나처럼 정의롭고 곧은, 빛나는 눈동자다.

"너니까. 나를 위해 아무 대가 없이 목숨을 걸고, 내 생명을 구하고, 그래서 내 목숨의 주인이 된 너니까."

한없이 부드럽지만 흔들림 없는 목소리로 이목이 답했다.

"아니, 그건 뭐, 옛날에 어쩌다가……."

반박하는 오늘이의 입술 위로 이목의 길고 가는 손가락이 얹힌다.

"어쩌다가 만난 용을 위해 목숨을 거는 인간은 없어. 너 외에는 결단코. 용족의 목숨을 구했으니 책임을 지셔야지요?"

후후후, 웃어 버리는 이목을 향해 오늘이는 어깨를 으쓱, 해 버린다.

"물에 빠진 용을 구했더니 시집오란 요상한 논리군."

"로맨틱한 논리지! 아무튼 내가 좀 멀리 갈 일이 생겨서 인사하러 왔어."

"어딜 가는 건데?"

의례적인 물음에도 이목은 물을 준 꽃처럼 환하게 피어났다.

"그게 말이지, 먼 바다에 일이 좀 생겨서 도와주러 가야 하거든. 피신시켜야 하는 생명들이 있어서. 용족들이 또 의리는 끝내주잖아."

신이 나서 조잘거리는 그는 용족이 아니라 팔짝팔짝 뛰어다니는 사막여우 같기도 하다.

"이번엔 기름때 좀 묻히고 올 거야. 우리 오늘이 몇 주 못 볼 것 같은데 어쩌지?"

그의 말에 오늘이는 어제 태평양 어느 섬에 커다란 상선이 좌초되어 기름이 유출된 사건이 뉴스에 나왔던 일을 떠올렸다. 절로 고개가 끄덕여졌다. 그래, 용족이 정의롭고 착한 건 확실하다고 삼촌도 그랬으니까. 오늘이가 수긍하는 사이, 이목은 그녀의 얼굴을 바라보며 흐뭇한 미소를 지었다.

"육지 신들은 모르겠지만 나는 알지, 너의 물 내음. 고래 일족인 너는 바다 일족이니 용족과 궁합도 좋을 거야."

순간, 바람이 불어와 오늘이의 긴 머리칼 한 줌이 이목 쪽으로 날렸다. 이목의 짓이 분명하다. 그는 오늘이의 머리칼에서 나는 향기에 온 신경을 기울이며 눈을 감고 있었다. 청량한 나뭇잎과 꽃향기, 나무껍질의 다정한 향기, 그리고 그립고도 맑은 물 내음이 뒤섞인 향기다.

오늘이는 빨간 혀를 쏙 내밀 뿐이다. 누구더러 고래 일족이래. 아무것도 모르면서 다 아는 척, 바보. 멋대로 착각하라지. 한껏 째려보는데 이목은 생글생글 도저히 미워할 수 없는 눈으로 방글거렸다.

"우리 오늘이, 다시 만날 땐 조금만 친절하게 대해 줘. 나는 늘,

진심이니까."

이목의 말에 그녀는 뜨끔, 한다. 그래, 그러니까 더. 진심이니까 더, 그럴 수 없는 거야. 대번에 시무룩해졌다. 하지만 하얗게 멀어지는 이목은 웃어 주었다.

"역시 착해. 무지 귀엽고 착한 아이야. 헤헤."

"누구더러 아이라는 거야? 나, 스물세 살이거든!"

발끈하는 오늘이의 머리 위로 작은 무지개가 떴다. 다음 순간, 아른거리던 무지개는 반짝이는 촛불 스물세 개가 돼서 공중에서 동동 떠다닌다. 어떻게? 눈이 휘둥그레지는데 저편에서 이목이 반짝반짝 물빛으로 흔들렸다. 용족은 능력이 좋구나.

"며칠 후에 생일이지? 미리 생일 축하하게. 내가 제일 먼저 축하하는 거다!"

그건 또 어떻게 알았을까? 궁금해 하는데 이목은 싱글벙글거릴 뿐이다.

"후, 해. 후."

"아, 진짜 케이크에 꽂힌 것도 아니고……."

거기까지 말했는데 그만 풀이 죽은 이목과 눈이 마주치고 말았다. 마음이 약해져 버린 오늘이는 고개를 한번 푹, 숙였다가 결국 입술을 쭉 내밀고 후, 소리를 낸다. 그러자 이목이 냉큼 소원을 빌어 버린다.

"오늘이와 제가 가시버시 맺어서 천년만년 해로하게 해 주십시오!"

순간, 촛불이 팡팡팡, 불꽃놀이처럼 터지고 은하수가 되어 하늘을 가득 채웠다. 인터넷에서 봤던, 우유니 소금 사막을 가득 채운 아름다운 은하수. 잠시 넋을 잃고 있던 오늘이가 퍼뜩 정신을 차리고 반박하려 주먹을 불끈 쥐었을 때 이목은 이미 저만치 멀어져 있었다.

"화내려고 하는 거지? 화내지 마. 오늘이는 웃을 때 얼마나 예쁘다고. 그러니까 더 자주 웃고! 다음번엔 제대로 데이트 하자고!"

멀리서도 환하게 빛나는 그의 권유에도 오늘이는 입술을 삐죽 내밀고 답하지 않았다. 다만 살짝, 손을 흔들 뿐.

"아참! 요즘 별들이 심상치 않아. 할락궁이는 이미 알 테고. 너도 조심해!"

경고를 남긴 채 이목이 하늘로 멀어졌다. 오늘이는 고개를 들어 하늘을 보았다. 밤하늘로 가느다란 하얀 빛 하나가 꼬불꼬불 사라져 갔다.

짧게 울리는 알림음. 이른 아침부터 몇 번이고 울렸지만 애써 무시했다. 보지 않아도 누구인지, 무슨 내용인지 알 것 같았다. 은산은 냉큼 손을 뻗어 확인하고 싶었지만 참는다. 맛있는 걸 아껴두었다가 마지막에 먹는 심정으로.

"동이야, 이제 괜찮지?"

배를 보이며 재롱을 피우는 동이를 향해 물었다. 멍! 높고 짧은 긍정의 대답이다.

어젯밤 마을에 도착하자마자 요괴들의 의사 야광을 불러 동이를 고쳐 내라고 닦달했더랬다. 덕분에 한정판 나이키를 야광에게 빼앗겼지만 동이의 상태는 그만큼 좋아졌다. 야광은 실력은 좋은데 신발을 너무 밝힌다. 다시 울리는 알림음. 차라리 전화를 하라고.

"아야, 너 자꾸 물 거야?"

앙앙거리며 손가락 끝을 무는 동이를 나무라는 목소리엔 화난 기색이 전혀 느껴지지 않았다. 대신 부드럽고 다정한 목소리로 이렇게 말했다.

"너의 조상의, 조상의, 조상 정도 되는 녀석이 있었는데, 녀석 이름도 동이였어. 이승에 나왔다가 너처럼 어미를 잃어버려서 아버지께서 구조한 녀석이었지. 저승의 하얀 삽살개. 나랑 얼마나 사이가 좋았다고. 그런데 내가 열 살 때, 아버지 출장 따라 갔다가…… 아버지는 따라 오지 말라고 하셨는데…… 일이 꼬여 버렸어."

하나인 줄 알았는데 둘, 아니 셋이었다. 예부터 식인 호랑이의 앞잡이 노릇을 해 온 악독한 창귀倀鬼가 숨어 있었으니 일은 틀어질 대로 틀어진 것이다.

그날 은산의 아버지 김륜은 감이 좋지 않았다. 아내는 한 달 전에 평범한 삶을 좇아 집을 나갔고, 어린 아들은 아침부터 아버지와 함께 가겠다며 매달렸다. 그래도 어떻게든 떼어 놓고 왔어야 했다. 상대는 그림자 요괴. 쉽게 제압할 수 있단 생각에 아들을 데려온 것이 기어코 탈이 난 것이다. 김륜은 모질지 못한 것이 결정적 약점이었다.

어둠은 빠르고 치명적이었다. 납득할 수 없는 일이었지만 창귀에게 부적이 제대로 먹히지 않았다. 어쩌면 모든 것은 마음의 문제였을 것이리라. 약해진 자신의 마음의 문제.

"아버지……."

울먹이는 아들을 등 뒤로 숨기며 숨을 몰아쉬는 김륜은 죽음을 직감했다. 아들은 살려야 했다. 최후의 힘은 아들을 위한 것이어야 했다.

"포기해라. 가는 길 고통은 덜어야지."

교활하고 사악한 음성이었다. 창귀는 어떤 요괴보다 더욱 악하다. 자신이 해친 생명의 혼을 완전히 파괴해 버리는 악귀다. 즉 창귀에게 죽임을 당하면 자신은 혼으로나마 아들 곁에 머물 수도, 환생 할 수도 없다. 김륜은 이를 악물었다.

어두운 것의 공격을 막아 내며 손바닥에 피를 내는 것이 쉬운 일은 아니었다. 비형 일족의 피만큼 강한 힘을 가진 것은 드물다. 그만큼 요괴들에게 매력적인 먹잇감이기도 해서 생피를 흘리는 건 치명적 위험을 감수하는 것이다. 그는 재빨리 머리를 굴렸다. 무엇을 소환해야 아들을 보호할 수 있을까? 강력한 능력을 가진 이름들이 머릿속을 스치고 지났지만 그뿐이었다. 강하기만 해서는 안 된다. 마지막까지 아들의 곁에 있어 줘야 한다. 순간, 까만 눈동자한 쌍이 떠올랐다.

"내 피의 힘으로 소환하여 명하노니, 동이는 목숨을 다해 김은산을 보호하라!"

그리고 어두운 것들의 칼날이, 손톱이, 이빨이 그의 몸을 꿰뚫었다. 조금만 더, 조금만……. 무사한지 보고 싶다. 창귀의 이가 그

에게 박히고 피가, 속절없이, 저항할 수 없이 창귀에게로 흘러들어
갔다. 거기까지가 김륜에게 주어진 생의 시간의 마지막이었다.

❋

"그때 아버지께서 돌아가시고⋯⋯ 동이가 소환되었어. 녀석이 필
사적으로 싸워 주어서 겨우 살 수 있었어. 아버지가 옳았던 거지. 그
녀석은 조비서와 고모가 와 줄 때까지 버텨 줬어. 나는 울기만 했는
데⋯⋯ 동이가 어른들이 올 때까지 버텨 준 덕분이었어. 여기, 봐."

은산은 윗옷을 들어 올려 가슴의 흉터를 보여 주었다. 그러더니
갑자기 동이를 안아서 눈을 마주했다. 맑고 까만 눈동자였다. 그
여자, 오늘이의 눈동자 같다.

"죽을 뻔했지만 그래도 목숨을 건졌어. 너는 절대 녀석을 따라
하면 안 돼. 절대로. 위험해지면 무조건 뛰어야 해. 뒤돌아보지 말
고 뛰어서 도망가. 그게 옳아. 알았지?"

신신당부하지만 동이는 고개를 갸웃, 갸웃. 천진하게 혀를 내밀
었다. 그러더니 다시 입을 벌려, 자신을 잡고 있는 은산의 긴 손가
락을 물려고 했다. 그리고 알림음이 또 울렸다.

'왜, 답이 없어? 병원 데려갔어?'

'잤었지. 동이는 건강해.'

'강아지 이름이 동이야? 근데 아직 병원 안 데려간 거야?'

'의사가 직접 와서 치료했어.'

거짓말은 아니다. 인간은 아니지만 야광은 분명 의사니까. 소파
에 길게 누운 은산은 동이의 내상을 고쳐 주던 야광을 떠올렸다.

요괴면서 동그란 안경을 쓰고 하얀 가운을 걸친 것이, 진상을 알려주지 않으면 진짜 인간 의사 같다.

'못 믿겠어. 사진 보내 줘.'

오늘이의 요구에 은산은 손가락으로 V자를 만든 채 찍은 유치한 셀카를 보냈다. 사춘기를 제외하곤 거의 처음 찍는 셀카다. 이상하게 이 여자한텐 자꾸 장난을 걸고 싶다.

'누가, 네, 사진, 보내랬어?'

화난 오늘이의 음성지원이 되는 것 같다. 쿡쿡쿡쿡, 웃음이 터져 나왔다.

'강아지 사진 보내라고!'

'진작 그렇게 말하지.'

은산은 동이의 노는 모습을 동영상으로 짧게 찍어 보냈다.

'이제 됐지? 동이 건강.'

'ㅇㅋ'

그리고 답이 없다. 정말 동이의 건강만 걱정되었던 것일까? 은산은 잠깐 동안 메시지 창을 닫지 못했다. 당돌하게 들이밀던 오늘이의 동글동글한 이마에 딱밤을 먹이고 싶어졌다. 말을 걸고 싶지만 명분이 없다. 심술이 난 은산의 뱃속이 들끓었다.

"매정하네."

"누가?"

테이블 건너편, 은산과 마주하고 타로 카드를 착착 섞는 여자는 천수정이다. 그녀는 몇 년 전부터 군자마을에서 귀신과 요괴들에게 타로를 봐주며 살고 있었다.

은산보다 두 살 어린 천수정은 미인이었다. 커다란 눈동자, 자기주장 강한 콧날과 붉고 커다란 입술, 뽀얀 피부, 턱 부근에서 둥글게 말린 단발머리. 잘 익은 붉은 자두가 '나는 사람!' 하고 소리치며 나타나면 바로 천수정일 것이다. 그 이목구비만큼이나 눈동자 색깔도 색달랐다. 연한 갈색에 금빛 별이 점점이 박힌 것 같았다. 아주 자세히 봐야 알아챌 수 있었지만.

"있어."

성의 없는 은산의 대답에 수정은 신경이 거슬렸다. '무엇이' 있을까? '누가' 있을까? 점을 치고 싶지만 아쉽게도 은산은 점괘가 나오지 않는 사람이다. 수정은 붉은 입술을 잘근 씹었다.

"아까 뭐랬지?"

이번엔 은산이 물었다. 별에 대해 무어라 했었는데, 생각이 나지 않았다.

"문곡성의 기가 탐랑성의 기를 범하고 있다고!"

수정은 은산을 향해 눈을 흘겼다. 하지만 그것도 잠깐. 은산의 눈동자가 자신을 바라보자 금세 탁, 맘을 놔 버린다.

"그게 뭐였더라?"

이번에 노한 것은 수정이 아니다.

― 명색이 종주란 녀석이 칠성신도 모르면 어쩌누!

조상신의 역정에 은산은 어깨를 으쓱하면서 귀를 긁적였다.

"탐랑성은 생명의 기를 관장하는 칠성신이고, 문곡성은 죽음의 기를 관장하잖아."

부드러운 갈색 눈동자를 대굴 굴리던 은산은 수정의 타로 가게 천장을 쳐다보았다. 그 너머, 우주를 응시하는 것 같은 시선이다.

　"음…… 칠성신들이 서로 세력 싸움을 하는 것은 아니겠지?"

　— 인간의 길흉화복을 관장하는 신들이 그런 저열한 다툼을 할 리가 있겠느냐!

　"신들이라고 다른가? 세를 확장하고, 높은 자리에 오르려 짓밟고, 질투도 하고…… 기록에 남아 있는 건 신들이 아니고 뭐, 악귀들이야?"

　시니컬하게 뱉어 내는 은산의 말에 조상신들이 발끈한다.

　— 저리 불경스러운 말을!

　"아, 됐어요. 그렇다고 맴매할 신도 이젠 없어."

　은산은 지루한 표정으로 손을 내저었다.

　"조심하는 게 좋아. 오빠, 요즘 손님들이 그랬어. 하늘도, 땅도, 물속까지도 수상하다고."

　경고하며 타로 카드를 정리하는 수정의 손끝이 가지런했다. 금빛이 도는 눈동자가 손님을 향한 걱정으로 어지럽게 흔들렸다. 은산은 천천히 고개를 끄덕거렸다. 요괴와 귀신을 손님으로 받는 수정이 그렇다면 그러한 것이다.

　"그렇게 수상하다면, 수상한 일이 벌어지겠네. 조심한다고 터질 일이 안 터지나."

　"오빠!"

　수정의 외침에 은산은 손가락으로 귓구멍을 막는 시늉을 했다.

　"너는 점집 말고 성악을 했어야 해. 목청이 이렇게 좋은데 말이야."

발끈한 수정이 다시 소리를 지르려는데 은산이 벌떡, 일어섰다.

"조신선은 책방을 비웠나? 이 인간 가만두면 안 되겠는데……."

"몰라. 원래 바람 같은 사람이잖아. 근데 왜?"

물었지만 대답이 없었다. 은산은 이미 타로 가게를 나서고 있었다. 조비서가 보낸 출장 요청 문자를 확인하면서. 그 때 수정의 눈에 은산의 넓은 등에 얹힌 혼들이 보였다. 열댓 명은 그나마 뚜렷했고, 그 뒤의 수십 명은 너무 희미했고, 가장 오래된 몇 명은 단지 깜빡임만 감지할 수 있었다.

오래된, 수많은 혼들을 업고 있는 은산은 후리후리하게 키가 큰 데도 종종 구부정한 등을 했다. 나라면 견딜 수 없었을 거야. 수정은 멀어지는 은산을 보며 생각했다.

음모

빌딩 숲 사이, 어둠의 뒷길로 아이가 달린다. 초조하게 뒤를 돌아보며 숨을 헐떡이는 것으로 보아 쫓기는 듯하다. 이마에선 땀이 흐르고 눈물이 그렁그렁 차오른다. 탁, 탁, 탁, 탁, 탁, 탁, 탁, 탁. 높은 건물의 짙은 그림자 속에서 소리만이 조여 오고 있다.

"다 잡았어! 저쪽으로 몰아!"

가까워지는 고함 소리. 어디로 가야 하지? 재빨리 고개를 사방으로 돌려보지만 길은 없다.

"서른 해도 안 된 어린 것이야."

"저 놈 몸 속 혈석血石 정도면…… 여의 150, 아니 200은 받을 수 있어."

으르렁대는 소리가 음침하다. 거대한 뱀의 몸뚱이 같은 꼬리들이 어둠의 저편에서 휙, 휙, 궤를 그리고 있다. 검붉은 눈알들이 아이를 향해 다가온다. 쥐를 닮고 교활한 악귀, 서묘鼠猫들이다.

"엄마……."

울음이 섞인 여린 목소리. 아이는 작은 두 손으로 얼굴을 가린다. 움츠린 어깨가 떨린다.

"서른 해도 안 된 어린 것한테 꼭 이래야겠냐?"

물결이 일렁이는 듯한 음성이었다. 게다가 느리고 길게 늘어졌다. 서묘들의 검붉은 눈알이 목소리의 주인을 찾아내려는 순간, 소리보다 형체가 먼저 아이 앞으로 쏟아졌다.

"쪼그만 것이 어른들 똥줄 타게 만들고 있어. 너희 부모가 하도 울고불고 찾아내라 깽판 쳐서 마을이 난리도 아니란다."

말은 그리해도 몸을 굽혀 아이와 시선을 마주친 은산의 시선은 매섭지 못하다. 매섭기는커녕 미소까지 머금었다. 하지만 아이는 안도하는 표정이 아니다.

"씨……. 재수 없어."

"하! 역시 사춘기 똘기는 사람이나 요괴나 충만, 그 자체야."

— 은산이 너도 만만찮았지. 가출만 열 번도 넘게 했잖냐.

쯧쯧, 혀를 차며 조상신들이 저마다 한마디씩 거들었다.

"도저히 부인할 수가 없네."

하하, 웃어 버리는 은산의 입은 커다랗고, 입매도 선으로 그은 듯 뚜렷하다. 그가 굽혔던 몸을 일으켜 아이를 쫓던 것들에게 돌아선다. 우뚝, 나무가 선 것처럼 압도적이다. 짙은 갈색의 커다란 눈동자가 날이 섰다.

"녀석을 내놓아라!"

"우리 것이다!"

으르렁으르렁, 다가오는 서묘들은 쇠스랑 같은 발톱을 세웠다. 놈들의 빼뚤빼뚤 시뻘건 입 속엔 뾰족한 이빨이 우글우글하다.

"얘? 어허, 미성년자는 아직은 부모 소유인 거 몰라?"

큰소리를 쳐 놓고 아이에게 재빨리 속삭인다.

"물론 네 생각은 다르겠지? 가출소년?"

발끈한 아이가 뭐라 답하기도 전에 놈들이 달려들었다.

― 온다.

늙은 목소리가 외쳤다.

은산은 아이를 뒤로 물려 놓고 준비 운동을 하듯 목과 어깨를 빙글빙글 돌렸다. 농구공도 한 번에 감쌀 것처럼 커다란 손엔 어느새 기다란 사인검이 들려 있다. 양기 충만한 검과 은산만이 아이와 서묘 사이를 버텼다. 끝장이야. 아이는 눈을 질끈 감고 주저앉았다.

하나, 둘, 셋, 넷……. 아이에게 손을 뻗치는 족족 서묘들의 어딘가가 잘리거나 베였다. 어른 남자의 평균 키보다 훨씬 큰 은산의 움직임은 날랬고 가벼웠다. 너무 쉽게 쓰러지는 동료들에 서묘 무리는 한 걸음씩 물러서기 시작했다.

"너는 누구냐? 인간이 어찌…….."

반쯤 잘린 꼬리를 휘두르며 우두머리, 대서묘가 물었다.

"참 빨리도 묻는군."

은산이 검을 허공에서 한 바퀴 돌리자 푸른 불꽃이 일며, 지저분하게 묻은 피들이 말끔히 사라졌다. 그리고 그의 귀안이 은빛으로 빛났다.

"비형 일족이구나!"

대서묘가 외치자 그들 무리가 뒤로 크게 물러난다.

― 저것들 생각보다 우둔하구나.

은산은 목소리에 동의한다는 듯 고개를 끄덕이며 계속 검을 돌리고 있다. 귀안을 가릴 듯이 흘러내린 머리칼이 흔들리더니 소리 없이 차가운 미소가 번진다.

"알았으면 도망가야지. 그리 굼떠서 목숨 부지할 수 있겠어?"

그제야 서묘들이 어둠 속으로 흩어졌다.

"어이! 늦었다고!"

도망치는 서묘 무리를 향해 가차 없이 은산이 목검을 던지자, 순식간에 푸른 불꽃이 그들을 불태웠다. 비명이 채 입에서 터져 나오기도 전에 서묘 무리들은 재로 변해 버렸다. 제 손으로 돌아온 검을 휘둘러, 날아드는 재를 남김없이 날려 버리는 은산의 표정은 싸늘하다.

날아가는 재 속에서 빛나는 검은 돌처럼 혈석이 빛났지만 그는 시선도 주지 않았다. 혈석이 남은 것으로 보아 그들도 예전엔 요괴였음이 분명하다. 악귀들의 혈석은 곧 딱딱하게 굳어, 생기와 얼마 남지 않은 요력을 잃고 진짜 돌이 되어 나뒹굴었다.

빌딩들 사이로 동이 터 오고 있다. 인간들이 깨어나고 있었다.

"꼬마, 끝났다. 가자."

아이는 은산이 일으켜 주자 겨우 바들바들 떨며 무릎을 폈다. 아침 해 아래에서 보니 이마에 볼록하니 뿔이 솟고 있다.

"어쭈! 꼬마 주제에 저도 사슴이라고 뿔이 생겼네!"

그가 손끝으로 신록神鹿의 보랏빛 뿔을 건드리자 아이는 힘껏 노려보며 손을 쳐 낸다. 그에 은산은 고개를 젖히며 눈을 질끈 감았다.

"아……. 나 사춘기 때 고모님께서 힘들었겠어. 목숨을 구해 줘도 이 지랄인데……. 내 과거가 내 빚인지라 곱게 데려가는 줄 알아라."

은산의 말에 여러 목소리가 들끓어 올랐다.

― 말이라고! 온 집안 어른들이 속이 썩어 문드러졌지.

활활 타오르는 목소리.

— 오토바이 사고도 냈다 아닙니까!

폭탄이 터지는 듯 터져 나오는 다른 목소리.

— 여의도 한 100개 날려 먹었지?

놀리는 또 다른 목소리.

— 아버님, 200개였습니다.

동시에 부글거리는 목소리들에 은산은 머리를 털며 이마를 짚었다.

"아……. 한꺼번에 나오지들 마요. 그럼 힘을 받는 게 아니라 내기가 빨린다니까."

아이가 들리지 않게 중얼거리는데.

"누가 따라갈 줄 알고!"

아이가 소리치며 은산에게서 재빨리 등을 돌렸다. 그때 햇살이 그들 위로 쏟아졌다. 동시에 아이는 스륵 사라지고 보랏빛 뿔을 가진 작은 사슴이 떨며 서 있었다. 은산의 얼굴에 대번에 짜증의 기색이 퍼졌다.

"진짜……. 이제 안고 가야 하잖아. 밤새 찾느라 배도 고프고! 잠도 오는데!"

아이처럼 발을 굴렀다.

— 저리 뻗대도 어린 것이 많이 놀랐을 거다. 에미, 애비는 또 얼마나 애가 탈 것이고.

차근히 타이르는 목소리에 은산을 한숨을 길게 내쉬었다.

"어리니까 봐주는 거야."

결국 외투를 벗어 사슴을 감싸 안고 몇십 분을 터덜터덜. 어깨가 처지고 발이 끌렸다. 그때 그의 곁으로 매끈하게 빠진 차가 선다.

조비서다.

"신록들이 여의 몇 개 준다고 했지?"

은산은 뒷좌석에서 잠이 든 어린 신록을 흘낏 보며 물었다.

"맥시멈으로 100개."

도끼날처럼 서늘한 목소리의 조비서는 입술이 유난히 붉다. 외모로 봐선 선이 가는 여자 같은데 목소리는 낮고 허스키하다. 몸에 딱 달라붙은 검정 슈트 차림으로 하는 운전은 부드럽고도 안전했다. 그리고 어울리지 않게도 핸들을 잡은 손가락엔 반지가 무려 여덟이다.

"쯧! 자식 목숨으로 잘도……. 신령스럽긴 개뿔! 내가 이래서 아무도 못 믿는다니까."

은산의 차가운 말투에 조비서의 눈매가 매서워진다.

"또 왜? 무슨 문제 생겼어?"

"아무튼 맥시멈을 올리라고 해. 그래도 악귀 놈들하고 동급이 될 순 없으니까…… 150만 내라고 해."

말을 마친 은산은 좌석을 젖히고 잠을 청했다. 길고 짙은 속눈썹 아래로 눈동자가 빠르게 움직이며 얕은 잠으로 겨우겨우 빠져들었다.

✤

그 시각, 어둠의 공간이 열렸다. 그곳은 형체를 구분할 수 있음에도 빛이 없었고, 소리를 구분할 수 있음에도 완전한 진공이었다.

그곳에 귀면을 쓴 사내가 있었다. 허리까지 내려오는 흑발과 길고 긴 검은 옷이 치렁치렁했지만 움직임이 전혀 없었다. 가면 아래 표정과 시선을 알 수 없는 것은 당연했거니와 호흡의 유무도 알 수 없는 자였다.

사내에게 감지할 수 있는 움직임은 오직 살기뿐이었다. 칠흑 같은 살기는 촉수가 되어 일렁거리며 사내의 몸을 감싸고 있었다. 그것에 손끝이라도 닿는다면 어떤 고통이 주어질지 상상하기 싫은, 순도 높은 살기였다.

살기의 촉수에 닿지 않게 조심하며, 고약한 오물신인 측신이 보고했다.

"혈석은 순조롭게 모이고 있습니다. 지금도 악귀 놈들이 귀한 신록의 새끼를 사냥하고 있다고 하니……. 흐흐흐."

측신은 고급 양복을 입고 있으나 비굴한 표정과 목소리가 입성을 따라가지 못했다. 진한 향수로 가리기는 했지만 태생이 그러한지라 오물과 분변 냄새가 족히 수백 미터는 퍼지는 자였다.

"내가 힘을 회복한 후, 겨우 백여 개 모은 것이 순조로운 것이냐? 측신, 네놈 배포가 그 정도 밖에 되지 않나?"

단숨에 숨을 끊어놓는 독약으로 검을 만들고 그 검을 휘두른다면 이런 소리일 거라 짐작할 수 있었다. 그만큼 차갑고도 치명적인 목소리였다. 측신은 무심코 어깨를 떨었다.

"오백 년간 모은 혈석은 어르신께서 힘을 회복하기 위해 취하셨고……. 지난 왕조와 어지러웠던 백 년 동안 요괴들이 소멸한 수가 오천 년 간 소멸한 수를 앞서니 이만큼도 최선을 다한 것입니다."

원망이 뒤섞인 변명이었다. 그러나 사내는 측신의 말을 가볍게 무시했다.

"그래서 그곳을 뚫어야 하는 것이다. 그렇게만 된다면 단번에 너의 비원을 이룰 수 있을 것이니."

사내의 말에 측신은 쓰러질 듯 허리를 굽히며 얼마 남지 않은 눈썹을 꿈틀거렸다.

"믿습니다요. 어르신. 반드시 제 자리를 다시 찾게 해 주시겠단 말씀, 믿습니다."

측신은 원한에 사무친 음성으로 말을 이었다.

"수천 년 동안 자신들을 보살펴 준 저를 겨우 백여 년 만에 잡신 취급하는, 아니지요, 아예 잊어 버린 인간들……. 그것들을 짓밟고 놈들 위에 군림할 수 있게 해 주신다는 약속. 또한 건방 떨며 선한 척 하는 신들을 작살내 주신다는 약속, 지켜 주시리라 믿습니다."

측신은 붉은 눈을 빛내며 두 손을 비벼댄다. 놈을 바라보는 사내의 얼굴엔 표정이 없다. 언제나 말이 많은 쪽은 불안함을 감추고자 하는 쪽이다. 측신은 다시 말을 이었다.

"어르신을 따르는 모두가 그리 믿고 있기에, 죽을힘을 다해 명을 따르고 있는 것입니다. 그러나 그곳을 치는 것은 쉽지 않은 일입니다. 마을의 입구부터 마을 곳곳에 기운 센 신들이 지키고 있습니다. 게다가 바다 쪽은 그 할멈이 지키고 있으니……."

"그래, 신들은 변함없이 신의가 두텁지. 허나 인간들은 예나 지금이나 탐욕스럽고, 그 탐욕에 잠식되어 결국 배신을 택한다."

"인간의 마음과 믿음을 먹고 사는 요괴와 신들도 그리되고 있습니다. 흐흐. 그런 자들은 우리 편으로 끌어들이기가 쉽고요."

그렇게 말하는 측신에게서 썩은 내가 점점 더 짙어졌다.

"충분히, 끌어들여라. 권력과 탐욕을 이용하여."

측신에게서 등을 돌리며 사라져 가던 사내가 말했다. 사내가 사라진 자리에 파란 여의 수백 개가 후두둑, 흩어졌다. 측신은 무릎을 꿇고 그것을 긁어모았다. 여의를 모으는 그의 두 손이 고약한 내를 풍기며 형체가 흐트러졌다. 시간이 다시 열리기 시작했다.

✳

"할멈, 이런 식으로 하면 느티나무에 불살라 버린다고 서낭한테 전해요."

젓가락으로 나물을 집어 올리며 은산이 말했다. 서낭은 군자마을 입구의 느티나무에 붙어사는 마을지키미 신이다.

오후가 돼서야 눈을 뜬 은산은 허기에 밥솥을 열었다. 고모가 없는 집에 밥이 있을 리 만무하고, 조비서는 절대 자기 손에 물을 묻히는 걸 용납하지 않는 주의다. 결국 도움을 요청한 이가 조왕이다.

허리 굽은 늙은 부엌신 조왕이 차려 준 밥상은 나물 반찬 서너 가지가 전부다. 그래도 목구멍에서 손이 튀어나와 쑥쑥 집어가는 느낌이 들 정도로 맛있는 찬이다. 부엌신은 확실히 이름값을 한다. 그럼에도 조왕에게 농을 걸고 싶은 은산은 부러 투덜거렸다.

"그리고 반찬을 주려면 이런 풀떼기 말고 고기 좀 해 줘. 이 혈기왕성한 이십 대가 풀떼기로 연명해서야 되겠어요?"

"풀떼기로 주둥이를 맞아야 조용히 할 테야? 스무 살 넘은 놈이지 주둥이에 들어갈 먹을거리도 못 만드는 것이 뭐 자랑이라고 툴툴거려!"

명주 앞치마를 두른 할멈이 밥솥에서 밥을 푸다 말고 냅다 소리를 치자 은산은 슬쩍 일어났다.

"밥풀 흘려요. 명색이 부엌의 신인데, 양식 귀한 줄 알아야지."

무표정한 얼굴로 주름진 손에서 밥그릇과 주걱을 넘겨받아 밥을 푼다.

"겨우 고거 먹으니 고기반찬을 찾지. 비쩍 곯아 가지고선…….쯧쯧."

허리를 톡톡 치며 의자를 당겨 앉는 조왕의 시선이 은산의 머리에서 발끝까지 훑는다.

"할멈 눈에 건장하려면 나 고도비만이어야 해."

"고도…… 무엇? 무슨 소리인지 원……. 그리고 서낭이 뭘 잘못을 했기에 그리 험한 말을 들어야 하누? 쯧!"

휘휘 고개를 저으면서도 은산이 먹는 모습을 지켜보던 조왕은 다시 혀를 찼다.

"서낭이 하는 일이 뭐야? 이 마을을 지키는 거잖아요. 헌데 어린 신록이 빠져나가는 것 하나 못 막으면 직무태만이지."

허기졌음에도 천천히 밥을 먹으며 그가 까칠하게 말했다.

"마을을 지키기 위해 삿된 것들을 막는 것이 서낭의 일이지. 마을에서 나가는 것까지 막는 일을 왜 해! 그건 너희 일족의 일이잖아."

"아, 그건 조왕 말이 옳은 것 같네요. 논리 왕이네, 논리 왕."

퉁퉁, 튕겨 내듯이 말하는 은산에게 조왕이 눈을 흘겼다.

"아이고, 저 버르장머리……. 에고고……."

조왕은 슬그머니 일어나 다시 허리를 톡톡 치면서 밖으로 나가 버렸다.

"버르장머리 있어 봤자 무슨 좋은 일이 있었나? 거기, 계단 조심하시고요!"

따박따박 말대답 끝에 스리슬쩍 걱정을 끼워 넣는 은산 앞에 조비서가 섰다. 그리고 식탁에 여의를 내려놓았다.

엄지 손톱만한 푸른 구슬을 세는 은산의 손가락이 바쁘다. 그러다 문득 뚝, 멈추고 조비서를 올려 보았다.

"왜 75개야? 150개 받았으니 반띵?"

"공평하게."

주름 하나 없는 바지에서 하얀 실오라기를 하나를 떼어 내며 조비서는 무심히 답했다. 무엇을 발랐는지 바짝 넘긴 머리가 반들거렸다.

"재주는 개가 넘고 돈은 뭐시기가 번다더니……. 밤새 신록 흔적 찾아 뛰고, 악귀 놈들과 피터지게 싸우고……. 이거 다 내가 한거 아닌가? 조비서는 잠깐 운전한 것밖에 없잖아. 그런데 왜 반띵이냐고!"

눈에서 차가운 불꽃이 튀는 은산과는 달리 조비서는 표정의 변화가 없다.

"우선, 재주는 곰이 넘는 것이고, 내가 잠깐 운전한 것은 사실이야."

"그런데?"

조비서는 답이 없이 스윽, 의자를 당겨 앉았다. 긴 다리를 꼬고 허리를 곧추세우며 은산을 응시하기까지의 모든 동작에 군더더기라고는 전혀 찾아볼 수 없었다.

"너희 고모가 자리를 비운 동안 만불산은 전적으로 누구 책임이지?"

조비서의 질문에 은산은 눈으로 욕지거리를 쏟아 내고 있다.

"너야. 현재 비형 일족의 종주인 너. 그런데 어린 신록이 도망칠 때 넌 무얼 했지? 네 나이보다 많은 귀한 약술을 단지째로……."

"아! 요점만 말해."

"네 고모는 이미 신록들에게 보호의 대가를 받았는데, 너는 네 실수로 잃어버린 어린 신록을 찾아 주는 대가를 또 받았어. 그러니까 일종의 불로소득을 챙긴 거야. 이걸 네 고모가 알면?"

상상만으로 골치가 아파진 은산이 눈을 감고 머리를 흔들었다. 조비서는 앉을 때와 마찬가지로 절도 있게 일어서더니 착착, 멀어져 간다. 그러다 돌아보지도 않고 말했다.

"그런데 넌, 왜 여의를 모으는 건데? 어차피 진로는 태어날 때부터 정해져 있고, 돈이 궁한 것도 아닌데."

"거기, 요괴들이 노는 클럽은 인간 돈은 받지 않잖아. 고모가 자리 비웠을 때 종종 가서 놀려면 부지런 떨어야지."

그의 대답에 조비서는 창부대신의 클럽을 떠올린다. 향락과 놀이의 신이 운영하는 곳답게 그곳은 상상할 수 있는 모든 향락이 비처럼 쏟아지는 곳이다. 상상하는 이가 인간이든, 요괴든, 신이든, 누구라도 말이다. 하지만 조비서는 은산의 여의에 대한 집착이 그 때문만이 아님을 알고 있었다.

부모를 잃은 어린 요괴들은 항상 여의가 궁하다. 궁하기에 꾐에 빠지기 쉽고 이용당하기 일쑤다. 부모를 잃은 어린 인간과 마찬가지로. 그런 요괴들에게 은산이 자주, 용돈처럼 여의를 쥐어 주곤 하는 걸 조비서는 알고도 모른 척 했다. 은산은 자신의 선의와 선행을 감추기에. 그때 은산이 물었다.

"그런데 조비서, 백 년 안 된 어린 것을 사냥하는 건 금지 아닌가?"

"악귀들이 원래 규칙을 지키는 족속은 아니니까."

"가뜩이나 수도 확 줄었는데 골치 아프군."

"새끼 신록 하나 지키겠다고 요괴를 몇이나 싹 쓸어버린 놈 입에서 나올 소리는 아니지. 뭐, 악귀로 변한 놈들이긴 했지만."

휙, 몸을 돌린 조비서가 나가 버렸다. 그 쌀쌀맞은 태도에도 은산은 오히려 미소를 지어버린다. 겉과 속이 다른 존재들이 있음을 알기 때문이다. 조비서가 그러하다. 고드름으로 비수를 만들어 휘두를 것 같지만, 실은 꽃송이들이 다칠까 숨도 제대로 쉬지 못하는 꽃샘바람 같은 이다.

"꼭 차가운 척 한다니까. 놀리고 싶어지게. 흐흐."

그러면서 여의를 챙긴다. 주머니에 넣을 때 손가락에 부딪힌 휴대폰을 꺼냈다. 그 후로 오늘이에게선 연락이 없다.

"동이 엄청 걱정하는 척 하더니 그게 다였어? 참 내……."

검을 쥐었을 땐 강건하고 빠르던 그의 손가락이 휴대폰 위에서는 느리고 머뭇거렸다. 주소록에서 그녀 이름을 찾고 통화 버튼을 띄우기까지 백만 년은 흐른 듯 했다.

"뭐라고 하지? 동이 안 궁금하냐? 주말에 보러 올래? 여기 바다 멋진데……. 아 씨…… 뭔 헛소리야. 동이 보러 와! 이거면 되지!"

결심이 선 은산의 손가락이 막 통화 버튼을 누르려는데, 벨 소리가 울렸다. 쿵쾅쿵쾅, 놀란 은산의 심장이 마구 뛰었다. 맥 빠지게도 조비서였다.

"조비서? 계산 끝난 거 아니었어? 뭐? 조신선 찾았어? 거기가 어딘데! 어, 어? 어디?"

휴대폰 너머로 들리는 장소의 이름을 듣던 은산의 입 꼬리가 씨익, 올라갔다. 심장이 아까보다 더 힘차고 빠르게 쿵쾅쿵쾅 뛰기 시작했다.

"알다마다! 지금 당장 갔다 올게. 아니, 나 혼자! 잡으러 갈게. 혼자!"

차를 향해 뛰는 은산의 표정이 밝다. 이미 그의 마음은 목적지에 도착한 듯 간질거리는 즐거움에 가득했다. 가자, 화원 '궁이'로!

허락

벨 소리가 방을 울리고 있었다. 오늘이가 낮잠에서 깼을 때 벨 소리는 이미 몇 번이고 울렸다 꺼지고 울리기를 반복하고 있었다.

엎드린 채로 엉덩이를 불쑥, 들어 올린 오늘이의 입에서 으으, 신음소리가 났다. 그리고 팔을 뻗어 여기저기를 더듬거렸다. 흔들흔들, 몸을 흔들며 벨 소리에 리듬을 맞췄다. 노랠 웅얼거리면서도 눈은 게슴츠레 뜨고 비몽사몽간이다. 드디어, 휴대폰을 찾은 곳은 침대 밑이다. 낮잠 자기 전에 웹툰을 봤는데 잠들며 떨어뜨렸나 싶다.

"예압, 말씀하세요오."

"어디 나간 것이냐? 왜 이리 안 받아?"

부러 다그치는 듯한 할락궁이의 목소리다. 손님이 온 걸까? 그녀는 산발한 머리를 쓸어 올리며 발딱, 일어섰다.

"잤는데요. 내려갈까요?"

"그래. 손님 오셨다."

역시. 오늘이는 비틀비틀 일어나 욕실로 간다. 낮잠은 30분이 딱 좋다니깐. 차가운 물을 튼다. 아직 차가운 손으로 뺨을 착, 때렸다. 뼛속까지 냉기가 좌악, 퍼졌다. 온몸을 부들부들 떨면서 입술을 쫑긋, 모았다.

"그럼 어디 가 볼까요."

여전히 오늘이의 몸은 리듬을 타고 있다. 팔도, 허리도, 엉덩이도 흔들흔들 물결무늬를 만들었다. 쫑긋한 입술에선 무슨 노래인지 모를 노래 가사가 통통 흘렀다. 그러다 갑자기 뚝, 멈춰 서며 외친다.

"준비운동 끝!"

와다다, 화원으로 내달린다.

천만 뜻밖에도 여인들의 웃음소리가 식물의 잎사귀 사이사이를 메우며 찰랑찰랑 화원을 채우고 있다. 할락궁이가 본래 잘생기긴 했으나 과묵하여 손님들도 대체로 어색한 침묵만 지키다 가기 일쑤였다. 그런데 지금 들리는 여인들의 웃음소리엔 유쾌함과 교태가 섞여 있었다.

"농이 아니라 세계 구석구석 다녀 봐도 우리나라 여신女神들만큼 어여쁘고 맘씨 고운 이들이 없다니까요!"

조신선의 아부에 여인들의 웃음이 햇살처럼 부서졌다.

"실없는 소리 같지만 이 땅의 기운들이 정말 맑고 아름다우니 내가 이 나라를 뜰 수가 없습니다. 게다가 지혜롭기까지 하니 그야말로 세계 최고이지."

박수 소리가 웃음소리와 섞여 허공에 퍼졌다. 저렇게들 좋아하다니 역시 아부는 귀신도 춤추게 하는구나. 오늘이는 여인들이 마신 차를 치우며 고개를 흔들었다. 이제 그만하고 돌아가라고. 몇 시간째 조신선 옆에서 살랑거리는 여인들에게 살짝 눈을 흘겼다.

신들이 주문한 약과 비료를 포장하는 할락궁이 얼굴에도 피곤한 기색이 역력했다. 안 되겠다. 조치를 취해야겠어. 화난 복어처럼 잔뜩 볼을 부풀린 오늘이가 다시 조신선을 흘겨보았다.

조신선. 조선 제일의 책장수이자 날파람둥이. 오백 년 동안 꾀어낸 선녀와 신녀들만 수백이라는 전설의 미남자. 그가 화원에 방문할 때마다 어떻게 알고 왔는지 여인이 넘쳤고 웃음도 넘쳤다. 참! 지난번 습격 사건도 조신선 때문에 일어난 것이지. 문제야, 문제. 오늘이는 강아지 동이를 만났던 밤을 떠올렸다. 그러고 보니 할락궁이가 늘 경고했었다.

'조신선은 인간, 요괴, 신을 가릴 것 없이 꾀어내니 너도 조심하거라.'

뭐, 기본적으로 조신선은 오늘이의 이상형과 너무 동떨어졌기에 쓸모 있는 경고는 아니었지만. 저 이를 어찌 내보내지? 오늘이가 고민하는데 조신선의 배에서 갑자기 꼬륵, 소리가 났다.

"하이쿠야, 부끄럽습니다. 제가 아침부터 먹은 것이 부실해서 이런 실례를. 하하……."

그러면서 오늘이를 빤히 쳐다보았다. 그의 시선을 따라 여인들도 오늘이를 쳐다본다. 기꺼이 수컷 사자에게 먹이를 구해다 바치는 암컷 사자들의 눈빛이다. 알았다고, 준다고, 줘. 무언의 압박을 이겨 내지 못한 오늘이가 결국 2층으로 걸음을 옮겼다.

잠시 후, 돌아온 오늘이의 손엔 샌드위치와 차가 담긴 연갈색 둥근 나무 쟁반이 들려 있었다.

"마침 배가 고팠는데! 부리시는 아이, 센스가 제법입니다."

능청스럽고 뻔뻔하기가 능구렁이 백 마리는 너끈히 뱃속에 넣고 다닐 인사다. 흑요석일까? 검고 빛나는 반지를 약지에 낀 조신선이 얼른 샌드위치를 낚아챘다. 안팎을 살짝 구워 바삭하고 더욱 고소했다.

"부리는 아이가 아니라 돌보는 아이네."

할락궁이의 대답에 조신선은 어쩐 일인지 관심을 갖고 오늘이를 살펴보았다. 몇 번 화원을 드나들긴 했지만 그의 관심은 늘 다른 여인들에게 있었다. 그런 태도에 반응한 건 오늘이가 아니라 아까부터 오매불망 조신선의 시선에 애달아하는 신녀들이다.

오늘이는 모른 척 새침하게 나머지 샌드위치를 담은 접시와 찻잔을 내려놓았다. 달깍, 소리가 났지만 차가 찻잔 밖으로 넘치진 않았다. 그걸 바로 들어 올리는 조신선의 손이 급했다.

"어여쁜 임들과 담소를 나누다 보니 입이 마르네요."

담소는 무슨. 일방적인 수다였겠지. 오늘이가 입술을 삐죽였다. 그리고 천장을 바라보며 고개를 모로 돌렸다.

"얼 그레이구나. 내가 물 건너온 차를 좋아하는지 어찌 알고?"

새치름한 오늘이와는 달리 할락궁이는 빙긋 미소를 지었다. 신녀들은 조신선이 어떤 말을 해도 그저 까르르, 웃을 뿐이고. 그런데 그는 음식의 생기生氣를 먹는 것이 아니라 음식 자체를 먹고 있었다. 그렇다면? 인간? 인간이 오백 년을 살았단 말이야?

"오호, 이 아이, 조왕신이 좋아하실 손을 가졌군요. 만든 음식이 남다릅니다."

씹고, 마시는 것을 즐기고 있었다. 오늘이가 물끄러미 그를 바라보자 여인들이 그렇게도 자지러지던 미소를 보였다. 하회탈의 눈매를 닮은 긴 눈매가 보기 좋게 휘어지고, 높은 콧날 아래 입술은 개구짐과 대자대비의 사이, 그 어딘가의 미소를 머금고 있었다.

"어째 그러냐? 혹시 연상을 좋아하는 것이야?"

보슬보슬한 캐시미어 같은 목소리다. 뭐래는 거야? 오늘이는 자기도 모르게 흥! 콧방귀를 뀌고 말았다. 동시에 이글거리는 몇 쌍의 눈이 자신을 쏘아보고 있는 것을 느꼈다. 신녀들은 저마다 눈알을 부라리며 갑자기 나타난 라이벌을 어떻게 제거할지 각자 생각했다.

"연상, 연하, 동갑, 다 오케이인데 아저씨는 아니에요."

오늘이의 대답에 반응을 보인 건 조신선이 아니었다. 신녀들이 바글바글 들고 일어나서 건방진, 못된, 되바라진, 이런 단어들을 쏟아 놓았다. 하지만 조신선은 재미있다는 표정으로 고개를 살짝 옆으로 기울일 뿐이었다. 보기 좋은 다갈색 앞머리가 함께 기울어졌다.

"아저씨? 하하! 이마에 고집이 꽉, 들어찼구나. 칭찬이야, 칭찬. 보아하니 스무 살은 넘은 듯한데…… 이리 나이 찬 인간 아이를 돌보시는 연유가 있으십니까?"

불만스런 오늘이가 볼살을 입 안으로 빨아들여 이로 깨물었다. 입술이 8자가 되어 우스꽝스럽다.

"저 아이 집안과 연이 있어서…… 곧 보내긴 해야겠지."

"남다르다 했더니 그러했군요. 그러면…… 이 아이를 내보신다면, 자!"

조신선은 양복 안주머니에서 은빛 명함갑을 꺼내더니, 명함 하나를 오늘이에게 내밀었다. 보랏빛 아름다운 꽃과 책이 돋을새김 되어있는 특이한 명함이었다.

신녀들이 일순 조용해졌다. 그녀들 중 누구도 조신선의 개인 명함을 받은 이는 없었다. 그의 책방 번호가 아닌 개인 휴대폰 번호가 쓰인 명함이다. 그러나 그 명함에는, 그것을 받은 사람에게만 번호가 보이는 주술이 걸려 있었기에 감히 뺏을 생각도 하지 못했다. 그것은 명함을 억지로 뺏을 경우 혼이 불타버린다는 소문이 있는 주술이었다.

"내가 작은 책방을 하고 있으니 일할 곳이 필요해지면 찾아오너라."

책방? 서점 말인가? 책을 좋아하는 오늘이는 일단 호감이 생긴다. 언제고 책은 위안이고 즐거움이다. 하지만 그녀는 자기 기분을 한 꺼풀 숨기고 묻는다.

"최저시급 보장되나요? 4대 보험은요?"

동그란 눈을 깜빡거리며 태연스레 하는 질문에 조신선은 웃음을 터트렸다.

"숙식 제공에 최저시급 보장이다. 성과급은 상황을 봐서. 4대 보험은…… 알아봐야겠구나. 아, 물론 숙소의 경우 나와 분리된 곳이니 걱정 말고. 보아하니, 너라면 인간 세상으로 나가도 크게 걱정은 없겠구나."

"심사숙고하겠습니다."

발끝을 들고 고개를 까닥, 인사를 하자 조신선은 등을 의자에 기대며 다시 미소 지었다. 그 때 화원의 반대편, 입구 쪽에서 소란이 일어났다.

❀

은산이 화원 문을 열고 들어올 때까지도 모든 일이 순조로웠다. 여느 화원처럼 햇볕이 충만하고 따스했으며, 식물로 가득 찬 공간이 기분 좋기까지 했다. 은산의 목적은 조신선이었다. 비록 화원에 들어서는 순간부터 오늘이를 찾느라 눈동자가 바빴지만 말이다.

그녀와 마주치면 조신선을 잡으러 왔단 핑계를 댈 참이었다. 그것이 거짓은 아니었으니까. 군자마을에서 책방을 열겠다는 조신선에게 은산이 건 조건이 약팔이를 접는 것이었다. 그런데 은산의 동족에 속하는 도깨비한테 약을 팔다니. 완전 빅 빅 엿 엿 빡큐를 정통으로 맞은 기분이었다.

"이 종주님께서 손 좀 봐줘야겠지?"

고개를 쑥 내밀고 화원 안을 살피며 은산이 중얼거렸다. 2층으로 가는 건 이상하겠지? 좀 더 둘러볼까? 생각하며 발을 뻗는데……. 휘리릭, 굵은 식물의 줄기가 그의 발목을 감았다.

"뭐야? 이거, 뭐!"

사태를 파악하기도 전에 커다란 야자수 잎이 철썩, 얼굴을 쳤다. 억, 소리가 목구멍에서 걸려 버렸다. 뱀 같이 길고 가느다란 꽃들이 스르르, 등줄기를 훑으며 내려왔기 때문이다. 발목에 감긴 줄기를 잊고 파드닥, 긴 팔을 휘두르다 우당탕! 우스꽝스럽게 넘어져 버렸다. 키킷, 쿡, 작지만 뚜렷한 웃음소리가 화원의 여기저기서 터져 나왔다.

"이거 뭐야! 이이, 이것들! 감히 내가 누군지 알고! 누가 농간을 부리는 거야? 조신선이야?"

펑! 화가 터져 버린 은산이 고래고래 고함을 지르자 제일 놀란 건 화원 저편의 조신선이다.

벌떡, 조신선이 일어났다.

"어이쿠, 귀한 손님이 오신 것 같은데 저는 이만, 가 보겠습니다."

허둥거리며 짐을 챙기는 그의 모습에 당황한 건 신녀들도 마찬가지다.

"벌써 가시려고요?"

"그 귀한 손님과 함께 하시면 되지요."

"맞아요. 좀 더 계시다 가세요."

뭐래니, 대체! 신녀들의 보챔에 오늘이는 그만 어이가 없어져서 천장을 올려 보며 입술을 비죽 한쪽으로 올리고 만다.

"아닙니다, 아닙니다. 말씀만 고맙게 받지요. 할락궁이님 여기, 책이 있고. 뒷문이 저기지요?"

몇 초 사이에 조신선이 사라지고 다시 고함 소리가 울렸다.

"이거 풀지 못해? 조신선, 네 놈 수작이지!"

오늘이와 할락궁이, 신녀들까지 고함 소리를 따라 갔다. 그곳엔 온갖 덩굴과 꽃들로 온 몸이 휘감긴 채 바닥에서 뒹굴고 있는 은산이 있었다.

그가 다리를 버둥거리며 팔을 휘두를 때마다 식물들은 휙, 휙, 찢어지듯이 공중에 흩뿌려졌다. 그러나 이내 더 많은 수의 줄기가 착, 은산의 몸에 부드럽게 감겨드니 벗어날 길이 없어 보였다. 그 단단하고 커다란 몸이 연약한 식물들에게 꼼짝 못하고 버둥거리다니. 쿡, 큭. 신녀들의 입에서 웃음소리가 터져 나왔다.

"당신들! 내가 누군지 알아? 딱! 가만있어!"

이리저리 몸을 뒤틀며 고함을 질러 대니 신녀들이 캬아, 어머, 난리법석을 피우며 돌아섰다.

"어디 가? 거기 딱 있으라고!"

앞문으로 총총 사라지는 신녀들에게 소리치는 은산의 등을 오늘이가 찰싹, 때렸다.

"너, 지금, 날, 때린 거야? 나를?"

눈이 쏟아질 듯이 크게 뜬 은산에게 오늘이는 지지 않고 더 큰 소리로 외쳤다.

"그래! 내가, 너를 때렸다! 허락도 없이 화원에 들어와서는! 어? 어디서, 큰소리야?"

그러면서도 부지런히 줄기들을 걷어 준다. 희한하게도 오늘이의 손가락이 스치면 너무도 쉽게 줄기와 꽃들이 자리를 내주었다. 그래도 끝까지 발목을 감고 있는 줄기는 할락궁이가 슬쩍 떼 주었다.

"종주님이 맘에 들었나 봅니다."

"아뇨! 제가 왜요?"

할락궁이의 말에 오늘이 볼이 빨개지며 펄쩍 뛰었다.

"이 아이들 말이다. 칭칭 감기는 했으나 스친 자국도 남지 않은 걸 보면…… 헌데 너는 왜 너라고 생각했누?"

"그, 그게…… 주어가 없었잖아요! 아무튼! 도대체 왜 온 거냐고?"

"아……. 손님한테 엄청 박한 곳이네. 여긴 오면 안 되는 뭐, 결계라도 있는 거야?"

할락궁이의 부축을 받으며 일어선 은산은 목과 어깨를 돌리며 화원을 재빨리 둘러보았다. 확실히 식물들의 일격은 뜻밖이었지만 겉으로 보면 그저 평범한 곳이다.

"그럴 리가 있겠습니까? 종주님은 언제든 환영이지요. 이리, 안으로 드시지요."

허리를 숙이며 은산을 이끄는 할락궁이는 공손하기 그지없다.

은산의 안에서 또 조상신들이 그를 혼내는 소리가 와글와글 울렸다. 주로 할락궁이님께 버릇없다는, 예의에 관한 잔소리들이 울렸고 은산은 웬일로 그 잔소리를 받아들이기로 했다.

"네, 감사합니다. 그럼."

커다란 남자들의 그늘 뒤에서 오늘이는 뒷걸음쳐 도망가려 했다. 머리도 엉망이고, 각질이 일어난 입술이 갑자기 신경 쓰인다. 잠깐, 거울만 보고 립글로스라도 바를까? 그녀답지 않은 고민이 머리를 스치는데 할락궁이의 목소리가 그녀를 불렀다.

"예약하신 손님께서 곧 오실 테니 오늘이는 찻물 좀 올려야지."

에이 쒸, 오만상을 찌푸리는 걸, 그만 고개를 돌린 은산에게 들키고 만다. 눈이 딱, 마주친 둘은 헛기침을 하며 서로 모른 척 한다. 할락궁이는 빙그레 웃으며 느릿느릿 앞장서 걸을 뿐이었다.

❋

여덟 명은 족히 앉을 수 있는 넓은 나무 테이블이 있는 화원의 중앙엔 이미 다른 손님이 도착해 있었다. 어쩜 오늘도 예쁘시네! 핑크 투피스 샬랄라 입으셨어! 우와! 오늘이가 무심코 생각하며 미소로 인사를 건넨 건 나림이었다.

오래전부터 남신男神들의 선망이 되었다는 나림은 명망 있는 산의 여신이다. 찰랑거리는 다갈색 머리칼마저도 별빛으로 반짝거리고 그녀 눈길이 닿는 곳엔 햇살이 꽃처럼 피어나는 듯했다. 게다가 상냥하다. 신들에게도, 요괴들에게도, 심지어 자신을 괴롭히는 인간들에게도.

모든 것이 완벽하고 친절한 나림을 오늘이는 좋아했다. 그래서 나림이 화원에 올 때면 할 일이 없어도 그녀 곁에서 서성거리곤 했었다. 그런데 지금은 그렇게나 아름다운 나림 곁에 서고 싶지 않아 저만치 멀리 서 버렸다. 부스스한 자신과 너무 대조되었으니까. 그 대조를 은산에게 보이는 것이 싫었다.

"기다리게 해 드려서 죄송합니다."

송구한 표정으로 미소를 짓는 할락궁이에게 나림은 옅은 미소를 보였다. 그리고 은산을 보더니 좀 더 환한 미소를 지었다.

"우리 종주님께서 이 화원에 납시다니, 어쩐 일이실까요?"

미소만큼이나 화사하고 밝은 목소리였다.

"조신선 잡으러 왔는데 벌써 튀고 없네요."

은산의 대답에 나림이 다시 웃는다.

"그렇지 않아도 자매님들 한숨 소리를 듣고 들어왔더랬지요. 이제 조신선이 갔구나 싶어서요. 그런데 조신선은 왜요?"

그래, 나림은 조신선을 좋아하지 않았다. 일부러 피한 것이 분명하다.

"제 경고를 무시해서요. 아! 약을 좀 팔았습니다. 도깨비들한테……."

"후후, 조신선도 참 여전하군요. 오백 년을 꼬박 그러기가 쉽지 않은데 말이지요."

나림의 말에 모두가 수긍한다. 조신선은 한결 같다. 가볍고, 여자를 밝히며, 대놓고 향락을 추구한다. 그러고도 미움을 받기는커녕 그를 좋아하는 이가 많으니 놀랍다. 그러니 오백 년 동안 최고의 바람둥이로 살아 왔겠지. 오늘이는 조신선의 잘생긴 얼굴을 떠올리며 어깨를 으쓱, 해버렸다. 이제 차茶의 시간이다.

찻잔에서 향이 피어오르고 나림이 눈을 감았다. 오늘이는 조용히 기다렸다. 식물들이 제 잎을 차의 향기 쪽으로 기울였다. 은산은 코를 찻잔 안으로 박을 기세다. 아, 이거야. 이거! 오늘이에게서 나는 향기와 비슷해. 그런 생각을 하면서.

"무슨 차이지?"

나림이 물었다.

"동방미인이란 차입니다. 나림님과 어울려서 올려 봤어요."

웃으며 경쾌하게 답하는 오늘이를 보며 나림이 미소를 그렸다. 살랑살랑 웃고 있다. 아싸, 정답이었어. 오늘이는 보이지 않게 발끝을 움찔거리며 스텝을 밟았다. 역시 도저히 나림에 대한 호감을 감출 수 없는 그녀다.

오늘이의 기분을 알아챈 은산이 콧잔등을 살짝 찌푸리며 웃었다.

"향이 참 좋구나. 서라벌 시절이 떠올라."

"고려 때도 좋았지요. 그땐 어디서나 좋은 차를 다렸는데……."

과거를 소곤거리며 웃는 나림과 할락궁이가 그림 같다. 그렇게 생각하는 오늘이에게 누군가 하얀 손을 내밀었다. 나림이었다.

"고맙구나. 요즘 내 신력이 예전만 못해서 울적했는데 덕분에 오랜만에 웃었어."

손을 펴 보니 파란 여의가 세 개. 뜻밖의 수입에 오늘이는 간신히 웃음을 참느라 입술을 입 안으로 빨아들이며 콧구멍을 벌름거렸다. 그 모양에 은산의 마음에서 작은 폭죽이 터졌다. 입 꼬리가 슬슬 올라가는 걸 간신히 참아 낸다. 너무 자주 웃으면 모양새 빠지잖아.

"나림님, 이 아이가 그 귀한 것을 받아 무엇 하겠습니까?"

할락궁이가 만류하지만 나림은 싱긋 웃기만 했다. 오늘이는 오예, 오예, 속으로 쾌재를 불렀다. 그러나 겉으로는 공손히 고개를 숙였다.

"이제 가 봐야겠어요. 요새 제 산이 좀 수상해서요."

"산이요?"

이번에 끼어든 건 은산이다. 차에 코를 박고 킁킁거릴 때와는 완전히 다른 사람이 된 것 같이 진지하고 날카로운 눈빛이다.

"그렇잖아도 연락드리려고 했었어요. 조비서랑 함께 와서 한 번 봐주세요."

"그렇게 하지요."

나림의 부탁을 진지하게 듣는 은산의 표정이 오늘이는 낯설었다. 이 사람이 이런 표정을 짓는 사람이었나? 어른 남자의 표정. 몰입하여 싸늘하면서도 펄펄 끓어오르는 듯한, 두 가지 가면을 쓴 것 같은 표정이다. 어깨가 서늘해지고 가슴이 조금, 떨렸다.

"몸이 좋지 않으시다니 특별히 신경 써서 넣었습니다."

할락궁이는 자리에서 일어난 나림에게 미색米色의 한지로 포장을 마친 상자를 건넸다.

"감사드립니다. 허나 어느 산신이나 건강하지 못한 요즘이지 않겠습니까."

나림은 옷깃을 여미며 조심조심 상자를 받아들었다. 수채화 물감이 희미하게 번지듯이 나림이 화원 밖으로 사라질 때까지 할락궁이는 공손히 고개를 숙이며 배웅했다. 화원은 다시 고요해진다.

🌱

"안 가?"

할락궁이마저 꽃밭으로 가 버린 후에도 남아 차를 홀짝거리는 은산을 향해 오늘이가 묻는다.

"남았잖아. 차도 음식인데 남기면 쓰나."

어깨를 으쓱해 보이고 오늘이는 테이블 주변의 화분들을 정리한다. 손끝으로 느껴지는 식물들의 느낌이 평소와 달랐다. 작든 크든, 열매를 맺었든, 꽃을 피웠든 아님, 식물이 아니라 요괴이든, 모든 것들이 은산이를 주시하고 있었다. 심지어 외국에서 온 그 화초 요괴까지도. 할락궁이 말대로 그를 마음에 쏙 들어 하고 있는 것이다. 도대체 뭐가 다른 거지?

그을린 커다란 손으로 작디작은 백자 찻잔이 부서질세라 살짝 쥐고 있는 조심스러움은 맘에 든다. 이제 보니 미소 지을 때 커다란 눈 밑으로 생기는 애교살이며 옅게 드리워진 쌍꺼풀도 나쁘지 않다. 게다가 입술은 자기보다 더 반짝거리고 매끈했다. 커다란 덩치에 비하면 너무 섬세한 얼굴이다.

— 여자가 계속 보는구나.

— 우리 일족이 외모로 빠지진 않으니까요.

— 산이가 역대 종주들 중 최고 미남은 아닌 것이 다행인가?

조상신들의 속닥거림에 은산이 핵, 고개를 돌려 오늘이와 눈을 마주쳤다. 정말이지 볼 때마다 신기하도록 반짝이는 까만 눈동자다. 밤하늘의 한 부분을 똑 따서 만든 것 같은 눈동자. 자꾸 말을 걸고 싶은.

"처음에 내가 한 말 기억해?"

갑작스런 은산의 말에 오늘이는 그만 혼란스러워졌다. 처음? 언제? 오늘? 아님…… 씨앗? 페로몬……. 거기까지 생각이 미치자 그녀는 눈을 질끈 감았다. 빨개지지 마라, 빨개지지 마라. 자기 볼에 주문을 걸었다. 하지만 여지없이 살살 핑크빛으로 물드는 오늘이의 볼을 보며 은산은 보기 좋은 미소를 그려 낸다.

"나한테 반하지 말라고 했잖아."

"몰라, 기억 안 나."

거짓말이었다. 생생히 기억한다. 모든 것을. 강건했던 그의 팔도, 뜨거웠던 그의 품도, 따스했던 그의 입술도. 오늘이는 눈동자를 45도로 하고 비뚜로 천장을 올려다보았다.

"생각해 보니까 반하는 것도 괜찮을 것 같아. 반하는 거 허락할게."

쿵쾅쿵쾅, 귓속에서 심장이 뛰는 소리가 울렸다. 오늘이의 눈동자가 천천히 내려와 은산을 본다. 일순 사방이 고요해지고 공기의 흐름도 멈춘 것 같았다. 햇살이 나비처럼 나풀거리며 반짝였다.

"에칭!"

하필 그때 오늘이가 입을 크게 벌리고 재채기를 해 버린 것이다. 부끄러움에 그녀가 코를 잡고 은산을 보았을 땐 이미 엄청나게 큰 웃음을 터트린 후였다.

"하하하하하! 너, 너, 아니, 너는 정말……. 하하하하!"

멈출 수 없는 웃음이었고, 호탕한 웃음이었다. 하지만 오늘이는 더 이상 빨개질 수 없는 볼을 빵빵하게 부풀리고 골을 내 버렸다.

"어이가 없어서 그렇지! 뭐를 허락해? 누가 반한대? 아, 이제 보니 잘난 척 일족의 종주였군. 으!"

당황해 어찌할 바를 몰라 말로 바동거리는 오늘이를 보는 은산의 눈엔 하도 웃어서 눈물이 글썽거릴 정도다.

"아아아, 오랜만에 이렇게 웃어 보네. 우리 일족? 잘난 척이 아니고 실제로 잘났지. 보면 알잖아. 그러니 반했겠지."

"아니라니깐! 딸꾹!"

이번엔 딸꾹질이다. 황급히 입을 막았지만 참을 수 없다. 은산은 웃어서, 오늘이는 창피해서 눈물이 맺혔다.

"정말, 딸꾹! 반한 거 아니, 딸꾹! 에이씽!"

작은 발로 다다다, 발을 구르는 모양도 꼭 되똥거리는 강아지 같다. 하하, 웃던 은산이 오늘이 앞에 천천히 다가와 섰다. 웃음을 지우고는 그녀의 귀를 자기 손가락으로 쏙 막으며 말한다.

"가만, 진정하고 침 삼켜 봐. 그리고 다시 가만 있어보고."

밖에서 들리는 모든 소리가 차단되고 은산의 가슴이 눈앞에 다가왔다. 그가 말하지 않았어도 절로 침이 꼴깍, 넘어갔다. 거짓말처럼 딸꾹질이 잦아들고 있었다. 그런데 딸꾹질 소리보다 더 크게 울리는 심장 뛰는 소리에 오늘이는 은산을 올려 보았다. 혹시 들릴까 봐.

들리지 않았다. 은산도 온통 자기 심장 뛰는 소리만 들렸으니까. 오늘이가 자신을 올려다볼 땐 잠시 심장의 기능에 이상이 생긴 것이 아닐지 의심스럽기까지 했다. 전투에서 전력질주를 할 때처럼 미친 듯이 심장이 뛰었다. 어지러웠다.

"이제 괜찮아."

오늘이가 말했지만 몇 초 동안 멍하니 그녀의 눈을 들여다보는 은산이다.

"야, 종주! 괜찮다고!"

목소리를 높이며 그녀가 한 걸음 물러서고서야 은산은 퍼뜩, 정신을 차렸다. 흠, 흠, 헛기침을 몇 번 하고 나서도 평정심을 찾을 수 없었던 그는 엉뚱한 말을 내뱉고 만다.

"그러니까 조신선이 다시 오면 연락 좀 해 주고. 동이 보고 싶으면 연락하고."

"네, 네, 종주님. 이제 화원 문을 닫을 시간입니다. 안녕히 가십시오."

오늘이는 또 그녀대로 붉어진 볼과 뛰는 가슴을 들킬까 봐 얼른 2층으로 뛰어가 버린다. 그제야 은산은 뒤통수를 긁적거리며 중얼거렸다.

"아니 매일 연락해도 된다고. 좀 하라고."

그 때 킥킥, 큭큭, 화원 여기저기서 개구쟁이 식물 요괴들의 웃음소리가 울렸다.

"어허! 이놈들, 내가 누군 줄 알고 그러느냐!"

한껏 위엄 있는 목소리를 만들어 보지만 짤랑거리는 요괴들의 웃음을 막기엔 역부족이다. 게다가 오늘이가 자리를 비우자마자 식물의 줄기들이 또 은산을 향해 꾸물거리기 시작했다.

"문이…… 이쪽이었나? 무슨 화원이 미로 같아. 나, 간다!"

진녹색의 줄기들을 피하며 느리게 화원을 빠져나가는 모습에 또

웃음소리가 쏟아졌다. 그중에 오늘이의 것도 섞여 있다는 걸 모르고 은산은 조심조심 화원 문을 나섰다. 웃음의 조각조각들이 그의 머리칼 사이사이는 물론, 외진 마음의 구석까지 가득 채우고 흘러넘치는 날이었다.

군자마을

오늘이의 생일날 아침. 미역국을 끓이다 알림음에 휴대폰을 열어 보니 은산의 생일 축하 메시지가 도착했다.

'생일 축하해.'

각종 사이트에서 보내 준 걸 빼면 유일한 축하 메시지였다. 살짝, 얼굴이 상기되었다. 지난번 화원에서의 대화가 떠오르자 조금 더 얼굴이 붉어졌다. 뭐라 답해야 할지 몰라 망설이다가 미역국이 푸르르, 끓어올라서 허둥거렸다.

'고마워.'

반찬을 준비하고 밥을 떴다. 1인분이었지만 미역국은 두 그릇을 담아내었다. 다시 망설이다 빠르게 손가락을 움직였다.

'그런데 곧 화원에서 떠나야 해.'

답을 기다리고 싶은 맘을 누르며 할락궁이를 부르러 뛰어 내려 갔다. 이곳에서의 마지막 식사다.

"안 드시는 건 아는데, 그냥 한 번은 이렇게 해 드리고 싶었어요."

할락궁이를 앞혀 놓고 식탁에 국그릇을 내려놓는 오늘이의 목소리가 댕돌같았다. 쑥스러워하며 볼이 붉어진 그녀의 숨소리가 평소보다 반 박자쯤 빨랐다. 물끄러미 그녀를 올려 보는 할락궁이의 표정은 변화를 읽어 내기 어려웠다.

"아니, 뭐, 키워 주셔서 감사한다. 뭐, 그런 거랄까?"

떠듬떠듬 변명을 하며 동글한 이마를 쓸어 올렸다. 입안이 마르는지 흠, 헛기침을 한다.

"달랑 국으로 무얼 하라는 것이냐? 이 땅의 예禮가 그렇지가 않다. 밥과 국을 함께 놔야지."

그의 말에 입을 벌리고 있던 오늘이는 후다닥, 밥을 떠서 국그릇 옆에 놓았다. 입 꼬리가 헤실헤실 올라가는 것이 기쁜 기색이 역력하다.

"잘 먹으마."

인간이 아니기에 생기만 흡입하는 것이었지만 그것으로도 기뻤다. 처음이야, 처음이고 마지막이겠지? 그런 생각에 그만 밥을 씹으며 목구멍이 메는 것을 꾹, 꾹, 참았다.

"너는 혼자 컸다. 네 성장의 공功을 내게 돌리는 것은 옳지 않아. 너는 혼자 컸고, 그럼에도 바르고 곧게 컸다."

"혼자 큰 거 아니거든요! 화원의 식물들이랑, 꽃밭의 아이들이랑, 선녀 언니들이랑…… 삼촌이 곁에 있어 줬잖아요. 전 혼자가 아니었어요."

눈을 깜빡하니 툭, 눈물이 미역국에 떨어졌다.

"미역국이라는 것이 본래 그러한 것이다. 낳은 고됨과 태어난 고됨과 앞으로 살아갈 고됨을 모두의 고향인 바다 내음으로 달래는 것이지."

"멋진 말이네요."

손등으로 눈물을 훔치고 코를 훌쩍이며 오늘이가 답했다.

"내가 한 말은 아니고, 오래 전 이승삼신이 한 말이지."

저승의 꽃밭을 관리하는 주제에 할락궁이는 아이들의 탄생을 주관하고 그들의 생명을 보호하는 이승삼신과 항상 사이가 좋았다.

"네 몸 하나는 지킬 수 있게 훈련시켰으나…… 필요 이상으로 네 능력을 드러내지 마라. 행여나 저승삼신 만날 일이 있다면 절대 그이 심사를 건드리지 말고. 아직도 네게 악감정이 많은 이다."

할락궁이의 당부에 오늘이는 분노하는 저승삼신의 차가운 눈동자를 떠올렸다.

동해 용왕의 따님, 자존심이 백두산보다 높은 그녀, 저승삼신. 그녀는 죽은 아이들의 혼을 할락궁이의 꽃밭에 데려오는 자다. 또한 그녀는 참을성 없고 신경질이 많기로 유명하다. 평범한, 이름 없는 여인의 혼에게 이승삼신 자리를 빼앗긴 후로는 강샘이 더 심해진 걸 모르는 신과 요괴들이 없을 정도다. 그렇게나 자신의 직職을 받는 걸 싫어했으면서 수천 년 제 역할은 성실히 수행하는 여신이다.

그런 저승삼신은 오늘이에게 늘 차갑고, 늘 악의에 가득 차 있다. 자신이 놓친, 자신의 자존심을 뭉개 놓은 괘씸한 혼을 씹어 먹을 기세였다.

"으……. 저승삼신, 나만 보면 난리야. 내가 힘만 더 갖게 되면!"

이를 부득, 가는 오늘이를 보며 할락궁이는 쯧! 혀를 찼다.

"작은 일이든, 큰일이든, 복수를 하는 자는 뒤돌아 선 채로 전력 질주를 하는 것과 같으니. 과거만을 바라보고 과거에서 사는 거다. 그래서 언젠가 복수가 끝나도 몸과 마음이 과거에 굳어 버려서 절대 현재를 살 수가 없는 것이다. 그이 저승삼신과 많은…… 이들이 그러하지. 너는 절대 그리 살아서는 안 된다. 너는 현재를 살아야 한다.”

고개를 끄덕이는 오늘이에게 할락궁이는 한 가지를 더 당부한다.

“조신선에게 가기로 했다지? 내 조신선을 좋아하는 편이지만……
사람의 몸으로 오백 년을 살아 온 자이다. 묻지 않았으니 그 방법은
알 수 없으나 자연을 거스른 자가 끝이 좋진 않을 것이야.”

끄덕끄덕, 잠자코 머리를 끄덕이는 오늘이를 보는 할락궁이의
눈빛이 한없이 부드럽다.

“어쩐 일로 그리 고분고분한고?”

그의 물음에 울먹울먹 오늘이의 눈동자에 눈물이 차오르자 할락
궁이는 자신의 눈빛만큼 부드러운 미소를 지었다.

“자, 아이들이 인사를 하고 싶다니 가 보자꾸나.”

그리고 오늘이를 이끌어 화원의 깊숙한 곳, 저승꽃밭으로 통하
는 거울 앞에 섰다.

그 안에 있는 건 아이들이다. 저승꽃밭의, 부모 없이 홀로 죽음
을 맞이한 아이들이 한 아름씩 노오란 꽃을 들고 오늘이를 향해 웃
어 주고 있었다. 눈을 가늘게 뜨고 자세히 보니 프리지어다. 지금
은 가을, 그러나 그 달콤한 노랑의 향은 프리지어가 분명했다.

‘프리지어의 꽃말은 당신의 앞날을 응원한다는 것이야. 그러니
새 출발을 하는 이들에게 이보다 더 좋은 선물은 없지.’

3월이면 프리지어를 잔뜩 들여놓으며 할락궁이가 한 말이 기억
났다. 오늘이의 눈에서 다시 눈물방울이 넘쳐흘렀다. 그때 아이들
의 힘차고 밝은 음성이 거울 밖으로 쏟아졌다.

“오늘이야, 잘 가!”

“꼭 놀러 와!”

"과자도 사 와!"

"건강해!"

아이들은 프리지아 꽃다발을 응원 깃발처럼 흔들며 소리쳤다. 아이들의 곁에서 따스한 미소를 짓고 있는 선녀들도 오늘이를 향해 꽃다발을 흔들어 주었다.

결코 저승꽃밭 밖으로 나올 수 없는 아이들의 응원에 오늘이는 흐르는 눈물을 닦았다. 활짝, 웃으며 팔을 들어 크게 흔들었다. 목이 메어 인사말도 할 수 없었다. 그래도 웃을 수밖에 없었다.

"너는, 이 저승꽃밭에서 유일하게 살아서 나가는 아이다. 나는 네가 바깥세상에서 행복했으면 좋겠구나."

거울을 닫으며 할락궁이가 오늘이에게 말했기에.

"잘 살거라. 이제는 저승꽃밭의 오늘이가 아니라 인간 세상의 오늘이야."

그렇게 오늘이는 화원 밖으로 한 발을 내딛었다.

🌱

화원 밖으로 한 발자국만 나섰는데도 혼자였다. 이날을 대비해서 큰맘 먹고 샀던 화사한 노란 캐리어를 끌며 오늘이는 한숨을 쉬었다. 좀 작은 걸로 살걸. 어차피 짐도 별로 없는데.

23년의 생이 겨우 캐리어 하나에 담겼다.

발목을 돌아 감고 지나는 바람이 차다. 갑작스런 바람에 어깨를 움츠린 사람들은 분주히 제 갈 길을 걸어갔다. 누군가의 먹을거리를 실은 배달 오토바이가 맹렬한 기세로 몇 대나 스쳐 지났다. 화원 밖에서 세상은 그렇게 쉴 새 없이 돌아가고 있었다. 고개가 꺾이려 했다. 작은 노란 캐리어가 한없이 무겁게 느껴졌고, 눈앞의 세상이 두려웠다. 아이들과 할락궁이의 축복과 응원은 세상 밖에선 빛을 잃은 것 같았다. 뒤로, 뒤로, 조금만 뒤로 몸을 빼면……

— 믿으면 돼. 너를, 믿으면 돼. 그럼 정말 힘이 생겨.

갑작스럽게 십수 년 전에 수백 번이나 들었던 목소리가 가슴 속에서 울렸다.

— 그런다고 진짜 힘이 생겨? 거짓말 아냐?

이건 어렸던 자신의 목소리. 하지만 알고 있었다. 엄마가 옳다는 것을. 그걸 엄마는 진짜로 보여 줬으니까. 이번에도 엄마는 흔들림 없는 목소리로 답했다.

— 진짜야. 네가 믿으면 그것이 곧 힘이 돼서 너를 일으켜 세워 주는 거야.

그리고 엄마의 믿음대로 나를 살렸지. 추억에 젖어들 때 은산에게서 메시지가 연달아 도착 했다.

'화원에서?'

'완전히?'

'쫓겨난 건 아니겠지?'

오늘이가 무어라 답할 사이도 없이 띠링, 띠링, 띵, 띵, 띵, 띵! 알림음이 계속 울렸다.

'혹시 갈 데 없음 연락해.'

'내가 종주인 거 잊지 마.'

'나 능력 있는 남자다'

'엉뚱한 데 가서 사고 당하지 말고!'

'알았지?'

그 마음의 온기에 미소가 지어졌다. 그래서 턱을 들 수 있었다. 등을 세웠다. 앞으로, 망설임 없이 걷기 시작했다.

군자마을 초입엔 흔한 입석立石 따위도 없었다. 다만 바다가 내려다보이는 언덕에 커다란, 수백 년은 되었음직한 느티나무가 떡하니 버티고 있을 뿐이었다. 시외버스는 마을 안까지 가지 않고 그 느티나무 아래까지만 운행을 했다.

팔 근육이 욱신거리도록 캐리어를 끌던 오늘이는 느티나무 아래 작은 벤치에 정신없이 몸을 기댔다.

"아아, 이런 게 삭신이 쑤신다는 거구나. 으…….."

고통스런 신음소리를 내뱉었다. 오른쪽, 왼쪽 번갈아가며 팔을 주물렀다. 책방까지 캐리어를 끌고 가야 한다고 생각하니 마냥 엉덩이를 붙이고 앉아 있고 싶어졌다. 근육의 뻐근함을 잊으려 고개를 뒤로 젖혀 하늘을 올려다봤다. 얼핏, 나무 위에서 자신을 내려다보고 있는 긴 머리의 남자를 본 것 같았다. 서낭이었다. 하지만 모른 척했다.

"궁시렁~ 궁시렁~ 궁시렁~ 대. 그래 봤자, 소용없어!"

노래를 개사해 리듬을 탔다. 아픈 어깨를 들썩이자 나무 위의 남자가 고개를 더 쑤욱, 내미는 게 느껴졌다. 하얀 한복을 입은 남자는 팔을 들어 올려 덩실, 어깨춤을 춘 것 같지만 오늘이는 또 모른 척한다. 살짝 맛이 간 요괴인가? 아, 관심 끌지 말걸. 눈동자를 떼굴 굴렀다. 그 때 멀리서 왈, 혹은 깽, 거리는 소리가 들렸다.

"야! 거기 서! 다리도 짧은 게 왜 이렇게 빨라! 야!"

눈을 가릴 듯 말 듯 하얀 털이 제법 자란 어린 삽살개가 뛰어 왔다. 그리고 은산이 팔을 뻗으며 쫓아오고 있었다. 어째서 여기 있지? 왈과 깽의 중간 어디쯤의 짖음과 함께 열심히 뛰는 동이. 오늘이의 입 꼬리가 샐룩거렸다. 손끝이 간질간질 저렸다. 만지고 싶다.

"야……. 동이! 헉, 헉, 너……. 잠깐만……."

은산은 한 손으론 동이를 향해 삿대질을 했고 다른 한 손으로는 허리를 짚었다. 그러든 말든 동이는 꼬리가 빠질 듯 흔들며 그녀의 손을 핥아 대었다.

"동이야, 잘 있었어? 많이 컸네."

빙긋이 웃으며 쓰다듬자 발라당, 배를 까 보이는 동이를 은산은 어이없어 했다.

"헤픈 녀석 같으니……. 하오오, 갑자기 뛰쳐나가서 놀랐네. 너였어?"

허리를 쭉 펴니, 역시 키가 컸다. 사람이 저렇게 크다니. 새삼 놀라웠다. 은산을 올려다보며 오늘이는 고개를 끄덕였다.

"캐리어? 진짜 화원을 나와 버린 거야? 답도 없더니. 설마…… 나한테 뭐, 책임지라는 건?"

긴 팔을 접어서 스스로를 감싸는 흉내를 내는 통에 오늘이는 피식, 웃음이 나왔다.

"이런 개그 좋아하는 거야? 생각보다 아재 쪽이네."

"어이가 없어서 바람이 빠진 거야……."

말은 그렇게 했지만 이상하게 다리에 힘이 들어갔다. 오늘이가 벌떡 일어나 걷기 시작하자 동이도 그 뒤를 쫄래쫄래 따른다.

은산은 나무 위를 올려다보았다. 오늘이를 응시하던 서낭은 묘하게 입 꼬리가 올라가 있었다. 평소에 절대 감정을 드러내지 않는 서낭인데 의외다. 왜지? 게다가 아무런 저항 없이 통과시키다니?

"심성이 곱고 가무에 뛰어난 낭자로구나."

느리지만 또렷한 서낭의 목소리가 들렸다. 가무? 고개를 갸웃하며 은산은 씩씩하게 걷는 오늘이의 뒷모습을 보았다.

"너, 여기서 노래하고 춤 췄어?"

1초 정도 오늘이의 발걸음이 멈칫했다. 그걸 은산이 놓칠 리가 없다. 재빨리 그녀 곁에 서며 기색을 살폈다. 그거야! 서낭은 노래를 좋아한다! 은산이 아는 한, 마을로 흘러들어온 인간은 거의 대부분 노래를 부르고 있었던 자들이었다. 물론 악한 인간은 단 한 명도 없었으니 마을지키미 신으로써 임무를 게을리 한 것은 아니지만.

오늘이의 볼이 단숨에 복숭앗빛으로 물들었다.

"어? 정말? 오호, 대담하네."

대담하고도 귀여운 것이 딱 그녀답다.

"그, 조금 지쳐서…… 리부팅 한 거라고!"

은산에겐 눈길도 주지 않고 발끈, 했던 오늘이는 다시 마을 쪽으로 뚜벅뚜벅 걸었다. 머리에서 연기가 폴폴 날리는 느낌이었다. 흥미로워진 은산은 아까부터 미소가 자꾸 머금어졌다. 본인도 인식하지 못한 미소였다.

"그런데 너 어디 가는 거야? 이 마을에 누구라도 있어?"

긴 다리로 휘적휘적 오늘이의 뒤를 따르며 물었다.

"조신선의 책방."

잠시 멈칫, 은산은 오늘의 뒤통수를 빤히 바라보았다. 설마 그 인간의 사백 몇십 번째 애인은 아니겠지? 그렇담 조신선 이 새끼! 단번에 기분이 흐려졌다.

"무슨 생각하는 거야? 난 알바생이거든."

다시 멈칫, 경족에게 마음을 읽는 능력이 있던가? 은산은 주춤 거리면서도 안도감에 짧게 한숨을 쉬었다.

"이쪽으로 가는 것 맞지?"

조신선이 준 명함의 주소와 휴대폰의 구글 지도를 번갈아 보던 오늘이가 물었다.

"어, 맞아. 따라와."

한참을 앞장 서 걷던 은산이 문득 묻는다.

"캐리어 들어 줄까?"

"고마워."

냉큼, 넘기는 그녀. 은산은 의외다 싶다.

"거절할 줄 알았는데."

"왜? 필요한 도움은 받아야 마땅해. 그걸 거절하면 어리석다고 배웠어. 삼촌한테."

그리고 팔을 주물렀다. 유난히 가는 팔이다. 이렇게 무거운 짐을 여기까지 잘도 들고 왔다 싶다.

— 아 아이 혹시 경족이 아닌 것인가?

— 아무래도 그러하지요?

— 맞습니다. 고래 일족치고는 인간 냄새가 너무 진합니다.

갑작스럽게 머릿속을 울리는 목소리들을 무시하고 은산은 책방으로 곧장 오늘이를 이끌었다.

책방으로 가는 길 여기저기서 어딘가 부자연스런 신들의 머리들이 불쑥 솟았다. 은산이 곁에 누구야? 누구? 마을이 한바탕 소란스러워졌다. 고요한 소란스러움이었다.

"여기야."

비스듬히 끌던 캐리어를 탁, 세우며 은산이 멈췄다.

'조Joe의 책방'은 붉은 벽돌로 지어진 오래된 2층짜리 양옥의 1층에 자리했다. 그것도 4분의 3 지점까지가 책방, 나머지는 간판도 없는 천수정의 타로 가게였다.

"조신선! 없어? 혼내러 온 게 아니고 손님! 아니 알바!"

오늘이 대신 두리번거리던 은산이 광활해 보이는 어깨를 으쓱해 보였다.

"안에서 기다릴게. 고마워."

감사할 일이 있으면 인사는 즉각적으로, 공손하게 해야 한다. 할락궁이가 항상 당부했었다.

"아마 곧 돌아올 거야. 책방 문이 열린 걸 보면. 내가 있음 안 나타날 수도 있으니 가 볼게."

그러고는 돌아섰다. 생각보다 담백한 사람일 수도 있겠어. 그래도 그냥 가냐? 뭐, 마을 소개 정도는 해 줄 수도 있지 않아? 가지 않으려고 앙앙거리는 동이를 달랑 안고 저만치 멀어지는 그를 보며 생각했다. 물론 붙잡진 못하는, 조금은 소심해진 오늘이었다.

'도착했어요.'

다섯 글자를 할락궁이에게 보내야 할지 조신선에게 보내야 할지 망설이다 결국 휴대폰을 닫아 버렸다. 밖은 벌써 어두워졌다. 워낙 작은 마을이라 가게도 몇 없는 것 같았다. 도시처럼 불을 환히 밝은 가게도 드물었다. 오늘이는 책방의 조명을 켜야 할지 말아야 할지 잠시 고민했다.

"어두워서 좋을 건 없지."

결국 스위치를 찾아 책방의 틈새를 뒤지고 다녔다. 암흑은 아니지만 밝은 것도 아닌 공간에서, 희미한 외부의 빛에만 기대어 벽을 더듬었다. 사람을 불러 놓고 어딜 싸돌아다니는 거야? 살짝 짜증이 나던 차에 익숙한 목소리가 고요한 책방에 울렸다.

"숨바꼭질?"

은산이었다. 그녀는 조금 어리둥절해졌다. 그의 손에 촛불을 하나 밝힌 작은 컵케이크가 들려 있었기에.

"어? 스위치를 찾고 있었어."

설마? 아니겠지? 안 돼! 설레발치지 마! 간신히 마음을 진정시키고 시선을 컵케이크에서 돌리려고 애썼다.

"조금 있다 켜. 왜 모른 척 하는 거야? 이거, 받아."

가볍게 손짓을 하는 은산은 표정이 이상했다. 입 꼬리가 올라갈 듯 말 듯, 누군가가 강제로 끌어내는 것 같은 표정. 웃는 것도, 웃지 않는 것도 아닌 표정. 우스꽝스런 그 표정에 오늘이도 절로 웃음이 나는 걸 간신히 참는다. 안 돼. 웃지 마! 너무 가벼워 보이잖아! 자신은 몰랐지만 은산과 같은 생각을 했다. 아랫입술을 꼭, 깨물었다. 웃음은 참았지만 그의 손짓을 따라갈 수밖에 없었다.

어두워서일까? 단 하나의, 작은 초에 불과했는데 이상하리만큼 밝고 따뜻했다. 그 빛이 은산과 오늘이의 얼굴을 비추고, 책방을 비추고, 거리를 비추었다.

"생일 축하해."

깜짝 놀랐다. 아, 아직 생일이었어. 아침에도 그에게 축하를 받았던 게 기억났다.

"어, 고마워. 그런데 왜?"

의아했다. 정말로 네가 왜? 갑작스런 일격 같은 오늘이의 질문에 은산은 어…… 하다가 머리를 긁적였다. 정말, 내가 왜? 생일날 집을 나왔다고 해서? 아님 귀여운데 귀엽지 않은 척 하는 것이 정말로 귀여워서? 반하라고 했지만 실은 내가 먼저……. 생각이 거기까지 뻗치자 얼토당토 않는 변명을 해 버린다.

"알바생이든 뭐든 이제 마을 주민이 된 거잖아. 내가 이 마을의 종주, 그러니까 이장 같은 거니까. 뭐, 줄 수도 있는 거지."

괴상한 이유였지만 오늘이는 그만 수긍해 버린다. 세상에 있을 수 없는 일이란 없다. 엄마와 함께 생활하면서, 또 화원에서 일하면서 배웠으니까. 눈이 땡그래져서 끔뻑거리는 그녀에게 은산이 재촉했다.

"소원 빌고, 후, 해."

소원? 할락궁이와 함께 살 때 생일 케이크를 챙겨 본 적이 없다. 어릴 땐 섭섭했다. 하지만 이 나라보다 오래된 존재에게 신문물에 적응하라고 떼를 쓸 수는 없는 일이었다. 그러고 보니 이목은 어떻게 적응한 거지? 이목의 거대한 불꽃 촛불이 생각나 피시식 웃음이 샜다.

"왜? 너무 작아서? 이래 봬도 읍내까지 나가서 사온 거야. 나름 맛집이라 딱 하나 남은 거였다고."

투덜거리는 은산이 다시 컵케이크를 내밀자 오늘이는 단숨에 촛불을 껐다. 빛이 사라졌는데도 어둡게 느껴지지 않았다. 미소가 지어졌다. 해사한 미소였다.

"고마워."

진심이었다. 결과적으로 하루 종일 자신의 생일을 축하해 준 건 엄마를 제외하고 처음이었다.

"아, 뭐……. 이장의 의무감이었으니까 넣어 둬."

그렇게 말은 했지만 너무나 뿌듯해 보이는 표정에 오늘이는 콧잔등을 찌푸리며 쿠훗, 웃어버렸다. 강아지가 콧물을 뿜으며 기침을 하는 것 같은 웃음이었다.

"그런데 소원은 뭐 빌었어?"

아직도 자신이 대견한지 어깨를 활짝 펴며 은산이 물었다.

"안 빌었어."

컵케이크에서 초를 빼며 오늘이가 태연히 대답했다. 와구와구 컵케이크를 먹어 치우면서.

"왜?"

그는 오늘이 대신 스위치를 찾아 조명을 켜며 다시 물었다. 아무렇게나 쌓인 책들 위로 백열등의 창백한 빛이 쏟아졌다.

"소원을 들어주는 신 따위는 믿지 않아. 소원은 자기 자신만이 이룰 수 있다고 엄마가 그랬거든."

그녀는 정말 열심히 컵케이크를 먹었다. 열심히 먹는 것으로 소원을 대신하기라도 하는 것처럼. 입가가 생크림으로 하얗게 번지는 것도 개의치 않고. 핑크빛 혀가 입가에 번진 생크림을 할짝 핥았다. 달고 맛있다. 온몸으로 달콤한 설탕기가 퍼져 나갔다. 목구멍이 간질간질한 건 아마 그 때문이겠지? 오늘이를 바라보던 은산도 똑같이 전신으로 퍼지는 알 수 없는 간지럼증에 흠, 헛기침을 하고 말았다.

"우리 마을에서 그런 말을 하다니 용감하네."

"왜? 여긴 뭐가 달라?"

그 질문에 은산이 살짝, 아주 살짝, 오늘이의 이마에 딱밤을 먹였다. 예상치 못한 일격에 그녀의 눈이 더 이상 커질 수 없을 정도로 동그래져서 은산을 쳐다본다. 이익, 반격을 하려는데 은산이 허리를 굽히고 그녀와 눈을 맞췄다. 보드라운 진갈색의 눈동자가 오늘이의 까만 눈동자 속에 비치고, 은하의 소용돌이처럼 서로의 눈빛이 얽혀 빛나며 회전했다.

"내가 이장이자 종주인데 평범할 리가 있겠어? 네가 특별한 사람이듯이, 아가씨."

엄마를 제외하고 그렇게 말해 주는 사람은 처음이었다. 너는 특별한 아이야. 평범하지만 누구보다 특별한 단 하나뿐인 너야. 다정하고 보드라웠던 엄마의 음성이, 냄새가 갑자기 피어올라서 갑작스레 눈물이 왈칵, 차올랐다. 당황한 쪽은 은산이었다.

"앗, 저기, 아니, 안 아프게 때렸는데? 아플 리가 없는데…….''

눈물을 글썽이는 오늘이를 어찌해야 할지 몰라 커다란 두 팔을 활짝 벌리며 퍼덕거렸다. 달랠 수도, 안을 수도, 그렇다고 가만있을 수도 없었다. 그 모습에 오늘이는 그만 손등으로 입을 가리고는 킥, 웃음을 터트린다. 눈물이 한 방울 또르르, 흘렀지만 그녀는 신경 쓰지 않는다.

"아파서 그런 거 아니거든? 그냥 좀 뭐가 떠올라서……."

미소 지으면서도 기억의 자취를 쫓는 오늘이의 눈빛에 은산이 잠시 퍼덕대던 팔을 멈췄다. 그리고 이내 자기 손길이 닿았던 그녀의 이마를 살짝 쓸어내렸다.

"아픈 것 맞구먼. 아픈 걸 떠올리는 것도 마찬가지니까. 미안."

그것도 처음이었다. 자신을 아프게 하고 사과한 사람. 물론 은산은 아픔을 준 것도 아니었지만. 그래도 오늘이는 그를 향해 천천히 고개를 끄덕였다. 그게 은산이 보여 준 호의에 대한 고마움의 표현이라고, 그것이 그의 마음을 편하게 할 거란 걸 알 수 있었으니까.

그제야 은산은 그늘을 걷어 내고 활짝 웃었다.

"서낭이 사람을 잘못 본 건 아니네. 착한 게 맞아. 아! 그런데 저기, 캐리어 안에 저 녀석, 답답하지 않을까?"

"응?"

어리둥절한 오늘이가 휙, 뒤를 돌아보았을 땐 캐리어의 지퍼가 슬슬 열리며 진녹색의 넓은 잎이 삐져나오고 있었다. 허둥거리며 다시 캐리어 속으로 들어가려 했지만 잎이 지퍼에 걸린 나머지 끼! 끼! 고통스런 비명이 새어 나오는 것이었다.

"너? 설마?"

튀어가 걸린 잎을 조심스레 떼어 내고 활짝 열어 보니 역시 그 녀석이다!

"끼끽! 콧포루 끼! 와쿠!"

알 수 없는 언어였지만 녀석이 변명을 하고 있는 건 확실했다.

난감했지만 가여웠다.

"아주 먼 외국에서 온 녀석이야. 어느 나라인지, 이름이 뭔지, 아무것도 모르는데……."

오늘이가 머리칼을 쓸어 주듯 녀석 머리의 넓은 잎을 쓸어 주자 초록빛 눈동자가 옅어지며 그녀의 다리에 매달렸다.

"널 좋아하나 보네. 여기까지 따라온 걸 보면."

화초까지 너를 좋아하랴? 이 말을 꼭꼭 삼키면서 은산이 화초 요괴를 슬쩍 보자 녀석이 펄쩍, 뛰어올라 오늘이 가슴에 폭 안겼다. 억! 순간 소리를 지를 뻔한 은산이 입을 일자로 굳게 다물었다. 저 녀석, 약 올리는 건가? 은산의 눈이 귀안으로 바뀌려는데 오늘이가 꾸벅, 고개를 숙였다.

"아무튼 이것저것 고마워. 너 제법 좋은 이장이겠네. 이 마을에서 잘 부탁할게."

배시시, 미소 짓는다. 그 미소에 은산의 뾰족한 마음이 스륵, 녹아 버렸다.

"그래, 그래. 이 마을에서 잘…… 지내보자고. 자, 난 갈게. 가게 2층에 잘 수 있는 방이 있을 거야. 군자마을에서 첫날 밤, 잘 보내. 네가 여기 와서……."

이어지는 말을 기다렸지만 그는 휘적휘적 저만치 멀어져 버렸다. 때문에 오늘이는 보일 듯 말 듯 손을 조금 들어 올려 흔들 뿐이었다. 조금 오랫동안, 그가 보이지 않을 때까지.

"삼촌한테 널 부탁했었는데……. 통역도 없으니 할 수 없네. 너도, 앞으로 잘 부탁해. 사이좋게 보내자."

오늘이가 제 품에 안긴 요괴를 내려 보며 당부했다. 요괴지만 따뜻하다. 어쩌면 이 마을의 모든 것이 이렇게 따뜻할지도 모르겠어. 그녀는 창밖으로 완전히 어두워진 군자마을을 내다보며 생각했다. 어둡지만 외롭지 않다. 혼자가 되었는데, 혼자가 아니다. 좋은, 생일날이었어. 크게 숨을 들이쉬었다.

진짜 시작이다.

먼지 요괴

책방은 엉망이었다. 청소도, 정리도, 전혀 되지 않아서 정말로 책을 파는 것이 맞는 것인지 의심스러울 정도였다.

"정리를 시작할 거예요."

자신을 불러 놓고 사흘 만에 나타난 조신선에게 그녀가 선언했다. 도저히 팔 수 없을 만큼 상태가 좋지 않은 책들은 뒷마당에 던져두었다.

"그래, 하고픈 대로 해라. 어차피 귀한 책들은 따로 보관중이니."

맘 좋은 아저씨 같이 웃으며, 무대를 소개하듯이 책방을 향해 팔을 펼쳐 보이는 조신선이 밉살스러웠다. 결국 본인은 손 하나 까딱하지 않겠단 말이었다. 그렇다면, 뒤로 물러나 있겠다면, 그녀는 좀 더 밀어붙이기로 한다.

"정리가 제대로 되면 여기, 뭘 좀 놓고 차를 팔까 하는데…… 어떠세요?"

밀어붙이기로 맘을 먹었지만 기색을 살피지 않을 순 없다. 평소보다 크게 눈을 뜨고 책을 휘휘, 넘기고 있는 조신선을 살폈다.

"그것도 좋구나. 그리해 봐."

여기서 무기 장사를 할까 해요, 라고 말해도, 흔쾌히 허락할 것 같은 표정이었다. 초록의 화초 요괴를 발견했을 때도, 재밌고나,

한 마디가 다였다. 믿음이 아니라 책임감이 전무한 것이 아닐까? 오늘이는 그렇게 판단했다. 그래도 상관없었다. 일은 주도적으로 하는 것이 좋다.

※

그리하여 열흘간의 대대적인 정리와 대청소가 시작되었다. 그 기간 동안 군자마을에선 한 번도 울린 적이 없는 리드미컬한 노래들이 책방에서 흘러나왔다. 약간은 소란스러운 청소였다.

머리에 하얀 두건을 쓰고, 앞치마를 두른 오늘이는 노래에 맞춰, 혹은 노래를 부르며 먼지를 탁탁 털어 내고 싹싹 쓸어 내었다. 그 기세가 얼마나 대단한지 '포루루'라 이름 지은 화초 요괴가 그녀를 피해 다닐 정도였다.

놀라웠다. 털어 내고 털어 내도, 쓸어 내고 쓸어 내도 어디선가 먼지가 기어 나왔다. 힘든 걸 잊으려 리듬을 타며 청소를 했지만 매일 밤 지쳐 쓰러져 잠드는 건 마찬가지였다. 하지만 포기하고 싶진 않았다.

도저히 팔 수 없는 책들이 산더미처럼 쌓였다. 처음엔 책방 구석에 밀어 두었지만, 실내에 따로 보관할 수 있는 양이 아니었다. 그런 책들이 뒷마당에 쌓이고 쌓여 처치 곤란이 되자 드디어는 조신선이 팔을 걷어붙였다.

"10년을 같이 한 책들이라 아쉽지만…….."

놀랍게도 조신선의 두 손에서 불길이 일며 쌓여 있는 책에 옮겨

붙었다. 그는 손목을 휘이, 한 번 돌리더니 불을 다시 제 손아귀 안으로 숨겼다.

"아저씨…… 정체가 뭐예요?"

대보름 달집태우기처럼 높이 치솟는 불길과 조신선을 번갈아 보던 오늘이가 물었다.

"모두가 나를 조신선이라 하지 않느냐? 오백 년 전에도, 지금도 나는 책장수 조신선이지."

조신선은 선녀들을 녹이는 미소를 지으며 타들어 가는 책들을 보았다.

"인간이요?"

"그래, 유감스럽게도 아직도 나는 인간이로구나."

"그런데 어떻게 그렇게 오래 살고, 그런 능력이……."

캐묻는 오늘이에게 조신선은 검지를 자기 입술에 대며 고개를 저었다.

"쉿, 책들의 마지막 이야기를 들어야지."

평소의 오늘이었다면 꿋꿋하게 물었을 것이다. 하지만 그럴 수 없었다. 불타오르는 책들을 바라보는 조신선의 옆얼굴이 그답지 않게 진지하고 고독해 보였기 때문에.

"너희는 마지막일지언정 나는 마지막을 절대……."

"네?"

오늘이가 물었지만 조신선을 말을 잇지 않고 돌아섰다. 그의 등 뒤로 재가 흩날렸다. 아직은 불의 기운을 머금은 채, 붉은 꽃잎처럼.

아무리 오늘이라도, 청소를 두려워하지 않는 그녀라도, 책장의 꼭대기는 들여다보기 싫을 정도로 두텁게 먼지가 쌓여 있었다. 순서대로라면 청소의 시작은 그곳에서부터여야 했다. 가장 새까맣게 더러운 곳을 놓쳐 버린 건 명백히 오늘이의 실수였다.

"그래, 인정해. 포루루, 내가 또 명청한 실수를 한 거야."

햇빛에 넓은 잎을 펼치고 졸고 있는 포루루를 향해 오늘이가 말했다. 물론 대답은 없었지만.

"뭐, 어쩌겠어. 스스로 잘못한 거니까, 스스로 수습해야지. 흐합!"

그녀의 힘찬 기합 소리에 깜짝 놀란 포루루가 발딱 일어나 가게 옆 은행나무 위로 다다다, 올라가 버렸다. 언제 그리 친해진 것인지 요 며칠 포루루는 틈만 나면 은행나무에 사는 노랗고 키 큰 나무 요괴와 어울렸다.

"배신자. 한 번도 도와주는 법이 없어. 칫!"

말은 그리 했지만 포루루에게 친구가 생긴 것이 다행이라 생각하며 오늘이는 미소 지었다. 그리고 걸레를 들었다. 가장 낡고, 더러운 걸레였다.

"털어 내면 첨부터 다시 시작해야 하니까 최대한 먼지를…… 덜어 내자. 으으."

책장 정리에 쓰는 사다리에 올라 걸레질을 하는 순간, 온몸에 소름이 돋은 그녀가 어깨를 부르르 떨었다. 층을 이룬 먼지를 조심스럽게 덜어 냈지만 역시 허공으로 날아오르는 먼지들을 막기엔 역부족이다.

책장 꼭대기는 먼지 요괴들의 수십 년 된 은신처다. 먼저 요괴들은 둥근 검댕 같았지만 자세히 보면 팔과 다리가 있는, 작고 검은 인간 같은 존재들이었다. 그들은 빨간 눈을 번쩍거리며, 자신의 은신처를 없애고 있는 오늘이를 노려보고 있었다.

"에칭! 아후! 조신선, 도대체 청소를 언제부터 안 한 거냐고. 에 에칭!"

마스크를 했음에도 코 속을 마구 파고드는 먼지들에 연신 재채기를 해 대는 오늘이를 향해 엄지 손톱만한 먼지 요괴들이 날아들었다. 손짓 한 번이면 날아가 버릴 약한 요괴들이었지만 세력을 형성하면 문제가 커진다. 은신처를 사라질 위기에 처하자 그들은 작은 구름 정도로 커졌고, 그 규모라면 오늘이의 숨을 틀어막기엔 충분했다.

"뭐야?"

그녀가 허둥지둥 팔을 휘둘렀지만 소용없었다. 착, 착, 착, 착! 먼지 요괴들은 오늘이의 몸에 들러붙어 서로의 손을 잡고 절대 흩어지지 않았다. 멀리서 보면 그녀의 몸 전체가 까만 레깅스를 입은 것 같은 꼴이었다.

쿵! 사다리에서 떨어졌지만 중요한 건 그게 아니었다. 숨이 막혀 왔다. 살려 줘! 도와줘! 그런 말을 꺼낼 수 없을 정도로 먼지 요괴들이 꽉, 꽉, 입을 틀어막고 있었다. 온몸을 굴리며 팔다리를 휘둘렀으나 몸이 점점 조여들 뿐이었다. 몸에서 점점 힘이 빠졌다. 아, 이렇게 죽는 거야? 청소하다가? 이건 전부 게을러터진 조신선 때문이야. 어이없어. 그런 생각을 하며 의식이 깜빡깜빡 흐려졌다.

"이게 무슨 짓들이냐! 감히! 이 마을 안에서! 그 여자를!"

벼락같은 고함소리였다.

"멸하기 전에 떨어져라!"

말이 떨어지자마자 오늘이의 숨이 트였다. 전신을 조이던 먼지 요괴들이 사방으로 흩어졌다. 뭐지? 누구지? 먼지들이 남긴 검댕 때문에 눈이 떠지지 않았다. 입도, 코도 온통 검댕이투성이라 말을 하고 숨을 쉬는 것이 불편했다.

"잠시만. 편하게 해 줄게."

어? 하는 사이 강한 팔이 자신을 부드럽게 안아 몸이 붕 떠올랐다.

"누구……. 내려 줘!"

입 안 가득 밀려든 먼지를 뱉어 내며 바동거리는데 삐걱, 삐걱, 계단을 밟는 소리가 들렸다. 2층으로 올라가는 것이 느껴졌다. 자신을 안은 자가 2층으로 올라가고 있는 것이다. 이렇게 빠르게? 어떻게? 여닫이문 여는 소리가 들리더니 다시 몸이 조심스럽게 바닥에 내려졌다. 차가운 타일의 감촉으로 욕실임을 짐작했다. 곧 수도를 틀고 물이 떨어지는 소리가 들렸다.

"있어 봐. 이상한 짓 하는 거 아니야."

낮고 부드럽게 울리는 목소리……. 은산이구나! 깨닫는 순간, 오늘이는 목구멍까지 빨개지는 기분이었다. 그리고 따뜻한 물로 적신 수건이 얼굴에 닿았다. 은산은 오늘이 앞에 무릎을 꿇고 천천히, 조심스럽게 그녀의 눈과 코와 입에 붙은 검댕을 닦아 준다. 따뜻하고 부드러웠다. 오늘이의 속눈썹 하나하나까지 세심하고 부드럽게.

보이지 않았지만 그가 얼마나 정성을 다해 자신을 보살피고 있음을 알 수 있었다. 동시에 그의 따뜻한 숨결이 느껴졌다. 물수건이 닿았던 그녀의 눈썹과 속눈썹, 입술에까지 은산의 숨결이 닿지 않는 곳이 없었다. 그 숨결이 닿은 모든 곳이 간질간질하고 발갛게 달아올랐다.

"이제, 눈을 떠 봐."

서로 달라붙었던 속눈썹이 서서히 제자리를 잡고, 따가움이 가셨다. 오늘이가 반짝, 눈을 떴다.

그때 은산은, 어릴 적 아꼈던, 우주를 닮아 까맣게 반짝거리던 유리구슬을 오늘이의 눈동자 속에서 발견했다. 장난치기 좋아하는 요괴들이 빼앗아 갈까 잠을 잘 때도 손에 꼭 쥐고 잤던 유리구슬이었다. 아침이면 그의 체온을 머금은 채 따스한 영롱함을 자랑했던 유리구슬이, 다시 자신의 가슴을 두근거리게 하고 있는 기분이었다. 갖고 싶다. 누구에게도 뺏기고 싶지 않다.

"고맙긴 한데 너…… 손 좀 치워 줄래? 너무 무거워."

그녀의 말에 정신을 차려 보니 체중을 실은 채 오늘이의 허벅지를 누르고 있는 자신을 발견했다. 하필이면! 놀라 뒤로 후다닥, 몸을 물리던 은산은 쾅! 여닫이문에 부딪히고 말았다. 통증 따윈 전혀 느껴지지 않았지만 부끄러움은 온전히 그의 몫이었다. 연기처럼 사라지고 싶었다.

"괜찮아? 머리, 아프겠다."

"아, 뭐 이까짓 것, 내가 종주인데 어? 그런 약골이겠어?"

대체 무슨 말이냐. 드러난 표정은 근엄하게, 그러나 마음속 표정은 오만상 찌푸린 채로 은산은 벌떡 일어섰다.

"흠! 어쨌든 뭐든 적당히 해야지. 청소를 지나치게 하니까 먼지 요괴들이 성이 난 거잖아. 마침 내가 지나던 길이니 망정이지."

"뭔 소리야? 청소가 지나치다니? 아아. 너, 집에서 청소 안하지?"

은산의 충고에 발끈한 오늘이가 지지 않고 발딱, 일어서서 맞섰다. 그리고 그녀의 말에 은산은 그만 심히 양심이 찔리고 만다. 조비서와 고모에게 방 청소라도 좀 하란 말을 일만 팔천 번쯤 들었을 테니까.

"나, 종주야! 요괴들의 우두머리라고! 청소 따위 당연히 안 하지!"

물론 그런 건방진 이유는 아니었다. 단지 청소 자체가 귀찮다는 평범한 이유였지만. 일단 이 당돌하게 빛나는 여자에게 특별해 보이고 싶다.

"아아, 그래? 대단하신 종주님이시라 청소 따위는 안 하시는 거 당연하고요. 하찮은 알바생인 소인은 열흘 동안이나 청소하는 게 당연하단 말씀이시지?"

허리에 두 손을 올린 채 자신을 올려다보며 따져 묻는 오늘이에게 은산은 그만 말문이 막히고 만다.

"아니, 그게…… 그런 뜻이 아니라……."

"아! 됐고! 이 미천한 알바생에겐 아직 정리할 게 남아 있으니까 고귀하신 종주님은 계속 제 갈 길 가시지요."

뽀로통해진 그녀는 먼지투성이인 제 몸을 탁탁, 털며 머리를 질끈 묶었다. 그리고 아래층으로 재빨리 내려가 버렸다.

"아니래도……. 아, 진짜, 지나가던 길이 아닌데 어딜 가라는 거야."

일부러 들른 거였다. 요 며칠 동안 미친 듯이 출장 요청이 밀려들지 않았더라면 오늘이가 마을에 도착한 다음날에도 들렀을 것이다. 겨우 시간을 내서 들른 거고, 목숨도 구해 줬더니만……. 어떻게 오해를 풀지? 뭔가 억울해져 버린 은산이 골머리를 싸매며 터덜

터덜, 아래층으로 향했다.

✳

들키지 않았겠지? 어차피 검댕투성이니 볼이 터질 듯 빨개진 걸 몰라봤을 거다. 아! 검댕! 책방으로 내려온 오늘이는 벽에 걸린 거울에 자신을 재빨리 비춰보았다. 욕지거리가 절로 입안을 맴돌았다.

예전에 티브이에서 보았던, 막장에서 나온 광부들의 모습이 그녀 같았다. 까맣고 까맣다. 다만 은산이 정성껏 닦아 주었던 얼굴만 허옇게 둥실, 허공에 떠 있다. 아무리 좋게 봐도 '예쁘다'란 단어를 스스로에게 붙이기엔 무리라고 생각하고 고개를 푹 숙여버렸다. 오랜만인데, 게다가, 여하튼, 구해 줬는데 싫은 소리까지 해 댔다.

"부끄럽네, 오오늘."

"뭐가 부끄러운데?"

어느새 그녀 뒤에 다가온 은산이 물었다. 나지막하고 부드러운 음성이었음에도 오늘이는 놀라 균형을 잃고 비틀거렸다. 그런 그녀의 어깨를 은산이 커다란 손으로 붙잡아 주었다.

"일부러 그러는 거야, 아님 몸이 허약한 거야?"

"아니, 놀라게 하니까 그렇지! 일부러? 내가 사이코야? 으으."

오늘이가 그의 손을 뿌리치며 홱, 돌아서며 대서는데…… 은산이 파아! 웃음을 터트렸다.

"파하하하하하! 아닛! 너! 푸하하! 너, 너……. 크흡!"

그녀가 몸을 뒤로 물리며 기분 나빠하기에 웃음을 참으려 했지만 도저히 그럴 수가 없었다. 웃음이 폭탄처럼 터졌다.

"뭐야, 왜 그래? 기분 나쁘잖아! 사람을 보고 왜 그렇게 웃어? 미쳤어?"

"아니, 아니, 너……. 쿠하핫! 너, 입 좀……. 쿡!"

이제 은산은 배를 움켜잡으며 허리를 숙이고 웃는다. 자칫 바닥을 구를 기세다.

"입?"

설마, 설마! 오늘이는 얼른 다시 거울을 봤다. 그리고 입을 벌렸다. 아! 이가, 새까맣게 물들어 있었다. 검은 김을 조로록 붙인 것처럼. 망했어, 완전. 끝이야, 다신 못 봐. 눈을 질끈 감고 은산에게서 등을 돌렸다. 쪽 팔려!

발이 보이지 않을 정도로 빠르단 표현이 딱 맞았다. 입을 굳게 다문 오늘이가 다시 욕실로 뛰어가는 모습은. 다다다! 도망치다 문득 멈춘 그녀가 은산에게 퉁명스러운 한 마디를 뱉었다.

"너, 나빠. 추하다고 비웃다니."

그리고는 은산이 뭐라 답할 새도 없이 속도를 내서 달아나 버렸다.

"추해?"

책방에 홀로 남은 은산은 그녀의 발자국을 보았다. 먼지 요괴들이 남긴 검댕 위에 찍힌 선명하고도 작은 발자국. 그것만으로도 은산의 입가에 미소가 감돌았다.

"뭐가 추하다는 거야, 귀염 터져 죽겠구먼."

작은 발자국 바로 옆에 자신의 발자국을 꾸욱, 남긴다. 그리고 두리번두리번 무언가를 찾는다. 곧 그의 손에 기다란 대걸레가 들린다.

"지우기 아쉽지만."

은산은 힘차게 팔을 놀려 오늘이와 자신의 발자국을 지웠다. 구석구석, 책방의 바닥을 깨끗이 닦았다. 책장 사이사이 떨어진 먼지도 찾아 물걸레로 닦았다. 생전 처음이었다. 그렇게 열심히, 열과 성을 다해 청소를 하는 것은. 그것도 타인을 위해, 자발적으로.

"나 간다!"

먼지 요괴 한 톨, 진짜 먼지 한 톨 남지 않은 책방을 나서며 은산은 2층을 향해 인사를 했다. 답은 없었지만 그래도 괜찮았다. 이정도면 그녀가 힘들여 청소할 일은 없겠지. 짐작하는 것만으로도 즐거울 정도였다. 처음 느끼는 이상한 종류의 뿌듯함이었다.

"청소, 할 만하구만!"

골목을 돌아 나가며 큰 소리를 빵! 치는 은산을 책방 2층에서 바라보는 시선. 오늘이도 피식, 웃음이 나왔다. 미친 듯이 샤워를 하고 나와 스리슬쩍 훔쳐본, 청소하는 은산의 커다란 등이 생각났다. 잘난 척, 건방진 척, 온갖 재수 없음으로 도배한, 잘생기기만 한 놈인 줄 알았는데 제법이다. 제법…… 두근거린다.

저주

대대적인 청소 기간이었던 열흘 동안, 그리고 그 이후 먼지 요괴가 휩쓸고 간 며칠 동안도 책방 옆 타로 가게는 요지부동이었다. 호기심에 주민들이 한 번은 책방 앞으로 지날 때도, 천수정은 고개를 내미는 일조차 없었다. 비록 간판도 없는 작은 가게지만 분명 드나드는 손님이 있는데, 책방의 소동을 모른 척 했다.

팔과 어깨의 근육통에 스트레칭을 하며 해바라기를 하러 나온 오늘이가 가끔 시선을 주었지만 그곳 주인의 얼굴을 볼 수 없었다. 뭐 하는 곳일까?

신들 사이에 용하기로 소문이 자자한 천수정의 이야기를 아직 듣지 못했기에 궁금할 수밖에 없었다. 하지만 몰래 들여다 볼 정도의 관심이나 여유는 없었다. 그리고 은산도 먼지 요괴 사건 이후로 책방에 얼굴을 내밀지 않았다. 뭐야, 사람 헷갈리게. 자신의 눈동자를 빤히 들여다보던 그의 얼굴이 떠오르자 오늘이는 재빨리 손에서 먼지를 털어 내고 다시 정리에 뛰어들었다.

마침내 정리를 마쳤을 때 알 수 있었다. 책방엔 역사나 신화에 대한 책이 한 권도 없었다. 일반적으로 인기 있는 문학 책과 잡지는 물론이고 금형설계, 항공공학, 애완동물, 심지어 타밀어 교재 같은 책도 있었는데. 그에 대해 오늘이가 묻자 조신선은 아무렇지도 않게 대답했다.

"누가 자기 사생활에 대한 책이 팔리는 걸 보고 싶겠어? 그런 책은 안 팔아."

조신선의 말을 떠올리며 손가락으로 주르륵, 책등을 빠르게 쓰다듬었다. 그런데 포루루가 나뭇가지 같이 긴 손가락을 내밀어 책과 책 사이를 만지작거렸다.

"뭐야? 혹시 먼지 요괴라도 남았어?"

오늘이가 다가가자 포루루는 얼른 뒤로 물러섰다. 머리에 얹힌 푸른 잎사귀를 푸르르 떨면서.

"아, 진짜 네 말을 좀 알아들을 수 있으면 좋겠다. 이게 뭐야?"

포루루가 만졌던 자리엔 형체가 흐물흐물 불분명한 책이 한 권 꽂혀 있었다. 오늘이는 눈을 가늘게 뜨고, 허공을 찌르듯이 그 책의 책등을 찔러보았다. 순간, 책은 단단하게 본래의 형태를 갖췄다. 갓 출간된 책처럼 책등이 반짝거리고 빳빳하다.

"삼국유사 외전? 삼국유사에 외전이 있었나?"

고개를 갸웃, 했다. 그러고 보니 책 정리를 할 때도 본 기억이 없다. 책을 빼 든 오늘이는 습관적으로 책장을 스르르, 넘겼다. 그런데 살짝, 접힌 부분이 있었다. 읽어도 되겠지? 오늘이는 마음속으로 문장을 읽어 가기 시작했다.

비형은 제 25대 사륜왕 진지대왕의 귀신과 사량부 도화랑의 아들이라고 알려졌다. 그러나 실상은 지상의 귀신과 요괴들을 다스리는 도깨비 왕이 신녀인 도화랑과 낳은 아들이다.

애초부터 비범했던 비형은 걷고 말하기를 시작할 때부터 인간 아닌 것들을 보았다. 그리고 밤이면 온갖 요괴들과 도깨비들을 부리며 놀았다. 그가 명을 내리면 그것들은 모두 복종하며 명을 따랐다.

서라벌 최고의 미녀이자 신녀였던 도화녀는 어느 날, 다른 이들에겐 감추었던 출생의 비밀을 아이에게 말해주었다. 그러나 그가 귀 기울여 들었는지는 의문이다.

"너의 아버지는 도깨비 왕이니 너 또한 특별한 능력을 타고 났다. 그 능력으로 인하여 너는 귀히 여겨질 것이나 또한 불행해질 수도 있다. 그때 네가 스스로를 책망할까 염려되는구나."

"어머님께서는 신녀이신데 저의 앞날이 보이지 않으십니까?"

비형의 물음에 도화녀는 울며 답했다.

"보인다. 또한 보이지 않는구나. 인간의 앞날은 선택을 통해 바뀔 수 있는 것이니. 그러나 이 말은 꼭 해 주고 싶구나. 아들아, 너의 타고난 능력으로 인해 앞날이 불행해진다면, 부디 자신을 용서하려무나. 스스로를 용서할 수 없는 인간은 다른 이도 용서할 수 없는 것이니. 너를 용서할 수 없다면 세상을 용서할 수 없을 것이야."

비형이 도깨비 왕의 아들이란 사실을 모르는 궁에서 사람이 나왔다. 그들에게 비형은 죽은 왕의 아들이었으니까. 비형의 능력이 기이하고 출중하여 임금이 그의 재주를 기꺼이 쓰고자 한다는 것이었다. 그러나 도화녀를 부르지 않았으니, 그녀는 비형이 궁으로 들어간 날 죽임을 당했다.

비형은 궁에서 영민하고 아름다운 공주를 만나게 된다. 공주는 야심만만하나 그 야심을 감출 줄 아는 여인으로 서라벌 화랑의 연모를 한 몸에 받는 이였다. 비형 또한 공주를 연모하여 그녀가 시키는 것은 무엇이라도 하게 되었다. 그리하여 도깨비의 힘을 이용해 귀교鬼橋를 만들고, 문루門樓를 세웠다. 또한 전쟁이 나면 화랑을 이끌고 나가 피투성이가 되었고, 왕에게 정적이 생기면 살인을 저질렀다.

이에 비형의 벗이었던 여우 요괴 길달이 충언을 했다.

"인간 세상에 뜻을 두고 계시다면 말리지 않겠습니다. 그러나 더이상 그 일에 도깨비들과 요괴들을 끌어들이시면 안 됩니다. 다리를 짓고, 문을 세우는 것과 살인은 다릅니다. 자칫, 도깨비 왕을 진노하게 만들 수 있습니다."

그러나 비형은 공주에게 자신의 모든 마음을 주고 있었기에 귀를 닫았다.

"도깨비 왕? 내게 이름 하나 던져 주고 단 한 번도 찾지 않은 아버지 말인가? 두렵지 않다. 어디 마음대로 해 보라지."

공주가 비형의 아이를 가진 후 그는 더 잔혹한 공주의 검이 되었다. 비형의 갑옷은 인간의 피로 물들었고, 때론 옆 나라를 수호하는 신과 요괴들의 피를 보기도 했다. 비형의 검은 인간과 신과 요괴들의 비명과 고통에 물들어 점점 검붉게 변했다. 그리고 그의 마음은 점점 바위처럼 굳어갔다. 그러나 공주의 탐욕은 끝이 없었다.

"혈석이란 걸 만 개 모으면 만신과 요괴들을 다스릴 수 있다고 들었습니다. 내게 그걸 주시오."

혈석은 신과 요괴를 죽일 때 드러나는 빛나는 신력의 진수이다. 그렇기에 신과 요괴를 죽이더라도 손대서는 안 되는, 저주의 씨앗이 되는 것이었다.

비형이 혈석에 손을 대기 시작할 것을 안 길달이 그 밤 도망쳤다. 그리고 날이 새기 전에 비형의 검에 죽임을 당했다. 어릴 적 자신을 목마 태워주고 나는 법을 가르쳐 준 벗을, 비형은 거침없이 죽였다. 그리고 동틀 무렵, 공주와 비형의 아이가 태어났다. 그 후 비형의 검은 세상 모든 신들과 요괴를 겨눴다.

"우리 아기는 우리가 지켜야 하지 않겠소? 그러려면 힘이 필요합니다."

공주의 말에 서라벌의 요괴들과 인근의 신들, 백제와 고구려의 요괴들이 비형의 검에 스러지고 혈석을 빼앗겼다.

그러던 중 왕이 붕어崩御했다. 전장에서 소식을 듣고 바람처럼 공주의 곁으로 뛰어간 비형에게 또 다른 요구가 이어졌다.

"나는 여인의 몸이라 아버님의 비호가 없으면 어찌 될지 모르오. 나를 해하려는 자들이 우리 아기를 노릴지도 모르니 제거해야 합니다."

비형은 공주의 뜻대로, 권력을 쥔 자들의 목을 베었다. 그중에는 비형의 동료였던 화랑들과 그들의 가족도 있었고, 부하들의 가족도 있었다. 서라벌이 피와 통곡으로 가득 찼다. 그 곡소리를 잔치 음악 삼아 공주가 혼인식이 거행되었다.

그런데 공주의 배우자는 비형이 아니었다. 공주의 살생부에 포함되지 않았던, 힘없는 진골 중 하나일 뿐이었다.

"어쩔 수 없었소. 그대는 사실 성골도 아닌, 죽은 왕의 아들일 뿐이니. 나는 그런 자와 혼인할 수는 없소. 하지만 아직 그대의 힘이 필요하오."

처음부터 공주는 비형과 혼인할 생각이 없었고 그의 힘이 필요했을 뿐이었다. 피비린내가 온몸을 채우고 혼까지 물들인 비형은 그럼에도 공주의 바람을 내치지 못했다.

"우리 아기는 왕위를 잇지 못하오. 대신 내 어머니의 가문에서 안전하게 길러주기로 했소. 그것만으로도 다행한 일이지요. 그러니 아기는 걱정하지 마시오. 나는 그저 여인이 아니라 가장 강한 자가 될 작정이오. 그러려면 그대가 필요하오. 내 힘이 되어 주시오."

아름답고 빛나는 얼굴로 또박또박 요구했다.

"내가 공주에게 무엇을 더 해 줄 수 있기에?"

"그대는 특별한 능력이 있지 않소. 내게 혈석을 모아 주시오. 난 그것으로 세상을 다스리고 싶소."

빈껍데기뿐인 비형의 몸이 공주의 명을 받들었다. 피로 흠뻑 젖은 발을 끌며 사냥을 나섰다. 죽이고, 또 죽였다. 그리고 기다렸다.

비명과 피로 들끓는 벌판에서 도깨비 왕이 대지로부터 솟아올랐다. 처참하고 슬픈 눈이었다. 지상 요괴들과 신들의 절규에 마침내 모습을 드러낸 것이다. 먹구름이 몰려들고 우르릉우르릉 하늘이 울었다. 도깨비 왕이 팔을 들자 비형의 갑옷이 사방으로 찢겼다. 보이지 않는 사슬이 그를 포박했다.

오랜 시간 죽음을 원했던 비형에게 죽음 대신 저주가 내려졌다.

"너의 죄가 너무 중하기에 너는 죽을 수가 없다. 대신 너는 저주받을 것이다. 너는 죽을 수도 소멸할 수도 없다. 내 모든 힘을 끌어모아 너를 봉할 것이다. 너의 처음과 끝은 같을 것이며……."

죽을 수 없다는 절망감에 비형이 고함을 지르며 나뒹굴었다. 천지가 그와 함께 비명을 질렀다.

"네게 큰 죄를 짓게 만든 여인의 죄도 중하다. 애초에 네 어미를 죽이라 왕에게 권한 것도 그 여인이지. 네 모든 죄의 원흉이다. 공주, 그 여인은 너와 함께 봉해져 배고픔과 목마름의 고통을 고스란히 겪으며 천천히, 아주 천천히 죽어갈 것이다. 또한 너와 여인의 자손들은 대대로 죽어도 혼이 저승으로 가지 못할 것이다. 그리하여 너희가 죽인 요괴들과 신들의 후손을 충분히 도울 때까지 그 혼은 쉬지 못할 것이니 너희 죄가 그토록 깊은 까닭이다."

"내 죄의 원흉이 어째서 그녀인가! 내 죄의 원흉은 내게 이런 능력을 준 당신이다! 나를 반인반귀로 만든 아버지, 당신이란 말이다! 봐라, 당신 아들의 죽음을. 나는 내 스스로 죽으리니!"

처절한 비명이 벌판은 가득 채웠다. 비형이 뛰어 거대한 바위에 머리를 날렸다. 피가 튀고 살이 찢겼다. 뼈가 부러졌다. 고통이 그의 몸을 찢어놓았다. 그러나 죽지 않았다. 죽을 수 없었다. 수십 번의 시도는 무위로 돌아갔다.

결국 비형은 공주와 함께 봉인되어 완전한 어둠 속에서 죽음보다 깊이, 더 깊이 가라앉았다.

슬픔을 구구절절 말하지 않았으나 슬픈 이야기였다. 그런데 어디선가 들었던 이름이다. 비형? 아! 은산의 조상? 눈을 크게 뜨며 책을 다시 읽어 보려는데 어느새 다가온 조신선이 책을 낚아챘다. 정말 이상한 건 그의 손 안에서 책은 아주 오래된 서책의 형태로 보였단 것이다.

"어이쿠! 이 중한 책이 어째 네 손에 있는 것이냐?"

그러면서 걸치고 있던 외투 안으로 서둘러 책을 감췄다.

"이 책 뭐예요? 삼국유사에 외전도 있어요?"

"뭐, 있다면 있고 없다면 없지. 인간들에겐 없는 것이고. 헌데 네가 이 책을 어찌 찾았지? 여기 걸린 주술이 만만치 않을 것인데."

미심쩍은 눈빛으로 조신선이 오늘이를 훑어보았다. 그때 포루루가 재빨리 책방 옆 가게로 들어가 버렸다. 왜 저리로 들어가지? 오늘이가 궁금해 하는데 조신선이 말을 이었다.

"아하, 저 녀석이 책의 기운에 이끌린 것인가……. 그래도 너는 인간이거늘 어찌 이것이 보였지?"

"보였으니까 읽었지요. 그렇게 중요한 책이면 다른 데 보관하지 왜 인간 따위에게 보이게 두셨는지 모르겠네요."

뾰로통해져서 툴툴거리는 오늘이에게 조신선은 코웃음을 쳐 버렸다.

"내 보물고에 두면 혹시나 들킬까 봐 그렇지. 하여간 너란 아이는 확실히 특별하구나."

"누구한테 들키는데요?"

"그런 분이 있나니. 너는 알 것 없다."

"그런데 거기 이야기에 나오는 비형이란 사람 혹시 은산이 조상이에요?"

그녀의 물음에 조신선은 허리를 숙이며 최대한 목소리를 죽여 답한다.

"그렇지. 비형 일족의 이야기니까."

그 대답에 오늘이의 머릿속에서 할락궁이가 해 주었던 이야기가 떠올랐다. 그렇게 된 것이구나.

"그럼 은산이는…… 그 사람도 저주 받은 거예요?"

"요괴들과 신들의 수호자니 매번 불려 가서 다치고……. 그 일족의 종주들은 제 명을 다 채우지 못하고 요절한다. 그래, 저주라 하겠지."

그러니까 정말로 반은 인간, 반은 도깨비에다가 저주 받았단 말이야? 오늘이는 머리가 복잡해졌다. 그렇게 보이지 않았다. 능청스럽고 잘난 체하는 것이 거슬렸지만, 그 환한 미소가 저주 받은 사람의 미소라고?

"아이고, 오후에 어여쁜 선녀님이 오기로 하셨는데! 내 머리 좀 다듬고 오마!"

복잡한 얼굴의 오늘이를 흘깃, 보며 짓궂은 미소를 짓던 조신선이 호들갑을 떨며 책방 밖으로 나가 버린다. 그러거나 말거나 오늘이는 제 생각에 골몰한다.

"저주라고? 후유……."

오래 전 어머니의 말이 떠오른 오늘이는 깊은 한숨을 쉬었다.

'저주는 가장 강력하고 비극적인 말이지. 저주를 건 사람이나 저주에 걸린 사람 스스로 깨는 수밖에 없는데 대체로 그 전에 둘 다 파괴되고 마니까. 그러니 너도 항상 너의 말에 조심해야 해. 진심이 담긴 말은 믿음이고, 믿음은 곧 힘이야.'

알고 있다. 그러니 방법이 없어 보였다. 저주를 건 도깨비 왕, 저주에 걸린 비형, 찾을 수 있었다면…….

"찾을 수 있다면 뭐 어쩌겠어? 후유……."

다시 한숨이 나왔다. 그런데 살살 녹는 목소리가 그녀를 놀래켰다.

"뭘 찾아야 하는데? 우리 오늘이, 내가 찾아줄까?"

책방 입구로 쏟아져 들어오는 햇살을 등지고 이목이 서 있었다. 봄바람 부는 언덕 같은 눈빛을 오늘이에게 보내면서.

타로점

"책방에 새로 왔다는 알바생이 우리 오늘이였어?"

갑자기 나타나 스르륵, 다가온 이목에 그녀는 놀라고 말았다.

"어? 네가 여기 무슨 일이야?"

눈을 동그랗게 뜨고 오늘이가 물었다. 의례적인 질문인데도 이목의 가슴에선 기쁨의 꽃이 화사하게 피어올랐다.

"여기 살고 있거든. 내 바다를 잃은 이후로 신세 좀 지고 있지. 일단 이 바다를 빌려서 '함께' 쓰고 있어. 그리고 이 마을 나무들이며 산의 나무들을 보살피고 있고."

오래 전, 상처 받고 비틀거리며 죽음에 임박했던 하얀 이목의 모습이 짧은 순간 오늘이의 머릿속을 스쳤다. 그러나 지금 그녀 앞에서 이목은 조용히 미소 지을 뿐이었다. 첫눈 오는 날의 약속이 저런 느낌이겠지? 한없이 설레고, 부드럽고, 차갑지만 동시에 따스하다.

"흠, 그런데 왜 용족이, 바다 일족이면서 나무를 보살펴?"

간지러운 느낌을 숨기려 오늘이 물었다.

"옛날부터 그랬어. 물속보단 육지가 더 좋았어. 나무도 잘 보살폈고. 하긴 신이고 요괴고, 인간한테 홀려서 된통 당한 자들이 옛날부터 종종 있었지. 아, 인간한테 홀린 건 나도 마찬가진가? 네가 날 구한 후로 홀려 버렸으니까."

이목이 자기 바다를 잃었을 때 그는 죽을 뻔했었고, 그날 둘은 만났다. 힘없이 추락하던 은빛 비늘과 핏방울들. 오늘이는 어렸던 자신의 등 뒤에 숨을 수밖에 없었던 이목의 연약한 모습이 떠올랐다.

"내가, 네 목숨을 구했다고 홀리게 만든 건 아니지."

"그런데 정말 뭘 찾아야 해? 내가 함께 찾아 줄까?"

"아니야, 그건 찾을 수 있는 게 아닐 거야."

그녀는 이내 고개를 가로저었다. 이러다간 질문이 꼬리에 꼬리를 물고, 이목의 다정함에 말려들고 말지.

"그럼 찾기 놀이는 그만두고. 오늘아, 이 마을에 살게 된 기념으로 나랑 타로 보러 갈래?"

살랑살랑 곁으로 다가와 꼬드기는 이목. 하지만 오늘이는 단호했다. 아니 단호한 척했다.

"아니, 난 점 같은 건 믿지 않아."

"어허, 달라요, 달라. 예언의 신이 조상인 아이라니까. 빗나가는 걸 본 적이 한 번도 없어."

이목은 몽실몽실한 웃음으로 계속 졸랐다.

"바로 옆이라 손님 와도 걱정 없잖아. 응?"

옆? 옆 가게? 오늘이는 호기심이 동했다.

"자, 가 보자. 얼른."

이목은 눈치가 빨랐다. 오늘이가 호기심에 멈칫한 틈을 놓치지 않는다. 얼른 오늘이의 손을 잡아끌었다. 딸랑, 경쾌한 소리와 함께 옆 가게 문이 열렸다.

밝고 환한 느낌이었다. 가게는 온통 하얀색이었다. 벽도, 하얀 천이 깔린 둥근 테이블도. 하얀 천으로 가려져 무엇이 있는지 알 수 없는 가게의 나머지 부분도. 그리고 타로 카드가 놓인 테이블 건너편에 천수정이 앉아 있었다. 예쁘네. 오늘이가 무심코 생각했다. 하얗고 빨갛고 까만, 백설 공주 같다. 어느 패션 잡지의 화보에서 본 것 같기도 한 아리따운 얼굴이다. 청바지에 흰 티셔츠를 걸쳤는데도 어쩐 일인지 드레스를 입은 공주가 떠올랐다.

"여긴 천수정. 여긴 우리 오늘이. 둘이 나이도 비슷할 거야. 아니 수정이가 더 어리겠구나. 산이보다 동생이니까. 그나저나 백 년도 못 사는 인간들이 왜 그렇게 나이에 집착하는지……."

서로를 소개해 주는 이목만이 벙싯거렸다.

오늘이는 약간은 어색한 미소를 지으며 꾸벅 고개를 숙였다. 상대의 나이와 상관없이 언제나 예의는 지켜야 한다. 그것이 품위를 지키는 길이다. 할락궁이는 그렇게 가르쳤다. 그러나 수정은 가만히 그녀를 응시하고 있을 뿐이었다. 문득 수정의 등 뒤에서 빠끔히 고개를 내민 포루루가 눈에 들어왔다.

"어? 너, 여기서 뭐해? 아니, 왜 여기로 온 거야?"

오늘이가 포루루에게 손을 내밀었지만 포루루는 다시 수정의 등 뒤로 숨어 버린다.

"오늘이랑 친한 요괴인가? 그래도 놔두는 게 좋을 거야. 천수정은 말이지, 다정함과는 거리가 먼데도 희한하게 요괴들한테 사랑받거든. 외로운 별종일수록 더 꼬인다니까. 그치?"

이목이 답해주었지만 오늘이는 어쩐지 마음이 풀리지 않았다. 괘씸한 녀석, 저도 수컷이라고 예쁜 여자가 더 좋다 이거지? 입술을 뿌, 내밀고 천수정을 바라봤다.

정작 천수정은 감정이 섞이지 않는 표정으로 말했다.

"궁금한 질문을 하나 떠올리고 손을 여기 얹어 봐요."

그러면서 가지런히 정돈된 타로 카드를 내밀었다. 오늘이는 오른손을 뻗어 타로 카드에 얹고 잠시 기다렸다. 눈만 깜빡깜빡, 옅은 미소를 지어 보였다. 어색하기 그지없는 미소다. 오늘이는 또래의 여자 앞에선 얼어붙어 버린다. 하지만 이곳은 인간의 마을이 아니니까 좀 다르지 않을까? 나도 이곳에선 다르게 받아들여지지 않을까? 그만 좋은 인상을 주고 싶은 욕심이 생기고 말았다.

한참 후, 드디어 수정이 카드를 가져갔다. 그리고 얼굴을 찡그렸다.

"안 보여."

"그럴 리가⋯⋯. 안 보이는 경우도 있어?"

수정은 고개를 흔들었지만 실은 같은 경우가 있긴 했다. 은산이 그랬다. 하지만 그의 경우는 이렇게 캄캄하진 않았다. 보이는데 그 위로 조상들의 영상이 켜켜이 쌓여서 걷어 내기가 너무 힘들 뿐. 이 여자는 도대체 뭐지? 눈썹을 일그러뜨리며 눈을 치떴다.

"우리 오늘이는 특별하기도 하지. 천수정의 눈도 가리다니!"

헤실거리는 이목을 수정은 한심하다는 듯이 바라보았다. 저 자존심 강한 백룡이 정신을 못 차리는 게 혹시? 천수정은 이목을 떠보기로 한다.

"가끔 안 보이는 경우도 있어. 그럼 널 볼까? 그럼 이 여자 것이 보일 수도 있지."

그래, 미래는 아니더라도 과거는. 수정은 제 생각을 감춘 채 이목에게 손을 내민다. 평소 같았더라면 그녀의 손을 잡을 리가 만무한 이목이지만, 오늘이가 얽힌 순간, 무장해제 되어 버린다.

"그래? 특별한 우리 오늘이를 위해서, 자!"

"아니, 그렇게까지 하지 않아도……."

오늘이가 황급히 말려 보지만 이미 수정의 손이 이목의 손을 단단히 잡은 후였다. 그리고 수정의 눈과 마음에 이목의 과거가 책장처럼 차라락, 열렸다. 그날, 오늘이가 그의 목숨을 구한 날의 이목의 기억이었다.

"고귀하신 용족께서 어찌하여 이런 지저분한 도시의 뒷골목을 배회하시나?"

악귀들이 이목을 둘러싸고 있었다. 때는 장마철이었고 날은 후텁지근했다. 마침 비가 그쳐 드러난 해는 오히려 도시를 끓는 찜통처럼 만들 뿐이었다.

"어이, 용족 나리, 어째 답이 없으신가?"

"비천한 것들과는 말을 섞지 않으시겠단 것이겠지."

악귀들은 저들끼리 낄낄거리며 쑥덕였다. 그러나 이목은 어떤 말도 없이 그저 뒷골목의 젖은 벽에 기대어 가쁜 숨을 몰아쉴 뿐이었다. 땀인지, 빗물인지, 흠뻑 젖은 채로 새하얗게 빛나는 몸은 이상하리만치 투명하게 느껴졌다.

"저거, 힘을 완전히 잃은 거 같은데?"

"그렇지? 우리가 횡재를 한 것 같군!"

악귀들의 얼굴에서 인간의 피부가 벗겨지고 파충류의 그것이 드러났다. 어떤 자는 온몸에 털이 돋아나고 발톱이 길게 자라나 있었다.

"크크큭, 용족의 혈석으로 여의를 몇 개나 받으려나?"

"못해도 천은 받을 수 있을 것이야."

놈들이 다가오고 있었지만 이목은 흐린 눈으로 그들을 응시할 뿐 어떤 대응도 할 수 없었다. 그때의 이목은 바다를 잃은 용이었다.

간척이니 개발이니 하는 이름으로 이목의 바다가 메워지는 장면이 한순간 스쳤다. 신력이 한없이 약해져 가고 살아남으려면 군자 마을에 몸을 의탁해야 했다. 그러나 하늘을 날아 거기까지 가기엔 그의 신력은 이미 바닥이었다.

강의 길을 선택한 게 최선이라고 생각했으나 외려 최악의 선택이 되고 말았다. 인간은 오래전에 강을 오염시켰으니까. 이목은 죽어 가고 있었다. 그리고 악귀들이 나타난 것이다.

"이봐, 용족! 네 혈석으로 우리 넷이 당분간 호의호식할 테니 미리 감사 인사를 하지!"

한 번 스치면 살점이 떨어져 나갈 것이 분명한 발톱이었다. 그런 발톱이 몇 개나 이목을 향해 점점 다가왔다. 물이 필요하다. 물만 있으면 어떻게든 버틸 것인데. 이목은 흐린 시선을 하늘로 돌렸다. 그의 부름에 먹구름이 잔뜩 몰려 왔지만 신력이 부족한 탓에 물의 기운이 충분하지 못했다.

"네가 길을 잘못 들어선 것이니 원망은 하지 말거라!"

악귀들이 그를 향해 달려들었다. 이목도 포기하지 않고 팔을 들어 방어했다. 옅은 물의 막이 그의 몸을 감쌌다. 둥글고 투명한 알과 같은 방어막에 달라붙어 이빨로 갉아대는 악귀들의 모습은 바라보기만 해도 소름이 돋았다. 날카로운 발톱이 방어막을 뚫고 있었다.

가가가각! 신경을 긁어 놓는 소리들이 이목에게로 몰려들고 이제 막은 소멸되기 직전이었다. 이목의 몸은 그 연약한 막 안에서 둥글게 말려들어 갔다. 악귀들이 막을 긁어 댈 때마다 견고하고 아름다운 그의 비늘이 떨어지고 피가 흘렀다. 더는 버텨 낼 수 없었다.

펑! 작은 폭탄이 터지듯 막이 터져 버렸다. 그 덕에 악귀들이 몇 미터쯤 이목에게서 물러났지만, 이제 놈들과 이목 사이를 가로막는 것은 아무 것도 없었다. 이렇게 끝인가⋯⋯. 눈을 감으며 각오하는 그때 갑자기 어디선가 돌멩이가 날아와 한 악귀의 머리를 명중시켰다.

"어느 놈이 우릴 막느냐?"

살기등등한 검붉은 눈동자가 돌멩이를 던진 자를 찾아 휙, 휙, 칼을 긋듯 움직였다. 타타타타탁, 빠르지만 가벼운 발소리가 이목을 향해 달려들었다. 책가방을 맨 채로 팔을 활짝 펼치고 작은 여자아이가 이목과 악귀들 사이를 가로막는다.

"크큭, 뭐냐? 인간 여자아이?"

악귀들은 가소롭다는 듯 비웃으며 발톱을 갈았다. 그러나 소녀는 물러서지 않았다. 발개진 얼굴로 입술을 깨물며 그들을 노려보았다. 그리고 외쳤다.

"나쁜 놈들아! 괴롭히지 마!"

단단한 돌멩이 같은 목소리였다. 죽음을 각오했던 이목이 그 목소리에 간신히 고개를 들었다. 나를 돕는 자, 누구인가? 흐린 시선 안에서 자신을 보호하려 두 팔을 벌린 그녀의 등은 너무 작고 여렸다. 그저 작은, 인간 아이인가? 조금이나마 가졌던 희망이 사그라지는 걸 느꼈다. 그런데 강렬하게 물의 기운이 아이로부터 솟았다. 너는 누구지?

"가뜩이나 배고픈데 잘됐구먼."

"저것의 혼은 간식으로 먹어 치우자고."

악귀들이 다가왔다. 안 돼. 나 때문에 아이가 다쳐서는 안 돼. 이목은 제 몸에서 비늘을 하나 떼어 그들에게 날렸다. 평소라면 무엇보다 강한 치료제이자 무기가 되었을 용의 비늘은 채 1미터를 가지 못하고 사그라졌다.

무릎이 꺾였다. 그러나 자신으로 인하여 무고한 목숨이 위태로워지는 걸 볼 수 없었다. 용족은 제 목숨을 희생할지언정 타인의 희생을 바라는 족속이 아니다. 마지막 숨을 끌어모으며 말했다.

"아이에게 손대지 마라! 차라리 내가…… 내가…… 죽어 주마."

그러면서 투명해진 제 가슴 안으로 손을 넣으려 했다. 백룡의 혈석이 눈부시게 빛났다. 악귀들이 환호했다. 모든 신력이, 숨이 이목에게서 빠져나가려 했다. 순간, 소녀가 이목의 팔을 잡은 채 그를 끌어안았다. 바들바들 떨리는 작은 몸으로 이목의 몸을 덮어 어떻게든 보호하려 애썼다. 악귀들은 코앞까지 다가왔고 그들의 발톱이 소녀의 몸에 박히기 직전이었다. 그럼에도 그녀는 그를 끌어안은 채 울면서 소리쳤다.

"죽지 마! 흑흑! 죽으면 안 돼! 살아! 허어어엉……."

대성통곡이었다. 그렇게나 무서운데도 그를 버리지 않는 것이다. 소녀의 눈물이 방울방울 이목에게로 떨어지자 강력한 물의 기운이 그에게로 흘러들었다. 용의 비늘 하나하나가 물의 기운으로 채워지기 시작했다. 때맞춰 빗방울이 쏟아지기 시작했다. 태풍 속 구름처럼 이목의 몸이 우르릉, 일어섰다.

파아앗! 물의 소용돌이가 이목으로부터 휘몰아쳤다. 버티려 악을 쓰는 악귀들이 마구 팔을 휘둘렀다. 그 탓에 소녀의 팔에는 베이고 긁힌 상처가 생기고 피가 흘렀다. 그것을 본 이목의 분노가 악귀들을 덮쳤다. 강철보다 강한 물방울들이 그들의 온몸을 찢어발기며 소멸시키기 시작했다.

신경을 긁어내리는 악귀들의 비명은 이목이 소환한 천둥 소리에 묻혀 버렸다. 단 몇 초 만에 악귀들이 소멸하고 그들의 혈석이 드러났지만 이목은 거기 눈길도 주지 않았다. 대신 자신의 몸을 끈질기게 안고 있는 소녀를 내려 보았다. 질끈 감은 눈에선 아직도 눈물이 쉼 없이 흘렀다. 그리고 팔과 다리는 온통 상처투성이가 되어 피가 흘렀다.

"이제 괜찮아. 네 덕분에 악귀들이 사라졌네?"

물의 기운이 채워진 비늘을 떼어 내 소녀의 상처에 붙여 주며 이목이 말했다. 상처 하나 하나마다 비늘 하나씩, 정성껏 붙여 주었다. 스르르, 상처가 아물고 고통이 사라졌다.

"내가 한 게 아니잖아. 네가 한 거지. 아저씨, 아니 삼촌은 심술쟁이야. 분명히 알고 있었으면서 자기가 안 오고 날 보냈어. 씨⋯⋯."

어쩐 일인지 뾰로통한 소녀가 눈물을 닦더니 입술을 삐죽 내밀며 말했다. 처음 보는 사인데도, 게다가 자신은 인간 세상에 알려지지 않은 존재인데도 아이는 거침이 없다.

"널 보냈다고? 삼촌이 누군데?"

"저어쪽에 화원이 있는데 거기 주인이야. 학교 마치고 꼭 이쪽 길로 가라고 할 때부터 이상했다니까!"

"너무 감사한 분이네? 네가 날 보호하지 않았으면 악귀들을 물리치지 못했을 테니까."

그의 말에 소녀의 삐죽 튀어나왔던 입이 조금 들어가고, 딱 그만큼 입 꼬리가 올라갔다. 그러나 그것도 잠시다. 거세지는 빗줄기에 아이는 작은 손으로 우산을 만들어 머리를 가렸다. 그것도 제 머리가 아닌 이목의 머리 위를, 깨금발을 하고서.

이 아이는 대체 뭐지? 이렇게 물의 기운이 강하니 역시 인간이 아닌 걸까.

"그럼 넌 이제 괜찮은 거지? 나 가 봐야 해. 삼촌이 기다리실 거야."

에? 이목은 서둘러 자리를 뜨려는 아이를 붙잡았다.

"아니, 생명의 은인, 꼬마님. 용족의 생명을 구해 놓고서 이렇게 간다고?"

이목의 물음에 아이는 동그란 눈을 깜빡이며 어리둥절해 했다. 이목은 일단 아이의 머리 위로 손을 뻗어 빗방울들이 멀리 튕겨 나가게 만들었다.

"우와! 신기해."

이제야 신기하다고? 이목은 피식, 웃어 버렸다. 악귀나 용의 비늘은 신기하지 않고?

"꼬마 은인, 넌 누구야?"

마음이 급한 이목의 연쇄 질문에 소녀는 그만 멍해져 버렸다.

하지만 곧 어깨를 쫙 펴며 말했다.

"난, 오오늘. 아직 내가 어려서, 아니, 아니다. 믿는 힘이 부족해서 빨리 구해 주지 못한 거 미안해."

미안해? 어린 아이가 자기 목숨을 걸고 악귀에 맞서 주었는데? 이목은 그만 머릿속이 하얗게 변하며 판단력을 잃어버렸다. 어쩌면 아직 신력을 회복하지 못한 탓일 수도 있었다. 그동안 오늘이가 저만치 뛰어가 버렸다.

"나 이제 갈게! 죽지 말고 집으로 가! 안녕!"

이렇게 소리치며 뛰어가는 오늘이의 등 뒤에서 노란 책가방이 달랑거렸다. 집? 내게 집? 골목 끝을 돌아 사라지는 그녀를 물끄러미 바라보며 이목이 중얼거렸다. 그녀의 말이 곧 소명처럼 그의 가슴에 새겨졌다. 내 생명의 은인을, 반드시 찾아낼 것이다, 다짐했다.

비가 그치기 전에, 소녀가 나눠 준 물의 기운이 사라지기 전에 서둘러 가야했다. 빼앗긴 집 대신 새로운 둥지를 향해. 스르르륵, 용의 비늘이 돋아나며 꿈틀거렸다. 하늘로, 하늘로, 날아올라 바다를 향해 질주했다.

"그랬군. 그럼 납득이 되네."

이목의 손을 놓으며 수정이 고개를 끄덕였다. 그래, 용족은 생명을 빚지면 어떤 방식으로든 갚는다. 그것이 권력이든, 연모든, 제 맘과 생명을 다해. 순수하지만 맹목적인 방식으로.

"뭐 봤어? 우리 오늘이 나랑 가시버시 맺지?"

헤벌쭉, 하얀 이를 드러내며 웃는 이목에게 수정은 어깨를 으쓱해 보인다. 그리고 빤히 오늘이를 응시했다. 오로지 지금, 현재의 모습만이 전부인 듯 앉아 있는 여자. 맘에 들지 않는다.

"그런 건 못 봤고, 아무튼 둘이 인연이 깊네."

"그렇지? 그럴 줄 알았어! 오늘아, 우린 깊은 인연이라니까! 여기, 수고비!"

테이블 위에 여의를 내려놓고 벙싯거리는 이목은 곧 춤이라도 출 기세다.

"그런 뜻이 아닌 것 같은데? 나 이제 책방에 가 봐야겠어. 아! 고마워요."

그 와중에도 예의를 잃지 않는 여자. 맘에 들진 않지만 나쁜 사람은 아니다. 수정은 앉은 자리에서 오늘이를 향해 꾸벅, 인사를 했다. 그리고 그들이 문 밖으로 나가고 나서야 타로 카드를 뒤섞기 시작했다. 탁, 탁, 뭔가를 털어 내는 것 같은 손동작이었다. 그렇게 앞선 이들의 자취를 밀어내는 찰나, 갑자기 시간의 문이 천수정의 눈동자 안에서 열렸다.

밤하늘 아래 노란 은행잎이 수백, 수천 장이 날린다. 어지럽고 혼곤하다. 황금빛 소용돌이 속에서 은산이 있다. 그리고…… 그가 소중하게 한 여자를 안고 있다. 안고 여자를 향해 몸을 기울인다. 그때 시간의 문이 일렁거렸다. 안 돼! 조금만 더, 조금만! 천수정의 눈동자가 마구 흔들리며 은산의 어깨 너머, 여자에게 집중하는데…… 설마, 설마…… 저 여자, 오늘이?

중양절 (1)

중양절은 음력 9월 9일, 양수가 겹치는 날이다. 그날엔 나라 안 여기저기서 벌어지는 제사에 참석하느라 신들이 한복을 곱게 차려입고 자리를 비워 군자마을은 텅 비곤 했다. 그러나 그것도 옛일. 요즘엔 아는 신선들과 삼삼오오 짝을 지어 유람을 가거나 그도 아니면 요괴들이 출입하는 클럽에 가서 회포를 풀곤 했다.

올해 조신선은 벌써 몇 주 전부터 여자들과의 일정으로 꽉 찼다며 체력 보충을 위해 보약이라도 먹어 둬야 한다고 했다. 그게 저승 꽃으로 만든 특별 보약이란 걸 오늘이는 알고 있었다. 신선들과 신들은 종종 그렇게 화원으로 보약을 사러 왔었으니까. 그런데 오늘이에게 뜻밖의 휴가가 주어졌다.

"네가 집이 없는 것은 알고 있지만…… 화원엘 가든, 여행을 가든 알아서 해라."

그러면서 제법 묵직한 휴가비를 쥐여 주었다. 액수를 확인하며 흐뭇해하는 오늘이를 뒤로 하고 조신선은 이미 첫 번째 데이트를 나선 참이었다. 잔소리도 없고, 참견도 없다. 의외로 정말 좋은 사장이라니까!

오늘이는 작은 나무 의자를 책방 밖에 놓고 앉아 하염없이 노을빛 가득한 하늘을 바라보았다. 그것이 그녀의 휴가였다. 가슴이 미어질 만큼 안타까운 일이지만, 인간의 아이들은 때를 가리지 않고 죽음을 맞이한다. 죽음에는 휴가가 없고, 할락궁이에게도 그건 마찬가지였다. 황망하게 부모와 헤어진 아이들의 혼을 맞이해야 하는 그는 어느 날, 어느 시각, 어느 순간이라도 준비되어 있어야 했다. 오늘이가 알기로 천 년을 넘게 그리해 왔다.

"그런데 내가 휴가라고 해서 함께 있어 달라 떼를 부릴 순 없잖아?"

바닥에 철푸덕, 주저앉아 의자에 기대 있는 포루루에게 오늘이가 말했다.

"콧포루, 끼릭, 포루포루, 콧포."

알아들을 수 없는 말을 하고는 천수정의 가게로 쏙, 들어가 버린다. 도대체 왜 그렇게 천수정이 좋은 거지? 포루루와 말이 통한다면 묻고 싶었다. 포루루의 말을 번역해 줄 누군가가 이 마을에 있지 않을까? 식물에 정통한 요괴, 이를테면 이목?

"이목은 알까?"

"이목이 뭘 아는데?"

은산이었다. 급작스런 그의 등장에 쿵! 심장이 내려앉았다. 그 바람에 손에 들고 있던 잔을 놓쳐 버렸다. 아차! 싶은 찰나, 믿기지 않을 속도로 은산이 잔을 잡아챈다. 덕분에 잔은 무사했지만 커피가 넘쳐 그의 손등을 덮친다.

"아뜨!"

"뭐야? 다쳤어? 어디 봐! 화상? 어디, 좀 보자니까!"

화들짝 놀란 오늘이가 은산의 손을 잡고 이리저리 살핀다. 멀쩡하다!

"바보냐? 다 식은 커피던데."

그녀에게 손을 잡힌 채 피식거리는 은산의 갈색 눈동자가 장난기로 반짝거렸다. 장난감 공을 발견한 리트리버 같다. 평소 같으면 버럭, 화를 냈을 오늘이지만 안도감에 그만 눈물이 그렁그렁해 버린다. 눈썹을 한껏 찌푸린 채, 입술을 일그러뜨린 오늘이의 표정에 당황한 건 은산이다.

"아니, 그, 장난이야, 장난. 봐! 다친 것도 아니잖아! 저기……."

그러나 그녀의 표정은 풀리지 않는다. 고개를 숙인 채 은산을 쳐다보지 않았다. 어색하고 무거운 침묵의 시간이 흐르고 마침내 뚝, 눈물을 떨어뜨리듯이 오늘이가 말했다.

"다치는 거 싫어. 누구라도."

정말이었다. 언제나, 어느 누구라도 다치거나 죽는 것 따위 너무 너무 싫다. 불룩, 볼을 부풀리고 골을 내는 오늘이. 그때 은산이 허리를 굽혀 오늘이와 눈을 마주했다. 빛나는 작은 별들이 그녀의 눈동자 안에서 궤도에서 벗어난 채 헤매고 있었다. 그래도 아름다웠다.

"미안해. 속상하게 해서 미안해. 정말 미안해."

이 남자, 진심이다. 오늘이는 그만 천천히 고개를 끄덕이고 말았다. 자기 볼이 발그레해진 것도 모르고. 핑크빛 구름 한 조각이 오늘이의 볼에 내려앉았고 은산은 그 보송하고 보드레한 조각을 한 입 물고만 싶었다. 어느덧 군자마을의 하늘에 노을이 물러나고 별이 빛났다.

"그래서, 저 코루루인가 뭔가 하는 요괴 녀석의 마음을 알고 싶어서 이목이 필요했던 거야?"

싸늘한 밤공기에 책방으로 자리를 옮긴 후, 은산은 기가 막힌다는 듯이 오늘이에게 물었다.

"코루루가 아니라 포루루. 그리고 필요하다기보단 그냥 알까 싶어서. 아, 그런데 너 이목을 알아?"

고로로로로로, 찻물을 끓이며 오늘이가 물었다.

"내가 뭐라고 했지? 나, 요괴들의 종주야. 설마 이목을 모를까. 자존심 세고 재수 없는 백룡 녀석. 너는 이목을 어찌 알지?"

"아, 화원의 단골손님이거든. 그런데 무슨 소리야? 이목이 좀…… 느끼해도 재수 없진 않지. 능력도 출중하고."

이목을 떠올리며 고개를 갸웃, 하는 오늘이를 향해 은산이 두 팔을 활짝 벌렸다.

"나는?"

이렇게 묻는 은산이 한복을 입고 입단 걸 그녀는 그제야 알아차렸다. 그것도 반짝거리는 검은색, 섬세한 국화 무늬가 금실 자수로 놓여 있다. 한 번 팔을 휘두르면 넉넉히 까만 밤을 감싸고도 남을 것 같은 도포자락이 멋졌다. 한복을 입은 은산은 더 크고 더 훤칠했다.

"뭐가?"

이제 은산은 입을 떡, 벌리고 한 손으로 뒷목을 잡았다.

"너무한 거 아니야? 그러니까 루루 녀석 말! 이목! 그런데 나는 왜 모를 거라고 생각한 거냐고!"

"포루루거든, 저 녀석 이름! 그러니까…… 이목이 식물을 좋아하니까. 식물 요괴들하고도 잘 지낼 것 같고⋯⋯. 그러면 포루루 통역을 해 주지 않을까 생각했지. 너도 할 수 있어?"

슈우욱, 슉! 증기가 전기 포트에서 뿜어져 나오고 탁! 자동으로 전원이 꺼졌다. 그리고 동시에 은산이 대답했다.

"아니, 난 모르는데. 식물 요괴들 말 따위."

뻔뻔하다.

"모르면서 그런 질문은 왜 한 거야?"

어이없음에 황당함까지 더해진 오늘이가 그를 쩌려보았다. 그러나 은산은 여전히 태연했다.

"어쨌든, 이목을 떠올리기 전에 날 먼저 떠올렸어야 한단 말이지. 어떤 일이든, 어떤 문제든 말이야."

그러면서 할아버지처럼 뒷짐을 진다.

"왜 널 먼저 떠올려야 하는데? 능력도 없으면서 자기를 먼저 떠올리라니, 말도 안 돼."

뜨거운 물을 한 김 식히고 있던 오늘이는 절레절레 고개를 젓는다.

"어허! 능력이 없다니! 내가 식물 요괴 말을 모른다고 했지, 언제 능력이 없다고 했나?"

영락없는 노인의 말투다. 아니, 사극에서나 나올, 조선시대 인물들의 말 같다. 도깨비 왕의 후손이라더니 뭐, 빙의라도 된 거 아냐? 곁눈으로 은산을 살폈다.

선이 멋들어진 검은 도포를 입고 허리를 곧추세우고 있는 그는 여느 때보다 당당해 보였다. 금실로 수놓인 커다란 국화 무늬가 의외로 정말 잘 어울렸다. 잘, 생겼다.

"너, 물 너무 식히는 거 아냐?"

은산이 일깨워서 퍼뜩, 정신을 차린 그녀가 국화차가 담긴 주전자에 물을 담았다. 침착하자, 난 당황하지 않았어. 말을, 말을 해야지.

"그러니까 네 능력이 뭔데?"

침묵. 은산의 침묵에 국화차를 우려내던 오늘이가 그를 바라보았다. 장난기를 뺀, 귀안을 지닌 남자와 눈이 마주쳤다.

"어떤 능력을 원하는데? 원하는 걸, 말해 봐."

자신만만한, 아니 그런 설명으론 부족한, 위엄이 깃든 말투였다. 어지럽다. 국화차 향기 때문일까? 아니면 저 은빛으로 빛나는 눈 때문일까? 한 손으로 테이블을 짚으며 몸을 지탱한 채 오늘이는 국화차를 따를 잔을 세팅했다. 동요하면 안 돼. 침착하자, 침착해!

"뭐, 말만 하면 다 되나? 허세 아냐?"

쪼르르, 찻물이 튀지 않게 작고 둥근 유리잔에 국화차를 따르는 오늘이는 자신의 걱정과는 달리 침착하게 보였다. 그러나 은산 앞에 찻잔을 놓으며 눈과 눈이 마주치는 순간, 알아 버렸다. 더 이상 감출 수 없다는 걸. 아! 너무…… 멋진 놈이다. 떨린다. 온 몸의 세포가 뜨르르, 울렸다.

나뭇결을 닮아 부드럽기만 했던 갈색 눈동자에 섞여든 은빛은 세계를 꿰뚫을 듯 강렬했다. 그리고 그 강렬한 눈빛이 오롯이 오늘이를 향했다. 떨리지 않는다면, 그 눈빛을 받고도 떨리지 않는다면 무생물에 가깝지 않을까? 흡, 숨을 들이마셨던 오늘이가 생각했다.

"허세라……. 허세인지 아닌지 보여 주면 되는 것인가?"

은산은 늘 차고 다니는 비단 주머니에서 부적을 꺼내 허공으로 날린다. 부적은 저 스스로 움직이는 생명체인 듯 허공에서 둥둥 떠다닌다.

"아니, 부적으로 뭘 보여주지 않아도……."

당황한 오늘이 말리기도 전에 은산의 명이 벼락처럼 떨어졌다. 낯선, 낮고 무거운, 그러나 거부할 수 없는 힘을 가진 목소리였다.

"나, 비형 일가의 종주, 김은산이 명하노니 이목은 내 앞에 모습을 드러내라."

이목?! 오늘이는 놀라 찻잔을 놓칠 뻔 했다. 이목이라니?! 그 녀석이 네 부름에 응할 리가 없잖아! 말리려는 찰나, 부적이 소리도 없이 불타올랐다. 그리고 이목이 내려앉아 우뚝, 섰다. 그는 분노하고 있었다.

✦

"네가 감히, 용족인 나를 소환한 것이냐?"

처음이었다. 곁에 오늘이가 있는데도 개의치 않고 화염을 쏟아놓듯이 분노하는 이목은. 그는 하나의 불꽃이었다. 이목 역시 은산처럼 한복을 입고 있었는데 그의 경우엔 은빛으로 빛나는 것이었다. 은빛의 도포자락이 하얀 불꽃으로 차갑게 타올라 주위를 얼어붙게 만드는 것 같았다.

언제나 다정하고 부드러웠던 그에게 오늘이는 말 한 마디 붙일 수 없었다. 그러나 은산은 의자에 등을 비스듬히 기댄 채로 다리를 꼬며 한껏 여유를 부렸다.

"그래, 내가 너를 소환했지."

은산의 말에 별들이 총총했던 군자마을의 하늘이 갑자기 흐려졌다. 이목의 능력이었다. 그는 이번만큼은 오늘이에게 눈길을 주지 않은 채 은산의 눈을 똑바로 응시했다. 모든 신들과 요괴들이 두려워 마주치기 어려워하는 그 눈을.

"제법이구나. 용족을 소환할 수 있을 정도로 요력이 높아진 것인가? 꼬마 종주?"

이목은 입 꼬리를 싸늘하게 올리고 은산을 내려 보며 말했다. 하지만 은산은 그의 도발에 응하지 않았다. 다만 고개를 비스듬히 기울이며 말했다.

"종주의 소환에 응할 수밖에 없었다면, 너의 신력은 이제 내게 꺾인 것이 아닌가? 노친네?"

은산의 몸 주위로 붉은 기운이 흘러 넘쳤다. 분명 마을의 신들은 자리를 비웠는데 이상하게도 거리가 부산스러워지고 웅웅, 우는 소리가 산과 들을 넘어 마을을 채웠다.

"내 능력이 의심스러우면 세상 요괴들을 너와 나 사이에 늘어세워 볼까?"

"다른 요괴들의 도움이 있어야 나와 대적할 수 있다는 걸 알고는 있군."

"대적할 필요가 뭐가 있어? 네게 명을 내리면 그만인데? 종주로써."

소리도 없이, 고요히, 검푸른 번개가 어두운 하늘을 갈랐다. 이목의 눈동자 안에도 차가운 번개가 들어 있음을 아까부터 숨죽여 그들을 지켜보던 오늘이는 알 수 있었다. 큰 싸움이 나겠어! 말려야 해. 어떻게? 어떻게든……. 국화주!

"저기! 이봐, 남자들! 오늘 국화주 마시는 날 아니야?"

목소리를 한껏 높인 오늘이가 은산과 이목 사이로 끼어들었다. 생각지도 못한 그녀의 물음에 천지를 울리며 사방으로 뻗치던 둘의 기운이 그만 엉켜 버리며 갈피를 잃었다. 누구라도 끼어들면 싹 다 뒈질 줄 알라! 이런 눈빛이었던 남자들의 표정이 강제 차원 이동당한 사람 마냥 황망해졌다.

"그러니까, 내 이름 말고, 오늘 중양절에, 국화주 마시는 거 아니냐고?"

그녀가 성인이 된 이후로 중양절에 할락궁이가 주는 것을 한 모금씩 마셔 왔던 터라 퍼뜩 떠올린 것이 국화주였다.

"어! 그렇지. 중양절엔 국화주를 마시면서 운치를 즐기는 것이 오랜 풍습이지. 우리 오늘이 국화주 마시고 싶나?"

역시 재빠르게 태세를 전환해 사륵, 녹아내리는 미소를 짓는 건 이목이다. 방금 전까지 번개와 천둥을 부리며 냉기 가득한 살기를 뿜어내던 그 백룡이 맞나 싶다.

"그……. 마시고 싶기보다는…… 그게 풍습이라니까……."

오늘이는 변명하듯 더듬거리며 이마 위로 삐질삐질 흐르는 땀을 슬쩍, 닦으며 머리칼을 넘겼다. 그걸 아는지 모르는지 이목은 싱글벙글이다. 덕분에 밤하늘이 말짱히 개며 별이 반짝거렸다.

"야! 너, 나랑 할 이야기가 남았잖아!"

상황이 이리되니 가장 맥이 빠져 버린 건 은산이었다. 여차하면 검이라도 꺼낼 기세였는데 이목이 저리 힘을 빼 버리며 오늘이 곁에서 살랑거리다니! 저 녀석은 도대체 왜 저렇게 느물거리는 거야?

"이야기? 내가? 너랑? 됐어, 됐어. 꼬마 종주가 힘 자랑 좀 하고 싶었나 보네. 네가 천하제일 종주님인 거 인정하고, 난 오늘이와 오붓하게 국화주 한 잔 하지 뭐."

이목의 말에 꽈직! 은산의 이마에 힘줄이 불끈거렸다.

"자꾸, 누구더러 꼬마란 거야?"

"어, 그래. 이제 성인이 되신 종주님. 나이 많이 잡수셔서 좋겠습니다."

뿔을 세우고 돌진하려는 황소 같은 은산에게 이목은 갈대처럼 손을 흔들며 분노의 마음을 거둬 버렸다. 그들의 하는 냥에 오늘이는 그만 피식, 웃음이 샜다. 똑같다, 저승꽃밭에서 노는 아이들이랑.

"근데 국화주가 없어. 그러니까 다들, 이제 둘 다 집으로 돌아가시지요."

짝! 손뼉을 치며 오늘이가 선언했다.

"귀하신 종주님은 댁으로 돌아가시고, 이 백룡은 오늘이와 국화주를 나눕시다."

"너나 돌아가시지. 여기 먼저 온 건 나거든!"

다시 맞서는 둘 사이에 오늘이가 끼어들며 그들의 가슴을 양손으로 밀었다. 둘 다 전혀 밀리진 않았지만.

"저기, 둘 다 내 말을 어디로 들은 거야? 술, 국화주가 없다니까!"

깨금발을 하며 은산과 이목의 얼굴을 번갈아 보던 오늘이가 답답한 듯 외쳤다. 그런데 서로를 죽일 듯이 노려보던 은산과 이목이 서로 묘한 눈빛을 주고받았다. 먼저 입을 연 건 은산이었다.

"할매 나갔지?"

"설, 추석, 동지, 중양절 같은 날에 제일 바쁜 게 부엌신 아니겠어? 동트자마자 치맛바람 일으키며 나갔지."

은산의 말을 받는 이목의 입술 꼬리가 올라갔다. 아, 어디서 많이 본 표정인데? 오늘이는 두 남자의 얼굴에 똑같이 떠오른 표정을 보며 골몰했다. 그래! 아이들이 장난치기 직전의 표정이야! 달뜨고 신난, 방방거리는 마음을 주체하지 못하는 표정.

"네가 갈래? 아! 노친네는 행동이 굼떠서 안 되겠다."

"반만 요괴인 종주, 네가 해내겠어? 급이 다른 이 백룡이 움직여 주지."

다시 싸우려나? 싶은 순간, 이목의 몸이 소리 없이, 순식간에 길고 하얀 리본처럼 스르륵, 거리로 사라졌다.

"어? 어디로 간 거야?"

책방의 진열대 앞으로 튀어 나가 목을 빼고 거리를 살피는 오늘이는 뒤이어 들린 은산의 답에 아연실색하고 말았다.

"도둑질하러, 조왕의 부엌으로."

찡긋, 윙크를 하며 앞머리를 넘기는 은산이 오늘이의 어깨에 손을 얹었다. 그만 어깨로부터 빨간 설렘이 번져 버렸다. 둘 다 모른 척, 시치미를 떼는. 그동안 이목은 소리도, 흔적도 없이 조왕의 부엌을 들고 났다. 다시 나타난 이목이 손에는 전리품처럼 술병이 몇 개나 들려 있었다.

"이제, 마셔 볼까?"

두 남자의 얼굴에 경쟁심이 확, 피어올랐다.

중양절 (2)

　은행나무 요괴가 무슨 수를 썼는지 밤이면 은은히 노란 빛이 번지는, 책방 앞의 은행나무 아래였다. 우리가 언제 다퉜나, 하는 얼굴로 술잔을 기울이는 은산과 이목. 그리고 그들보다 서너 배는 느리게 조금씩 국화주를 마시는 오늘이. 얼굴이 발그레하게 취기에 달아오르고 늦가을 소슬한 바람이 한 줄기 불 때마다 노란 은행잎이 한 잎씩 날렸다.

　"오늘이가 통역이 필요해서 나를 소환한 거라고?"

　살짝 혀가 꼬인 목소리였다. 용도 취하는구나. 새삼 신기하다고 생각하며 오늘이가 뭐라 답하기도 전에 은산이 끼어든다.

　"그래. 쟤가 널 필요하다고 했으니까. 필요하다면 구해 줘야지."

　대서는 은산의 목소리 역시 흔들흔들, 취한 것이 분명했다. 그런데 왜일까? 은산의 말에 오늘이 마음 역시 흔들거렸다. 모든 것이 장난인 줄만 알았는데, 자신의 바람에 진심으로 귀를 기울여 준 것이다.

　"말이야, 오늘이가 필요하다면 널 거치지 않아도 내가 알아서 다아 해 줄 수 있다고! 건방지게 용족을 소환해서 목숨을 걸지 말란 말이다!"

　국화주가 찰랑이는 술잔을 높이 들고 이목이 목소리를 높였다.

그리고 곧바로 원 샷. 목숨을 건다고? 의아해진 오늘이 묻는다.

"널 소환하는 게 왜 목숨을 거는 일이야?"

"아아, 소환의 주술이란 말이지, 자기 능력 안에서만 쓸 수 있거든. 우리의 종주님의 요력 안에서, 예를 들어 이 녀석보다 요력이 한참 아래인 조무래기 요괴들은 쉽게 소환할 수 있어."

이목의 설명에 은산이 고개를 끄덕인다. 손엔 열 몇 번이나 비워버린 술잔을 들고서.

"물론 이 경우에도 요력이 많이 소모되기 때문에 신체의 피로도가 상당해. 그래서 어지간하면 휴대폰을 이용하세요, 하는 거지. 그런데 나 같은 용족은 어지간한 요력으론 감당하기 힘들 정도로 신력이 강해서, 소환하는 쪽의 생명을 위태롭게 할 수 있단 말이지."

"그렇지만 널 이렇게 가뿐히 소환했으니, 어때? 이젠 네가 내 아래란 거지. 후후후후."

허세였다. 조상신들이 들불처럼 들고 일어나 말릴 정도로 무리가 가는 주술이었다. 이목과 마주하는 것만으로도 온몸의 근육이 쑤셔대는……. 그러나 그걸 오늘이에게 들키고 싶진 않았다.

어깨를 들썩이며 웃는 은산의 발 아래에도, 그의 도발에 응하지 않고 오늘이에게만 미소를 보내고 있는 이목의 발 아래에도 빈 술병이 굴렀다.

"야, 너희 너무 많이 마신 거 아니야? 이건 마시지 마."

남은 술병을 오늘이가 등 뒤로 감춘다. 하지만 소용없다. 목이 긴 하얀 술병은 오늘이 손에서 미끄러져 허공에 둥둥 떠다녔다. 그러다 곧 이목의 손 안으로 쌩하니 날아들었다.

"꼬마! 승부다!"

"아직도 꼬마야? 미친! 아예 지옥으로 소환해 버릴까?"

"왜애, 쫄려? 더 이상은 무리인가?"

히죽거리는 이목에게서 은산이 단번에 술병을 낚아채 나발을 불어 버렸다.

"야! 너, 그러다 큰일 나!"

오늘이가 발을 동동 구르며 말려 보지만 이번엔 이목이 은산에게서 술병을 빼앗고 나머지 절반을 마셔 버렸다.

"이목! 너까지 왜 그러는 거야?"

그러거나 말거나 빈 술병을 내팽개친 이목이 눈을 끔뻑끔뻑, 은산이 하품을 하아, 그리고 오늘이는 하늘을 올려다보며 한숨을 내쉬었다.

"정말이지 하는 짓들이…… 요괴의 종주란 놈이나 천 살 먹은 백룡이나 어쩜 그리 똑같니."

그때 은산보다 먼저 뻗은 이목이 고개만 간신히 들고 오늘이에게 말했다.

"천 년을 살아도…… 양보할 수 없는…… 죽어도…… 뺏길 수 없는…… 소중한 게 있으니까. 오늘이야, 알겠니?"

그러더니 곧 축, 늘어져 버렸다. 그 모양을 보던 은산은 술병이 없는 줄도 모르고 한 손을 높이 든다.

"하하, 내가 이겼지! 짜아식, 천 년을 살면 뭐 하냐고……. 내가 말이야…… 이겼으니…… 이겼으니까…… 오늘이는……."

푸푸, 숨을 내쉬던 은산도 은행나무에 기대앉으며 눈을 감는다. 엎드려 잠든 이목과 정신 줄을 놓기 직전인 은산 사이에서 오늘이는 허리에 손을 얹고 한숨을 내쉬었다.

"어쩌다 이렇게 된 거지?"

그때 은산이 또 무어라 중얼거렸다.

"도대체 뭐라는 거야?"

은산 앞에 그녀가 쪼그려 앉을 때 옆 가게 문이 살짝 열렸다. 그 틈으로 훔쳐보는 이가 있었다. 포루루를 품에 안고 있는 천수정이었다.

발그레한 볼을 한 오늘이가 눈을 감고 있는 은산 앞에 쪼그리고 앉아 있었다. 별빛과 달빛만이 비추는데 그의 길고 짙은 속눈썹은 또렷했다. 그리고 혼곤하게 뿜어져 나오는 숨결. 잠이 든 것일까? 슥슥, 발바닥만 이용해서 되똥되똥 그에게로 다가가는데 마음 같지 않게 앞으로 나아가지 않았다. 답답한 마음에 폴짝, 쪼그려 뛰기를 한다.

"이익!"

아차, 그녀 자신도 주량보단 많이 마셔 버렸다는 점을 망각한 것이다. 균형을 잃고 곧장 은산의 품으로 뛰어들어 버렸다.

"으갸갸!"

바로 뒤로 몸을 빼려는 그녀를 은산의 단단한 손이 붙잡는다. 언제 눈을 떴지?

"아니, 저기! 내가 일부러 그런 게 아니라······."

더듬거리는 오늘이를 향해 은산의 얼굴이 다가왔다. 웃음기 따위 전혀 없는, 진지한 표정이다. 그럼에도 깊고 부드러운 갈색의 눈동자 안에 녹아들어 갈 것 같다.

은산은 은산대로 꿈속인 양 몽롱하고 혼곤했다. 상상치도 못하게 오늘이가 자신에게 안겼다. 이 여자는 어쩌면 늘 이리 예측불허인 걸까? 개구리처럼 뛰어서 안기다니! 언제는 피터 팬이 잃어버린 그림자처럼 새까만 모습을 하고 사람을 놀라게 하더니 이번엔 개구리 공주인가?

들여다보고 또 들여다볼수록 신기하고 귀엽다. 당황해서 어찌할 바를 몰라 이리저리 굴리는 까만 눈동자가 어찌 저리 반짝거릴 수 있을까. 어떤 요괴도, 신도, 저렇게 맑고 반짝거리는 눈동자를 갖지 못했다.

국화주로 적셔졌을까? 그래서 입술이 저렇게 반들반들 윤이 나는 걸까? 달고 향긋한 국화주가 이 여자의 입술에 담뿍, 담긴 걸까? 혼곤하게 취한 은산이 오늘이의 팔을 붙들고 점점 더 가까이 다가갔다.

— 아이고, 취기에 그리하면 부도덕한 것이지.

— 남녀 간의 일에 도덕은 무슨!

— 그래도 저 아이, 백룡께서 맘에 둔 것 같은데…….

— 중한 건 본인 맘이 아니겠습니까.

아까부터 조상신들이 머릿속에서 뭐라 뭐라 잔소리를 해 대지만 무시하기로 한다. 이건 남녀상열지사란 말이에요. 제발, 간섭은 그만.

"이 여자…… 귀엽다고요……. 좋다고요……."

은산의 부드러운 갈색 눈동자 안에 오늘이가 안겨 들고 둘의 숨결이 향긋하게 감겨들었다. 뜨거운 은산의 입술이 오늘이의 입술에 닿고 입 안에서 두 개의 꽃잎이 스륵, 감겨들었다. 아, 아, 아……. 생각이 감탄사로만 표현되는 순간, 온 영혼이 감각으로만 반응하는 순간이었다. 그 영원의 순간에, 우르르 쾅! 천둥이 하늘을 갈랐다.

�֍

정신을 차리고 보니 분노하는 이목과 그 곁에 차가운 눈동자로 둘을 쏘아 보고 있는 천수정이 있었다. 그녀가 이목을 깨운 것이다. 화다닥! 파닥거리며 은산에게서 떨어지려는 오늘이와는 달리 은산은 그녀를 품에서 놓지 않았다. 따스함을 넘어선 뜨거운 남자의 품이었다.

"김은산! 무슨 짓을 하는 게냐! 감히 누구를!"

노기에 취기를 완전히 날려버린 듯 이목의 눈동자가 차갑게 이글거렸다. 아, 이번엔 글렀다. 오늘이는 직감했다. 자신의 말 따위, 먹혀들지 않을 것이 분명한, 이성을 완전히 날려 버린 눈빛이었다. 게다가 은산은 또 어떤가!

이목이 분노하든, 천수정이 노려보든 개의치 않고 오늘이의 등 뒤로 팔을 단단히 두른 채 절대로 포옹을 풀지 않을 작정을 한 것 같다. 찬바람이 몰아쳤는데도 은산의 몸이 닿는 모든 부분이 뜨겁게 타오르는 것 같았다. 대체 어떻게 인간의 몸이 이렇게 뜨거울 수 있을까? 오늘이가 은산의 품 안에서 생각과 감각이 엉켜버렸을 때 천수정의 목소리가 들렸다.

"그때 본 게 이거구나. 저 여자가 너희한테 술을 먹였고 오빠한테 수작 부린 거지?"

경멸이 섞인 목소리와 표정이다. 더러운 계략을 폭로하는 자의 위풍당당함이 서려 있는 표정이었다. 무슨! 오늘이가 그녀를 노려봤다. 그 기세에 천수정의 품에 안겨 있던 포루루가 슬슬 내려와 은행나무 뒤에 숨어 버렸다.

"뭐라는 거야? 야, 잠깐 놔 봐. 내가 뭘……. 야, 놔 보라고!"

오늘이가 은산을 밀치며 일어서려 했지만 역시나 밀리지 않았다.

"누가? 얘가? 무슨 목적으로?"

아까 취한 건 모두 연기였던 걸까? 은산의 목소리는 전혀 흔들림이 없다.

"그래, 그 여자가, 오빠를 꾀어내서 수작 부린 거잖아!"

여전히 경멸하는 자의 눈빛을 한 천수정이 오늘이를 노려보며 날카롭게 외쳤다. 그러자 은산이 천천히 오늘이를 감고 있던 팔을 풀며 일어섰다. 자신을 따라 일어선 오늘이를 등 뒤에 감춘 채.

"수작, 내가 부린 건데?"

"무슨……. 저 여자가 먼저……."

"너무 귀여워서 내가 먼저, 자발적으로 수작 부린 거야. 문제 있어?"

은산의 말에 오늘이와 천수정, 둘 다 반박하려는 순간, 이목에게서 냉기 가득한 바람이 몰아쳤다.

"그러니까! 네가 먼저 오늘이에게 손을 대었단 말이지! 감히 나의!"

"너의? 너, 자만심이 지나쳐서 소유격을 남발하는 거 아냐? 우습네."

화아악, 은산으로부터 붉은 기 가득한 뜨거운 바람이 발산되었다. 천수정도, 오늘이도 뒤로 물러날 수밖에 없는 기의 충돌이 일어났다.

흰빛에 가까운 싸늘한 푸른빛과, 막 심장에서 짜낸 것 같은 붉은빛이 거대하게 부풀다 은산과 이목의 사이에서 맞부딪혔다. 두 남자가 무엇도 하지 않았는데도 충돌한 기의 소용돌이로 군자마을의 구석구석까지 바람이 휘몰아쳤다.

수백 수천의 노란 은행잎이 흩날렸다. 그 황금빛 소용돌이가 오늘이를 한 번 휘감아 돌더니 밤하늘로 높이 날아올랐다. 혼비백산한 포루루가 은행나무 가지에 매달려 대롱거렸다. 돌풍에 정신이 없었던 오늘이가 눈을 똑바로 떴을 때 은산과 이목은 각자의 검을 꺼내 들고 서로를 겨누었다.

"네 녀석의 버릇을 언젠가는 고쳐 주리라 마음먹었는데 그게 오늘 밤이구나!"

"그러셨어? 쓸데없이 높은 백룡의 콧대가 눌리는 밤이 아니고?"

투명하도록 눈부신 은백색 검과 붉은 기로 충만한 검이 웅웅, 울기 시작했다.

— 말려야 한다! 이대로는 마을이 쑥대밭이 될 게야!

— 말릴 요괴가 어디 있답니까? 마을 안이 텅 비었는데?

— 영등 할미라면 되지 않을까요?

— 영등 할미 혼자는 무리입니다!

은산은 조상신들의 웅성거림은 진즉에 무시하기로 했다. 그는 한쪽 입 꼬리를 올리고 한껏 자신감에 고취되어 있다. 이목 역시 이번엔 봐주지 않겠다는 각오를 한 듯 백룡의 기를 숨기지 않고 기꺼이 펼쳐 보인다.

말려야 해, 어떻게? 이젠 아무것도 생각나지 않아! 머리채를 쥐어뜯듯이 부여잡은 채로 오늘이는 발을 굴렀다. 천수정도 뜻밖의 사태에 놀란 듯 제 가게 문 뒤에 숨어 그들을 지켜볼 뿐이었다.

"그래, 이 밤에 결판을 내자고!"

"내가 할 소리 먼저 하니 좋냐?"

파팟, 서로를 향해 뛰어오른 은산과 이목. 검기가 밤하늘을 가르며 서로에게 뻗친다.

"야, 이 똥멍청이들아!"

동시에 오늘이가 소리 지르며 그들에게 달려갔다. 쉬웅! 검이 공기를 갈랐다. 그런데 이해할 수 없는 일이 일어났다.

"이 녀석! 어딜 보는 거냐?"

이목이 몇 걸음 떨어진 곳에서 검을 휘두르는 은산을 향해 소리 쳤다.

"너야말로 왜 거기 있는 거야?"

뒤를 돌아보며 은산이 이목에게 물었다. 그리고 둘 다 비틀비틀 서로를 향해 걸었으나 서로에게 닿지 못한다. 미친 듯이 혈기를 뻗어 대긴 했으나 아직 취기를 이기지 못한 것이 분명했다. 오늘이는 그만 얼이 빠져 중얼거렸다.

"정말 똥멍청이들이 맞구나. 저놈들 걱정한 내가 바보지, 바보야."

은산과 이목은 계속 비틀거리며 서로에게 닿지 않을 검을 휘둘러 대었다.

"승부를 내자더니 자꾸 도망갈 것이냐?"

"도망은 네가 가고 있잖아! 이리 오지 못해?"

그 와중에도 검기는 선명해서 곁에 있으면 휘말릴까 두려울 정도다. 마을에 요괴들과 신들이 자리를 비운 것이 다행이다. 멀찍이서 팔짱을 낀 채 그들을 바라보던 오늘이의 머릿속에 문득 천수정이 떠올랐다. 가게 안으로 숨어버린 걸까? 모습이 보이지 않았다.

"지랄 같이 모함하고 싸움 붙이더니 꽁무니는 빨리도 빼 버리네? 치사하게. 쳇!"

혀를 날름, 천수정의 가게를 향해 내 보인다. 그 때 휘오오오, 찬바람이 몰아쳤다. 어깨가 싸늘하니 온몸이 떨려 왔다. 은산의 품이 너무 뜨거워서 추운 줄도 몰랐는데…….

은산과 이목이 소란을 피우는 동안 잊고 있던 사실이 떠오른 오늘이는 제 입술 앞으로 손을 갖다 댔다. 또! 또! 저 녀석과! 떨림이 더해 가는 것이 찬바람 때문인지, 은산과의 입맞춤 때문인지 가늠이 되지 않았다. 콩콩콩콩, 평소보다 몇 배는 빨리 뛰는 심장박동을 느끼면서 오늘이는 은산에게서 시선을 거두지 못한다.

여전히 이목과 어긋나게 검을 겨누며 비틀비틀 가을밤을 휘청거리는 남자. 바보 같고, 어처구니없다. 그런데도 싫지 않다. 싫기는커녕…… 웃음이 나왔다. 손으로 입을 슬쩍 가렸지만 웃음이 슬슬 삐져나오는 걸 감출 수 없다. 오늘이의 입술에서부터 번진 따스한 기운이 간질간질, 온몸으로 퍼졌다.

자정이 지나고, 중양절이 끝나 갔다. 멀리서 하나둘, 요괴와 신들이 돌아오는 모습이 보였다. 유쾌하고 즐거운 모습들이다. 흰 빛으로 번지며 돌아온 요괴들이 하하하, 이목의 팔을 잡고 허허허, 은산을 달랜다. 환상 같기도, 꿈결 같기도 한 장면이었다. 이젠 정말 취기를 감출 수 없는 모양인지 이목도, 은산도 검을 내려놓는다. 그리고 고꾸라지듯 잠이 든다.

어떻게 저리 쉽게? 의아한 오늘이의 눈에 하늘을 날고 있는 학한 마리가 들어온다. 학이 날갯짓을 한 번 할 때마다 반짝반짝 은빛 가루가 마을에 뿌려진다. 오늘이의 머리칼도 은빛으로 빛나고 있다.

"이게 뭐지? 하암……."

손가락 끝에 가루를 묻혀 살펴보던 그녀는 갑자기 쏟아지는 잠을 참을 수가 없었다. 평화로운 잠을 갈구하게 되었다. 겨우겨우 몸을 책방 안으로 들여놓는다. 그리고 털썩, 의자에 주저앉아 테이블에 엎드려 잠이 들어 버렸다. 꿈속으로, 꿈속의 그에게로.

그녀를 가슴이 뻐근할 정도로 안는다. 품에 꼭 안고 찬찬히 살펴볼 겨를도 없이 부드러운 입술을 탐했다. 아무리 탐해도 갈증이 사라지지 않는다. 죽을 때까지 입맞춤을 해도 모자랄 것 같다. 더, 더, 그녀의 입술을 탐하는데…… 익숙하고도 날카로운 음이 귓속을 파고들었다. 이번엔 진짜 방해하지 마! 죽여 버릴 테다! 고함을 질렀는데 목소리가 나지 않았다.

스르르, 품을 빠져나가는 그녀를 붙잡으려 팔을 휘둘렀지만 잡히지 않는다. 안 돼, 가지 마! 허우적허우적, 멀어져 가는 달콤하고도 부드러운 형체를 잡으려 애썼다. 그런데 은산의 손에 잡힌 건, 휴대폰?!

나림의 산

"몽환가루를 갖고 있었으니 망정이지⋯⋯. 사내놈들은 나이와 상관없이 어찌 그리들 철이 없는지!"

어젯밤 소동에도 한 치의 흐트러짐도 없이 조비서는 은산과 이목을 한심스러워 했다.

"그래도 딱 맞춰 와 주셔서 서로 다치지 않았으니 다행이지요."

일의 전말을 전할 생각이 전혀 없었던 수정은 다만 타로 카드를 섞고 집중해서 테이블 위에 펼쳤다. 부챗살 모양으로 펼쳐진 카드를 뽑는 조비서의 손톱은 언제나 그렇듯 반들반들 잘 다듬어져 있었다.

"조금⋯⋯ 흐리게 보이네요?"

조비서로부터 카드를 건네받은 수정이 이맛살을 찌푸리며 말했다.

"그럴 때도 있어? 은산이 말고."

그렇잖아도 마음에 걸렸다. 요즘 종종, 손님들의 앞날이 흐리게 보일 때가 있었다. 이유는 알 수 없지만 시기는 알 것 같았다.

"책방에 알바생이 온 후로 가끔 그래요."

"책방에 새로 온 아이? 오늘이인가?"

허리를 쭉 펴며 조비서가 물었다. 수정은 자신이 호감을 갖는 조비서가 오늘이에게 흥미를 갖는 것이 싫다.

"네, 맞아요."

"그런데 그 애와 타로점이 무슨 상관이지? 그 애도 타로 봤어?"

"네, 그런데 하나도 안 보였어요."

"그래? 희한하네. 그 아이, 그냥 인간이잖아."

흠칫, 수정이 놀랐다. 그것이 조비서는 의외라는 반응이다.

"그 정도로 안 보이는 거야? 어떻게 그럴 수가 있지?"

"물의 기운이 세서…… 그쪽 계통인 줄 알았어요."

"그렇지? 근데 그거 뭔가 다른 게 보호하는 거야. 저 아이 기氣
가 아니라. 그게 여기까지 영향을 미치는 건가? 그래서 타로도 잘
안 보이는 거고."

그때, 벨소리가 울렸다.

"어? 잠깐만."

자리를 박차고 일어서는 조비서의 절도 있는 몸짓을 보는 수정
의 얼굴이 복잡하다. 그렇게까지 안 보일 수가 있을까? 오로지 보
호만 하는 물의 기운 따윈 들어본 적이 없다. 게다가 이목이며, 은
산 오빠며 모두를 홀려 버렸다. 대체 정체가 뭐지? 벽 너머의 오늘
이를 보듯이 책방을 향해 고개를 돌렸다.

조비서는 밖으로 나와서야 전화를 받았다.

"나림? 무슨 일이야? 울지 말고 말해 봐. 뭐? 산이 많이 망가졌
다고? 누구? 측신! 그 새끼가 결국……. 그래, 지금 당장 갈게. 조
금만 버텨!"

격양된 목소리였다. 조비서는 나림과 통화가 끝나자마자 은산에

게 전화를 걸었다. 통화음은 꽤 길게 이어졌다.

"대체 뭘 하느라 안 받는……. 어! 은산아! 나림한테 일이 벌어진 것 같아! 지금 당장 가 봐야겠어. 어! 그래, 지금!"

조비서의 다급한 목소리는 이목과 책방 안에서 씨름 중이던 오늘이의 귀에도 들어갔다. 나림이라고? 그녀가 위험한 것일까?

"점은 다음에 보자고! 미안."

수정에게 통보하고 돌아서는 조비서에게서 칼바람이 불었다. 심상찮은 일임에 분명했다.

"나림이면 큰 산의 주인인데 산이 그렇게나 망가졌나?"

아예 고개를 쑥 내밀고 밖을 살피던 이목이 한탄했다. 어제 그렇게 술을 마셔 대고 은산과 난리를 쳤으면서도 몸은 말짱, 마음은 뻔뻔. 그는 아침 내내 오늘이에게 바다로 놀러 가자고 졸라 대던 중이었다.

"이제 브레이크 타임이야. 다음에 방문해 주세요!"

조비서를 살펴보던 이목은 오늘이에게 등을 떠밀려 쫓겨났다.

"아니, 그런 거 원래 없잖아! 오늘아? 오늘아아."

가게에서 밀려난 이목이 항변하며 오늘이를 불러 댔다. 하지만 그녀는 재빨리 가게 문을 닫고 2층으로 내달렸다. 오래된 유리창으로 조심스럽게 내다보니 이목이 머리를 긁적이며 서성대고 있었다. 착하고 나한테 잘해 주지만 좀 성가셔. 순간, 자기 자신에게 주먹으로 쾅, 딱밤을 먹였다. 자기 자신을 꾸짖는 데도 봐주는 것 따위는 없었기에 머리가 띵, 울렸다.

"건방지다. 너. 선한 마음을 받았다고 무시할 권리까지 갖게 되는 건 아니야."

다시 이목을 훔쳐보았다. 좀 더 부드럽고 물기가 어린 시선이었다. 그는 이제 천천히 바다 쪽으로 몸을 돌려 걷기 시작했다. 걸음걸음이 희미하게 빛나는 것 같았다. 차 한 잔만 하고 가라고 불러 세우고 싶은 걸음이었다. 그렇지만 오늘이는 마음이 급하다. 휴대폰을 열어 할락궁이에게 전화를 걸었다.

"삼촌? 여쭤볼 게 있어요. 나림의 산이 어디예요? 아……. 네, 알아요. 그렇게 큰 산인데……. 아니에요. 좀 알아볼 게 있어서요. 네, 잘 있어요. 밥도 잘 먹고 있고요. 네……. 삼촌도 잘 지내시고요!"

시시콜콜한, 당연한 안부 인사에도 그녀는 코끝이 찌릿해져 버렸다. 눈물을 쏟아 내지 않으려고, 전화를 끊고도 한참동안 숨을 가다듬어야 했다.

"흠! 왜 이래 다 큰 어른이. 안 울어. 게다가 지금은 이럴 때가 아니야. 일어서, 오오늘!"

스스로를 일으켜 아래층으로 달렸다. 무엇을 어떻게 해야겠단 생각보단 그저 나림, 그리고 그녀의 산 이름만 왕왕 울려 댔다.

처참했다. 은산과 조비서는 온갖 폐기물로 더럽혀지고 파헤쳐진 처참한 산 앞에서 잠시 말을 잃었다.

무슨 색이라 정의할 수 없는, 불쾌한 색의 폐기물이 계곡으로 흘러넘쳤다. 정체를 알 수 없는 쓰레기들이 산을 절반쯤 뒤덮었고, 나머지 절반은 파헤쳐져서 상처를 벌리고 있었다. 어디를 가나 코를 막게 하는 악취로 가득했다. 산새와 산짐승들, 심지어 곤충들까지 모두 산을 떠난 듯 적막만이 산을 채우고 있었다.

— 여기가 맞는 게야? 여기가 나림님의 산이라고?

분노로 조상들의 목소리가 떨렸다. 은산은 이해가 되었다. 충분히 그럴 만했다. 나림의 산은 예부터 품이 큰 산으로 명망 높았고, 아름다웠으며, 숭배 받았다. 사시사철 생명으로 가득한 산이었다. 풍요로웠다. 그런데 지금은, 그저 쓰레기 산에 불과했다.

나림이 발견된 곳은 그나마 깊은 숲이었고 정결했다. 족히 천년은 버텼을 법한 소나무들이 저들의 주인을 호위하고 있었다. 병든 나림의 머리 위에 비추는 한줌 햇빛은 그녀에게 산소 호흡기처럼 생명을 공급해주었다.

"나림!"

조비서가 먼저 날아가 나림의 어깨를 감싸 안았다. 안색은 창백하고 형체는 희미해지고 있었다.

— 기氣가 너무 약해지셨구나. 산이…… 너무 상했어.

여전히 떨리는 목소리. 은산은 관자놀이 쪽이 뜨거워지며 온몸에 피가 빠르게 도는 것을 느꼈다.

— 놈은 어디 있지? 더 이상 산을 상하게 하는 걸 막아야 한다.

"어디 있겠어요? 악취를 따라가면 있겠지."

은산은 검을 꺼내 들었다. 무엇을 하지도 않았는데 검엔 이미 푸른 불꽃이 일기 시작했다.

"다녀올게. 좀만 기다려요."

그러면서 순식간에 주변 나무들에 부적을 붙인다.

"고생했다. 그런데 조금만 더 버텨 주라."

그의 말에 바람이 일고 초록의 막이 숲을 감싸기 시작했다. 그걸 보고서야 은산은 숲의 반대편으로 뛰기 시작했다. 가장 지독하게 악취가 피어오르는 곳이었다. 파괴된, 그리고 남은 생명들의 분노와 함께.

✤

"이번엔 뭐야? 비리 건축 업체 바지사장? 석조 업체 대표? 뭔데 산을 이 모양으로 만들어 놔."

굴착기는 이미 산의 옆구리를 다 파내고 그 흙을 덤프트럭에 옮겨 담고 있었다. 거기 놈이 있었다. 말끔하게 양복을 차려 입고 사람들을 진두지휘하고 있는, 인간을 가장한 측신이었다. 놈은 은산을 보자 눈알이 빨갛게 변하더니 뒤틀린 미소를 지었다.

"여! 직접 왕림하실 줄은 몰랐네? 나? 재활용……인데 실은 폐기물 업체 사장님이시지. 그나저나 귀하신 몸이 이리 천한 자와 마주해서 어쩌시나?"

"어, 그래 나는 너무나 귀한 몸이지. 그럼, 이 천한 놈의 새끼야, 이 귀하신 몸이 얼마나 중요하고도 훌륭한 꿈을 꾸고 있었는데, 그걸 방해해?"

은산이 호통치자 산이 쩌렁쩌렁 울렸다. 일하던 인부들이 영문을 몰라 기계를 멈추고 수군거렸다.

"어이, 귀하신 몸! 알아듣게 말을 해 봐! 저 인간들이 너 정신병원에 잡아넣겠다!"

약을 올렸다.

"아……. 저 새끼, 꼭 인간들까지 엮어서 쓸데없이 힘쓰게 한다니까."

품에서 부적을 꺼내 하늘로 날렸다. 대낮인데도 별들이 둥근 돔을 만들고 산의 모든 생명을 가진 것들이 움직임을 멈췄다.

— 시간 없다. 얼른 해치워라.

재촉과 함께 조상신들의 오래된 힘들이 은산을 채우기 시작했다. 그걸 느낀 즉시 은산의 공격이 시작되었다. 망설임 없이 검을 휘둘렀다. 푸른 불꽃이 측신의 육신을 빈틈없이 공격했다.

"크흐흐흐, 죽은 네 조상들 실력이냐, 아님 너의 실력이냐. 형편없구나!"

산의 기운을 통으로 삼켜서인지 놈의 움직임은 놀랄 만큼 날랬고, 혀는 간사했다.

"측신 새끼, 혓바닥만 살아 가지고. 야, 똥통에서 나와 활개 치니 겁대가리를 상실했지? 측신 따위가 감히 누구한테 혀를 놀려?"

은산의 말에 측신의 머리칼이 검붉은 색으로 활활 타오르며 뻗쳤다.

"측신 따위? 내가 백 년 전만 해도 함부로 깔볼 신이 아니었으니!"

분변 냄새와 폐기물의 악취가 온 산에 진동했다.

— 지금이다!

은산이 기운을 실어 검을 휘두르며 동시에 부적을 던졌다. 검은 빗나갔으나 부적은 측신의 어깨에 명중했다. 동시에 측신의 입과 코에서 검고 진득한 액체가 솟았다.

"십 년 전도 아니고 백 년 전 이야기를 끄집어내? 으, 냄새, 그리 더러우니 조왕 할매한테 무시당하지."

"조왕…… 그 할마씨도 내 앞에 무릎 꿇게 될 것이다. 물론 귀하신 몸, 너 역시!"

"뭔 소리야……. 야!"

측신이 도망치기 시작했다.

— 괜찮다. 어차피 진陣을 뚫을 순 없어.

그러나 측신을 쫓던 은산의 눈에 이상한 광경이 들어왔다. 측신이 품에서 검은색 돌을 꺼내 던진 것이다.

— 혈석이다!

조상신의 말에 은산은 겨우 그 돌이 혈석임을 알아보았다. 겁대가리 없이 혈석을 이용해? 경악하는데 혈석과 닿은 막이 부서지기 시작했다. 은산은 이제 전력을 다해 달렸다. 놓칠 수 없었다. 놓쳐선 안 되었다.

╳

검고 눅진한 형체로 변하기 시작한 측신이 도시를 향해 내려가고 있었다. 부서진 건물이건, 하수구건 몸을 숨길 장소만 찾으면 그걸로 충분했다. 혹은 인간의 몸에 숨는 것도 괜찮다. 비형 일족은 절대 인간을 해치지 않으니까. 그때, 산을 향해 올라오는 인간의 모습이 그의 눈에 들어왔다.

힘없는 여자! 괜찮다. 몸을 숨길 수만 있다면 오히려 여자가 더 안전할 수도 있다. 그때 여자도 측신을 알아차렸다. 걸음을 멈추었다. 분명 녹아내리기 시작하여 괴물과 같은 몰골일 텐데 소리를 지르거나 도망치지 않는다.

"지독한 겁쟁이인거냐, 멍청한 것이냐. 어찌되었든 네 몸을 좀 쓰자!"

측신은 흘러내리는 몸처럼 눅진하고 소름 끼치는 목소리로 소리쳤다. 그리고 여자를 향해 촉수처럼 몸을 뻗었다. 그럼에도 여자는 고개를 돌리지도, 비명을 지르지도 않는다. 오히려 다리를 크게 벌려 단단히 땅을 디디고 두 팔을 앞으로 들어올렸다. 곧 부딪혀 올 측신을 저지하려는 품새다. 그런데 그때, 퍽! 측신의 뒤로 크게 소리가 울렸다.

은산이었다. 측신을 뒤에서 내리치면서 여자 앞으로 몸을 날렸다. 그리고 붉게 변한 불꽃이 일렁이는 검으로 촉수를 잘라 버렸다. 측신의 처절한 비명소리가 온 산에 울렸다. 인간에겐 치명적인 독인 측신의 몸뚱이가 은산의 몸 여기저기에 튀었다. 그러나 은산의 표정은 변화가 없다.

온몸에 통증이 퍼졌지만 버텨 낸다. 오늘이었으니까, 등 뒤의 여자. 한 방울의 독도 그녀에게 닿는 걸 용납할 수 없었다.

"새끼, 별로 세지도 않은 게 누구한테 덤벼? 무릎을 꿇게 된다고? 아예 사라질 놈한테 어떻게 꿇지?"

검을 다시 휘두르자 파멸의 그물이 측신의 몸을 옥죄었다. 그의 몸이 부글부글 검게 끓어오르며 기화되기 시작했다. 귀청을 긁어 놓는 측신의 비명을 모른 체하며 은산이 오늘이를 보았다.

"넌 대체 여기 왜 있는 거야?"

그녀가 대답을 하기 전에 경고가 은산의 머리에 울렸다.

— 저 놈 또 혈석을!

녹아내리고 있던 측신이 붉은 혈석을 먹고 있다. 다음 순간 측신의 몸이 서서히 복원되어 제 모습을 갖추기 시작했다.

— 회복하기 전에 빨리 없애야 한다!

"나도 알아요!"

은산이 검을 치켜들고 측신에게 달려들었다. 그러나 측신은 곧장 사라져 버렸다. 아니, 공간이 틈을 벌리며 측신을 삼켰다는 것이 옳을 것이다. 어찌되었든 측신을 놓친 것은 변함없는 사실이 되어 버렸다.

고오오, 은산의 온몸에서 분노의 검은 기가 솟구치는 것 같았다. 적을 놓아준 것이 아닌, 놓친 경우는 없었기에 참을 수가 없었다. 그러나 곧 통증이 그의 몸을 덮쳐왔다. 은산의 절반은 분명코 인간이었기 때문이었다.

"젠장……. 넌 왜 여기……."

은산은 오늘이에게 다시 이유를 묻고 싶었으나 통증을 참기 힘들었다. 없애 버린 줄 알았던 독이 온몸으로 퍼지기 시작했다. 혈관이 불타오르며 온몸의 근육이 찢어질 듯 했다. 더 이상 의식을 붙들어 놓을 수가 없었다.

"종주……. 은산아! 정신 차려! 은산아!"

오늘이가 애타게 자신을 부르는 소리에 은산은 가늘게 눈을 떴다. 자신에 대한 걱정으로 가득한 그녀의 얼굴이 희미하게 보였다. 그리고 그들 위로 노란 나뭇잎이 날리고 있었다. 아니, 그렇게 보였다.

"좋네, 내 이름. 네 입으로…… 들으니까. 꿈 밖에서도, 꿈 속에서도 너는……."

"야, 이상한 소리 하지 말고, 정신 똑바로 차려! 김은산!"

자기 이름을 불러 주는 그 목소리가 좋아서 기를 쓰고 정신을 붙들고 있었다. 하지만 통증이 다시 전신을 관통하자 신음을 참을 수 없었다.

그때 이마가 서늘해지며 고통이 조금, 덜어지는 느낌이 들었다. 오늘이가 은산의 이마에 손을 얹고 있었다. 걱정하는, 걱정하며 입술을 깨물고 있는 그녀의 얼굴을 계속 보고 싶었다. 그러나 거기까지였다. 신음도 한 번 내지 못하고 그는 완전히 의식을 잃어버렸다.

조왕의 부탁

밤과 낮, 하루가 꼬박 걸렸다. 은산이 정신을 차리기까지.

"그래서, 여의를 달라는 거야? 아님 내 신발을 달라는 거야?"

머리끝이 주뼛, 서는 목소리였다. 의식이 돌아와 눈을 깜빡이던 은산은 다시 눈을 질끈 감았다. 차라리 다시 자자. 아니, 기절하자.

"눈 뜬 거 알아. 엄살 부리지 말고 일어나. 여기, 야광 보이지?"

은산은 깊은 한숨을 쉬며 침대에서 일어나 앉았다. 위장이 텅 비었는지 배가 고파 왔지만 그걸 호소할 수가 없다.

"물론 측신의 독이 지독한 것은 알고 있어. 근데 그걸 해독했다고 여의를 서른 개나 달라는 건 너무하지 않아? 게다가 내가 뉴욕에서 선물 받은 마놀로 블라닉을 달라니! 흡혈귀 새끼들 얼마나 힘들게 퇴치하고 받은 건 줄 알아? 우리가 만불산에 넣어 주지 않았음 벌써 소멸했을 놈이 진짜 너무 너무 염치가 없어. 염치 알아? 염치?"

다다다, 쏘아대는 여자는 은산의 고모, 명주다. 은산의 아버지가 죽은 이후로 그를 키워왔고, 그에게 끊임없이 종주로서의 의무감을 설파하는, 현재 비형 가문의 최고 연장자. 무엇보다 그녀는 요괴들도 한 수 접고 들어가는 까칠함과 가문에 대한 지나친 자부심으로 똘똘 뭉친, 기피대상자 1순위다. 그런 까다로운 명주 앞에서 둥근 안경알 너머 커다란 눈알을 굴리면서 야광이 빙긋이 웃고 있었다.

"나림까지 치료했으니 그 정도는 무리가 아니지. 그리고 저렇게 예쁜 신이라니! 내가 신 좋아하는 거 알잖아? 저거 주면 다음번엔 공짜로 해 줄게. 히히."

워낙 자주 명주를 상대해서인지 야광은 그녀 앞에서도 뻔뻔하고 능청스럽다. 군자마을 요괴라면 누구나 알 듯 야광은 광적으로 예쁜 신을 좋아한다. 주지 않으면 훔쳐 달아날 것이 분명했다. 야광에게 신을 도둑맞으면 재수가 옴 붙는다.

"으……. 너무 뻐근해. 나림은 좀 어때?"

목과 어깨를 한 바퀴씩 돌리며 은산이 물었다.

"당분간은 좀 뻐근할 것이야. 독을 빼내고 뼈를 하나하나 다시 맞춘 것이나 마찬가지니까. 나림은…… 산을 원래대로 돌려놓더라도 회복까지 백 년은 걸릴 것이고."

명주에게서 강탈한 것과 진배없는 푸른색 구두를 품에 안고 야광이 답했다.

— 그럼 끝장이구나. 파괴한 산을 인간들이 다시 돌려놓을 리가 없으니.

"소멸하진 않을 거야. 만불산에 있는 한. 은산이는 내일 만불산에 들어와서 재활치료 좀 받고."

야광은 그렇게 덧붙이며 총총, 뒷마당으로 사라져 버렸다.

"혈석? 측신이 혈석을 먹었다고?"

명주의 눈이 커졌다. 그도 그럴 것이 혈석은 신과 요괴의 심장이다. 혼의 정수이자 신력의 응축이다. 거저 얻게 되는 것이 아니라 반드시 생명이 소멸되어야 가질 수 있는 것이다. 즉, 그 주인을 죽여야 얻을 수 있는 것이다. 혹은 그 주인이 스스로를 희생하거나. 어느 쪽이든 생명을 잃어야 얻을 수 있는 것이기에 그들 세계에선 가장 귀한 것이며 취득이 금기시되는 것이다.

"응, 처음에 진을 망가뜨린 것도 혈석이었어."

은산의 진은 무너진 일이 한 번도 없었다. 그걸 상기하자 은산은 절로 주먹에 힘이 들어갔다.

"그래서 산을 아예 망가뜨려 버리고 있었군. 요즘 약한 요괴들 수가 갑자기 줄어들고 있어서 이상했는데…… 나림 같은 산신의 혈석은 아주 귀하고 강력하겠지. 그런데 도대체 왜 측신이 그걸 모으는 거지? 게다가 먹어?"

눈을 부릅뜨고 적의 의도를 가늠하는 명주는 중세의 장군과 같았다.

"혈석을 먹으면 저주 받는 거 아니야?"

"당연하지. 인간으로 치면 식인을 한 거나 다름없어. 아니 그보다 더한 터부야. 이미 혈석을 모았다는 것 자체가 용납될 수 없는 죄인데. 그런데 넌 왜 그랬지?"

갑자기 명주의 시선이 은산에게 와 박혔다. 올 것이 왔군. 은산은 이맛살을 찌푸렸다.

"너, 인간을 구하려다가 다친 거라면서?"

"측신이 들어가려고 했으니까. 그럼 골치 아파지잖아. 조비서가 일렀어?"

투덜거리는 은산에게 명주는 눈을 흘긴다.

"조비서가 나림과 너, 둘 다 데려왔겠니? 네가 구한 아이, 오늘이랬나? 그 애가 널 업고 왔어."

"업어? 나를? 오늘이가?"

은산의 머리가 핑핑 돌았다. 아, 쪽 팔려. 업혔다고? 그 아이에게? 구해 준 거 무슨 소용이냐고! 이런 저런 생각이 마구 솟았다가 이내 백지처럼 비어 버렸다.

"깡은 있는 애더구나. 그런데…… 이상한 애였어. 분명 인간이라 했는데 물의 기운이 너무 강해. 다른 족속이라면……."

그렇다면, 자신과 그렇게 당당하게 마주볼 수 없다. 명주는 은산을 침대에 내려놓고 자신을 마주보던 오늘이의 눈빛을 떠올렸다.

땀투성이에 헉헉거리고 있었지만 기가 충만했다. 눌림이 없었다. 요괴나 신은 비형 일족인 자신의 앞에서 그렇게나 당당할 수가 없다. 오히려 자신이 밀리는, 태어나 한 번도 느낀 적이 없는 기분이 들 정도였다. 조비서는 오늘이가 인간이라 했지만 그조차도 물의 기운 때문인지 모호했다. 정체를 명확히 알 수 없다면 믿을 수도 없다. 명주는 제 손 안에서 벗어난 건 무엇이든 싫어하는 사람이다. 관자놀이가 터질 듯 짜증이 났다.

"애초에 놈이 혈석을 사용하기도 전에 처치해 버림 아무 문제 없잖아? 너나 네 아비나 굼뜨고 맘이 약한 게 탈이야. 내가 종주였음……."

은산은 이불을 덮고 누워 버렸다. 자기 성에 차지 않는 일이 벌어졌다 하면 일억 번쯤 되풀이되는 '내가 종주였음' 타령이다.

"그렇게 종주가 되고 싶음 할배들 다 데려가요. 내가 되고 싶어서 됐나?"

"뭐라고? 측신도 놓치고 여자애한테 업혀 온 주제에 어디서 대들어?"

이불 밖에서 명주의 목소리가 왕왕거렸지만 더 이상 머리에 들어오지 않았다.

"맞다……. 업혀 왔다고……. 모양 빠지게."

머리칼을 쥐어뜯으며 입술을 잘근 씹었다. 휴대폰을 꺼내 보는데 새로운 알람도, 부재중 알람도 없었다.

'괜찮냐?'

세 글자를 썼다가 지워 버렸다.

'무거웠지?'

네 글자를 썼다가 다시 지워 버렸다. 그렇게 몇 번을 썼다 지우기를 반복하다 포기. 엎드려 베개에 얼굴을 묻었다. 화끈거리는 마음도 묻어 버리고 싶었다.

느티나무가 우뚝한 언덕에서 보는 군자마을은 아름다웠다. 길가엔 은행나무가 서 있고 오래 된 집들은 감나무를 한 그루씩 품고 있었다. 주황으로 빛나고 있는 감들과 노란 은행이 하늘에서 떨군 수채화 물감처럼 마을을 물들였다. 그리고 멀리 파란 바다가 일렁였다. 도시에 나갔다가 마을로 돌아올 때마다 오늘이는 한참이나 언덕 위에서 그 광경을 바라보았다.

그때 마을의 다른 은행나무들과는 다르게 앙상하니 가지를 드러내 쓸쓸해 보이는, 책방 앞 나무가 확연히 눈에 들어왔다. 그리고 그날, 은산과의 입맞춤이 떠올랐다. 얼떨결에 하긴 했지만 상상하는 것만으로 심장이 발간 꽃으로 피어날 것처럼 부끄럽고도 달콤했다. 그런데 놈은 기억이나 하고 있을까? 혹시 취기에 정신을 잃은 상태서 저지른 '사고'가 아닐까? 은산이 부상을 입는 바람에 확인할 겨를도 없었다. 오늘이는 휴대폰을 꺼냈다.

'이제 좀 괜찮아?'

지금쯤은 메시지를 보내도 괜찮겠지? 며칠 전부터, 실은 나림의 산에서 나온 날부터 보내고 싶었다. 하지만 치료가 필요해 보였다. 무리하게 만들고 싶지 않았다. 어찌되었든 자신을 보호하다가 다친 것이었으니까. 한동안 기다렸지만 답이 없다. 등 뒤에서 불어온 찬바람이 마을 쪽으로 몰아쳤다. 곧 해가 질 것이다. 부지런히 마을 쪽으로 걸음을 옮겼다.

"애야, 좀 보자. 그래, 너 말이야."

모퉁이만 돌면 책방인데 누군가 부르는 소리에 오늘이가 두리번거렸다. 머리가 하얗게 센 할머니가 허리를 굽히고 자신을 향해 손짓을 하고 있었다. 부엌신 조왕이었다. 조왕의 정체를 알 리가 없는 오늘이가 멀뚱멀뚱 바라만 보다 길을 건너가니 조왕은 작은 가게 안으로 들어가 버린다. 어두운 동굴 같은 가게였다. 어리둥절한데 다시 부르는 소리가 들렸다.

"들어와 봐라."

발을 들이니 밖에서 보는 것과는 달리 밝고 정갈한 가게였다. 세련된 나무 테이블이 두 개에, 주방은 오픈형이라니! 놀라고 말았다. 상부장이 없는 대신 알록달록한 타일로 장식된 주방은 인테리어 잡지에나 나올 법했다. 이렇게 나이 많은 할머니의 주방이?

"책방 아이지?"

아이? 아이는 아니지만…… 할머니의 나이를 가늠해 보고, 그냥 아이가 되기로 한다.

"네, 맞아요."

"이름이 어찌 되나?"

도시에서라면 유쾌하지 않을 질문 세례였지만 여긴 군자마을이니까. 게다가 상대가 어르신이란 이유로 툴툴거리고 싶진 않았다. 짧게 숨을 들이마시고 생긋, 웃어보였다.

"오늘이에요. 오오늘."

"오호, 좋은 이름이구나. 아주 좋은 이름이야."

웃음 지으니 주름이 자글자글 일었다. 오늘이는 그것이 좋았다. 어쩐지 포근한 느낌의 할머니다. 노인일 때의 할락궁이 얼굴이 떠오르기도 했다.

"그래, 오늘이. 바쁘지 않으면 나를 좀 도와줄 수 있겠어? 지금 당장 죽을 좀 만들어야 하는데 갑자기 허리가 펴지지가 않아서 말이야."

조왕의 부탁에 그녀는 다시 어리둥절해졌다. 지금, 당장, 갑자기, 죽을? 그때 의자를 당겨 앉는 조왕의 굽은 허리가 눈에 들어왔다. 그래, 뭐 외과 수술을 하라는 것도 아닌데 못할 것도 없지. 소매를 동동 걷었다. 도움이 필요하면 받는 것이 현명하고, 도움을 줄 수 있으면 주는 것이 공덕을 쌓는 것이다. 할락궁이가 늘 하던 말이었다.

"재료는 거기 다 있어. 잘 모르겠으면 물어보라고."

주름진 미소를 짓는 조왕에게 고개를 끄덕이며 오늘이는 주방으로 주저 없이 들어갔다.

소고기 야채 죽을 쑤어 냈다. 물론 몇 번 우당탕, 그릇을 엎기도 하고 손이 베일 뻔도 했다.

"으갸! 아이코!"

요상한 감탄사를 뱉어 내며 호들갑을 떨기도 했다. 그럴 때마다 그녀는 조왕 쪽을 보았지만 조왕은 모른 체 골목 쪽으로 고개를 돌렸다. 오늘이는 으쓱, 어깨를 들어 올리며 혀를 빼쭉, 내밀어 보였다. 좋은 분이 확실하네. 크게 숨을 들이키며 다시 열중할 수 있었다. 김이 모락모락 오르는 죽을 보며 오늘이는 조왕 쪽을 힐끔 보았다.

"어르신, 간은 어떻게 할까요?"

어르신들은 젊은이가 물어봐 주는 것을 좋아하지. 그녀의 물음에 조왕은 허리를 톡톡 두드리며 주방 쪽으로 왔다.

"간이야 젊은 사람들이 더 잘 보긴 하지만……."

말은 그리했지만 망설임 없이 소금을 꺼내 한 꼬집 뿌렸다. 휘휘, 젓고 맛을 보았다. 그리고 표정이 묘하게 변했다.

"이리, 손 좀 이리 줘 봐."

오늘이의 손을 살폈다. 두텁고 지문이 닳아 없어진 조왕의 손이 자신의 손을 쓰다듬을 때 오늘이는 자기도 모르게 급히 숨을 삼켰다. 너무 따뜻해서. 오래 전에 아픈 배를 문질러주던 엄마의 손이 저절로 떠올라서.

"수정이처럼 야무지진 못해도…… 조신선이 네게 가게를 맡긴 이유가 있구나. 살리는 손이야. 살리는 재주가 있어."

조왕은 그 손길처럼 따스한 눈길로 오늘이의 얼굴을 쓰다듬어 주었다.

"네?"

"아니다. 그렇다 해도 주말마다 가게를 비우면 되겠나? 조신선이야 놀러 다니기 바쁜 위인이다만."

죽이 든 냄비를 통째로 보자기에 싸며 조왕이 말했다. 가게를 비웠다는 건 어떻게 아셨지? 의문스러웠지만 순순히 대답한다.

"아, 제가 배우는 것이 좀 있어서요. 차를 좋아해서 자격증도 따고……."

"차? 마시는 차? 그걸 우리는 데 자격이 필요해? 요즘 세상은 참 희한하다니까. 하하하."

악의 없는 웃음이었다. 오늘이도 거부감 없이 같이 웃었다. 동의했다. 별의별 자격이 다 필요한 세상이다. 그때 가게 안으로 하얀 옷을 입은 아이가 들어왔다.

"할머니, 죽 가지러 왔어요."

아홉? 열 살이나 되었을까? 그 나이 대에 어울리지 않게 공손하고 예의 바르다. 앞머리는 눈을 가릴 듯 길고 동글동글 귀염상이 눈에 익다. 어디서 봤지? 아이를 빤히 쳐다보는데 어쩐지 그녀와 눈을 마주친 아이가 방긋, 웃는다.

"아이코, 그래. 불러 놓고 잊고 있었구나. 여기 있다."

조왕은 보자기 꾸러미를 아이의 두 손에 안겨 주었다. 아이가 안고 가기에 너무 크고 무거워 보였다. 오늘이는 아이에게서 보자기 꾸러미를 달랑 들어 안았다.

"멀지 않겠죠? 제가 같이 갈게요."

오늘이의 제안에 아이는 눈을 동그랗게 뜨고 할머니를 쳐다보았다.

"코딱지만 한 마을에서 거기서 거기지만. 고맙구나. 너도 인사해야지."

재촉에 아이가 허리를 굽힌다.

"도와주셔서 감사합니다."

무슨 사극 같은 말투다. 잠시 생각했으면서 그녀도 똑같이 공손히 인사해 버린다.

"그럼, 안녕히 계세요."

"그래, 자주 놀러 오거라. 너라면, 내 부엌을 언제든 써도 좋으니."

아이를 따라 가던 오늘이가 뒤를 돌아보았을 때 땅거미 지는 거리에서 끝까지 그들을 배웅하는 작은 그림자가 보였다. 어쩐지 쓸쓸했지만 따뜻한.

"여기……야?"

위압적이도록 커다란 대문 앞에서 아이에게 물었다.

"네, 옆에 쪽문은 열려 있을 거예요."

오늘이도 알고 있다. 정신을 잃은 은산을 업고 그 쪽문을 통해 들어갔으니까. 아이는 천연덕스럽게 그녀의 옷자락을 잡아 이끌었다.

"아마, 지금은 만불산에 있을 거예요."

산? 이 무슨 뚱딴지같은 말이지? 오늘이는 혼란스러웠다. 여긴 마을 한가운데 있는 집이고, 이곳은 바닷가 마을이다. 멍하니, 사고가 멈춰버렸다. 하지만 아이는 멈추지 않았다. 그녀를 이끌고 뒷마당으로 갔다.

잔디가 깔린 뒷마당은 넓었다. 정원수가 정성스럽게 심겨 있고 멋들어진 수석壽石도 여러 개였다. 그러나 그뿐이다. 멀리 떨어진 뒷산이나 야산으로 이어진 어떤 길도 없었다. 여기서 어떻게? 두리번거리는 오늘이를 두고 아이가 한 수석 앞으로 성큼성큼 나아갔다. 그러나 그런 건 화원에서도 흔히 볼 수 있었다.

"제 곁에 서세요."

갑자기 아이가 오늘이를 불렀다. 그녀는 고개를 들어 하늘을 보았다. 깜깜했다. 아, 몰라. 눈을 질끈 감고 아이 곁에 섰다. 그리고 별안간 만불산 안의 자신을 발견했다.

'인왕제색도', '금강전도', 뭐 그런, 할락궁이의 화첩에서 본 옛 산수화가 눈앞에 펼쳐진 것 같았다. 기암괴석이라고 밖에 표현할 수 없는 봉우리들이 우뚝 또 우뚝했다. 구름인지, 물안개인지, 흰 너울이 그 봉우리들 아래를 흘렀다. 여긴 낮? 시간이 흐름도 달랐다. 아니, 시간이 흐르기나 한 걸까? 이곳의 시간이 과연 우주의 법칙을 따를까? 여긴 어디지?

백로일까? 기품 있는 기다란 새가 기품 있게 날며 구름에 부드러운 결을 일으켰다. 물기 어린 소나무향이 진동했다. 한 번도 느껴본

적 없는 청량한 공기가 폐를 채웠다. 이슬과 풀 냄새와 소나무 향이 가득 찬 공기였다. 오늘이는 숨을 크게 들이마셨다.

이따금씩 긴 옷자락을 끌며 사람의 형체를 한 무언가가 지나는 것도 보았다. 지나갔는데 지나가지 않은, 형체가 있는데 없는 무언가다. 살짝 어지럼증이 일어났다. 나는 누구지?

"이쪽이에요."

아이의 맑은 목소리가 그녀의 정신을 일깨웠다. 여우한테 홀린다는 게 이런 거구나. 정신 차리자. 아이가 이끄는 대로 따라가자 초가집이 나왔다. 드라마나 민속촌에서나 보던 집이었다. 조선 시대 시조에서 나오는 딱, 그런 단출하고 소박한 집이었다.

"여기 내려놓으면 돼요. 저 왔어요!"

"동이? 왔으면 들어오면 되지. 배고파 죽는 줄 알았어."

그래! 저 동글동글 귀여운 얼굴, 동이였어! 오늘이가 놀라 동이의 얼굴을 다시 본다. 그때 벌컥, 문이 열리며 은산이 얼굴을 내밀었다. 순간, 오늘이도, 은산도 순간 볼이 빨개지며 얼어붙었다. 동이만이 마당을 다다다, 뛰면서 깔깔거렸다.

좋았어

"조왕 할매가 자기 부엌을 쓰라고 했다고?"

오늘이가 내민 죽을 게걸스럽게 먹던 은산이 물었다.

"조왕? 혹시…… 이목이 털었다던 부엌 주인?"

이목의 이름이 언급되었음에도 은산은 기분이 좋은지 히죽, 웃으며 고개를 끄덕거렸다.

"맞아. 아마, 그 일로 조왕한테 된통 혼났을걸? 할매, 음식 인심은 후한 편인데 허락 없이 자기 부엌에 들락거리는 건 무지 싫어하거든. 흐흐."

"그래서 기분이 좋은 거야? 이목이 혼나서? 근데 그때 너도 작당한 거잖아. 넌 안 혼났어?"

혼자서 헤실거리는 은산이 어이없어진 오늘이가 물었다. 그러자 은산은 웃음을 뚝, 먹어버리고 진지하게 답했다.

"이목은 그렇게 입 싸고 의리 없는 놈은 아니야."

"그렇게 말하니까 둘이 되게 친해 보인다?"

"무슨 소름 돋는 소리야? 사실을 사실대로 말할 뿐이지. 난 공정한 종주니까."

"네에, 네에. 그런데, 네가 아무리 종주라지만 어르신 성함을 그렇게 함부로 불러도 돼?"

그녀가 묻자 은산은 고개를 절레절레 흔들었다.

"이 마을에서 그냥 그런 할머니가 식당을 하겠어? 조왕도 당연히 신이지! 부엌신 알아? 요즘 애들은 저쪽 하늘 천사들 이름은 뭐, 가브리엘이니 미카엘이니 잘 알면서……. 그 부엌신들의 대장이 네가 본 그 할머니야."

"난 천사 쪽도 관심 없거든? 아무튼 할머니 덕분에 그쪽이 지금 죽을 먹고 있는 것이고."

오늘이의 투덜거림에 은산은 피식 웃어 버린다.

"그게 왜 조왕 덕분이야? 네가 만들어 놓고선. 아무튼 어지간히 네가 맘에 들었나 보네. 맛있긴 맛있다."

그러면서 그릇에 구멍을 낼 듯 삭삭 긁어 먹었다. 오늘이는 마루에 걸터앉아 그를 바라보다 주변을 둘러보았다.

달랐다. 모든 풍경이 바깥세상과 같으면서도 같지 않았다. 백로가 내려앉은 소나무를 자세히 보려 하니 어느새 저 멀리 봉우리까지 물러났다. 무심코 고개를 돌릴 땐 선명하게 하얀 사슴이 풀을 뜯는 것이 보였다. 다시 보면 그 자리엔 예쁜 꽃만 무심코 하늘거릴 뿐이었다. 곁눈으로 보면 그보다 더 뚜렷할 수 없을 것 같은 사물들이 다시 보면 어느 것도 제 형체를 제대로 보여 주는 것이 없었다.

"여긴 뭐야?"

그녀가 고개를 갸웃거리며 물었다.

"질문이 그게 뭐야?"

그릇을 깨끗이 비운 은산이 일어서며 되물었다.

"왜?"

"여기가 어디냐고 물어야 하는 거 아냐?"

"좌표가 찍히는 곳이 아닐 것 같아서."

마치 할락궁이의 꽃밭처럼. 은산은 고개를 끄덕였다.

"맞아. 그건 그렇지. 여긴⋯⋯. 어? 너, 신발 없다."

오늘이가 발을 내려다보자 정말 없었다. 빨간 스니커즈가 사라진 발을 꼼지락거렸다. 분명 신고 있었는데.

"야광 짓이네. 신발을 무지 좋아하거든. 재주도 좋다. 짜식, 무지 빠르네."

"야광?"

"어, 일종의 의사인데. 오늘도 치료 받으러 온 거고. 근데 놈이 신발 집착증이 좀 있어. 너 큰일 났네. 야광한테 신발 도둑맞으면 재수 옴 붙는다는데?"

놀리듯이 벙싯거리는 은산은 심각하게 발을 내려다보는 오늘의 어깨를 살짝, 건드렸다.

"뭐, 별로 상관없어. 그런 거 믿지도 않고. 그냥 좋아하는 신발이라서 좀 그러네."

"안 믿으니 다행이네. 뭐, 옴 같은 거 붙으면 이 몸이 떼 주면 되고. 그러면, 일단 업혀."

은산이 오늘이 앞에 넓은 등을 보이며 무릎을 굽혔다. 하지만 그녀는 망설임 없이 양말을 벗어 들고 걸음을 내딛었다.

"왜 안 업혀? 너, 나도 업었다면서?"

"넌 기절했었잖아. 난 지금 정신이 멀쩡하고, 여긴⋯⋯ 발 다칠 일도 없을 것 같으니까."

자기 몸무게를 머릿속으로 떠올렸단 걸 말하지 않은 건 당연지

사다.

마당 밖으로 나가는 오늘이를 보며 은산은 짧은 한숨을 내쉬었다. 쉽게 말을 듣지 않을 건 짐작했다. 그게 매력이기도 하고.

"옛날 옛적 신선들이 놀 곳이 필요했고 자기들 신력을 모아 만든 곳이 여기, 만불산이야. 한 천 년 쯤 신선이며 선녀들의 핫 플레이스였던 거야. 옛날이야기 속에서 평범한 사람이 어느 굴속에 들어가서 그곳 사람들과 한바탕 놀다 오니 이미 수십 년이 지났더라. 뭐, 그런 류의? 하지만 신들도 신선들도 힘이 약해지고 나서는 이곳은 차츰 잊혔어. 그리고 어찌어찌해서 우리 집안에서 관리하게 되었지. 저기 어디쯤 우리 일족의 별장 같은 집도 있고. 뭐, 그건 중요한 게 아니지만."

은산의 말을 듣고서야 오늘이는 그가 왜 자신이 보낸 메시지에 답을 하지 못했는지 알 것 같았다. 만불산은 전파가 닿지 않는 곳이다.

은산이 야광의 집에서 나와 오늘이의 발걸음에 맞춰 걷자 여기저기서 형체들이 불쑥 나타났다. 가슴에 눈이 달린, 뿔이 세 개인, 날개가 넷이나 달린, 빛깔이 오색인…… 요괴, 혹은 신들. 하나 같이 수줍어하며 그를 따랐다. 오늘이는 알 수 있었다. 그들이 은산을 두려워하면서 동시에 그를 따르고 싶어 한다는 것을. 왜일까?

"저기…… 요괴들? 왜 여기 있지?"

"아, 요괴들? 요괴도 있고, 어느 강의 신도, 산신들도 있어. 모두 갈 곳이 없어진 이들이지. 예를 들면 나림처럼 말이야. 갈 곳이 사라진 요괴나 신들은 힘을 잃게 되고 결국 사라지게 되어 버려. 만불산은 그런 자들의 마지막 안식처 같은 곳이야. 이곳의 공간은…… 무한하거든. 그래서 세상에서 쫓아난 저들의 강이 되고, 산이 되어 생명을 유지하게 해주는 거야. 이곳이 사라지면, 저들도 사라지는 것이지. 난, 우리 집안은, 대대로 그런 이들을 구하는 일을 해 왔고. 아, 대가는 받고. 그러니 엄청나게 숭고하거나 그런 건 아니야."

— 어허, 자칫 목숨을 잃을 수도 있거늘! 어찌 숭고한 일이 아니야!

호통치는 조상들의 목소리를 은산은 무시했다.

"돈을 벌기 위해서 그렇게 위험한 일을 한다고?"

개울가에 다다랐다. 깊지 않지만 맑고 차가운 물이었다. 은산이 그녀에게 손을 내밀었다.

"여기서도 물에 빠지면 젖어."

그의 말에도 오늘이는 물이 얕은 곳을 찾으며 두리번거렸다. 아깐 이런 게 없었는데 어째서? 당황스러웠다. 그 사이 은산이 그녀의 판단보다 빨리 움직였다. 그녀를 번쩍 안아 개울을 건너기 시작했다. 그리고 놀란 오늘이와 똑바로 눈을 마주치며 말했다.

"도움을 받아야 할 땐 받아야 한다면서? 아가씨, 내 도움 좀 받아 주시지?"

콩콩콩콩, 심장이 빨리 뛰기 시작했다. 아무 대답을 할 수 없었던 오늘이가 잠자코 먼 데로 시선을 돌리자 은산은 다시 말을 이었다.

"우리 집안은 비형의 자손들인데, 저주를 받았거든."

담담한 말투였지만 오늘이는 알 수 있었다. 그것이 은산에게 걸린 올가미란 걸. 자신이 어머니에게 올가미였듯이. 그래서 그가 측은해져 버렸다. 그러나 무엇도 해 줄 수 없음에 그저 자신을 안고 있는 은산에게, 그의 가슴에 기대기만 했다.

쿵쿵쿵쿵, 은산의 심장 박동이 온몸으로 느껴졌다. 그 소리와 똑같이 그녀의 심장 박동도 그의 가슴을 통해 울렸다. 그때와 같다. 은행나무 아래서 입맞춤을 하던 순간. 아무래도 은산은 기억을 못하는 눈치여서 서운했지만 어떻게 따져 물어야 할지 알 수 없다.

너, 왜 기억 못해? 너랑 나……. 그러니까 네가 나한테 왜 키스를……. 거기까지만 생각해도 오늘이는 그만 어질어질해져 버린다. 그런 질문을 하는 건 무리다. 인정해 버리고 나니 기운이 빠져 버리고 시무룩해졌다. 은산은 그런 오늘이의 기분은 짐작도 못한 채 가문의 이야기를 어찌 풀어낼지 골몰했다.

자그락, 자그락, 자갈을 밟는 소리가 꿈결처럼 느껴졌다. 작은 개울이었지만 불가사의하게 긴 시간동안 둘을 붙들어 두었던 그곳을 드디어 건넜다. 오늘이는 조심스럽게, 어린아이를 풀밭에 내려놓듯이, 그렇게 소중히 자신을 내려놓는 은산을 바라보았다.

— 여자가 널 본다.

— 아주 특별한 기를 가진 여인입니다.

— 이놈이 반은 넘어간 것 같네.

— 반이 뭡니까. 벌써 예전에 홀딱 넘어 갔습니다.

— 저놈이 원래 반골 기질이 있는 여자한테 약했지요.

와글와글, 몰려드는 통에 은산은 머리가 지끈거렸다.

"저기요, 나도 사생활이란 게 있어요. 이럴 땐 좀 모른 척해 주세요."

난데없는 그의 신경질에 오늘이는 의아스러웠다. 그러나 그에게서 물러나려 하진 않았다. 오히려 먼저 뜨끔, 한 건 은산이었다.

"아! 나 미친놈 아니야. 내가, 우리 집안이 좀 복잡해. 우리 집안의 저주는 비형, 그러니까 시조인 사람······도 아닌······. 어려운 부분인데, 반은 귀신이고, 반은 사람이거든."

그의 설명에 오늘이는 책방에서 읽었던 책의 내용을 머릿속에서 복기했다.

— 귀신이 아니고, 도깨비라 해야지.

아주 작은 목소리였지만 간섭은 간섭이다. 성가심이 머리끝까지 뻗친 은산이 성질을 내기 직전에 오늘이가 입을 열었다.

"응, 알아. 들은 것도 있고, 본 것도 있어서······ 대충 알고 있어."

"그러면 비형이 어떤 짓을 저질렀고 그 때문에 우리가 어떤 저주를 받았는지도?"

그렇게 말할 때 은산의 표정은 묘했다. 차가운 것 같기도, 분노로 타오르는 것 같기도 했다. 이어지는 그의 목소리도 그랬다. 오늘이는 그런 표정을 본 적이 있었다. 저승꽃밭에서, 인간에게 분노하는 할락궁이가 꼭 그러했으니까.

감히 알고 있다고, 저주를, 그 고통을 알고 있다고, 소리 내서 말할 수 없던 오늘이는 그저 고개만 끄덕였다.

"요괴들과 신들을 보호해야 하는 도깨비 왕의 아들이 그런 짓을 저질렀으니······ 비형은 봉인되고 비형의 자손들인 우리 모두가, 저주 받았어. 이 땅의 요괴들을 '충분히' 구할 때까지 저승으로 갈 수도 없고, 소멸도 할 수가 없다. 뭐 이런 이야기지. 그래서 모두 이 몸에 모여서 와글거리는 거야."

"누가?"

오늘은 은산의 이야기를 정리하려 애쓰며 다시 물었다.

"누구긴, 전부. 우리 가문의 종주들 모두. 대대로 종주였던 조상들과 지내는 거지. 그렇게 함께 지내다가 현재 종주의 머릿속에서 불쑥 튀어나오는 거야. 그래서 가끔, 자주 미친놈처럼 보이는 거야."

은산이 머리 위로 그늘이 드리웠다. 어떤 빛도 스며들 수 없을 것 같이 깊고 짙은 그늘이었다.

"뭐, 보통은 한 사람씩이고 힘도 빌려 쓰기 때문에 나쁘지 않은데, 아니, 유용하지. 그런데 이럴 땐…… 심히 곤란해."

쑥스러운 표정이었다. 아주 희미한 미소가 매달려 있었지만 자세히 보지 못하면 미소란 것을 알 수 없을 정도였다. 그때 동이가 달려와 오늘이의 발가락을 핥았다. 그녀 혼자 깔깔, 웃어 버렸다. 그런데 이어지는 은산의 말은 쓰라리게 고독했다.

"우리 가문의 종주들은 모두 그렇게 살아 왔어. 그래서 난 여기서 끝내고 싶어."

뚝, 그녀의 웃음소리가 그쳤다. 주위가 고요해졌다. 개울물도 흐름이 멈춘 것 같았다.

"내 대代에서 이런 저주는 끝내고 싶단 말이니까 너무 심각해지지 말고. 그리고 최대한 현재에만 집중하면서 살고 싶단 말이지."

오늘이는 천천히 고개를 끄덕였다. 하지만 그러면 미래는? 입 밖으로 꺼내진 못했지만 못 견디게 궁금해졌다.

"그런데 넌 거기, 나림의 산에 왜 갔던 거야?"

갑작스러운 질문이었으나 예상치 못한 것은 아니었다.

"우리 삼촌이 나림과 친해. 나도 나림, 예전부터 좋아했고."

오늘이는 쪼그려 앉아 동이를 쓰다듬으며 답했다. 작고 하얀 공과 그보다 엄청나게 큰 공이 나란히 앉은 꼴이었다.

"그래서, 신경 쓰여서 갔다? 네가 뭘 하려고 했는데?"

어이가 없다는 말투였다. 네가 뭘 할 수 있지? 은산이 눈으로 묻고 있었다.

"뭐든. 나림을 구할 수 있는 어떤 일이든 할 수 있었을 거야."

"뭐든? 너, 측신 독이 얼마나 무서운지 보고도 그런 말이 나와?"

"네가 막지 않았음 충분히 할 수 있어. 앞으로는 종주님 판단대로 날 막지나 마시지요."

자신만만한 목소리였다. 도대체 왜 이렇게 대책 없이 당당한 거지? 그래도 기분 나쁘기는커녕 사랑스러우니 어쩌나? 은산이 동이를 한 손으로 달랑 들어 품에 안았다.

"그렇게 대책 없으니 국화주나 마시자고 하고, 취해서 안기고 그러지."

그의 말에 오늘이의 얼굴이 화악, 달아올랐다. 부끄러움이 발가락 끝에서 손 끝, 머리카락 하나하나에 이르기까지 뻗어 나가 온몸에 달콤한 핑크빛으로 번지는 기분이다. 기억하고 있었어! 당황해 버린 오늘이는 일단 부인하고 본다.

"아니, 내가 그런 게 아니야! 그냥 쪼그려 앉아서…… 어쩌다 보니 쓰러진 거야!"

"쓰러진 거라고? 하하하! 쓰러져서 그 다음엔?"

그 다음? 달큰했던 입맞춤을 떠올린 오늘이는 이제 얼굴이 폭발할 지경이다.

"몰라! 잠들어서 기억이 안 나!"

"그래? 섭섭하네. 난 그 다음에 벌어진 일이 좋아서 꿈에도 나오던데?"

뭐?! 확실히 기억하고 있다! 그게 좋다. 그런데 들키고 싶진 않았다. 나도, 좋았어. 그 마음을. 그래서 시선을 어디에 둬야 할지 몰라 갈팡질팡하는데 은산이 커다란 손을 내밀었다.

"나갈 때가 되었나 봐. 자."

오늘이가 그의 손을 잡자 시간이 다시 흐르며 별이 빛나는 하늘 아래, 평범한 정원으로 돌아왔다. 따뜻하고 단단한 손 안에서 그녀의 손이 갈피를 잡지 못했다. 손안에서 심장이 쿵, 쿵, 뛰는 것 같았다. 그녀의 심장이 쿵, 쿵. 그의 심장이 쾅, 쾅. 이상하다. 만불산 밖인데 시간은 여전히 멈추어 있고 그 순간이 무한히 이어지는 느낌이었다.

한참을 둘은 우두커니 서 있었다. 그러다 갑자기 은산이 허리를 굽히고 신을 벗어 오늘에게 신겨 주었다.

"아, 아니……."

당황해서 오늘이 발을 빼려는데 은산이 그녀의 발목을 꽉 잡고 놓아주지 않았다. 한 손에 쏙 들어오는 가느다란 발목이었다.

"여긴, 다칠 수 있는 바깥세상이야. 신고 가. 난 여기가 집이잖아."

헐렁헐렁한 신을 신고 오늘이가 한 걸음, 두 걸음, 걸었다. 걸음마를 막 시작한 아기처럼 걸었다. 벗겨질 듯 위태로웠지만 동시에 절대적으로 안전한 느낌이 드는 것이 이상했다. 뒤를 돌아보니 하얀 옷을 입은 아이의 손을 잡고 은산이 서 있었다.

그 모습을 보고 있자니 오늘이는 이런 생각이 들었다. 마음을 전하고 싶다. 부끄럽더라도. 저 사람에게 진심을 말하고 싶다. 그렇지 않으면 후회할 거야. 그래서 눈을 질끈 감고 말해 버렸다.

"나도 좋았어! 그러니까…… 내가 쓰러지고 난 후의 일! 좋았다고!"

오늘이의 고백을 들은 은산의 얼굴에 피어오른 미소는 이전에도, 이후에도, 그럴 수 없이 황홀하고 달콤한 것이었다. 그리고 오늘이를 향해 손을 흔들어 주었다. 열렬히.

되똥되똥, 수줍음에 한껏 달아오른 오늘이가 멀어지자 은산의 머릿속에서 조상신이 말했다.

— 거짓말을 했어.

"뭐가요?"

— 너, 예전에 죽으려고 했었잖아.

은산은 답하지 않았다. 잠깐 별들이 숨었다. 어둠 속에서 은산은 표정을 숨겼다.

마음 대 마음

겨울이 될 때까지 오늘이는 무척 바빴다. 어쩐 일인지 조신선이 책방에 진득이 붙어 있는 바람에 여자 손님이 끊이질 않았기 때문이다. 그들은 주로 조신선과 수다를 떨며 시간을 보내다 해질녘에 체면치레를 하느라 책을 한 권씩 사갔다.

그런 조신선의 손님을 빼면 나머지는 모두 오늘이의 차를 찾는 손님들이었다. 띄엄띄엄, 천천히 차 한 잔을 마시고 갈 수 있는 시간 간격으로 찾아오는 손님들. 대부분은 쭈뼛거리며 입구 앞에서 서성였다.

"들어와 앉으시겠어요?"

그녀가 웃으며 권하면 손님들은 그제야 책방을 휘 둘러보며 다구가 놓인 테이블 앞에 앉았다. 그리고 열이면 열, 백이면 백, 앉자마자 이렇게 입을 열었다.

"조왕이 가보라고 해서……."

처음에는 억지로 엉덩이를 붙인 것처럼 앉았다. 하지만 오늘이가 차를 우리기 시작하면 달라졌다. 차향을 분자 단위로 흡수하듯이 집중했다. 손님들은 긴장한 표범 같은 낯으로 들어왔다가 봄볕 아래 졸고 있는 고양이 같은 표정으로 나갔다. 그리고 일주일이 가기 전에 책방을 다시 찾았다.

"어허, 이거 상호를 책방에서 다방茶房으로 바꿔야겠구먼!"

조신선이 웃으면서 말할 정도였다.

그동안에도 이목은 줄기차게 책방을 드나들었다. 어느 때는 꽃을, 어느 때는 어렵게 구한 귀한 차를 들고 주인장은 무시한 채 오늘이에게 직진이었다.

"우리 오늘이 차는 약이지. 내가 진즉에 알아보았지."

뻐길 때도 있었다.

"오후에 바다 봤어? 네 눈처럼 반짝반짝 예쁜데 같이 보러 갈까?"

꾀어내려 할 때도 있었다. 하지만 친분을 이용해 손님들과의 사이에 끼어들거나 일을 방해하는 일은 절대로 없었다. 다만, 가까이서 혹은 멀찍이서 그녀를 볼 수 있음을 기뻐했다. 숨길 수 없는 기쁨이었다. 너무 빤히 들여다보이는 그 기쁨이 남들에게 비웃음을 샀다. 그리고 오늘이의 마음을 무겁게 했다.

"여인한테 그리 들이대기만 해서 얻을 수 있는 건 아무것도 없다니까요."

조신선이 한심하다는 듯이 말했지만 이목은 오히려 그를 한심하게 생각했다.

"용은, 무엇을 얻으려고 마음을 다하는 것이 아니다. 모든 것을 거래로 여기는 너 같은 자가 알 리가 없지."

"어허, 천 년을 사셨어도 아무것도 모르시는군요. 남녀 관계야말로 거래 중 최고의 거래입지요!"

혀를 차며 말하는 조신선의 말에 이목은 아예 답하지 않았다. 무엇도 그 반짝거리는 기쁨을 방해할 수는 없을 것 같았다.

창가엔 포루루가 구름 사이로 드러난 햇빛을 따라 잎을 움직이고 있다. 포루루를 바라보던 오늘의 시선이 가게 안쪽으로 옮겨 갔다. 거기 은산의 신발이 있었다. 그에게서 빌려 신었던 바로 그날 밤에 세탁해 두었지만 전해 주지 못했다. 그리고 이따금씩, 조신선이 자리를 비울 때 커다란 신발에 제 발을 넣어 보곤 하는 오늘이었다.

먼저 연락할 수는 없었다. 고백처럼, 아니 좋아한다고 고백을 한 것이나 진배없는데 연락까지 먼저 하는 건 오늘이로선 너무 낯뜨거운 일이었다. 연락해 주겠지? 며칠이나 기다렸는데 은산의 연락은 없었다. 시간의 흐름이 살갗으로 느껴지는 듯한, 느리고 지루한 기다림이 지속되었다.

'언제 줄 거야?'

마침내 은산이 먼저 메시지를 보냈다.

'미안. 너무 바빴어.'

거짓말은 아니었다. 주려면 줄 수 있는, 짬은 백만 번도 더 있었다. 만나고는 싶으나 이 신발을 돌려주고 싶진 않았다. 안전한 방주 같은 그의 물건을 갖고 싶었다. 그걸 말할 수는 없었다.

'그러니까 언제 줄 건데?'

오늘이의 손가락이 멈칫했다. 언제? 손바닥에서 땀이 나는 것 같았다.

'주말에 학원 다녀와서.'

'학원도 다녀?'

'차에 대해서 공부하느라고.'

'ㅇㅋ, 주말에.'

그리고 조용. 더 이상은 알림이 없었다. 기쁘면서 또 실망스러웠다. 이게 끝이야? 그날 헤어질 때 본 그 미소는 뭐였지? 꿈에서도 봤다면서! 허탈했다. 오늘이는 테이블에 턱을 괴고 엎드려 앉았다.

길게 한숨이 나왔다. 저절로 옆 가게 쪽으로 시선이 갔다. 중양절 이후로 천수정은 한 번도 오늘이의 눈에 띄지 않았다. 사이가 좋았다면 타로를 볼 수 있었을까? 그런 생각이 들자마자 고개를 젓는다. 그렇게 죽일 듯 싫어하는 눈빛으로 자신을 모함한 사람이다. 가르쳐 줄 리가 없지. 그럼에도 그 이유가 너무 궁금했다. 도대체 왜 그런 말을 했을까? 오늘이의 눈동자가 천장으로 향했다.

"아, 몰라. 그냥 한번 부딪혀 보자고!"

마음을 굳힌 오늘이가 천수정네 가게로 향하자 신난 건 포루루였다.

"너어, 도대체 왜 천수정을 그렇게 좋아하는 거냐고? 어? 같이 가!"

입을 내밀며 포루루에게 눈을 흘겼다. 그렇지만 내심 포루루가 좋아하는 사람이라면 사실은 좋은 사람이 아닐까 기대하게 된다. 날 오해한 것이 아니었을까? 그래, 혹시?

그런데 역시, 였다. 천수정은 포루루의 잎을 쓰다듬으며 오늘이를 바라보았다. 사나운 눈빛이었다.

"듣자니, 신이든 요괴든 차로 홀린다지? 대단하네."

적대적이고 날이 서 있었다. 오늘이는 무어라 답해야 할지 몰라 망설였다. 그녀에게 가장 어려운 대상은 신도, 요괴도 아닌 또래의 여자였다. 또래 여자애들은 대체로 상냥하고 부드럽다. 그러나 결이 맞지 않으면 무리를 이뤄 공격하는 건 순식간이었다. 게다가 천수정은 처음부터 자신을 밀어내는 느낌이었다. 뭔가 다른 이야기를 하자! 오늘이는 어색한 미소를 지으며 포루루를 가리켰다.

"포루루가 널 엄청 좋아하는 것 같아. 난 첨에 봤을 때 잡아먹으려 하더니……. 신기하다."

"인간이든 요괴든 원하는 걸 주는 자에게 약하니까."

원하는 것? 의아한 오늘이의 시선이 포루루를 쓰다듬는 천수정의 손끝을 따라간다. 포루루 머리의 넓은 녹색 잎에 가려서 보이지 않았는데, 같은 색의 둥근 방울 같은 것이 묶여 있다.

"그게 뭐야? 네가 준 거야?"

"너, 할락궁이님 화원에 있었다면서 몰라? 식물 요괴에게 필요한 양분이 담긴 거잖아."

안다. 알고 있다. 하지만 화원에선 이동식 양분은 한 번도 쓴 적이 없단 말이야! 반박의 말을 꾹꾹 눌러 담았다.

"포루루 말을 용케 알아들었네?"

"난 천왕대신의 자손이니까. 아, 넌 모르겠네? 천왕대신은 예언의 신이야. 언어는 별로 문제가 되지 않지."

자부심이 느껴지는 목소리였다. 설마 뻐기려는 것? 오늘이는 눈을 동그랗게 뜨고 수정을 보았다. 수정의 맑고 커다란 눈동자가 오늘이의 시선을 정면으로 받아 내었다.

"그런데 너, 중양절 밤 그 일에 대해 따지러 온 거 아냐?"

"따지기보단……. 그래, 왜 그랬는지 궁금했어."

오늘이 역시 피하지 않았다. 다툼은 피하고 싶지만 잘못 없이 나쁜 년 취급 받는 것도 질색이다. 그녀의 물음에 천수정은 그들 앞에 놓인 타로 카드를 빤히 응시했다. 어쩌면 그 너머의 과거를.

"신들 사이에선 천왕대신이 미래를 내다보는 능력으로 유명하지만 인간들 사이에선 '괴물', 그 이상은 아니지."

알고 있었다. 오늘이의 기억 속에서 자신을 손가락질하던 또래 아이들이 스쳤다. 이상한, 이해할 수 없는, 정상이 아닌, 놀면 안 되는……. 할락궁이는 다정했지만 어떤 것이 세상에서 '정상'인지는 가르쳐 주지 않았다. 그건 가르친다고 알게 되는 것이 아니었으니까.

"능력만 있고 약지 못했던 엄마는 늘 인간들에게 이용당했어. 그리고 버려졌지. 결국엔 정신이 이상해지고……. 뭐, 그런 이야기를 다 할 필요는 없고. 어쨌든 난 보육원에서 자랐어."

왜 그런 이야기를 하는 것일까? 의아했다. 목적을 알 수 없는 이야기를 내내 듣는 것은 피곤한 일이다. 머릿속으로 바쁘게 의도를 짐작해야 하니까.

"그런데 나 또한 능력이 있었던 거야. 보육원의 원장은 영악한 인간이었어. 도대체 그 인간이 어떻게 요괴들과 연관이 있었는지 아직도 모르지만, 중학생이 되고 얼마 안 돼서 날 팔아 버렸어."

요괴들도 쓸모 있는 존재를 이용해 먹는 건 인간과 똑같다. 오늘이는 저도 모르게 고개를 끄덕였다. 물론 인간 쪽이 좀 더 악랄하지. 그래서 조심해야 한다고 할락궁이에게 귀가 닳도록 들었던 것이다.

"그거 알아? 요괴가 죽으면 혈석이라는 것이 나와. 여의보다 천 배는 더 귀하고 강력한 것이지. 그리고 신의 혈석은 그보다 더 귀 하고. 천왕대신의 피를 이어 받은 내 것은?"

수정은 자신의 하얀 팔을 들어 파르라니 도드라진 혈관을 보여 주었다. 오늘이는 그녀가 무엇을 말하려는지 충분히 알 수 있었지 만 입 밖으로 내진 않았다.

"은산 오빠가 날 살려 주었어. 그냥 살려 준 것이 아니라 구해 주었어. 내 몸과 혼을 모두 구해 주었어. 이 마을에서 살 수 있도록 도와주었으니까. 게다가 아무것도 바라지 않았어. 그런 사람은 정 말 드물어."

알고 있다. 대가 없이, 아무것도 바람이 없이 나를 구해 주는 존 재는 기적이다. 없다고 보는 편이…… 정확하다. 그녀는 수정의 말 을 잠자코 듣고만 있었다. 비로소 천수정이 정말로 말하려는 것이 무엇인지 어렴풋이 짐작할 수 있을 것 같았다.

"난 은산 오빠가 날 구해 준 날부터 지금까지 단 하루도 오빠를 좋아하지 않은 날이 없었어."

역시. 오늘이는 허리를 쭉 펴고 수정을 똑바로 바라보았다.

"오빠가 너 때문에 다쳤다지?"

"나 때문이라는 표현은 사실과 다르지만…… 날 구하려다 다친 건 맞아."

"그게 싫어. 오빠 일이 그런 것이지만…… 너는 미래가 보이지 않는 사람이야. 그런데 그런 사람을 구하기 위해 오빠가 다치는 게 싫어. 물론 중양절의 그 일도 싫고."

"왜? 네가 은산이를 좋아해서?"

그렇게 그녀가 물었을 때 수정은 오늘이의 내부에서 결코 깨지지 않을 단단한 무엇인가가 뭉쳐지는 것 같은 느낌을 받았다. 단한 마디였는데도. 그래서 잠시 주춤했는데 오늘이가 다시 말을 이었다.

"그 사람과 내가 키스한 것보다 네 눈에 보이지 않는 진실이 싫은 거 아냐? 그 사람의 마음이 어디로 향하는지. 그리고 내 마음이 어디로 향하는지. 그래서 단지 나를 구해 줬다는 사실만으로도 불안한 것이고."

처음으로 수정의 표정이 변했다. 눈썹이 일그러지고 입술을 꽉 다물었다. 오늘이는 개의치 않고 말을 이었다.

"그래서 너는 사실 확인도 제대로 하지 않고 내가 은산이를 꼬셨다고 짐작해 버린 것이고. 그런 뒤엔, 짐작한 바를 폭로처럼 쏟아 놓았고?"

"앞으로 절대, 오빠가 너 때문에 다치지 않았으면 좋겠어."

"응, 나도 그래. 은산이가 절대로 나 때문에 다치지 않았으면 좋겠어. 그런데 그건 내가 결정할 일도 아니고 내 뜻대로 되는 것도 아니야."

"그럴 일을 안 만들면 되지! 같이 안 있으면 되잖아!"

테이블을 탁! 내리치는 천수정에게 풋, 오늘이가 웃어버렸다.

"너, 지금 나한테 떼 부리는 거야?"

"뭐?"

분함에 천수정이 주먹을 쥐고 벌벌 떨었지만 오늘이는 끄떡도 하지 않았다.

"내가 좋아하는 오빠 곁에서 떨어져! 왜냐하면 내가 좋아하니까. 이런 말이잖아."

오늘이의 말에 천수정의 볼이 붉게 달아올랐다.

천수정의 대답을 기다리지 않고 오늘이가 일어섰다. 그리고 문을 향해 몸을 돌린 채 말했다.

"나는 그런 때는 받아줄 생각 없어. 너야말로 다시는 사실이 아닌 일로 모함 같은 거 하지 마."

"모함이라니! 분명 네가 접근하고 꾀어냈잖아!"

분함에 소리를 지르며 일어난 천수정 때문에 의자가 넘어지고 포루루가 달아났다. 그러나 오늘이는 돌아보지 않았다.

"천왕대신의 후손님, 남의 미래를 보느라 본인 마음의 시커먼 틈을 보지 못한 것 같은데 이번 기회에 잘 살펴봐. 아! 그리고 분명히 말하는데 나, 은산이한테서 떨어질 생각 없어."

"뭐? 도대체 왜?"

"너랑 같은 이유. 좋아하니까."

그 말이 일격처럼 천수정의 가슴을 때렸다. 짐작하지 못한 것도 아닌데, 사실이란 걸 확인하게 됐을 뿐인데 사방이 무너져 내리는 느낌이었다.

"포루루 보살펴 준 건 고마워."

문을 열고 나가며 인사하는 오늘이에게 천수정은 입술을 일그러뜨리며 미소 지었다. 동시에 오늘이는 들리지 않게 입 안으로만 중얼거렸다.

"고마워할지, 원망할지는 두고 봐야겠지."

어둡고 낮게 회색 구름이 마을의 하늘을 뒤덮었다.

자청비

자청비가 나타났다. 누구도 말릴 수 없는 기세로 책방에 들어선 자청비는 조신선의 멱살부터 잡았다.

"문도령! 내놔!"

고함소리가 마을 안에 쩌렁쩌렁 울렸다. 마침 도시로 나갔다 돌아온 오늘이는 그녀를 함부로 말리지도 못하고 멍하니 지켜볼 수밖에 없었다. 그 정도로 자청비의 기세는 맹렬했다. 그런데 이상하게도 자청비가 들어서자마자 책방 안의 모든 화분들의 식물들이 열광했다. 그걸 오늘이는 느낄 수 있었다. 겨울이라 늘 풀이 죽어 있던 녀석들의 이파리가 생생히 살아나며, 고래고래 소리를 지르고 있는 그녀를 향해 팔을 뻗었다. 몸을 숨기긴 했지만 포루루도 눈을 반짝이며 자청비를 관찰하고 있었다. 왜지?

"아이고, 자청비님 이것 좀 놓고 말씀하시지요."

다른 여자들을 녹여 내는 미소를 무기로 조신선이 그녀를 달래려 했지만 통하지 않았다.

"이게 어디서 수작질이야?"

자청비는 조신선의 멱살을 잡은 팔을 천장을 향해 뻗고 마구 흔들었다. 그러자 조신선의 몸이 종이 인형처럼 달랑거렸다. 자청비의 다른 손엔 커다란 창이 들려 있었다. 달래기 힘들겠는데……

식은땀이 흘렀다. 오늘이는 위험을 무릅쓰고 나설 수밖에 없었다.

"손님, 진정하세요!"

손바닥을 내어 보이며 한 걸음 내딛었다.

"넌 뭐야!"

자청비가 창끝을 쑥, 오늘이를 향해 뻗었다. 대리석도 두부처럼 베어 버릴 것이 틀림없는 싸늘한 날카로움이다. 오늘이가 눈을 질끈 감는데 조곤조곤 낮은 목소리가 들렸다.

"그 아이는 책방에서 일하는 아이니 화풀이는 하지 말게. 조신선도 내려놓고."

조왕이었다.

"하지만 조왕! 이놈을 어찌 믿는단 말입니까?"

"어허, 여긴 군자마을이야. 비형 일가의 마을인데 조신선이 감히 도망칠 수 있겠나? 그러니 진정하고 내려놓게나."

자청비는 그제야 한숨을 크게 내쉬며 조신선을 내려놓았다.

"자네는 어디 도망칠 생각 말고!"

이렇게 조신선까지 잡도리를 한 조왕이 오늘이를 향해 웃어 보였다. 정신을 차린 오늘이는 조왕에게 한쪽 눈을 찡긋해 보이고 바삐 움직였다. 어서어서. 강력한 진정제가 필요해!

김이 모락모락 나는 갈색 유리잔을 자청비에게 내밀었다. 씩씩거리며 조신선을 째려보던 자청비가 잔을 받는다. 뜨거웠다. 호오, 입김을 불 수 밖에 없었던 자청비는 한 모금 마셔 보고는 숨을 크게 내쉬었다.

"보리차구나. 굉장한 찻집이라더니……. 뭐, 별거 없긴 한데…… 제법이로군."

한쪽 입술을 들어 올려 웃어 보이는 자청비는 마음이 한결 누그러져 보였다.

"그렇군요. 농사신께 곡물차를 내어드리다니 영특하지요?"

멀찍이서 목을 문지르며 서 있던 조신선이 냉큼 끼어들자 자청비는 다시 창을 들어 한 바퀴 돌린다.

"넌, 입 다물고 있어. 날려 버리는 수가 있으니까."

자청비의 으름장에 조신선은 등을 돌리며 헛기침을 했다.

"문도령이란 분을 찾으러 오셨다고요?"

오늘이가 이렇게 묻자 자청비가 다시 씩씩거리기 시작했다. 잘못 물었나? 또 폭발하려나? 농사신이 아니라 전쟁의 신 아니야? 오늘이는 상체를 조금 뒤로 물렸다. 그러나 자청비가 다시 폭발하는 일은 없었다.

"문도령은 책만 아는 서생이야. 나처럼 농사일을 돌봐야 하지만 평생 책 밖에 모르고 살았지. 그런데 그놈의 책 때문에 조신선 놈이랑 엮여서……. 우리 집에 와서 살랑거리면서 귀한 서책이 있네, 이 기회를 놓치면 후회할 거네, 조신선이 이렇게 꼬드긴 지가 벌써 사흘이 넘었어. 조선조 때 규장각에 틀어박혔을 때를 빼곤 처음 있는 일이란 말이지!"

밖에서 오글오글 몰려 구경하던 요괴들의 시선이 단숨에 조신선에게 쏠렸다.

"그런데 문도령과는 어떤 관계이신지?"

오늘이의 물음에 자청비의 볼이 발그레 붉어졌다.

"내 낭군이시네."

헐, 튀어나오려는 한 마디를 겨우 삼켰다. 여기저기서 쿡, 킥,

웃음소리가 들렸지만 자청비의 귀에는 들리지 않는 것 같았다. 그리고 엊그제 시집 간 새색시 같은 수줍은 표정으로 말을 이었다.

"우리 낭군께서 워낙에 세상 물정을 몰라서 내가 늘 경계하라고 일렀건만."

마지막엔 조신선을 노려본다.

"그분 어디 계세요?"

오늘이가 묻자 조신선은 난감한 표정을 지었다.

"귀한 책을 소개해 드린 건 맞아. 헌데 좀 무료해 하시는 것 같아서 창부대신네 함께 놀러 갔었지."

그의 말이 떨어지자마자 자청비가 불덩어리가 되어버렸다.

"창부대신? 네가 감히 문도령을 그, 그, 죄악의 구렁텅이로 데려 갔단 말이냐!"

창을 마구 휘두르는 통에 책들이 책방 안을 날아다녔다. 자청비의 다리에 거의 감길 듯 다가갔던 포루루도 끽끽거리며 은행나무 위로 도망쳐 버렸다. 오늘이는 머리가 지끈거렸다.

"어허, 오해라고, 오해! 나는 조금만 놀다 가자고 했는데, 문도령이 눈이 뒤집혀서 안 움직이는 거야. 그러기에 평소에 좀 노는 데도 가고 그랬으면……. 아니네, 아니야. 내가 잘못 했어! 이럴 것이 아니지. 저녁 때 정말로 귀한 물건이 들어오기로 했으니, 오늘이 네가 자청비님 모시고 좀 다녀와야겠다."

작은 목소리로 조신선이 속삭였다. 내가 왜? 오늘이는 격하게 고개를 가로저었다.

"특별수당을 두 배로 주마. 정말로 놓치면 안 되는 물건이라 그래."

그러면서 슬그머니 손가락 두 개를 치켜들며 조신선이 제안한다. 그때 그녀가 손가락 세 개를 펼쳐보였다.

"세 배."

합의를 보는 데 둘 다 1초의 망설임도 없었다. 책방 안은 이미 찢어진 책들로 엉망이 되어 가고 있었다. 조신선은 수락한다는 눈짓을 하고 크게 웃어 보였다.

"자청비님! 저희가 대책을 마련했습니다!"

조신선이 자청비를 달래는 사이 오늘이는 은산에게 전해 주려던 신발을 보았다. 얼른, 휴대폰을 열었다.

'못 가. 미안.'

'왜? 내 신발이 그렇게나 좋아?'

'뭐래니. 이하 설명 생략. 창부대신한테 가야 해.'

'창부대신? 왜?'

더 이상 답이 없었다. 은산은 자리에서 벌떡 일어나 마을을 내려다보았다. 무슨 일이 있는 것이 분명하다. 책방을 중심으로 무언가 요괴들이 와글와글, 소란스러웠다.

"아……. 신경 쓰이게 하네."

그의 시선은 아주 작은 점이 되어 움직이는 오늘이를 향했다. 멀리서도 그에겐 뚜렷한 바지런하고 총총거리는 빛나는 점이었다. 그리고 은산은 망설임 없이 검을 챙겼다.

창부대신은 자청비의 서슬 퍼런 창 앞에서 고개를 저었다.

216

"아니, 문도령이 나간 지가 언제인데! 우리 업소가 무슨 24시간 편의점도 아니고. 불쑥 나타나서 물건 내놓으라는 듯이 이러면 곤란하지."

자청비는 포기하지 않았다. 불이 뚝뚝 떨어지는 눈을 창부대신 얼굴에 바싹 들이대며 계속 추궁했다.

"내 성질 모르는 것도 아니면서, 문도령을 여기서 놀게 해? 찾아 내!"

"아, 정말, 왜 이래? 내가 흥신소야?"

쩔쩔매며 물러서려는데 자청비에게 멱살이 잡혀 버렸다.

"못 찾으면 여기 다 엎어 버린다."

자청비의 협박에 창부대신은 흘깃, 주변을 둘러보았다. 이미 그녀의 창과 주먹에 날아간 호위 요괴들이 널브러져 있었다.

"알았어, 알았다고. 내가 알아봐 줄게. 우리 영업 시작할 시간이 니까 저쪽으로 좀 가 있자고. 응?"

그러면서 오늘이를 향해 두 손을 모았다. 적극적 개입은 하지 않으려던 그녀는 성가시단 생각에 입을 벌리며 눈동자를 떼룩, 굴렸다. 아, 네 배는 받았어야 해. 투덜거렸다.

"어차피 여기 안 계신 건 확실한 것 같으니까 잠깐만 기다려 보세요."

자청비를 달래며 구석 자리로 갔다. 급하게 된 건 창부대신이었다. 예약된 요괴만 50명이 넘는다. 온갖 문란하고 삿된 짓을 벌이기 위해 상당한 비용을 치르고도 몇 달을 기다린 요괴들이다. 고지식하기 짝이 없는 자청비 눈에 띄었다간 큰 소란이 벌어질 것이 뻔했다. 그랬다간 이 장사도 끝장이다. 새끼손톱만한 뿔이 돋은 관자놀이가 지끈거렸다.

"어, 난데! 문도령 어디 있는지 알아?"

휴대폰에 대고 똑같은 대사를 소리치기를 수십 번. 땀을 뻘뻘 흘리며 애타게 문도령을 외치던 창부대신이 마침내 오늘이를 향해 손짓을 했다. 들릴 듯 말 듯한 창부대신의 말을 듣고 왜 그가 자청비가 아닌 자신을 불렀는지 알 것 같았다. 제기랄, 도망쳐 버릴까? 등에서 식은땀이 흘렀다.

누가 봐도, 귀신이 보고, 요괴가 봐도 러브호텔이다. 여기는 러브러브한 곳이다! 이곳으로 와서 러브러브 해라! 유혹하는 번쩍번쩍한 조명으로 치장하고 입구는 꼭꼭 숨겨둔 이유는 무엇일까?

"문도령이 클럽에서 꽤나 이름 날리는 여자한테 홀린 모양이야. 거기 들어가서 몇 시간째 나오지를 않는다네?"

클럽에서 창부대신이 곤란해하며 가르쳐 준 곳이 여기였다. 오늘이는 깊은 한숨을 내쉬었다.

"여기가 낭군께서 계신 곳인가?"

자청비는 거침이 없었다. 설마 어떤 곳인지 모르는 것일까? 남들은 다들 차를 타고 숨겨둔 입구로 들어갔건만 자청비는 정문으로 돌파. 무인 호텔이길 천만 다행이었다. 그리고 마침내 창부대신이 알려 준 숫자가 적힌 문 앞. 오늘이는 돌아가고 싶었다. 남의 치정에 얽히고 싶지 않다. 하지만 자청비의 얼굴은 맑고 단호했다. 그 곧은 성정을 외면할 수 없었다.

그래도 외면했어야 해. 문이 열리고 펼쳐진 광경에 오늘이는 곧바로 후회했다. 저것이 과연 속옷의 기능을 할까 싶은, 레이스로만 얽힌 천 쪼가리를 걸친 여자가 남자 위에 다리를 벌리고 걸터앉아 있었다. 남자는 완전히 뻗어 누워 있었고, 심지어 눈을 가린 상태였다. 책방에서도 그 난리였는데, 진정시켜야겠지? 아니 진정이 될까?

"저기…… 충격이 크시겠지만, 저도 이런 방면은 잘 몰라서……."

오늘이는 진땀을 흘리며 떠듬거렸다. 그러나 놀랍게도 자청비는 매우 침착하고 냉정해 보였다. 그리고 조금의 동요도 없이 눈을 가늘게 뜨더니 별안간 외쳤다.

"잡귀는 들어라. 지금 당장 문도령의 몸에서 떨어져라!"

잡귀? 오늘이는 반라의 여자를 다시 자세히 보았다. 텔레비전이나 잡지에서나 보는, 정말로 아름다운 몸매와 얼굴을 가진 여자였다. 어떤 남자라도 당연히 홀릴 것 같은 여자……. 그런데 새빨간 입술 사이로 뱀 같은 혀가 보였다.

"이 자청비의 명을 듣지 못했느냐! 어서 떨어져라!"

순간, 자청비가 기를 폭발시키며 솟구쳐 올랐다. 오늘이가 벌렁 넘어져 버릴 정도로 강력한 기세였다. 그리고 보았다. 문도령의 맨 가슴에 진녹색의 푸른 돌이 반쯤 튀어나와 있는 것을.

"잡귀, 네 명은 오늘까지다!"

이렇게 말하는 자청비는 은빛 갑옷으로 무장하고 투구도 쓴 채였다. 그리고 번개처럼 창을 여자를 향해 휘둘렀다. 여자가 재빨리 피하지 않았더라면 자청비가 휘두르는 창에 목이 잘렸을 것이다. 그러나 여자의 눈에선 두려움보단 비웃음이 흘렀다.

동시에 창가에서 검은 빛이 쏟아져 들어오더니 눈 깜짝할 사이에 자청비의 몸을 쳤다. 순간, 그녀의 몸이 휘청했다. 그 사이 다시 여자가 문도령에게 다가섰다. 자청비도 물러서지 않았다. 다시 창을 들고 회오리바람처럼 여자를 향해 몸을 날리자 여자의 몸이 부서지기 시작했다. 부서지는 몸에 또 다른 몸이 들어 있다.

"둔갑을 잘도 시킨 것이, 둔갑신장의 짓이로군!"

문도령 앞을 막아 선 자청비가 창을 창문 쪽으로 겨누었다. 그러자 공간이 일렁거리며 두건을 두른 큰 남자가 나타났다. 자세히 보려 할 때마다 형체가 변하고 여러 개의 가면이 겹쳐 보이는 기이한 자였다.

"오랜만이야, 자청비."

입이 찢어질 듯 비열한 미소였다.

"그럼, 네 쪽은 뭐지?"

자청비가 다시 여자를 보자 이제 여자는 처음과는 완전히 다른 모습을 하고 있었다. 여전히 아름답지만 소름 끼치는 느낌이었다. 줄무늬가 뚜렷한 피부와 뾰족한 손톱, 혓바닥이 위협적이었다.

"창귀로구나! 이런 짓거리를 하는 이유가 무엇이지?"

"이유를 가르쳐 주면 네 혈석도 내놓을 텐가?"

둔갑신장이 커다란 검을 치켜들자 자청비도 그에 응수하며 창을 들었다. 그때 자청비의 갑옷 사이로 짙은 녹색의 액체가 피처럼 흘러내렸다.

"그리 다쳐 놓고도 큰 소리냐? 부부가 한 날 한 시에 저승으로 가는 것도 복이렷다!"

검을 휘두르는 둔갑신장을 막는 자청비가 힘겨워 보였다. 그녀는 휘청휘청, 겨우 둔갑신장을 막았다. 설상가상, 여자가 문도령을 향해 다시 움직였다.

"조심해요!"

자기도 모르게 소리를 질러 버린 오늘이를 향해 여자가 고개를 돌렸다. 여자의 표정이 변했다. 기쁨에 미친 웃음이었다.

"인간 여자, 야명주를 가졌구나! 이리 내놔라!"

여자가 오늘이를 향해 달려들었다. 그러나 푸른 불꽃이 이는 검이 여자를 막았다. 은산이었다.

"창귀! 너를, 오늘 반드시!"

폭주하는 은산을 감당하기엔 창귀의 힘이 달렸다.

— 진정해라, 창귀 뒤에 다른 그림자가 있다.

조상신이 경고했지만 그런 건 은산에겐 중요치 않았다. 부상을 입어 둔갑신장에게 밀리고 있는 자청비가 구석으로 몰렸지만 그것도 보이지 않았다. 은산에겐 오로지 창귀만이 보였다. 봉해야 한다. 봉해서 없애야 한다. 아버지를 죽게 하고 소멸하게 만든 악귀. 은산이 폭풍처럼 검을 휘두르자 창귀는 순식간에 상처투성이가 되고, 검은 피범벅이 되었다. 곧 제압할 수 있을 것 같았다. 그런데도 웃는 창귀였다.

"네 아비보다는 실력이 조금은 낫구나. 하지만 결국 찢겨 죽을 운명이란 건 변하지 않지."

"닥쳐!"

검으로 창귀를 찌르려는데 공간이 열리며 창귀를 삼켰다. 그리고 은산을 향해 검은 손이 뻗쳤다. 도저히 피할 수도, 뿌리칠 수도 없는, 파괴적인 손이었다. 모든 것을 얼려 버리는 검은 냉기가 덮쳐 왔다. 차가운 것이 아니라 찢기는 아픔을 겪게 하는 냉기였다.

어깨가 으스러지는 것 같은 통증이 덮쳐 왔다. 한쪽 팔을 움직일 수 없었다. 그러나 은산은 물러서지 않았다. 절대로 지지 않겠다!

"문도령의 혈석을 가져 오너라."

검은 목소리가 공간 안에서 울렸다. 낮고 낮은, 깊은 늪 같고 차가운 목소리였다. 모두를 얼어붙게 만드는 목소리였다. 그런데 그런 목소리에 굴하지 않고 오늘이가 움직였다. 둔갑신장이 움직이기 전에 재빨리 문도령의 몸을 제 몸으로 덮었다. 놀랄 만큼 빠른 판단과 몸짓이었다.

문도령의 혈석을 포기할 생각이 없던 둔갑신장은 엎드린 오늘이에게 다가갔다. 그의 손엔 서슬이 퍼런 커다란 검이 들려 있었다.

"죽고 싶은 것이군. 인간 여자."

둔갑신장의 검이 오늘이의 목에 닿았다. 순간 오늘이의 내부에서 푸른 기운이 흘러나와 그녀와 문도령을 뒤덮었다. 그러나 그녀는 그걸 알지 못한 채 눈을 질끈 감았다.

"오늘이한테서 떨어지지 못해?"

은산이었다. 극심한 통증에 시달리면서도 공격적으로 검을 휘둘렀다. 푸른 불꽃이 검붉게 변해 뿜어져 나오고 둔갑신장의 몸에 닿자 타오르기 시작했다. 둔갑신장은 은산을 감당할 수 있는 힘이 없었다. 당황한 둔갑신장이 물러서자 자청비가 힘을 끌어 모아 창을 휘둘렀다.

"도와주십시오!"

결국 물러나며 도움을 요청한 건 둔갑신장이었다. 그때 열린 공간으로부터 튀어나온 검은 손이 그를 거두어 갔다. 공간은 이제 점점 닫히고 있다. 은산이 몸을 날렸지만 순식간이었다. 공간은 다시무無로 돌아갔다. 다시, 창귀를 놓쳤다.

　한 순간, 멍하니 서 있던 은산이 돌아보았을 때까지도 오늘이는 문도령의 몸을 제 몸으로 보호하고 있었다. 자청비마저도 부상에 다리가 풀려 주저앉아 버렸는데.

　"이제 괜찮아. 이리 와."

　은산이 오늘이의 어깨에 살짝 손을 얹자 그녀를 뒤덮고 있던 푸른 기운이 젤리처럼 흐물거리다가 사라졌다. 비로소 고개를 든 오늘이가 그를 올려다보았다. 입술을 깨물었는지 피가 배어 나오고 있었다. 은산의 눈살이 대번에 찌푸려졌다.

　"이리 와."

　그가 다치지 않은 팔을 뻗자 그녀가 몸을 일으켜 기댔다. 한 팔로도 거뜬히 오늘이를 안아 일으킨 은산은 잠시, 아니 조금 더 오래 그녀를 품에 안고 있었다. 투명한 물의 기운이 아직 그녀에게 머무는지 뜨거운 머리가 서늘해졌다.

　"저기…… . 나 괜찮은데…… ."

　오늘이가 우물쭈물 허리를 빼려 했지만 그는 놓아주지 않았다. 더 꽉 안았다.

　"내가 안 괜찮아. 신경 쓰이고 걱정 되니까 좀…… ."

　그러면서 허리를 굽히며 그녀 입술에 묻은 피를 손가락으로 살짝, 부드럽게 눌러 본다. 오늘이의 뺨이 동글동글 원을 그리듯이 붉어졌다.

　"저런 요괴나 신들 땜에 피 보지 마. 다치지 말고."

　은산의 말에 자청비가 발끈해서 소리를 키웠다.

　"아니, 그럼 우리는 어쩌란…… ."

"당신들은! 내가! 비형 일족의 종주인 나, 김은산이 지켜줄 테니까!"

크게 울리는 은산의 목소리와 날카로운 눈빛에 자청비는 입을 꾸욱 다물고 고개를 숙였다. 그와 반대로 소곤소곤 녹아내리는 목소리는 오늘에게만 들려 주었다.

"그러니까 넌 가만히 있어 주면 안 될까?"

도저히 거절할 수 없는, 그의 눈빛에 오늘은 고개를 끄덕였다. 안 된다고 하면 자신의 마음이 더 아플 것 같이 맑고 정직한 마음이 담긴 눈이었다.

"그래, 약속한 거다. 그러면, 이제 누가 날 좀 도와줘. 아파 뒤지겠어."

그러면서 다친 어깨 쪽으로 고개를 기울였다. 깜짝 놀란 오늘이 그의 품에서 빠져나오려고 했지만 여전히 은산의 팔이 그녀를 놓아주지 않았다.

"아니, 너 말고. 넌 내게 약속했잖아."

투정 섞인 말투에 오늘이는 크게 숨을 들이마셨다. 그리고 와다다, 쏘아 댄다.

"센 척 그만할래? 다쳤으면 누구에게든 도움을 받아야지! 왜 자꾸 센 척하고 그래? 네가 다치면 나는 뭐, 괜찮은 줄 알아? 엄청 신경 쓰이거든? 엄청 맘이 쓰인다고!"

발끝에 힘을 주며 다다다 쏘아붙이는 오늘의 이마가 더 볼록 도드라져 보인다. 은산은 이마를 잔뜩 찌푸리면서도 미소를 지어 버렸다.

"아, 정말 대체 불가한 이마네. 미치겠다."

쿠쿡, 웃으며 그녀의 이마에 살짝 입술을 대어 보았다. 그리고 그녀를 품에서 놓지 않는다. 오늘이 역시 더 이상 붉어질 수 없는 볼을 하고선 그의 품에서 벗어날 생각을 않는다. 건물 밖에서 조비서와 명주의 차가 요란하게 주차하는 소리가 들렸다. 마을로 돌아갈 시간이었다.

오늘의 너

악귀는 바로 저런 사람을 말하는 것인가? 부상을 당한 은산을 데리러 온 명주를 보며 오늘이는 무심코 생각했다. 조카가 다친 것이 걱정스러운 것은 알겠지만 도가 지나칠 정도였다. 싸움이 벌어진 곳이라 이미 박살 난 방 안의 모든 집기를 산산조각 내 버리고 욕설을 허공에다 퍼부어 대는, 저 사람이 정말 은산의 고모인가 싶어 소름이 돋았다. 온갖 패악을 부리던 명주는 버러지를 쳐다보듯이 오늘이를 쏘아보았다.

"또 너야? 하아, 악연이군, 악연이야. 넌 저 말썽꾸러기들과 저 차 타고 와."

이렇게 말하며 조비서의 차를 턱으로 가리켰다.

"아니, 넌 나랑 조비서 차 타자. 나, 고모 차 타면 부상보다 복창 터져 죽어요. 자청비, 문도령이랑 고모 차 타고 와요."

고통에 신음하면서도 은산은 오늘이를 품에 안고 놓지 않았다. 명주가 성질에 못 이겨 고래고래 소리를 질렀지만 은산은 개의치 않는다.

"아무 말 하지 말고, 나랑 가. 너랑 고모, 같은 공간에 두고 싶지 않아."

명주에게서 등을 돌리며 이렇게 소곤거리는 은산에게 오늘이는 고개를 끄덕일 수밖에 없었다. 은산의 품에 안겨 마을로 돌아가는 시간은 꿈결처럼 아득하다.

"넌, 어딜 따라 오는 거지?"

마을로 돌아와 만불산으로 치료를 받으러 들어가는 일행을 따라 오늘이도 함께 가려 하자 명주의 눈에서 불꽃이 튀었다. 방금 전까지 오늘이를 제 품에 안고 보호하던 은산은 이제 몸을 가누지 못할 정도로 상태가 악화되었다.

"치료 받는 거 보고 싶어서요."

"전에도 너 때문에 우리 산이가 다쳤었지? 뭔가 으쓱해? 나를 위해서 달려오는 왕자님, 지극정성 간호라도 하고 싶어?"

"제가 간호한다고 금방 치료되나요?"

물끄러미 명주를 보며 오늘이가 물었다. 이제 누가 봐도 펑, 뚜껑이 열린 명주는 오늘이의 머리채를 잡아챌 기세로 몰아세웠다.

"너 따위 애가 간호한다고 좋아지면, 어쩌게? 연애라도 하게? 너로 인해서 산이가 두 번이나 다쳤어. 한 번도 아니라 두 번이나! 쟤가 잘못되면 어떻게 되는지 알아?"

"모르는데요. 꼭 알아야 하나요? 그래서 벌벌 떨면서 도망치기라도 해야 돼요?"

키 작은 명주는 송곳처럼 오늘이의 턱 밑에서 솟구치려 했다.

"산이 같은 남자가 구해 주니까 네가 뭐라도 된 것처럼 느껴져? 으쓱해?"

"당신은, 은산이 고모라서 뭐라도 된 것처럼 느껴지나 보지요? 으쓱해요?"

오늘이는 자기 턱 아래서 팔딱거리는 명주를 째려보았다. 그리고 똑같이, 한 마디도 지지 않고 탁탁 되받아쳤다. 이제 명주는 뒤로 물러서면서 부적을 꺼냈다.

"저주는, 끝이 더러워서 될 수 있음 안 쓰는데……. 너 같은 얼룩은 기꺼이! 밟아 줘야지!"

"고모!"

고통에 정신이 맑지 못해 지켜볼 수밖에 없었던 은산이 간신히 고개만 들고 소리쳤다. 그러나 부적은 이미 명주의 손을 떠난 후였다. 검붉은 꼬리를 남기며 부적이 오늘이에게 날아들었다. 그러나 그뿐이었다.

"밟으면 밟힌다고 착각하는 족속들, 정말 오만하지."

그녀는 아무런 타격을 입지 않았다. 부적이 오늘이의 몸에 닿기도 전에 재가 되어 버린 것이다. 명주도, 은산도 놀라 아무 말도 하지 못했다. 오늘이만이 두 주먹을 불끈 쥐며 파란 불꽃처럼 일렁이고 있었다. 말은 없었다. 다만 명주와 오늘이의 눈빛이 허공에서 칼을 맞댄 채 서로를 노려볼 뿐이었다. 모두를 일깨운 건 자청비였다.

"이러다 우리 낭군 죽겠네! 거기, 기 싸움 끝났으면 빨리 들어가지?"

더 이상 지체되었다간 자청비의 창에 찔릴 것이 분명했다.

"같이 가자."

오늘이의 손을 잡아 끈 것은 은산이었다. 단단하고 따뜻한 손이었다. 어깨 통증이 상당할 텐데 애써 미소를 지어주었다. 그의 행동에 명주가 발끈하자 이번엔 자청비가 눈빛으로 창을 날렸다.

228

"저 아인 낭군의 은인이야. 곧 나의 은인이지. 내년 이 나라 농사 끝장내고 싶지 않음 비키시게."

그리고 만불산이 떠나가라 소리쳤다.

"야광! 어서 나와라! 우리 낭군 살려 내라!"

자청비의 떠들썩한 연모에 만불산이 뜨르르 울렸다.

물론 먼저 치료 받는 쪽은 문도령이었다. 기가 조금 쇠한 것일 뿐이라고, 은산 쪽이 더 급하다고, 야광이 타일렀지만 자청비에겐 통하지 않았다.

"잔말 말고 우리 낭군 살려 내라!"

자청비는 창을 야광의 얄팍한 가슴팍 앞으로 들이밀었다.

"죽을 정도는 아니니까 그쪽부터 봐줘."

어깨의 통증을 참아 내며 은산은 마루 끄트머리 벽에 기대었다. 그리고 오늘이를 바라보았다.

"너, 생각보다 사고뭉치네?"

그의 말에 오늘이는 뾰로통해져서 입술을 내밀었다.

"내가 사고 친 건 없거든? 단지 말려들었을 뿐이지."

"아, 그래. 그럼 사고를 흡수하는 기운을 가졌나?"

그 말에 오늘이의 가슴이 욱신거렸다. 기억 속에서 흐려진 엄마의 얼굴이 떠올랐기 때문이다. 그때 은산이 그녀 곁으로 다가와 손을 잡았다.

"미안, 농담이었어. 떠올리지 마."

"뭘?"

이 사람은 다 알고 있어. 물으면서도 무심코 그렇게 생각했다. 그래서 그 손을 뿌리칠 수 없었다.

"나도 몰라. 그런데 네 표정이 아팠어. 사람의 말은…… 의도치 않아도 때로 칼이 되니까. 내가 미안해."

이른 봄에 눈을 뚫고 피어나는 꽃을 보는 햇빛의 시선을 가진 남자였다. 자신이야말로 많이 아플 텐데 다른 이의 아픔에 먼저 반응하는 사람이었다.

"그리고 고모한테는…… 잘했어. 우리 고모는 좀 당해 봐야 해."

"고모 일은 미안하다고 사과하는 거 아니었어? 뭐, 드라마나 그런 거 보면 그렇던데. 우리 엄마 일은 미안해. 원래는 그런 사람은 아니야. 이렇게."

"하하하, 사과는 잘못한 당사자가 해야지. 내가 사과해도 네 기분, 전혀 풀리지 않잖아. 우리 고모는 그런 사람이야. 오만하고 특권의식 쩔어. 구제불능이야."

그러면서 얼굴을 찡그렸다. 역시 통증이 심하다. 오늘이가 그의 어깨 쪽으로 손을 뻗으려 했지만 은산이 손을 놓아 주지 않았다.

"봐도 소용없어. 야광이 올 때까지 이러고 있자."

따뜻하다 못해 뜨거운 손이었다. 열이 나는 것이었다.

"왜 묻지 않아? 아까 그 부적……."

"아……. 사실은 내가 지금 머리가 안 돌아가거든."

그럴 만한, 창백한 얼굴이었다. 식은땀이 흐르고 있었다. 다시 그녀의 가슴이 아려왔다.

"우연이겠지만, 나를…… 구하려고 위험해지고 그러지 말아."

"우연 아닌데? 내가 간 거야. 걱정돼서, 너."

그리고 은산의 눈이 감겼다. 더 이상 버티지 못하고 의식을 잃은 것이다. 오늘이의 품으로.

✿

"네 낭군은 내일은 돼야 기운을 차릴 거라고 야광이 그러더구나."

자청비가 말했다. 에? 오늘이는 어이가 없다는 표정을 했다. 반박을 하려는데 자청비가 작은 꾸러미를 내밀었다. 한지로 곱게 싼, 주먹만 한 꾸러미였다. 가벼웠다.

"어떤 땅에서도, 어떤 상황에서도 싹을 틔울 씨앗들이야. 십 년이 지나고 백 년이 지나도 반드시 싹을 틔울 수 있는 것이야. 내 낭군을 구해 주었으니 내게 있는 것 중 가장 중한 것을 줘야지."

가벼웠지만 세상 가장 힘 센 것을 받았다고 오늘이는 생각했다. 언제, 어디에, 씨앗을 심어 볼까, 미래의 어느 날을 상상하니 신이 나서 슬쩍 웃음이 나왔다.

"너, 용맹했다. 옛날 백귀군대와 전쟁을 벌였을 때도 너처럼 용맹한 이를 보지 못했어."

"저는 납작 엎드린 것뿐인걸요. 제 눈앞에서도 누가 죽고 다치는 걸 견딜 수가 없었어요. 그래도 이건 정말 감사히 받을게요."

꾸러미를 가슴에 꼭 끌어안는 오늘이를 보며 자청비가 피식, 웃었다.

"말이다, 나는 문도령을 사모한다. 사부님 댁 대청마루에서 책을 읽던 모습을 본 첫 날부터 오늘까지도, 하루도 사모하는 마음을 멈춘

적이 없고, 그 마음을 감춘 적이 없어. 그리고 부끄러운 적도 없어."

그렇겠지. 충분히 그랬을 것 같아서 오늘이도 웃어 보였다. 어쩐지 문도령을 따라 다니는 자청비가 상상이 되었으니까. 하늘빛이 섞인 흰 솜털이 몽글몽글 피어오르는 느낌의 이야기였다. 마음껏, 당당히 자신의 연모를 고백하는 자청비는 세상 누구보다 환하고 어여쁜 빛으로 둘러싸여 있었다. 자청비는 만불산의 안개 낀 봉우리 너머를, 혹은 자신들의 과거를 바라보며 미소 지었다.

"그렇게 천 년이 지나고, 이천 년이 흐르도록 부부로 오롯이 서로를 위하며 살았어. 그런데 문도령이 죽을 수도 있다고 생각하니 두려웠다. 두려워서 이가 덜덜 떨리고 심장이 멈출 것 같았어. 백귀군대와 전쟁을 치를 때도 전혀 두렵지 않았던 내가, 그와 헤어질 것을 손톱만큼 상상한 것만으로도 그렇게 두려웠던 게야. 왜? 아쉬웠으니까. 이천 년을 부부로 살았는데도 아쉬워. 더 위해 줄 것을. 더 사모할 것을. 아쉬워서 두려웠어."

오늘이는 대답할 수 없었다. 어떻게 대답해야 할지도 알 수 없었다. 그녀는 그토록 오래 지속되는 지고지순한 사랑을 알지 못했으니까. 그런 오늘이를 자청비가 똑바로 보았다.

"내 보기에 너는 시작도 하지 않고 물러서는 그런 아이는 아니야. 그러니까 내 말은, 당장 죽어 나자빠져도 후회하지 않게, 그렇게 살아야 하는 것이야. 이천 년을 살아 온 나도 그러한데 너는 인간이니, 네 이름처럼 오늘을 후회 없이 살아."

— 오늘아, 하루하루를 소중하게, 오늘을 행복하게 살아.

엄마의 목소리가 자청비의 목소리와 겹쳐 들렸다. 아, 알고 있구나. 영원토록 지속되는 지고지순한 사랑을, 나도 알고 있어. 알고 있을 뿐만 아니라 나도 그런 사랑을 받았어. 눈물이 어룽거리는 걸 꾹 참으며 어깨를 펴고 턱을 들었다.

누군가 발을 만지는 느낌에 화들짝 놀라 깨었다. 역시 야광이었다. 오늘이의 발에서 신발을 벗겨 내려다 눈이 마주치자 순식간에 저 멀리로 물러났다.

"아, 아니, 밤새 마루에서 그리 쪼그리고 잤으니 불편할 것 같아서……. 저, 은산이 깨어났다."

동그란 안경알을 닦으며 변명을 하던 야광은 서둘러 달아나 버렸다. 끔뻑끔뻑, 잠에서 덜 깬 그녀는 얼른 문을 열고 은산을 보았다. 통증에 시달리느라 엉망이 된 얼굴을 하고 앉아 있는 사람. 그러고도 어떻게든 미소 지어 주는 사람.

"얼른 추운 척해."

"뭐?"

"추운 척하면서 이리 들어오라고."

어깨까지 덮고 있던 이불을 열어 보였다. 오늘이는 신발을 벗어 손에 들고 방으로 들어갔다.

"현명하네. 야광은 여자 신발을 더 좋아해."

그녀의 행동을 보며 웃는 은산은 혈색이 돌아와 한결 편안해 보였다.

"들어올래?"

거절을 예상한 은산의 얼굴엔 장난기가 가득했다. 그런데 쏙, 그녀가 이불 속으로 들어왔다. 이제 어찌할 바를 모르는 건 은산이었다. 어미 새의 날개 아래 숨어든 새끼 새처럼 오늘이가 그의 품으로 들어왔다. 팔딱팔딱 심장 뛰는 소리가 서로에게 울렸다.

"고마워. 걱정해 주고 달려와 줘서."

팔 아래서 조곤조곤 고마움을 말하는 오늘이의 몸에서 혼곤한 단내가 났다. 한여름 물이 꽉 차오른 복숭아에서, 크게 한 입 베어 물고야 마는 솜사탕에서 났던, 사람을 안달 나게 만드는 단내였다. 은산은 어지러움에 살짝 눈을 감았다.

"나 이제 겨우 회복해서 이럼 곤란한데."

"미안! 어디, 불편해?"

화들짝 놀라 달아나려는 그녀를 은산의 팔이 감아 안았다.

"아니, 그건 온전히 내 문제야. 그러니까 잠시만."

품에 안은 오늘이의 머리칼에 얼굴을 묻고 눈을 지그시 감았다. 제발, 누구도 간섭하지 마. 지금 이 순간만은, 제발.

가만히 서로의 심장 소리와 체취에만 집중하던 그때 오늘이가 조용히 입을 열었다.

"나는 항상 미래를 준비했어. 혼자서 제대로 살아가는 미래. 그래서 학교를 못 다녀도, 친구가 없어도 어쩔 수 없다고 생각했지."

은산의 품에서 그녀는 과거의 자신을 꺼내 놓았다. 살짝, 목소리가 떨렸다.

"불행하진 않았어. 충분히 걱정해 주고 돌봐 주는 분도 있었고 공부가 아니라도 무언가를 배우는 건 즐거운 일이었으니까. 게다가…… 삼촌의 꽃밭에는 미래를 빼앗긴 아이들이 차고 넘쳤어. 그 아이들에 비하면 나는 복 받은 것이라고 생각했어. 그런데…… 잊고 있었어. 엄마가 그렇게 신신당부했었는데 바보 같이 잊고 있었던 거야. 오늘을 행복하게, 늘 지금 이 순간을 살아야 한다는 걸. 미래가 아니라 오늘을."

은산은 모든 감각을 열어 그녀를 받아들였다. 오늘이를 안고 있는 것이 아니라 그녀의 모든 것을 흡수하고 있는 것 같았다. 아니, 그렇게 하고 싶었다.

　"그래서 이제 오늘을 살기로 한 거야? 오늘이, 오늘을?"

　그녀가 고개를 돌려 은산을 바라보았다. 그리고 미소를 지으며 또렷하게 말했다. 살짝 벌어진 입 속으로 뛰어들고 싶을 정도로 사랑스러운 미소였다. 그리고 오늘이가 말했다.

　"응, 그래서 오늘의 널 좋아해."

　실바람이 은산의 혈관을 타고 온몸을 간지럽히고 심장까지 휘감았다. 배꼽 위에서 살살 깃털이 구르는 것이 분명했다. 웃음을 참을 수가 없었다. 참아야 해. 할아버지들이 벌떼처럼 달려들 거야. 꾹꾹 마음을 누르는 그때 오늘이가 다시 말했다.

　"잘난 척 대마왕이라 안 좋아하려고 했는데 좋아져 버렸어. 네가 좋아."

　"아, 몰라. 포기야."

　선언과 동시에 그녀에게 입맞춤했다. 너는 누구지? 왜 자꾸 내일을 살고 싶게 만드는 거지? 입술로 소리 없이 물었다. 보드랍고 보드라워서 녹아내리는 입맞춤이었다. 서로에게 녹아내려서 그만 서로에게 기댈 수밖에 없었다. 발갛게 달뜬 설렘이 들숨과 날숨으로 서로에게 가 닿았다. 서로의 이마에 기대는 것으로, 또 서로의 속눈썹의 떨림을 느끼는 것으로도 가슴이 벅차올랐다.

　"어쩌지, 갈수록 좋아지네? 첫 뽀뽀, 첫 키스, 두 번째 키스……. 더, 더 좋아지겠지?"

　은산은 다시 한 번 오늘이의 입술에 가 닿았다. 참을 수 없고, 참기도 싫은, 온 몸의 세포가 원하는 감미로운 입맞춤이었다.

"알고 있었어. 널 좋아하게 될 거란 걸. 처음부터 알았던 것 같아."

오늘이의 손가락에 자신의 손가락을 깍지 끼우며 은산이 말했다.

"우리는 이렇게 될 운명이었어."

"난, 운명 같은 건 믿지 않아. 그냥 난 널 좋아하기로 선택한 거야."

"그럼 이렇게 하자. 너는 나의 운명이고 나는 너의 선택인 걸로."

은산의 말에 이번엔 그녀의 마음이 움직였다.

"그래, 네 말을 믿어. 널 믿어. 넌 내 말의 의미를 모르겠지만……
그래도 난 널 믿어."

"난 인간을 믿지 않아. 하지만 넌 적어도 내가 살고 싶게 만드는
인간이야. 그러니까 간섭 말라고요, 할배들."

그제야 그녀는 얼굴을 붉히며 은산의 품으로 더, 더, 파고들었
다. 그런 그녀가 은산은 못 견디게 사랑스러웠다.

"나랑 키스할 때는 수십 명의 관람객이 있단 걸 명심해야 할 거
야. 하하. 아! 아냐, 취소. 그렇다고 도망치면 안 돼!"

"으, 널 좋아하기로 결심한 건 정말 어려운 일이야."

오늘이는 이불을 덮어 쓰고 꼬물꼬물 몸을 움츠리며 신음했다.
그의 말처럼 오늘이와 은산 사이엔 너무 많은 관람객과 훼방꾼이
있다. 한꺼번에 여러 명의 얼굴이 불쑥 떠올라 머리를 내밀었다.

"그 어려운 걸 해낸 오늘이에게 박수!"

이불 속 그녀에겐 들리지 않았지만 은산의 머릿속에서 수십 명
의 환호갈채가 들렸다. 아, 할배들 인내심의 한계는 여기까지구나.
그래서 웃음이 끊이질 않았다. 그가 종주가 된 이후로 처음으로 내
일을 기대하게 되었다.

거절

조신선은 이미 어디론가 내뺀 상태였고 오늘이는 엉망이 된 책 방을 정리하며 은산이 곁에 없는 몇 시간을 견디기로 한다. 노동으로 바쁜 시간은 무료할 틈이 없어 좋다. 은산과 마음을 확인한 후엔 특별한 노동요가 없어도 어깨에 힘이 들어간다. 입에서 자꾸 배실배실 미소가 새어 나왔다.

"아, 자청비……. 그래도 책을 이렇게 만들어 놓으면……."

자청비의 창이 찢어발긴 책들을 수습하며 그녀는 속상해했다. 안타까웠다. 누군가의 손에서 하나의 세계가 피어날 수 있는 기회를 아예 날려 버리다니.

"오늘이, 일하고 있어?"

이목이었다. 손에서 빗자루를 놓칠 정도로 그녀는 동요하고 말았다. 그는 언제나 친절했고 진심이다. 솜구름 같은 미소를 지으며 햇살 아래로 그녀를 불러내고 있다.

"바닷가 구경 가지 않을래? 날씨가 너무 좋아. 마침 영등할미 있기도 하고."

평소 같으면 단칼에 거절했을 것이다. 하지만 이번엔 동행하기로 결심했다. 거절을 위해.

"그래, 잠시만 기다려."

"와! 정말 같이 가 주는 거야? 신난다!"

기대치 않은 허락에 기쁨을 숨기지 않는 이목의 투명한 진심에 오늘이는 잠시 망설여졌다. 아냐, 악역이 두려워서 더 큰 상처를 주는 건 비겁해. 그녀는 청소 도구를 정리하며 마음을 다잡았다.

단단히 마음을 다잡았다고 생각했는데 흔들렸다. 바닷가 쪽으로 오늘이를 이끌며 앞서가는 이목은 이따금씩 그녀를 돌아보며 웃었다. 그 모습이 산책하며 주인을 돌아보며 확인하는 강아지 같았다. 강아지를 닮은, 천 살이 넘은 용족이라니. 어이가 없으면서도 측은했다.

"금방이야. 여긴 바닷가가 코앞이라서 좋다니까."

헤실헤실 웃으며 걷는 이목 앞으로 정말이지 파란 바다가 펼쳐졌다. 구름 한 점 없이 맑은 날씨, 란 말에 딱 맞는 하늘과 바다였다. 겨울 바다였지만 바람도 잔잔하고 햇살이 따스했다. 오랜 전투에 지친 병사가 있다면 와서 쉬어 가라 하고 싶은 그런 바다였다. 그래서 그렇게나 보여 주고 싶어 했었구나. 자랑스러운 표정을 한 이목을 보며 그녀는 입이 떨어지지 않았다. 그래서 제 손바닥만 한 조약돌을 주워 만지작거렸다.

"우리 오늘이가 할 말이 있나?"

이렇게 그녀에게 말을 건네는 이목의 표정이 평소와 달라 보였다. 항상 그랬듯이 친절하고 부드럽다. 부드럽지만, 조금 달랐다. 햇살을 머금은 조약돌처럼 따뜻했지만 단단했다. 흔들림이 없었다.

"고마워."

외면하면 안 된다. 이목의 눈동자를. 똑바로 바라보면서 진심에는 진심으로 대해야 해. 손 안에 조약돌을 꼭 쥐고 그를 마주했다.

"항상 친절하게 대해 줘서 고마워."

"아무한테나 친절한 건 아니야. 너니까. 오늘이니까."

맞다. 화원에서 이목은 다른 이들에게 외려 차가운 구석이 있었다. 용족은 늘 도도하다. 특히나 이목은 백룡이다. 용족 중 가장 정의롭고 고결하며 순수하다. 그렇기에 백룡의 마음을 얻는 것은 특별하고 어려운 일이라고, 할락궁이가 말했었다.

"알아. 그래서 더 고마워. 그런데."

잠시 숨을 골랐다. 그 틈을 이목은 들여다보았다.

"난 그 말이 싫더라. 그런데……라는 건 뭔가 완곡하게 돌려 말할 때 쓰는 말이라서."

그래, 돌려 말하지 말자. 크게 숨을 들이마시고 꼭, 해야만 하는, 주저해서는 안 되는 말을 뱉어 내었다.

"나, 은산이를 좋아해. 네 친절은 너무 고맙지만, 이제 그 친절을 받아선 안 될 것 같아."

그럼에도 이목은 흔들림 없이 미소 짓고 있었다. 자신은 오히려 목소리가 떨렸는데. 처음으로 오늘이는 그가 정말로 천 년을 넘게 살았고 그 세월만큼 정말로 강하다는 것을 느꼈다.

"난 친절함을 준 게 아니라 내 마음을 준 거야. 그건 네가 거절한다고 반품되는 물건이 아닌 거지. 그리고 내가 어찌할 수 있는 것도 아니고."

바다 쪽에서 살짝 바람이 불어 왔다. 미풍이었는데도 그녀의 어깨가 움츠러들었다. 일말의 망설임 따위 없이 이목은 외투를 벗어 오늘이에게 걸쳐 주었다.

"너는 정의롭고 착한 아이라서 마음이 불편해져 버린 거겠지. 그런 것쯤 아무렇지도 않게 여기는 인간들도 많은데. 그래서 내가 정신 못 차리게 너한테 빠져 버린 거야. 뻔뻔스럽지? 그런데 사랑할 땐 좀 뻔뻔해져야 해. 그래야 후회가 없거든. 난 너한테 후회 없이 모두, 주고 싶어. 내 마음, 내 능력, 내가 할 수 있는 모든 걸."

"그러다가 너만 상처 입을 거야. 난 그런 게 싫어."

햇살이 입술을 일자로 굳게 다물며 이맛살을 찌푸린 오늘이의 이마에서 반짝, 했다. 이목은 그 둥글고 부드러운 이마에 입 맞추고 싶은 걸 간신히 참아 내었다.

"내가 이제부터 널 좋아하지 않는다고 하면 상처 입지 않을까? 아님 그냥 네 마음이 편해지기 위한 것은 아닐까?"

그의 물음에 오늘이가 눈을 동그랗게 떴다. 손마디가 하얗게 질리도록 주먹을 꽉 쥐었다. 어쩌면, 이목의 말이 맞을지도 모른다. 찌푸린 미간에 주름이 더 깊게 파였다.

"그렇게 골몰하지 마. 내 상처는 내가 알아서 할게. 너는 네 마음을 돌봐. 그리고 자신하는데, 넌 날 사랑하게 될 거야."

"왜? 왜 그렇게 자신하는데?"

"네가 좋아하는 그놈보다 내가 인내심이 더 많을 테니까. 용족은 쉽게 마음을 주지도 않지만 쉽게 마음을 거두는 족속도 아니야. 네가 나를 볼 때까지 꼭 붙어 있을 거야."

더 이상은 밀어낼 수 없다. 그의 말대로 마음은 누가 강제할 수 있는 것이 아니니까. 오늘이는 방실방실 웃는 이목을 가만히 바라볼 수밖에 없었다.

"영등할미!"

침묵을 깨고 이목이 팔을 번쩍 들어 흔들었다. 할미? 할머니? 그의 시선을 따라 고개를 돌린 오늘은 두리번거릴 수밖에 없었다. 팔이 빠져라 흔들며 이목이 다가간 곳엔 하늘거리는 핑크 원피스를 입은 산뜻한 여학생만 서 있었으니까. 아무리 나이를 높게 잡아도 고등학생? 대학생쯤? 이목의 할머니는 아닌가 보네. 다행이야. 덕분에 데면데면하게 이목의 뒤를 따르던 오늘이는 조금은 마음 편히 그녀를 관찰할 수 있었다.

이목처럼 새하얀 피부에, 한국 사람치곤 머리칼과 눈동자가 쌍을 이룬 듯 너무 연한 갈색이라 이국적이었다. 염색을 하고 서클렌즈라도 낀 걸까?

"할미라고 부르지 말랬지! 저도 천 살 넘은 주제에 누구 보고 자꾸 할미래?"

성깔을 부리며 버럭, 소리를 지르는 것이 정말 여고생 같다. 그런데 정말 이목의 할머니?

"에헤이, 나보다 나이도 훨씬 많으면서 뭘 또 그렇게 까탈을 부리시나. 오늘이, 이리 와."

역시, 인간이 아니구나. 근데 외국 사람 같다. 정말 예쁘다! 오늘이가 감탄하면서 보는데 이목이 오늘이의 팔을 잡아끌었다.

"여긴 나의 머어언, 친척 할머니인, 영등할미. 여기 바다를 지켜 주지. 이래 봬도 능력이 좀 출중한 바다의 여……신이니까."

"이래 봬는 건 도대체 어떻게 봬는 거냐? 만불산만 아님 진작 딴 바다로 옮겼을 거야. 제주도 좋잖아! 아, 참. 안녕."

얼결에 인사를 하게 되어 어리둥절한 오늘이가 허리를 꾸벅 숙였다. 이목의 할머니뻘이라니까 이러는 것이 맞겠지?

"안녕하세요."

눈동자가 갈피를 못 잡고 헤맸다.

"이쪽은 미래 내 각시……였음 좋겠는, 오늘이."

영등은 다분히 흥미롭다는 표정이었다.

"그렇게 소개하면 어떻게 해."

잇새로 소리를 내듯 작게 속삭이면서 오늘이가 물러섰다. 거절하러 왔다가 남의 집안 어른과 상견례라니. 난감도 이런 난감이 또 없다.

"나, 책방에 가 봐야겠어. 저는 이만 가 보겠습니다."

다시 꾸벅 허리를 굽히고 돌아서서 내빼려다 급히 코트를 벗어 이목에게 건넸다.

"입고 가. 난 추워서 입는 거 아니니까. 나중에 또 놀러 갈게!"

오늘이의 모습이 보이지 않을 때까지 해맑게 웃던 이목. 그녀가 더 이상 보이지 않자 미소를 싹, 거두어 버린다. 영등은 그것조차 흥미롭게 바라보았다.

"그렇게 웃는 거 오랜만에 보네. 그렇게 좋아? 저 인간이?"

남동생을 놀리는 누나의 말투다.

"인간? 못 느꼈어? 야명주 기운이 그렇게 센데. 야명주는 경족의 것이잖아. 최소한 완전한 인간은 아닐 거야."

무뚝뚝하게, 비웃듯이 이목이 쏘아 붙였다.

"이제 너답네. 쌀쌀맞고 못된 백이목. 아무튼 쟨 인간이야. 어떻게 야명주를 갖게 된 건지 몰라도 분명해. 아주 특별한 인간인 것이지."

이목의 표정에 여러 생각이 얽혀 들었다. 영등은 쯧, 혀를 차며 팔짱을 꼈다.

"인간이란, 근본이 이기적이고 야비한데 어떻게 홀딱 반해 버린 거지?"

"인간은 그렇지. 하지만 오늘이는 달라. 내가 직접 보고, 겪은 저 아이는 완전히 달랐어."

이제 이목의 입 안에선 으르렁, 하는 울림이 퍼졌다. 그러나 영등은 동요하지 않았다.

"본래 사랑에 눈이 멀면 오직 그 사람만이 우주에서 유일한 존재 같고 특별해 보이지."

그때, 이목이 밀려드는 바닷물에 손을 넣었다. 일렁이는 바닷물이 멈추며 스크린처럼 평편해졌다. 그리고 이곳이, 아니, 지금이 아닌 시공간을 비추었다. 그곳은 할락궁이의 화원이었다.

✦

"이번 기회를 놓치면 너는 어른이 될 때까지 이곳에 머물러야 할지 모른다. 그래도 양보하겠다고?"

역정이 섞인 할락궁이의 목소리가 화원 안쪽에서 들려 왔다.

"알아요. 하지만 약속했는걸요."

지금보다 좀 더 가늘고 앳된, 오늘이의 목소리다. 이목은 커다란 나무 테이블 위에 널려 있는 비료 꾸러미를 한 번 보고, 다시 오늘이의 얼굴을 보았다. 중학교 교복을 입고 있는 앳된 모습이다. 아직, 할락궁이와 오늘이는 그들을 바라보고 있는 이목을 알아차리지 못했다.

"죽은 아이와 한 약속이다. 게다가 몇 년이나 지났고 이제껏 네가 할 수 있는 최선을 다했으니 놓아도 되지 않느냐?"

할락궁이는 감정을 잘 드러내지 않는 편이었는데, 그 목소리엔 속상함이 묻어났다.

"약속에 기한이 있는 건 아니잖아요. 그리고 그 아이 동생은 살아 있고, 잘 보살핀다고 약속했으니까 제일 좋은 방법을 찾은 것뿐이에요."

고집스런 목소리는 역시 오늘이었다.

"그 제일 좋은 방법이란 게, 네 자리를 양보하는 것이다? 네가 입양되어 갈 자리를 양보해서?"

그녀가 대답 없이 고개를 끄덕이자 단발머리가 흔들거렸다.

"내가 인간 세상에 대해 잘은 모른다만, 다 큰 아이를 입양하겠다는 경우는 드물다고 들었다. 그런데 그 사람들은 너를 입양하겠다고 나섰어."

"울 엄마 친구래요. 오랫동안 날 찾았는데 이제야 겨우 찾은 거고…… 엄마랑 내 사정도 다 아시고……."

우물쭈물 거리며 그녀의 목소리에서 그제야 흔들림이 느껴졌다. 저도 양보하기가 쉽지 않은 것이다.

"그런 사정도 다 아는 집이니 네가 가면 생활하기 훨씬 편할 것인데도, 단지 약속을 지키기 위해, 너와 피 한 방울 섞이지 않은 아이에게 양보한다는 것이냐? 평범한 가정에서, 평범한 사람으로 생활할 수 있는 기회를 말이냐?"

잠시 정적이 감돌았다.

순간, 오늘이의 얼굴이, 눈동자가 클로즈업되며 바다를 채웠다.

눈물이 어룽거려서 파도가 일렁이는 것처럼 보였다. 하지만 입은 미소를 짓는 것이었다.

"네, 저를 믿었으니까요. 그 아이가 나를 믿고 약속을 했는데 저는 꼭 지켜야겠어요."

"그럼 너와 같이 가면 안 되는 것이야? 보아하니 자식도 없고 그 정도의 경제력은 있는 집 같은데……."

"그러면…… 저는 울 엄마의 딸이니까……."

그녀가 머뭇거리며 답을 하지 못하자 할락궁이의 이맛살이 찌푸려졌다.

"그래서 너는 그 아이가 혹시라도 차별을 받을까 봐, 그게 염려되어 그 아이만 부탁했단 말이야?"

"충분히 아팠던 아이잖아요."

"너는, 아프지 않았던 순간이 있었느냐?"

버럭, 할락궁이가 목소리를 높였다. 그러나 그녀는 미소를 거두지 않는다. 오늘이가 눈을 깜빡거리자 눈물방울이 빛 방울이 되어 반짝거리며 튕겨져 나갔다. 그녀의 눈물방울은 빛의 물결이 되어 화원을 가득 채우고 이목이 시선을 주고 있는 쪽으로 밀려 왔다. 그때서야 할락궁이가 시선을 알아차리고 고개를 돌려 본다.

"이목?"

오늘이는 얼른 손등으로 눈물을 닦아 내고 등을 돌려 총총 사라져 버렸다. 빛의 무리가 그녀를 따라 사라졌다.

잠시, 시공간을 초월해 이목의 기억을 보여 주었던 바다는 본래의 모습을 되찾았다.

"발끈하는 건 여전하구나. 그래, 용족은 정의롭고 희생적인 인간들에게 잘 홀리지. 그래서야?"

"오늘이는…… 내 생명의 은인이야. 용족에게 그게 어떤 의미인지 알고 있지?"

"골치 아프게 되었군. 그래서 네 생명의 주인이 되었다?"

"생명의 주인이자 내 심장의 주인이지. 아무튼 보다시피 오늘이는 너의 비판을 받을 만한 인간은 아니란 거야."

영등의 물음에 답하는 이목은 쌀쌀맞기 그지없다.

"비판을 받을 만한지 아닌지는 끝까지 가 봐야 알아. 용족은 언제나 끝까지 가잖아. 제 자신이 망가지는 줄도 모르고. 인간의 수명은 짧아. 네 마음을 받아들여도 겨우……. 알지?"

"알아. 그리고 이것도 알지. 조신선도 인간이지만 오백 년 넘게 살았단 거."

조신선이 거론되자 그녀의 표정이 바뀌었다. 표독스럽고 차갑게.

"내 앞에서 그 인간 이야기는 하지 말랬지."

"아, 미안. 그래도 너무하지 않아? 오백 년도 더 된 일인데, 아직도 억하심정이 남은 거."

"오백 년 아니라 오천 년이 지나도 배반은 배반."

뾰족해진 목소리였다.

"그렇게 싫으면 이 바다를 내게 양보하는 게 어때?"

"너도 지키고 싶은 것이 있듯이 나 또한 지켜야 할 것이 있으니 살아야지. 여기에서."

영등의 말에 이목은 만불산을 떠올렸다. 갈 곳 잃은 요괴와 신들의 마지막 피난처. 가늠할 수 없는 의무의 무게에 그는 깊은 한숨을 쉬었다. 그 한숨처럼 고독한 목소리로 영등이 말을 이었다.

"아예 마음 따위 없는 인간한테 속은 나나, 상대방의 정체가 무엇인지 개의치 않고 홀랑 혼을 뺏긴 너나…… 참 어리석고 서글프구나. 그 덧없는 것들에 속절없이 흔들리는 용족과 신이라니……."

어느 순간 영등은 형체가 없이 바다로 스며들어 버렸다. 아니 그녀 자신이 바다가 되었다. 이목은 잠시 밀려오는 파도에 발끝을 밀어 넣어 보았다. 안전하고 편안한 고향이다. 그러나 그곳에 오늘이는 없다.

이목은 미련 없이 돌아서서 육지 쪽으로 성큼성큼 걸어 나왔다.

귀면의 사내 (1)

천수정의 가게에 요상한 물건이 하나 걸렸다. 오래된 게 분명해 보이는 거울이었다. 상반신을 비추어 볼 수 있는, 둥근 청동 테두리 거울. 그것이 요괴들과 신들을 끌어들였다.

"신기한 거울이야. 거기 모습을 비춰 보면 본체가 드러나 보인다니까!"

책방으로 놀러 온 이목이 신이 나서 말해 주었다. 그게 거울이었구나. 오늘이는 새로 들어온 책을 정리하며 중얼거렸다. 실은 보았다. 바닷가에서 이목으로부터 도망치듯이 책방으로 돌아온 날. 타로 가게에서 희미하게 흘러나오던 회색의 어떤 빛줄기를. 호기심은 누구도 막지 못하는 행동의 동기가 된다.

책방으로 들어가며 살짝 눈길을 주니 망토를 두른 어떤 이가 수정에게 커다란 무언가를 건네고 있었다. 회색 벨벳으로 감싸인 둥글고 커다란 물건. 그것이 거울이었다.

"가 보자."

자신의 예측에 딱 들어맞게 이목이 말하자 오늘이는 조금 어이가 없어져 버렸다. 어쩜, 이렇게 투명하게 들여다보일까. 방어라는 걸 전혀 하지 않고, 투명하게 자신을 다 보여 준다. 동시에 오늘이의 머릿속엔 은산의 얼굴이 떠올랐다.

그 후로, 만불산에서 입맞춤을 한 그 후로, 한 번도 보지 못했다. 몸이 낫자 곧바로 의뢰가 쏟아졌다고 했다. 은산은 녹초가 되어 통화를 하다 잠이 들어 버리곤 했다.

"내가 이 일을 시작한 후로 이렇게 바쁜 건 처음이야. 요괴들이 미쳐 버렸나? 왜 이렇게들 사고를 치는 거야!"

기운 빠진 목소리로, 그녀를 보지 못해 속상해하는 은산에게 뭐라 하겠는가? 입술이 실룩거리고 눈꼬리가 새치름하게 올라갔지만 뭐라 투덜거리지 못할 만큼 은산의 목소리는 피곤에 찌들어 있었다. 얼굴을 보는 건 엄두도 내지 못할 만큼, 겨우겨우 통화만 할 정도로 기력을 모두 쏟아 붓고 있는 것이었다. 매일 이해했지만 매일 속상했다.

"천수정이 손님한테 복채 대신에 받은 물건이 대박인가 봐. 가 보자, 응?"

"그래, 학원 가는 날이지? 책도 거의 다 정리했고, 가기 전에 잠깐 들러 봐."

이목에 이어 조신선까지 부추겼다. 배꼼, 거리를 보니 타로 가게 앞에 줄을 섰던 요괴들이 몇 남지 않았다. 줄 서는 건 질색인 오늘이의 마음이 또 조금 움직였다.

"재밌을 거야. 얼른 가자."

세 번째로 이목이 조르자 오늘이는 목장갑을 벗으며 일어섰다.

문 밖에서도 거울은 잘 보였다. 멀쑥하게 키 큰 남자의 본체는 작은 요괴 위에 또 다른 작은 요괴가 목마를 탄 것이었다. 우산을 들고 입장했던 신사는 도롱이를 뒤집어 쓴 요괴였다. 언젠가 텔레비전에서 보았던 아름다운 여배우는 귀가 달린 붉은 뱀 요괴였다. 인간의 모습에 감춰진 자신의 본체를 들여다 본 요괴들은 즐거워하며 여의를 하나씩 내놓고 갔다.

드디어 이목과 오늘이의 차례가 되었을 때, 동이가 급히 가게 안으로 들어왔다. 거울에 비친 동이의 모습에 오늘이는 웃음을 터트렸다. 거울에 비친 동이는 하얀 삽살개. 그런데 거울 밖 동이의 엉덩이에서도 꼬리가 살랑거렸던 것이다. 사람 몸을 하고서 삽살개의 꼬리라니!

"어린 것들은 아직 감추는 일에 서툴지."

은산이었다. 이목과 함께 줄을 서고 있던 오늘이의 어깨를 살포시 짚으며 은산이 들어왔다. 그것만으로도 그녀는 가슴이 콩콩콩, 뛰었다. 은산의 커다란 손이 얹힌 어깨에 환하게 꽃이 피는 것 같았다.

"여기 있느라고 전화도 안 받은 거야?"

그제야 오늘이는 휴대폰을 가게에 두고 온 걸 기억해 냈다. 이목이 은산을 차갑게 노려보는 것을 모른 채로.

"걱정 돼서 동이 녀석을 보냈는데…… 저 녀석이 제 모습에 홀려 버렸네."

후후, 웃으며 오늘이의 어깨를 감싸 안았다. 이번에 수정이 오늘이를 노려봤다. 그 와중에도 동이는 거울을 이리저리 들여다보며 즐거워했다. 거울 안 삽살개의 혀가 쑥 늘어나고 꼬리는 거의 빠질 듯이 흔들리고 있었다.

"왔으면 보든지, 아님 가든지 해."

수정의 목소리가 뾰족해졌다.

"오늘이, 볼래?"

차갑던 이목의 시선은 오늘이에게 닿더니 새털처럼 부드럽게 변했다.

"아니, 난 그런 건 믿지 않아."

모두 놀랐다. 믿지 않는다니? 방금 전까지 몇이나 본체를 비추는 걸 자신의 눈으로 보았으면서! 수정은 입술을 치켜 올리며 신경질적인 비웃음을 흘렸다. 자신은 뭔가 다르다? 비위가 상했다.

"그럼, 내가 볼게. 여기 여의부터 먼저."

이목이 은산 때문에 뜨거워진 감정을 감추고 거울 앞에 섰다.

역시, 새하얀 용이다. 새하얀 불꽃이 너울거리는 형상으로 용의 형상이 파란 눈을 빛내고 있었다. 그는 아주 오랜만에 보는 자신의 본체를 오랫동안 쳐다보았다. 은빛에 가까운 비늘이 수천, 수만 개나 반짝거리는 새하얀 용. 그리고 보았다. 자신의 뒤에서 거울을 보고 있는 은산을.

거울에 비친 은산은, 물론 그 자신이었다. 반은 인간이었으니까. 그리고 그의 등 뒤로 빼곡하게 그림자가 들어차 있었다. 너무 많고, 너무 진한 회색의 형상들이었다. 은산 자신의 형체가 가려질 정도였다. 그걸 이목도, 오늘이도, 은산 자신도 보았다. 그런데 오늘이가 문제였다.

오늘이는 거울에 비치지 않았다. 거기 존재하고 있지 않은 것처럼. 아까보다 더, 모두가, 소스라치게 놀랐다. 오늘이는 자신의 어깨를 감싸 안은 은산의 팔에 힘이 들어가는 것을 느꼈다. 점점 더 꽉 자신을 안아 주었다. 그녀의 존재를 확인하려는 듯이 그렇게 안았다.

"이럴 리가 없어. 인간이라도 이 거울엔 반드시 모습이 비쳤어. 반은 인간인 은산 오빠도 어쨌든 비치잖아? 조신선도 비쳤단 말이야."

수정은 대놓고 오늘이를 의심했다. 익숙한 시선이다. 결국은 그만둘 수밖에 없었던 학교에서도, 검정고시를 준비하기 위해 들어간 학원에서도 늘 그녀를 따라다니던 시선들. 그녀는 아랫입술을 꽉, 깨물었다. 아니, 이런 시선 땜에 기분 상하지 않겠어. 숨을 들이쉬며 눈을 댕그랗게 떴다.

"믿지 않는다고 했잖아. 저 거울의 힘, 나는 믿지 않아. 그래서 통하지 않는 거고."

"믿지 않아서 통하지 않아? 네가 뭔데? 너, 그냥 인간이잖아."

그녀의 말을 수정이 비꼬았다. 적의는 피곤을, 비웃음은 오기를 불렀다.

"응, 난 그냥 인간이지. 의지와 믿음이 아주 강한 인간."

그런데? 모두가 물음표를 그린 표정이다. 은산조차도. 그래서 오늘이는 화가 나 버렸다.

"나는 그렇게 배웠어. 진심으로, 전력을 다해 스스로가 강하다고 믿는다면 그 어떤 힘도 침범할 수 없다고."

오늘이의 앞날을 읽을 수 없었던 일을 떠올린 수정은 의심을 더 강하게 표했다.

"듣기는 좋네. 하지만 현실에선 있을 수 없어. 한 번도 그런 인간을 본 적이 없다고. 이목은 본 적 있어?"

그럴 수만 있다면 이목은 무조건 오늘이의 편을 들었을 것이다. 그러나 이번엔 수정이 옳다.

은산은 이목과는 다른 이유로 침묵했다. 와글와글 떠들어대는 조상들의 목소리에 집중했던 것이다.

— 역시 경족이 아니었군요.

— 혹시 저 아이가 안 씨 가문의 자손인가?

— 그럴 리가요. 이미 멸족된 것이 아닙니까?

— 그 여자가 있긴 했지만 모습을 감추었고…….

— 그렇다면 저 아이는 무엇이죠?

의미를 알 수 없는 단어들의 의미를 파악하느라 은산의 침묵이 길어지자 오늘이가 그의 품에서 빠져나왔다. 그리고 은산과 수정을 똑바로 보고 말했다.

"너희들이. 이 마을의 요괴들이나 신들이, 모두가 내가 아는 것을 부정해도 상관없어. 내 믿음은 요괴나 신에 대한 믿음과는 무관해. 그런 믿음은 기도로 이루어지지만 내 믿음은 선택으로 쟁취되는 것이거든. 그래서 더 강력하고 현실적인 거야."

"그래서, 네가 믿고 노력하면 재벌이라도 될 수 있단 건가?"

받아치는 수정의 표정은 외려 여유로웠다. 절대로 인정하지 않는 자의 고집이 보였다. 이번에 쿡, 웃는 쪽은 오늘이었다. 웃으면서 고개를 살짝 들었다.

"내가 지금 자기계발서 쓰는 줄 아니?"

"아니었어? 여기, 이 군자마을에서 네 말이 얼마나 이상하게 들리는지 알아?"

"이 마을도 내겐 현실이고, 이목이나 너도 현실이야. 물론 은산, 너도. 내겐 부지런히 살아 내야 하는 현실이야. 난 정확히 그걸 알고, 내게 어떤 영향도 끼치지 못할 것을 알기 때문에 그 힘이 통하지 않을 뿐이야."

그때 은산이 조상들의 영향으로부터 벗어나 오늘이의 손을 잡았다.

"미안, 믿음이 그런 뜻인지 몰랐어."

"아니, 넌 아직도 무슨 뜻인지 몰라."

오늘이는 손을 빼며 말했다. 웃음을 지운 것은 아니지만 은산은 마음으로부터 그녀가 저만치 멀어진 느낌이 들었다. 은산은 그래서 불안해졌다.

"이제 학원 가야 해."

"데려다 줄게!"

황급히 은산이 붙잡았지만 그녀는 거절했다.

"아니, 그냥 혼자 갈게."

분해서 씩씩거리는 수정을 뒤로 하고 은산은 오늘이를 따라 나섰다.

성큼성큼 걸어 버스정류장에 도착한 오늘이는 뒤따라온 은산에게 눈길도 주지 않았다. 다만 발끝으로 바닥을 톡톡 치며 길을 응시할 뿐이었다.

"화난 거야?"

"응. 하지만 그런 기분에 휘둘리지 않기로 선택했어."

정말 오늘이의 표정은 '화'라는 감정과는 전혀 어울리지 않게 미소가 감돌았다. 어째서?

"화난 건 아닌데, 어디서건 무리에 들지 못하면 쏘이는 게 좀 지긋지긋하긴 해."

그래, 그녀의 표정에 담긴 감정은 '화'가 아니라 '쓸쓸함' 혹은

'고독'이다. 그래서 은산의 가슴에도 소슬하게 바람이 불어왔다. 따뜻하게 해 주고 싶다. 함께 있고 싶다.

"데려다 줄게. 우리 오랜만에 본 거잖아."

맞다. 손에 남은 은산의 온기가 느껴졌다. 함께 있고 싶어. 오늘이가 막 입을 떼는데 은산의 휴대폰이 울렸다.

"아니, 화내지 마. 정말로 급한 구조 요청이라고……."

절절매는 은산을 뒤로 하고 오늘이는 쌩하니 버스를 타고 가 버렸다. 이젠 정말 화가 나 버렸다.

"요즘 왜 이렇게 일이 많아! 이럴 땐 고모가 좀 가 주지!"

흙먼지를 일으키며 출발하는 버스 뒤에서 방방 뛰며 소리쳤다. 순간, 버스 지붕 위에 하얀 그림자가 보였다. 이목이었다.

"젠장! 넌 왜 따라가는 거야!"

방방 뛰는 은산에게 보란 듯이 이목은 은빛 비늘을 반짝거리며 꼬리를 한번 휘저었다. 의기양양, 오만한 표정을 하고서. 하늘하늘 무지갯빛 소용돌이가 허공에 일어났다.

— 이목이 언젠가 오늘이와 혼인하는 건 자기가 될 거라고 하던데?

며칠 전 조비서가 놀리듯이 말했었다. 혼인? 호오온인? 가슴이 미쳐 날뛰기 시작했다. 그때 다시 휴대폰이 울렸다.

"아니, 아직. 아, 간다고요! 이놈의 삼각우! 아직 살아 있음 내 손에 죽었어!"

발을 구르며 고함을 지르는 은산을 서낭이 물끄러미 내려다보았다.

"뭘 봐! 질투하는 거 첨 봐?"

머리칼이 나뭇잎 모양을 하고 있는 서낭은 나무 꼭대기에서 고개를 천천히 끄덕였다. 그리고 나무늘보처럼 느리지만 크게 울리는 목소리로 답한다.

"마아아아아아아 자아아아아아아앗."

그걸 듣고서 은산이 꼬륵, 넘어가기 직전에 조비서의 스포츠카가 그의 곁에 섰다.

"빨리 타. 삼각우, 심각한가 봐. 명주도 곧 출발한다고 했어."

그렇겠지. 심각하지 않음 내가 심각하게 해 주겠어. 부득 이를 갈며 차에 탔다.

급한 마음과 달리 삼각우를 찾는 것은 쉽지 않았다. 한 시간이 넘게 헤맸는데도 갈피를 잡을 수가 없었다. 배터리가 나가 버렸는지 삼각우가 휴대폰을 받지 않기 때문이기도 했고, 수색해야 할 곳이 너무 복잡한 도심이기 때문이기도 했다. 그러나 무엇보다 집중하기 힘든 건 역시 오늘이 때문이었다.

"연애질은 일 끝나고 하는 게 어때?"

조비서의 핀잔에도 불구하고 꿋꿋하게 전화를 걸었지만 오늘이는 받지 않았다. 그리고 갑자기 떠올랐다. 애초에 책방에서 휴대폰을 가지고 나오지 않았지! 낭패였다. 머릿속에서 자꾸만 이목의 밉살스런, 그러나 섬세한 얼굴이 떠올랐다. 용족들은 하나같이 도도하고 지나치게 잘생겼다. 그런 생각에 은산은 절로 눈살이 찌푸려졌다. 그래서? 뭐, 오늘이를 못 믿는 거야? 자신에 대한 화가 차올랐다. 제기랄.

"어? 어떻게 찾았어?"

"네가 왜 여기 있어?"

동시에 소리치며 소스라치게 놀란 건 이목도 은산도 마찬가지였다. 어째서? 둘은 서로를 응시하며 머리를 굴렸다. 먼저 입을 연 건 은산 쪽이었다.

"학원이 여기야?"

절대 대답할 이목이 아니었다. 그러나 이목 뒤쪽 빌딩에 붙은 간판들을 쭈욱, 훑어보는 것으로 은산은 답을 알 수 있었다. 병원, 약국, 꽃집, 격투기 학원, 그리고 다향茶香. 저기다! 은산이 씨익, 웃자 이번엔 이목의 시선이 날카로워졌다.

"삼각우 찾는 거 아니었나? 소멸하면 명주가 난리 칠 건데 여기 계속 있을 거야?"

갑자기 명주의 히스테릭한 고함 소리가 떠오른 은산이 이맛살을 찌푸렸다. 저 자식, 기분 나쁘게.

"그건 너희의 종주인 내가 알아서 할 일이고."

은산이 검을 만지작거리며 이목을 노려보았다. 이목 역시 용의 비늘을 벼려 낸 검을 제 몸에서 뽑아내었다.

"누가, 나의, 종주이지? 그들의 종주인 건 알 바 아닌 일이지만. 네가? 나의? 흥!"

비웃음을 흘렸다. 발끈한 은산이 먼저 검을 빼내 드는 순간, 오늘이의 목소리가 크게 울렸다.

"둘 다, 여기서 뭐해? 설마 일반인들이 가득 한 도시에서, 싸우려고?"

아까보다 훨씬 놀란 두 남자가 그녀를 보았다. 오늘이가 땀을 흘리고 있었다. 완전히 땀에 젖어서 뒤로 묶은 머리칼이 이마며 목에 달라붙을 정도였다. 이 겨울에?

은산은 빌딩의 간판을 재빨리 다시 보았다. 설마, 격투기 학원? 어째서?

"천 년을 살면 뭐 하고, 요괴들의 종주이면 뭐 해. 어째 맨날 쌈질이야. 어?"

쯧쯧, 혀를 차며 훈계하는 오늘이에게 막 변명을 시작하려는데 가장 호전적인 조상의 목소리가 들렸다.

— 저기, 뒷골목 쪽에 결계가 쳐졌다.

하필, 이 순간에. 그래도 머뭇거릴 수 없다.

"싸우긴 누가! 아오, 진짜! 나중에 설명할게. 이목이랑 마을로 돌아가 있어. 여기 위험해!"

어쩔 수 없었다. 이목과 있으면 적어도 다칠 위험은 없을 테니까. 이를 꽉 깨물며 달렸다.

결계는 생각보다 허술했다. 인간의 접근을 막고 내부의 소란을 차단하는 정도였기에 은산은 쉽게 뚫고 들어갔다. 역시나 조비서는 차에서 기다릴 뿐 도우러 오진 않았다.

"이번엔 정말 자르라고 해야겠어. 고모는 왜 조비서만 고집하는 거야?"

목검과 부적을 꺼내 들며 은산이 투덜거렸다. 하지만 사실 알고 있었다. 조비서만큼 깔끔하게 일족을 보필하는 요괴도 없다. 적어도 지난 삼백 년간은 그러했다. 그러니 고모도 조비서에겐 되도록 예의를 지킨다. 쯧, 그래 봤자 연약한 학 요괴면서.

비명이 울렸다. 두텁고 낮은 비명이었다. 삼각우였다.

— 서둘러라. 삼각우의 기가 거의……. 뭐지? 이상한 기운이군.

그랬다. 이상한 기운이 결계를 채우고 있었다. 은산은 이 기운을 알고 있었다. 문도령을 구하러 갔을 때 자신을 공격한 기운이었다. 짙은 흑黑의 기운.

달렸다. 달리며 검에 자신의 피를 묻혔다. 벌써 몇 번이나 베어서 흉터가 가득한 손바닥에 다시 흠을 더한 것일 뿐이었다. 몇 초지나지 않아 은산은 피투성이가 된 삼각우와 맞닥뜨렸다. 기가 쇠한 삼각우는 비정상적으로 울퉁불퉁한 근육으로 뒤덮인 거대한 몸과 뿔을 그대로 드러내고 있었다. 그리고 창귀가 있었다.

"또 너야? 넌덜머리가 난다!"

검을 머리 위로 들어 올리며 창귀를 향해 내리쳤다. 그런데 그의 검을 받아 낸 것은 창귀가 아니었다. 귀면을 쓴 흑의 사내였다.

맨손으로, 가볍게 검을 받아 낸 사내는 흔들림이 없다. 믿을 수 없다. 보통의 요괴는 은산의 검을 받으면 여지없이 베이고 쓰러진다. 그렇다면 인간? 그것도 말이 안 된다. 길이와 모양을 조절할 수 있어서 그렇지 사인검도 분명 검劍! 은산 정도의 힘으로 내리친 검을 맨손으로, 인간이? 분명 인간은 아니다.

"전투 중에 생각이 많구나."

몸을 얼어붙게 하는 차가운 목소리였다.

— 이번엔 정말로 조심해야 한다.

경고하지 않아도 알거든요. 은산이 날래게 뒤로 물러섰다. 그

동안에도 창귀는 끊임없이 삼각우를 공격하고 있었다.

삼각우는 은산의 검보다 길고 두터운 뿔을 휘두르며 창귀에게 대항했다. 그러나 피를 너무 많이 흘렸다. 삼각우는 창귀에게 작은 상처도 입히지 못하고 있었다. 치명타 한 방이면 곧 소멸할 것이 분명했다. 형체가 희미해지고 있었다.

"전투 중에 한눈도 팔고!"

사내의 검이 은산을 향해 뻗혔다. 오직 기氣로만 이루어진 흑의 검이었다. 그럼에도 강력했다. 사내는 단지 기를 휘둘렀을 뿐이었고, 검이 은산의 몸에 스치지도 않았는데도 은산의 몸이 뒤로 밀려났다. 은산은 전신의 근육을 긴장시키며 힘을 모았다.

─ 부적을 써라!

조상의 힘이 흘러드는 걸 느꼈다. 온몸에 기운이 돌고 가슴이 빠르게 뛰었다.

"전투 중에 말이 많은 건 괜찮고?"

몇 배나 빨라진 몸놀림으로 부적을 던지며 은산이 외쳤다. 사내의 주변을 둘러싼 부적이 파르라니 빛을 냈다. 부적이 결계가 되어 사내의 움직임을 봉쇄할 것이다. 그리 믿고, 은산이 몸을 돌렸다.

이제 창귀 차례다. 삼각우의 희미해진 몸 안으로 손을 뻗고 있는 창귀를 향해서 은산은 부적을 날렸다. 그런데 부적이 검은 힘에 의해 완전히 바스러졌다. 암흑의, 귀면의 사내에 의해서.

귀면의 사내 (2)

귀면의 사내가 유유히 은산이 쳐 놓은 결계 밖으로 나오고 있었다. 있을 수 없는 일이었다. 동시에 삼각우의 절명을 알리는 비명이 울렸다.

"네 아비와 똑같은 실패구나. 크흐흐흐."

창귀가 쓰러진 삼각우의 가슴에서 혈석을 들어 올리며 비웃었다. 혈석이 창귀의 손에서 빛났다. 순간, 은산은 쓰러진 아버지와, 당신이 보호했던 요괴, 그 혈석을 들고 있던 창귀의 모습이 떠올랐다. 비열한 얼굴을 하고서 입술을 혀로 핥으며 웃고 있던 창귀. 잊고 있던 기억이었다.

— 진정해라! 함부로 덤비면 너만 당해!

힘을 빌려준 목소리가 만류했지만 이미 은산은 이성을 잃고 창귀를 향해 몸을 날렸다. 그리고 동시에 귀면의 사내에게 가로막혔다. 은산은 거대한 바위에 부딪힌 것 같은 충격에 흔들렸다. 느껴 본 적이 없는 위압적인 힘이었다.

"넌 뭐지? 도대체 왜 이런 짓을 하는 거야!"

이를 악물고 버티며 사내와 맞섰지만 밀려나고 말았다. 밀리는 와중에도 은산은 사내를 노려보았다. 은산은 그와 거의 키가 같았기에 검으로 막으며 귀면을 마주할 수 있었다. 눈을 보고 싶었다.

사내의 의중을 알고 싶었다.

가면의 뚫린 부분으로 드러난 사내의 눈동자는 공허했다. 분노도, 악의도, 무엇도 아닌 텅 빈 공허에 은산이 당황했다. 요괴 중에서도, 신과 인간 중에서도, 저런 눈을 가진 이는 없었다. 은산은 사내의 힘이 아닌 그 절대적인 공허에 공포를 느꼈다.

"산아, 비켜!"

명주의 목소리였다. 드디어 오셨군. 단검이 날아들었다. 명산대천을 돌며 치성을 드려 만든 단검이었다. 됐어! 어떤 요괴도, 신도 막아 내기 힘든 영검靈劍이다. 은산은 잽싸게 몸을 피하며 단검이 사내의 가슴에 명중하길 바랐다. 명중! 명중? 분명 사내의 가슴에 닿았는데 피시식, 연기처럼 사라졌다.

사내는 말없이 명주를 향해 검을 휘둘렀다. 눈에 보이지 않을 정도로 빠른 몸놀림은 아니었다. 똑똑히 보였다. 무엇을 어찌하는지 똑똑히 보이는데도 피하기 힘들고, 그래서 더 두려운 검이었다. 검이 오는 것이 아니라 존재 자체가 다가오는 느낌이었기에.

─ 저 자는, 너희가 상대할 수 있는 자가 아니다.

참 빨리도 말해 주네요. 은산은 속으로 빈정거렸다. 명주와 은산이 간신히 사내를 막아 내고 있는데 거기에 창귀까지 덤벼들었다. 버겁다고 느꼈다. 그리고 갑자기 오늘이의 얼굴이 떠올랐다.

"아오! 나 살아야 한다고! 한 번은! 제대로!"

온 힘을 다해 검을 휘둘렀다. 명주가 놀라고 창귀가 멀리 떨어져 나갈 힘이었다. 그러나 흑의 사내는 한 발자국도 물러섬이 없었다. 그 강함에, 그 굳건함에, 은산은 부아가 치밀었다.

"너 뭐냐고! 아니 뭐라도 상관없어! 다 박살내 주겠어!"

고래고래 소리를 지르는 은산을 보며 명주는 오래된 기억을 끄집어 올렸다. 이럴 때 필요했는데. 이럴 때를 대비해서 잡아 놓아야 했어. 그 여자를. 갑작스럽게 떠오른 생각에 명주가 잠시 멈칫하는 순간, 은빛 비늘이 그들 사이를 가로질러 사내에게 박혔다. 정확히 사내의 가슴에.

"나의 종주는 아니지만! 한 번은 도와준다."

하얀 빛처럼 결계 안으로 쏟아져 들어온 건 이목이었다. 이목의 등 뒤로 오늘이의 얼굴이 얼핏 보였다. 핏기가 사라진 채 걱정하는 얼굴이었다. 은산의 얼굴이 사정없이 구겨졌다. 저 자식, 마을로 돌아가라니까. 오늘이까지 위험하게 만들어!

"용족이로구나. 게다가 백룡?"

"그래? 우리 용족을 알아? 그런데도 도망 안 가는 거야?"

사내와 이목의 싸움은 급이 달랐다. 순식간에 흑과 백이 얽혔다가 떨어지기를 반복했다. 행성들이 충돌하듯이 눈부셨다가 다시 암흑이 짙어졌다. 그 사이 명주를 일으켜 세운 은산은 창귀를 제압하려 했다. 당연히, 용족이 우세할 거라 생각했다. 싫은 녀석이지만 용족은 어쨌든 강하다. 용에 관한 그 많은 전설이 괜히 생겨난 것이 아니다.

부적을 손에 든 은산이 창귀를 향해 걷는데 부웅, 새하얀 몸뚱이가 포물선을 그리며 창귀의 옆쪽으로 떨어졌다. 피를 흘리고 있는 이목이었다.

"용족이라 다를 줄 알았더니 약골이로군."

날카로운 고드름으로 심장이 찔리면 이런 느낌일까? 은산은 그 차가움에 몸이 떨렸다. 그리고 곧 강한 힘에 무릎을 꿇었다. 귀면의 사내가 어느새 은산 뒤로 와 등을 내리쳤던 것이다.

차디찬 검기가 목에 느껴졌다. 사내는 그를 죽일 작정이었다. 그 살기를 느낄 수 있었다. 그 순간에도 떠오르는 건 오늘이의 얼굴이었다. 서둘러 그녀의 얼굴을 찾았다. 보지 마. 눈 감아. 외치고 싶었지만 목소리가 나오지 않았다. 끝까지 그녀의 얼굴을 눈에 담고 싶었는데 저절로 눈이 감겼다.

깡! 퍽! 거의 동시에 울리는 소리, 그리고 목에 닿던 검기가 사라졌다. 은산이 눈을 떠 사내를 보니 몸이 뒤로 꺾여 있고 그의 발치엔…… 깡통? 뭐지?

"아저씨! 내 남자, 건드리지 말라고!"

심장이 덜컥, 했다. 맙소사, 오늘이었다. 마른 몸의, 연약해 보이기만 하는 그녀가 귀면을 사내를 향해 자세를 낮추며 공격 태세를 갖추고 있었다.

먼저 움직인 건 귀면의 사내였다. 그는 부상으로 쓰러져 있는 이목, 그리고 놀라 얼어붙은 은산과는 달랐다. 가차 없는 움직임으로 오늘이에게 검을 휘둘렀다.

"안 돼!"

비명을 지른 건 은산이다. 그러나 비명이 허공에서 사라지듯이 사내의 검기는 오늘에게 닿기 전에 흩어져 버렸다. 어째서? 이유를 그려 내기도 전에 그녀의 반격이 시작되었다. 그것은 육탄전이었다.

맨주먹을 뻗으며 사내를 향해 날아드는 오늘이의 몸짓은 누구보다 날래고 단단했다. 물론 사내는 가뿐히 피해 내었다. 하지만 곧장 날아오르며 가슴을 가격하는 그녀의 무릎을 또 피하진 못했다. 뜻밖이었고 강했다. 헉, 사내의 급한 숨이 귀면 뒤에서 터져 나왔다.

"천한 것이 뉘한테 감히 발길질이냐!"

이번엔 창귀가 오늘이에게 손톱을 세우며 달려들었다. 은산이 부적을 꺼내 날리려 했다. 그런데 오늘이의 쨍한 목소리가 먼저였다.

"멈춰라! 나의 명이다!"

뭐야, 이 터무니없는 대사는? 당연히 창귀에게 공격당할 거라 예상하고 부적을 꺼냈던 은산은 다시 놀라고 말았다. 어째서? 창귀는 오늘이의 명령에 꼼짝도 못하고 있었다. 있을 수 없는 일에 은산도, 이목도, 명주도 그녀를 멍하니 바라볼 수밖에 없었다.

오늘이는 끊임없이 움직이며 사내를 공격했다. 오늘이가 빠른 것인지, 사내가 느린 것인지 가늠할 수 없는 공수를 주고받았다. 오늘이의 움직임은 십수 년은 혹독히 단련했을 것이 분명한 것이었다. 그렇다 하더라도 보통의 인간치고는 너무 빠르고 강했다. 어릴 때 즐겨 보던, 무술 대회를 배경으로 하는 만화 같은 장면이 펼쳐졌다. 저것이 오늘이가 말한 현실이란 말인가?

— 은산아, 명주와 힘을 합쳐라. 파破의 부적을 써!

목소리의 조언에 평소라면 결코 쓰지 않을 검은 부적을 꺼냈다. 은산이 따로 말하지 않아도 명주 역시 같은 부적을 꺼냈다. 둘이 함께 그 부적을 쓰면 결계가 깨지고 일대가 쑥대밭이 될 테지만 선택의 여지가 없었다. 적어도 지금까지 검은 부적에 사멸하지 않은 요괴는 없었다. 그때 오늘이가 사내의 팔에 상처를 냈다. 그녀가 머리에 꽂고 있던 머리핀이 손에 들려 있었다.

"죽일 것이야!"

사내의 피를 본 창귀가 날뛰었다. 덕분에 한 호흡만큼의 틈이 생긴 사내가 은산과 명주를 흘깃, 보았다.

"눈을 감아라!"

사내가 창귀를 향해 외치자마자 검은 빛이 결계를 무너뜨리기 시작했다. 그리고 창귀가 끔찍한 비명을 지르기 시작했다. 이제 됐어. 요괴든 신이든, 누구도 견딜 수 없는 힘이 가해지고 있는 것이다. 그러나 사내는 꿈쩍도 하지 않았다. 다만 살갗이 불타기 시작하는 창귀를 자신의 거대한 검은 그림자로 감쌀 뿐이었다.

그때 다른 비명이 울렸다. 은산은 퍼뜩, 정신이 들었다. 이목이었다. 그도 부적의 영향을 받을 수밖에 없었으니까. 이목이 꿈틀거리며 은빛 비늘을 후드득, 떨구고 있었다.

"산아! 저것들이 도망친다!"

명주의 목소리였다. 명주에게 이목의 고통은 아무것도 아니었다. 결계가 무너지며 빌딩에 금이 가고 지진이 일어난 듯 땅이 우르릉 울려 인간들이 비명을 질러도 상관없었다. 눈앞의 적이 달아나고 있다는 것에 분개할 뿐이었다.

어떤 신도 함부로 만들 수 없는 공간의 틈을 만들며 사내가 도망치고 있었다. 도망치고 있었지만 사내에게서 두려움은 느껴지지 않았다. 그의 도주에 안도한 건 오히려 은산이었다. 사내와 계속 상대하기엔 너무 지쳤고, 남은 무기도 없었다.

오늘이는? 은산의 신경은 이제 오직 오늘이에게만 쏠려 있었다. 그녀는 온몸으로 이목을 감싸고 있었다. 언젠가 문도령을 감쌌듯이 제 몸으로 이목을 덮어 보호했다. 투명에 가까운 푸른빛이 그녀를 감싸고도 넘쳐흘러 이목의 몸을 보호해 주었다.

그동안 사내는 공간의 틈 안으로 들어가 버렸다. 그리고 그 틈이 닫힐 때까지 사내는 오늘에게서 시선을 떼지 않았다. 그것이 또 은산에게 통증이 되어 박혔다. 오늘이가 적에게 노출되어 버렸다. 완전한 안전은 보장할 수 없게 되어 버렸다. 마음이 아팠다.

그때 명주의 목소리가 낮게 울렸다.

"넌 뭐지? 왜 그런 능력을 가진 거지?"

오늘이에게 대뜸 말을 거는 고모를 말리고 싶었다. 또한 말리고 싶지 않았다. 은산도 알고 싶었다. 도대체 오늘이의 능력이 무엇인지. 왜 그런 능력을 갖고 있는 것인지. 그런데 오늘이는 명주의 말이 들리지 않는 것처럼 행동했다.

"이제 괜찮을 거야."

이미 기절한 이목에게 속삭여 주곤 그대로 돌아서는 것이었다. 평소였으면 고래고래 소릴 지르며 오늘이의 머리채라도 휘어잡을 명주였지만 참았다. 오늘이의 정체를 파악하는 것이 우선이었으니까. 그래서 화를 누르고 물었다.

"할락궁이 화원에서 자랐다고 하던데, 처음부터 이런 능력이 있었나?"

"그게 왜 알고 싶은 거예요? 무슨 상관이죠?"

오히려 따박따박 질문을 던지는 오늘이를 한참 노려보던 명주는 은산을 향해 휙, 돌아섰다.

"난 들를 데가 있으니 먼저 마을로 돌아가."

그리고 단박에 그들에게서 멀어져 버렸다.

은산은 한숨이 나왔다. 고모는 누구에게도 진심을 드러내는 사람이 아니다. 아니 진심이란 것이 있는지조차 모르겠다.

"오늘아, 일단 마을로 돌아가자."

알고 싶은 것이 많은 것은 그도 마찬가지였지만 돌아가고 싶었다. 그녀를 데리고, 집으로. 그러나 오늘이는 대답하지 않았다. 불안해진 은산이 그녀의 팔을 잡았다. 부러질 듯 가녀린 팔이었다. 달랐다. 은산의 손에 잡힌 오늘이가 달랐다. 툴툴거리긴 했지만 눈빛만은 다정했던 오늘이가 자신이 눈을 피하고 있었다.

"왜 묻지 않는 거야? 너도 궁금하지 않아?"

"궁금해. 하지만…… 하지만 지금까지 말하지 않는 건 이유가 있었을 테니…… 물어도 너, 대답해 주지 않을 것 같아."

피로했다. 전신이 욱신거렸고 쓰러질 것 같았다.

"왜 말해 주지 않을 거라고 짐작하는 거야? 난 그게 왜 배려가 아니라 핑계로 들리지?"

"오늘아!"

오해였다. 해명하고 싶었다. 그런데 그녀는 자신의 팔을 은산의 손아귀에서 빼냈다.

"미안, 나 지금은 마을에 가고 싶지 않아."

은산은 그녀를 더 이상 잡을 수가 없었다. 그 허허로운 목소리가 낯설고 낯설어서 골목을 돌아나가는 그녀를 잡을 수가 없었다.

✻

"혈석을 먹어라."

쓰러져 숨을 헐떡거리는 창귀에게 혈석을 건네며 귀면의 사내가 명했다. 그러나 창귀는 혈석을 바라보기만 할 뿐 쉽게 집어 들지 않는다.

"힘들게 모은 혈석입니다. 어찌 저처럼 천한 것을 위해 쓰려 하십니까?"

"누가 네게 귀천을 논하라 했느냐. 너는 내게 충성하는 유일한 자이니 내겐 귀한 자다."

칼로 베이고 살점을 떨어져 나가도 눈 하나 깜짝하지 않는 창귀의 눈에 피눈물이 고였다. 그리고 사내가 내민 혈석을 입에 넣었다. 서서히 고른 숨을 쉬게 된 창귀가 사내 앞에 엎드렸다.

"어르신께 충성하는 자가 저 뿐이라니요? 측신도, 둔갑신장도 모두……."

그때 사내가 손을 들어 보이며 창귀의 말을 막았다.

"원하는 것이 있는 자들이 잠시 내게 빌붙어 있는 것과 너는 다르다. 너는 이미 원을 이루었음에도 내게 충성을 다하지 않는가. 게다가 내 진짜 숙원이 무엇인지 알면서도."

"네, 이뤄 주셨으니……. 제 복수를 이뤄 주셨으니 은혜에 보답하는 것입니다. 철저히 유린당하고 죽어 가는 제게 이런 힘을 주시고 요괴로 만들어 주셔서 복수를 이루게 해 주셨습니다. 그러니 충성을 다하는 것이 당연한 것이지 않습니까?"

엎드려 사내의 발등을 어루만지는 창귀의 손은 긴 손톱을 감춘, 상처투성이의 가련한 여인의 것이었다.

"이루고 나면 뒤를 돌아보지 않는 자들이 대부분이지."

"믿어 달라 말하지 않겠습니다. 그저 어르신을 따를 뿐입니다."

이마가 바닥에 닿을 정도로 조아리는 창귀를 내려 보는 사내의 눈엔 표정이 없다.

"저들과 함께 있던 여자아이, 안 씨 가문의 사람이다. 그것도 전

례 없이 강한."

긴 옷자락을 끌며 천천히 걸음을 옮기며 사내가 말했다.

"안 씨 가문이라면…… 남은 혈통이 또 있었단 말입니까?"

놀란 창귀가 물었다.

"누군가…… 그 아이를 보호했던 자가 내 눈을 가린 것이지. 이제 그 여자를 깨워야겠다."

사내가 팔을 스륵, 들어 올렸다. 흑의 공간 속에서 형체가 드러났다.

작은 무덤처럼 보이는 검붉은 꽃더미였다. 후둑, 꽃이 떨어지고 꽃더미 아래 갇힌 사람의 형상이 조금씩 보였다. 숨도 느껴지지 않았지만 사람이었다. 여인인 사람. 조금씩 여인의 얼굴에 혈색이 돌기 시작했다.

"저주받은 여인……. 너의 몸을 빌려야겠다."

사내의 손짓에 여인이 일어섰다. 그리고 꽃더미가 작은 회오리를 일으키며 사라졌다.

"눈을 떠라."

사내의 명에 의식이 늪 속에 가라앉은 여인이 서서히 눈을 떴다. 검고, 맑은 눈동자였으나 표정이 없다. 혼은 소환할 수 없어 몸만 남은 여인을 바라보며 창귀가 미친 미소를 지었다. 모든 형상이 어둠에 잠기고 있었다.

✻

책방에 들어가기 전 명주는 부적부터 붙였다. 조신선이 도주할 수 없도록.

"그 아이, 오늘이가 누구지?"

능구렁이처럼 잘도 빠져나가는 조신선이었지만, 분노한 명주의 얼굴을 보는 순간, 몸을 빼기 힘들겠단 걸 직감했다. 하지만 순순히 말해 줄 생각은 조금도 없다.

"어? 무슨 말이야?"

"조신선! 똑바로 말해! 그 아이, 오늘이란 아이, 안 씨 가문이야?"

부르르. 명주가 화가 나서 소리를 질러 대는 통에 구석에서 얌전히 햇볕을 쬐고 있던 포루루가 벌벌 떨었다. 반짝이는 녹색 방울을 달고서.

"내가 어찌 아나? 걔가 내 알바생이지 내 딸인가?"

조신선이 어깨를 으쓱하며 능청을 떨자 명주는 또 다른 부적을 꺼냈다. 좀 더 치명적이고 위협적인 것이었다.

"어허, 말로 하자고. 말로."

조신선은 이제 항복의 뜻으로 팔을 들어 올리며 명주를 달래려 애썼다.

"말로 하고 있으니 너도 그 잘난 혀를 놀려 말해 보시지. 오늘이란 아이, 안 씨 가문의 자손이 맞냐고?"

"무슨 소리야? 오오늘이잖아! 안 씨가 아니라고."

조신선은 억울하다는 듯 손사래를 쳤지만, 그를 노려보는 명주의 말이 싸늘하다.

"그럼, 그 아이 엄마는? 넌 여자한테 잘 홀리지만 인간을 함부로 책방에 들이지 않지. 그 정도도 알아보지 않고 들이진 않았을 것이야."

"뭐, 내가 용의주도하긴 하지. 네가 짐작하는 바는 뭐지?"

"안이령. 이령이 안 씨 가문의 마지막 혈족이었어. 그런데 오늘이란 아이가 같은 능력을 가졌으니…… 그 딸일 수밖에."

짝짝짝! 조신선이 명주를 향해 박수를 쳤다.

"아이고, 추리 능력이 이리 출중하신데 왜 내게 오셔서 확인을 하시나?"

조신선의 표정이 차가워졌다. 경멸의 조각이 섞여 있는, 서늘한 표정이었다.

"네가 알면서도 감춘 것인지 확인했어야 하니까. 내가, 아니 우리가 얼마나 절실하게 그들을 찾고 있는 줄 알면서 감춘 것이지 말이야."

"내가? 난 감춘 적 없어. 네가 묻지 않았던 것이지. 네가 묻지 않는 것까지 고해야 하는 의무가 내겐 없는 걸로 아는데?"

조신선이 뻔뻔하게 웃었다. 명주는 뿌득, 이를 갈았다.

"하나 더 묻지. 그 아이, 할락궁이의 화원에서 자랐다고 들었는데 그자가 보낸 것인가? 무슨 의도로?"

"아니, 그럼 할락궁이한테 가서 물어보지 왜 여기로 오셔서 이 난리신가?"

여전히 건들건들 능청스럽게 말하는 조신선의 태도에 명주는 책장을 쾅! 치며 분개했다.

"갔었어! 그 아이를 몰래 따라갔는데…… 그런데 그 아이가 들어가자마자 문이 잠겨 버리더군."

"아! 거긴 개나 소나 함부로 들어갈 수 있는 곳은 아니니까."

조신선의 말에 명주가 부적을 그의 눈앞에 바짝 들이댔다.

"말조심 해! 내가 비록 종주 자리에 있진 않지만, 적어도 살아 있는 비형 일가의 최고 연장자다."

조신선은 이제 손바닥을 비비며 허리를 굽혔다.

"아하, 네에, 소신이 건방졌습니다. 하여간 성질머리는 어릴 때나 지금이나 똑같구먼. 아무튼 적어도 할락궁이는 그런 지저분한 존재가 아니란 거 너도 알잖아? 확인할 필요 따위 없다고."

그의 말에 명주는 잠시 생각에 잠겼다.

"그럼 넌 왜 그 아이를 이 마을로 불러들인 거지?"

씩씩대며 추궁하는 명주와 달리 조신선은 계속 냉정함을 유지했다.

"난 불러들인 적이 없어. 본인이 내게 온 것이지. 혹시나 의심은 했지만 말이야. 너희가 치성을 드려 만든 어떤 무기나 부적보다도 강력한, 인간 부적이자 무기란 걸. 아, 물론 이건 알고 있지. 너희 일족이 대대로 그 핏줄을 이용하려는 데 혈안이 된 것."

"그런데 왜 알려 주지 않았지?"

곧 그를 찌를 것 같은 목소리였다.

"말했잖아? 내게 그런 의무는 없단 걸. 그리고 나란 족속은 원래 그러한 것을. 굳이 왜 알려 줘야 하지? 그렇게나 절실하게 원하는 것을? 내가 데리고 있는 것이 더 유리한데? 게다가 내가 말하지 않은 덕분에 은산과 그 아이, 서로 좋아하게 되었잖아. 이제 둘은 완벽한 커플이고, 은산에겐 더할 나위 없는 기회잖아?"

비열함이 흘러넘쳤다. 명주는 잠시 생각에 잠겼다.

오래된 기억이었다. 젊고 앳된 남동생의 얼굴과 소녀의 얼굴이 희미하게 머리를 스쳤다.

"아니, 오히려 이용당하게 될 거야. 절대 안 돼."

"이용하는 것은 되지만 이용당하는 것은 불가하다? 정말이지, 네 이기심은 날 능가하는구나. 하긴, 이령이 그런 널 알기에 떠나버린 것이겠지?"

조신선은 팔짱을 끼며 벽에 기댔다.

"닥쳐! 만약 산이한테 한 마디라도 옮겼다간 오백 년 생, 그날로 마감할 줄 알아."

살벌하게 노려보다 돌아서는 명주였다.

"어이쿠, 무서워라. 네 말버릇처럼 네가 종주였음 내 모가지가 어디 남아났겠어?"

조신선의 비꼬는 음성이 움츠린 채 떨고 있는 포루루의 녹색 방울로 고스란히 흘러든다. 그리고 벽 건너편, 포루루의 방울과 똑같은 것을 손에 쥔 천수정이 핏기가 가신 얼굴로 입술을 틀어막고 있었다. 그래, 그래서였어. 미래가 보이지 않는 인간. 요괴나 신에게 그런 인간은 어떤 창으로도 뚫을 수 없는 방패가 된다. 가장 강력한 부적이다.

"이거였어. 이게 비밀이었어. 그럼 이걸 어떻게……."

혼잣말을 중얼거렸다. 비밀을 알았던 자, 비밀을 알게 된 자, 모두 비밀의 쓸모에 대해 골몰하는 시간이다.

만불산에서 나오자마자 잠이 들었던 은산이 눈을 떴을 때는 이미 어두워졌을 때였다. 아직 등이 욱신거리고 허리를 펴기에도 힘들었지만 마음의 통증이 더했다. 보고 싶었다. 찾아야 했다. 전화를 하려다, 오늘이가 휴대폰은 두고 간 것이 기억나 주먹으로 소파를 쳤다.

"동이야, 도웅이야!"

부른 지 얼마 지나지 않아 꼬리를 흔들며 동이가 왔다. 오자마자 은산의 손을 핥는 동이의 눈동자는 맑디맑다.

"동이야, 오늘이 좀 찾아 줘. 넌 할 수 있지? 넌 혼의 자취를 볼 수 있으니까."

멍! 제법 또랑또랑하게 짖을 수 있게 된 동이가 꼬리를 흔들며 은산을 이끌었다.

보통의 개가 냄새로 자취를 따라간다면, 하얀 삽살개인 동이는 혼의 향기를 길잡이 삼아 쫓을 수 있다. 젤 좋아하는 건 맛있고 따뜻한 음식 냄새로 가득한 조왕이다. 바다 내음과 나무 향기가 뒤섞인 건 이목, 반짝이는 별의 향기가 느껴지는 건 수정, 가장 복잡한 건 은산이 형. 할아버지와 그 할아버지와 그 할아버지들의 오래된 책, 나무, 바위, 온갖 냄새가 뒤섞여 복잡하다.

동이에게 오늘이 누나는 색깔과 뒤섞인 향기다. 향긋한 꽃 내음과 차향이 보랏빛으로 반짝이는 향기가 누나의 혼이다. 저기! 저기다! 동이가 뛰기 시작했다. 은산도 뛰기 시작했다. 오늘아, 내가 갈게. 조금만, 조금만 기다려!

내 아이스크림

"오늘이닷!"

아이들이 먼저 알아보고 달려왔다. 남자아이든 여자아이든 모두 하얀 옷을 입고 날듯이 꽃밭을 뛰어왔다. 사실 저승꽃밭에선 남녀 성별의 구별이 무의미했다. 어느 아이 하나 그늘진 표정이 없이 환하게 웃고 있었다. 두 팔을 활짝 벌리고 오늘이에게 와다다, 뛰어왔다.

"오늘이다!"

"오늘이야!"

모두가 그녀의 이름을 부르며 팔짝팔짝 뛰었다. 오늘이 다리에 매달리는 아이, 엉덩이에 얼굴을 묻는 아이, 뒤에서 가만히 보고 있는 아이, 꽃처럼 피어난 아이들이었다. 오늘이도 소리 내서 캬하하, 웃을 수밖에 없는 웃음의 꽃다발들이었다.

"아이스크림이지롱!"

손에 든 봉지를 치켜들며 오늘이가 외치자 아이들은 이제 거의 바닥을 구를 정도로 날뛰기 시작했다. 먼저 달라고 달려드는 아이들은 없었지만 모두가 원하는 바람에 그녀의 몸이 휘청거렸다.

"우리한테 줘. 우리가 나눠 줄게."

보드라운 목소리였다. 꽃밭지기인 선녀들이었다. 줄기가 긴 꽃송이들이 하늘거리는 양 선녀들이 오늘에게서 아이스크림을 받았

276

다. 그리고 커다란 나무 아래로 아이들을 데려갔다. 선녀들을, 아니 아이스크림을 따라가는 아이들은 동화 속 피리 부는 사나이를 쫓던 아이들 같기도 하다.

"자주는 안 된다. 그러면 선녀들이 힘들어져. 아이들이 또 사 달라고 졸라댈 터인데."

허리가 구부정하니 머리가 하얗게 센 늙은 할락궁이가 어느새 오늘이의 곁에 와 있었다.

"아이스크림이 치명적이긴 하죠. 좀 자주 사 주면 되지 뭐가 문제예요. 아님 여기 아이스크림 가게를 만들면 어때요?"

오늘이는 농담인데 할락궁이는 진지한 표정이 돼서 골몰한다.

"얼레? 정말로 만들어 주시려고요?"

"나쁜 생각은 아닌 것 같구나. 어차피 저 아이들은 이가 썩거나 배탈이 나지는 않을 테니. 저리 좋아하는 것도 보기 좋고."

할락궁이의 시선이 아이들에게 이어졌다. 입술 주변이 아이스크림 범벅이 된 아이들의 표정은 지극히 행복해 보였다. 할락궁이에게 그것보다 더 중한 것은 없었다. 이승에서 어떤 일을 겪었든, 어떤 죽음을 맞이했든, 이 할락궁이의 꽃밭에서 아이들은 행복해야 한다. 그것이 어른인, 죽은 아이들의 수호자인 할락궁이의 책무이다.

"왜 왔냐고 안 물어보세요?"

풀이 죽은 목소리로 오늘이가 물었다.

"올 만 했으니 왔겠지. 그런 걸 물어서 무엇해?"

할락궁이는 아이들에게서 시선을 거두지 않고 답했다.

"저 제법 꿋꿋하게 지내 왔거든요? 좋은 장소에서 좋은 사람들…… 아니, 사람은 아닐지라도 아무튼, 잘 지내왔어요."

"그래, 잘할 줄 알았다. 잘했어."

다음 순간, 그녀가 아랫입술을 깨물었다.

"그런데 도망쳤어요."

오늘이의 턱이 떨리고 눈이 빠르게 깜빡였다. 울지 않으려 애썼다.

"뭘 그리 애써 참고 있지?"

"어른이잖아요. 힘들 때마다 울면 그게 어른인가요?"

뜻밖에도, 할락궁이가 피식, 피식, 몇 번이나 웃어 보였다. 그때마다 얼굴 가득 주름이 보기 좋게 생기곤 했다.

"왜요?"

"허허, 사람이 나이 먹어서 울지 않는 것은 단단하게 강해져서가 아니야. 연민이 사라져서 그러한 것이지."

"자기가 힘든 게 연민이랑 무슨 상관이에요?"

"스스로에 대한 연민 말이다. 나이와 강함이 비례해야 한다는 어처구니없는 강박에 시달리는 것이 인간들이지. 얘야, 커 갈수록 눈물을 부끄러워하는 것은 강해지는 것과 전혀 상관이 없는 일이야."

할락궁이의 말에 오늘이의 가슴에 단단히 박혀 있던 무언가가 조금은 스륵, 빠져나가는 느낌이었다. 오늘이는 손을 내밀어 할락궁이의 주름투성이 손을 잡았다. 할락궁이의 손 안에 놓인 그녀의 손은 작고 여린 아이의 손이었다. 그의 곁에서 오늘이는 아이가 되었다. 아이가 되어 조금 울었다. 할락궁이의 꽃밭에서 아이가 울면 무지개가 뜬다. 커다랗고 선명한 무지개가 지평선에 걸리고 아이들은 또 그것이 신기하여 웃음을 터트렸다.

"좋아하는 사람이 생겼어요."

울고 나서야 다시 어른의 얼굴로 툭, 뱉을 수 있었다.

"그것 참 좋은 일이구나."

"그런데 너무…… 무서워요."

"네가? 허허허, 좋아하는 것, 아끼는 것에 그렇게도 몸이 다는 애가 무섭다고? 의외구나."

"사람이 아니었으니까요. 이제껏 좋아하고 아꼈던 건 사람이 아니었잖아요."

바깥세상 사람들은 결코 볼 수 없는, 태초의 푸름을 간직한 하늘을 올려다보며 오늘이가 말했다.

"그런데 사람을 좋아하니 잃을까 봐 두려운 것이냐?"

"좋아하게 되었는데…… 그 사람이 쓰러지는 모습을 보니까 너무 무서웠어요. 늘 혼자였으니 다시 혼자가 되는 일은 괜찮다고 생각했는데 그게 아닌가 봐요. 이제 그 사람 없이 혼자가 되어 버리면 견딜 수가 없을 것 같아요. 그래서 아닌 거 알면서 못된 말을 해놓고 도망쳐 버렸어요."

잠자코 그녀의 말을 듣고 있던 할락궁이가 근처에 있던 아이 하나를 불렀다. 아이는 진한 갈색 원을 입가에 그리면서 열심히 초콜릿 아이스크림을 핥고 있었다.

"애야, 아이스크림이 그렇게 좋으냐?"

아이는 대답하는 겨를도 아깝다는 듯이 고개를 끄덕이고 아이스크림에 집중했다. 오동통한 볼이 바쁘게 올록볼록 움직인다.

"그렇게 좋아하는 것이, 다 먹으면 사라질 텐데 슬프지 않을까?"

"슬프긴 하겠죠."

여전히 아이스크림을 핥으며 아이가 답했다.

"그러면 아이스크림을 다시 먹지 않을 거냐?"

"에에? 왜요? 계속 먹을 건데요. 너무 좋으니까. 헤헤."

손가락에 떨어진 아이스크림까지 빨아 먹은 아이가 다시 팔을 활짝 벌리고 친구들에게 뛰어갔다.

"아이스크림하고 사람의 마음이 어디 같은가요?"

오늘이가 입술을 삐죽했다.

"그렇게나 다르냐? 인간들은 자기들 마음이란 걸 너무 과대평가한다니까."

미소를 짓는 할락궁이를 올려다보며 오늘이는 생각에 잠겼다. 그런 그녀의 이마에 할락궁이가 살짝 딱밤을 먹였다.

"생각이 너무 많으면 제일 좋을 걸 놓치게 되는 법이다."

아프지도 않으면서 이마를 부여잡은 오늘이가 웃었다. 그때 멀리서 짙은 푸른색 옷을 입은 저승삼신이 아이를 안고 다가왔다.

세 살쯤 되었을까? 가만히 들여다보니 으응, 하며 푸른 옷의 여인 품으로 파고든다. 아직은 자면서 젖을 빠는 흉내를 내는 작은 아이다. 드러난 팔과 다리에, 이마에, 온통 보랏빛 멍이 가득하다. 저승삼신은 연민이 가득한 표정으로 아이를 안아 준다. 그러다 오늘이에게 눈을 돌렸다. 아이를 볼 때와 다르게 여인의 표정은 서늘했다.

"내보낸 것 아니었나?"

눈은 오늘이에게 고정한 채 묻는 저승삼신의 입술이 새빨갛다. 붉고도 어두운 색이다.

"어리군요."

할락궁이는 그녀의 질문에 답하지 않고 잠든 아이의 머리를 부드럽게 쓰다듬었다. 그러자 온몸에 가득했던 아이의 멍이 사르르 사라졌다. 뽀얗고 솜털이 보송보송한 피부로 돌아온 아이가 새근거렸다.

"요샌 이승삼신보다 저승삼신이 더 바쁘다니까. 인간들이 좀 사악해야지!"

그러면서 다시 오늘이를 향해 눈을 흘겼다. 오늘이는 그녀의 눈빛을 외면했다. 저승삼신은 예전부터 유달리 오늘이를 미워했다. 오늘이는 본인이 인간 대표로 혼나는 기분에 눈살이 찌푸려졌다. 그러나 대거리를 하고 싶은 마음은 없었다. 틀린 말은 아니었으니까. 틀린 말을 아니지만 한편으론 반드시 옳은 말도 아니다.

아이의 머리를 쓰다듬던 할락궁이의 얼굴이 어두워졌다.

"그랬구나, 많이 아프고 무서웠겠구나."

"어마, 어마……."

아이의 울먹거리는 잠꼬대에 오늘이는 고개를 돌린다. 이렇게나 어린 아기인데…….

"오는 내내 저리 찾아. 저를 이리 만든 인간인데, 그런 악귀 같은 것도 엄마라고……."

아이의 엄마에 대한 경멸이 묻어나는 목소리이다.

"그래, 아가, 엄마가 보고 싶구나. 그래도 이제는 잊자, 다 잊고 여기서 우리랑 있자. 우리가 지켜 주마. 우리가 너를 지켜 주마."

다정하고 따스하다. 할락궁이가 웃으며 아이의 이마를 짚어 주자 아이는 이내 색색, 편한 숨을 내쉬었다. 노오란 기억의 빛이 할락궁이의 단단한 손바닥 안으로 들어갔다. 다시는 아이를 괴롭히지 못할 이승의 기억이다. 순간, 어린 시절 꽃밭에서 만났던 아이의 얼굴이 오늘이 마음에 떠올랐다.

*

그 아이도 멍이 가득했었다. 열 살쯤 되었던가? 오늘이의 나이와 비슷해서 단번에 눈에 들어왔던 남자아이. 그날 저승삼신은 유독 바빠 자신의 먼 친척에게 아이의 인도를 부탁했다. 그리하여 그 아이를 저승꽃밭을 인도한 것이 서해 용왕의 아들, 이목이었다.

보통 그 또래 아이들은 저승꽃밭에 도착하면 눈물을 쏟아 놓는다. 다시는 부모님을 볼 수 없다는 걸 알 수 있는 나이였으니까. 더 어린 아이들은 그저 기억을 잃고 즐겁게 지낼 뿐이었다. 그런데 그 아이는 울지 않았다. 대신 이 말을 고집스레 되풀이할 뿐이었다.

"다시 보내 주세요."

"미안하지만 그럴 수가 없단다. 계속 말했지만 넌 이미 돌아갈 수 없는 몸이 되었어."

이목이 달래는 소리로 짐작건대 아마 꽃밭으로 오는 동안 계속 그 얘길 되풀이했던 것이 분명하다.

"아이야, 무슨 미련이 있는지는 모르겠으나 이곳에선 모든 기억을 털어 버리고 행복하게 지내려무나. 이리 오거라."

그들을 지켜보던 할락궁이가 손을 내밀었지만 아이는 낯선 이의 다정함을 단번에 뿌리쳐 버린다.

"싫어! 나한테 손대지 마!"

그리고 꽃밭의 저편으로 달아나 버린다. 그 바람에 이승의 기억을 좀 더 간직하게 된다.

"도무지 모르겠네. 저승삼신 말로는 제 아비에게 맞아 죽은 아이라는데 무엇이 미련이 남아 저럴까?"

달아난 아이의 뒷모습을 눈으로 좇으며 한숨을 쉬던 이목이 오늘이를 발견하고 방긋 웃어 주었다.

"우리 오늘이도 있었어? 백골이 되어도 난망할 나의 꼬마 은인, 저승삼신 눈에 띄면 어쩌려고? 그런데 저승삼신은 우리 오늘이를 왜 그렇게 못 잡아먹어 안달이라지? 응? 어디 가! 나랑 놀자!"

과도한 친절은 어색하다. 오늘이는 이목에게서 달아났다. 그 아이가 달려간 큰 나무 뒤로.

아이는 울고 있지 않았다. 보랏빛의, 푸른, 그보다 더 희미한…… 수많은 멍이 가득한 팔을 꼬집으며 어딘가를 노려보고 있었다. 화가 잔뜩 난 표정이었다.

"저기……. 너, 돌아갈 수는 없어."

오늘이가 조심스럽게 말을 걸었다. 아이는 날이 선 눈빛으로 오늘이를 노려보다 주먹을 치켜들었다. 그녀는 눈을 질끈 감았다. 그러나 아이는 때리지 않았다. 오늘이가 실눈을 뜨고 아이를 보았을 때 아이는 다만 주먹을 부들부들 떨며 입술을 깨물 뿐이었다. 피딱지가 덕지덕지한 입술이었다.

"정말 내가 죽은 거야?"

아이가 물었다. 살고 싶어 묻는 것은 아니었다. 그런 아이들은 부모부터 찾았으니까. 엄만 어디 있어? 아빠 어디 있어? 엄마 아빠 이제 못 봐? 그런데 이 아이는 그저, 자신이 정말로 죽은 것인지 확인하는 것이었다. 이유는 알 수 없었으나 너무나 간절하게 묻고 있었다. 자신의 생사 여부를.

오늘이는 무어라 답해야 좋을지 알 수 없었다. 여덟 살에 할락궁이와 살기 시작한 이래로 수많은 어린 혼들을 만났지만, 그들은 이미 이승의 기억이 사라진, 행복한 아이들이었다. 행복한 아이는 대하기 쉽다. 즐겁다. 그러나 이 아이는 다르다. 이승의 기억을 고스란히 갖고 있는 아이다. 기억이 있다는 것은 어떤 의미에서 완전히 죽은 것이 아니란 뜻이다. 그녀는 그렇게 이해했기에 답할 수가 없었다. 그래서 확실한 사실만 되풀이해서 말해 주었다.

"아무튼 예전에 살던 곳으로는 돌아갈 수 없어."

절망. 그때 아이의 눈에 떠오른 감정이 절망이었다는 것을 오늘이는 무수히 많은 날들이 지나서야 깨달을 수 있었다. 절망한 아이는 나무 아래 주저앉아 울기 시작했다. 소리도 없이, 쉼도 없이, 눈물을 흘렸다. 작은 어깨가 들썩거렸지만 오늘이는 무엇도 해 줄 수 없었다. 다만 곁에 있어 줄 수밖에. 꽃밭엔 어느 때보다 커다란 무지개가 높이, 높이 떴다.

며칠을 아이는 멍하니 나무 아래서 있을 뿐이었다. 온몸의 멍은 다 사라졌지만 마음의 멍은 그대로인 듯 슬퍼 보였다. 다른 아이들이 꺄르르 웃으며 뛰어 놀고, 맛있는 걸 먹을 때도 어울리지 않았다. 한 번도 마음껏 놀아본 적이 없는 아이 같았다.

오늘이는 궁금했다. 할락궁이는 왜 멍은 지웠으면서 기억을 지우지 않을까? 보통은 꽃밭에 도착하자마자 지우는데. 특히 나쁜 기억은.

"저 아이의 기억은…… 내 마음대로 지워서는 안 된단다. 강제로 지우면 아이의 혼이 부서질 수도 있는 소중한 것이 있기 때문이지. 저 아이는 특별한, 아주 특별하고도 훌륭한 혼이기에 꼭 허락을 구하고 싶은 것이다."

오늘이의 물음에 할락궁이는 정말로 존경하는 눈빛으로 아이를 바라보며 답해 주었다.

어느 날 외출했던 할락궁이가 지치고 상처 입은 채 꽃밭으로 돌아왔다. 오늘이가 이유를 물었지만 답해 주지 않았다. 오늘이는 골이 잔뜩 나서 볼을 부풀리고 꽃송이를 몇 개나 마구 꺾었다. 그래도 뭐라 할 사람은 없었다. 다만 저 혼자 미안해져서 꺾은 꽃송이를 쓰다듬을 뿐이었다.

"저 아이 때문이란다. 저 아이 기억을 지우지 않아서 위에서 벌을 주신 것이지. 그래도 끝까지 고집을 꺾지 않을걸?"

그렇게 말해 준 건 이목이었다. 그는 아이의 기억을 지울 때까지 돌아가지 못한다고 했다. 저승삼신은 맡긴 일을 완수하지 못하는 것을 지독히도 싫어했으니까. 이목은 저승꽃밭에 몸을 숨기고 있는 것이었다.

천연덕스럽게 웃으며 상황을 설명한 이목도 오늘이가 스프링처럼 튀어 올라 그 아이에게 달려들 줄은 전혀 짐작하지 못했다.

"야아아아!"

분노와 고집이 휘몰아치듯이 아이를 쓰러뜨렸다. 너 때문이야. 너 때문에 삼촌이 힘들어! 아파졌어! 하지만 그뿐이었다. 오늘이는 폭력을 배우지 못했다. 사랑받으며 자란 아이였으니까.

대번에 상황이 역전되어 오늘이가 밑에 깔리고 위에 올라탄 건 그 아이가 되었다. 작은 주먹이 오늘이의 몸을 여기저기 내리쳤다. 그때까진 한 번도 맞아본 적이 없는 그녀는 어찌할 바를 몰랐지만 본능적으로 팔을 올리며 아이의 주먹을 필사적으로 막았다. 아이는 이를 악물며 주먹을 휘둘렀다. 눈에선 분노의 눈물이 어룽거렸다.

"보내 줘! 보내 달라고! 집으로!"

이목이 달려오고 겁먹은 어린 아이들의 울음소리가 들렸다. 퍽! 결정적인 한 방이 오늘이의 코를 강타하고 쇠 맛이 짭짤하게 느껴졌다. 코피가 터진 것이다. 그제야 아이가 주먹을 멈춘다. 헉헉, 거칠게 숨을 몰아쉬며 오늘이에게 물었다.

"너, 살아 있어?"

맞은 것은 자기인데, 코피를 흘린 쪽도 자기인데, 아이의 물음에 오늘이는 가슴이 쪼그라들었다. 살아 있는 것이 커다란 죄처럼 느껴졌다. 아니라고, 자기도 죽은 아이라고 말하고 싶었다. 하지만 아이의 눈에서 본 작디작은 희망의 빛에 고개를 끄덕이고 만다. 반전은 지금부터다. 아이가 오늘이에게 다시 달려들더니 목을 꼭 끌어안으며 울음을 터트린 것이다.

"너는 나갈 수 있구나. 너는…… 나갈 수 있어."

이러지도 못하고 저러지도 못한 채 오늘이는 아이의 팔 안에서 코피를 줄줄 흘리고 있었다. 이목도 그들 곁에서 어찌할 바를 몰라 하며 물끄러미 바라만 볼 뿐이었다. 그때 아이가 조그맣게 속삭였다.

"나가서 구해 줘. 내 동생…… 내 동생 좀 구해 줘."

아! 오늘이의 눈이 커졌다. 그랬구나, 그래서였구나.

"아빠한테…… 맞고…… 혼자서 무서울 거야. 제발……."

아이의 눈에서 눈물이 차고 넘쳤다. 작은 어깨가 주체할 수 없이 떨리고 꺽, 꺽, 숨이 차올랐다. 그때 꽃밭으로 돌아 온 할락궁이가 그들 곁으로 와 아이를 일으켜 주었다. 이제 아이의 눈엔 두려움이 자리했다. 두려워하며 오늘이를 보았다. 아이의 눈이 말하고 있었다. 약속해 줘, 내 동생을 구해 준다고!

"약속할게! 네 동생, 내가! 구해 줄게!"

오늘이가 소리치며 일어섰다. 하얀 옷이 코피로 흠뻑 젖은 채로. 할락궁이가 조용히 고개를 가로저었지만 오늘이는 멈추지 않았다.

"내가 구해 줄게. 약속할게."

겨우 열 살짜리가 방법 따위는 생각지도 않고 바락바락 용을 쓰며 맹세했다. 그런 오늘이에게 이목은 경탄했지만 할락궁이는 안쓰러움을 느꼈다. 그리고 할락궁이는 아이의 어깨를 감싸 안으며 조용히 말해 주었다.

"못난 어른들이 망설이는 동안 너는 이미 동생을 구했단다. 그날 네 아비의 주먹을 네 몸으로 다 받아 내고…… 동생을 숨김으로 한 번 살렸고, 네가…… 죽음으로써…… 그제야 어른들이 관심을 갖게 돼서 네 동생을 안전한 곳으로 데려감으로써 두 번 살렸단다. 너는 네가 할 수 있는 최선을 다해 동생을 구하고 살렸단다. 어른들이 해야 할 일을 스스로 해야 했던 장하고도 가여운 아이야, 그러니 이제 편히 쉬어도 된단다."

"하지만…… 아빠는……."

"네 아비는 살아서는 인간의 법으로 죗값을 받을 것이고, 죽어서는 저승의 법으로 영원토록 죗값을 치를 것이다. 아주 혹독하게."

그럼에도 아이의 얼굴은 어둡다. 할락궁이와 이목은 몰랐지만 인간인 오늘이는 알 수 있었다. 그 아이가 바라는 바를. 그래서 아이의 손을 잡았다. 자신의 피가 잔뜩 묻은 그 손을. 그리고 똑 부러지게 딴딴한 목소리로 말했다.

"혼자 두지 않을게. 네 동생, 혼자 두지 않을게. 내가, 꼭, 꼭, 찾아서 보살펴 줄게. 혼자 두지 않을게."

그제야 아이의 얼굴이 편안해졌다. 노오란 기억의 빛이 아이를 떠났다. 아이는 '아이'의 표정을 되찾았다. 비로소 안식을 찾았다.

그 어린 아이도 자신의 죽음보다 소중한 이를 지키지 못할지도 모른다는 사실이 두려웠던 것이다. 그게 사랑이겠지? 오늘이는 은산의 얼굴이 떠올랐다. 나는 살아 있다. 그렇게나 그 아이가 부러워했던 생명이 가득 찬 사람이다. 그에게 돌아갈 수 있다. 그것이 얼마나 다행인지, 가슴이 떨려 왔다.

"제가 데려갈게요. 이리 주세요."

어느새 다가온 선녀가 편히 잠든 아이를 받아 안았다. 아이를 조심조심 선녀에게 넘겨 준 저승삼신은 팔을 탈탈 털었다. 그리고 오늘이를 쏘아 보았다.

"인간들은 항상 저들보다 약한 것들에게 잔혹해. 비겁하고 잔인한 것들……. 살아 보니 어때? 너도 그때 이곳으로 바로 왔으면 차라리 더 행복했을 것 같지?"

볼 때마다 적의가 흘러넘친다. 무리는 아니다. 애초에 약속을 어긴 건 이쪽이라 했다. 그러나 오늘이는 질 마음 따위 없었다.

"아뇨, 개똥밭에 굴러도 이승이 좋다잖아요. 그래서 사람들도 이 승삼신을 더 살뜰히 챙기는 거구요. 게다가 전 무지무지 멋진 아이 스크림도 만났고요. 지킬 사람도, 보살필 사람도 있거든요?"

"뭐라는 게냐, 못된 년. 지금도 맘만 먹으면 이 내가 너 같은 거 하나 못 꺾을까!"

발끈하여 오늘이에게 달려드는 저승삼신을 할락궁이가 조용히 막아섰다.

"이제는 안 된다는 거 아시지 않습니까. 너도 말 좀 조심하고!"

으름장을 놨지만 저승삼신에겐 보이지 않게 한쪽 눈을 찡긋하는 할락궁이다. 그리고 다음 순간, 그는 꽃밭의 저편을 바라보았다. 그리고 멋진 주름을 잔뜩 만들며 미소 지었다.

"네 그 멋진 아이스크림이 도착했구나."

영문을 모르는 저승삼신만이 어리둥절했다.

"겁내지 말고 두 손에 꼭 잡고 가거라."

당부하는 할락궁이에게 고개를 끄덕이며 오늘이가 달렸다. 평화 로운 꽃밭을 지나 바깥으로. 전쟁터 같지만 은산이 있는 세상으로.

꽃밭의 문이 열렸다. 은산과 오늘이 마주보았다. 무어라 말해야 할까, 어떻게 해야 할까, 망설이고 있는데 동이가 오늘이에게 뛰어 올라 얼굴을 핥고 꼬리를 흔들어 대었다.

"야, 야, 내 거에 침 그만 묻혀!"

은산이 동이를 붙들었지만 혈기왕성한 댕댕이를 막기는 역부족이었다. 셋은 그만 서로 얽혀 서로를 안을 수밖에 없었다. 그래도 무슨 말을 해야 할지 망설이는 은산에게 오늘이 손이 뻗었다. 뺨을 쓰다듬었다.

"정말 멋진 아이스크림이네. 내 아이스크림."

그러면서 살포시 입맞춤을 했다. 뜻밖이었지만 안심이 되었다. 아무 말도 하지 않아도 되었다. 무엇을 하지 않아도 되었다. 서로가 같은 생각을 했다는 것을 알 수 있었으니까. 서로가 서로에 대한 생각으로 충만했으니까.

입맞춤하는 은산과 오늘이의 발아래서 빙글빙글 돌던 동이는 그만 지쳐 앞발을 포개며 드러누웠다. 좋아하는 형과 누나가 만났다. 그걸로 충분했다. 기나긴 하품을 하는 동이였다.

불의와 진실

동지冬至, 은산이 오늘이를 데리고 만불산으로 들어갔다. 그날 이전에도 둘은 매일 붙어 다녔다. 크리스마스와 그해 마지막 밤, 그리고 새해 아침을 함께 맞이했다. 오로지 서로에게만 열린 창문처럼 서로만 바라봤다. 둘 사이에서 낑낑거리며 바둥거리던 동이마저도 가끔 엉덩이를 빼며 도망쳐 버릴 정도였다.

"살림을 차리라니까!"

조비서의 농담에 명주는 심하게 화를 내곤 했다. 분노에 차 물건을 던질 때도 있었다. 그러나 둘은 개의치 않았다. 개의치 않을 뿐만 아니라 과시하듯이 팔짱을 끼며 시시덕거리곤 했다.

"저 자식이 미쳤나! 유치찬란하게 왜 저러는 것이야?"

화가 난 명주가 소리를 지르면 조비서는 오히려 미소를 지었다.

"여태 제 나이에 안 어울리게 살아온 것이지. 저 나이에는 좀 유치하고, 설익게 행동하는 게 사랑스럽잖아."

조비서가 무슨 말을 해도 명주를 거세게 코웃음을 칠 뿐이었다. 은산이 설익은 행동을 한다는 건, 제 목숨을 거는 위험한 것이었으니까.

동짓날에 은산이 오늘이를 데리고 만불산으로 들어가고, 이목은 고통스러웠다. 그날 이전에도 매일 붙어 다니는 둘을 보며 고통스러웠다. 크리스마스와 그해 마지막 밤과 새해 아침을 홀로 맞이하며 고통스러웠다. 서로만 바라보는 은산과 오늘이를 보며 고통스러웠다. 오늘이가 성인이 된 후로는 한 번도 보여 주지 않았던 유치하고 설익은 행동에 가슴이 아렸다. 그 사랑스러움에 온몸의 비늘이 하나하나 떨리면서 동시에 아팠다. 오늘이의 곁에 자신이 아닌 은산이 있음에.

✿

해의 기운이 쇠한 불의不義의 밤에 천수정이 움직였다.

"할 말이 있어. 잠시만 와 봐."

굳게 닫힌 책방 앞에서 말없이 서 있는 이목을 천수정이 불렀다. 오늘이가 없는 자리에서 이목은 까칠함을 감추지 않았다.

"온정을 지나치게 베푸니 이놈 저놈 죄다 날 우습게 보는구나. 네가 지금 누구더러 오라 마라 하는 것이지?"

"오늘이 일이야."

그걸로 충분했다. 이목은 묵묵히 수정의 가게로 들어갔다. 문제의 거울은 하얀 천으로 덮여 있었다. 타로 카드도 치워져 있었다. 무겁고 탁한 기운이 가게 안을 감돌았다. 이목이 알고 있는 기운이었다. 오랜 시간을 살아오며 몇 번이나 느꼈던 기운인데, 그때마다 좋지 않은 일이 벌어졌다. 그것은 비밀을 폭로하는 척하며 자신의 의도는 숨기는 비열한 기운이다.

"내가 들은 말이 있어."

항상 그랬다. 들은 말을 옮기면 사달이 벌어진다. 가능했더라면 이목은 이 자리를 피했을 것이다. 그러나 오늘이의 일이라 했다. 이미 피하기엔 늦었다. 비밀의 어두운 기운은 밤을 잠식하고 있었으니까.

이목은 깊은 한숨을 내쉬며, 알고도 빠지는 함정을, 사랑이란 함정을 보았다. 수정 또한 이목이 제 발로 함정에 빠질 것이란 걸 알기 때문에 그를 끌어들이는 것이리라. 처음으로 천수정이 측은해졌다. 동시에 피할 수 없는 자기 자신도.

"그래, 모두 말해 봐라."

이야기를 듣는 내내 이목은 분노를 숨기지 않았다. 주먹을 움켜쥐며 적의를 드러냈다. 수정은 역린을 제대로 건드렸다고 생각했다.

"고귀한 일을 하는 척 요괴들 위에서 군림해 오면서 실은 철저히 이용할 대상을 찾으려 애쓰셨군. 그것도 대대로."

말이 아닌 하얀 불꽃을 뿜는 것 같았다. 맞아, 용들은 불의를 참지 못한다고 했지. 수정은 분노로 떨리는 이목의 주먹을 보며 자신의 선택이 옳았음을 다시금 느꼈다.

"그런데 넌 어떻게 들을 수 있었지?"

이목의 물음에 천수정은 녹색 방울을 들어 보였다.

"그건…… 식물 요괴의 이동식 양분……. 설마 포루루에게 채워 놓은 거냐?"

"역시 식물을 좋아하니 알아보네? 여기 뭘 좀 심어 놓았어. 엿들을 수 있는 것."

잘 정돈된 손톱으로 방울을 스윽, 훑으며 천수정이 답했다.

"그딴 걸 잘도 오늘이가 일하는 곳에……. 헌데 네가 듣게 된 사실을 내게 말하는 이유는?"

"네가 오늘이를 생각하듯이 나도 은산 오빠를 생각하니까. 내 모든 행동의 이유, 은산 오빠라고."

수정은 몰랐겠지만 그녀의 선택 역시 일종의 불의였다. 이목은 예민하게 그 전략적 불의를 감지했다. 그러나 수정과 같은 이유로 그것을 무시하기로 했다.

"내게 말함으로써 너는 어떤 효과를 기대하는 것이지?"

생각보다 만만찮은 용이야. 수정은 눈을 치뜨며 이목을 응시했다.

"네가 바라는 것이 곧 내가 바라는 것이니까. 네가 원하는 대로 행동하는 게 내가 기대하는 효과야."

거짓은 아니었다. 이목이 제 뜻에 따라 행동해서 어떻게든 오늘이를 은산에게서 떼어 내는 것. 은산이 자신을 바라보지는 않더라도 두 사람의 관계가 예전처럼 돌아가는 것. 아주 적은 확률이라도 은산 곁에 자신이 머물 수 있게 되는 것. 혼자서는 불가능하다고 생각했기에 전략적 불의를 저질러 이목과 손을 잡은 것이다. 그런데 이목의 입에서 나온 말은 뜻밖이었다.

"진실을 말해 준 건 고맙게 생각한다. 그런데 내가 어떤 행동을 하든지 넌 네가 바라는 걸 얻지 못할 것이야."

"뭐?"

수정이 동요했다. 그러나 이목은 냉정했다.

"은산은 처음부터 지금까지 널 동생으로 생각할 뿐이야. 오늘이가 은산을 떠난다고 해도 널 여자로 보진 않을 거란 말이지."

"네가 그걸 어떻게 알아? 은산 오빠 맘을 네가 어떻게 아느냐고!"

입술 안쪽을 깨물며 수정이 물었다.

"널 보는 은산이 눈. 한 번도 남자의 눈인 적이 없었어. 기껏해야 오빠, 아님 친구지. 죽었다 깨어나도 남자는 아니야."

참을 수가 없었다. 그것이 진실임을 알았기에 더 참을 수 없었던 수정이 이목의 뺨을 때리려 했다. 그러나 이목의 마르고 단단한 손이 그녀의 팔을 아프게 잡았다.

"대체 나를 얼마나 우습게 보는 것이냐? 내 비록 다스릴 바다가 땅이 되어 사라졌지만 천 년을 살아온 용족이다. 너 따위가 감히 내게 손을 대려 해?"

"그래, 잘난 용족. 그럼 널 보는 오늘이의 눈은, 여자의 눈이야? 아닌 거 알면서 너도 버둥거려 보는 거 아니냐고."

고개를 빳빳이 들고 수정이 대서자 이목은 그녀의 팔을 거칠게 놓아 버렸다. 그 바람에 수정은 뒤로 밀려나 주저앉아 버렸다.

"비형 일족이! 그런 비열한 짓거리만 하지 않았더라면 언제까지도 기다렸을 것이다. 인간의 마음은 변하기 마련이니까. 천 년이라도 기다릴 작정이었어. 그런데 참지 못하게 비형 일족이 날 건드린 것이야. 오늘이를 이용하려는 걸 참지 못하겠단 말이다."

"참지 못하면 너라고 뭐가 다를까? 물론 난 네가 뭔가 달라서 내가 원하는 걸 이뤄주길 바라지만."

잡혔던 팔을 반대쪽 팔로 문지르며 수정은 이목을 올려다보았다. 어찌하려고?

"곧 너는 영리한 선택을 했다는 걸 알게 될 거다. 기다리지 않기로 마음먹은 내가 어떻게 하는지 보면 말이지. 최소한 오늘이가 불의에 이용당하는 일은 없게 할 것이야."

말을 마치자마자 휙, 뒤돌아서는 이목은 가차가 없었다. 뒤에 남겨진 천수정이 흐느끼는 것 따위도 상관없었다. 이제 이목에게는 목표가 생겼고 그 외엔 무엇도 중요치 않았다. 그것이 용족이었다.

만불산에서 오늘이는 자신만을 위한 다실茶室을 둘러보았다. 짚으로 지붕을 잇고 흙으로 벽을 바른, 단출한 다실 한 칸. 멀리 안개에 휩싸인 봉우리들이, 가까이는 개울물 흐르는 소리가 보이고, 들리는 곳이었다. 다실 옆으로 소나무 한 그루가 가지를 드리워 부드러운 그늘을 만들어 주었다.

"스파링장을 만들어 줘야 하나 고민하다가 할아버지들 개취로 강제 선택당했지."

은산은 쑥스러운 듯 뒷머리를 긁적였다. 오늘이는 조용했다. 아무 말 없이, 정갈한 흙과 나무 향이 은은한 다실을 바라볼 뿐이었다.

"왜, 뭐가 잘못되었어? 조비서가 하라는 대로 했는데……. 뭐, 물론 힘쓰는 건 대저 요괴 도움을 좀 받긴……."

더듬거리며 변명하는 은산의 품으로 오늘이 안겨 들었다. 와락, 처음 느껴 보는 빛이 전신으로 퍼지는 것 같았다. 달콤한 향기가 나는 보드라운 빛이었다.

"몇 달 고생한 보람이 있네. 빨리 스파링장도 만들어 줘야겠어. 그땐 키스려나?"

오늘이를 두 팔로 감싸며 은산이 미소 지었다.

— 대대로 저런 팔불출은 없었는데.

296

— 저거 만드는 데 풍돼지 대저 놈한테 여의를 50개나 바쳤지요.

— 조비서는 어째 말리지도 않고 외려 부추기고!

와글와글, 더 몰려들기 전에 은산은 오늘이의 손을 잡고 다실로 들어갔다. 그러면서 아주 작은 목소리로 속삭였다. 그녀에게도 들리지 않을 정도로.

"규칙 알죠? 아무리 조상이어도 남녀상열지사에는 관여하지 않는다. 다들 비켜 주세요."

— 저것도 조비서가 알려 줬지?

— 아이고, 그나마 그 규칙 덕에 대를 이을 수 있지 않았겠나.

— 그도 옳습니다. 자자, 그럼 그 귀면 쓴 자에 대해 논의해 보시지요.

목소리들이 차츰 멀어졌다. 만불산 모든 요괴와 신들도 저만치 멀어졌다. 완벽히 둘만 있을 수 있도록.

"이제 물어볼게. 어떻게 그렇게 센 거야?"

처음 보는 다구를 쓰다듬고 있는 오늘에게 은산이 물었다. 귀면의 사내와 전투를 치른 후 처음 묻는 것이었다. 오늘이의 볼이 순식간에 빨개졌다.

"내가 말했었잖아. 나, 강하다고. 방법을 묻는다면 꾸준한 훈련과 믿음?"

"그래, 그래. 수능 만점자 인터뷰 같은 답이네. 그런데 너 왜 얼굴이 빨개져? 완전 멋있는 누나 같은데, 응?"

그녀가 두 손으로 얼굴을 가리자 은산은 장난스럽게 얼굴을 들이밀며 놀려 대었다. 손가락 사이로 오늘이의 눈동자가 보이자 웃긴 표정을 지어 보이기도 했다. 마침내 손을 내린 그녀는 은산의 앞머리를 당기며 웃어 보였다.

"그만해. 바보 같잖아."

"아야, 난폭 선생이라고 해야겠어."

"돌봐 줘야 할 사람도 있고…… 무엇보다 엄마랑 약속했거든. 스스로를 지키겠다고."

갑자기 진지한 이야기가 되었는데 오늘이의 입가엔 미소가 감돌았다.

"엄마는, 나를 살리기 위해 희생했어."

그때 은산이 오늘의 손을 잡았다. 말하지 않아도 괜찮아. 은산의 따뜻한 손이 다독거렸다. 괜찮아, 이 정도는 버틸 수 있어. 오늘이는 눈웃음으로 답했다. 그리고 은산이 절대 잊을 수 없는 이야기를 들려주었다.

꽃

오늘이의 기억 속에 아빠는 없었다. 가장 오랜 기억 속에서도 엄마의 반짝거리는 목걸이와 달콤한 엄마 냄새만 있을 뿐이었다. 아빠는 교통사고로 하늘나라로 갔다고 했다. 그런 이야기를 할 때조차도 엄마는 불행해 보이지 않았다. 웃으며 오늘이를 안아 주었다. 아이를 안심시키려는 억지웃음이 아니라 진심이란 걸 어린 그녀도 알 수 있을 정도였다.

"아빠랑은 아주 짧은 행복이었어. 짧지만 영원히 이어지는 행복이야. 지금도 아빠를 생각하면 웃음부터 나올 만큼 사랑했어. 엄마는 오늘이가 언젠가 꼭 그런 행복을 누렸으면 좋겠어."

그렇게 말해 주기도 했다. 엄마는 늘 행복해 보였다.

가끔은 하얀 드레스 같은 옷차림의 예쁜 아줌마가 찾아와 오늘이의 머리를 쓸어주곤 했다. 나중에 알게 되었지만, 그녀가 바로 이승삼신이었다. 엄마와 나이가 비슷해 보였지만 오늘이는 그녀를 항상 이승할미라고 불렀다. 엄마가 그러라고 했으니까.

"버틸 만한가?"

"아뇨, 이제 얼마 남지 않은 것 같아요."

"할락궁이에겐 미리 말해 놨으니 너무 염려 말게."

"저승삼신이 건드리지 못하는 거 확실하겠죠?"

엄마의 목소리가 어두웠던 건 그 기억이 유일하다. 여섯 살, 혹은 일곱 살에, 오늘이가 잠든 척하며 이불 속에서 들었던 이야기였다.

"확실해. 야명주가 달리 야명주가 아니지 않나. 게다가 할락궁이가 내 부탁을 허투루 여길 인사가 아니네."

"학교 입학하는 거라도 챙겨 줄 수 있으면 좋겠어요."

뒤이어 깊은 한숨 소리가 들렸다. 누구의 것인지 구분이 되지 않았다.

"그때 저승삼신이 조금만 참아 주었어도……. 그이가 심사가 꼬일 때는 아무도 못 말리니."

"우리가 잘못한 거예요. 수백 년 지켜 왔던 약속이잖아요. 아기가 태어날 때 저승삼신과 이승삼신에게 올릴 상을 똑같이 차려 내는 거. 그러면 그 아이는 명이 다하는 순간까지 믿음의 힘만 있다면 귀신도, 요괴도, 이겨 낼 수 있는 것. 그런데 약속을 어겨 버렸어요."

"그래. 자네 가문 사람들은 이 땅의 어떤 이들보다도 강하지. 태초 이래로 가장 강한 인간이야. 한낱 인간이 자신들 믿음의 힘으로 그렇게까지 강해지다니……. 우리 신들이 얼마나 분개하는 줄 아나? 아니, 아니, 나는 그렇지 않으니 걱정 말게. 나 또한 인간에 지나지 않았던 때가 있었으니. 자네 가문 사람들이 가장 약한 순간이 바로 아기 때이지. 모든 인간들이 그렇듯이."

"말씀하신 대로 우리들은 아기 때 신들의 공격을 당하기 일쑤였기에, 거래를 하기로 했지요. 저승삼신과 오래전에. 보통 인간들은 이승삼신을 위한 상만 차리지만 우리 가문 사람들만은 반드시, 저승삼신의 힘을 존경하고 존중한다는 뜻으로 저승삼신상을 함께 차리겠다고. 사소하지만 중요한, 수백 년간 지켜 온 약속이었어요."

다시 한숨 소리가 이어졌다. 어린 오늘이는 가늘게 눈을 떠 엄마의 얼굴을 보았다. 울고 있을까? 아니, 울지 않았다. 담담한 얼굴이었다. 오히려 이승할미의 얼굴이 심란해 보일 뿐이었다.

"여태 묻지 않았다만, 대체 왜 저승삼신상을 차리지 않은 거지?"

"그때…… 오늘이 백일 때, 아이 아빠가 교통사고를 당하고 정말…… 힘들었어요. 시부모님이 들이닥치셔서 휘저어 놓으셨어요. 근본도 모르는 재수 없는 여자와 결혼해서 아들이 죽었다고. 도저히 거기서 삼신상을 차릴 수 없어서 친구한테 부탁했어요. 제 사정을 잘 아는 친구였는데…… 차라리 두 삼신상을 모두 차리지 않더라면 저승삼신이 그렇게 악착같이 오늘이 명을 끊으려고 하시진 않았을 텐데……."

"저승삼신이 강샘 심하고 자존심 센 것은 본래 유명하다만. 내

상만 차려 냈다고 그리 길길이 날뛸 줄이야. 휴우. 이제 와 어찌하겠나. 그래서 그 친구는 왜 그랬다고 하던가?"

"더 이상 알 수가 없어요. 그 친구…… 죽었거든요."

잠시 침묵이 이어졌다. 이제 오늘이는 잠에 들 것 같았다. 그러나 졸음을 참아 가며 이야기를 들었다.

"그랬구먼. 그래도 저승삼신이 생사귀를 부를 줄은 몰랐어. 아무리 강샘이 많아도 그렇지, 갓 백일 넘은 것을 죽으라고 혼을 데려가는 생사귀를 불러? 그리 독하게 굴다니."

"아시죠? 생과 사. 우리 가문 사람들이 유일하게 피할 수 없고, 피하지 않는 신들이란 거요. 하지만 제 실수였는데 아이를 보낼 수는 없었어요."

"그래서 야명주를 구하려고……."

"네, 저는 저주받아 마땅해요. 제 새끼를 살리려고 지독한 악행을 저질렀으니. 후회는 없지만 그들에게 미안해요. 아무 죄 없는 경족들에게 씻을 수 없는 죄를 저질렀어요."

야명주. 엄마가 내 가슴에 꼭꼭 숨겨 놓은 예쁜 돌 하나. 오늘이는 두 손을 가슴에 얹어 본다. 이제 더 이상 졸음을 참을 수가 없었다.

엄마와 둘뿐인 세월이 흘렀다. 틈이 날 때마다 엄마는 오늘이에게 말했다.

"오늘아, 너는 강해. 네가 그렇게 믿는 이상, 세상 누구보다 강해. 마음도, 몸도 네가 믿는 대로 강해질 수 있는 사람이야. 늘 기억해야 해. 그리고 믿어야 해. 믿음이 강하다면, 네 말에 믿음이 실린다면 누구도 널 이길 수 없어."

"나쁜 마법 같은 것도 우리한테 걸 수 없겠네?"

"당연하지. 그딴 건 절대로 믿음 있는 사람을 해칠 수 없어. 그런데, 우린 우리가 믿는 사람한텐 약해져 버려. 그러니까, 네가 속아도 된다고 생각하는 사람만 믿어야 해. 그렇지 않으면…… 견디기 힘들 테니까."

이따금씩 무당도, 신부님도 어쩌지 못하는 악귀 같은 것을 엄마는 말 한마디로 쫓아냈었다. 어려운 말이 아니었다.

"악귀야, 네가 있을 곳으로 돌아가라. 나의 명이다."

그러면 그렇게 이루어졌다. 사람들이 돈을 주었다. 엄마는 돈을 거절하지 않았다.

"이걸로 우리 오늘이 예쁜 꼬까신이랑 가방 사야겠어."

활짝 웃으며 기뻐했다. 오늘이도 기뻤다. 어린 오늘이에게 엄마는 하늘이고, 땅이었으며, 집이었다. 그리고 오늘이가 여덟 살이 되었다. 생생히 기억하고 있다. 오늘이는 엄마가 그렇게나 바라던 자신의 입학식 날을 잊을 수가 없다. 새 옷을 입고, 새 신발을 신고, 새 가방을 들고 처음 학교로 갔던 날. 엄마가 사라졌다.

입학식 아침엔 엄마의 손을 잡고 교문을 들어갔는데 나올 땐 할락궁이의 손을 잡고 나왔다. 정신이 없던 그날, 정확히 언제 엄마가 사라졌는지 어린 오늘이는 알 수 없었다. 다른 아이들은 모두 엄마의 손을 잡고 집으로 돌아가는데 자신은 혼자 남았다.

"엄마? 엄마…… 어딨어?"

엄마를 찾는 눈동자가 불안하게 분주히 움직였다. 무언가 이상함을 느낀 담임선생님이 상냥한 미소를 띠며 오늘에게 다가올 때는 차라리 도망치고 싶었다. 그때 할락궁이가 다가왔다.

"오늘아, 가자."

할락궁이가 담임선생님에게 주술 같은 것을 걸어 놨던 것이라고 훗날에야 짐작했다. 젊고 다정한 담임선생님은 그날 이후로도 할락궁이를 오늘이의 아빠로 알고 의심치 않았다.

선택의 여지가 없었다. 예전부터 엄마가 말해 준, '언젠가 오늘이를 보살펴 줄 아저씨'가 드디어 나타난 거라고 생각하며 그의 손을 잡았다. 그럼에도 화원으로, 꽃밭으로 가는 내내 울었다. 이제 엄마를 다시 볼 수 없다는 알았으니까. 할락궁이는 그녀가 우는 것을 말리지 않았다. 울어야 할 때는 우는 것이 응어리를 만들지 않는 길임을 잘 알고 있는 그였다.

오늘이는 할락궁이의 꽃밭으로 들어간 아이 중 유일하게 '살아 있는' 아이였고, '살아서 나온' 유일한 아이였다.

"아마 그날 밤에 엄마는 내가 듣고 있다는 걸 알고 있었던 것 같아."

포로로, 물이 끓는 소리가 들렸다. 찻잎이 담긴 다기에 천천히 물을 붓는 오늘이의 옆얼굴을 가만히 보던 은산이 머리칼을 넘겨 주었다.

"그래서 너를 경족이라고 착각했어. 모두. 야명주 때문에."

"그럴 거야. 굉장히 드물고 귀한 것이라고 들었어."

은산은 고개를 끄덕였다.

"맞아. 모든 요괴들과 신들은 자신만의 혈석을 갖고 있지. 그들이 죽었을 때 혈석이 드러나는데, 그 죽음을 지켜본 자가 없는 한 사라져 버려. 그렇기에 굉장히 귀한 것이고 강력해. 하지만 야명주는 그것보다 특별해."

"왜?"

오늘이의 물음에 은산은 잠시 머뭇거렸다. 알려 주면 더 아플까 봐. 그러나 그는 진실을 덮는 쪽보다는 말하는 쪽을 택하는 사람이었다.

"야명주는…… 경족만이 갖고 있는 것인데 그걸 갖고 있는 존재를 보호해 줘. 강력한 부적인 셈이야. 게다가 야명주는 억지로 뺏을 수 없는 것이기 때문에 더 특별해."

"그럼?"

은산은 빤히 자신을 보는 오늘이의 눈동자에 깨달았다. 그녀가 아프면 자신이 더 아프다는 걸. 그의 가슴이 저며 왔다. 하지만 거짓말은 할 수 없었다. 오늘이는 아픔을 피하기 위해 거짓을 선택하는 사람은 아니란 걸 알았으니까.

"그건 반드시 경족 스스로가 죽음을 선택했을 때 얻을 수 있는 거야. 그래서 몇 천 년 동안 경족이 아닌 누군가가 가진 적이 없었어."

아프다. 오늘이의 눈동자 안쪽 깊숙한 곳에서 무언가가 부서지는 느낌에 은산이 더 아팠다. 그래도 먼저 손을 내민 쪽은 은산이었다. 그녀의 창백한 손을 잡아 주었다.

"엄마는 날 살리기 위해서…… 경족이 죽음을 선택하게 만들었구나. 그럴 수밖에 없었구나."

그래, 자식을 구하기 위해 무고한 목숨을 희생시켰다. 그것도 스스로. 이승삼신도, 할락궁이도 죽음을 막을 순 없다. 세상 그 누구도 죽음은 피할 수 없다. 그걸 알았던 엄마는 자신이 할 수 있는 최선을 다했고 저주받아 사라졌다.

오늘이는 차라리 눈을 감았다. 뜨겁고 뜨거운 눈물이 밀려 나왔지만 참았다. 참아 내야 하는 슬픔에 숨이 떨렸다. 혼자 모든 것을 감내해야 했던 엄마의 외로움을 온 가슴으로 느꼈다. 그걸 이제야 알게 되어 미안했다. 엄마, 미안해.

그때 은산이 그녀를 안았다. 아이를 안듯 조심스럽게 두 팔을 벌려 온몸을 안아 주었다.

"네 탓이 아니야. 네 잘못이 아니야. 너로 인한 것이 아니야."

토닥토닥, 등을 두드려 주며 머리를 쓸어 주었다. 그제야 그녀가 눈물을 터트렸다. 조용히 흐느끼는 것이 아니라 터트리는, 터져 나오는 울음이었다. 앙앙, 엉엉, 입을 벌리며, 아이처럼 울었다. 은산은 말없이 아이가 되어 설운 울음을 터트린 오늘이를 안아 주었다. 이제 다시는 놓지 않겠다고 다짐했다.

타오르는 심장

은산이 오늘이를 안고 현재의 눈물을 위로하고 있을 때, 이목은 그녀의 과거를 자신의 기억에서 퍼 올려 마주하고 있었다. 결단을 내리기 전 반드시 확인해야 했으니까. 그 사랑을.

"나의 생명, 나의 주인, 나의 모든 것."

군자마을의 바다가 일렁임을 멈추며, 이목이 부르는 오늘이의 모습을 보여 주었다.

이목이 목숨을 건진 이후 오늘이를 다시 만난 건 할락궁이의 화원에서였다. 군자마을의 나무들을 살뜰히 보살폈던 그에게 필요한 건 좋은 비료였다. 그가 알기로 이승에서든 저승에서든, 최고의 비료는 할락궁이의 화원에서 구할 수 있었다.

"아닛! 내 생명의 은인! 오오늘!"

화원의 구석에서 이목이 오늘이를 발견했을 때 그녀는 할락궁이가 아끼는 화병을 깨트린 벌을 서고 있었다. 무릎을 꿇고 두 팔을 한껏 들어 올린 채 울먹거렸다. 그런데 그때 이목이 나타난 것이다.

"왜 이러고 있어? 응? 아니, 누가 내 생명의 은인을!"

그녀 앞에 덩달아 무릎을 꿇고 분개하는 이목을 보며 오늘이가 아랫입술을 삐죽이며 답했다.

"삼촌이……. 흐윽, 삼촌이…… 화병……. 흐윽, 깼다고……. 흐윽!"

설움에 겨워 딸꾹거리며 흐윽대는 오늘이 뒤로 할락궁이가 나타났다.

"사흘 전에도, 일주일 전에도 깨먹은 것은 왜 고하지 않는 것이냐?"

엄한 목소리였다.

"일부러, 흐흑! 그런 것이, 흑! 아니잖아요. 히잉."

울음을 터트리는 소녀가 과연 악귀들로부터 자신을 지켜준 그 강단 있는 아이인지 헷갈릴 지경이었다.

"이목 님이시지요? 연락 받고 기다리고 있었습니다. 아이는 신경 쓰지 마시고 이리 오시지요."

공손하게 자신을 향해 고개를 숙이는 할락궁이를 향해 이목은 고개를 저었다.

"배려는 감사합니다만, 저는 이 아이 곁에 있어야겠습니다. 아시는지 모르겠지만 제가 목숨이 위태로울 때 오늘이가 저를 구해 주었으니까요. 용족이 어찌 생명의 은인을 모른 체하겠습니까?"

그러면서 오늘이 곁에 똑같이 무릎 꿇고 두 손을 번쩍 드는 것이었다. 하지만 할락궁이는 만만찮은 인물이었다.

"뭐, 알고야 있습니다만……. 정 그러시다면, 저는 저쪽에서 비료를 준비하겠습니다."

이렇게 말하며 화원 안쪽으로 들어가 버린 것이었다.

오늘이가 다시 입술을 삐죽거리자 이목이 빙긋이 웃으며 제 팔에서 비늘 하나를 떼서 그녀 팔에 붙여 주려 했다.

"이렇게 하면 하나도 안 아플 거야."

그런데 오늘이가 팔을 빼며 거부했다.

"안 돼. 내가 잘못해서 벌 받는 거니까 그건 반칙이잖아. 그러면 안 돼."

눈에선 눈물이 반짝거리고 이마에선 땀방울이 흐르는데도 한사코 이목의 비늘을 피했다.

"아니, 잘못을 하면 대화로 풀어야지. 시대가 변했어요. 누가 체벌로 훈육을 해? 어? 천 살 넘게 먹은 나도 아는 것을, 어?"

머쓱해져 버린 이목이 소리 높여 말하자 오늘이의 눈이 커졌다.

"우와! 천 살이나 됐어? 그렇게 할아버지야?"

이번에 눈이 커진 건 이목이었다.

"할아버지라니! 내가? 아니 이 탱탱한 피부를 보라고! 용족에게 천 살은 청년, 꽃청년이라고!"

장난스런 반발에 오늘이는 그만 웃음을 터트려 버렸다. 합! 곧바로 입술을 안으로 말며 참았지만.

"그런데 그때 왜 그런 거야? 아무리 할락궁이의 조카라지만…… 악귀가 무섭진 않았어?"

사르르 녹는 미소를 지으며 이목이 물었다. 오늘이는 그 물음에 묘한 표정을 지었다. 벌을 받느라 들고 있던 팔을 머리 위로 모아 꼬았다. 한참을 들고 있었더니 마비가 올 것 같았다.

"난 삼촌의 조카가 아니야. 삼촌이라고 부르지만……. 삼촌이 꼭 그 길로 가라고 해서 가다가 우연히……. 아무튼, 울 엄마가 도울 수 있으면 꼭 도우라고 하셨어. 내가 진심으로 믿으면 꼭, 뭐든 할 수 있다고 하셔서…… 그런데 아직 좀 부족했나 봐."

그녀가 하는 말의 절반도 이해할 수 없었지만 이목은 고개를 끄덕여 주었다. 오늘이가 너무 시무룩해 보였기 때문이다. 대신 이렇게 힘주어 말했다.

"그거 알아? 용족의 목숨을 구하면 그 생명의 주인이 되는 거야."

"내가 네 주인이라고? 진짜로 내가 구한 것도 아니잖아."

"왜 아니야? 네가 기운을 나눠 주지 않았음 나, 백이목은 그날 소멸되어 버렸을 것이야. 그러니 넌 내 생명에 지분이 생긴 것이지."

"지분? 그게 뭔데?"

천진난만한 질문이었다. 평소 같으면 까칠하게 굴었을 이목이 그녀에게만은 친절이 넘쳤다.

"그건, 내가 언제든 너를 구하는 데 생명을 걸 수 있단 뜻이야. 네가 나한테 그래 줬듯이."

그때, 할락궁이가 오늘이를 부르는 소리가 들렸다.

"네! 가요!"

벌떡, 일어났던 오늘이가 다시 주저앉았다. 다리에 쥐가 난 것이다. 그리고 거의 동시에 이목이 그녀를 업었다.

"이건 생명을 거는 일은 아니고 그냥 용족의 호의로 받아. 알았지?"

오늘이가 구시렁대기 전에 이목이 먼저 선수를 쳤다. 그의 한없이 부드러운 달램에 오늘이는 고개를 끄덕이며 말한다.

"꼭 오빠 같다. 나, 오빠 없어서 갖고 싶었는데."

"네게 필요한 뭐든지 되어 줄게. 이제 나는 너의 뭐든지야."

"뭐든지? 좀 이상한데? 뭐든지, 그게 뭐야. 응?"

어린 오늘이는 다리를 흔들거리며 설명을 재촉했지만 이목은 고개를 갸웃, 거릴 뿐이었다. 그리고 정말로 그날로부터 오늘이가 필요한 뭐든지가 되어 주었다. 그녀가 원하든, 원하지 않든.

그리고 오늘이가 고등학교에 입학했던 봄에 군자마을 뒷산에 산불이 났다. 서낭이 일찍 알려 준 덕분에 피해는 크지 않았으나 몇몇 나무들이 상했다. 그것들을 보살폈던 건 이목이었다.

"하필 봄에 이리 상처를 입어 어쩌나. 가여운 것들."

한창 새잎을 틔울 때 상처를 입은 나무들을 세심히 살피느라 몇 주나 화원에 가지 못했다.

모든 나무들의 수액이 정상으로 돌게 되어 싹을 제대로 틔운 것을 확인하고서야 이목은 화원으로 날아갔다. 그리고 닫힌 화원 문 앞에 주저앉아 있는 오늘이를 발견했다.

머리칼은 산발, 입술이 터져서 피가 흐르고 본래 하얗고 단정했을 것이 분명한, 교복은 군데군데 찢어서 성한 곳이 없었다. 그런 꼴로 오늘이는 쪼그리고 앉아 씩씩거리고 있었다. 당장 달려가 상처를 치유해 주고 피를 닦아 주고 싶었다. 그런데 그녀 곁에 더 작은 그림자가 보였다.

오늘이와 마찬가지로 교복이 찢어져 있고, 여기저기 상처가 나 피가 흐르고 있는 소녀였다. 다른 점은 표정이었다. 오늘이가 분에 못 이겨 씩씩거리는 와중에도 또렷한 눈빛으로 정면을 응시했다면 다른, 그 소녀는 멍하니 바닥만 내려 볼 뿐이었다.

이목은 그런 표정을 알고 있었다. 오래 고문 받고 고통 받아 저항할 힘을 잃은 생명이 짓는 표정이었다. 그래서 그 소녀가 오늘이 곁에 있는 것이 불안했다. 오늘이라면 자신의 온 힘을 다해, 소녀를 그런 무기력에서 빼내려고 노력할 것이 분명하기에. 자신이 상처받더라도.

언제 자신을 드러낼지 가늠하던 이목에게 당글당글한 오늘이의 목소리가 들렸다.

"선생님께 말씀드리자."

친구일까? 잠시 머뭇거리는 동안 이목은 타이밍을 놓쳐 버렸다.

"이런 폭력은 나빠. 옳지 않아. 선생님께 말씀드리자."

오늘이의 제안에 그 소녀는 몸을 점점 더 웅크려 하나의 점처럼 보일 뿐이다. 그리고 더럽혀진 자신의 운동화를 손으로 덮었다. 자잘한 상처와 흉터가 가득한 손이었다.

"······소용없어. 중학교 때도······ 아무 소용없었어. 결국엔 나만 전학 가야 하고······ 똑같은 일이 생길 뿐이야."

조그맣게 흐느끼는 음성이었다. 소녀의 눈동자엔 절망을 넘어선 체념만이 자리했다. 그러나 그것만큼 오늘이에게 어울리지 않는 것이 있을까? 역시 그녀는 소녀를 설득했다.

"그렇지 않아. 그땐 증인이 없었잖아. 내가 증인이 되어 줄게. 내가 선생님께 말씀드릴게. 네가 당한 일, 그 아이들이 한 일들, 모두 말해 줄게."

무릎 사이로 고개를 파묻고 점점 쪼그라드는 소녀를 올곧게 바라보며 말했다. 그러나 답은 없었다.

"계속 이렇게 지낼 수는 없잖아. 되든 안 되든 해 보자. 내가 도와줄게."

소녀는 볼 수 없었지만 이목은 똑똑히 보았다. 처음 오늘이를 만났을 때 그에게로 흘러들던 푸른 물의 기운이 그녀로부터 쏟아져 나와 소녀를 감싸는 것을. 부정한 모든 것을 털어 내고 생생한 기운을 불어 넣고 있었다.

그때 아주 조금씩 소녀가 고개를 끄덕이기 시작했다. 오늘이가 미소 지었다. 확신의, 정의로운 것의 승리를 확신하는 미소였다. 그래서 오히려 이목은 불안했고, 몰래 그녀를 지켜보기로 했다.

오늘이가 다니는 학교엔 커다란 참나무가 있었다. 수령이 백 년이 넘은 나무로, 힘깨나 쓰는 서낭이 늘 게으름을 피우며 그 위에서 늘어지게 자고 있었다. 지금 인간들은 그런 사실을 까맣게 잊어 버렸지만. 참나무 서낭은 싱거우리만치 쉽게 허락했다.

"마음대로 해. 내 낮잠만 방해하지 않으면 돼."

인간들에게 잊힌 신들은 그렇게 무력해지다가 결국 소멸된다. 그러나 그 덕에 이목은 참나무 가지에 기대 며칠 동안 오늘이를 지켜볼 수 있었다. 그리고 마침내 오늘이가 맞서 싸워 주었던 소녀의 배반을 보았다.

"아니요……. 괴롭힘 당한 적 없어요."

교실에는 화가 난 선생님과 무표정한 소녀들이 이 소녀를 쏘아보고 있었다. 폭력을 부정하는 소녀 곁엔 경악한 표정의 오늘이가 서 있었다.

"그럼 그 상처는 뭔데? 왜 거짓말 하는 거야? 쟤네들이 한 달 넘게 너 괴롭혔잖아. 돈도 뺏고, 때리고, 교복도 찢고 그랬잖아."

두 주먹을 불끈 쥔 오늘이가 소녀를 향해 달려들 듯이 따졌다.

그걸 제지한 사람은 담임선생님이었다.

"자꾸 강요하지 말고. 몇 번이나 아니라고 하잖니. 혹시나 해서 내가 다른 반 아이들까지 불러서 물어봤는데 왕따는 없었다고 하더라."

거짓말이다. 이목은 오늘이의 팔을 잡고 달래는 선생에게서 거짓의 기운을 느꼈다. 그의 심장이, 핏줄에서 요동치는 피가 거짓의 흐름을 보여 주고 있었다. 그걸 알 리 없는 오늘이는 모두를, 특히 자신이 애써 보호했던 소녀를 노려보았다.

"전 봤어요. 저도 맞았고요. 학폭위 열어야 하는 거 아닌가요? 아니, 제가 경찰에 신고하면 처음부터 다시 조사하는 건가요? CCTV도 있고……."

그때 오늘이는 선생의 눈빛에서 느껴지는 강렬한 적의와 자신의 팔에 가해지는 악력에 놀라고 말았다. 어째서?

"모두가 아니라고 하지 않니. 가해자도 없고, 피해자도 없다고 하는데 꼭 이래야겠니?"

정적이 흘렀다. 오늘이는 더 이상 담임을 바라보지 않았다. 무표정하게 자리에 앉아 이 연극이 끝나길 기다리는 아이들을 훑어보았다. 그중에서도 괴롭힘을 주도했던 아이, 뉴스에 얼굴을 자주 비치는 정치인을 아버지로 둔 아이를 뚫어지게 바라봤다. 비무장한 상대를 향해, 견고한 성벽 안에서 웃으면서 화살을 쏘는 자의 얼굴을 하고 있는 아이였다.

"가해자도 있고, 피해자도 있는데, 없다고 하면 없는 것이 되는 곳이네요? 학교라는 곳이요."

고개를 푹 숙였다. 이제 울겠구나. 이목은 짐작했다. 세상의 민

낮을 보았으니, 그 정의로운 마음에 상처가 났으니 울겠구나. 짐작하고 마음이 아팠다. 그런데 갑자기 고개를 든 오늘이는 웃고 있었다. 모두에 대한 비웃음이었다. 그 웃음에 모두가 움찔, 했다.

"이놈의 학교, 좆같네. 모두가 좆같은데서 좆같이 살다가 또 그렇게 평생을 좆같이 살아가. 나는 좆같이 살지 않겠다고 선택할 테니까. 너희들은 운명대로 좆같이 살라고!"

그렇게 선언하더니 어떤 짐도 챙기지 않고 뒤돌아서 그대로 교실을 나가 버렸다. 뒤에서 선생이 무어라 소리를 질러댔지만 개의치 않았다. 기다란 복도를 힘차게 걸어 건물 밖으로 나가고, 넓은 운동장을 가로지르는 오늘이를 막을 수 있는 것은 무엇도 없었다.

그녀의 뒤를, 죽음을 두려워하지 않는 선봉장을 따르는 병사처럼 이목이 소리 없이 쫓았다. 운동장 저편에서 참나무 서낭이 모처럼 일어나 나뭇가지를 흔들며 그들을 전송했다.

화원에 가까워지자 오늘이가 뛰기 시작했다. 심장이 빠르게 뛰며 그녀의 분노에 응답했다. 그러다 철푸덕, 넘어져 버렸다. 아스팔트에 갈린 무릎에서, 손바닥에서 피가 났다. 그때야 비로소 이목이 모습을 드러내고 자기 비늘을 상처에 붙여 주었다.

"우리 오늘이 예쁜 무릎에 흉 지겠네."

갑자기 나타나 상처를 치료해 주는 이목을 오늘이는 물끄러미 바라보았다. 모두의 앞에서 당당하고 씩씩하던 소녀는 모든 기운이 빠진 것처럼 멍한 상태였다.

"왜? 많이 아파?"

깜짝 놀라 다시 그녀의 상처를 살피는 이목을 향해 오늘이가 두 팔을 벌려 달려들었다. 그의 목을 끌어안으며 울음을 터트렸다. 앙앙, 엉엉, 콧물을 마구 흘리며 울었다. 아, 아직, 아직은 어리구나. 그런데도 용기를 냈던 거구나.

이목은 들썩이는 오늘이의 등을 쓸어내리며 달래 준다.

"그래, 그래, 속상할 거야. 이기지 못했으니…… 속상할 테지."

"이기지 못해서…… 속상한 거 아냐."

새빨개진 눈과 코를 비비면서 그녀가 부인했다.

"그럼?"

"친구……."

"응?"

그녀가 하는 말의 방향을 짐작할 수 없는 이목이 다시 물었다. 울먹울먹, 울음을 참으려 애쓰며 오늘이가 답하기 시작했다.

"돕지 못했어……. 내가 없으면…… 더 괴롭힘을 당할 텐데…… 내가 그들을 참아 낼 수 없어서…… 거기 있으면 구역질이 날 것 같아서…… 친구를 두고 왔어."

넋을 잃은 듯 눈물을 흘렸다. 순간, 이목의 심장이 뜨거워졌다. 물의 기운으로 늘 적당히 미지근하고 적당히 두근거렸던 백룡의 심장이 감당할 수 없을 정도로 빠르게 뛰기 시작했다.

아, 그랬구나. 이 아이는 지금 자신의 패배가 분한 것이 아니구나! 친구를 돕지 못한 것에 대한 통한에 괴로워하고 있는 것이구나.

처음 자신을 구했던 작은 아이의 행동은 순간의 객기가 아니라 매 순간의 진심이 담긴 것이었다. 내 생명의 주인인 자의 본심은 이런 것이었구나! 천 년 만에 비로소 이목의 심장이 붉게 타올랐다. 타올라 꺼지지 않는 마음이 되었다.

토주원

이목은 결심을 굳혔다. 그리고 잔잔한 바다 속으로 성큼성큼 걸어 들어갔다. 바다는 언제나 이목을 반긴다. 그는 바다 일족 중에서도 몇 남지 않은 가장 귀한 족속이다. 바다는 늘 그에게 돌아오라 속삭였다. 바다의 속삭임을 못 들은 체하며 이목이 목소리를 높인다.

"나, 백이목이 너를 필요로 하니, 내게 오거라. 토주원이여, 내게 오라."

바다를 향해 팔을 벌리며 이목이 외쳤다. 차츰 파도가 거세졌다. 멀리서 먹구름이 보였다. 이목의 발목을 적셨던 파도가 이제 무릎을 넘어 철썩거리기 시작했다. 이목은 외침을 멈추지 않았다. 파도가 그의 허리까지 들이찼을 때 작은 생물이 머리를 내밀었다.

이마에 푸른 보석이 박힌, 자라처럼 생긴 생물이었다. 이목은 다정하게 생물의 머리를 쓰다듬고 등껍질을 쓸어 주었다.

"그래, 반가워. 오랜만이야. 자, 이제 내게 그걸 줘."

이목의 말에 토주원이 머리를 가로저었다. 작은 눈에 눈물이 가득했다.

"괜찮아. 꼭 필요해서 그래. 더 나쁜…… 일을 막으려는 거야. 그러니까 이제 줘. 응?"

토주원은 이목의 거듭된 요구에 하는 수 없이 머리를 등껍질 안으로 집어넣었다 뺐다. 작고 하얀 구슬 하나가 그 입에 물려 있었다. 커다란 진주 같지만 옅은 푸른빛이 도는 구슬이었다. 토주원은 그것을 이목의 손바닥에 뱉어 내고 걱정이 가득한 눈으로 이목을 바라보았다. 그러나 이목은 부드럽게 미소 지을 뿐이었다.

"걱정 마. 괜찮을 거야."

이목이 살살 머리를 쓰다듬어 준 뒤에야 토주원은 느릿느릿 바다로 들어갔다.

그때 날카로운 음성이 이목이 뒤통수를 때렸다.

"토주원의 구슬이군. 사랑하는 사람의 마음을 훔치는 능력이 있는……. 그걸 사용해서 아작 난 작자들을 몇 알지. 너, 설마 그걸 사용할 정도로 빙충이는 아니겠지?"

영등이었다. 이목에 대한 한심한 감정을 숨기지 않는 것이 듣기 싫을 정도다.

"사용할 작정이야."

어이없을 정도로 간단히 답하는 이목이었다. 영등은 바다에 손을 살짝 담갔다. 대번에 파도가 잠잠해졌다.

"용족은 불의를 견딜 수 있는 족속이 아니야. 남의 불의이든, 자기 자신의 불의이든. 특히 스스로의 불의라면 몸이 찢기는 고통을 느끼고 불의가 독이 되어 그 몸을 공격하지. 즉 네가 죽을 수도 있단 뜻이지. 오늘이란 아이, 그렇게까지 할 가치가 있을까?"

"충분하고도 남지. 오늘이라면."

말릴 새도 없이 한 번에 꿀꺽, 구슬을 삼켜 버렸다. 동시에 이목의 몸에서 후둑, 후둑, 비늘이 떨어져 내렸다. 고통으로 이목이 콧잔등을 찡그리며 몸을 둥글게 말았다.

"맹추도 보통 맹추가 아니었네. 대체 왜들 그렇게 얼간이인 거야? 인간의 마음이 뭐길래."

떨어진 비늘에서 빛이 점점 사라지고 마지막에는 투명해져서 사라지는 걸 영등은 그저 지켜보았다. 고통이 조금 가시자 움츠렸던 이목이 허리를 폈다.

"누님은 미련 없이 버린 마음이니 모르겠지. 인간의 마음은…… 덧없고 변하기 쉽고 연약하기 그지없지만, 또한 세상 무엇보다 강하고 아름다워. 그래서 그 마음을 얻는 순간이 무엇보다 귀한 것이야. 천 년을 살아도 그보다 더 탐이 나는 것이 없을 정도야."

"멍텅구리, 네 마음대로 해. 그런데 목숨 걸어 얻은 마음이 진짜가 아니라면, 네 말은 모두 궤언에 불과한 거야."

영등이 파도와 함께 사라지며 말했다.

영등이 사라진 후에도 파도는, 바다는 이목에게 돌아오라고 속삭였다. 보드랍고 따뜻한 어머니의 목소리를 하고 있었다. 이목은 잠시 동안 먼 바다에 시선을 두었다. 바다로 돌아간다면 자유롭고 거침없이, 만 년을 넘게 그와 더불어 살아갈 수 있을 것이었다. 하지만 그곳에 오늘이는 없었다. 이목은 바다의 목소리를 뿌리치고 다시 육지 쪽으로 걸음을 옮겼다.

이목이 머문 자리에 은빛 비늘이 몇 개 떨어져 반짝이다 스러졌다.

통통 부은 눈을 하고서 오늘이가 책방으로 돌아갔다. 은산이 책방까지 배웅해 주겠다 했지만 거절했다. 성인이 된 이후로는 그렇게 펑펑 울어본 적이 없었으니 부끄러울 만했다. 심지어 나중엔 은산이 코까지 풀어 줄 지경이었다. 그 모습이 은산에겐 손끝이 저릴 정도로 사랑스러웠다. 첫 걸음을 내딛는 아기를 보듯 미소를 띠고 있던 은산은 그녀를 보내고 돌아서자마자 차갑게 굳어 버렸다. 명주가 집요하게 설득하기 시작했으므로.

조비서까지 집 밖으로 내보낸 명주는 본격적으로 은산을 설득했다. 아니, 그건 위협에 가까웠다.

"그 애와 더 이상 가까워지지 마!"

손가락을 세우며 몰아치는 명주를 은산은 질린다는 얼굴로 바라보았다.

"고모, 저 성인이에요. 이런 간섭은 사생활 침해고 기분 나빠."

은산의 말에 명주는 잠시 생각을 했다. 그녀의 머릿속에서 어떤 계산이 오가고 있을지 은산은 상상하고 싶지도 않았다. 어머니가 집을 나가고 아버지가 돌아가신 후, 고모가 자신을 길러준 건 평생의 빚이겠지만, 은산은 그녀를 존경하지는 않았다. 고모에겐 일족의 존속과 명예밖에 없다. 그것이 지겹고 때론 무서울 정도였다.

"그 애의 능력을 이용할 수만 있다면 좋겠지만……. 아니, 지금으로썬 네가 도리어 이용당하고 말 거야."

이제 은산은 화가 났다.

"오늘이를 이용할 수 있으면 곁에 두어도 되고, 내가 이용당하면 곁에 있을 수 없는 거예요? 사람이…… 그 정도로 바닥인 거예요?"

"바닥? 하! 네 아빠, 륜이도 그랬지. 얼마든지 이용당하리라, 고고하게, 고개를 들며! 내가 아니었음 네 아빠는 그만큼도 살아남지 못했을걸?"

이전에도 귀가 닳도록 아버지의 유약함에 대하여, 그래서 빚어진 실패에 대해 들었다. 그러나 이번엔 뭔가 달랐다.

"그게 무슨 말이죠?"

"너희 부자는 마음이 너무 약해. 특히 여자들한테. 그래, 자신들에게 특별한 여자들에게. 항상 죽을 뻔했어. 네 아빠도 이령이 때문에 몇 번이나 목숨이 위태로웠는지 알아? 내가 막지 않았으면 훨씬 빨리 죽어 버렸을 거야!"

— 산아, 지금은 피하는 것이 좋겠구나. 나가거라.

— 그래, 그래. 너무 흥분해서 제정신이 아닌 거야.

— 핏줄끼리 싸워 봤자 좋은 것이 없으니 피하는 것이 좋겠다.

이상했다. 명주가 흥분해서 소리를 질러 대는 것이 한두 번이 아닌데 조상신들이 갑자기 와글거렸다. 무언가 있다. 숨겨진 것이 있는 것이다. 은산은 명주에게 더 다가섰다.

"이령이 누구죠?"

"오늘이의 엄마!"

휘청, 은산의 무릎이 꺾이려 했다. 만불산 안에서 오늘이가 했던 이야기들이 한꺼번에 떠올랐다. 입이 마르고 머리가 뜨거워졌다.

"아버지와…… 오늘이의 어머니가 무슨 상관이 있었는데요?"

"아무 상관이 없었어야 할 사이지. 이령은 굴러다니는 돌과 같은 존재였어. 어느 날 마을에 굴러 온 돌. 어린 것이 부모가 누구인지, 어디서 살았는지 절대 말하지 않고 눈물 한 방울 흘리지 않을 때 알아봤어야 했는데……. 조왕이 문제였어. 조왕이 거둬서 먹여 주고 입혀 주고, 휴우……. 아마 조왕이 그 능력도 숨겨 줬겠지. 내가 보지 못하게. 아무리 따져도 할망구, 절대 대답도 하지 않고! 망할…… 둘이 친구가 되어 버렸더라고. 네 아빠와 이령, 아니, 이령만 친구 사이로 생각했고 네 아빠는…… 병신 같은 게 어릴 때부터 이령만 쫄쫄 따라다녔지.”

옛 이야기를 하며 명주는 커다란 창으로 보이는 바다를 응시했다. 언제나 잔잔해서 거기 붙박인 듯 그림 같은 바다.

처음부터 륜은 이령에게 마음을 빼앗겨 있었다. 뻔히 보일 정도로 이령만 쫓아다녔다. 학교에서도, 마을에서도, 어딜 가나 이령아, 이령아, 불러 대서 종종 명주가 짜증을 낼 정도였다. 나이 차가 열 살 이상 나는데다 일찍 부모님이 돌아가신 까닭에 명주에게 륜은 자식 같은 남동생이었다. 그런데 근본도 모르는 아이를 쫓아다니는 꼴이라니!

“이령이가 얼마나 착한데, 누나는 몰라도 너무 몰라.”

헤헤거리면서 중학생, 고등학생이 될 때까지도 오로지 이령이었다. 알 수 없는 건 이령의 마음이었다. 륜에게 언제나 친절했지만 그뿐이었다. 그녀가 기본적으로 착한 아이였단 건 명주도 인정했다. 근본은 알 수 없으나 조왕이 받아 주었으니 특별한 흠결은 없을 것이라고 믿었다. 그래서 언젠가, 그 언젠가까지 륜의 마음이 변치 않는다면 둘이 사귀더라도 허락할 작정이었다. 문제는 륜과 이령이 열아홉 살 때 발생했다.

사람을 삼켜 버리는 호문조가 서해에서 건너왔다는 경고를 전해 온 건 영등할미였다. 때가 좋지 않았다. 겨울이었으나 그 쓸쓸한 겨울 바다를 보고자 하는 여행객이 마을로 들어와 있었다. 육지엔 서낭이, 바다엔 영등할미가 망을 보았으나 방심해선 안 되었다.

비명이 울린 건 다음날, 한낮이었다. 여행객들이었다. 물론 그들의 눈엔 호문조가 보일 리 만무했으나 돌풍에 일행이 하늘 높이 올라가니 비명을 지를 수밖에 없었으리라. 하필 륜이 독감으로 앓아누웠을 때였고 명주가 바다로 내달렸을 땐 이미 호문조가 사람을 반쯤 삼킨 상태였다. 이 마을에서 요괴가 사람을 잡아먹다니!

영등할미는? 명주는 그때 깨달았다. 이달은 영등달이고 그날은 바로 일 년에 한 번 영등할미가 큰 바다로 나가는 날이란 걸. 바닷가에 도착하기도 전에 이미 반쯤은 자포자기했다.

"그만! 요괴여! 사람을 내려놔라! 나의 명이다!"

하늘을 울리는 목소리였다. 놀랍게도 호문조가 사람을 내려놓았다. 여행객들은 정신이 나가 비명을 질러 대었다. 명주는 재빨리 호문조를 향해 부적을 날렸다. 다행히 호문조는 순조롭게 봉인되었고 여행객 문제는 언제나처럼, 마을에서 벗어날 때 기억을 조작할 수 있는 선관도사에 의해 해결되었다. 문제는 이령이었다.

호문조에게 명령을 내린 것은 이령이었다. 명주는 납득할 수 없었으나 곧 부모로부터 들었던, 세상 가장 강력한, 살아 있는 부적에 대한 기억이 살아났다. 인간임에 분명하지만 자신들의 의지와 믿음으로 스스로 강해지는 가문의 사람들. 어떤 요괴나 신도 굴복시킬 수 없는 사람들.

그 부적이 함께한다면 비형 일족은 더 이상 요절할 것을 두려워하지 않아도 될 것이었다. 하는 일이 일인지라 비형 일족은 대대로 명이 짧았다. 명주는 춤이라도 추고 싶은 심정이었다. 륜만은 제 명대로 살게 되었어!

"아니요, 스무 살이 되면 마을을 떠나려고요."

천만 뜻밖에도 이령은 명주의 제안을 거절했다. 거절도 이런 확실한 거절이 없을 정도였다.

"왜? 너희 서로 좋아하는 거 아니었어?"

"륜이는 제게 좋은 친구예요. 하지만 그뿐이에요."

명주는 끈질겼다. 이런 호재를 놓칠 수 없다. 남동생만은 제 명대로 살게 해 주고 싶었다.

"그럼 친구로 곁에 있어 주면 되겠네."

그때, 자신을 똑바로 쳐다보는 이령의 시선을 명주는 절대로 잊지 못한다. 꿰뚫어 보는, 자신의 가장 부끄러운 부분을 가만히 응시하는 시선. 이어지는 이령의 대답보다 그 시선이 더 치욕스러웠다.

"친구로 곁에 있어 달라는 것이 아니잖아요. 제 능력을 이용하려는 것이잖아요. 그건 저도 싫고 륜이도 싫을 거예요."

"륜이가 싫을 거라는 거 어떻게 확신하지?"

건방진 것, 배은망덕한 것. 이 마을에 굴러 온 걸 거둬 주고 봐줬는데. 이가 갈렸다.

"륜이는 언니와 다르니까요. 륜이는 그런 아이가 아니에요."

찰싹, 이령의 뺨을 때렸다. 붉어진 뺨을 하고도 이령은 명주의 시선을 피하지 않았다. 피하기는커녕 고개를 똑바로 들고 따박따박 힘주어 말했다.

"자기 치부가 드러났을 때의 반응을 보면 그 사람의 인격을 알 수 있는 법이라고, 돌아가신 아버지께서 말씀해 주셨지요. 저는, 더 이상 이 마을에 있을 수가 없겠네요."

"안 보내 주겠다면?"

명주가 봉인의 부적을 꺼내자 이령은 잠시 눈을 감는 것 같았다. 그러나 흔들림은 없었다.

"부적은 넣어두세요. 언니가 말했듯이 세상 가장 강력한 부적은 바로 저 자신이에요. 바로 나, 안이령이에요. 륜이라면 모를까, 언니는 결코 나를 막을 수 없어요."

옳았다. 명주의 손 안의 부적은 돌덩이보다 무거워졌고 명주 자신도 그걸 사용할 수 없단 걸 알았다. 그리고 륜이 돌아왔다.

"륜아, 이령을 막아. 지금 걔가 떠나려고 해."

황급히 말했다. 륜의 마음에 매달렸다. 하지만 륜의 눈동자는 슬픔으로 가득했고 그는 이령을 막지 않았다. 그렇게 이령은 마을을 떠났다. 마을 안 누구도 그녀를 막을 수 없었다.

이령이 륜에게 다시 연락을 한 건 십수 년이 흐른 뒤였다. 몹시 다급한 목소리였다. 알아듣기 힘든 이야기를 다급하게 전했다. 결혼을 했고 아이를 낳았다고 했다. 그런데 남편이 교통사고로 세상을 떠났다고 했다. 그리고 삼신상에 대한 이야기를 했다.

륜은 혼란스런 와중에도 반가웠고 서운했으며 안타까웠다. 이제 첫사랑에 대한 애틋함은 희미해졌으나 이령은 륜에게 언제나 소중한 친구였다. 륜도 가정을 이루었고 부인이 곧 아기를 낳을 예정이라고 속으로만 말했다. 그리고 어릴 때부터 단 한 번도 들어 본 적이 없는 소리가 들렸다. 이령이 울고 있었다. 수화기 너머 먼 곳에서 낯선 이들의 욕지거리가 들리는 것 같았다.

그러마고. 반드시 이령의 당부대로 해 주겠노라고 약속했다. 그리고 아기의 이름과 태어난 날과 시時를 받아 적고 곱게 접었다. 이령은 륜을 믿는다고 안심하며 전화를 끊었다.

만삭인 아내와 못마땅해 하는 명주를 옆에 두고 륜은 삼신상을 차렸다. 반드시 두 개를 차려야 한다고 했다. 이승삼신과 저승삼신의 몫.

"배은망덕한 것 부탁을 들어준단 말이야? 넌, 아무튼 마음이 너무 약한 것이 탈이야."

이승삼신상을 차렸을 때 륜은 종이를 꺼내 태웠다. 꼭 그렇게 하라고 이령이 당부했다. 그리고 저승삼신상을 차려야 한다고. 불붙은 종이가 하늘 높이 올랐다. 이제 저승삼신상만 차리면 된다. 그때 갑작스럽게 아내의 진통이 시작되었다.

듣고 싶지 않았다. 귀를 막고 멀리 달아나고 싶었다. 오늘이와 함께 달아나고 싶었다.

"제 부인은 아직 산달이 차지 않아서 위험할 수도 있는데 망할 삼신상을 차려야 한다고 고집을 피우고……. 생각해 보면 그것들이 너도 위험하게 만든 것이야. 네 엄마는 죽는다고 난리지, 네 아빠는 그래도 마저 삼신상을 차려야 한다고 우겨 대지. 그러니 내가 해 주겠다고 약속하고 둘을 병원으로 보냈어. 정말이지 어리석은 것……. 결국 그 일이 빌미가 돼서 네 엄마 마음이 돌아선 것도 모르고."

"고모……. 그 저승삼신상을 차렸어요?"

거의 넋이 나간 상태로 은산이 물었다. 고모 제발……. 이번만은 제발……. 간절하게 빌었다.

"아니, 절대 이령이 뜻대로 해 줄 수는 없었지. 네 아빠한테는 차렸으니 걱정 말라고 해 줬어. 안 그랬음 마누라고 아기고 정신줄 놓고 뛰어왔을지도 모르잖아?"

지극히 명주다운 결정이었고, 명주다운 행동이었다. 은산은 눈을 감았다. 참담했다.

"그 후로 이령에게 연락 온 적은 없어. 얼마나 이기적인 것인지. 저가 필요할 땐 도움을 청해 놓고선. 아, 딱 한 번, 네가 일곱 살 때인가? 연락이 왔는데 륜이 죽었다고 하니 뚝, 끊어 버리더라. 또뭔가 도와달라고 연락했던 거겠지. 나쁜 년, 저만 륜이 곁에 있었다면 륜이 그렇게 죽을 리가 있었겠어?"

그 뒤의 말들은 그저 은산의 귀에 왕, 왕, 울려댈 뿐이었다. 도대체 어디서부터 잘못된 것일까? 누구의 잘못일까? 생각들이 한꺼번에 밀려들었다.

"할아버지들은 알고 계셨어요?"

조상신들에게 물었다. 명주는 자신에게 한 질문으로 알아들었는지 뭐라 주절거렸지만 은산은 내부의 소리에만 귀 기울였다.

— 우리는 네 아비와 함께 했으니 명주의 행동은 몰랐다.

그랬을 것이다. 그러나 아버지와 함께였다면 알고 있었을 것이다. 오늘이의 이름이 적힌 종이를 봤을 테니까. 모두가.

"종이는 봤잖아요."

— 우리는 오래된 혼이다. 스쳐 지나간 기억을 모셔둘 순 없어.

아버지의 혼이 나와 함께 했더라면. 모든 것이 달라졌을까? 가슴 한쪽을 저미는 것만 같았다. 창귀에게 죽은 영혼은 완전히 소멸된다. 그래서 창귀는 가장 추악하고 천한 요괴라 일컬어지는 것이다. 그랬기에 모든 조상들이 은산과 함께했지만 아버지만은 함께하지 못했다. 모든 것이 어긋나고 어그러져 버린 것이다.

은산은 그저 고통스러웠다. 과거로부터 현재까지 은산과 오늘이 사이에 거대한 균열이 생긴 느낌이었다. 명주와 조상신들의 소리가 아득히 멀어졌다. 벼랑 끝, 저 너머에 오늘이 있고 여기 은산이 있었다.

붉은 실

지난 밤, 별들이 몹시 소란스러웠다. 수정은 심란한 마음으로 타로 카드를 섞었다.

"손끝이 왜 그리 어지러워?"

조비서가 단번에 알아차리고 물었다. 단골이기도 하거니와 저래 봬도 신선과 동급이라는 학요괴이니 알아봤으리라. 마음이 단정하지 못할 때 손님을 받은 것이 잘못이었다.

"별들이 좀…… 시끄러웠어요."

"그래? 무슨 일 생기려나? 한 번 볼까?"

카드를 뽑는 손이 신중했지만 무겁지 않았다. 세 장의 카드를 읽는 수정의 표정이 더 복잡해졌다. 역시 불길하다.

"과거와 현재가 거짓으로 흐려지고 있어요. 시간과 사건이 뒤틀려 버려서 사람의 마음이 다칩니다. 그건 막을 수가 없어요. 더 오랜 과거와도 얽혀서 잘라 낼 수 없이 엉켰어요. 미래는……. 뭐지? 너무 흐려요. 죽음? 뜻밖의 죽음."

수정의 예언에 조비서가 손톱으로 탁자를 탁, 탁, 쳤다. 언제나처럼 잘 손질된 손톱이다. 수정은 이 아름다운 무성無性의 존재를 좋아했다. 처음 은산이 수정을 마을로 데려왔을 때 명주의 반대를 막아 준 이가 바로 조비서였다.

"좋잖아. 예언자 한 명 마을에 있는 거. 사고 예방 차원에서도."

사실 조비서가 점占 마니아였단 걸 알았을 때도 외려 기분이 좋았을 만큼 조비서가 맘에 들었다. 조비서는 차가워 보였으나 누구에게나 공평했다. 편견이 없었다. 그건 쉬운 일이 아니었으니까. 요괴든, 신이든, 인간이라면 더더욱.

"너무 심각하지 마. 긴 긴 세월 거짓이야 질리도록 보아 왔고 죽음은 늘 뜻밖이지. 하긴 요즘엔 인간의 의술이 발달해서 앞으로 몇 개월, 몇 년, 이렇게 죽음을 예측하기도 한다지? 그래봤자 원래 정하는 명대로 가는 것이지만."

조비서의 말에 거짓말처럼 마음이 차분해졌다. 조비서는 여의열 개를 내놓고 가게를 나갔다. 항상 후하다. 수정은 자리를 정리하며 언젠가 저런 진짜 어른이 되고 싶다고 생각했다.

❧

"오랜만이야. 별일 없지?"

집으로 돌아가는 길에 만난 이목에게 조비서가 인사를 건넸다. 그는 나무를 돌보고 있었다. 몸통에 둘러놓은 노끈이 풀렸는지 새로 동여매고 있었다. 부지런하고 착한 용족이다. 다소 까칠하긴 하지만 안쪽은 보드라운.

"이쪽 나무들 노끈이 이상하게 많이 상해 있네. 나무들이 투덜거려."

조비서가 물은 건 이목의 안부인데 그는 나무의 안부를 전했다. 옷에 흙이 묻는 건 질색이다. 조비서는 서둘러 돌아서려 했다. 그런데…… 이목의 몸 쪽에서 이상한 것이 눈에 밟혔다. 설마……. 설마, 저 어리석은 용이!

"그냥 가. 넌 아무 것도 못 본 거야."

무어라 말하기도 전에 이목이 눈을 부릅뜨며 조비서에게 말했다. 잘못 본 것이 아니구나.

"너, 그러다 죽을 수도 있어. 용족과 거짓은 상극이야."

우르르릉, 낮은 천둥소리가 이목의 몸에서 울렸다. 용의 진짜 목소리다.

"몰라서 이런다고 생각하나? 너보다 곱절은 살아온 나야. 그냥 지나가라."

"알아. 그런데 나보다 스무 배를 오래 살았어도, 그걸 사용한다는 건 어리석다는 뜻이지. 제 살과 혼을 갉아먹는 짓이잖아."

조비서는 조금도 밀리지 않았다. 밀리지 않았을 뿐만 아니라 조금 더 밀어붙였다.

"게다가 그렇게 얻은 마음은 가짜야. 비겁한 방법이니까. 진짜가 아닌 마음 얻어서 무얼 하려고 하지? 허무할 뿐일 텐데."

조비서의 말에 이목의 눈동자가 조금 흐려졌다.

"그렇게 된다 할지라도 나는 끝까지 갈 작정이야. 제 잇속을 채우기 위해 사람의 마음을 이용하는 자들에게 빼앗기지 않을 거라고."

노끈을 쥔 이목의 손에 힘이 들어갔다. 손마디가 하얗게 질리고 매끈했던 피부에 비늘이 드러났다. 그가 선 자리에 은빛 비늘이 몇 개나 흩어져 있었다. 어리석고 어리석은 용 같으니. 표정을 드러내는 일이 드문 조비서가 이맛살을 찌푸렸다.

"알아. 용은 설득되는 존재가 아니지. 그래도 넌, 서해 용의 마지막 후손임을 잊지 마."

조비서는 돌아보지 않고 걸어가려 했다. 그러나 이번에도 조비서답지 않게 돌아볼 수밖에 없었다. 가슴에 하얀 구슬이 박힌 채로 은빛으로 빛나는 용이 나무들 사이를 힘겹게 날고 있었다. 그리고 나무들 위로 이목의 비늘이 은사시나무의 잎처럼 반짝이며 흩날렸다. 아파하고 있었다.

해질녘 책방은 낮 동안 소란스러웠던 책들이 제 안의 세계로 짐을 챙겨 들어가는 듯 고요했다. 부드러운 주황빛이 낮게 깔리고 책방 안 모든 사물의 선이 부드러워지는 이 순간을 그녀는 좋아했다.

"그럼, 정리하고 들어가렴. 나는 창부대신한테 볼 일이 있어서."

느끼하게 한쪽 눈을 찡긋해 보이는 조신선에게도 장난스럽게 웃어 줄 정도로 기분이 좋은 오늘이었다.

"다녀오세요."

가볍게 인사하며 자신만을 위한 찻물을 끓였다. 맑은 날씨 때문인지 찻물이 끓는 소리가 경쾌하다. 그때 이목이 책방 안으로 들어왔다.

"우리 오늘이, 뭐해?"

"차 마시려고."

이목은 여전히 밝고 여전히 다정했다. 그녀는 머뭇거렸지만 이내 웃어 보였다. 이목은 선하다. 그리고 친구라는 이름을 붙일 수 있는 유일한 존재이다. 그런데 햇볕을 쬐고 있던 포루루가 이목을

보곤 으릉, 했다. 적의가 담긴 으르렁거림은 처음 들어 오늘이가
놀랐다.

"포루루가 왜 저러지?"

"그러게, 이리 와 봐라. 네가 좋아할 만한 걸 가져왔단다."

이목이 손을 내밀자 이번엔 포루루는 홀린 듯이 비틀비틀 그에
게로 다가와 주저앉는다.

"이런 가짜는 치우고, 진짜 영양을 꽉꽉 채운 것으로 주마. 진작
알아봤어야 하는데 내가 방심했어."

이목은 포루루가 차고 있던 초록 방울을 치워 버리고 제가 가져
온 푸른 방울을 채워 주었다.

"이건 어떤 거짓도 없는, 영양만 있는 것이니 앞으로 쑥쑥 자랄
것이야. 그리고 나를 좀⋯⋯ 봐주렴. 오늘이를 지키기 위한 것이
니, 그리 적의를 드러내지 않아도 된단다."

말이 끝나자마자 포루루는 푸른 방울을 꼭 쥐고는 밖으로 쏜살
같이 나가 버렸다. 문 밖으로 나가기 전, 오늘이를 보는 포루루의
눈에 한 줄기 걱정이 서려 있었지만 그녀는 그걸 알아보지 못했다.

"그 차, 나도 줄 수 있어?"

포루루에게 살짝, 손을 흔들던 이목이 환하게 미소 지으며 물었
다. 평소와 같은 미소였는데 그녀는 무언가 달라진 걸 느꼈다. 그
러나 이 평화를 망치고 싶지 않았다.

"그래. 그럼 차를 바꾸자."

"왜? 네가 마시려던 차 그냥 마셔도 좋아. 아니, 난 그게 더 좋아."

"아니야. 너 보니까 생각난 차가 있어."

분주하게 차통과 다구를 바꾸는 그녀를 이목은 물끄러미 바라보

았다. 찻잎을 덜어 내고 다구를 닦는 손이 야무지다.

"그나저나 놀랐지 뭐야. 우리 오늘이가 그렇게 멋진 여전사일 줄이야! 그런데 고등학교 때 그 애들한텐 왜 맞아 준 거지?"

"내 무예는 호신과 보호용이니까. 나와 동생 돌보는…… 공격용이 아닌데 애들한테 쓸 순 없지."

회상하고 싶지 않은 과거를 끄집어낸 이목에게 그녀는 눈을 흘겼다.

"그렇게 빠르고 강하면 인간들이 의심했을 텐데 어떻게? 그리고 오늘이한테 동생이 있었나?"

이목의 질문에 그녀는 까무잡잡한 피부의 동그란 얼굴이 떠올랐다.

"너도 알 텐데…… 내가 돌봐 주겠다고 약속한 아이. 내 다도 선생님 집에 입양됐어. 울 엄마 옛날 친구. 이 세계를 좀…… 아신다고 해야 할까? 선생님 남편 분이 격투기 원장님이시고. 이래저래 복잡한 사연이야. 그분께서 다른 사람들 없을 때만 훈련할 수 있게 해 주셨고…… 고마우신 분들이지."

술술 말했다. 평소엔 그렇지 않은데 해질녘이라 그런지 숨김 없이 말하게 되는 자신이 신기할 정도다. 그리고 보니 그 아이 보러 간 지 꽤 되었구나. 이번 주에 가 볼까? 이제 제법 대련 상대가 돼서 대견했는데.

"그러면 화원에서 나가게 됐을 때 이 책방이 아니라 그쪽으로 가지."

"그건 반칙이지. 자리를 바꿔서 다른 곳에 또 신세를 지는 게 무슨 독립이야."

그렇겠지. 너는 그런 아이지, 내 혼의 주인. 이목이 미소를 지었다.

"이건 무슨 차?"

백자 잔에 따라 낸 찻물을 보며 이목이 물었다. 수색이 거의 느껴지지 않을 만큼 옅은 찻물이었다. 깊이 들여다보면 밀도 높은 꿀을 풀어 놓은 것 같기도 한, 투명에 가까운 노랑이었다.

오늘이가 대답 없이 차를 먼저 마셨다. 이목도 그녀를 따라 마셨다. 섬세한 차였다. 달콤하면서도 과하지 않고 과일 향이나 꽃향기 같기도 한 향기와 녹차의 맛이 느껴졌지만 그보다 옅은 차였다.

"백차白茶야. 차나무의 어린 싹으로 만든 차인데 자세히 보면 하얀 솜털이 싹을 감싸고 있어. 아주 단순한 차라서 실망할 수도 있지만…… 굉장히 섬세하고 훌륭한 차야."

"그렇게나 훌륭한 차를 날 보고 떠올렸어? 이거 영광인데?"

활짝 웃는 이목을 보며 그녀는 자신이 왜 백차를 떠올렸는지 깨달았다. 가장 단순하고 깨끗하며 섬세하다. 눈을 감고 차향을 음미하는 이목을 보면서 참 좋은 날이라고도 생각했다. 그때 이목이 눈을 떴다. 그의 눈동자에 살짝, 은빛이 감도는 것 같았다.

"오늘아, 나는 너를 오래 기다릴 작정이었어."

아, 곤란해. 그의 말에 오늘이는 불안해졌다. 하지만 이목의 목소리는 차분하고 다정하기만 했다.

"네가 호호 할머니가 되어도 나는 괜찮아. 인간에겐 다음 생이 있으니까. 내가 네 혼을 찾아내면 되는 것이니까. 그런데…… 사정이 생겨 버렸어. 그래서 다시 물어볼게. 나는 너의 짝이 되고 싶다. 너의 짝이 되어서 누구도 네게 상처 주지 못하게, 너를 이용하지 못하게 지켜 주고 싶어."

진심이다. 이목은 진심으로 묻고 있는 것이야. 아마도 그랬겠지. 내가 할머니가 되어도 이목은 변함없이 기다려 주었겠지. 그게 미안하면서도 싫지 않다. 만약 나쁜 년 목록이란 것이 있다면 이런 생각을 하는 나는 상위권이겠구나. 그녀는 슬퍼졌다.

이목은 좋은, 따뜻한 존재다. 언제나 내게 친절했고, 나를 친구처럼 대해 준 존재. 내가 함부로 상처를 줘서는 안 될 존재. 그래도, 그렇기에 더 확실히 해야 한다. 결심이 섰다.

"고마워. 진심으로 고맙게 생각해. 그런데 아무리 오래 기다려도 나는 너와 같은 마음이 될 것 같지 않아. 나는 너를 좋아하지만 한 번도 남자로 보이진 않았어. 너는 내가 한 번도 가져 보지 못한 오빠 같은, 친구 같은, 아니, 네가 허락한다면 가장 좋은 친구가 되고 싶은 존재야."

투툭, 비늘이 바닥으로 떨어졌지만 오늘이는 보지 못했다. 이목의 가슴에서 빛나는 하얀 빛이 점차 붉게 변해 가는 것도.

"그래, 나는 너의 뭐든지가 되어 줄 거라고 했었지. 내가 바라는 뭐든지와 네가 바라는 뭐든지가 다를 수도 있다는 걸 나는 몰랐었어. 네 붉은 실은 내 심장이 아니라…… 다른 사람에게 이어져 있을 수도 있다는 걸. 그래도 오늘아, 그렇다 할지라도, 나는 너를 오래 기다릴 작정이었다는 걸 기억해 줘."

이목이 몸을 기울여 오늘이의 이마에 입맞춤을 해 주었다. 그녀는 그 입맞춤을 거절할 수 없었다. 이목은 오늘이에게 남자는 아니었을지라도 믿음을 준 존재였으니까. 오래전부터 믿는, 소중한 친구였으니까. 눈을 감고 그 뜨거운 입술이 이마에 닿는 것을 받아들였다. 그리고 곧바로 정신을 잃었다. 토주원의 구슬이 위력을 발휘해 오늘이의 마음을 조작하기 시작했다.

⁂

오늘이가 전화를 받지 않는다. 여러 번 메시지를 했는데 답이 없다. 은산은 가슴에 마른 금이 쩍쩍 벌어지는 것 같은 느낌이었다. 설마, 내가 고모에게 들은 이야기를 오늘이도 알게 된 건 아니겠지? 알게 되더라도 다른 이를 통해서가 아니라 자신이 스스로 말해 주고 싶었다. 아니, 실은 그것을 말해야 할지, 영원히 묻어 버려야 할지 판단이 서지 않았다. 하지만 오늘이가 보고 싶었다. 그녀의 얼굴을 보면 명확해질 것 같았다. 오늘이가 그에겐 답이었으니까.

"책방일 텐데…… 왜 안 받는 거야!"

걱정과 염려는 화로 변했다. 봐야 했다. 그녀를 보고 확인하고 싶었다. 그녀가 아직 아무것도 모르고 있음을.

책방을 향해 달렸다. 심장이 뛰었다. 힘껏 달려서인지 아님 불안해서인지 구분이 되지 않았다. 책방이 가까워질수록 심장은 그럴 수 없을 정도로 빠르게 뛰었다. 오늘이가 보였다! 은산은 잠시 숨을 고르며 걸음은 늦췄다. 화사하게 웃는 오늘이의 얼굴을 보니 불안이 가시는 것 같았다. 그런데, 뭔가 이상했다.

이목이 있었다. 그가 머리칼을 넘겨 주는데도 그녀는 가만히 있었다. 가만히 있는 것이 아니라 웃어 주었다. 자신에게 그러했듯이 환하게, 사랑스럽게. 그 시선과 미소는 이목이 아니라 자신을 향해야 했다. 은산의 숨이 다시 가빠졌다. 뭐지? 대체 어찌된 일이지?

서둘러 책방 안으로 들어갔다.

"산이 왔네?"

은산을 반긴 건 오늘이가 아니라 이목이었다. 숨을 헐떡이며 들어온 은산을 보는 오늘이의 시선은…… 차갑게 굳었다. 설마, 설마 아니겠지? 알게 된 건 아니겠지?

"오늘아."

단지 은산이 자신의 이름을 불렀을 뿐인데 그녀가 이목의 등 뒤로 숨었다. 그 몸짓이 은산의 가슴을 깊이 찔렀다.

"괜찮아. 내가 있잖아."

이목이 몸을 돌려 오늘이의 어깨를 안는다. 은산의 눈에서 불꽃이 튀었다.

"뭐하는 거야?"

절로 목소리가 커졌다. 그에 이목의 표정이 싸늘해졌다.

"구질구질해."

"뭐?"

은산이 한 걸음 다가서자 이번엔 오늘이가 눈을 치켜떴다. 그리고 이목의 손을 잡으며 말했다.

"우리 헤어졌잖아. 다시 보지 않기로 했으면서 왜 그래?"

이제 은산은 어지러울 지경이었다. 거짓말을 하는 눈이 아니었다. 그래서 더 미칠 것 같았다.

"무슨 소리야?"

오늘이에게 다가서자 이목이 막아섰다. 분노하는 용의 기운이 느껴졌다. 감히 범접할 수 없는 물의 기운이 이목과 오늘이를 벽처럼 둘러쌌다.

"너희는 헤어졌어. 그리고 다시는 만나지 않을 거다."

이목이 으르렁거렸다. 은산도 물러나지 않았다. 무슨 영문인지는 알 수 없었지만 절대 물러설 수 없었다.

"무슨 수작이지? 오늘이에게 무슨 짓을 한 거야!"

은산도 자신의 기를 숨기지 않고 펼쳤다. 모든 요괴와 신들이 고개를 숙이도록 만드는 도깨비 왕의 기가 은산으로부터 뿜어져 나왔다. 기와 기의 부딪힘이었다. 그 경계에서 파르라니 불꽃이 튀었지만 누구도 물러서지 않았다.

그때 이목이 오늘이를 자기 뒤에 숨기고 은산을 밀어내기 시작했다.

— 일단 돌아가자. 넌 아직은 혼자서 분노한 용을 이기기 힘들다.

타이르는 목소리가 들렸지만 은산은 무시했다. 힘들어도 할 수는 있다. 자신하며 다가서는데 이목이 기의 공격을 가하며 외쳤다.

"그런 수작은 너희 일족이 부려 왔던 게 아니냐!"

팡, 은산이 책방 밖으로 튕겨져 나왔다. 온몸이 저렸다. 튕겨져 나오며 무엇에 긁혔는지 볼에서 피가 뚝뚝 흘렀다. 그런데도 그녀는 이목의 뒤에서 그저 지켜볼 뿐이었다. 차가운 눈을 하고서. 그래서 마음이 더 저렸다.

"그 실력으로 우리 요괴들의 우두머리인 체했던 것이냐? 겨우?"

— 도발이다. 덤비지 마라!

이목의 말과 동시에 은산을 억누르는 목소리가 들렸다. 알고 있다. 알면서도 참기 싫었다. 늘 지니고 있는 부적을 이목에게 날리며 덤벼들었다. 안 되면 몸으로라도 밀어붙일 것이다. 그러나 천년을 살아온 용은 상상 이상으로 강했다.

하얀 불길이 부적을 단숨에 태워 버리고, 동시에 은산의 몸이 부웅, 뜨더니 뒤로 나가 떨어졌다. 가슴에 극심한 통증이 느껴졌다. 이전에 부딪쳐 왔던 이목과는 완전히 다른, 거대한 힘에 밀렸다. 이것이 용족의 진짜 힘인가? 그래도 오늘이를 포기할 수 없어!

"그만해!"

이목을 말린 건 오늘이 아니라 천수정이었다. 아까부터 불안하게 그들을 지켜보던 수정이 은산을 향해 뛰어들었다. 그리고 은산을 부축했다.

"잘 어울리는구나. 너희 둘. 계략과 필요에 의해서 움직이는 자들이니까."

이목의 말에 수정이 이를 갈았다.

"김은산, 잘 들어 둬라. 나는 오늘이를 너희 일족의 수작에서, 불의에서, 빼낼 거다. 그러기 위해 난 모든 걸 걸었다. 너는, 무엇을 걸었지?"

은산은 자기 발아래 벼랑이 무너지는 느낌이었다. 모두 알고 있구나. 그래서구나. 이목이 강타한 가슴을 부여잡고 비틀거렸다. 전력을 다한다면 이목을 꺾을 수도 있을 것이다. 은산 안의 힘이 그를 부추겼다. 그러나…… 오늘이의 얼굴을 마주 볼 수 없었다.

부끄러웠다. 비형 일족이라는 것이 힘겨웠던 적은 있었으나 부끄러운 것은 처음이었다. 그리고 죄스러웠다. 죄스러움에 고개를 들 수 없었다.

"오빠."

수정이 안타까워하며 불렀지만 은산은 그녀의 팔을 뿌리치고 비틀거리며 집으로 돌아갔다. 그리고 만불산으로 들어갔다. 깊숙이 숨어 버렸다.

 　　　　　　　　　　　✿

"대단하네, 이목."

수정의 목소리에서 경멸이 읽혔다. 하지만 이목에게 중한 것은 오로지 오늘이었다. 그는 그녀를 살필 뿐이었다.

"놀랐지? 이제 녀석이 널 괴롭힐 일은 없을 거야. 만약에 다시 와도 내가 쫓아 버릴 거고."

다독거려 주는 이목을 보는 오늘이의 눈동자는 따스함과 믿음으로 충만했다. 그가 그토록 갖고 싶어 했던 정인情人의 눈빛이었다. 그 모습에 수정은 다시 코웃음을 치며 오늘이에게 이죽거렸다.

"내 제안을 거절하면서 자신만만해 하더니. 이 정도밖에 안 되는 마음이면서……."

그런데 이목이 그 소리의 파장을 막아 버려 오늘이의 귀에 들리지 않게 만들었다. 그리고 나직이 오직 수정에게만 들리게 말했다.

"원하는 것을 얻었으면 물러나라. 이제 오늘이는 나의 여인이고, 따라서 누구도 상처 주지 못해. 건방진 시도를 하다가 목숨을 잃지 말고 꺼지란 뜻이다."

진짜다. 수정은 이목의 목소리만 듣고도 그가 충분히 자신을 해할 수 있단 걸 알았다. 그렇게 살점을 에는 듯, 도려내는 듯 차가운 목소리였다. 소름이 돋았다. 더 이상 이목은 해맑기만 하고 바보 같은 용이 아니었다.

만약 은산이 그럼에도 불구하고 오늘이를 계속 바란다면? 어쩌면 자신은 최악의 선택을 한 것인지도 모른다. 궁금해도 점을 통해 알아볼 순 없다.

천수정이 볼 수 없는 또 하나의 미래는 자기 자신에 관한 것이었다. 그녀는 입술을 깨물며 돌아섰다. 몸을 돌리다 보았다. 이목의 가슴에서 붉은 실 같은 것이 흘러나와 오늘이의 가슴까지 이어진 것을. 희미했지만 아름답게 반짝이는 붉은 실이었다.

가슴을 움켜쥔 것은 은산만이 아니었다. 그들이 돌아가고 난 후 이목이 몰래 가슴을 움켜쥐었다. 통증을 참기가 어려웠다.

"우리 오늘이 이제 정리해야 하지? 나 잠깐만 영등할미한테 갔다 올게."

그녀에게는 웃어 보이면서 힘겨운 발걸음을 옮겼다. 오늘이가 보고 있어. 비틀거리지 말고 똑바로, 가볍게 걸어. 이를 악물었다. 용족들이 혐오해 마지않는 거짓이, 자신의 가슴에서 꿈틀거리며 온몸을 샅샅이 훑고 지나갔다. 바다까지의 걸음걸음이 가슴을 칼로 도려내는 것 같았다. 고통이 온몸을 베고 갈랐다.

돌아가서 오늘이의 무릎을 베고 눕고만 싶었다. 그러나 그녀에게 보여 줄 순 없었다. 자신의 고통을. 혼자서 감내해야 했다. 그녀에게 작은 상처 하나라도 주느니 세상 모든 고통을 자신이 짊어질 것이라 이를 악물었다.

비틀비틀 파도가 밀려오는 밤바다로 들어갔다. 허리가 바닷물에 잠길 때까지 들어갔다. 고통이 밀려왔다. 가슴으로부터 온몸으로, 감당하기 힘든 고통이 맹렬히 퍼져나갔다. 왈칵, 피가 입에서 터져 나왔다. 검푸른 파도가 이목이 쏟은 피를 쓸고 지나갔다. 다시 고통이 밀려오고 이번엔 은빛 비늘이 떨어져 바다를 물들였다.

"네 것이 아닌 것을 거짓으로 가지려니 다치는 것이야."

영등이 다가와 있었다. 바다와 똑같이 검푸른 옷을 입은 그녀가 측은한 눈으로 이목을 바라보았다. 무어라 반박하기도 전에 또다시 고통이 찾아오고 그는 허리를 숙일 수밖에 없었다. 영등의 물기 어린 손이 그의 등을 천천히 쓸어 주었다.

"네 말대로 인간의 마음은 변하기 쉽고, 실체도 없어. 그것을 갖기 위해 생을 거는 것은 어리석다."

그녀의 목소리엔 더 이상 비웃음의 흔적은 없었다.

"알아. 어리석지. 하지만 누님도 알고 있잖아. 천 년을, 만 년을 사는 우리보다 인간들이 왜 더 행복한 건지. 왜 그토록 눈부시게 반짝이는 건지."

바닷물로 제 입과 몸에 묻은 피를 씻어 내며 이목이 말했다. 영등이 등을 쓸어 줄 때마다 고통이 조금씩 가라앉았다.

"내가 빼 줄 수 있어. 토주원의 구슬."

영등은 이목의 대답을 알고 있으면서도 제안을 했다. 그리고 이어지는 이목의 대답은 그녀의 짐작대로였다.

"아니, 그럼 누님도 고통에 시달리게 되잖아. 이 거짓의 독은…… 선의를 베푸는 자에게도 치명상을 주니까. 거짓의 대가는 오롯이 혼자, 치를 거야."

영등은 담담한 이목의 목소리에 먼 바다로 시선을 돌렸다.

"어리석은 용들……. 인간들의 무엇이 그리도 너희를 홀리는 것인지. 인간들에게 권력을 주고, 마음을 주고, 모두 내어 주고 이제 기어이 멸족을 눈앞에 두고 있구나. 어리석은……."

파도 위에서 이목의 비늘이 달빛과 함께 반짝이며 멀어져 갔다.

놀이동산

열흘째다. 은산은 만불산에 홀로 틀어박혔다. 오늘이를 위해 지은 다실에서 앉았다, 누웠다를 반복했다. 그녀가 한번 만졌던 다기를 조심스레 들었다가 놓았다가 면포로 조심스레 닦았다가 다시 팽개쳤다. 열흘을 그렇게 주인 잃은 강아지마냥 몸과 마음의 갈피를 잡지 못하고 헤매었다.

— 심각하구만.

— 실연인 게 분명합니다.

— 첫사랑이었던 것이지.

— 전에 그 여자아이가 첫사랑이 아니고?

— 그건 어린 마음에 잠시 들떴던 것이지요.

— 아무튼 명주가 크게 잘못한 것이야.

— 명주를 종주로 삼지 않은 것이 옳았어, 옳아.

마음의 초점을 잃은 은산을 두고 와글와글 목소리들이 들끓었다.

"혼자 있게 해 줘요."

다실의 구석에서 몸을 말고 모로 누우며 은산이 부탁했다.

— 귀면의 사내 일이 급한데…….

— 시급히 닥친 일은 아니니 산이에게 시간을 좀 주시지요.

저들끼리 의논하며 멀어져 갔다.

"밥, 조왕이 갖다 주래."

조비서였다. 고모는 그림자만 보여도 발작하듯이 성질을 부리니 대신 보낸 것이겠지. 앉아 있던 은산은 등을 돌리며 대답하지 않았다. 툇마루에 조비서가 걸터앉는 기척이 느껴졌다.

"먹어, 먹어야 기운이 생기지."

도시락을 은산 쪽으로 밀어 주었다. 그러나 그는 뒤돌아보지도, 답을 하지도 않았다. 그러든 말든 조비서는 담담하게 말을 이었다.

"이목이 토주원을 불러냈어. 무슨 뜻인 줄 알지?"

그제야 은산이 몸을 일으켜 조비서를 보았다.

"그 바보 같은 놈이 토주원의 구슬을 사용했단 말이야?"

"그러니 오늘이란 아이가 그리 변한 것이겠지."

"하지만 오늘이는 주술 같은 것에 걸리지 않는다고 했어."

물 한 모금 마시지 못해 쩍쩍 갈라지는 목소리였다.

"그래?"

그때 은산의 머리를 스치는 말이 있었다.

"다만 믿는 사람은 예외라고……."

"이목이 그 애한테 남자는 아닐지라도 믿음을 준 존재였나 보네. 원래 통수는 믿는 자가 때리는 것이니까."

갑자기 은산의 눈이 빛났다. 그리고 밥을 먹기 시작했다. 와구와구, 밀어 넣듯이 먹었다.

"그래 먹어. 도둑맞은 거 찾으려면 기운 차려야지."

조비서가 씩, 웃었다. 그런데 은산의 숟가락질이 느려졌다. 겨우 돌아왔던 총기가 다시 흐릿하게 멀어져 갔다.

"또 왜?"

"다시 찾더라도…… 날 혐오하게 될지도 몰라. 우리가…… 우리 가문이 저지른 일 때문에."

복잡한 생각과 걱정들이 은산의 얼굴에 그대로 드러났다. 순간, 딱! 조비서의 하얗고 기다란 손이 은산의 머리를 강타했다.

"정신 차려! 이목은, 그 아이를 훔치기 위해 생명을 걸었어. 정의로움에 목숨 거는 용족이 불의를 저질렀으니 '나는 죽을 각오가 되어 있다!' 이렇게 선언한 거나 다름없다고. 탐이 나는 것을 가지려면 그 정도의 기백과 각오는 있어야 하는 거야. 다른 일은 되찾고 난 후에 생각하란 말이야! 하여간 인간들이란, 그 좋은 대가리를 너무 많이 굴리는 게 문제라니까!"

도저히 조비서라고는 할 수 없는 표정과 말에 은산의 눈이 휘둥그레졌다. 그러나 곧 옳다는 것을, 그 말이 백번 옳다는 것을 깨달았다. 다시 밥을 욱여넣기 시작했다.

"그래서, 지금 오늘이랑 이목이 어디 있다고?"

밥풀을 튀기며 물었다. 조비서는 정장 바지에 튀긴 밥풀을 떼어 내며 슬그머니 일어섰다. 밥풀 하나라도 질색이란 표정이었다.

⁂

겨울, 평일의 놀이동산은 한산하고 평화롭다. 한낮의 볕은 따스했고, 봄바람 같이 가늘고 부드러운 바람이 불었다. 날씨 운이 좋다며 팔짱을 낀 연인이 낄낄거렸다. 레일을 따라 꺄악, 비명이 울리고 기름기 가득한 음식 내음이 공기 중에 퍼지고 있었다.

"정말 아무 것도 안 탈 거야?"

이목이 제 손을 꼭 잡고 있는 오늘이에게 물었다.

"응, 그냥 다른 사람들 보는 게 좋아."

"왜?"

그녀가 어떤 이유를 대든 그러마고 할 이목이었지만 다시 물었다. 그저 오늘이가 다정히 답해 주는 것이 좋아서.

"놀이 기구 탈 때 사람들이 무서워하는 표정을 보면, 내가 평범하게 느껴지거든. 그 사람들이 잠시 내 인생을 사는 거고. 내가 그 사람들의 인생을 살고 있는 거야. 못된 심보인가?"

이목의 어깨에 제 머리를 기대며 그녀가 답했다. 가슴이 아팠다. 이목은 그것이 오늘이에 대한 연민 때문이지, 토주원의 구슬 때문인지 알 수 없었다. 다만 그녀의 손을 꼭 잡아 줄 뿐이었다.

한 무리의 여학생들이 깔깔, 수군수군, 다시 깔깔거리며 이목과 오늘이의 앞을 지났다. 설마 학교를 땡땡이 친 건가? 대학생인가? 어느 쪽도 오늘이는 누리지 못한 시간들이었다. 그때 바람결에 여학생들의 목소리가 들렸다. 아니, 일부러 듣게 한 건가?

"대박, 남자 봤어? 뭐야? 완전 잘생김."

"아이돌 같지? 미모 미침."

"여자, 그저 그런데 뭐임?"

"그러게, 남자 완전 아까비."

채팅창에서의 대화 같은 말들이었다. 오늘이는 피식피식 웃음이 나왔다. 이목의 어깨 너머로 살짝 보니 이쪽을 훔쳐보던 무리가 화들짝 놀라 와하하, 하면서 도망쳤다. 그것이 오늘이는 오히려 유쾌하고 재밌다.

"어딜 보는 거야? 네 낭군은 여기 있다고."

오늘이의 코끝을 살짝 잡고 이목이 말했다.

"그냥, 부러워서."

쑥스러운 듯 답하면서 멀어져 가는 무리를 보았다.

"네가? 누구, 쟤들? 왜?"

납득이 가지 않았다. 분명 저들이 오늘이를 부러워했는데 왜? 혹시 내가 부족한 것이 있었나? 인간의 시간과 공간에 맞추기엔 자신은 나이가 너무 많은 것인지 의심스러웠다.

"응, 너도 알겠지만 난 한 번도 저렇게 친구들과 어울려 다닌 적이 없잖아."

이목은 오늘이의 과거를 떠올렸다. 이목이 알기로 그녀는 그날, 친구에게 배신당한 이후로 다시는 학교에 나가지 않았다. 웃음을 잃은 적은 없지만 그녀 나이 또래가 가진 웃음인지는 알 수 없었다. 그는 오늘이의 팔을 잡아끌었다.

"그럼 내가 네 친구가 돼서 어울려 줄게. 내가 말했었잖아. 나는 너의 뭐든지라고. 오오늘의 친구이자, 오빠이자, 연인이 바로 나 백이목이지. 자, 모처럼 쉬는 날인데 놀자!"

평일엔 쉬는 날이 없는 책방이었는데, 오늘이를 하루 놀게 해 달라는 이목의 요청에 조신선은 너무 쉽게 허락했다. 뭔가 꿍꿍이가 있는 것이 분명했지만 이목은 그것까지 헤아리고 분석하고 싶지 않았다. 그저 오늘이과 함께 있고 싶었다.

"그래, 나의 친구, 오빠, 연인, 넌 뭐 하고 싶어?"

믿기지 않을 정도로 달콤한 미소였다. 이걸 계속 볼 수만 있다면 무슨 짓이든 할 수 있다. 이목은 그녀를 바이킹 앞으로 이끌었다. 오늘이는 어리둥절한 표정을 지었다.

"놀이 기구는 고전적인 게 좋지. 대관람차가 최고이긴 한데 아쉬운 대로."

"나, 안 탄다니까."

그녀답지 않게 엉덩이를 빼는 모습에 이목이 웃음을 터트렸다. 그리고 속삭였다.

"무서운 거라면 걱정 마. 명색이 용인데 가짜 배 하나 어찌하지 못할까?"

"그런 게 아니라……."

"사람들 보면서 대리 만족하지 말고 여기서, 나랑 진짜 인생에 뛰어들어 보는 거야. 마음 놓고 평범한 사람의 공포를 누려 봐."

커다란 손으로 오늘이의 머리를 감싸 안으며 자기 품으로 끌어당겼다.

"내가 모두, 할 수 있게 해 줄게."

둘은 웃으면서 사람들의 즐거운 비명 속으로 뛰어들었다.

반짝반짝 공중으로 은빛 비늘이 날렸다. 사람들에겐 그저 햇빛으로 보일 터였다. 생전 처음 타 본 놀이 기구의 격한 흔들림에 비명을 지르는 오늘이와 함께 이목도 소리를 질렀다. 고통을 드러내도 의심 받지 않음에 마음껏 얼굴을 찡그리며 비명을 질렀다.

멀리 꽃잎처럼 흩날려 사라지는 비늘 중 하나를 은산이 집어 들었다. 짧게 한숨을 쉬었다.

"이 자식, 정말…… 어쩌려는 거야……."

중얼거리며 뒤섞인 비명들 속에서 오늘이의 목소리를 구분하려 애썼다.

"대관람차는 시카고 박람회 것이 최고였지. 뭐든 처음이 제일 인상 깊은 법이니까. 구라파 요괴들까지 구경 와서 아휴, 인간 반, 요괴 반 바글바글 들끓었지."

유쾌하게 떠드는 이목은 한 손에 핫도그를 들고 있었다.

"구라파가 뭐야? 그리고 시카고는 언제 갔던 거야?"

"아, 요즘 말로 유럽이지. 단기로 4226년이었으니…… 서력으론 1893년이구나. 자, 아 해."

이목은 대수롭지 않은 듯 답하며 오늘이에게 핫도그를 내밀었다.

"아니, 내가 먹을게."

도리질을 했지만 그는 막무가내였다.

"어허, 아 하라니까. 아님 버린다. 아, 그럼 조왕한테 혼나려나? 아무튼 아아."

이목의 목소리가 점점 커지고 사람들의 시선이 쏠렸다. 오늘이는 할 수 없이 핫도그를 한 입 베어 물었다. 기름과 케첩, 흰 설탕의 맛이 건강하진 않아도 익숙하고 그리운 추억의 맛이 되어 흘러 들어왔다.

"맛있다."

입가에 묻은 설탕을 혀로 핥아 내며 그녀가 웃었다. 이목은 의기양양한 표정으로 오늘이의 손을 잡았다.

"그런데 1893년이면 조선 시대 아니야? 그때 미국으로 여행을 갈 수 있었다고?"

"어허, 이래 봬도 용족은 바다 일족의 우두머리야. 물이 있는 곳은 어디든 갈 수 있다고. 그때 이 땅과 바다엔 보고 싶지 않은 일들이 넘쳐나서…… 일종의 도피?"

먼 하늘을 보는 이목의 볼을 오늘이가 꾹, 눌렀다.

"너, 진짜 늙었구나. 알고는 있었지만, 이렇게 탱탱한데 완전 늙은이였어."

쿡쿡거리며 웃었다. 놀리는 오늘이의 손가락을 잡아서 이목은 입 속에도 넣고 쪽, 빨아 버린다.

"헐, 뭐하는 거야? 더러워! 병 걸려!"

기겁하며 그녀가 손을 빼려 하자 이목은 더 꽉 잡고 놓아주지 않았다.

"너 역사 공부 좀 해야겠다. 역신이 감히 용족한테 병을 퍼트릴까!"

"그런 건 모르겠고, 손가락은 왜 빨아!"

아웅다웅 즐거운 둘을 멀리서 은산이 지켜보았다. 어째서, 생각하지 못했을까. 자신은 기껏해야 요괴들로 가득한 만불산으로 오늘이를 데려갔더랬다. 어째서, 천 년 넘게 살아온 용보다 더 구닥다리 같을까? 처음엔 전투를 불사하고서라도 이목과 맞서 그녀를 되찾을 작정이었다. 그런데…… 자책하며 생각이 깊어져 버렸다. 복잡한 생각은 결단을 유보시킨다. 은산은 생각에 발목을 잡혀 버렸다.

그럼에도 일부러 들켜 버렸다. 회전목마를 타고 있는 이목과 오늘에게 들켜 버렸다. 유치하도록 번쩍이는 금박이 덕지덕지 붙은 말이 오르락내리락했다. 그들이 눈에 꽃잎을 붙이고 상대만을 바라보았기에 참을 수가 없었다. 이목을 향해 검은 휘두르지 못할망정 제 모습을 드러내 불편하게 만들고 싶었다.

건물 뒤에, 나무 뒤에 숨겼던 몸을 드러내고 그들을 빤히 바라 보았다. 은산을 먼저 발견한 건 이목이었다. 오늘이를 숨길 줄 알 았는데 그러지 않았다. 다만 호위하듯 그녀 곁에 서며 은산을 보고 있었다. 경계심도, 적개심도 없는 표정이었다. 그건 자신감이었다. 봐라, 그녀는 이제 나의 그녀이다. 그녀의 마음은 나의 것이다.

회전목마가 몇 바퀴나 돌고 정지할 때까지 그녀는 은산을 알아 차리지 못했다. 그 사실이 또 은산의 가슴을 쿡, 쿡, 찔러댔다. 그 러나 자신의 아픔은 무시하기로 했다.

"안녕!"

뻔뻔스러움을 가장하고 오늘이에게 인사했다. 그녀는 그날처럼 이목의 뒤에 숨진 않았지만 여전히 차가운 눈이었다. 어떤 기억이 지워지고, 어떤 기억이 조작되었을까. 가늠이 되지 않았다. 그녀는 죄가 없다.

"꽤나 끈질기구나."

불꽃이 화르륵 일어나는 것처럼 이목이 나섰다. 맹목적인 용은 남들의 시선 따위는 무시하는 법이다. 은산은 두 손을 들며 웃어 보였다.

"그냥 지나가는 길이야. 싸우지 말자고. 요즘엔 인터넷 땜에 정 보 지우기도 힘들어."

사실이다. 옛날엔 그들을 목격한 사람들의 기억만 살짝 손보면 되었는데 요즘은 순식간에 전 세계로 퍼져 나가 버리니 그들은 늘 조심해야 했다. 정보를 손보는 건 공력이 많이 들고, 그게 가능한 요괴도 많지 않다. 게다가 그런 일을 하는 프리랜서 요괴들은 통제가 힘들다. 오히려 그들이 퍼트리는 정보도 있기에 사람에겐 들키지 않는 것이 최선이다.

"그럼 지나가라."

"쉽게 지나갈 수가 있어야 말이지. 도둑맞았으니 말이지."

"누가, 무엇을 훔친 도둑이란 말이냐?"

발끈, 이목이 앞으로 나서려 했지만 오늘이가 그를 붙들었다.

"너, 네가 곁에 있는 그 예쁜 아이를 말이지."

담담하게 진심을 담은 은산의 말에 이목도, 오늘이도 잠시 말을 잃었다.

"우리가 나도 모르게 헤어졌다는데 하는 수 있나. 싸움판을 벌일 수는 없으니, 헤어진 적이 없는 난 계속 오늘이를 따라다닐 수밖에."

"난 불편해. 그만둬."

오늘이가 딱 부러지게 말했다. 주술에 걸린 것이다. 그 사실을 알면서도 은산의 가슴은 묵직하게 강타당한 것 같았다. 그러나 은산의 마음은 부러지지 않고, 휘었다가 일어섰다.

"그래. 너 많이 불편해야 해. 명백하게 네 잘못은 아니지만 그래야 나중에 나한테 덜 미안할 거거든."

"오늘이가 너한테 미안할 일은 없을 거니까 꺼져."

이목이 으르렁거리자 하늘빛이 변하기 시작했다. 바람이 차가워졌다.

"아니, 싸우려고 하는 거 아니니까 그렇게까지 발톱을 세울 건 없어. 다시 봐."

평소라면 부적이며 검을 꺼내 덤볐을 은산이지만 이번엔 순순히 돌아섰다. 쓸쓸한 걸음으로. 그리고 곧 비가 내리기 시작했다. 겨울비였다.

그 후로 은산은 이목과 오늘이가 있는 곳이라면 어디에나 나타나기 시작했다. 책방은 물론, 인터넷에 서툰 이목이 겨우 찾아 낸 맛집이나 풍경이 아름답기로 소문난 카페, 극장에서는 자리를 잡고 앉자마자 뒷자리에서 슬그머니 머리를 내밀고 인사를 하기까지.

어딜 가나 나타나는 은산 때문에 이목은 오늘이와의 데이트를 계획하지 않았다. 게릴라 데이트, 즉흥적으로 시간과 장소를 정해서 오늘이를 강탈하듯이 책방에서 데리고 나왔다. 그러나 그것도 잠시, 한 시간 남짓이면 어김없이 은산이 나타나서 오늘에게 웃으며 인사를 했다.

"안녕! 지나가는 길이었어."

무리하게 다른 행동을 하는 것은 아니었다. 그냥 그렇게 인사를 하고, 웃어 주고, 이목에게 면박을 받고 돌아갔다. 그것만으로도 충분히 이목은 초조해졌다. 초조하게 오늘이의 표정을 살피며 가슴의 통증을 눌렀다. 이 몸이 얼마나 버틸 수 있을까. 무심결에 가늠해 보곤 했다.

"이제, 그만 해. 스토커 같아."

동백이 만발한 바닷가 공원의 벤치였다. 이목이 자리를 비운 사이 불쑥, 나타난 은산에게 오늘이가 단호하게 말했다. 평소처럼 빙긋이 웃으며 인사하려던 은산이 조용히 그녀 옆에 앉았다. 그리고 오늘이가 아닌 바다를 바라보았다.

겨울 바다라고 생각할 수 없을 정도로 파도가 잔잔하고 햇살은 반짝거렸다. 마치 군자마을의 바다와 비슷했다. 그 반짝거림이 이목의 비늘을 떠올리게 했다. 말한다면, 이목의 거짓을 말한다면, 어쩌면 오늘이는……. 그러나 그는 진실을 말할 수 없었다. 다만 이렇게 말했다.

"오늘아, 사랑해. 진작 말해 주지 못해서 미안해. 너를 깊이, 깊이 사랑해."

그 순간, 분명코 은산을 사랑하지도, 슬픈 감정을 느끼지도 않는데도 오늘이는 눈물이 차올랐다. 그래서 당황했다. 뭐지? 이건 뭐지? 당황해서 서둘러 눈물을 닦았다. 그녀의 당혹스러움을 은산은 안쓰럽게 바라보았다.

"괜찮아. 네 잘못이 아니야. 울지 마. 그런데 넌 계속 혼란스러울 거고, 계속 울지도 몰라. 나는 사랑하니까 포기한다. 뭐 그 따위 잡소리는 믿지 않아. 정말로, 진실로 우리가 헤어졌더라면 절대로 이러지 않을 테지만…… 욕먹더라도 너한테 실컷 먹고 장수해서 끝까지 따라 다닐 거야."

"변태야?"

눈물을 모두 닦아 낸 오늘이가 눈을 흘겼다.

"취향과 고집이라고 하자."

바람결에 용의 비늘 하나가 날아왔다. 은산은 힘차게 일어섰다.

"지금은 이만 갈게. 이목이 좀……. 아, 몰라. 자업자득이지. 내가 성인군자도 아니고 그것까지 봐주기는 싫다. 갈게!"

반대편으로 달려가는 은산의 뒷모습에 오늘이는 다시 이상한 감정에 휩싸였다. 설레거나, 좋아한다거나, 그런 것은 전혀 아니다. 그런데 왜 자꾸 눈물이 나려고 하는 것일까?

이목에겐 말하지 않았지만 은산이 나타날 때마다 그러했다. 아니, 정확히는 나타나서 사라질 때, 웃으면서 안녕을 고할 때 눈물이 솟는 걸 간신히 참곤 했다. 그리고 가끔은 쓸쓸히 돌아서는 은산의 뒤를 따라 가고 싶기도 했다. 어째서? 납득이 되지 않았다. 그와는 헤어졌는데. 그런데 왜 헤어졌던 거지? 기억하려하면 머리가 깨질 듯이 아팠다.

생각에 골몰하려니 다시 두통이 시작되려는데 이목이 돌아왔다. 두 손에 하나씩 우윳빛 소프트아이스크림을 들고서.

"오래 기다렸지? 아이스크림 차가 좀 멀리 있어서. 자."

"겨울에 아이스크림?"

"원래 아이스크림은 겨울에 먹어야 제대로 즐길 수 있는 거라고."

"완전 엉터리야."

말은 그렇게 했지만 눈을 감고 천천히, 음미하며 아이스크림을 핥았다. 차갑고 부드러운 달콤함. 구름이 입 안에서 녹았다.

"어때? 확실히 맛있지?"

"응, 맛있어."

서로를 바라보며 웃었다. 다른 이들에겐 보이지 않는 분홍빛 금붕어들이 둘 사이를 헤엄쳐 다니고 달콤한 향내가 살랑거렸다.

"삼촌이 아이스크림 가게를 꽃밭에 만든다고 하셨는데……."

갑자기 오늘이의 미소가 굳었다. 기억이 그 지점에서 뭉개졌다. 떠올리려 할수록 두통이 심해져 저절로 관자놀이를 문지르게 되었다. 이목은 그녀가 손으로 문지르는 자리에 살포시 입 맞추었다. 시원함이 퍼지면서 두통이 가셨다.

"이상해."

단지 그 한 마디였는데 이목의 가슴 한쪽이 무너졌다.

"뭐가?"

"어떤 기억들은…… 명확하지 않아. 흐릿해. 머리에 안개가 낀 것 같아."

"그러면 기억하지 마. 지금 이 순간만, 네 이름처럼 오늘, 이 순간과 앞으로의 시간만 나랑 함께 하고 기억하면 돼."

서늘한 손가락을 오늘이의 머리칼을 쓸어 주었다.

"그래도…… 아주 중요하고 소중한……. 놓치면 안 되는 것 같은데……. 아!"

골몰하던 오늘이가 다시 머리를 부여잡고 아파했다. 곧바로 이목이 그녀를 품에 안았다. 그녀의 통증에 더 아파하는 이목이었다.

"생각하지 마. 오늘아, 생각하지 마. 나를 봐. 응?"

간신히 고개를 든 오늘이의 눈에 눈물이 가득한 이목의 눈동자가 들어왔다.

"미안해. 내가 너를 욕심내서…… 미안해. 그런데 너를 놓지 못해서. 미안해."

용의 눈동자 속에서 하얀 빛이 어른거리며 오늘이는 아픔이 잦아드는 것을 느꼈다. 그리고 곧 스르르, 그녀가 잠이 들었다. 겨울 바다 앞, 동백이 만발한 나무 아래서 이목은 오랫동안 자신만의 정인을 안고 먼 바다를 바라보았다.

나랑 있어

달빛 아래서 영등은 조약돌을 쌓아 올리고 있었다. 바닷가는 여기저기 영등이 쌓아 올린 조약돌 무더기 덕분에 산사의 뒷마당 같은 느낌이었다. 이목이 작은 돌을 보태 올렸다.

"아프지?"

얇은 조약돌을 위로 가볍게 던졌다 받으며 영등이 물었다.

"각오했던 바야."

입을 굳게 다물며 주먹을 꽉 쥔 이목이 답했다.

"너 말고. 그 아이."

뜻밖의 대답에 이목은 숨이 콱, 막혔다. 아니 어쩌면 이미 알고 있는 사실이었는지도 모른다. 알지만 외면하고픈 사실. 그래도 확인해야 한다.

"왜…… 오늘이가 아픈 거지?"

"거짓은 저지르는 사람뿐 아니라 당하는 사람에게도 영향을 미치니까. 거짓에 그냥 물들어 버릴 수도 있지만 저항할 수도 있지. 그 애처럼 독특하고 강한 혼을 가진 인간이라면 더 많이 저항하고 더 많이 아플 거야."

이목이 비틀거렸다. 그가 오늘이를 사랑하게 된 이유, 오늘이가 간직한 그 진실됨이 자신을 거부하며 고통을 무릅쓰고 스스로를 지키고 있었다. 불의에 절대 굴하지 않는 빛나는 혼, 오늘이.

"내 마음은 거짓이 아니야. 그 아이와 함께 한 모든 순간순간이 진실이야."

"알아. 너는 한 순간도 거짓된 마음을 품을 위인은 아니지. 하지만 그 애가 아니잖아. 연애는 쌍방통행이지 일방통행이 아니니까."

영등은 조약돌을 던져 물수제비를 떴다. 조약돌은 멀리, 여러 번 바다 위를 굴렀다.

"저쪽도 거짓이야! 아니, 거짓보다 더 나빠. 진심을 이용하려는 것이니까."

이목이 분노하며 파도를 향해 발길질을 하자 물결이 은빛으로 울렁거렸다. 고개를 숙이고 눈을 질끈 감은 그를 영등이 측은하게 바라보았다.

"모르잖아, 너. 은산이 마음은 네가 모르는 거야. 어쩌면 은산이 마음이 거짓이길 바라는 것일 수도 있지."

영등의 말에 이목이 눈을 번쩍 떴다. 그 눈엔 분노가 가득했다.

"그래, 은산은 진심일 수도 있겠지. 하지만 명주는? 비형 일족은? 그들은 오랜 세월 오늘이 가문 사람들의 능력을 추적해 왔고, 이용할 방법을 찾아 왔어. 과연 오늘이를 그냥 내버려 둘까? 난 누구도 오늘이를 이용하게 허락할 수 없어!"

뱃속부터 분노를 끓어 올리는 이목을 보는 영등은 잠시 침묵했다. 하얗고 하얀 팔로 스스로를 감싸며 생각에 잠겼다. 그리고 마침내 그녀가 입을 열었을 때 물기를 머금은 바람이 불었다.

"그런데 넌 제일 중요한 걸 모른 척하고 있어."

"뭐가 제일 중요한 건데?"

밀려오는 통증에 간신히 고개를 든 이목이 입술을 깨물며 물었다.

"그 애, 오늘이의 마음. 비형 일족이든 은산이 본인이든 그 애를 이용하려는 것과 별개로 그 애 마음을 넌 모른 척해 버린 거야."

"그러면 저들이 오늘이를 이용하도록 내버려 두란 말이야? 그게, 진짜 사랑이란 거야?"

화가 나서 소리쳤다. 그러나 영등은 담담했다.

"나는 진짜 사랑이 뭔지 몰라. 오래전에 사랑 비슷한 것에 된통 당한 이후로 다시는 겪고 싶지 않기도 했고. 하지만 후회하진 않아. 분노하고, 죽여 버리고 싶었고, 다시는 보고 싶지 않지만, 후회하진 않아. 그때의 내 선택이었으니까. 네가 잊고 있던 게 그거 아닐까? 이용당하든 당하지 않든 그건 그 애의 선택이어야 하는데 넌 그 자유의지마저 빼앗아 버렸어."

영등의 말을 듣는 내내 이목은 뭐라 반박하고 싶었다. 하지만 결국 반박할 수 없었다.

"말할 수 없었어. 그들이 오늘이를 이용하려 든다는 걸."

"알아. 너는 그 애가 상처 받는 것이 싫었던 것이지."

천천히 이목은 고개를 끄덕였다.

"어리석고 바보 같이 착한 용이니까, 너는. 그런데 은산이도 같지 않을까?"

그는 답을 하지 않았다.

"은산이도 너처럼 싫었던 것이겠지. 그 애가 상처받는 게. 그러니까 토주원의 주술에 대해 오늘이에게 직접 말하지 않았던 것이야."

그래, 어렴풋이 알고 있었다. 자신과 오늘이가 있는 장소에 은산이 나타날 때마다 불안하긴 해도, 그가 말하지 않을 것임을 알았다. 그래서 더 슬펐다. 그것은 그녀에 대한 은산의 마음이 자신과 다르지 않음을 나타내는 것이었으므로.

"넌 이미 남은 네 수명의 절반을 날려 먹었어."

"상관없어."

밤하늘의 먼 쪽에서 쿠르릉, 천둥이 치는 소리가 들렸다. 영등의 눈이 번쩍 빛났다.

"상관있어. 네가 그렇게 스스로의 생명을 갉아먹는 걸 그 애가 알게 된다면 과연 어떤 기분일까? 언젠가, 이 속도면 머잖아 곧이겠지. 네가 죽을 때 너를 사랑하는 마음을 갖고 있는 그 애는 어떻게 살아갈까? 무엇보다 그 애의 혼이 거짓으로 인한 고통을 견뎌낼 수 있을까?"

언제나 잠잠한 군자마을 앞바다가 크게 요동쳤다.

"오늘이는 단단하고 진실된 혼을 가진 아이야. 따돌림 당하는 아이를 보호하려 자신도 따돌림 당하고, 배반당해도 오히려 배반한 쪽을 걱정하지. 죽은 아이와의 약속을 지키기 위해서 사랑받고 평범하게 살아갈 수 있는 자리를 양보하는 아이야. 그런 아이니까 점점 더 아파지겠지? 나를 계속 사랑한다면……. 사랑한다고 생각하는 것이 가짜니까."

이목은 조심스럽게 쌓아 올렸던 돌탑을 무표정하게 손가락으로 밀어 넘어뜨렸다. 다시 쿠릉, 천둥이 쳤다. 울림이 좀 더 가까이서 들렸다.

"욕심이란 걸, 내 이기심이란 걸 알아. 그래도 너무 갖고 싶었어. 그러던 차에 저들의 비열함을 알게 되었고 그걸 핑계 삼았던 거야. 결국 오늘이를 위한 게 아니라 내 욕심을 채우기 위한 것이었어."

어깨를 축 늘어뜨렸다. 비가 오지 않았는데도 비에 흠뻑 젖은 모양새였다. 영등은 이목이 무너뜨린 돌탑 옆에 앉아 돌을 다시 차곡차곡 쌓기 시작했다.

"온전히 네 이기심 때문이었다고는 생각하지 않아. 그러기엔 너, 너무 얼간이거든."

쌓아 올린 조약돌 위로 빗방울이 하나씩 떨어지기 시작했다. 낮에 햇살을 잔뜩 받은 조약돌은 빗방울을 한껏 먹었다. 차그락, 차그락, 이목의 발소리가 영등에게서 멀어졌다. 이내 바다 위로, 이목의 몸과 마음 위로 겨울비가 쏟아져 내렸다.

책방에는 불이 꺼져 있었다. 이목은 소리도 없이 2층으로 올라갔다. 빗물에 젖었으나 빗물을 떨구지 않고 제 몸 안으로 품어 삼켰다.

빗소리 속에서 오늘이는 잠들어 있었다. 규칙적으로 오르내리는 이불이 그녀의 숨을 확인시켜 주고 있었다. 그녀는 이따금씩 고통스러운 듯 얼굴을 찡그렸다. 그때마다 이목은 제 몸에서 비늘을 하나씩 떼어 그녀의 이마에 올려놓았다. 그러면 그녀는 다시 편안한 표정으로 숨을 쉬었다. 여느 때와 달리 비늘 끝에 피가 묻어났지만 이목은 개의치 않았다.

"내가 천 년 넘게 살며 사랑한 인간은 너 하나이고, 목숨을 걸어도 좋다고 생각한 인간도 너 하나야. 그런데 내 사랑이 너를 아프게 하고 있어. 나의 불의로 널 죽게 만들 수도 있는데…… 아직도 너를 놓고 싶지 않아."

하염없이 눈물이 흘렀다. 제 몸에 품어 삼켰던 빗방울을 토해 놓듯이 쉼 없이 눈물이 흘렀다. 입술을 깨물면서 소리를 삼켰다. 그때 오늘이가 눈을 떴다.

처음엔 꿈인가 싶었다. 잠이 들 때만 해도 비가 오지 않았는데 깨어 보니 비 내리는 소리가 들렸다. 설마 겨울비가 저리 장하게 내릴까 싶은 거센 소리였다. 그리고 하얀 빛이 어른거렸다. 아, 이목이었다. 그는 울고 있었다. 가슴이 아렸다. 이유를 알 수 없지만 손을 내밀면 이목이 산산이 흩어져 버릴 것만 같았다.

"이목, 왜 울어?"

잠에서 막 깨어 목소리가 갈라졌지만 묻지 않을 수 없었다. 다시 두통이 엄습했다. 오늘이는 이를 악물고 참았다.

"너를, 우리 오늘이를 너무 사랑해서."

수수께끼 같은 말이었다. 그러나 조금 알 것도 같았다. 어린 시절 엄마는 종종 잠이 들기 전에 눈물이 쏟아질 것 같은 슬픈 눈을 하고 그녀를 바라보곤 했다. 이유를 물으면 이렇게 대답했다.

— 그냥, 오늘이를 너무 사랑해서. 너무 사랑하는데 언젠가 헤어져야 하는 게 슬퍼서.

설마, 이목도? 이목도, 나를 떠나려는 걸까? 오늘이가 벌떡 일어나 앉았다. 동시에 머리가 송곳에 찔리는 것처럼 아팠다.

"뭐야, 왜 그래? 어디 가?"

빠르게 물으며, 아픈 머리를 무심히 손가락으로 눌렀다. 그런

모습이 이목을 더 아프게 했다.

"가지 않아. 어떤 경우에도, 네 곁에 있을 거야. 다만…… 사랑한다고 말해 줄래?"

"사랑해."

오늘이는 망설이지 않고 대답했다. 동시에 고통이 머리를 망치질했다. 다음 순간 이목이 와락, 오늘이를 껴안았다. 젖은 몸이었는데 물기가 느껴지지 않았다. 다만 그의 눈물만이 느껴졌다. 뜨겁고 농도가 짙어서 순간 피인가 싶은 그런 눈물이었다. 그래서 이목을 올려다보려는데 그의 입술이 덮쳐 왔다.

격렬하게 밀려오는 입맞춤이었다. 온통 빨려 들어갔다가 다시 밀려오기를 반복하며 이목이 그녀를 격하게 끌어안았다. 눈물이 스미기라도 했는지 짭짤한 맛이 느껴지기도 했다. 이러다 자신의 온몸이 이목에게 빨려 들어가는 것이 아닐까 싶을 정도로 강하게 끌어당기는 입맞춤이었다. 그리고 피비린내가 났다.

숨을 헐떡이며 이목이 그녀를 놓아주었을 때 그의 입에서 피가 흘렀다. 놀란 그녀가 이목에게 다가가려 했지만 그럴 수가 없었다. 몸이 움직이질 않았다.

"이제 괜찮아질 거야. 아프지 않을 거야."

"나 움직일 수가 없어. 무슨 일이야?"

이목은 그녀의 물음에 답하지 않고 몸을 세워 오늘이의 이마에 입맞춤을 해 주었다. 눈물과 피가 이마에 떨어졌지만 흔적도 없이 사라졌다.

"네게 퍼진 독은 거짓된 기억과 함께 내가 가져가니까 괜찮을 거야."

그때 오늘이의 시야가 흐려졌다.

"나 좀…… 이상한 것 같아. 가지 마. 나랑 있어."

"진짜 듣기 좋은 말이네. 그렇지만…… 이제 너로, 진짜 오오늘로 돌아가는 거야. 미안해. 너를 행복하게 해 주고 싶었는데, 내가 더 행복했어."

점점 몸에서 힘이 빠지고 잠이 그녀를 덮쳐 왔다.

"나도 행복했어. 너와…… 진짜로는 하고 싶었던…… 많은 일을 함께 해서…… 너무 좋았어."

그렇게 말하곤 잠들어 버렸다. 오늘이는 알지 못했지만 그녀의 마지막 말이 보드라운 빛이 되어 이목의 손바닥에 날아가 앉았다. 하염없이 눈물을 흘리는 이목은 그걸 제 가슴에 밀어 넣었다. 이전과 비교할 수 없는 고통이 엄습했지만 그 한마디를 가슴에 간직하기 위해 감내했다. 그리고 모든 힘을 다해 오늘이로부터 자신을 떼어 냈다. 돌아보지 않기 위해, 자신을 전부.

✣

겨울비에 젖은 나무들이 이목을 맞아 줬다. 고요하게 그의 상처와 고통을 지켜보았다. 쿨럭, 쿨럭, 피를 토했다. 눈물과 피가 비와 함께 땅으로 스몄다.

"이런…… 어리석은 용 새끼!"

은산이었다. 약해질 대로 약해진 자신의 몸을 은산이 보는 것이 싫었다. 이목은 몸을 돌려 나무 사이에 숨으려 했다.

"숨지 마! 살고 싶으면 숨지 말라고!"

은산이 어깨를 잡고 흔들었다. 그가 흔드는 대로 이목의 몸이 흔들렸다.

"죽는 편이 낫지 않나? 내가 죽어 없어지는 편이…….."

자신을 잡고 흔드는 은산을 죽일 듯이 노려보았지만 그뿐이었다. 이제 손가락 하나 들 힘도 남지 않았다. 그런데 은산이 이목의 턱을 꽉 잡고 자신을 응시하게 했다.

"잘 들어, 이목. 내가 널 죽게 내버려 둘 것 같아?"

"왜…… 네가 무엇이기에 날…… 감히…….."

이를 갈며 비틀비틀 일어서는데 꽃잎처럼 비늘이 발 아래 소복했다. 나무에 등을 기대고 간신히 일어선 이목도 알았다. 이 상태로 은산과 대적할 수 없다는 것을.

"나는, 지상의 요괴들과 신들의 우두머리인 비형 가문의 종주다. 절대 널, 죽게 내버려 두지 않아!"

은산의 귀안이 은빛으로 반짝이고 그의 몸에서 붉은 기가 넘쳐흘렀다. 요력과 신력을 가진 자라면 누구도 범접할 수 없는 기를 뿜어내며 은산이 부적을 꺼내 들고 이목에게 다가섰다. 그러나 이목은 온 힘을 다해 은산에게서 등을 돌렸다.

"오지 마라! 이 주술의 독은…… 나 혼자 감당할 것이야."

"독?"

이목의 저항에 멈칫한 은산의 귀에 조상들의 말소리가 들렸다.

— 그렇군. 토주원의 주술은 조력자에게도 독을 퍼트릴 수 있다.

— 허나 다른 방법이 없지 않습니까.

— 그 독이 은산에게 어떤 해악을 끼칠지 모르는데 섣불리…….

왕왕, 점점 더 커지는 말소리에 은산은 버럭, 화를 내고 만다.

"그만 좀! 그만 좀 해요! 이 일은, 내가 알아서 해!"

그리고 돌아선 이목을 끌어안았다. 동시에 이목이 격렬히 저항했다.

"놔라! 내 거짓으로 네게…… 위험을……."

자신의 가슴에 부적을 붙이려는 은산의 팔을 뿌리치며 이목이 몸을 뒤틀었다.

"말했잖아! 난, 비형 가문의 종주야! 독? 위험? 제길, 다 오라 그래! 어쨌든 너, 내가 구하고 말테니까!"

"나는…… 네가 이럴 가치가 없다……. 놔라……."

"친구라고! 너는 내 친구라고! 이 건방진 용 새끼야! 그러니까 좀! 가만히 있어!"

이목을 끌어안은 은산의 손을 통해 따스한 기가 이목에게 흘러 들어왔다. 따뜻했지만 괴로웠다. 가슴에 붙은 부적이 이목의 몸 깊숙이 자리한 토주원의 구슬을 몸 밖으로 끌어내고 있었다. 온몸의 혈관이 타들어 가고 찢기는 것 같았다. 관절이 꺾이고 온몸이 뒤틀렸다. 은산은 사지를 뒤트는 이목을 놓치지 않았다.

— 지금 놓치면 말짱 도루묵이야!

— 구슬을 뱉어 내게 해야 한다!

병들어도 용은 용이다. 거대한 힘이 은산의 두 팔 안에서 뒤틀리며 튀어나오려 했다. 이목의 가슴에 붙은 부적이 가장자리부터 타들어 갔다. 구슬의 힘이 부적을 밀어내고 있는 것이다. 은산은 팔의 힘줄이 두드러질 정도로 바짝 힘을 주고, 이를 악물고 뒤틀리는 이목의 몸을 버텨 내었다.

"끝나고 나면! 너, 진짜 나한테! 죽을 줄 알아!"

사방으로 이목이 토해 낸 피가 튀었다. 그리고 마침내 작은 구슬 하나가 빗속으로 굴러갔다. 처음엔 붉디붉은 루비 같다가 마침내 진주와 같이 티 하나 없는 하얀색으로 변해서 반짝였다. 은산의 품에서 이목은 정신을 잃으려 했다.

— 힘을 소진해 버린 백룡께서 저걸 어찌…….

— 지금 파괴해야만 한다!

조상신들의 말에 은산은 주저 없이 구슬을 손에 쥐었다.

— 안 돼! 네가 그걸 파괴하면 독이 네게 스밀 것이야!

만류에도 은산은 더 꽉 구슬을 움켜쥐었다. 은산의 손이 푸른색으로 희미하게 빛났다. 빗속에서 푸른 소용돌이가 일어났다.

— 그 독에 중독되면 거짓과 악의 그림자에 시달리게 될 것이다! 피해라!

그러나 은산은 피하지 않았다. 이목의 몸을 공격하던 고통이 고스란히 은산의 몸으로 옮겨 가기 시작했다. 자칫 정신을 잃을 것 같은 극심한 고통에 은산은 이를 악물었다.

"아 씨…… 용 새끼…… 이런 걸 견디고 있었던 거야? 미친……."

고통 속에서 동원할 수 있는 모든 신력을 구슬에 집중했다. 그의 온몸이 푸르게 빛나고 빗방울들이 그들 주위에서 빛으로 흩어졌다. 그리고 마침내 파아, 구슬이 산산조각나더니 빛의 입자가 되어 마을의 끝까지 퍼져 나갔다. 거의 동시에 퍼져 나간 그 빛이 은산 쪽으로 모여들고 암흑으로 응축되어 가슴에 박혀 들었다.

비가 그쳤다. 빠르게 구름이 걷히고 달빛이 숲을 비췄다. 흐느끼는 나무들 아래서 은산은 한참 동안 이목의 몸을 안고 기다렸다.

미약하게 숨 쉬는 것이 느껴졌다. 아직은 겨울, 비를 흠뻑 맞은 몸이 떨려 왔다. 그때 들릴 듯 말 듯 이목의 목소리가 들렸다.

"왜 날 살렸어?"

숨 쉴 기력만 간신히 남았기에 어쩔 수 없이 은산에게 안겨 있으면서도 따져 물었다.

"그건 내가 그때 너한테 똑같이 물었던 거지. 기억해?"

이목은 답하지 않고 그저 숨만 쉬었다. 그리고 기억을 더듬었다.

은산의 열일곱 살은 그에게도, 주변 사람들에게도 최악이었다. 그러나 수긍할 만한 사정이 있었기에 마을의 누구도 나무라는 이가 없었다. 명주마저도 두 손 두 발 다 들었다며 잔소리를 접을 정도였다. 한두 명도 아니고 수십 명의 조상신들이 자기 안에서 와글거리는 걸 어떤 사춘기 소년이 견뎌 낼 수 있었으랴!

여름, 길 잃은 관광객들이 마을에서 머물렀다. 기가 막히게 맛있는 조왕의 음식에 놀라고, 조용한 바닷가에 만족하고 또, 개중 누군가는 조신선의 미소에 홀려 버렸다. 그 중에 '하필' 소녀가 있었다. 아니, 하필이란 표현은 소녀에게 공정하지 못하다. 그 소녀는 그저 여행을 왔다가 가족과 함께 길을 잃었고 그 마을에 머무르게 되었을 뿐.

은산이 보통의 소년이었다면 '우연히' 정도의 표현이었으면 맞았으리라. 소녀는 또 '하필' 혹은 '우연히' 당시 큰 인기를 끌고 있던 걸그룹의 누군가와 닮아 있었다. 너무 조용한 마을에 따분해하던 소녀와 은산이 만났다. 은산은 그때도 또래 아이들보다 훨씬 컸고, 잘생긴 소년이었으며, '나는 고독하다'라는 분위기를 뿜어내고 있었다.

둘은 이틀 만에 손을 잡았고, 손을 잡고 30분 만에 첫 키스를 했다. 석양은 아름다웠고, 열기를 식혀 주는 서늘한 바람이 불었다. 모든 것이 순조로웠다.

— 어허, 요즘 아이들은 빠르기도 하지.

— 빠르기는요. 저는 저 나이 때 첫 아이를 보았습니다.

할아버지들이 끼어들었다. 애써 모른 척했다. 첫 키스만큼은 정상적으로 해내고 싶었다. 눈을 꼭 감고 소녀의 등을 감싸 안았다.

— 설마, 사고 치진 않겠지?

— 자손이 귀한 집이니 사고 치는 것도 나쁘지 않지.

도저히 참을 수 없었다.

"남녀상열지사에 간섭하지 말라고요!"

소리를 질러버렸다.

"뭐?"

달콤함에 젖어 살포시 눈을 감고 있던 소녀가 놀라 물었다.

— 성인도 안 된 것이 남녀상열지사라니!

— 여자 앞이지 않습니까. 어른으로 보이고 싶은 것이지요.

다시 와글와글, 머리가 아파왔다.

"혼자 있고 싶다고요!"

다시 소리쳤다. 불행히도 소녀는 상상력과 포용력이 부족하거나 지극히 정상적인 아이였던 모양이다. 그래서 이 잘생긴 소년의 광기를 감당하는 걸 포기해 버렸다.

은산은 도망치는 소녀를 붙잡을 생각도 하지 못하고 분노의 발길질과 주먹질을 허공에 해 대었다. 목청이 터져라 고함을 질러 댔다.

"제발 좀 나 혼자 놔두라고! 죽여 버릴 거야!"

— 이미 죽었는데 어쩐다고 저러는가?

— 여자아이와 틀어져서 광증이 왔나 보네.

산으로, 산으로 달렸다. 고모나 조비서가 찾지 못하게. 서낭과 터주신이 보지 못하게 산으로 달렸다.

"죽이지 못하면 죽어 버릴 거야."

거칠게 자란 풀과 나뭇가지에 피부가 드러난 곳은 모조리 긁히고 피가 났다. 몇 번이고 돌과 나무 등걸에 걸려 넘어진 것도 같은데 개의치 않았다. 분노에 찬 눈빛이 원래대로 되돌아오지 않았다.

"내가 죽으면, 어! 다들, 어! 소멸해 버리라지!"

범죄자나 가지고 다닐 것 같은 잭나이프가 바지 주머니에서 나왔다. 열일곱의 은산은 언제든 사고 칠 준비가 되어 있었던 것이다.

— 아이고! 저 철없는 것이 뽀뽀 한 번 실패했다고!

— 여기 산신이 누구냐? 빨리 찾아 봐라!

그제야 호들갑을 떠는 목소리에 은산은 오히려 씨익, 미소를 지었다. 미쳐 버린 미소였다. 그리고 가차 없었다. 자기 몸에 가차 없이 위해를 가하는 것도 그 나이 때 가질 수 있는 만용이다.

— 어! 저놈이 손목을! 어서! 어서 산신을 찾아 봐!

— 이 산은 너무 작은 산이라 산신이 없습니다!

— 아이고, 저거, 피를 흘리면 악귀들이 달려들 것인데!

"히히, 악귀가 문제야? 당신들 다 죽었어."

실제로 목소리들이 희미해지기 시작했다. 그리고 도깨비 일족의 피 냄새를 맡은 악귀들이 스멀거리며 몰려들었다. 검은 그림자들이 울렁거리며 나무 아래 쓰러져 있는 은산에게로 모였다.

"좃나 아프네. 빨리 와서…… 먹어 버려."

떨어진 솔잎 위로 붉게 흐르는 자신의 피를 게걸스럽게 핥는 악귀들을 보면서 은산이 다시 웃었다. 마침내 나 혼자 있을 수 있겠구나. 은산의 기운이 약해지자 악귀들은 이제 그의 다리를 타고 기어올랐다.

— 부적을 써라!

— 아직은 놈들을 쫓아낼 기운은 있어!

"싫거든……. 씨……. 될 대로 되라고."

악귀들 탓에 피가 점점 더 빨리 은산의 몸에서 빠져나갔다. 도깨비 일족의 피는 악귀들에게 마약과 같다. 피를 먹은 악귀들은 고통에 불타면서도 그의 피를 탐했다.

그때, 하얀 불꽃이 멀리서부터 날아와 악귀들을 휩쓸어 버렸다. 구역질 나는 악취를 풍기던 악귀들이 한 번에 소멸해 버렸다. 그리고 솔잎 위에 점점이 떨어진 은산의 피가 푸르게 타올라 사라졌다.

"누가 숲을 더럽히나 했더니, 산이었어?"

부드럽지만 한편으론 냉정한 목소리였다.

— 이목이시다! 아이고, 이제 살았구나.

안도하는 목소리가 불꽃의 소유자를 알려 주었다. 아직 기운을 차리지 못한 은산은 나무에 몸을 기대앉으며 이목을 노려보았다.

"왜 날…… 살렸어?"

"일단 내가 보살피는 숲이 악귀들 때문에 더러워진 게 싫었고.

비형 일족의 종주를 친구로 삼는 것도 괜찮은 일이고."

그의 말대로 이목은 은산에게 눈길도 주지 않고 주위의 나무들만 살폈다. 이목의 걸음은 마치 공기 위를 걷는 것처럼 사뿐했고 무게가 거의 느껴지지 않았다. 햇빛과 나뭇잎들이 그를 따라 둥글게 선을 그리는 것 같았다.

"살려 줬다고 친구야? 누가 친구가 되어 준대? 어? 아 씨……. 목말라."

그 말에 이목이 흘깃, 은산을 바라보았다. 여기저기 긁혀 피가 나고 손목 쪽은 심하게 상처가 나서 피가 계속 흘렀다.

"깊게도 베었군. 보통은 살짝 그어서 저절로 멈추는데…… 힘이 넘치는가 봐."

이목은 은산의 곁에 앉으며 그의 손목을 덜렁덜렁 흔들었다.

"손 치워. 이 용 새끼야."

"치울 거야. 그런데 내가 그냥 지나가면 네 고모가 온갖 지랄을 하면서 귀찮게 굴 것이고, 영등할미도 한소리 할 테니까……."

자신의 비늘을 하나씩 떼서 은산의 양쪽 손목에 얹어 주었다. 곧 피가 멈추고 상처가 사라졌다.

"누가 치료해 달랬어?"

"호의는 요청이 없어도 베풀 수 있는 것이지. 나이 좀 더 먹고 철 좀 들면 은혜를 알려나?"

"어림없어!"

고래고래 소리를 지르는 은산을 뒤로 하고 이목은 다른 숲으로 사뿐히 날아갔다.

"네가 죽어 버리면 너희 일족 조상들이 혼이 다 소멸한다지? 아깝네! 장관을 볼 기회를 날렸어!"

은빛 꼬리를 살랑거리며 날아가는 이목에게 은산은 간신히 손을 올리며 가운뎃손가락을 치켜들었다.

✿

"날 살린 것은 그렇다 쳐도, 그 독을 네가 왜! 왜 감당하느냐고!"

나무에 기대며 간신히 일어선 이목이 힘없이 은산의 멱살을 잡았다.

"내 의무잖아."

"뭐?"

스륵, 이목의 손아귀에서 힘이 빠져나갔다.

"비형 일가의 종주. 허울만 좋은 종주가 아니라 정말로 너희를, 만신의 우두머리로서, 너희를 지켜야 하는 의무가 있으니까. 내가 가져가야지. 이 독 따위."

은산은 대수롭지 않다는 듯 어깨를 으쓱, 해 보였다. 이목의 시선이 흔들렸다.

"……매일 밤, 어둠 속에서 불의의 대가를 고통으로 치를 것이다. 평생, 죽을 때까지. 내 대신에 말이다. 그래도 그 독을 품고 갈 것이냐?"

눈썹을 활처럼 휘게 하며 이목이 물었다. 그런데 은산은 이미 그에게서 등을 돌려 마을 쪽으로 발걸음을 옮기고 있었다.

"대답해!"

아직 성한 몸이 아닌지라 굽은 허리를 하고서 소리쳤다. 이목의 외침에도 은산은 돌아보지 않고 다만 손을 들어 올려 귀 옆에서 흔들거렸다.

"이미 답했는데 뭘 자꾸 확인하려는 거야? 니들 종주가 그렇게 하겠다고. 그러니까 오늘이 옆에 얼씬거리지나 말지?"

오늘이의 이름에 이목은 가슴을 움켜쥔다.

"아니! 기다릴 거다. 나를 봐 줄 때까지. 오늘이가 날, 봐 줄 때까지. 죽어서라도 기다려 줄 테다!"

"그러시든지. 이제 절대 뺏기지 않으니까."

다짐하며 마을로 내려가는 은산을 보는 이목의 눈동자에 겨울바다의 허허로움이 스쳤다.

"어째서…… 어째서 네게…… 빚을 지게 하는 것이냐……. 어째서……."

혼잣말을 하며 고개를 젖혔다. 멀리서 파도 소리가 거듭 이목을 불렀지만 그는 오늘이가 있는 마을 쪽으로 약해진 몸을 돌릴 뿐이었다.

기습

　다음날 오후, 군자마을이 소란스러웠다. 마치 짠 것처럼 은산과 이목이 책방에 동시에 나타났다. 그리고 둘 다 책방에서 쫓겨났다.

　"둘 다 꺼져!"

　머리끝까지 화가 난 오늘이가 빗자루를 휘두르며 둘을 몰아냈던 것이다.

　"아니, 난 왜? 내가 주술을 걸었어?"

　은산이 억울한 표정으로 하소연했지만 오늘이는 눈을 부라리며 더 화를 냈다.

　"네가 더 나빠! 명색이 뭐, 도깨비 일족의 우두머리란 놈이 주술 하나 못 깨뜨려? 그리고 너! 너! 이 자식……. 널 믿었는데 그따위 주술을 걸어? 조금이라도 미안한 마음을 가진 내가 미쳤지!"

　"아니 도깨비 일족하고 그런 주술하고는 상관이 없다고. 오늘아, 내 말 좀 들어 봐."

　마구 소리를 지르며 빗자루를 휘둘러 대는 그녀를 두고 은산은 어쩔 줄 몰라 쩔쩔맸고 이목은 빙긋이 웃으며 바라보았다.

　"미안해, 진심이야. 그러게 누가 우리 오늘이 이렇게 예쁘랬나?"

　세상 능글맞게 말했지만 이목의 눈은 진실했다. 그 눈빛에 그녀가 휘두르던 빗자루를 멈칫, 했다가 세게 팽개치고는 이목의 가슴

376

을 주먹으로 가격했다. 평소 같으면 허허, 웃으며 받아 주었을 이목이었지만 너무 약해진 그는 그만 휘청하고 만다.

"뭐야……. 왜 그래?"

오늘이가 걱정하며 그에게 다가서자 똑같이 이목을 걱정했던 은산은 화가 나고 만다.

"왜 그러냐고? 제 주술에 생명을 갉아먹혀서 그렇지. 시발, 너, 내가 아픈 건 안 보이고, 저 새끼 아픈 것만 보이냐고!"

돌아서서 뚜벅뚜벅 걸어가 버렸다. 허리를 숙이고 고통을 참아 내던 이목이 물끄러미 은산을, 그리고 그를 바라보는 오늘이를 보았다.

"저거, 저거, 저러고도 만신의 종주라고? 에휴. 산이, 화가 난 게 아니라…… 어쩔 줄 몰라 하는 거야."

잠시 망설이던 오늘이 은산의 뒤를 따라간다. 그게 이목의 가슴을 아릿하게 만들었다. 목에 걸린 말을 뱉어 내고 싶었다.

"오늘아, 너한테 그런 주술을 걸어서……."

"알아. 너는 네가 할 수 있는 최선을 다한 것이겠지. 정당하진 않지만, 그렇게까지 할 수 있는 사람은 거의 없어. 그래서 화가 나지만…… 미워할 수는 없어. 그렇다고 용서한 건 아니야!"

오늘이의 눈도 진실이다. 이목은 가슴의 아릿함을 환한 미소로 피워 낸다.

"역시 내 사랑이네. 죽어서도 기다려야 할 내 사랑이야."

"이 바보가 뭐라니……. 나, 갈게."

탁탁탁, 가볍게 뛰어서 오늘이가 이목에게서 멀어졌다. 그 걸음걸음을 꽃잎으로 만들어 혼의 가장 깊숙한 곳에 간직하는 이목이었다.

바다는 영등달 보름을 맞아 파도가 거칠었다. 바위틈으로 물거품이 하늘까지 솟고 파도 소리가 천둥처럼 울렸다.

"야! 김은산! 거기 서 봐!"

뒤에서 오늘이가 소리쳐 불렀지만 들리지 않을 정도로 파도와 바람이 거셌다. 멍하니 은산이 바다를 향해 서 있는데 그녀가 다다다, 달려와 그의 허리를 안았다.

"미안해. 그런 주술에 걸려 버려서."

정말로 하고 싶던 말을 했다. 은산은 오늘이의 팔을 끌어당겨 자신을 더 단단히 안게 했다.

"미안해. 막아 주지 못해서."

내내 하고 싶던 말이었다. 깍지를 낀 오늘이의 손을 풀고 몸을 돌려 제 품에 꼭 안았다. 안도의 한숨이 새어나왔다.

"무서웠어."

아무렇게나 묶은 오늘이의 머리칼을 쓰다듬으며 고백했다.

"뭐가?"

"돌아오지 않을까 봐. 그래서 나한테 돌아오지 않으면 만불산에 평생 숨어서 살려고 했지."

"거짓말."

"어, 거짓말 맞아. 나한테 돌아오지 않으면 평생 쫓아다니려고 했지. 졸라 불쌍한 눈망울을 하고. 그 만화에 나오는 고양이 눈처럼 말이야."

잠시 그녀를 제 품에서 떼어 내더니 초롱초롱 애타는 고양이 눈을 흉내 내는 은산은 먼저 웃음을 터트렸다. 하지만 곧 오늘이에게 말해야 하는, 말하지 않으면 안 되는 일이 떠올랐다.

"오늘아, 너한테…… 할 말이 있어."

결심이 선 은산이 힘들게 입을 열었다. 그러나 그의 입을 오늘이의 입술이 막았다. 은산의 목에 팔을 감고 깨금발을 하고서 열렬히. 이번 생에 주어진 일이 오로지 은산과의 입맞춤인 것처럼.

두 사람 안의 모든 물들이, 서로를 갈구하며 뒤엉컸다. 한 번의 숨도 아쉽다는 듯이 오직 서로에게만 매달렸다. 어느 쪽이 먼저 신음했는지도 모르게 격렬히 신음하며 입맞춤했다. 파도가 둘을 덮쳐 왔지만 개의치 않았다. 이미 그들은 서로에게 흠뻑 젖어 있었다.

마침내 은산과 오늘이가 이마를 맞대며 서로의 눈동자를 보았을 때는 말을 꺼낼 수 없을 정도로 숨이 찼다. 다른 말을 꺼낼 수도 없었다. 다시 서로를 갈망하는 마음이 부풀어서 간신히, 정말이지 간신히 버티고 있을 정도였으니까.

오늘이가 은산의 가슴에 가만히 머리를 기댔다. 쿵쾅쿵쾅, 인간의 심장이 그렇게 빠르고 강하게 뛸 수 있을 줄이야! 순간 놀라 은산을 올려 보았다.

"야, 너 심장 터지겠는데? 무슨 병이라도 있어?"

호흡을 가다듬으며 물었다. 그런 그녀의 머리를 은산이 마구 헝클며 웃어 버렸다.

"네가 그랬잖아! 참 내, 지가 심장에 불붙여 놓고선."

다행이야, 예전처럼 환하고 티 없는 웃음이야. 그녀는 은산의 품에 다시 뛰어들어 제 얼굴을 비벼 대었다.

"야! 또 이런다. 이러면 정말 심장 터져!"

"네가 날 미워할 줄 알았어. 널…… 네 마음을 아프게 했으니까."

"아팠지. 그런데 어쩔 수 없어. 한 사람을 사랑한다는 건 그 사람한테 날 아프게 할 칼을 기꺼이 쥐여 주는 일이거든."

오늘이의 정수리에 입맞춤을 해 주며 은산이 답했다.

"엄마도 비슷한 말을 했어. 누군가를 믿는다는 건 그 사람한테 날 배신할 수 있는 힘을 주는 거라고. 그래서 배신당해도 억울하지 않고, 그걸 감내할 수 있는 사람만 믿어야 한다고."

서로의 몸과 마음을 꼭 끌어안은 채 가만히 서 있던 순간, 은산이 오늘이의 볼을 가만히 건드렸다.

"응?"

"모른 척하고 싶은데 너 휴대폰이 아까부터 몇 번이나 울리고 있어. 안 들렸던 거야?"

들리지 않았다. 파도와 바람 소리가 광중에 들끓는 듯 시끄러웠고 오늘이의 신경은 온통 은산에게 집중되어 있었다. 그녀는 집중력이 훌륭한 편이었다.

발신인은 할락궁이었다. 그럴 리가 없다고 생각하면서 그녀는 부재중 전화를 다시 확인했다. 세 번 모두 할락궁이었다. 무슨 일이기에 세 번이나? 궁금증은 다시 걸어도 받지 않는 전화로 인해 불안함으로 번졌다. 화원이나 저승꽃밭, 어느 한쪽, 혹은 둘 다에 문제가 생긴 것이 분명했다.

"이상해."

오늘이의 표정이 심상찮아 지자 은산은 그녀의 손을 쥔 손에 힘을 줬다. 불안함은 전염병과 같다.

"화원에 가 봐야겠어."

"나도 같이 갈게. 아! 안 돼…….."

은산의 눈동자가 흔들렸다. 낭패라는 표정이었다.

"왜?"

"오늘 영등할미가 마을을 비우는 날이야. 일 년에 단 하루. 그리고 그날엔 마을의 누구도 밖으로 나갈 수 없어. 모두가 마을을 지켜야 하는 날이라서. 인간을 제외하고는."

납득이 되었다. 오늘이는 인간이지만 은산은 반만 인간이다.

"괜찮아. 알잖아, 스스로를 지킬 힘 정도는 있어. 금방 다녀올게."

은산은 답하지 않았다. 왜 하필 지금일까. 그녀를 보내지 않을 순 없을까. 골몰하는데 그녀가 은산의 뺨에 가볍게 입맞춤을 했다.

"걱정하지 마. 네가 상상하는 거 이상으로 나 강해. 이 마을의 누구보다 강해."

영롱하게 빛난다는 건 저런 눈빛을 말하는 것이겠지. 자신을 바라보는 그녀의 눈이 흔들림 없이 빛나는 것을 보고 은산은 생각했다.

"그럼 다녀와. 다녀와서 나랑 계속, 질리도록 같이 있자. 네게 꼭 해야 할 말도 있고."

"질리는 건 곤란해. 안 질리게 해 줘."

뒷걸음질 치며 오늘이가 미소 지었다. 그런 그녀를 다시 안고 싶어졌다. 품에 안고 놓고 싶지 않았다. 온몸의 피가, 근육이, 세포들이 그녀를 원했다. 그걸 참아 내며 은산도 미소 지었다.

"그래, 안 질리게 해 줄게. 그러니까 빨리 다녀와."

오늘이의 걸음이 빨라졌다. 총총히 멀어져 가고 있었다. 그러다 문득 뒤돌아보며 물었다.

"그럼 영등할미가 없는 마을의 바다는 누가 지켜?"

은산은 답하지 않고 팔을 크게 흔들었다. 대답을 듣지 못한 채로 오늘이는 달렸다. 더 이상 지체할 수 없었다. 그녀가 보이지 않을 때까지 팔을 흔들던 은산은 혼잣말처럼 중얼거렸다.

"이목. 이목이 지켜."

오늘이에겐 보이지 않았지만 은빛 비늘을 반짝이는 이목이 바다를 향해 우뚝, 서 있었다. 은산에겐 시선도 주지 않은 채로, 상처와 쇠한 기운을 감춘 채 군자마을의 바다를 지켰다.

달이 떴다. 이목 덕분인지 파도는 잠잠했고 마을은 고요했다. 오늘밤 마을 안 모든 가게는 정갈하게 정돈을 하고 휴일이란 팻말을 걸었다. 거리에 가로등만이 환하게 불을 밝혔다.

여느 가게들처럼 수정의 타로 가게도 깨끗하게 정리된 채 불이 꺼져 있었다. 그때 유리문 밖으로 사람의 그림자가 스르르 움직였다. 소리 없이 문이 열리고 그림자가 안으로 들어왔다. 그리고 벽에 걸린 거울을 향해 천천히 움직였다.

"누구세요?"

가게 깊숙한 곳, 가리개가 쳐진 공간에서 수정의 목소리가 들렸다. 그러나 검은 형체는 개의치 않았다. 단번에 거울을 덮고 있던 하얀 천을 걷어 버렸다. 순간, 달빛이 가게에서 멀찍이 물러나고 어둠이 공간을 잠식했다.

울렁울렁 거울 안에 있던 더 짙은 그림자가 움직였다. 커다란 뱀이 허물을 벗듯이 거울에서 몸을 빼낸 형체가 기다란 혀를 날름 거렸다.

"그 아이는 어디 있지?"

악취가 소리가 된 것처럼 거칠고 소름끼치는 목소리였다. 그때 수정이 가리개를 걷고 가게 안으로 들어섰다.

"아저씨?"

처음에 그녀의 눈에 들어온 건 검은 그림자였다. 그러다 문득, 그 곁에 무엇으로도 설명할 수 없이 꺼림칙하고 구역질나는 형체를 눈치채고 비명을 지르고 말았다. 그러나 그것이 다였다. 그녀가 달아날 틈도 없이, 그것을 막을 방법을 생각하기도 전에 형체가 수정을 덮쳤다.

빛 한 줄기 비집고 들어 올 틈이 없는 어둠이 그녀를 잠식했다. 커다란 수정의 아름다운 눈동자가 검게, 더 검게 물들어 갔다. 맑던 숨이 거칠게 더럽혀졌다. 몸이 뒤틀린 만큼 혼도 뒤틀려, 죽어 가는 고목처럼 메말라 갔다.

"자정까지야. 자정이 넘으면 영등할미가 다시 돌아오고 퇴로가 막힌다."

변해 가는 수정을 마뜩찮게 내려다보던 그림자가 말했다.

"퇴로? 그분께서 오시면 그런 것 따위 필요 없다."

수정의 몸을 잠식한 형체가 비틀린 미소를 지으며 일어섰다.

"그 여자는 어찌 되었지?"

"크크, 이미 그분께서 손을 써 놓으셨지. 자, 이제 시작해 볼까?"

수정이 손을 펼쳐 내밀자 날 선 검이 쥐어졌다. 그 검을 쥐어 준 검은 그림자가 그녀 뒤로 물러섰다. 그는 조신선이었다.

그 시각, 은산과 명주는 말다툼이 한창이었다.

"오늘이한테 거짓말하기 싫다니까!"

"누가 거짓말하래? 그냥 가만있으라는 거지."

알고는 있었지만 명주의 뻔뻔스럽고 이기적인 태도에 은산은 질려 버렸다.

"그게 거짓말이야. 알고도 모른 척하는 거. 그것도 거짓말이라고."

답답해하는 건 명주도 마찬가지였다.

"차라리 그 애가 필요해서 곁에 두는 거면 모르겠지만, 좋아한다? 그건 안 돼. 너만 이용당해."

"내가 오늘이를 이용하는 것은 괜찮고, 나는 이용당하면 안 돼?"

"넌 일족의 종주야. 네가 잘못되면……."

"알아, 알아. 내가 잘못되면 우리 할아버지들이 다 큰일이지. 그래서 인간성을 버리고 사랑하는 사람을 버리고……. 그럼 뭐가 남는데?"

"사랑? 너 지금 사랑이라고 했니? 하!"

명주는 콧방귀를 뀌면서 울분을 터뜨리고 말았다. 저러다 머리칼이 불꽃이 되는 게 아닐까, 고개를 절레절레 흔들던 은산의 눈에 이상한 광경이 들어왔다.

군자마을 입구, 서낭의 나무 쪽이 붉었다. 불이다! 벌떡 일어나 명주의 어깨를 흔드는데 천지가 요동치며 신들의 고함이 울렸다.

"불경한 것들이다! 공격이다!"

동시에 바다 쪽에서 커다란 물기둥이 솟았다. 이목이었다. 그가 공격당하고 있었다.

먼저 뛰쳐나간 건 은산이었다. 뒤이어 정신을 차린 명주도 부적과 활을 챙기며 은산에게 소리쳤다.

"서낭 쪽으로 먼저 가! 바다 쪽은 이목이 막아 줄 거야!"

기가 쇠하긴 했지만 용은 용이다. 보통의 용이 아니라 천 년을 넘게 산 백룡이다. 은산은 이목을 믿고 마을 어귀로 달렸다. 제발, 버텨라. 제발. 이를 악물었다.

쿠와아아아, 한 번도 들어 본 적이 없는 울림이 땅을 통해 전해져 왔다. 나무가 불타고, 나무와 함께 서낭이 불타고 있었다. 이 마을에서 살아온 이래로 표정을 바꾼 적이 없는 서낭이 온몸에서 진녹색 피를 흘리며 분노하고 있었다. 분노하며 불탔다. 그리고 그의 곁에 측신과 둔갑신장이 잔인한 웃음을 흘리며 서 있었다.

1초라도 헛되이 쓸 시간이 없었다. 은산은 죽어 가고 있는 서낭에겐 보호의 부적을 날리고 동시에 측신과 둔갑신장에게 검을 휘둘렀다. 은산의 검을 받아 내는 측신과 둔갑신장은 예전보다 강하고 사악했다. 혈석을 먹은 것이 분명한 강력한 힘이었다.

"어이, 귀하신 몸! 알고 보니 별거 아니잖아?"

측신이 낄낄거리며 은산의 검기를 쳐냈다. 적들이 혈석을 먹어서 강해졌다고는 하지만 은산의 힘이 예전만 못한 것도 사실이다. 토주원의 독이 은산의 힘을 갉아먹고 있는 것이다. 그때 명주의 화살이 측신의 다리에 박혔다. 끼기기긱! 고막을 찢을 듯이 측신의 비명이 울렸다. 그러나 둔갑신장은 눈 하나 깜짝하지 않고 커다란 검을 휘두르며 은산을 공격했다.

"이 새끼들! 여기가 어디라고 감히! 소멸시켜 버리겠어!"

명주의 화살이 마구 날아들었다.

"소멸은 저놈이 먼저지!"

다리에서 화살을 뽑아낸 측신은 촉끝으로 서낭을 가리켰다. 그가 옳았다. 서낭의 몸은 이미 희미해져 진녹색 혈석이 드러나고 있었다. 은산이 급히 그에게 몸을 돌렸지만 측신의 검고 눅진한 팔이 살아 있는 창처럼 은산을 공격했다.

"어딜! 저놈 혈석은 어르신 것이다!"

측신의 다른 팔이 쓰러진 서낭을 향해 뻗쳤다. 그 팔을 잘라 낸 건 둔갑신장이었다. 탐욕으로 빛나는 눈으로 서낭의 혈석을 보면서.

"저건 내 몫이야!"

"무슨 짓이냐! 모든 혈석은 어르신께 바치는 것이 마땅해!"

저들끼리 왈가왈부하는 사이 은산의 검과 명주의 화살이 그들을 막았다. 그러나 서낭은 이미 소멸되고 있었다. 점점 더 희미해지며 흩어지고 있었다. 그때 단검이 둔갑신장에게 날아들었다. 조비서다. 차가운 눈을 하고 조비서가 둔갑신장과 서낭 사이를 가로막았다.

"서낭에게 가."

시간을 벌어 주었다. 은산이 재빨리 달려가 무릎을 꿇으며 서낭에게 보호의 부적을 붙이려는데 서낭이 그의 팔을 잡았다. 이제 서낭의 몸은 부서지기 일보직전이었다.

"이거 놔. 내가 살려 줄게. 내가……."

"아니…… 내 몫을…… 하게 해 줘……."

서낭의 남은 혼을 붙드는 은산에게 따스한 기운이 스몄다. 말릴 틈도 없이 서낭이 제 몸에서 스스로 혈석을 빼내어 은산의 검에 찔러 넣은 것이다. 그리고 파사사, 흩어져 버렸다. 너무 쉽게, 너무 빠르게 흩어져 버렸다. 은산은 제 손 안에서 바스러져 버린 서낭의 흔적에 입술을 깨물었다.

"안 돼!"

소리를 지른 건 둔갑신장 쪽이었다. 그리고 혈석을 품은 은산의 검이 푸른 기운을 더욱 거세게 뿜어내는 것을 보고 뒷걸음질 쳤다. 은산도 분노에 차서 그들에게 달려들려 했다. 그런데 어느 때보다 강한 외침이 들렸다.

— 바다를 봐라! 바다!

바다? 이목? 은산이 고개를 돌렸을 때 바다는 흑과 백의 거대한 전장이 되어 우르릉거리고 있었다.

흑과 백은 무섭도록 빠르게 부딪혔다 떨어지고 다시 부딪혔다. 그때마다 번개가 하늘을 밝히고, 산이 무너지는 소리가 천지에 울렸다. 엇비슷하게 공수를 주고받던 흑과 백 사이의 균형이 무너진 것은 순식간이었다. 흑이 검푸른 파도처럼 밀고 들어왔다.

"가! 이목마저 무너지면 다음은 만불산이야!"

명주가 측신을 막아 내며 소리쳤다. 제 깃털을 뽑아 단검으로 벼려 내는 조비서도 까딱, 고개를 끄덕여 주었다. 믿고 맡겨야 한다. 은산은 이제 바다를 향해 달렸다.

우르릉 쾅! 쉴 새 없이 몰아치는 번개와 천둥이 은산을 초조하게 만들었다. 버텨, 제발, 너까지 잃을 순 없어! 숨이 턱에 찼지만 멈추지 않고 달렸다.

— 조심해!

계속해서 달리다 그 목소리가 들리자마자 본능적으로 몸을 크게 날렸다. 날카로운 검이 아슬아슬하게 은산의 몸을 비껴갔다.

"젠장! 뭐야?"

분노에 차서 누구인지 확인하지 않은 채 부적을 날렸다. 검을 쥔 자는 그보다 빠르게 부적을 피하고 미소를 띤 채 은산을 보았다. 그러더니 여유롭게 손목을 돌리며 검을 휘둘러 보였다.

"천수정!"

놀란 은산이 이름을 불렀지만 그녀는 자신의 이름을 알아듣지 못하는 것 같았다. 수정은 이전에 느낄 수 없었던 요기를 뿜어내며 아랫입술을 스스로 빨아 당겼다.

— 조심해라. 본래 혼이 아니다.

경고와 동시에 수정이 검을 휘두르며 은산에게 달려들었다. 차마 그녀에게 위해를 가할 수 없는 은산은 방어만 한 채 뒤로 물러설 수밖에 없었다.

"뭐야? 이 약해 빠진 놈은? 네가 종주? 키킥!"

수정의 목소리였지만 그녀가 아니었다. 다시 하늘이 울렸다. 은산은 마음을 다잡았다. 이러다 모두 죽는다. 만불산이 무너질 수도 있다.

"네가 무엇이든, 지금 난 널 칠 수밖에 없다!"

허공으로 몸을 날리며 검을 휘둘렀다. 그러나 수정은, 아니 수정의 몸을 차지한 혼은 비열했다. 오히려 검을 내리고 수정의 몸을 방패 삼아 은산의 검을 향해 돌진했던 것이다. 차마, 그녀를 벨 수 없었다.

"히, 그럴 줄 알았어. 네 놈 아비나 너나, 마음이 약한 것이지."

순간, 창귀의 얼굴이 수정과 겹쳐 보였다. 은산의 검에 힘이 들어갔다.

"창귀? 너냐? 네가 감히…… 더러운 혼을! 그 아이에게서 나와!"

푸른빛에 진녹색이 더해져서 강해진 검기가 창귀를 쳐냈다. 타격을 입은 창귀는 수정의 몸으로 피를 토했다.

"더럽다? 그럼 이 아이도 더러운 것이지. 이 아이는 고귀하신 천왕대신의 자손이 아니라 나의, 이 창귀의 자손이니까! 하하하하!"

창귀의 폭로에 은산의 마음이 크게 휘청였다.

"자, 죽여 봐라. 네 원수인 창귀의 자손이다!"

두 팔을 벌리며 창귀가, 수정의 몸이 은산에게 다가왔다. 순간, 어디선가 날아온 육모방망이가 그녀의 몸을 쳐서 나가떨어지게 만들었다.

다부지게 벌어진 어깨, 창도 뚫을 수 없을 것 같이 단단한 허벅지, 한 방 맞으면 곰도 죽일 것 같은 커다란 손. 짧달막하지만, 단단하게 버티고 서 있으면 어느 누구도 통과하지 못할 것 같은 자, 조왕의 딸인 철융신이었다.

"창귀 말에도 일리가 있지. 마음 약한 우두머리는 자기 사람을 다치게 한다. 여기서 주저하고 있음 이목이 죽어!"

철융신은 벼락처럼 소리를 치며 창귀를 향해 육모방망이를 휘둘렀다. 은산은 이제 돌아보지 않았다. 바다에서 육지로 검은빛이 번지고 있었다. 제발, 제발!

보고 싶다

　화원의 문이 박살 나 있었다. 수호 주술이 사라져 찢어발겨진 문보다 내부는 더 처참했다. 사철 푸르고 싱싱했던 화초들이 허리가 부러지거나 뿌리째 뽑혔다. 화분은 대부분 깨져서 흙이 쏟아지고 뿌리가 드러났다. 화원에 숨어 살던 작은 요괴들의 고통스럽고 겁먹은 신음이 여기저기서 들렸다. 당장 그들을 돌볼 수 없는 것이 가슴 아팠지만 어쩔 수 없었다. 안으로 들어갈수록 피해는 심해졌고 오늘이의 발걸음은 신중해졌다. 꽃밭은 괜찮겠지? 괜찮아야 해. 반드시!

　거울이 깨져 있었다. 내부로부터 깨진 것이었다. 그제야 할락궁이가 자신에게 연락을 한 이유와, 곧 연락이 끊긴 이유를 알 것 같았다. 화원과 꽃밭이 동시에 침범당한 것이다. 어떤 경우에도 할락궁이는 꽃밭과 아이들을 선택할 것이다. 그리하여 꽃밭을 수호하기 위해 봉인을 택한 것이다. 봉인 후엔 이승의 어떤 존재도 꽃밭에 들어갈 수 없다. 그가 스스로 열지 않는 이상. 죄 없는 어린 혼들의 겁에 질린 얼굴들이 오늘이의 머릿속을 스쳐갔다.
　"용서 못해."
　상상만으로도 분노에 몸이 떨렸다.
　어둠 속에 서 있는 누군가를 발견했다. 소리도, 흔적도, 기척도 없이 그곳에서 불쑥, 솟은 것 같았다. 오늘이는 무의식적으로 주먹을 꽉 쥐고 몸을 틀었다. 언제든 공격할 수 있게.

"누구냐?"

상대는 답이 없었다. 오싹한 침묵만이 파괴된 화원에 내려앉았다. 숨은 쉬는 것인지 의문이 들 정도로 움직임이 없던 이가 갑자기 목을 옆으로 꺾었다. 소름이 돋았다. 혹시 창귀일까? 오늘이는 숨을 골랐다. 무엇도 내게 해를 끼치지 못해. 나는 강해. 그렇게 되뇌며 화원 안으로 달빛이 스밀 때까지 기다렸다.

상대는 움직임이 없었고, 아주 천천히 달빛이 자리를 옮겼다. 서서히 상대방의 얼굴이 드러났다. 그리고 이번에 얼어붙은 것은 오늘이었다.

"엄마?"

목각인형처럼 표정도, 숨도, 느낌도 없다. 아닌가? 아니, 맞다. 여덟 살, 입학식에 사라진 그날, 그대로의 젊은 엄마다. 턱을 떨며 눈물이 고이는 것을 간신히 참아 내었다.

"엄마? 엄마야?"

다시 물었다. 입학식이 끝나고 낯선 친구들, 낯선 엄마들 사이에서 두리번거리며 엄마를 불렀을 때처럼, 울먹거리며 엄마를 찾아 불렀다. 왜 대답하지 않는 거야? 그녀가 한 발자국 다가서는데 깨진 화병이 날아들었다.

오늘이의 볼이 베이고 피가 흘렀다. 아픔을 느낄 새도 없이 끝이 꺾여 뾰족한 나뭇가지가 마구 날아들었다. 피하고 쳐내면서 시선은 자신의 엄마, 이령에게로 향했다. 손끝 하나 움직이지 않은 채로 딸에게 흉기가 될 것들을 날리고 있는 사람.

"엄마, 그만해!"

비명을 지르듯이 소리쳤다. 그러나 이령은 멈추지 않았다. 드디어 고개를 들고 팔을 들었다. 손엔 창처럼 날카로운 자작나무가 들려 있었다. 타탓, 도움닫기를 하며 오늘이에게 날아들었다. 오늘이는 간발의 차로 피했다. 틈은 많았다. 그러나 차마 공격할 수 없었다.

"제발! 엄마! 나야, 오늘이!"

소리치며 이령이 휘두르는 나무창을 피했다. 몇 번이고 팔이 베이고, 다리가 베였다.

"엄마……. 제발…… 무슨 말 좀 해 봐."

힘겹게 숨을 몰아쉬며 뒤로 물러난 오늘이가 애원했다. 느리게 이령의 입술이 움직였다.

"내가 준 생명, 내가 거두는 것일 뿐."

오늘이의 눈에서 눈물이 차고 흘렀다. 동시에 이령이 날아올라 오늘이의 가슴, 심장을 노렸다. 순간, 이령의 눈동자가 흔들리며 표정이 떠올랐다. 놀라고 고통스러워하며 슬퍼하는 표정이었다. 그리고 자신을 조종하는 강력한 힘에 극렬히 저항했다.

1초도 되지 않은 순간이었지만 그 저항에 창이 어긋났다. 어긋나며 오늘이의 심장을 비껴나 왼쪽 어깨를 깊이 찔렀다. 극심한 고통에 비명도 지를 수 없었다. 그러나 알 수 있었다. 바로 지금, 자신을 찌르는 일에 저항했던 이가 진짜 어머니라는 것을.

"엄마……. 엄마……."

오늘이가 쓰러지며 엄마를 찾아 불렀지만 이미 이령의 눈은 엄마의 것이 아니었다.

"저주에 걸렸어도 이 집안 피는 징글징글하게 강력하군. 그래도 이제 끝이다. 완전히 거둬 주마.”

쓰러진 오늘이를 향해 창을 높이 들었다. 그녀의 시야가 흐려지더니 눈앞에 검푸른 형상과 안개가 차올랐다. 화원은 이내 온통 검푸른 안개로 가득 찼다. 하얀 자작나무 창끝에 맺힌 자신의 붉은 핏방울이 점점 굵어지는 게 보였다.

정말 끝일까? 끝이라면…… 보고 싶다. 보고 싶다, 너를. 눈을 감았다.

압도적이다. 흑의 힘은 압도적이고 절대적이다. 숨이 차올랐다. 독에 의해 기가 쇠하지 않았더라면 해볼 만했을까? 아니, 그래도 힘들었을 것이다. 이목은 허리를 숙이며 숨을 골랐다.

“왜 그리 필사적인 것이냐? 너는 육지와 상관없는 바다의 자손이 아니냐?”

낮고 냉혹한 목소리가 흑의 기운과 함께 밀려 왔다. 맞다. 이목은 필사적이었다. 필사적으로 물의 기운을 모아 흑을 막아 내고 있었다. 흑의 물음에 답을 할 수 없을 정도로 버거웠다.

“인간들이 너희를 신성시했지만 기실 인간에게 이용당하고 버림받는 쪽은 항상 용족이었지. 어찌 그리 한결같이 어리석은 것이지? 답해 보라, 서해 용왕의 아들.”

“하, 마음을 줬으면 이용당하는 것쯤 감수해야지. 이용당하지 않으려, 손해도 보지 않으려, 아등바등. 그게 무슨 진심이야!”

먼 바다로부터 물의 기운을 불러오며 이목이 소리쳤다. 그러나 흑은 바다를 등지고 그 기운을 차단했다. 이목은 두 눈을 질끈 감았다. 어디서든, 물의 기운을 끌어와야 했다.

"소용없다. 지금 이곳의 모든 기운은 내가 관장하니까."

흑의 기운이 밀려 왔다. 검의 형태로 이목의 비늘을 내리쳤다. 어떤 무기도 뚫을 수 없는 용의 비늘이 후두둑, 떨어져 나갔다. 역시 토주원의 구슬 때문에 내상이 깊은 탓이다. 입술을 깨물었다. 불의는 어떤 식으로든 최악의 결과를 불러온다.

"네가 진심을 준 인간은 지금 이곳에 없지 않나? 그러니 비켜나는 것이 어떠한가?"

적은 자신을 꿰뚫어 보고 있었다. 숨을 헐떡이며 이목이 오늘이의 얼굴을 떠올렸다. 맑고 단단하고 흔들림이 없는 눈빛과 표정을 마음으로 어루만졌다. 보고 싶다. 그리운 마음이 커져 아릴 정도다. 친구라, 벗이라 부르고 싶은 은산의 얼굴도 떠올랐다. 터전을 잃어 만불산으로 모여든 죄 없는 신들과 요괴들의 얼굴들도. 어쩌면 다시는 볼 수 없을지도 모르는 얼굴들. 그래서 허리를 곧추세울 수밖에 없었다. 물러섬은 없다.

"내가 천 년 만에 처음으로 진심을 준 인간은, 비겁함과는 거리가 멀지. 천 년 만에 생긴 벗도 생명을 걸고 남을 지켜 내고야 마는 자다. 너처럼 상대의 마음을 흔들어 목적을 이루려는 자는 절대로 이해하지 못하는 그런 사람들이란 말이다! 그런 이를 연모하고 그런 이와 벗이 된 내가 너와 타협하겠는가!"

"목숨을 헛되이 버리려 하는구나. 미안하지만 내 호의는 여기까지다."

흑은 살기殺氣로 단번에 강력한 검을 벼려 냈다. 새들이 두려움에 떨며 마을을 떠나가고 숲이 나지막이 울기 시작했다. 그러나 이목은 흔들리지 않았다. 푸른빛이 감도는 흰 빛이 그의 온몸을 감싸며 하늘로 솟아오르기 시작했다.

"와라! 나는 서해 용족의 마지막 후손, 백이목이다!"

거대한 물기둥으로 흑을 내리쳤다. 흑과 백이 부딪히고, 번개가 하늘을 갈랐다. 달과 별이 숨을 죽이고 구름이 하늘 끝까지 물러났다. 바다 생물들이 바위틈으로 깊이 숨어들었다. 천둥이 산을 울렸다. 흑과 백의 그림자가 뒤엉키며 바다 이 끝에서 저 끝까지를 가로질렀다.

싸움이 계속될수록 흑의 기운이 백이 기운을 먹기 시작했다. 붉디붉은 피가, 비처럼 하늘에서 흩날렸다. 마을을 둘러싼 나무들의 울음이 점점 커져 갔다. 파아, 흑의 검이 백의 몸을 베었다. 여러 번, 쉼 없이 베고, 찔렀다.

하얀 용이 가벼이, 꽃잎처럼, 깃털처럼 파도 위로 떨어졌다. 먼 바다에서 통곡의 물결이 밀려들었다. 전투를 끝낸 흑은 한마디 말도 남기지 않은 채, 뒤돌아보지 않고 마을을 향해 날아갔다.

파도에 밀려온 이목이 해변에서 가늘게 숨을 쉬었다. 고개를 돌릴 힘이 없어 눈동자만 움직여 마을을 보니 은산이 멀리서 달려오고 있었다. 멍청아, 여기가 아니야. 만불산으로 가라고. 말을 하고 싶었지만 목소리를 낼 힘도 남지 않았다.

"이목! 정신 차려!"

쉼 없이 달려온 은산이 이목의 몸을 안고 소리쳤다. 가벼웠다. 이목이란 이름의 종이로 만든 허물을 안은 듯, 무게가 느껴지지 않았다.

"이목! 야광을 불러 줄게. 그러니까 버텨."

재빨리 훑어본 이목의 몸은 처참했다. 베이지 않은 곳이 없었고, 찔리지 않은 곳이 없었다. 피가 온몸을 뒤덮고 있었다.

"어서…… 가. 놈은…… 만불산을…… 노리고……."

단어의 마디마디마다 피를 토해 내는 이목이었다.

"살릴 수 있죠? 살려야 해요. 어떤 부적을 써야 해요? 도와줄 거죠?"

은산은 이목의 손을 붙잡고 제 안의 조상들에게 소리쳤다. 그러나 누구도 답하지 않았다. 고요했다. 대신 이목이 힘겹게 말했다.

"늦었……어……. 가……. 조심해……. 그는 망설이지…… 않아. 어서 가."

— 이목이 맞다. 이미 막을 수 없는 죽음이야.

"아니, 내가 살려요. 살릴 거야. 그러니까 죽지 말고 기다려."

"어서…… 만불산 요괴들이…… 몰살되기 전에……."

— 어서 가자. 만불산이 넘어가면 요괴들은 끝장이야!

은산은 눈빛을 굳히며 이목을 파도의 가장자리에 조심스럽게 눕혔다. 그리고 속삭였다.

"버텨, 내가 올 때까지. 오늘이가 올 때까지. 네가 죽으면 오늘이가 슬퍼할 거야."

파도가 이목의 상처를 쓸어 주는 것을 보며 은산은 만불산으로 달렸다. 뒤돌아보지 않기 위해 안간힘을 쓰며 달렸다. 더는 실패할 수 없다. 더는 누구도 잃지 않겠다.

보고 싶다. 보고 싶다, 너를. 이목이 몸을 틀더니 마지막 힘을 다해 바다를 향해 기었다. 기어가는 그의 몸을 파도가 안아 주고 피를 닦아 준다. 숨이 쉬어지지 않았다. 그러나 보고 싶다. 그 일념 하나로 이목은 파도의 부축을 받으며 간신히 일어섰다. 일어서서 바다로 걸어 들어갔다. 먼 바다가 그를 부르고 있었다. 그의 고통을 덜어 주겠다, 아픔을 가시게 하겠다, 부르며 안아 주었다. 그곳으로 그의 시선이 옮겨 갔다. 고통이 없는 어머니의 품이었다. 저곳이라면 찢기는 아픔 없이 최후를 맞이할 수 있을 것이다. 하지만.

그토록 아름다웠던 육신이 상처투성이에 피투성이가 되었으면서도 이목은 기어이 바다를 등지고 비틀비틀, 육지를 향해 섰다. 오늘이가 있는 육지를 향해. 모든 상처에서 피가 흐르고 온몸이 희미해지고 있었지만 개의치 않았다. 고통이 육신을 찢을 듯하고 숨이 쉬어지지 않았다. 그러나 그의 혼은 온통 오늘이를 향해 있었다.

"내 사랑……. 나의 정인……. 한 번만 다시…… 한 번만…… 너를……."

이목이 두 팔을 크게 벌렸다. 빛이, 새하얀, 눈부신 빛이 그의 내부에서 뿜어져 나왔다. 세상 어떤 빛도 그 앞에서 그림자로 느껴질 듯한, 강력하고 환한 빛이었다.

"너에게로!"

순간, 이목의 몸 안, 가장 깊숙한 곳에서 그의 어떤 비늘보다 희고 아름다운 비늘 하나가 천천히 솟아올랐다. 그 비늘은 투명한 막에 싸인 채 이목의 가슴을 통과해 바다로 떨어졌다. 그것은 바로 백룡, 이목의 혈석이었다. 파도가 황급히 그것을 감추었다. 누구도 보지 못하고, 찾을 수 없도록.

동시에 이목의 몸이 빛으로 산화했다. 소리도 없이 온 누리에 퍼져 나가며 빛과 물의 길을 따라 갔다. 오늘이를 향해, 그녀를 보기 위해. 산을 넘고 들판을 지났다. 곡을 하고 있는 나무들 사이를, 어리둥절한 사람들 틈을, 빛으로, 빛으로.

※

끝이구나. 아니 이것이 끝이라도 포기할 순 없어! 오늘이가 눈을 번쩍 떴다. 검푸른 안개 속에서 자작나무 창 끝이 자신의 가슴을 찌르려 했다. 지지 않겠다! 두 팔을 들어 올려 막으려는데 눈부신 빛이 폭발하듯이 화원을 가득 채웠다.

눈을 뜨기 힘들 정도로 환한 빛이 이령과 오늘이 사이를 가로질렀다. 순식간에 이령이 무엇에 떠밀린 듯 뒤로 붕, 뜨더니 나가떨어져 버렸다. 그리고 그녀의 몸에서 무언가가 쩌억, 뜯겨져 나와 쓰러졌다.

"이목?"

빛 속에서도 더 빛나는 존재를 향해 오늘이가 물었다. 이상했다. 이목이 분명한데 무언가 달랐다. 아니 이목이다. 자신을 향해 저렇게 아이처럼, 해맑게, 바라는 것 없이 그저 웃어 줄 수 있는 사람은 이목뿐이다.

통증 속에서도 오늘이는 일어나 이목을 향해 손을 뻗쳤다. 그를 제 손으로 만지고, 실재를 확인하고 싶었다. 그런데 순간, 그의 형체가 완전히 빛으로 변하더니 오늘이에게 스며들었다. 이목이라는 빛이 그녀의 존재에 고스란히 스며들어 사라졌다. 가장 밝은 빛으로.

오늘이는 눈물범벅이다. 자신이 언제 울었는지도 모르겠는데 얼굴이 온통 눈물로 젖어 있었다. 이목? 두리번거리며 그를 찾았지만 이목은 어디에도 없었다. 대신 쓰러져 있는 이령이 눈에 들어왔다.

"엄마!"

어깨의 통증을 참으며 오늘이가 이령에게 다가갔다.

"어딜! 네 어미의 몸은 나의 것이다!"

튕겨 나왔던 것은 검푸른 옷의, 저승삼신이었다. 그녀가 번개처럼 일어나 이령의 몸으로 들어가려 했다. 그때 다른 공간이 열리며 하얀 옷의 여인이 나타났다.

"정신 차리게! 단 한 번 실수한 것을 목숨으로 받아 내려 하면 되겠는가?"

여인의 호통에도 저승삼신은 비뚤어진 미소를 지으며 이령에게 다가갈 뿐이었다.

"멈춰!"

오늘이의 명에 저승삼신의 몸이 굳었다. 이령의 몸에서 나왔을 때 저승삼신은 이미 힘을 잃은 것이다. 붉게 충혈된 눈으로 오늘이를 쏘아보며 저승삼신은 이를 갈았다.

"강샘은 그만 거두시게. 자네 혼만 다치네."

달래듯이 흰 옷의 여인이 말했다.

"비천한 것이 누구에게 훈계냐. 나는 너와 달라. 나는 고귀한 용왕의 딸이야. 그런데 네가 이승삼신 자리를 차지하다니……."

"아직도, 아직도 그 일을 맘에 품고 있는가? 그래서 저승꽃밭의 문까지 열어 악귀들이 침범하게 했단 말인가?"

"내가 마땅히 차지해야 하는 자리를 갖겠다는 것인데 왜 그런

훈계를 들어야 하지? 아이들의 혼을 해치는 일은 없다고 그자가 약조했어. 다만 할락궁이의 혈석만 필요하다고!"

저승삼신은 움직이지 않는 몸을 움찔거리며 잡아먹을 듯 이승삼신을 노려봤다.

"하아……. 우리가 살아온 나날이 얼마인데 아직도 그런 허망한 약속을 믿는단 말인가?"

"정당한 지위를 얻기 위한 거래였어!"

비명에 가까운 저승삼신의 목소리가 울렸다.

"그래서! 이승삼신의 자리를 차지하기 위해서 할락궁이의 혈석을 바치려고? 그에게 무슨 죄가 있기에? 가여운 아이들의 혼을 지켜온 충실함?"

"이 아이를 숨겨줬던 것만으로도 충분히 죽을 짓을 한 것이지."

다시 저승삼신의 원한에 찬 시선이 오늘이에게 향했다. 이승삼신은 깊은 한숨을 내쉬었다.

"긍지 높은 동해 용왕의 딸, 공주여, 적어도 그대 일족이 죽음으로 지켜 낸 생명을 해치는 일은 멈추게."

이승삼신의 말에 저승삼신은 키킥, 웃음을 터트렸다.

"도대체 무슨 말을 하는 것이지? 이제 이승삼신이 거짓말까지 하나?"

"방금, 보지 못했는가? 이목! 서해 용왕의 마지막 자손이 그자에 의해 죽고, 스러지고 여기서 소멸했음을!"

웃음이 멈췄다. 저승삼신의 눈동자가 갈피를 잃었다. 그리고 오늘이의 가슴이 조각났다. 이목이? 소멸?

"뭐……라? 이목이? 어찌 돼?"

"그대의 오만함이, 자존심이, 잔인한 집착이 그자의 칼이 되어 이목을 죽였네."

멈춤 없는 이승삼신의 말에 저승삼신은 뒤로, 뒤로 물러났다. 넋이 나간 그녀의 주위로 어둠이 몰려들었다.

"그럴 리가……. 분명 약조했어. 나를, 이 나를, 이승삼신으로 만들어 준다고. 저년을 마을에서 끌어내 없애고……. 그러고 나면 이승삼신의 자리가 마침내 내 것이라고."

서서히 저승삼신의 몸이 어둠에 잠기기 시작했다.

"약조……. 그 약조를 지키기 위해서 이목을 죽였다면? 그대가 약조를 지키기 위해 이 아이를 죽이려 했듯이. 게다가…… 그자가 과연 그 약조를 끝까지 지킬까? 할락궁이가 지금 왜, 꽃밭에서 만신창이가 되어 가는데. 아이들의 혼을…… 건드리지 않는다고? 악귀들이? 순수한 아이들의 혼이야말로 악귀들이 가장 좋아하는 먹이가 아니던가? 말해 보게. 그가 원하는 세상에서 우리 삼신들이 과연 아이들의 혼을 지킬 수 있을까?"

저승삼신은 이승삼신의 물음에 답하지 못하고 암흑으로 빠져들었다.

"약속했었는데……. 아이들을 해치지 않겠다고……. 나를 너로 만들어 주겠다고……. 나는 왜 잊고 있었을까……. 나는 동해 용왕의 딸이었어……. 그런데 왜 나는 네가 되고 싶었을까?"

검은 눈물이 흘렀다. 전의를 상실한 저승삼신이 완전히 암흑 속으로 잠겨 들었다.

깨진 거울이 복구되며 할락궁이가 나타났다. 길게 늘어진 하얀 옷자락은 피로 물들어 붉디붉었고 두 뺨이며 양손, 어디 한 군데 상처

없는 곳이 없었다. 가쁜 숨에 지친 표정이었지만 망설임은 없었다.

쓰러져 있는 이령의 몸 위로 꽃잎이 산처럼 쌓였다. 할락궁이의 힘이었다. 그는 멍하니, 서 있는 오늘이의 뺨을 치며 꽃을 송이째 먹였다.

"먹어라. 먹어야 산다. 정신을 차려야 한다."

무엇을 씹는지도 모른 채 그녀가 턱을 움직였다. 몸의 상처가 아물기 시작했다.

"엄마, 괜찮을까요?"

"괜찮을 것이다. 적어도 몸은."

할락궁이의 말에 오늘이는 고개를 끄덕였다.

"아이들은요? 아이들은 괜찮나요?"

"그래, 저승삼신이 문을 여는 바람에 악귀가 들어오긴 했지만……
내가 그리 호락호락한 인사가 아니란 걸 그이가 몰랐던 것이지."

알고 있다. 훈련을 할 때도 숨이 턱, 막힐 정도로 강하고 빨랐다. 세상에서 가장 귀한 꽃, 아이들의 혼을 지키는 할락궁이는 강하다. 오늘이는 상처투성이인 그의 손을 잡았다. 흔들림 없이 강한 그에게서 용기를 얻고 싶었다. 하고 싶지 않지만 해야만 하는 질문을 입 밖으로 꺼낼 용기.

"이목이…… 죽었나요?"

그녀가 이승삼신에게 물었다. 제발, 제발, 아니라고 해 주세요. 오늘이의 눈이 말하고 있었다.

"그래. 죽어서 마지막으로 너에게 온 것이야."

빛 속에서 환하게 웃던 그의 미소가 떠올랐다.

"왜요? 왜!"

"모든 것을 설명하기엔 상황이 위급하구나. 군자마을이 습격을 받았어. 지금 은산이 그자를 간신히 막아 내고 있다."

이승삼신은 멀리 마을 쪽으로 고개를 돌린 채 답했다. 슬퍼할 틈이, 망설일 틈이 없었다. 그녀는 두 주먹을 꽉 쥐었다.

"삼신께선 문을 열 수 있지요? 어디로든 갈 수 있는 문요!"

그 주먹을 삼신의 손이 감싸 쥐었다.

"지금 그곳으로 가면 넌 죽을 수도 있단다."

오늘이는 무덤처럼 소복한 꽃 아래, 엄마의 몸에 눈길을 잠시 주고 호흡을 삼켰다.

"아니, 죽지 않아요. 지지도 않아요. 엄마와 이목이 살린 나는 강하고, 누구도 나를 이길 수 없어요. 그렇게 굳게 믿어요."

"우리는 지켜야 할 어린 혼들이 있어 너를 돕지 못한다. 너 혼자, 혼자서만 가야 한다. 괜찮겠느냐?"

할락궁이가 오늘이의 어깨에 손을 얹었다. 그는 이미 답을 알고 있었다. 그래서 슬픈 눈을 하고 있었다.

"네, 혼자 가겠어요. 하지만 혼자는 아니에요."

가슴을 펴며 허리를 세웠다. 크게 숨을 들이마셨다. 기다려, 내가 갈게. 내가.

애처로운 눈을 한 이승삼신이 손을 움직여 공간의 문을 열었다. 서서히, 하얗게 틈이 벌어졌다. 피비린내 가득한 군자마을이 열렸다.

소멸

신들은 정원에, 계단에, 거실에 쓰러져 있었다. 어릴 때부터 은산의 주위에서 놀아 주고, 달래 주고, 안아 주던 집지킴이 신들이었다. 그들이 죽어 가고 있었다. 그러나 은산은 그들의 죽음을 돌봐 줄 수 없었다. 눈물도 흘릴 수 없었다. 달리는 은산 뒤로 신들의 죽음이 스쳐갔다. 그의 가슴이 조금씩 무너져 죽어 가고 있었다.

흑을 막아야 했다. 그것이 모든 것에 우선했다. 마침내 뒷마당에서 만불산에 손을 대려는 흑의 뒷모습을 보았을 때, 은산은 할 수 있는 모든 공격을 시도했다.

파破의 부적을 날리면서 검에 자신의 피를 발랐다. 흑이 돌아보자 부적이 폭발을 일으켰다. 땅이 흔들리고 마을의 모든 건물에 금이 가기 시작했다. 그런 피해를 돌볼 여유 따위는 없었다. 은산의 피가 서낭의 혈석과 만나자 검은 더 강력하게 빛을 발했다.

"죽어 버려!"

은산이 흑을 향해 몸을 날렸다. 폭발로 인해 먼지가 자욱해 흑은 형체만이 우뚝했다. 할 수만 있다면 그의 머리부터 갈라 버리고 싶었다. 제대로만 치면, 결정타일 것이다. 내리치며 확신했다. 탁! 둔탁한 소리와 함께 강한 충격이 어깨에서부터 퍼졌다.

흑이 맨손으로 은산의 검을 잡아낸 것이다. 물리적 충격보다 정신적 충격이 컸지만 생각할 겨를이 없었다. 귀면을 쓴 사내, 흑의 반격이 시작되었다. 그의 검은 강했다. 그 검을 막아 내며 은산은 절망스러워졌다. 자신의 패배를 직감했기에.

그때 바다로부터 빛이 밀려 왔다. 그렇게 밝고 맑은 빛은 처음이었다. 빛은 환하게 온 누리를 밝혔다 사라졌다. 빛이 사라진 세상은 더 짙은 암흑에 휩싸였다. 그 암흑의 중심에 흑이 있었다. 흑이 잠시 모든 공격을 정지하고 바다를 바라보았다.

"백룡이 마침내 소멸했군."

이목? 소멸했다고? 은산의 가슴이 분노로 들끓었다.

"아니! 그럴 리가 없어!"

그렇게 외치며 흑을, 귀면의 사내를 공격했다.

"이목은! 쉽게 죽지 않아!"

"쉬웠다고는 말하지 않았다. 결코 쉽지 않았다."

사내의 말은 은산에게 들리지 않았다. 모든 힘을 다해, 그럴 수만 있다면 전생과 후생의 힘까지 끌어모아 단지 그를 무너뜨리고 싶었다. 그러나 그는 전혀 타격을 입지 않았다. 소름 끼칠 정도로 강했다.

이목이 목숨을 바쳐 막아 내려 애썼던 자다. 즉, 이목이 신력을 바쳐 그와 싸웠다는 뜻이다. 아무리 약해진 상태라 해도 천 년을 살아 온 백룡이 목숨을 바쳐 싸웠다. 그런데 아직 이렇게도 강하다. 자신의 공격은 전혀 통하지 않고, 그의 공격은 여태껏 겪어 본 적이 없을 정도로 위력적이었다. 몇 번 부딪혔을 뿐인데 은산은 팔이 저려 왔다. 도대체 너는 무엇이냐?

"실망스럽구나. 네가 정녕 비형 가家의 종주가 맞느냐? 본래 약한 것이냐, 아니면 네 가슴 속에 박힌 독에 의해 약해진 것이냐?
토주원의 독이로군. 그래, 그 독은 백룡의 것이었군."

은산을 밀어내며 사내가 물었다.

"아무것도 모르면서 함부로 지껄이지 마라!"

자신의 나약함에 대한 치욕과 이목을 잃은 슬픔에 이가 갈리고
가슴이 아렸다.

"백룡이 벗이라 칭한 자가 너로구나. 그래서 목숨을 걸고 지키
려 애를 썼군."

사내는 은산의 가슴을 꿰뚫듯이 노려보며 말했다.

— 도발에 넘어가지 마라. 저자는 우리 모두가 겪은 어떤 요괴
보다 강하다.

분노했지만 차분한 목소리였다.

"그럼, 힘 좀 보태 주시라고요. 다들 일어나요."

은산이 제 안의 혼들을 흔들어 깨웠다. 안으로, 안으로 집중했
다. 그러자 몸 안에서 차례로 조상신들이 깨어남이 느껴졌다. 힘이
솟았지만 동시에 몸이 버텨 낼 수 있는 한계를 가늠해야 했다. 혼이
겹치고 겹쳐 은산의 몸을 채우고 있었다. 기운이 살아나고 있었다.

— 이제 그만. 버텨 내기 힘들 것이야.

— 그러게요. 이제 무리입니다.

조상신들이 걱정하며 반대했지만 은산은 고통과 위험을 감내하
기로 했다.

"그만하고 덤벼 봐라."

사내가 몸을 비틀며 은산의 공격을 받아 낼 태세를 갖추었다.

"그렇게 자신 있다면!"

은산의 몸이 하늘을 날았다. 그의 검이 어느 때보다 푸르게 빛났다. 타악! 그의 검이 흑의 검과 부딪히자 은산과 사내가 동시에 뒤로 물러났다. 아직도 부족한가? 이목, 이자는 왜 이렇게 강한 거지? 은산이 입술을 악물었다. 더, 더, 더 필요해. 눈을 감고 자기 안의 혼들을 불러냈다.

"몸이 찢기는 고통일 텐데 왜 이러는 것이냐? 만불산의 요괴들이 네게 무엇이기에?"

사실이었다. 오래된 혼들이 깨어날수록 은산의 몸이 부서질 듯 아파 왔다. 온몸의 근육이 찢기는 것 같고, 고통이 밖에서 안으로 참을 수 없이 머리를 조여 왔다. 그러나 버텨야 했다.

은산의 기억 속에서 자신이 구한 요괴들과 신들의 얼굴이 차례로 스쳐 지나갔다. 만불산이 사라지면 세상천지 갈 곳 없는 이들. 이목이 지키려 했던 약한 자들.

"그들이 꼭 내게 무엇이어야만 지켜 줘야 하는 것이 아니다!"

은산은 그 어느 때보다 강하고 빠르게 사내를 향해 검을 휘두르며 부적을 날렸다. 드디어 그의 팔을 베는 데 성공했다. 그러나 사내는 피를 흘리지 않았다. 다만 귀면 뒤에서 사내는 더 냉랭해졌을 뿐이다.

"너에게 무엇도 아닌 존재를 위해 목숨을 건다고? 한심하구나. 그러면 그들이 네게 무엇을 주었느냐?"

"이봐, 넌 무엇을 받아야 지켜 줘? 내가 무엇을 받고, 내게 어떤 의미가 있어서 지켜 주는 것이 아니야. 그들이 저기, 살아서, 존재하기 때문에 지켜 주는 것이야."

은산은 다시 자신의 손바닥에 상처를 내어 그 피를 부적에 묻혔다. 혼들의 힘이 담긴 부적이었다.

"그저 살아 있어서 지킨다고? 그저 존재하기 때문에 너의 생명을 건다는 것인가? 그래, 오래전이었다면 너의 말에 감동했겠지만 이제 나는 그것을 개죽음이라 부른다."

"이 세상은! 네가 비웃는 개죽음을 무릅쓴 사람들로 인해 지켜지고 있는 거야! 물론 저 세상도! 네가 소멸시킨 이목처럼! 그들의 희생으로!"

은산은 소리치며 부적을 하나씩, 하나씩 사내에게 던졌다. 부적이 불타오르며 그를 공격했다. 그러나 흑은 서늘한 냉기로 은산의 불을 막아 내었다. 물러섬이 없는 화염과 얼음의 대적이었다. 은산의 불이 사내의 급소를 노리면 사내의 얼음이 두툼한 벽을 만들어 막아 내었다. 사내의 얼음이 창이 되어 은산의 가슴으로 날아들면 은산의 검이 불이 되어 창을 녹여 버렸다.

힘의 충돌이 거듭될수록 고통이 배가 되는 쪽은 은산이었다. 그래도 그는 물러설 수 없었다.

"제발 좀 먹히라고!"

자신의 고통을 응축시켜 흑을 향해 날렸다. 탁! 귀면의 귀퉁이가 쪼개졌다. 덕분에 사내의 오른쪽 얼굴이 반쯤 드러났다. 감정이 느껴지지 않는 눈동자가 은산을 노려보았다. 어둡고 차가운 공허였다.

"네가 감히, 누구에게, 감히……."

공허에 분노가 더해지니 얼음이 홍염처럼 솟구쳐 은산을 덮쳤다. 은산 안의 모든 혼들이 일어나 사내의 공격을 막아 내려 안간힘을 썼지만 통하지 않았다. 혼들의 힘이 사라지고 있었다. 그리고 하나씩, 하나씩, 빛을 잃어 갔다. 소멸해 갔다.

— 산아, 굳건해야 한다.

— 이놈, 마음이 흐트러지면 안 되느니!

소멸하는 와중에도 자신에 대한 걱정과 애정을 드러내는 목소리들에 은산의 눈에 물이 고였다.

— 어허! 눈물에 시야가 흐려지면 당한다!

오래된, 아주 오래된 혼들이 은산을 떠나고 있었다.

— 저놈 장가가는 거 보고 싶었는데…….

정신없이 사내의 공격을 막아 내면서도 혼들과의 추억에 머리가 어지러웠다. 한때는 손목을 그어 버릴 만큼 싫은 할아버지들이었지만, 아버지가 돌아가신 후 한 순간도 떨어져 본 적 없는, 은산을 버티게 해 준 혼들이기도 했다. 가지 마, 가지 말라고. 사라지지 말아요. 제발, 내 곁에서.

— 혼자서도 잘 해낼 것이다.

아니, 혼자서는 못해. 혼이 떠날 때마다 힘이 빠지고 다리가 떨렸다. 이제 한계인가. 은산의 몸이 무너지기 시작했다. 사내의 홍염이 은산의 불을 먹어 버렸다. 은산은 베이고 찔려서 피투성이가 되었다. 의식이 희미해졌다. 이게 마지막인가? 이게 마지막이라면…… 너를, 너를 보고……. 숨을 쉴 때마다 피가 튀었다.

"느껴라. 네 몸이 겪는 고통을. 뼈 마디마디가 꺾이고, 살이 찢기고, 심장이 터질 것 같은 고통을……. 내가 천오백 년 동안 겪어온 것이다."

쓰러져 고통에 몸을 뒤트는 은산을 내려다보며 사내가 말했다. 은산은 몸의 고통보다 자신을 떠나는 혼의 소멸에 더 아파했다.

차례로, 빛으로, 무無로 흩어지는 혼. 마침내 가장 오래된, 까마득히 오래되어 단 한 번도 마주한 적이 없었던 혼도 서서히 바스러져 갔다. 막 잠에서 깨어난 듯 천천히 눈을 뜨고 주위를 둘러보며 소멸해 갔다.

— 마침내, 끝이구나.

안도하는, 평화로운 표정이었다. 은산은 이제 모든 것을 체념한 채 마지막 혼이 소멸해 가는 광경을 보다 정신을 잃었다.

"잘 가거라."

소멸하는 혼의 흔적을 보며 사내가 말했다. 완전히 바스러져 재처럼 날리던 혼이 사내의 몸을 한 바퀴 감은 채 사라지며 속삭였다.

— 아버지, 이제야.

하늘로, 하늘로, 모든 혼들이 은빛으로 사라졌다. 사내의 시선은 이제 만불산으로 향했다.

"그래, 마침내, 끝이다."

검은 기운이 만불산의 문을 강제로 열고 있었다. 공간의 문이 열리고 있었다. 먹빛의 틈이 서서히 벌어지며 공기의 흐름이 바뀌었다.

"컥!"

순식간이었다. 오늘이가 몸을 날리며 무릎으로 사내의 가슴팍을 가격한 것은. 사내가 쓰러졌다.

"아저씨! 싸우려면 제일 강한 놈이랑 붙어야지 비겁하게 이게 무슨 짓이야?"

그가 일어나기 전에 오늘이의 공격이 이어졌다. 오로지 육탄전이었다. 오늘이가 제 체중을 실어 날리는 주먹을 사내가 간신히 피했다. 그 바람에 오늘이의 주먹은 사내가 아닌 지면에 꽂혀 버렸다. 그녀의 주먹을 맞은 땅이 움푹 파였다. 오늘이는 쉼 없이 흑을 공격했다. 수십 번의 발차기와 주먹이 사내의 육신을 공격했다.

사내는 그녀를 막으며 기(氣)의 검을 벼려 가차 없이 내리쳤다. 그러나 그의 검은 오늘이의 팔에 닿자마자 먼지처럼 사라져 버렸다.

"나한테는! 통하지 않는다고!"

허공에 계단이 있는 듯 오늘이가 날아올라 사내를 향해 발차기를 했다. 빠르고, 강했다.

"제법이구나. 한낱 인간치고는 제법이야."

귀면 아래서 사내가 차갑게 미소 지었다. 곧바로 오늘이의 주먹과 발이 그를 향해 날아들었다.

"그런 말은 이기고 난 후에 하라고! 이 새끼야!"

결국 오늘이의 쉼 없는 발차기에 사내가 한쪽 무릎을 꿇었다. 그 틈에 그녀는 재빨리, 피투성이가 되어 쓰러진 은산에게 다가가 숨을 확인했다. 살아 있었다. 간신히. 그 모습이 가슴을 저몄지만 참아 내었다. 참아 내며 눈을 부릅뜨고 사내에게 물었다.

"아저씨가 이목을 죽였어?"

"그래, 내가 죽였다."

대답과 동시에 오늘이의 주먹이 날아들었다. 이번엔 사내가 그녀의 주먹을 잡아챘지만, 동시에 그녀가 박치기로 그의 머리를 들이받아 버렸다. 오늘이가 울고 있었다.

"이 자식아! 이목을! 네놈이! 절대 용서 못 해!"

울면서 소리 질렀다. 그때 사내의 귀면이 완전히 쪼개지며 떨어졌다.

"그래, 너였구나. 네가 백룡이 그토록 보고파 하던 인간이로구나."

길게 늘어진 흑발 사이로 사내의 눈동자가 오늘이를 응시했다. 서서히 그가 고개를 들었다.

그녀에게만 드러난 사내의 얼굴에 오늘이의 눈동자가 흔들렸다.

"당신…… 뭐야? 누구야?"

그때, 살기로 충만한 검이 오늘이에게 날아들었다. 창귀였다.

"너 따위가 감히 고귀하신 분의 몸에 손을 대었느냐!"

비명처럼 날카로운 목소리가 울리며 창귀가 오늘이에게 검을 휘둘렀다. 기로 만들어진 것이 아닌 진검이었다. 그러나 오늘이가 피하지 못할 위력은 아니었다. 오히려 금세 제압당할 힘이었다.

"멈춰라! 수정의 몸에 들어 있는 요괴! 너는 내게 아무것도 아니다!"

오늘이의 명에 창귀는 얼어붙고 말았다.

"은산아!"

상처투성이의 명주와 조비서가 뛰어오고 있었다. 그 사이 사내의 귀면은 말짱히 복구되었다. 그에게 공격을 가한 것은 조비서였다. 물론 사내에게 상대가 되지 않았지만 어차피 조비서의 목적은 제압이 아니었다. 시간 끌기였다. 멀리 바다에서 바람이 몰려 왔기 때문이다. 파도가 먼 바다로부터 넘실거리며 다가왔다. 영등할미가 돌아오고 있었다.

"몸을 피하십시오! 어서요!"

창귀는 오늘이에게 붙들려 꼼짝할 수 없으면서도 사내에게 고개를 돌리며 악착같이 소리를 질러 대었다. 조비서도 필사적으로 사내를 잡아 두려고 했다. 격조 높은 새하얀 깃털이 피에 젖고 찢겨 있었다. 조비서는 사내의 상대가 되지 못했다.

오늘이가 사내에게 몸을 돌리자 창귀가 혀를 깨물었다.

"야!"

놀란 오늘이가 창귀의 입을 벌리려 애썼다. 혼은 창귀지만 몸은 수정이다. 안 돼. 그녀가 수정의 두 팔을 꽉 붙들고 소리쳤다.

"요괴여, 너를 드러내라! 네 모습을 드러내라! 요괴여!"

수정이, 아니, 창귀가 고통스러워하며 몸을 비틀었다. 눈동자가 돌아가고 입이 뒤틀렸다. 오늘이는 포기하지 않았다.

"요괴여, 내가 명하노니, 이 몸에서 나와라!"

창귀가 서서히 수정에게서 분리되기 시작했다. 그 사이에도 귀면의 사내, 혹은 만불산의 문을 열려 했고, 조비서는 그를 막으며 시간을 끌었다. 그 사이 은산을 살펴보던 명주가 일어서 사내에게 활을 쏘았다. 그러나 사내는 맨손으로 화살을 잡아 내었다. 화살엔 멸滅의 부적이 묶여 있었다. 그리고 그 부적은 사내의 얼굴 바로 앞에서 검은 연기와 함께 폭발했다.

"안 돼!"

수정에게서 완전히 분리된 창귀가 소리쳤다. 그리고 갈고리 달린 사슬처럼 팔을 사내에게 뻗었다.

"너는 내 명에 의해 봉해진다. 모든 움직임을 멈춰라!"

오늘이의 명에 이제 창귀는 돌처럼 굳어 움직일 수 없었다. 창귀는 악에 받쳐 비명을 질렀다. 귀청을 긁어 대고, 찢어 대는 비명이었다. 그러나 곧 키킥, 웃어 대었다. 연기가 사라진 곳의 사내는 그을린 흔적조차 없었기 때문이다. 창귀를 제압한 오늘이가 다시 몸을 날렸다. 절대로, 네 뜻대로는! 사내의 머리를 향해 다리를 힘껏 뻗었다. 빡! 그녀의 공격을 막아 낸 건 그가 아닌 다른 남자였다.

"지금 가셔야 합니다. 영등이 돌아오면 퇴로가 끊어집니다."

오늘이의 다리를 쳐내고 조곤조곤 사내를 설득한 이는 조신선이었다. 그의 얼굴을 확인하고 모두가 일순, 생각을 멈췄다.

"조신선! 네가 감히!"

분노하며 소리를 친 건 역시 명주였다. 부적을 날리며 덤벼드는 명주를 가볍게 쳐내는 조신선의 몸짓은 분명 무인武人의 그것이었다. 오늘이는 그를 관찰하며 다리에 다시 힘을 주었다. 이길 수 있다. 분명 이길 수 있다. 공격하려는데 조신선이 그녀를 휙, 돌아보며 말했다.

"십수 년 만의 모녀상봉을 빨리도 끝냈구나."

조롱하는 말투였다. 뭐라고? 설마? 머뭇거리는데 조신선이 커다란 꾸러미를 휙, 풀어헤친다. 거울이었다.

"제가 모시지요. 오늘이, 너는 후에 보자!"

다음 순간, 조신선이 사내의 옷자락을 잡고 거울 안으로 빨려들어갔다. 모두가 거울로 손을 뻗었지만 늦은 후였다. 거울의 표면이 쩌억, 갈라져 버렸다. 문이 닫힌 것이다.

"일단 봉인시켜 두었어. 창귀, 측신, 둔갑신장. 저기, 감옥에."

조비서가 만불산 옆 또 다른 수석을 가리켰다. 머리카락 한 올 흐트러진 모습을 보이지 않았던 조비서는 엉망이었다. 옷이 찢기고, 머리칼은 산발, 여기저기서 피가 흐르고 있었다.

414

"자, 이 아이 치료는 끝났으니 자네를 봐주지."

은산의 곁에 무릎을 꿇고 앉아 있던 야광이 일어서며 조비서에게 다가갔다. 그러나 조비서는 고개를 가로저으며 뒤로 물러났다.

"내 몸조리는 내가 알아서 할 테니 다른 이들이나 치료해 줘."

팔을 감싸며 비틀거렸다.

"어허! 조금 다친 것이 아닐 텐데……. 저 고집을 누가 말리나. 쩝."

"은산이 괜찮겠지?"

명주가 안경을 추켜올리는 야광을 몰아붙이며 물었다.

"몸은 괜찮아. 허나, 저 아이를 지탱하던 그 많던 조상신들이 한번에 떠났으니……. 그 후의 일은 스스로에게 달렸지. 자네는 신경도 쓰이지 않겠지만 철웅신도 많이 다쳤고, 업왕신도 치료해 줘야 해. 아! 천수정이란 아이도 기가 쇠했지."

"천수정은 내버려 둬! 더러운 피로 이 마을에 기어들어 와 귀한 천왕대신의 핏줄인 척했겠다?"

오물을 뒤집어썼다면 저런 표정이겠지. 오늘이는 얼굴을 온통 찌푸린 명주를 보면서 생각했다.

"지금이 무슨 조선시대인가? 피에 더럽고 귀한 것이 따로 있게. 가세요. 아픈 사람 있으면 치료해야지요."

오늘이의 말이 떨어지자 야광이 도망치듯 밖으로 나갔다. 그 와중에 예전부터 점찍어 놨던 명주의 신발 한 켤레를 몰래 품고서.

"실력이 좋은 것은 인정하겠다. 하지만 그뿐이야. 네가, 감히, 우리 집안의 종주라도 된 듯이 굴어?"

한껏 독기가 오른 명주가 오늘이를 노려봤다. 그 눈을 피하지 않고 오늘이가 받아쳤다.

"실력이 당신들보다 출중하면 그것으로 다행이지 않나요? 덕분에 당신들이 대를 이어 지켰던 만불산이 무사하니까요. 아님 당신들이 대를 이어 군림할 수 있었던, 어떤 지위 같은 걸 빼앗겨서 분한 건가요?"

"한낱 인간 주제에 수십 대에 걸쳐 희생해 온 우리 집안에 딴죽을 거는 것이야?"

"한낱 인간…….. 그놈도 똑같은 말을 하던데. 아니 그럼 한낱 인간한테 지고, 밀리고, 쨉도 안 되는 건 뭐야? 은산이 고모님, 정신 차리세요!"

손을 들어 올려 딱! 손가락을 튕겼다.

"배은망덕한 것들…….. 똑같구나."

"은혜와 덕을 입은 것이 있어야 배신도 하고 그런 거 아닌가요? 저, 은산이 고모님께 손톱만큼도 은혜와 덕을 입은 적 없거든요?"

"네가 이 마을에 발을 붙이고 살고 있는데 은혜 입은 것이 없어? 조신선도, 네…….. 여하튼 내가 허락하지 않았으면 어림없는 일이야!"

이를 부득부득 갈며 악악거리는 명주를 오늘이는 어이없어 했다.

"여기가 군자마을이지, 독재국가예요? 그리고 당신은 수령님이고? 요괴들하고 지내다 보니 잊으셨나 본데, 이 마을은, 대한민국 영토이고, 대한민국은 당신들이 깔보는 인간들의 것이에요. 당신 일족이 아니라!"

검지로 명주에게서 마을을, 그리고 다시 자기 자신을 가리키며 오늘이가 선언하듯이 말하자 마을의 공기가 순간 울렁거렸다. 명

416

주의 낯이 하얗게 질렸다.

"너는, 너는 대체……. 네 말은 왜 이런 힘을 가졌지?"

명주에게는 흔치 않은 공포심을 본 오늘이가 마을을 유심히 살폈다. 마을을 감싸고 있던 막이 옅어져 있었다. 평범한, 보통의 마을이 되어 가고 있었던 것이다.

"당신이 한낱 인간이라고 비웃는 자의 말이니까요. 지난 백 년간 요괴들과 신들이 왜 그렇게 소멸해 갔는지 생각해 보세요. 인간이 산을 파괴하고 강을 더럽혀서요? 아니, 그건 아주 작은 원인에 불과해요. 인간이 믿지 않아서예요. 더 이상 요괴들을, 신들을, 그들의 힘을 믿지 않으니까 힘이 약해지고 결국은 소멸해 버리는 거라고요. 인간이…… 그렇게나 엄청난 존재라는 걸 깨닫지 못하면 당신들 모두가 그 길을 가게 될 거예요."

"그래서 너는? 너는 다른 인간과 뭐가 다른 거지?"

"내 어머니와 나는, 알고 있다는 것이 달라요."

"무엇을?"

"인간이 모든 것을 소멸시키고, 또 모든 것을 소생시킬 힘을 지닌 존재라는 사실이요. 바로 내가 그 힘을 가졌고 행사할 수 있다는 사실이요."

잠시 명주가 말을 멈추고 머리를 바쁘게 굴렸다.

"그런데 어째서 놈에겐 그 힘을 쓰지 않았지?"

"썼어요. 나를 방어할 때."

"방어? 겨우? 예전에도 넌 놈을 충분히 잡을 수 있었는데 잡지 않았어. 아까도 마찬가지야. 네가 그렇게나 대단한 힘을 가졌다면서 겨우 방어? 나 같으면 놈에게 죽으라고 소리쳤을 거다!"

그랬을 테지. 측신이고, 창귀고, 귀면의 남자고 모두 죽으라고 저주를 내렸을 테지. 오늘이는 고개를 끄덕였다.

"그게 당신의 선택이듯이 나의 선택은 죽임이 아니에요. 그래서 뼈마디가, 근육이 아파 죽을 것 같아도 몸으로 부딪히는 거예요. 요괴와 신들이 다 소멸한다면, 결국 인간도 그들과 구별되는 인간성을 잃게 되는 것이니까. 그리고 내가 선택한 다른 한 가지는 군자마을을 보호하는 거예요. 당신처럼 군림하려는 자만 없다면 얼마든지 평화롭고, 아름다운, 신비로운 마을일 테니까요."

오늘이의 말이 끝나자마자 마을의 투명하고 따뜻한 막이 두터워지며 새로워졌다. 명주는 그 변화를 명확히 느꼈지만 인정하진 않았다.

"건방지고 오만한 것."

더 이상 얼굴을 마주할 수 없었던 건 명주 쪽이었다. 그녀가 나간 후 오늘이는 정신을 잃고 누워 있는 은산의 곁에 털썩, 주저앉았다. 그리고 은산의 상처투성이인 손을 꼭 잡으며 말했다.

"네 고모 진짜 재수 없어. 여기저기 아파 죽겠는데, 화가 나서 야광한테 치료해 달라고 할 수 있어야지……. 우리 할 말이 많은데……. 우리 함께 슬퍼할 일이 많은데……. 그래도 지금은 네가 그냥 꿈도 꾸지 않고 푹 쉬었으면 좋겠어."

깊은 한숨이 그녀로부터 흘러나와 바다까지 이어졌다. 영등할미가 돌아온 바다는 잠잠하고 평화로웠으나 잿빛에 가까웠다. 바람이, 파도가, 물기 어린 모든 것들이 이목의 죽음을 추모하고 있었다.

통문

그곳은 조신선의 공간이었다. 조선 시대부터 현재까지 귀한 책들과 그림, 금지된 약들의 저장고. 조신선의 비자금 창고였다. 그러나 지금 그에게 가장 중한 것은 그 공간에서 정좌를 하고 앉아 있는 사내였다.

흑발을 허리까지 늘어뜨리고 눈을 감고 있는 사내. 천오백 년의 세월을 견뎌 낸, 고독한 사내. 고요히 명상에 잠긴 그는 더 이상 귀면을 쓰고 있지 않았다. 매끈하고 부드러운 얼굴이었으나 표정은 만 년을 살아 낸 나무의 껍질처럼 단단하고 가늠할 수 없었다. 그가 눈을 떴다. 무엇을 보는지 알 수 없는 검고 공허한 눈동자.

"수족을 모두 잃으셨으니 어찌합니까?"

"누가 나의 수족인가? 나의 수족은 죽을 수도 없고, 소멸할 수도 없는 이 몸이지 않나?"

냉기가 감도는 목소리였다.

"그럼 그들은 버리십니까?"

답이 없다. 그러나 조신선은 끈질겼다.

"산이를 정말 죽이려 하셨습니까? 그 아이는……."

"오백 년 전, 위험을 무릅쓰고 나를 봉인에서 풀어 준 네가 바라던 것이 무엇이지?"

사내가 왜 그렇게 묻는지 조신선은 불만스럽고 의아했다.

"알고 계시지 않습니까. 그때부터 지금까지 저의 바람이 한결같단 것을요."

"영생. 비루한 인간들이 그렇듯이 네가 바라는 것은 영생이다. 그런데 왜 남의 죽음에 관심을 갖는 것인가? 오직 바라는 것에만 집중해라. 그래야 얻을 것이니."

경고임에 분명한 사내의 말에 조신선의 시선이 보물 같은 책들을 훑었다. 바깥세상에서는 구할 수 없는, 값을 매길 수 없는 지식의 보고寶庫이자 자신의 저주. 그 책들을 얻고자 자신이 저지른 기만과 술수를 생각하는 조신선에게 천만뜻밖의 말이 떨어졌다.

"그 아이, 그 여자아이."

"오늘이 말씀입니까?"

"그 아이를 가져야겠다."

사내의 선언에 조신선은 소름이 돋았다.

"무슨 뜻입니까? 아니, 어디에 뜻을 두셨든 오늘이는 당신의 뜻대로 움직일 아이가 아닙니다. 게다가 그 아이…… 산이에게 마음을 주었습니다."

조신선은 자신도 모르게 조급함을 드러내며 말을 이었다.

"내가 언제 그 아이 마음을 갖겠다고 했는가? 인간의 마음처럼 간사하고 부질없는 것을 가져서 무엇하게? 내가 필요한 건 그 아이 자체야. 검은 쥔 것은 그 아이였어. 그 아이를 갖지 않고선 승부수를 둘 수 없다."

차갑고도 차가운 사내의 말에 조신선은 마음이 얼어붙는 것 같았다. 애초에 거짓이었을지언정 평온하게 이어져 온 오백 년 삶이 검게 뒤틀리는 것이 보였기에.

"조신선, 다른 생각은 접어라. 지난 오백 년보다 앞으로의 오백 년을 생각하란 말이다."

사내는 정확히 조신선의 생각을 읽어 냈다.

"제가…… 어찌 다른 생각을 품을 수 있겠습니까. 하명하실 일이 있으면 하시지요."

조신선은 허리를 깊이 숙였다. 살아야 한다. 살아야 한다. 살아야만 한다.

"그 아이의 어미는 돌아오지 않았나?"

"네."

조신선은 이령의 얼굴을 떠올렸다. 혼이 봉인된 텅 빈, 그러나 맑은 얼굴.

"네가 그 여인을 데려올 때 흥미로운 것은 보았지. 그 여인의 기억 속에서. 군자 마을에서 마주친 명주의 기억에서도. 명주는 오늘이란 아이의 운명을 바꿀 불의를 저질렀더군. 오늘이는 군자마을을, 김은산을 떠나게 되어 있어."

조신선이 마음속에 떠올린 이령의 얼굴은 다시 오늘이의 얼굴로 대체되어 비쳤다. 책방의 오래된 먼지를 기꺼이 털어 내고 반짝반짝 빛을 내던 얼굴.

"오늘이는…… 우리의 계획에 동조할 아이가 아닙니다."

"동조하지 않길 바라는 것이 아니고? 조심해라, 책장수. 비록 네가 나를 풀어 주었지만 네 삶을 연장시켜 준 이는 바로 나다. 그 짧고 보잘것없는 생, 여기서 마무리하고 싶은 것이 아니면 다른 맘따윈 갖지 말란 말이다."

곧 검을 들어 조신선의 심장을 찔러도 전혀 이상할 것 없는 싸늘한 표정으로 사내가 말했다. 이제 조신선의 마음엔 모든 얼굴들이 사라지고 거대한 어둠만이 자리하게 됐다.

사내가 일어섰다. 사내가 우뚝 서자 여기저기 찢긴 검은 옷이 저절로 복원되고 거기에 금빛 자수가 굽이치며 드리워졌다. 길고 검은 머리카락이 암흑의 기운을 더했다. 어떤 무기도 갖지 않았지만 충분히 위력적인, 그 자신이 무기인 남자다. 그가 고개를 돌리자 조신선은 뒷걸음질 칠 수밖에 없었다.

"모든 요괴와 신들에게 통문을 돌릴 것이다. 그러면 내 이름이 나를 대신해 세력을 모을 것이야."

그의 말에 조신선이 놀라며 이맛살을 찌푸렸다.

"지금, 밝히시는 겁니까?"

완곡한 만류를 담은 질문이었으나 사내는 무시했다. 대신 세상 끝까지 울리는 목소리를 높여 선언했다.

"나, 비형. 도깨비 왕의 적장자가 마침내 몸을 드러내노라! 과거에 저지른 내 죄업을 너희에게 몇 배의 상으로 보상할 것이다. 우리의 땅, 우리의 강, 우리의 바다를 인간들에게서 되찾을 것이다! 내 명하노니 이 땅의 모든 요괴와 신들은 내게로 모이라! 너희에게 자유와 힘을 줄 것이다!"

비형의 말이 검은빛과 금빛으로 기운을 모아 뭉쳐졌다. 둥글게, 둥글게, 회오리쳐 뭉쳐진 말의 기운은 전광석화처럼 땅의 끝에서 끝으로, 모든 강줄기를 거쳐 바다 깊은 곳까지 퍼져나갔다. 대기가 들끓고 산야와 강물, 바다가 몸을 뒤척였다. 인간의 시간 아래 고통 받던 존재들의 통곡이 함성으로 바뀌기 시작했다.

은산이 눈을 떴다. 고요했다. 아버지가 돌아가시고 난 후 처음 느껴 보는 고요함이었다. 이질적이고 불편했다. 침묵이 피부를 찔러 대는 느낌에 어떻게든 몸을 움직여 보려 고개를 들었다. 그리고 자기 곁에서 침대에 기대 잠이 든 오늘이를 보았다. 그녀의 평화로운 얼굴을 보자 비로소 숨을 쉴 수 있었다.

움찔, 그녀의 어깨가 들썩이며 움직였다. 눈꺼풀이 쉴 새 없이 흔들리는 게 꿈을 꾸는 것이 분명했다. 은산은 일어나 앉으며 오늘이의 어깨를 부드럽게 흔들었다. 부드러운 손길이었는데도 그녀가 화들짝 놀라며 몸을 일으켰다. 꿈에서 현실로 돌아오는 눈동자에 두려움이 가득했다. 그리고 같은 두려움이 담긴 목소리로 은산에게 물었다.

"당신…… 누구지?"

은산은 알 수 있었다. 오늘이가 보고 있는 건 자신이 아니라는 걸. 하지만 아무것도 묻지 않았다. 다만 침대 위에 놓인 그녀의 손을 잡아 줄 뿐이었다.

"나야, 은산이야."

다음 순간, 그녀의 몸이 은산을 덮쳐 왔다. 목을 휘감고 꽉, 다시는 놓지 않을 것처럼 꼭, 그를 안았다. 울고 있겠지? 그렇게 생각했는데 또랑또랑한 목소리로 그녀가 말했다.

"보고 싶었어."

"옆에 있었으면서?"

은산의 물음에 만불산 앞에서 사내의 얼굴이 오늘의 마음에 떠올랐다. 흑발에 가려지긴 했지만 은산의 얼굴과 흡사했다. 은산의 눈과 코와 입술에서 생기를, 온기를 뽑아 버리면 그 사내와 똑같을 것이다. 그렇게 믿을 정도로 닮은 얼굴이었다. 오늘이는 더 꽉 은산의 목을 끌어안으며 품으로 파고들었다.

"알아, 나도 보고 싶었어. 죽을지도 모른다고 생각하니까 더, 더, 보고 싶었어."

그녀의 목덜미에 얼굴을 묻고 은산이 말했다. 죽음이란 단어에 두 사람 모두 떠올리는 이름이 있었지만 서로 아무 말도 하지 않았다.

새들이 떠난 마을은 고요했고 바람이 불어도 나무들은 흔들리지 않았다. 멀리 바다에서 파도 소리만이 쉼 없이 들려올 뿐이었다. 그 소리마저도 서로의 숨소리에 지워 버리고 싶었다. 마침내 입을 연 것은 은산이었다.

"이목이…… 죽었어. 내가 지켜 주지 못했어."

은산의 호흡이 가빠지는 걸 느끼며 오늘이가 그의 머리를 쓸어 주었다.

"네가 지켜 주지 못한 게 아니라 이목이 우릴 지켜 주는 걸 선택한 거야."

그녀의 말에 참았던 울음이 터져 나왔다. 오늘이의 품에서 울었다.

"지키고 싶었어. 서낭도, 이목도, 할아버지들도…… 모두 지키고 싶었어. 그게 내가 존재하는 이유인데……."

"그렇지 않아. 너는 그들을 지키기 위해서 존재하는 게 아니야. 너는, 김은산은 그 자체로 충분히 존재할 가치가 있어."

424

은산과 똑바로 마주보며 오늘이가 말했다. 흔들림 없이, 곧은 시선이었다. 처음이었다. 자신에게 의무를 지우지 않는 사람은. 그리고 자신을 무한히 긍정해 주는 사람은.

"네가 그 자체로 더없이 소중하기 때문에 그렇게나 많은 존재들이 널 지켜 준 거야. 그들이 지킨 너 자신을 믿어."

가슴 한편에 단단히 쌓아 둔 둑이 무너져 내리는 것 같았다. 은산은 오늘이 앞에서 엎드려 울었다. 그리고 그의 넓은 등에 볼을 맞대고 그녀가 은산을 감싸 안았다.

"사실은…… 살고 싶었어. 항상 너무나 살고 싶었어. 아버지가 돌아가실 때도, 악귀들과 싸울 때도, 손목을 그을 때마저도 사실은 살고 싶었어. 그냥 나로. 나 자신으로."

죄책감이었다. 혼자서, 김은산 자신으로 살아남은 죄책감.

"당연해. 나도 항상 살고 싶었는걸. 엄마가 나 때문에……. 그래도 살고 싶었어. 그리고 행복하고 싶었어. 그게 당연해. 그건 우리 잘못이 아니야."

먼동이 터오고 있었다. 햇살 속에서 둘의 그림자가 하나가 되고 숨이 하나가 되었다. 서로의 눈을 마주했을 때 은산이 미소 짓고는, 오늘이의 뺨을 쓸어내리며 말했다.

"할배들 없으니 이건 좋네. 키스를 언제든, 내 맘대로 할 수 있는 거."

오직 서로의 품에서만 평온했다. 그리고 자청비가 쳐들어왔다.

✺

씩씩거리는 자청비의 팔을 잡고 말린 건 문도령이었다. 곤란한 표정과 미안함이 담긴 눈빛으로 집 안의 다른 이들에게 고개를 숙였다.

"어허, 부인, 이리 무작정 들어와 고함을 치다니요. 이는 예가 아닙니다."

점잖은 목소리였다. 그러나 자청비는 개의치 않고 버럭버럭 소리를 질러 대었다.

"이 집안사람들이 이리 태평할 때야? 지금 무슨 일이 벌어지는 줄 알고나 있냐고!"

참지 않은 쪽은 역시 명주였다. 단번에 부적을 챙겨 들고 자청비를 겨누며 똑같이 소리를 질렀다.

"어디서 감히! 여기가 어딘 줄 알고 설쳐! 우리가 어떤 희생을 치렀는데!"

자청비와 명주가 서로 충돌하기 직전에 은산이 오늘이의 부축을 받으며 거실로 나왔다.

"고모, 자청비, 오페라 대회 있음 나가 봐요. 목청들이, 와, 쩔어!"

파리한 은산의 안색에 자청비의 혈기가 한결 누그러졌다.

"종주, 미안하구려. 부인께서 좀 흥분을 하셔서……. 본래, 이리 무례한 분은 아닙니다."

자청비의 등 뒤에서 변명을 하는 문도령은 어색한 미소를 지었다. 그의 말에 자청비의 지난 행적이 떠오른 오늘이가 피식, 웃어 버렸다.

"보시다시피 내 몸이 너덜너덜해서, 좀 앉아서 이야기하지요."

힘겹게 소파에 앉은 은산은 부부에게 자리를 권했지만 문도령만 소파 위에 정좌를 할 뿐이었다.

"많은 이들이 다쳤다고 들었습니다. 심히 유감입니다."

지극히 예의 바른 문도령이었지만 자청비는 그 느린 속도를 참아 낼 수 없었다.

"서방님, 지금은 예의 차릴 때가 아닙니다."

"어허, 부인, 급한 일일수록 돌아가란 말이 있지 않소. 무릇, 일에는 순서가……."

검지를 치켜들고 가락을 타듯이 흔드는 문도령을 자청비가 휙, 밀어내 버렸다.

"이보쇼, 서방님. 비켜, 비켜 봐. 어릴 때부터 저리 답답하게 굴더니 아직도 그래. 아오!"

옆으로 벌렁 쓰러져 버린 문도령이 놀란 눈으로 쳐다보았지만 자청비는 모른 척하며 소매에서 무언가를 꺼내 허공으로 날렸다.

그것은 처음엔 검은빛이었다. 다음 순간, 금빛이 회오리치며 검은빛을 감싸 돌았다. 그것이 공중에 글씨를 그려 내었다. 오늘이는 읽을 수 없는 글이었다. 한 번도 본 적이 없는 문자였다. 그런데 은산과 명주의 얼굴빛이 변했다. 저러다 사람이 죽을 수도 있겠구나, 싶은 낯빛이었다.

공중에서 빛나던 글씨는 갑자기 안개처럼 흐려지더니 다시 단단히 하나의 공으로 뭉쳐져 자청비의 손으로 떨어졌다.

"말도 안 돼! 비형이라니! 비형이라니!"

거의 비명에 가까운 고함이 명주의 입에서 튀어나왔다. 은산이 오늘이의 손을 잡았다. 그의 손은 떨리고 있었다.

"이런 통문을 보낼 수 있는 존재들은 이제 이 땅에 남지 않았어.

심지어 너희 가문 사람들도 오래전에 통문을 보낼 신력을 잃어버렸잖아."

자청비의 말에 명주는 더 이상 말을 잇지 못했다. 그리고 은산을 보았다. 몸 안에 머물던 조상신들이 모두 떠나가 버린 은산은 무력해 보일 뿐이었다. 통문은 거짓이어야 한다. 반드시.

"그가 여태 살아 있었다면 우리가 몰랐을 리가 없어. 아니 그 전에 봉인에서 어찌 풀려나고?"

명주는 부정했지만 은산은 자신의 힘이 전혀 통하지 않았던 사내의 존재를 곱씹었다.

"봉인에서 어떻게 풀려났든 비형이 분명해요. 여길 공격했던 남자. 그가 비형이라면 말이 돼요. 우리 힘의 원천이니까 당연히 우리 공격이 통하지 않고, 어떤 요괴나 신의 힘도 그를 능가할 수 없죠. 왜냐하면 비형은 도깨비 왕의 적장자, 모든 요괴들의 우두머리니까요. 우린 그의 아류일 뿐."

"아니, 그럼 우리의 시조가 후손을 죽이려고 했단 거야? 산아, 기억하니? 우리 가문에서 전해져 내려오는 말. '처음과 끝은 같다.' 만약 널 죽이려 했던 자가 비형이라면, 그럼 너는? 네가 현재 우리 가문의 마지막 후손인데 네 능력은?"

그때 오늘이가 끼어들었다.

"그 사람의 얼굴이 은산과 같아요."

다시 모두가 놀랐다. 은산까지도.

"싸우는 도중에 귀면이 깨졌는데 그때 봤어요. 그 사람 얼굴, 은산이와 거의 같았어요."

"둔갑신장도 모습을 똑같이 만들 수 있지!"

명주가 반박했다.

"둔갑신장은 우리와 싸우고 있었잖아. 전력을 다해서 싸우는 동안 신력을 제대로 발휘할 수 있는 요괴는 거의 없어. 둔갑신장처럼 중급 정도 되는 요괴는 더더욱."

어느 샌가 거실로 들어온 조비서가 벽에 기대서 말했다. 그곳에서 유일하게 냉정을 유지하며 차분한 표정을 하고 있었다.

"내가 궁금한 건, 그가 비형이라면, 그렇게나 대단한 자라면, 어째서 그의 힘이 너에게는 통하지 않는가, 라는 거야. 오늘?"

이제 모든 이의 시선이 오늘이에게 향했다. 은산의 시선도 그녀를 향했지만 결코 손을 놓는 일은 없었다. 그래서 오늘이는 고개를 숙이지 않고, 모두를 똑바로 응시할 수 있었다.

"나는 요괴도, 신도 아닌, 인간이니까요. 신력이 아닌 나 자신의 힘을 믿는 인간이니까 그 비형이란 자의 힘이 통하지 않는 거예요. 나는 그를 믿지 않아요."

"그게 말이 된다고 생각하니?"

명주가 날카로운 목소리로 물었다. 그러자 오늘이가 씩, 웃어 버렸다.

"마을 밖, 인간들은 지금 여기 모인 당신들의 존재가 말이 된다고 생각할까요?"

그녀의 말에 자청비가 오한이 든 듯 떨기 시작했다. 그것을 본 문도령이 그녀의 어깨를 감싸 안으며 또렷한 목소리로 말했다.

"나는 저 아이의 말을 믿소. 지난 세월, 우리의 힘이 가장 강성했던 때는 바로 인간들이 우리를 믿고, 기도하며, 따랐던 순간이었소. 우리가 이리 약해진 것, 사라져 가는 것이 언제부터였소? 바로 인간들이 더 이상 우리를 믿지 않으면서부터였소. 우리는 인간의 수호자이기도 하지만 동시에 인간도 우리의 수호자란 걸……. 그걸 깨닫지 못하면 인간도, 우리도 절멸의 길을 걸을 것이오."

거침없는 문도령의 말에 자청비의 눈이 반짝이기 시작했다. 그리고 고개를 끄덕였다.

"나 또한 오늘이의 말을 믿어. 땅의 힘, 모든 곡물의 힘이 지금처럼 약해졌던 때가 없어. 지난 날, 인간들이 땅의 힘을 믿고, 곡물을 소중히 여길 때 이 자청비는 여신으로 불렸었지. 그런데 지금은 어떻지? 이 땅에 자청비의 이름을 아는 인간이 몇이나 될까?"

그녀답지 않게 떨리는 목소리였다. 문도령은 천천히 그녀의 등을 쓸어내렸다. 이해와 위로의 몸짓이었다.

"내 말을 믿든 믿지 않든 그건 선택의 문제겠죠. 물론 어느 쪽을 선택해도 진실을 바꾸지 않지만요."

진실이란 단어에 은산이 반응했다. 아직 오늘이에게 말하지 못한 진실이 목에 걸렸다. 말해야해, 말해야 해. 그녀의 손을 잡은 손에 힘을 주었다.

"요괴들과 신들이 움직이기 시작했어. 그걸 알려 주려고 온 거야. 지난날 인간들에게 짓밟히고 당해 왔다고 생각하는 자들이 대다수니까. 혈석에 대한 이야기가 사실이라면 결국 비형이 노리는 건 만불산일거야. 그 옛날 그러했듯이."

자청비는 어느 때보다 진지하게 충고했다.

"혈석을 만 개 모으면 세상 요괴와 만신을 다스릴 힘을 갖게 된다."

조비서가 책을 읽듯이 딱딱하게 말했다.

"여태 혈석을 모았다고 한들 만불산 하나를 차지하는 것만 못할 테니 다시 공격하겠군요. 그것도 군대를 이끌고. 그리고 인간 세상까지 잠식하겠지요."

은산의 말에 모두가 침묵했다. 비형 하나로도 막강한데 세력까지 모으면 누가 그를 대적할 수 있을까? 말은 꺼내지 않았지만 생각은 같았다. 오늘이를 제외하곤.

"그렇다면 꼭, 이겨야겠네."

"뭐?"

이번엔 은산까지도 놀랐다. 놀라고 긍정할 수 없었다. 비형을? 진짜, 도깨비 왕의 후계자를? 그가 이끄는 군대를? 눈빛이 흔들리고 말았다. 하지만 오늘이는 조금도 기죽은 표정이 아니었다.

"너는, 만불산 요괴들과 신들의 대표이고. 나는 뭐, 인간들 중에 유일하게 이 사실을 아는 사람으로서 인간 대표가 돼 버렸잖아. 그러니까 비형을 이겨야지. 이겨서 지켜야지."

거침없는 오늘이의 말에 은산은 사방으로 꽉 막혔던 벽이 허물어지는 것 같은 느낌이었다.

"어떻게? 이미 우리는 너무 많은 타격을 입었어!"

오늘이가 적이라도 된 듯 노려보며 명주가 소리쳤다.

"타격을 입지 않았다면 비형을 이길 수 있나요?"

아무도 답하지 못했다. 침묵이 이어지고 결국 답을 한 건 오늘이 자신이었다.

"이길 수 없다고 생각하는 그 순간, 이미 진 거예요. 일당백으로 밀어붙이든, 당신들한테 도움을 받아 왔던 요괴와 신들을 끌어들이든, 최선을 다해 이기려고 발버둥 쳐 보라고요! 당신이 한낱 인간이라고 부르는 나도 아는 걸 대체 왜 몰라요? 전쟁은 개시부터 마음으로 승부가 나는 거라고요! 나는, 이 전쟁에서 이길 생각이고, 한낱 인간답게 엄청 발버둥 칠 거니까. 당신들은 당신들의 방법을 찾아봐요!"

"오늘이 말이 옳소! 나와 서방님 또한 이 전쟁에서 질 마음 따위는 전혀 없소!"

자청비가 부르르, 몸을 떨며 문도령의 어깨를 짚었다.

"아니, 부인…… 내 의사를 부인 마음대로……."

문도령이 뭔가 말하려 했지만 자청비 귀엔 조금도 들어오지 않았다. 그녀는 이미 긴 창을 꺼내 하늘을 향해 들어 올리며 전의를 불태웠던 것이다.

"지금껏 그대들의 도움을 받은 신들과 요괴들이 한둘이 아닐 터! 조비서! 그대와 내가 그들을 끌어모아 보자고! 아, 간만에 끓어오르는구먼!"

"부인이 그러시다면…… 한시라도 서두르는 것이 좋겠지요. 거, 그 창은 좀 조심하시구요. 날카롭습니다!"

기가 막혀 하는 명주를 뒤로 하고 부부는 서둘러 길을 나섰다. 오늘이의 곁을 지날 때 자청비는 한쪽 눈을 찡긋하는 것을 잊지 않았다. 기운 내라는 그녀 나름의 응원과 위로였다.

"만불산의 요괴들과 신들 중에 전투에 나설 수 있는 자들이 있는지 찾아볼게."

은산이 오늘이에게 미소 지으며 말했다. 더할 나위 없이 다정하고 부드럽지만 단단한 믿음이 느껴지는 미소였다. 그들에게 전쟁은 이미 시작되었다.

은산이 만불산으로 들어가는 것을 보고서야 책방으로 돌아온 오늘이는 비로소 할락궁이에게 전화를 할 수 있었다.

　　"화원이셨네요. 엄마는 좀 어떠세요? 의식은요? 네, 역시……. 네, 통문도 보았어요. 아뇨, 여기 있을 거예요. 마을은, 은산이는 제가 필요해요. 네, 알아요. 조심할게요. 삼촌, 엄마를 부탁드릴게요."

　　역시 그랬다. 저승삼신이 빠져나간 몸은 그저 몸일 뿐이었다. 엄마의 의식은, 혼은 어느 깊숙한 감옥에 갇혀 있을까? 생각에 골몰해 있는데 작은 손이 오늘이의 손을 잡았다.

　　"동이구나?"

　　말랑말랑 보드라운 손으로 그녀의 손을 잡고 동이는 생긋, 웃어 보였다. 맑고 투명한 아이다. 거친 전투가 벌어지는 와중에 다치지 않아서 다행이다.

　　"동이, 떡 하나 줄까?"

　　차를 마시는 자리에 내려고 사 둔 떡을 찾아 작은 냉장고를 뒤진다. 그런데 동이가 등 뒤에서 천진한 목소리로 묻는다.

　　"누나, 아파?"

　　오늘이의 손이 멈칫했다. 하지만 잠시일 뿐. 척척, 썰어 놓은 가래떡을 꺼내 전자레인지에 넣어 데워 내었다. 작고 뾰족한 대나무로 떡을 콕 찍어 동이에게 내밀 때도 그녀의 표정은 평온했다.

　　"구워야 더 맛있는데 여긴 책방이니까 이걸로 만족하자. 응?"

　　좋아라, 떡을 받아들고 욤욤, 먹는 동이가 만족스럽게 오늘이를 올려 보았다. 그리고 고개를 갸우뚱, 했다.

"맛있다. 그런데 누나, 아파?"

눈치 빠른 삽살개 아가 같으니라고. 그녀의 표정이 무너졌다. 쓸쓸하고 슬픈 표정이었다.

"응, 엄마가 걱정되고 친구가 보고 싶어서."

그녀의 말에 동이의 꼬리가 살짝 쳐졌다가 이내 살랑거리기 시작했다. 눈이 생글생글 웃고 있었다.

"내가 찾아 줄까? 나, 잘 찾는다!"

악의라고는 일절 없는 순수함이었다.

"그래? 그럼 우리 엄마, 안이령은 어디 있니?"

질문과 동시에 동이의 눈동자가 커지며 황금빛으로 빛났다. 동이는 코를 벌름거렸다. 그리고 마을 밖 어디쯤으로 고개를 돌렸다가 작게 힝, 코를 풀었다.

"왜?"

"에취! 꽃냄새 많이 나! 근데 두 개네? 몸은 꽃동산에 있고 마음은 다른 곳인데 잘 모르겠어. 빨갛고 뜨거운 공 같아. 몰라, 몰라."

동이는 아무렇지도 않게 좋알거렸다.

"그럼…… 이목, 백이목도 찾아 줄 수 있니?"

처음으로 동이가 시무룩해졌다. 떡을 씹는 몸짓이 신경질적으로 보일 정도였다.

"이목은 이제 없어. 찾을 수가 없단 말이야."

정말로 이젠 없구나. 가슴이 지끈거렸다. 그런데 문득 동이가 오늘이의 팔을 잡아당겼다. 자기에게 허리를 숙여 달라는 눈짓이었다. 그녀가 허리를 숙여 가까이 얼굴을 내밀자 동이가 속삭였다. 비밀 이야기처럼.

"사실은, 이목이 바닷가에 있어. 아주 아주 손톱만큼 있는데 없어. 찾으러 가 보고 싶은데 영등할미가 완전 완전 무서워서 갈 수가 없지 뭐야. 맛있다. 갈게!"

수수께끼 같은 말을 남기고 동이는 책방 밖으로 뛰쳐나가 버렸다. 무어라 다시 물을 새도 없이 꼬리를 빳빳이 세우고 달렸다. 동이는 노랑나비 한 마리를 쫓고 있었다.

다시 돌아와

늦은 밤, 책방의 가장 안쪽, 누구도 살펴보지 않는 책들이 꽂힌 책장이 열렸다. 조신선이었다. 그는 책장을 훑어보며 소리 없이 책방 안을 걸었다. 오늘이가 정리하고 먼지를 털어 놓은 책들이 어둠 속에서 잠들어 있었다. 손끝으로 잠든 책들의 책등을 쓰다듬는 조신선의 눈빛은 고요했으나 애정이 묻어났다.

"오셨어요?"

기척도 없이 2층에서 오늘이가 내려왔다. 조신선은 대답 없이 미소를 지었다. 아, 저 미소를 사랑했던 여인들은 이제 어찌할까? 오늘이는 아주 잠깐, 그녀들의 부질없는 순정이 안쓰러워졌다.

"오실 줄 알았어요. 어찌되었든 오백 년간 책장수셨는데 한 번은 오셔서 둘러보시겠구나, 했어요."

"그래, 뭐, 예서는 오래지 않았다만 그래도 꽤나 즐거웠던 장소이고, 정들었던 책들이지."

책방을 한 바퀴 휘, 둘러본 그는 오늘이가 준비한 의자에 다리를 꼬고 앉았다.

"너는 역시 이유를 묻지 않는구나."

"사람이든 귀신이든 배신의 가장 큰 이유는 탐욕이니까요."

조신선은 쓴웃음을 지었다. 그는 부인하지 않았다.

"탐욕이라……. 목숨에 연연해하는 인간의 마음은 가장 큰 어리석음이자 탐욕이지. 알면서도 나는 더, 더, 살고 싶다. 죽고 싶지 않아. 오백 년 전이나, 지금이나. 그러니 내게 생명을 줄 수 있는 힘이라면 누구에게라도 빌붙어야지."

"그런데요?"

바로 메시지, 묻는 오늘이를 향해 조신선은 다른 의미의 미소를 빙그레 그려 냈다.

"고집이 들어 찬 이마에, 톡톡 쏘는 것이 매력이니 참 희한하지. 여기도 둘러보고, 또 네게 배신의 이유도 제공하고."

경멸이란 단어가 오늘이의 얼굴에 떠올랐다.

"아, 물론 내가 아는 너는 배신을 할 아이는 아니지. 너는…… 오백 년 긴긴, 아니 짧은 생 동안 보아 온 인간 중 드물게 곧고, 바른 아이니까. 친애하는 할락궁이가 피워 낸 가장 밝은 꽃 한 송이."

"그런데요?"

경멸에 의심을 더해서 그녀가 똑같이 물었다.

"진실, 그거면 네 마음이 움직일까?"

오늘이는 대답이 없었다. 그래, 진실은 모든 것을 압도하지. 그것이 잔인하면 잔인할수록.

조신선은 오늘이에게 그녀의 어머니 이령에 대한, 은산의 아버지에 대한, 명주의 악행에 대한 진실을 이야기했다. 어둠 속에서 진실의 민낯을 보여 주었다. 그리고 오늘이는, 조신선의 짐작과는 달리 눈물도, 분노도 보이지 않았다. 다만 찬찬히 이야기의 씨실과 날실을 이어 자신의 삶을 전체를 되짚어 볼 뿐이었다.

"그 이야기의 증거는요?"

그때 거리에서 수정이 책방 안으로 들어왔다. 창백하고 아름다운 얼굴이었다.

"나, 내가 증인이야. 내가 들었어. 은산 오빠 고모와 조신선이 하는 이야기. 분명 틀림없는 사실이야."

그녀의 증언에 만족스러워하는 조신선과는 달리 오늘이는 이맛살을 찌푸렸다.

"실망이다."

"왜? 내가 네 맘에 들지 않은 진실을 말해서? 아님 내 조상이 천왕대신이 아니라 창귀라서?"

수정은 가쁘게 호흡하며, 눈을 크게 뜨고 오늘이에게 다가섰다.

"아니, 네가 창귀의 자손인 건 죄가 아니지. 네가 자의로 이용당했던 것도 아니고, 혼자서 꿋꿋하게 잘 살아 왔잖아?"

"그런데, 네가 대체 무슨 자격으로 내게 실망했다는 거야?"

잠시 오늘이가 한숨을 내쉬었다. 그리고 조신선을 노려보았다.

"너의 말이 진실이라면, 너는 네가 사랑하는 사람을 보호할 수 있는 단 한 사람을, 떠나보내게 하려는 사람이니까. 아저씨의 계략대로 말이지."

수정은 입술을 깨물었다. 그러나 부인할 수는 없었다. 오늘이가 뒤이어 하는 말에도 천수정은 단 한 마디도 답할 수 없었다.

"자신이 사랑받지 못해서, 아님 경쟁자를 제거하기 위해서, 사랑하는 사람을 위험을 빠뜨리는 사람에게 실망했다는 거지. 뭐가, 잘못되었어?"

"자, 자, 여기까지 하고. 천수정, 네 증언은 고맙지만 여기까지. 나머지는 내가 알아서 하마."

조신선의 중재에도 수정은 분노했다. 하지만 그녀 또한 알고 있었다. 자신이 할 수 있는 건 여기까지란 걸.

"그래서, 아저씨의 제안은 뭐죠?"

밖으로 뛰어나가 버리는 수정의 뒷모습을 쓸쓸하게 쳐다보며 오늘이가 물었다.

"그래도 너무 담담하구나. 네 운명이 뒤틀려 버린 이야기인데."

"아시잖아요. 저는 저승꽃밭에서 자랐어요. 저보다 뒤틀리고, 짓밟히고, 죽은, 혹은 죽임 당한 아기들과 아이들 사이에서 자랐다고요. 그래도 저는 넘치도록 따뜻한 사랑을 받았고, 모든 경우에 대비할 훈련을 받고 자랐어요. 담담한 것이 아니라, 지나간 일은 받아들일 수밖에 없다는 걸 아는 거죠. 과거는, 내가 어떻게 느끼든, 어떻게 행동하든 절대, 바꿀 수 없어요. 중요한 건, 지금 이 순간, 그리고 내일. 이제 말해 보세요. 아저씨 제안이 뭐죠?"

"역시 할락궁이는 대비가 철저했구나. 그리고 너도, 보통 강심장은 아니고. 그분께서, 비형께서 너를 원하신다."

더 이상은 이상해질 수도 없을 정도로 오늘이의 표정이 일그러졌다. 눈꺼풀이 심하게 떨리며 깜빡거리기도 했다.

"그건 또 무슨 개소리죠? 비형의 편이 되란 건가요? 아님 뭐, 정부라도 되란 소리예요?"

그녀는 소름이 돋은 팔을 문질렀다.

"어떤 의미인지 묻지도 않았어. 그분은 선언을 하셨고 어떻게든 이루시겠지."

오늘이는 한숨을 쉬며 어두운 천장을 올려다봤다.

"그 선언을 아저씨가 받들어 이뤄 주면 영생을, 보장받나요?"

천천히 조신선이 고개를 끄덕였다.

"진짜 그 새끼, 썩을 놈이네. 사람들은 잘도 이용해 먹어. 우리 엄마도, 아저씨도. 그리고 나까지?"

"이령은, 네 엄마는 스스로 저주에 걸린 거다. 우린 다만 죽어가는 네 어미를 보호하고 봉인했을 뿐이야. 물론 이용한 건 인정한다만."

조신선이 손바닥을 오늘이에게 보이며 부인했다. 미소 짓고 있었으나 어쩐지 쓸쓸해 보이는 얼굴이었다. 오늘이는 고개를 숙인 채 손끝으로 나무 테이블을 톡톡 건드렸다. 마침내 그녀가 입을 열었을 때는 세찬 바람에 나무들이 우우, 울고 있었다.

"비형을 만날게요. 대신 내가 그를 만나는 동안은 누구도 다쳐선 안 돼요. 이 마을도, 만불산도, 누구도 건드리지 말아요. 그의 이름을 걸고 약속할 수 있다면 일주일 후에 만나겠어요."

나무들의 울음소리에 오늘이의 목소리가 거의 묻혔지만 조신선은 이미 알고 있다는 듯 눈으로 답했다. 그리고 다시 책장 뒤로 돌아가려는데 오늘이의 목소리가 붙잡았다.

"아저씨, 내가 알기로 아저씨는 오백 년 동안 항상 책장수였어요. 그건 정말 책을 사랑하고 이야기를 아꼈단 뜻이죠. 난 요괴들에 비하면 얼마 살지 못했지만 이건 알아요. 어떤 이야기 속에서건 탐욕스런 인간은 고독해진다는 것. 난 아저씨가 고독하지 않았으면 좋겠어요. 욕망은 가져도 탐욕에 지진 마세요."

조신선은 비스듬히 그녀를 돌아보았지만 답하지는 않았다. 책방은 주인을 잃었다.

일주일 동안 은산은 대항 세력을 모으고 몸을 회복했다. 그러나 소멸된 조상신과 함께 신력도 사라진 사실이 바뀌진 않았다. 그리고 일주일 동안 오늘이는 한 번도 은산을 보러 오지 않았다. 은산 역시 그녀에게 연락할 수 없었다. 얼굴을 마주하면 진실에 살이 베이고 마음이 베어서 다시는 그녀를 볼 수 없을 것 같았다.

"독한 년, 피가 그리 튀는데도 웃다니!"

감옥의 문을 열고 나오며 명주가 말했다. 볼에 튄 검은 피를 닦아 내는 명주의 눈빛은 차갑다 못해 섬뜩했다.

"설마⋯⋯. 고모, 뭐하는 거예요?"

명주의 잔인함에 질려 버린 은산이 비통하게 물었지만 명주는 눈 하나 깜짝 하지 않는다.

"창귀 말이야. 비형의 약점이나 본거지라도 알아내려 온갖 부적을 써도 꿈쩍도 안하지 뭐야. 측신이나 둔갑신장은 아무리 그래도 신들이니 함부로 건드릴 수 없고⋯⋯."

그녀의 말에 은산은 눈을 질끈 감았다.

"그래서, 신이 아닌 요괴는, 악귀인 창귀는 아무렇게나 다뤄도 된다는 말씀이에요?"

"당연한 거 아니니? 창귀는 네 아비를 죽인 악귀야! 본래 네가 해야 하는 일이란 말이야! 하지만 고고하신 네 아비와 너는 이런 더러운 일은 하지 못하겠지. 그러니 악독하고 더러운 일은 내가, 이 명주가 해야 하는 것이고!"

분노하며 씩씩거리는 명주의 뒤에 조비서가 무표정하게 서 있었다. 그도 보았을까? 그런데도 말리지 않았을까? 은산은 도저히 그 자리를, 그들을 참아 낼 수 없어서 등을 돌려 책방으로 향했다. 나 역시 고모와 같을 순 없어. 나는 달라. 필요에 의해서 누군가는 이용하지도, 파괴하지도 않아. 거짓으로 마음을 잡아 두지도 않을 거야.

⁕

책방은 열려 있었으나 비어 있었다. 어디 있지? 두리번거리는데 수정이 머뭇거리며 은산을 바라보았다. 아, 너를 살피지 못했구나. 가슴 한편이 아팠다.

"미안, 몸은 좀 괜찮니?"

그때 수정의 옆, 커다란 캐리어가 눈에 들어왔다.

"수정아, 너 설마……."

"내가, 참을 수가 없어서 그래. 여기서 살 수가 없어. 창귀가…… 그런데 내가 어떻게 여기서 살 수 있겠어?"

입술을 깨무는 것이 보였다. 은산은 수정의 어깨에 손을 얹었다.

"네가 처음부터 천왕대신의 후손이라고 뻐겼던 것도 아니고, 창귀의 후손이라고 스스로 나쁜 짓을 한 것도 아니잖아. 그런데 왜 여기서 못 살아? 네 잘못인 것은 하나도 없어."

은산의 말에 수정의 낯빛은 더 어두워졌다.

"아니, 난 내 마음이 제일 소중해서…… 오늘이한테 다 말해 버렸어. 오빠 고모가 한 일들……. 단지 오빠 곁에 있고 싶었는데, 정말로 오빠를 위한 건 아니었어. 그게 부끄러워서 견딜 수가 없어."

오늘이가 알았다. 나를 통한 것이 아니라 타인을 통해서. 어떤

442

진실이든 타인에 의해 전달되면 왜곡되며 부서져 버린다. 은산은 눈을 질끈 감았다.

"그것도 네 잘못이 아니야. 내 비겁함이 너를 몰아세운 거야. 너는 내게 소중한 동생이라고 말했어야 했어. 네 맘에 상처 주지 않기 위해서 외면하면 안 되는 거였어. 그리고 오늘이한텐…… 내가 말했어야 했는데 용기가 없어서 다른 사람의 입을 빌리게 된 거지. 그러니까 네 잘못은 없어."

수정이 울었다. 결국 은산에게 자신은 동생 이상은 아니란 걸 확인하게 된 것. 그리고 용서받은 것 모두가 그녀의 마음을 움직이고 아프게 했다.

"너는 내 동생이야. 그러니까 떠나지 마. 이 마을은 네 집이야. 여긴 우리 집이니까 부탁할게. 같이 지키자. 만약 네가 이곳이 불편해서 떠나야겠다면…… 그땐 좀 더 안전한 곳을 찾고 난 후에 가. 응?"

어떻게 은산의 부탁을 거절하겠는가? 수정은 고개를 끄덕였다.

"그나저나 이제 할아버지들도 다 떠났으니 내 미래가 보이려나?"

은산은 부드럽게 미소 지으며 수정의 머리를 쓰다듬었다.

"안 돼. 오빠 미래는 안 봐 줘."

수정이 본래의 새침한 모습을 돌아와 그의 손을 밀어내며 답했다.

"왜? 전엔 보고 싶어서 난리였잖아."

"그냥."

대답은 그렇게 했지만 사실은 보고 싶지 않았다. 은산의 미래에 자신이 아닌 다른 이가, 오늘이가 있는 모습을.

"오늘이 찾는 거라면 바다에 있을 거야. 아까 동이 뒤꽁무니 따라서 가더라고. 재수 없어."

바다 쪽으로 눈을 흘기면서 수정이 캐리어를 끌고 가게로 들어갔다. 은산은 짧게 미소 지었다. 그녀의 캐리어가 열린 틈으로 빼꼼, 포루루의 녹색 잎사귀가 보였기 때문이다. 하지만 곧 미소를 거두며 쓸쓸히 바다 쪽을 바라봤다.

잔잔한 파도와 푸른 하늘이 평온해 보였다. 듣지 않아도 자갈이 구르는 소리가 느껴졌다. 멀리, 꼬리를 흔들며 바닷가를 내달리는 동이와 그 뒤를 총총 따르는 오늘이의 모습이 보였다. 가능하다면 영원히 보고 싶은 풍경이었다.

동이의 꼬리가 축, 쳐졌다.

"있었는데 없어. 향기는 나는데 없어."

풀이 죽은 목소리로 오늘이를 올려다보았다. 잿빛 긴 앞머리에 가린 까만 눈동자가 동글동글하다. 정수리를 만지지 않고서는 견딜 수 없는 눈빛이다.

"괜찮아. 있다면 언젠간 찾을 수 있을 거야."

손끝으로 동이의 머리칼을 흩트리는데 무엇에 놀랐는지 꽁지가 빠지게 달아나기 시작했다. 두리번거려 보니 저기, 바다에서 일렁일렁 영등이 나타났다. 자그락, 자그락, 영등이 자갈을 밟으며 오늘이에게 다가왔다. 휘익, 바람이 불었지만 영등의 머리카락, 푸르고 긴 옷자락, 무엇 하나 움직이지 않았다. 그녀 뒤로 푸른 바다와 하늘이 쑥, 밀려났다. 마침내 오늘이 앞에 섰을 때 영등은 손을 뒤로 크게 제겼다. 위잉, 바람 소리를 내며 휘두른 손이 오늘이의 뺨

옆에서 딱, 멈췄다. 닿진 않았다. 그런데도 오늘이의 뺨엔 길고 붉게 줄이 그어지고 피가 흘렀다.

"억울하겠지?"

감정이 섞이지 않은 목소리였다. 오늘이는 고개를 가로저었다.

"그래, 너는 속으로 우는 아이. 그리고 바른 아이지. 그런 너라서 이목은 부끄럽지 않은 길을 택한 것이고. 나는 먼 바다에서 통곡했어. 차라리 이목이 네가 아닌 다른 여자를 연모했더라면 목숨을 건졌을까? 아니…… 다른 이였다면 시작도 하지 않았을 터야. 너라서 연모한 거니까."

영등은 오늘이의 눈동자에 가득 차올라 넘치는 눈물을 무시하고 손을 내밀었다. 그녀의 새하얀 손에서 빛나는 비늘 하나가 솟아올랐다. 이목의 혈석이었다.

"천하 바보 멍청이 같은 놈이 죽어서도 너의 갑옷이 되어 주고 싶은가 보다. 자, 받아."

오늘이가 손을 내밀자 영롱한 비늘은 그녀의 손으로 서서히 스며들었다. 혈석이 완전히 스며들자 오늘이의 뺨의 상처가 사라졌다. 아픔은 없었다. 다만 가슴이 아리고 아릴 뿐이었다. 동이의 말을 비로소 완전히 이해할 수 있었으니까.

"용족들은 늘 그런 식이었어. 바보들 같으니……. 은산이 오는군. 저기, 내가 지금 너희 사랑놀음 지켜볼 기분은 아니니 여기서 꺼지든지, 아니면……. 되었다. 내가 가고 말지."

오늘이가 뭐라 답하기도 전에 영등은 해무 안으로 사라져 버렸다. 그리고 은산이 천천히 다가왔다.

"미안해."

은산의 첫 마디에 오늘이는 이목의 혈석이 스며든 손바닥을 꽉 움켜쥐었다.

"네가 사과할 일이 아니야. 악행은 너의 고모가 했잖아. 네 잘못이 아니야."

은산은 고개를 숙이며 어떤 말도 할 수 없었다. 그제야 그녀의 시선이 흔들렸다. 오늘이는 다시 말했다.

"알고 있었던 거구나. 너…… 알고 있었어."

그는 부인하지 않았다. 침묵 속에서 파도가 자갈을 굴렸다. 잠시 하늘을 올려다보았던 오늘이가 은산의 커다란 손을 잡았다. 손가락 사이사이에 자신의 손가락을 끼워 넣었다.

"그런데 그거 알아? 너, 끝까지 말하지 않을 수도 있었어. 지금 난 널 보호할 수 있는 유일한 힘일 수도 있는데. 만약에 내가 떠나면 넌 위험해질 수도 있는데 넌 내게 말했어. 그게 내게 정말 중요해."

하지만 은산은 고개를 들지 못하고 입술을 깨물었다.

"미안해."

그때 그녀가 그의 허리를 감싸며 안아 주었다.

"그래, 누군가는 내게 사과해야겠지. 여덟 살에 엄마를 잃은 황망한 내 어린 시절에, 외롭고 두렵던 밤마다 울던 어린 나에게. 목숨을 걸고 딸을 지키고 싶었는데 품에서 놓을 수밖에 없었던 젊은 날의 내 어머니에게. 사과를 해야겠지. 그런데…… 그게 너는 아니야. 너는 아무 잘못이 없어. 사과는 잘못을 저지른 사람이 직접 해야 하는 거야. 너도 그렇게 말했잖아. 그러니까 고개 들어. 고개 들어서 날 봐."

간신히 고개를 들고 오늘이를 바라보는 은산의 얼굴은 처참할 정도로 슬퍼 보였다. 곧 은산의 입술 위로 오늘이의 입술이 겹쳤다. 용서와 위로의 따뜻한 입맞춤이었다. 그리고 꼭, 다시는 놓지 않을 것처럼 꼭 은산을 안고, 안겼다.

"영등할미 미안해요. 이번만 봐줘요."

조그맣게 속삭였다. 오늘이를 감싸 안은 은산의 팔에도 힘이 들어갔다. 절대 다시는 놓지 않을 거란 다짐처럼. 그런데 육지를 등지고 공간이 살짝 비틀어졌다.

공간의 틈으로 조신선이 은산과 오늘이를 보고 있었다. 마르고 초췌했다. 우르르, 바닷물이 끓어오르며 영등이 솟아올랐다. 여차하면 단번에 조신선을 죽여 버릴 것 같은 눈을 하고서. 그러나 섣불리 누구도 움직이지 않았다. 다만 조신선의 시선이 오늘이를 향했다. 은산은 본능적으로 그녀를 등 뒤로 숨겼다.

"괜찮아. 아저씨, 올 줄 알았어. 괜찮아요."

오늘이는 앞으로 나서며 은산과 영등에게 말했다. 은산은 그녀의 표정을 보고 알았다. 오늘이가 무언가 단단한 결심을 세웠고, 그것을 결코 말릴 수 없다는 것을.

"뭘 하려는 거야? 오늘아, 뭐 하려는 거야?"

은산의 질문에 그녀가 돌아보았다. 결연하고 맑은 얼굴이었다. 다음 순간, 오늘이의 따뜻한 손이 은산의 팔을 힘차게 잡았다. 그리고 당부했다.

"너는 힘을 잃은 것이 아니야. 할아버지들이 모두 떠났어도 네가 결코 잃지 않은 단 하나의 힘이 남았으니까. 너 자신, 너의 힘은 고스란히 남아 있어. 나는 그 힘을, 김은산을 믿어."

오른쪽, 왼쪽, 은산의 눈동자를 천천히 공들여 들여다보았다.

소중한 이를 잃을까 두려워하는 빛이 어른거리는 눈동자였다. 오래전 어머니에게서 보았던 눈동자. 혼자 남겨 두고 싶지 않았다.

"나, 지금 비형을 만나러 갈 거야."

이번에 그녀의 팔을 잡은 건 은산이었다. 절대, 절대 보낼 수 없어. 널 잃을 수 없어. 누구보다 넌 절대. 간절함에 목이 메었다.

"잊지 마. 처음과 끝이 같다. 나는 널 믿어. 그리고 너는 혼자가 아니야."

자신을 붙잡는 은산의 손에서 팔을 빼며 오늘이 단호하게 말했다.

"왜 네가 비형에게 가야 하는데?"

화를 내며 묻는 은산에게 오늘이가 피식, 웃어 보였다.

"정상회담! 지금은 여기서, 내가 제일 세니까. 대가리는 대가리가 만나야지. 안 그래?"

그러면서 슉, 슉, 스파링을 하는 폼을 잡는다.

"누가 대가리래. 내가, 너보다 세질 테야."

주먹을 불끈 쥐고 은산이 한 팔을 번쩍 들었다. 뒷걸음쳐 비틀린 공간으로 다가가는 오늘이는 미소를 잃지 않았다.

"돌아올 거지?"

은산이 큰 소리로 외쳐 물었다. 그녀의 몸이 공간의 저편, 암흑으로 들어가기 직전이었다.

"바람피우면 알지?"

대답 대신 오늘이의 질문이 되돌아 왔다. 이윽고 오늘이의 몸이 저편으로, 암흑으로 빨려 들어갔다. 조신선도, 오늘이도 사라진 암흑 너머 잠시 은산의 얼굴과 같은 얼굴이 떠올랐다 사라졌다. 비로소 은산의 눈에서 눈물이 넘쳤다.

그의 과거

자신의 손바닥도 보이지 않을 정도로 어두웠다. 흔들흔들, 조신선이 등불 하나를 들고 섰지만 암흑이 빛조차 먹어버리는 것 같았다.

"여긴 어디죠?"

"본래 없는 곳이지. 만불산처럼 존재하는데 존재하지 않는, 보이나 보이지 않는, 공간 아닌 공간."

조신선은 서서히 오늘이에게서 멀어졌다.

"그분께서 오실 거다. 언제일지는 모르겠으나…… 미치지 않길 바라마. 내가 해 줄 수 있는 충고는 아무 생각을 하지 말란 거다."

단 하나의 빛이 멀어져 가고 완전한 암흑의 순간이 왔다.

태어나 한 번도 경험하지 못한 암흑과 완전한 무소음의 상태였다. 아무것도 보이지 않고 무엇도 느껴지지 않았다. 자신이 눈을 뜨고 있는 것인지 감고 있는 것인지 알 수 없었다. 처음엔 자신의 숨소리만이 들렸다가 드디어는 제 심장 소리에 귀를 기울이게 되는 무소음.

제 숨소리와 심장 소리가 너무 시끄러웠다. 그래서 두 손으로 귀를 막았다. 그런데 그 작은 동작조차 소리를 만들어 내고, 곧 날카로운 소음이 되어 그녀의 몸을 울렸다. 그 공간에서 소리는 귀가 아닌 몸으로 파고드는 고통이 되었다.

무릎을 저절로 꿇게 됐다. 오늘이는 두 팔로 자신을 감싸 안으며 무릎 꿇어 버렸다. 본래 암흑이었으나 눈을 질끈 감을 수밖에 없었다. 암흑의 입자들이 눈꺼풀을 들어 동공을 찔러 대고, 눈동자가 기억하는 빛의 조각들을 훔쳐 내는 것처럼 느껴져서. 눈을 꼭 감고 열심히, 열심히 빛을 기억해 내었다. 그러나 본래 빛이 어떠했는지, 빛 속에서 자신의 모습이 어떠했는지 기억나지 않았다. 아니 자신이 존재하긴 했는지, 자신의 이름은 또 무엇이었는지 기억나지 않았다.

나는 누구지? 고통스러운 울림 속에서 그녀는 생각했다. 아니, 생각하면 안 돼. 머리를 부여잡았다. 태아처럼 몸을 구부렸다. 점점 더 웅크려서 하나의 점으로 사라지고 싶었다. 그러면 그저 이 암흑의 한 일원이 되어 편안해지겠지? 의식이 희미해졌다.

그때, 오늘이의 내부에서 여린 빛이 희미하게 빛났다. 점보다 작은 빛이었다. 너무도 미미하고 약해서 곧 꺼질 듯했지만 결코 꺼지지 않는 빛이었다. 그렇게나 작은 빛이 절대적인 것으로 느껴졌던 암흑을 세상 끝까지 밀어내었다.

빛이 오늘이의 눈꺼풀을 열었다. 의식을 일으켜 세웠다. 그녀는 그 빛이 무엇인지 알 수 있었다. 오래전 엄마가 저주받을 것을 무릅쓰고 딸에게 주었던 야명주였다. 그것이 오늘이의 가슴에서 나와 반딧불처럼 반짝반짝 떠다녔다. 어둠을 밝히고, 숨을 쉴 수 있게 도왔다.

오늘이가 빛에 손을 뻗었다. 그러나 잡히지 않았다. 잡히지 않고 높이, 높이, 이 공간에도 높이라는 것이 있다는 것을 보여 주며 멀어졌다 돌아왔다. 그래, 이곳은 존재하지 않지만 분명코 존재하는 곳이야. 두려워할 필요가 없어. 주먹을 쥐었다.

"야명주인가?"

심장이 쿵, 울릴 정도로 놀랐다. 공간을 꽉 채우는, 낮고 울리는 남자의 목소리. 비형이었다.

멀리서부터 검은 옷자락은 끌며 뚜벅뚜벅, 쉼 없이 오늘이를 향해 걸어왔다. 그가 다가올 때마다 모든 공기가 빨려 나가 버리는 느낌이 들었다. 그녀는 숨을 크게 들이쉬며 일어섰다. 그때 야명주가 놀라운 속도로 오늘이에게 돌아와 가슴으로 다시 들어갔다.

나는 혼자가 아니야. 오늘이는 절대로 물러서지 않을 작정이었다.

"내 얼굴을 보았느냐?"

오늘이가 고개를 끄덕였다. 아프도록 그리운 얼굴이었지만, 또한 완전히 다른 얼굴이었다. 은산에게서 느껴지는 따스함과 다정함, 맑음이 없는, 공허한 눈동자를 한 얼굴이었다.

"얼마나 비슷한가? 나의 마지막 후손과?"

"전혀. 전혀 닮지 않았어. 그것이 중요해?"

어깨를 펴고 비형을 노려보았다. 그러나 그는 개의치 않았다.

"중하다. 시작과 끝은 같다. 그러니 중하다."

표정이 없는 비형을 바라보는 것은 생각보다 어려운 일이었다. 하지만 그녀는 피하지 않았다. 똑바로 바라보았다.

"역시 당신은 끝을 바라는 거야. 모두의 생각과는 다르게."

비형도 흔들림은 없었다.

"영민하구나. 그 영민한 네가 왜 나를 보고자 했지?"

"혼구멍을 내 주려고."

"영민한 것이 아니구나. 무모하고 건방져."

"잊었어? 당신, 나한테 처맞았잖아."

아주 살짝, 비형의 입 꼬리가 올라갔다. 비웃음일까?

"그래, 내 신력은 네게 통하지 않았지. 그 어떤 요괴도, 신도, 네겐 무력해. 하지만 난 반인반귀다. 반은 인간이었던 나, 비형이 과거에 무엇이었는지 아는가? 일평생 무인武人이었다. 얼마나 많은 전투와 전쟁을 겪고, 이겨 냈는지 아느냐 말이다. 인간인 나는, 죽은 백룡과 너에게 타격을 입었던 자가 아니란 것이다."

잊고 있었다. 은산처럼 비형도 반은 인간이다. 그녀는 생각이 많아졌다.

"네가 일주일의 시간을 달라 한 연유가 있겠지. 아마 은산의 몸이 회복할 시간이 필요했을 거다. 나에게 대적할 요괴들도 모아야 했을 테고. 그런데 그 시간 동안 나의 몸 또한 예전의 힘을 회복했다. 또 나의 세력은 이제 예전의 수십 배가 되었다. 이제 나를 어찌 혼낼 것이지? 아니, 이 자리에서 널 죽이는 걸 어찌 막을 것이지?"

비형은 순식간에 팔을 뻗어 오늘이의 목을 감싸 쥐었다. 그녀는 이번에도 피하지 않았다.

"말. 내 믿음과 신념이 담긴 말로."

"말? 인간의 언어? 바람결보다 부질없는 그것? 나를 실망시키는구나."

비형의 손에 힘이 가해졌다. 숨이 막혀왔다.

"말에…… 포인트가 있는 게…… 아니라고……. 믿음에…… 있다고."

그의 팔을 붙잡고 오늘이가 헐떡거렸지만 비형은 손가락에 점점 더 힘을 가했다. 정말 죽이려는 거야? 더 이상 숨을 들이마시지 못하게 된 오늘이가 비형의 팔을 움켜잡았다.

순간, 그녀의 손바닥에서 흰 빛이 흘러나오며 비형의 팔에 화상을 입혔다. 고통이 상당했을 텐데 비형은 바로 그녀를 놓아주지 않았다. 오늘이가 온 힘을 다해 다리를 들어 올려 그를 가격했을 때서야 비로소 놓아주었다. 그녀는 무릎을 꺾고 가쁜 숨을 내쉬었다.

"하아, 하아, 미친……. 날 진짜 죽이려고……."

"재미있구나. 그 용족이 네게 혈석을 준 것이냐? 네가 대체 무엇이기에?"

비형의 물음에 허리를 굽히고 헉헉거리던 그녀가 간신히 몸을 세우고 그를 노려봤다.

"나? 한낱 인간."

이상하게도 비형의 눈빛이 슬퍼졌다. 처음, 그가 보인 감정이었다. 그것이 슬픔이었다.

"인간……. 그래, 인간은…… 그럴 수 있겠지."

뜻밖에도 순순히 인정했다. 오히려 놀란 쪽은 오늘이었다.

"믿는 거야?"

"보았으니까. 인간의 나약함과 사악함."

허허로움이 밀려드는 목소리였다.

"그래서 잔인하게 모두를 이용하려는 거야?"

목소리를 키워 따지는 오늘이를 보는 비형이 문득 웃어 보였다. 허무하고 쓸쓸한 웃음이었다.

"이제 혼내려는 것인가? 비로소?"

"당신은 내 어머니를 이용하고, 이목을 죽이고, 자기 후손의 혼까지 소멸시켰어."

비형의 입 꼬리가 다시 올라갔다.

"혼내는 것치고 약하구나. 그건 그저 사실을 나열하는 것뿐이지 않나."

그의 비웃음에 오늘은 두 주먹을 불끈 쥐며 떨었다.

"악해야 하잖아. 당신, 우주 끝판왕 악당이어야 하잖아!"

오늘이의 모습에 비형의 눈빛이 어린아이를 볼 때처럼 변했다.

"나는 이미 충분히 악하다. 인간인 나와, 귀신인 나, 양쪽 모두. 너는 이상한 인간이로구나. 혼내 주러 왔다더니, 더 악해지라 부추기는 것이냐?"

팍, 오늘이가 발을 들어 올려 바닥을 쳤다.

"더 악하라고! 너무나 악독해서! 이가 갈리도록 악독해서 당신을 무찌르는 데 아무 거리낌이 없도록 악해 버려!"

그리고 곧 오늘이의 모든 목소리를 공간이 삼켜 버렸다. 침묵이 이어졌다. 비형은 천천히 그녀의 앞을 걷기 시작했다. 마침내 그가 입을 열었을 때 흘러나온 목소리는 그녀가 들어 본 적이 없는, 폐허 같은, 고독함에 허리가 꺾이는 소리였다.

"내가 얼마나 많은 인간과 요괴와 신들을 소멸시켰는지 아는가? 나는 친구도, 부하도 죽였다. 네 말대로 후손들의 혼도 나로 인해 소멸되었다. 어찌하면 더 악해질 수 있는 것이지? 알고 있다면 들어 보자."

비형의 눈동자가 오늘이를 향하자 그녀는 가슴이 얼어붙는 것 같았다. 고독하고 냉랭한 남자의 눈동자가 그녀도 얼려 버릴 것 같았다.

"그래서, 그렇게 악한 일을 한 목적이 뭐지? 그렇게나 악독했다면, 세계 정복은 아니더라도 뭐, 이 나라 정도는 노려야 하는 게 아니야?"

그 시선에서 벗어나려 애쓰며 물었다.

"이미 알고 있지 않나? 만 개의 혈석을 모으면 요괴들과 만신을 다스릴 수 있다."

그때 조신선이 실오라기만한 틈을 열어 그들을 지켜보았다. 그 틈으로 공기가 흘러 누구도 모르게 기운이 바뀌었다.

"그리하여 인간의 시간을 끝내고 다시, 요괴들과 신들의 시간이 이어지게 할 것이다. 그들이 빼앗긴 정당한 지위와 힘을 돌려 줄 것이다."

"거짓말! 당신 부하들은 그 말에 속을지 몰라도 난 절대 그 말을 믿을 수 없어."

비형이 걸음을 멈추었다.

"어째서 믿지 않는 것이지?"

"인간이 사라지면, 인간의 믿음이 없으면 당신들 요괴들과 신들도 사라지니까. 설마 당신…… 전부 사라지길 바라는 거야?"

"제법, 총명하구나. 네 말이 옳다. 나는 나 자신의 영원한 소멸과 함께 세상의 종말을 원한다."

비형은 분노하고 있었다. 공간이 타오를 듯 붉게 물들고 있었다. 오늘이는 몸이 떨리는 걸 참아 내었다.

"왜? 당신은 이제 자유를 얻었고, 충분한 힘도 있잖아. 도대체 왜 소멸을 원하는 거지?"

"내 아버지, 이 모든 저주의 시작이자, 모든 업보의 시작인 그에게 똑똑히 보여 주길 원하니까."

그 대답에 오늘이는 조신선의 책방에서 읽었던 비형에 대한 이야기를 떠올렸다. 그 사이 비형의 시선이 보이지 않는 공간의 틈으로 옮겨 갔다. 그리고 손을 움직여 단번에 조신선을 끌어냈다.

"너도 궁금한가? 그래서 그리 염탐하고 있었는가?"

조신선은 고개를 숙인 채 아무 말도 하지 못했다.

"그렇다면 둘 다 잘 들어라. 인간의 역사에서 나 같은 자는 많았다. 친구, 동료, 부하, 가족……. 어디 인간이 죽이지 않은 경우가 있기나 한 것이냐? 아니, 나의 악독함은 인간의 그것과 다르지 않아. 그럼에도 나는 저주받았고, 봉인되었고, 후손들까지 고통 받게 되었지."

"달라! 당신에겐 의무가 있었잖아!"

오늘이의 말에 비형이 휙, 몸을 돌렸다.

거대한 화염이 닥쳐오는 것 같았다. 전신戰神이 있다면 비형일 것이다. 오늘이는 그런 확신이 들었다. 검붉은 화염이 갑옷처럼 비형의 전신을 감싸고 눈동자에 귀기鬼氣가 충만했다. 그 자신이 하나의 검이 되어, 스스로를 휘두르면 세상이 불타오를 것 같았다. 감히 그에게 말을 걸기는커녕 그를 바라보기만 해도 피를 쏟고 죽을 것 같았다.

"의무? 요괴들과 신들을 지켜야 한다는 그 의무? 도깨비 왕이 멋대로 부여한, 내가 동의한 적도 없는 그 의무 때문에 나는 저주받아 마땅한 자가 되었단 말인가? 대답해라!"

시뻘겋게 달궈진 언어의 칼날이 오늘이를 향해 벼려졌다. 꽉 쥔 주먹이 떨렸지만 오늘이는 포기할 수 없었다.

"아니! 당신의 악행 때문이었어. 그 저주 때문에 은산이까지 고통 받는 거 너무 너무 싫지만……. 그래, 난 당신이 얼마나 고통 받았는지 짐작할 수 없어. 하지만 받아야 할 형벌을 복수로 갚는 건 옳지 않다고 생각해."

"생각……. 생각으로는 무엇도 알 수 없다. 내 행동의 연유를 생각 따위로는 알 수 없단 말이다. 봐라, 그리고 느껴라. 내가 겪은 고통의 실체를."

비형의 눈이 과거로 열리고 있었다. 천오백 년 동안 단 하루도 그를 괴롭히지 않은 날이 없었던 기억이 오늘이과 조신선에게 펼쳐졌다.

여전히 아름다웠다. 쇠사슬에 칭칭 몸이 묶인 채 깊고 깊은 수정 동굴 안에 던져진 공주는 흙투성이가 되어서도 여전히 아름다웠다. 그리고 그녀는 그 아름다운 얼굴을 들어 어둠 속에서 비형을 발견했다.

온몸이 하얀 수정 안에 갇혀 일그러지고, 오직 피에 젖은 머리만이 쓰러져 있는 그녀를 향해 불쑥 튀어나와 있었다. 숨이 막혔다. 냉철하고 영민한 공주의 두뇌는 눈앞의 상황에 마비되어 버렸다. 쇠사슬에서 벗어나려 버둥거렸지만 여린 피부가 쓸리고 벗겨져 고통스러울 뿐이었다. 그녀가 숨을 헐떡이며 비형에게 도움을 청했다.

"날 풀어 주시오! 내가 무슨 잘못을 했기에 이렇게 갇혀야 하는 것이지?"

고통스런 표정조차도 아름다운 공주를 비형은 허망하게 바라보았다.

"나를…… 이용한 죄."

비통하고 고독한 목소리였다.

한때 그녀가 원하는 것이라면 무엇이든지 바칠 수 있었던 비형은 이제 무력할 뿐이었다. 무력하게 수정 안에 갇혀서 어떻게든 이 상황에서 벗어나려 애쓰는 공주를 내려다볼 수밖에 없었다.

"인간은 늘 누군가를 이용한단 말이오! 나만 그런 것이 아니야! 그런데 왜 나만이 이런 대우를 받아야 하는 것이지?"

자신이 죽였던 그 많은 생명들의 비명이 그녀의 목소리에 섞여 들리는 것 같다고 비형은 생각했다.

"우리가…… 죽었으니까. 사람들과…… 요괴들…… 신들……. 그대와 나로 인해……."

"내가? 당신이겠지. 나는, 내 손에는 피를 묻히지 않았어! 살육을 저지른 이는 바로 당신이잖소!"

비명에 가까운 항의였다. 오롯이 비형에게만 책임을 묻는 공주에게 그는 배신감조차 느끼지 못했다. 그것이 공주였으므로. 너무나 그녀다웠으므로. 그래서 그저 눈을 감고 매 순간 살이 찢기고 뼈가 부서지는 고통을 견뎠다. 그가 할 수 있는 일이라곤 그 일밖에 없었으니까.

하지만 공주는 달랐다. 그녀는 한 순간도 포기하지 않았다. 쇠사슬에 묶인 몸으로 비형의 발 아래로 기어 와 읍소했다.

"도와주시오. 내가 나가야…… 그래야 우리 아기를 돌볼 것이니!"

그럼에도 비형은 눈을 뜨지 않았다. 공주가 아기에게 젖 한 번

제대로 물리지 않은 어미인 것을 알고 있었다. 아기를 외가에 보낸 후로 단 한 번도 찾지 않았음을 알고 있었다. 그러나 그것을 입 밖으로 꺼내기조차 싫었다.

통통한 제 발가락을 입에 물고 벙싯거리던, 순수한 아기에게도 이미 저주가 내렸음에 그의 가슴이 소리 없이 통곡했다. 그러나 비형은 감정이 실리지 않은 목소리로 공주에게 말했다.

"그대와 나 사이의 인연은 저주다. 우리의 핏줄도 역시 저주다. 차라리…… 차라리 사라지는 것이 마땅한……."

"안 돼! 그대는 내게 약조했어! 세상을 주겠다고, 내 꿈을 이뤄 주겠다고!"

발악하며 흙바닥을 구르는 공주를 비형은 바라보지 않았다.

"나는…… 그대에게 연모를 약조했지 권력을 약조하지 않았소. 이제…… 모든 것이 끝났소. 나와 그대의 모든 것이……."

"아니야! 절대, 절대, 이대로 끝낼 수 없어! 이제 조금만 더, 조금만 더 나아가면 이룰 수 있었단 말이오. 제발, 끝이라고 하지 마시오!"

이를 갈며 동굴 밖 권력을 갈구하는 공주였다. 그리고 시간이 흘렀다.

도깨비 왕의 배려였을 빛 한 줄기는 비형에게 도리어 혼이 찢기는 고통을 주었다. 공주는 인간이었고, 쇠사슬에 묶인 채 굶어 죽어 가고 있었다. 도깨비 왕의 저주처럼 서서히, 아주 서서히. 그리고 동굴을 비추는 빛 한 줄기가 그녀의 죽음을 시시각각 비형에게 보여 주고, 느낄 수 있게 해 주었다.

"목이…… 마르오. 도와…… 줘."

흙바닥에 쓰러진 공주는 이제 권력욕보다 생존 본능에 의지해 비형에게 매달렸다.

"미안하오."

비형은 자신이 그런 말을 공주에게 했다는 데 다시금 놀랐다. 아직도 저 여자에게 미안하다 말하는 자신에게.

"배가 고파⋯⋯. 이렇게⋯⋯ 죽기⋯⋯ 싫어."

일주일⋯⋯ 한 달⋯⋯ 두 달⋯⋯. 시간이 흐르고 자신의 배설물에 더럽혀진 공주의 마른 몸이 쇠사슬에서 빠져나왔다. 너무 마른 탓이었다. 구더기가 배설물 위를 기듯이 공주가 천천히 바닥을 기며 비형을 올려다보았다.

매화 향과 복숭아 향이 뒤섞였던, 검고 길던 머리칼은 구역질 나도록 악취를 풍기며 엉켜 있었다. 잘 정돈되었던 분홍빛 손톱은 때가 낀 채 길게 자라 마귀의 손톱 같았다. 바다를 건너온 귀한 비단옷은 찢기고 배설물이 묻어 누더기만도 못해 보였다.

비형이 죽였던 악귀들의 모습이 그러했다. 죽음에 임박한 공주의 모습. 비형은 어떤 감정도 느껴지지 않는 눈동자로 그녀를 내려다보았다. 한때 누구보다 연모하고, 무엇도 다 바칠 수 있었던 여인이 악귀가 되어 뒹굴고 있었다. 그 악귀가 그를 향해 팔을 뻗었다.

"살려⋯⋯ 줘. 목이⋯⋯ 말라⋯⋯. 배고파⋯⋯. 제발⋯⋯. 그대는⋯⋯. 제발⋯⋯."

공주는 죽을 수 없는 몸의 비형을 향해 갈증과 굶주림을 호소했다. 흐린 눈동자를 하고, 더럽고 긴 비형의 몸이 갇힌 수정을 긁어 대었다. 비형에게서 눈물이 흘렀다. 천만뜻밖의 눈물이었다. 자신에게선 더 이상 남아 있지 않다 여겼던 눈물이 쉼 없이 흘렀다. 그런 눈물이 그녀에겐 먹을 수 있는 물에 불과했지만.

아직도 그런 힘이 남아 있다는 것이 놀라울 정도로 강한 힘으로 공주는 비형의 목에 매달렸다. 매달려 그의 눈물을 받아 마셨다.

"더 줘……. 더……. 목말라……."

그녀의 호소에 비형이 제 안의 신력을 다해 수정을 깨려 애썼다. 도깨비 왕의 봉인은 강력했고, 비형의 연모도 강력했다. 그 뒤틀린 힘으로 자신의 한쪽 팔을 간신히 수정 밖으로 빼내었다. 그러자 뼈만 남은 공주의 팔이 그의 팔을 단단히 붙들었다.

"먹어라……. 이제…… 내가 그대에게 해 줄 수 있는 것은…… 이뿐이로구나."

비형의 말에 굶주린 공주는 거침없이 그의 팔에 이를 박았다. 이성이 사라진 그녀에게 비형의 팔은 그저 살기 위해 먹어야 하는 고깃덩이로밖에 보이지 않았으니까. 살이 찢기고 피가 흘렀다. 살고자 하는 그녀의 발악에 비형의 힘줄이 끊어졌다. 비형은 비명을 삼켰다. 겪어 본 적 없던 극심한 고통에 악물었던 이가 부러졌다. 그래도 팔을 거두지 않았다. 귀를 닫고 싶을 정도로 끔찍한, 제 살을 씹고 뼈에 이가 부딪히는 소리가 동굴 가득 울렸다.

"어째서……. 힘을 갖고자 한 것이 그리도 큰 죄요?"

배를 채운 공주가 물었다. 비형의 피를 뒤집어쓰고 넋을 잃은 표정이었다. 제가 무슨 짓을 저질렀는지 전혀 기억하지 못한다는 듯이. 비형은 답을 할 수 없었다. 다시 돋아나는 근육과 살을 보며 절망하고 있었으니까. 진실로 자신이 죽을 수 없음에. 그래서 답은 그녀 스스로 했다.

"나는 내가 죄를 저질렀다고 생각하지 않소. 우리에게 이런 저주를 내린 이보다 더 큰 힘을 가졌더라면……. 그랬더라면 죄가 아니라 업적이 되었겠지. 우리는 단지 힘이 약했을 뿐이오."

피투성이가 된 자신의 손을 내려다보며 말하는 공주의 머리 위로 도깨비 왕이 허락한 한 줄기 빛이 쏟아졌다. 비형에게 공주는 여전히 아름다웠다.

그 후로도 몇 번이고, 몇 번이고, 아름다운 공주는 비형의 살과 피를 탐했다. 그녀의 생존욕구는 강력했다. 그때마다 비형은 죽음보다 더한 고통에 정신을 잃었다 다시 정신을 차리기를 반복했다. 그러나 한 번도 그녀를 밀어낸 적은 없었다.

"어쩌다…… 그대가 이리 되었는가……. 나의 아름다운…… 여인이여……."

비형이 피눈물을 흘리며 이렇게 말했을 때도 공주는 그의 살에 이를 박고 있었다. 그리고 마침내 멈췄다. 멈춰서 그의 눈동자를 들여다보았다. 그 눈동자 안에서 자신의 모습을 보았다.

악귀가 보였다. 긍지 높은 신라의 공주가 아닌, 오물과 피와 찢긴 살로 뒤덮인 악귀가 붉은 눈을 하고 뼈가 드러난 비형의 팔을 끌어안고 있었다.

"아니……야. 저건…… 내가 아니야."

뒤로 물러섰다. 그러나 좁디좁은 동굴 안에서 그녀가 물러설 곳은 없었다.

"나는, 신라의 공주야. 아니, 이제 나는 신라의 왕비야. 세상 가장 높은 곳에 있는 여인이라고!"

주저앉아 몸을 둥글게 말고 머리칼을 쥐어뜯었다. 피 묻은 머리칼이 제 손 안 가득 잡혔지만 그것을 알지 못할 정도로 미쳐 버렸다. 미쳐서 동굴 바닥에 쓰러졌다.

"죽고 싶지 않아. 죽지 않는…… 신이 되고 싶어. 혈석을 먹으면…… 신이 될 수……."

공주는 미친 채로 서서히 죽어 갔다. 눈을 뜨고 말을 했지만 그녀의 눈엔 더 이상 비형이 보이지 않았다.

몇 달이, 몇 년이 흘렀는지 알 수 없는, 저주받은 시간이었다. 걷지도, 앉지도 못한 채 차디찬 동굴 바닥에 누워 공주가 죽어 갔다. 해골에 그저 살가죽만 씌워 놓은 모양이 되어 눈도 깜빡이지 못했다. 한때 비형이 얼굴을 묻고 행복해했던 풍성한 머리칼은 낙엽처럼 뒹굴고 설탕처럼 달던 입술은 메마른 논바닥인 양 갈라졌다.

"내게 혈석을…… 줘……. 신이 될……. 나는 이제 신이야."

마지막 숨을 자신의 욕망으로 대체하는 공주에게 비형은 있는 힘껏 팔을 뻗었다. 그녀가 몇 번이고 이를 박았던 그 팔로, 그 손으로 그녀를 안아 주고 싶었기에.

"그대는 아직도 내게…… 가장 고귀한…… 여인이다. 절대…… 용서치 않으리라. 그대를…… 이리 죽게…… 이리 처참히 만든 나 자신과 나의 아버지……. 그가 보호하려 했던 이 세상, 그대가 가지지 못한 이 세상을……."

살이 찢기도록 뻗어도 닿을 수 없는 공주를 위해 비형이 울었다. 그의 울음 속에서 공주의 몸이 썩어 갔다. 구더기가 끓고, 뼈가 드러났다. 그러나 비형은 외면치 않았다. 똑똑히 눈에 새기고, 혼에 새겼다. 제 연모의 종말을.

그의 아버지가 보내 준 칼날 같은 한 줄기 빛 속에서 천 년 간, 매일매일. 새기고 또 새기며 버텼다. 그리고 마침내 봉인이 풀렸다.

감옥

다시 암흑. 무소음의 공간이다. 오늘이는 표정이 없는 비형의 얼굴을 보았다. 비로소 이해가 되었다. 그는 감정이 없는 것이 아니었다. 감정 자체를 참을 수가 없는 것이다. 까마득히 오랜 시간이 흘렀으나 그것이 주는 고통을 견딜 수가 없는 남자. 그를 이겨야 한다. 이겨야……

"부족한가? 나의, 우리의 고통이?"

가여웠다. 은산의 얼굴을 하고 스스로의 비극을 무표정하게 바라보는 비형. 그럼에도 그는 은산이 극복해야 할 존재이며, 오늘이가 이겨 내야 할 존재이다. 그녀는 저도 모르게 고개를 숙였다.

"그래서…… 복수하려고, 당신 자신과 세상의 종말을 바라는 거야? 당신의 후손들까지?"

"너는 그들이 그걸 원했을 거란 생각은 들지 않는가? 절대 쉴 수 없는 혼이 소멸을 원했을 거란 생각 말이다."

"그럼 은산은? 무슨 죄가 있지?"

"나의 핏줄이란 죄! 도깨비 왕의 후손이란 죄! 그 아이는 반드시 나의 마지막이어야 한단 말이다! 그래야 진정 모든 것이 끝을 맺으리니."

순간, 그녀와 조신선을 둘러싼 공기가 성질이 바뀌며 단단해졌다. 투명하지만 결코 깨지지 않는 감옥이 생겨난 것이다.

"내가 명하니, 무너져라!"

오늘이가 소리쳤으나 벽은 꿈쩍도 하지 않았다. 비형이 고개를 돌려 그녀를 바라보았다.

"소용없다. 이것은 나의 신력으로 만든 것이 아니다. 이것은 인간의 마음을 벼려 내어 만든 감옥이니까. 생명을 다해 부딪치지 않으면 결코 깨지지 않는다."

"당신을 따르는 모두를 배반하는 것입니까? 당신을 봉인에서 풀어 준 저마저도요?"

비형의 뒷모습을 향해 조신선이 다급하게 외쳤다.

"조신선, 네 입에서 배반이란 단어를 듣다니 뜻밖이구나. 영생을 위해 서슴없이 편을 바꾸는 네게 말이다."

돌아보지도 않고 답하는 비형에게 조신선은 어떤 대꾸도 하지 못한 채 고개를 숙였다.

"그래, 네가 오백 년 간 내 곁에 있으며 혈석을 구해 와 나의 힘을 회복시킨 공은 인정하마. 그리하여 종말의 시간이 도래했을 때 그 가장 끝자리에서 생을 연명할 수 있게 해 줄 것이니. 세상 누구보다 오래 산 셈이 될 것이다. 모두의 종말 후에 오로지 혼자 살아남는, 그런 영생을 바라는 것은 아니겠지?"

비형은 조신선의 답을 기다리지 않고 점점 멀어졌다. 암흑이 그를 호위하며 자리를 넓혀갔다.

"아저씨, 이게 뭐예요? 부술 수 없어요?"

"……공허. 이 감옥의 이름이다. 아직 한 번도 깨지는 걸 본 적이 없어."

"그렇다! 공허, 그 지옥 같은 것을 견뎌 보아라!"

멀리서 비형의 목소리가 메아리쳤다. 오늘이는 귀를 막으며 주저앉았다. 안 돼, 은산에게 가야 해. 은산에게.

✼

고문으로 성한 곳이 없는 몸이었다. 창귀는 여기저기 피가 튄 잿빛 벽에 기진맥진 기대 있었다. 찢긴 옷자락 사이로 뱀의 비늘 같은 피부가 드러나 있었다. 숨을 내쉬는 것인지 고통의 신음을 뱉는 것인지 가늠이 되지 않았다.

저벅저벅, 내키지 않은 걸음이었다. 그러나 봐야만 했다. 은산은 쇠창살 너머 거친 숨을 몰아쉬고 있는 창귀를 내려다보았다. 창귀는 감고 있던 눈을 떴다. 뱀의 눈이었다.

"네가 언제 올지 궁금했지."

쉬익, 뱀의 목소리였다. 아버지를 죽음으로 몰아넣은 간교한 악귀다. 은산은 주먹을 쥐며 쇠창살 가까이 다가갔다.

"왜 날 기다렸지?"

"네가 날 소멸시킬 테니까."

그렇게 말하는 창귀의 입이 붉게 벌어졌다. 붉은 상처처럼.

"어째서?"

은산의 물음에 창귀의 얼굴이 뒤틀렸다. 언젠가는 분명 아름다웠을 텐데, 지금은 뒤틀리고 어긋나서 도저히 인간의 얼굴이라고는 볼 수 없었다.

"그걸 질문이라고 하는 것이냐? 아비의 원수가 눈앞에 있는데?"

아버지. 팔이 떨어져 나가고 피를 토하던 모습이 떠올라 은산은 눈을 감았다.

그때 창귀의 교활한 웃음소리가 울렸다.

"그래, 기억나지? 갈가리 찢겨 나간 네 아비의 몸. 내가, 그랬다. 이 창귀가."

"안타깝게도 나는 널 죽일 힘이 없어."

이번에 눈을 감은 것은 창귀였다. 분노가 그녀의 얼굴에 떠올랐다.

"하다못해 칼이라도 한 자루 준비했어야지. 사내놈들……. 실제로는 여인들 뒤에 숨는 비겁한 사내들. 나는 차라리 네 고모 년이 더 솔직하다고 생각한다. 너나 네 아비보다, 어떤 사내들보다 솔직하고 악한 년이지. 자신이 악한 것을 숨기지도 않고."

뿌드득, 이를 가는 소리가 창살 너머까지 들렸다.

"너는 어째서 소멸을 바라는 것이지?"

창귀는 고개를 돌렸다. 그녀의 뺨엔 명주의 부적에 찢긴 상처가 선명했다.

"그토록 소멸을 바라는 네가 왜 비형 같은 자를 돕는 것이지?"

"비형 같은? 너 따위가 감히 그분을 비하하는 말을 뱉은 것이냐?"

발끈한 창귀가 고함을 쳤다.

"그 사람, 내 조상이기도 하거든. 어떤 조상은 후손한테 빙의해서 그 후손을 이용해 먹고, 어떤 조상은 아예 후손을 죽이려고 하고. 너희 편은 다 그래?"

이제 창귀는 은산을 비웃고 있었다.

"나는 그분의 편이 아니다. 그분께선 편을 필요치 않으시니까."

"그럼 넌 비형의 무엇이지?"

창귀는 답하지 않았다. 대신 눈을 감았다. 침묵이 이어졌다. 마침내 침묵을 깬 창귀는 은산의 얼굴을 똑바로 보았다. 자신의 주인과 같은 얼굴을 한 남자.

"나는 그분의 도구이다."

"그게 아무렇지도 않단 말이야?"

"오히려 감사한 일이지. 나는⋯⋯. 나는 죽을 때까지 사내들의 노리개였어. 전쟁이 많은 시기에 태어난 여인들의 삶이 그러했듯이. 환란의 시기에 여인이 미모를 가진 건 저주라는 것을, 이런 태평한 세상에, 사내로 태어난 네가 알 리가 없겠지. 겨우 열두 살에 팔렸어. 내 친아버지란 자가 쌀 두 가마니를 받고 팔아넘긴 거다. 겁탈, 폭행, 또 겁탈, 팔리고 다시 팔리면서 결국엔 전쟁터까지 내몰렸던⋯⋯. 나만 그러했던 것이 아니라 수많은 여인들의 삶이 그러했다. 나는 다만 좀 더 미모가 뛰어났기에 이 사내에서 다시 다른 사내에게로 물건처럼 팔렸을 뿐이야. 그리고 마침내는 패전한 장군의 첩이란 이유로 승리한 군사들의 노리개가 돼서 죽어 갔어."

다른 이의 삶을 기술하듯이 덤덤하게 오래전 자기 삶을 말하는 창귀의 얼굴엔 표정이 없었다.

"그리고 그분께서 나타나셨다. 나를 창귀로 다시 태어나게 해주신 것이야! 복수를 할 수 있게 기회를 주셨어! 아, 정말로 황홀했지. 처음으로 내가! 이 몸이! 사내들보다 더 강했어! 나를 유린했던 놈들에게 범을 보내 찢어 죽였어! 저보다 약한 여인에겐 그토록 잔인하고 가차 없던 놈들이 오줌을 지리며 죽어 갔지. 통쾌하고도 통쾌했어! 심지어 내게 죽는 자들은 저승으로 갈 수도 없이 소멸되니! 당연히 대가를 요구하실 줄 알았다. 그러나 이런 축복에 대해 요구는 없었어. 처음이었어. 사내가, 아니 인간이, 아니 무엇으로도 이름 붙일 수 없는 존재가 무상으로 내게 손을 내민 것은. 가슴 뛰게 즐거운 나날이었어. 놈들을, 비겁하고 더러운 사내놈들을 내 맘대로 농락하고 죽여 버릴 수 있다니!"

뱀 같이 긴 그녀의 혀가 입술을 핥았다. 그러고는 미친 듯한 미소를 지었다.

"그렇게나 즐겁다면 지금은 왜 소멸을 원하지?"

갑자기 창귀는 미소를 거두었다. 그리고 은산을 바라보았다. 아니 은산의 얼굴을 한 다른 이를 바라보는 것이 분명했다. 그녀의 얼굴이 아주 잠깐, 오래전, 인간의 마음이 있었을 때의 모습으로 되돌아갔다. 아름답고도 슬픈 얼굴이었다.

"그분께서 원하시는 일이니까."

"비형이 네가 소멸되길 바란다고?"

은산의 입에서 비형의 이름이 나오자 창귀는 입을 닫아 버렸다. 마음을 닫아 버렸다. 대신 이렇게 되뇔 뿐이었다.

"모든 것이 끝날 거야. 이 더럽고 추잡한 세상. 모두 끝날 거야."

은산은 창귀에게서 돌아섰다. 그녀를 죽여 덜 수 있는 죄책감이 아니라는 걸 깨달았기에.

"역시 아무것도 하지 못하느냐! 비겁한 사내여! 무능하고 비겁한 사내여! 아하하하!"

광기 어린 웃음이 은산의 등 뒤로 흘렀다.

주인도, 일하는 이도 잃은 책방은 쓸쓸했다. 은산은 오늘이가 미소 지으며 손님들에게 차를 내어 주던 자리에 앉아 그녀의 흔적을 좇았다. 부지런히 먼지를 털던 모습, 책을 꺼내 선 채로 읽던 모습, 간식을 달라 꼬리를 흔드는 동이를 쓰다듬던 모습, 모든 모습의 그녀가 그리웠다.

"종주가 책방을 해 보려고?"

나이 든 목소리. 퍼뜩 정신을 차려 둘러보니 조왕이 굽은 허리 뒤로 팔을 두른 채 걸어오고 있었다. 조왕 곁에는 동이가 혀를 빼며 꼬리를 휘휘 젓고 있었다.

"제가 종주가 맞긴 하나요?"

자조 섞인 목소리로 물으며 나무 테이블을 쓱 문질렀다. 그러든 말든 조왕은 에구구, 소리를 내며 천천히 의자에 엉덩이를 붙였다. 그리고 그보다 더 천천히 허리를 폈다. 덩치가 훌쩍 커버린 동이는 은산의 발 옆으로 가 엎드렸다.

"네 가문에 남은 사람은 명주와 너뿐인데, 명주는 어릴 때부터 심성이 글러 먹어서 네 할아비가 종주 자리 탐내지 마라 못 박았고. 그러니 너뿐이지 않냐."

알고 있었다. 명주는 언제나 자신이 종주가 되지 못한 것을 한스러워하고 한탄했으니까. 조왕은 테이블 아래서 다구들을 꺼내 물을 끓였다.

"어쩌면…… 냉정하고 능력이 뛰어난 고모가 더 어울리지 않았을까요? 이 종주 자리에."

"그래, 확실히 너희 고모는, 명주는 어릴 때부터 네 아비보다 능력이 특출 났지. 부적도 잘 쓰고, 요괴도 잘 부리고……. 그런데 결국 모든 것은 마음의 문제라는 걸 네 할아비는 알고 있었던 거야. 당연히 종주가 될 거라고 생각했던 명주는 크게 반발하고, 여자라서 차별하는 것이라 바락바락 대들었지. 제 마음의 문제라는 걸 아직도 납득할 수 없을걸? 능력이 큰 만큼 샘도 많고 계략도 잘 꾸미고……."

보글보글, 물 끓는 소리가 조왕 앞에선 꼭 찌개가 끓는 소리 같았다. 찻잎을 덜어 내는 조왕의 손은 젊었다. 막힘이 없고 정갈했다.

"고모는 그렇다 해도 비형이 있잖아요. 그런데 제가 어떻게 아직 종주일 수 있겠어요?"

"언제는 없었나?"

은산은 다완을 살살 돌리는 조왕은 바라보았다. 그녀의 얼굴에서 주름이 걷히고 젊은 피부가 드러나고 있었다. 의아하게 자신을 바라보는 은산에 조왕은 피식 웃어 보였다.

"언제는 없었냐고. 봉인되어 있을 때도, 풀려났을 때도, 비형은 항상 존재했잖아? 그럼 네 가문의 그 많은 종주들은 다 가짜였나?"

생각이 은산의 머리에 들어찼다. 그때 쪼르르, 차를 따르는 소리가 들렸다.

"자, 마셔 봐라."

백색 자기에 담긴 녹차였다. 연한 풀 향기가 따뜻하게 은산의 몸을 덥혔다.

"그렇다 하더라도 제겐 남은 능력이 없어요. 그런 종주가 무슨 소용이 있겠어요?"

좀처럼 얼굴의 그늘이 걷히지 않는 은산에 조왕은 고개를 끄덕거렸다. 그리고 다시 차를 따랐다.

"비빔밥의 기본이 뭘까?"

생뚱맞은 물음에 은산은 큰 눈을 끔벅끔벅 감았다 떴다.

"나물이요?"

조왕은 고개를 가로저었다.

"고추장?"

"조선조까지만 해도 남자들이 이리 엉망이진 않았는데……. 선비들이 부엌에 드나들며 장도 담그고 하면서 기본은 했으니……. 비빔밥, 이름을 생각해 보란 말이다."

문득 은산이 큰 눈을 더 크게 떴다.

"아! 밥! 밥인가요?"

"그래. 너희 가문의 종주들은 모두 각자가 잘 지어진 밥이었어. 그리 웃지 말고, 잘 들어. 수준에 맞게 설명하는 것이니. 네 할아비들은 잘 버무려진 나물들이지. 하지만 가장 중한 것은 언제나 밥이야. 밥이 없으면? 비빔밥이 아니라 그냥 나물에 불과한 것이야. 자, 넌 이제 나물을 다 잃었다. 그럼? 잘 지어진 밥이 남았군. 이제 어찌할 거지? 그 밥을 냉큼 버릴 것이야? 내 한 가지 알려 주지. 비형이란 놈도 너와 똑같은 쌀로 지은 밥이다. 좀 쉰내가 나는 밥이지. 해볼 만하지 않겠느냐? 갓 지은 밥에 쉰내 나는 밥."

생각에 잠긴 은산을 두고 일어서는 조왕의 얼굴엔 다시 주름이 가득하다. 조왕은 허리를 톡톡, 쳤다.

"비빔밥 이야기를 했으니 저녁밥은 비빔밥으로 해볼까나."

그에 동이가 꼬리를 축, 늘어뜨리고는 끙끙, 불만 어린 소리를 냈다.

"에끼! 맨날 고기반찬 해 달라고 졸라 대면 쓰나!"

구부정한 허리를 하고서 책방을 나가는 조왕의 뒤를 따라 동이가 꼬리를 살랑이며 나갔다. 은산의 입가에 슬며시 미소가 지어졌다.

꼬리를 살랑이며 나갔다. 은산의 입가에 슬며시 미소가 지어졌다.

"너무하네. 밥은 줘야 하는 거 아닌가?"

오늘이가 투명한 벽을 탁, 치며 투덜거렸다. 다른 쪽 벽에 등을 기대고 앉았던 조신선이 피식 웃어 버렸다.

"상황이 이러한데도…… 철이 없는 것인지, 긍정적인 것인지."

"저는요, 내일 세상이 멸망해도 지금 맛있는 걸 먹고 싶은 사람이라고요."

입을 삐죽, 내밀었다. 그리고 허리를 숙이며 배를 문질렀다.

"아……. 요괴 사회에는 제네바 협약, 뭐 이런 거 없나? 포로에 대한 대우가 엉망이네."

"네가 포로라고 생각하는 건가?"

불쑥, 암흑에서 비형이 솟아올랐다. 검은 갑옷과 투구를 쓴 채로. 투구를 쓴 비형은 본래보다 훨씬 더 커 보였다. 가슴 한 가운데가 움푹 들어갈 듯이 놀란 그녀가 태연을 가장해 말했다.

"아니, 납치인가? 나를 갖겠다는 선언 같은 걸 했다면서?"

"너는 제 발로 온 것으로 안다만."

"아, 맞네. 그런데 안 보내 주고 있잖아. 이렇게 가둬 두고. 그럼 납치는 아니라도 감금? 그게 아니면 내가 포로인 거 아닌가?"

"그렇다면 감금이라고 하지."

담담하게 대답하는 비형에 오늘이는 입을 벌리고 말았다.

"헐, 진짜 악독해지기로 했나 보네. 날 갖겠다는 게 감금하겠단 뜻이었어?”

“조신선이 말을 제대로 하지 않았나 보구나. 너를 ‘잠시’ 갖겠단 거였다. 소유의 의미가 아니라 잠시 내 수중에 두겠다는 것이지.”

고개를 숙여 오늘이를 들여다보는 비형의 눈이 투구 아래서 번 뜩였다. 그녀의 어깨가 조금 움츠러들었다.

“왜…… 갑옷을 입었어?”

“이제야 그것을 묻느냐? 끝까지 묻지 않을 줄 알았다.”

두 주먹을 불끈 쥐고 오늘이가 이맛살을 찌푸렸다.

“안 건드리기로 했잖아. 마을도, 만불산도. 누구도 다치지 않게 하겠다고 비형, 네 이름을 걸고 약속했잖아.”

이제 비형의 손엔 검붉은 검이 들려 있다. 호흡이 가빠진 건 오 늘이 쪽이었다.

“기어코 그래야겠다면 날 보내 줘. 약속을 지켜.”

“아니, 보내지 않겠다. 그래야 네가 그 아이를 보호할 수 없을 테고 나는 내 뜻을 이룰 수 있을 테니. 네 말대로 끝까지 악독해져 서 누구도 동정하지 않을 악귀가 되고, 종말을 모두에게 선사할 것 이다.”

“약속을 지키시지요. 도깨비 왕의 장자이신 비형.”

조신선이 처음으로 비형에게 분노의 시선을 던졌다. 그러나 비 형은 어떤 동요도 없었다.

“그 이름은 내게 아무것도 아니다. 그 이름이 가진 힘도, 의무도 이제 내겐 아무것도 아니다. 알겠는가? 나는 오로지 모든 것의 파 멸을 바랄 뿐이다.”

그가 말하는 동안 저 멀리, 암흑의 지평선에서 검붉은 무리가 아지랑이처럼 들끓으며 일어나는 것이 보였다. 비형은 그 무리를 향해 검을 뻗었다.

"보이느냐? 나의 군대다. 인간의 시간에 억눌렸던 자들이 나의 부름에 응답한 것이다. 물론 저들도 종국엔 모두 파멸이지만. 자, 오늘이란 너, 답해 보아라. 이제 내가 충분히 악독해 보이느냐?"

오늘이는 천천히 고개를 저었다. 의외라는 듯 비형의 머리가 투구 속에서 갸우뚱한다.

"아직도 부족한가? 걱정 말거라. 곧 진짜 악독한 것이 무엇인지 알게 될 터이니."

그는 오늘이의 답을 기다리지 않고 휙, 돌아서서 자신의 군대를 향해 뚜벅뚜벅 걸어갔다. 그의 등 뒤로 피비린내를 풍기는 그림자가 길게 몸을 뉘였다. 그제야 말뜻을 파악한 오늘이가 투명한 벽을 마구 두들기기 시작했다. 주먹이 부서질 듯이 격렬하고 쉼 없이. 그리고 소리쳤다.

"아니야! 그렇지 않아! 당신은 다만! 다만! 당신은!"

그러나 비형과 그의 군대는 이미 공간의 저 너머로 사라져 가고 있었다. 쾅, 쾅, 쾅, 쾅, 벽을 두드리는 오늘이의 절규만이 암흑 속에서 울릴 뿐이었다.

소환

온몸을 투명한 벽에 기대고 있는 오늘이의 뒷모습은 허공에 떠 있는 것처럼 보인다. 바닥에 정좌를 하고 앉은 조신선은 그녀의 떨리는 어깨를 보았다. 울고 있는 것일까? 그때 오늘이가 고개를 돌려 그를 보았다. 울고 있지 않았다. 하얗게 질린 얼굴이었지만 눈물은 없었다.

"이곳을 벗어날 순 없나요?"

조신선은 고개를 저었다. 오늘이는 다시 이마를 벽 쪽으로 기댔다. 눈물이 나는 걸 꾸욱, 참아 내었다.

"만약 그럴 수 있다면 복수하겠냐?"

갑작스런 질문이었다.

"누구에게요?"

"비형, 명주, 나……. 너의 운명에 관여한 모두."

오늘이는 눈을 감았다. 긴 호흡을 내뱉었다. 그리고 몸을 돌려 조신선을 보았다. 흔들림 없는 눈빛이었다.

"나는 운명을 믿지 않아요. 모든 것은 선택의 연속일 뿐이라고, 그렇게 믿어요."

"비형의 삶을 보고도 그렇게 믿는 것이냐? 명주가 네게 한 짓으로 인해 벌어진 일은? 그것이 운명이 아니고 무엇이냐 말이다."

조신선의 목소리가 격양되었다. 오늘이의 눈동자도 좌우로 움직였지만 표정은 같았다.

"그 또한 그들의 선택이잖아요. 같은 상황이 주어진 모든 사람이 똑같은 선택을 하진 않아요. 비형은 옳은 길보다 잘못된 길을 택한 것이고, 은산의 고모도 바른 길보다 삐뚤어진 자기 마음의 길을 택한 것이에요. 그들의 선택으로 저의 삶이 바뀌었다면 나는 나의 선택에 집중하면 되는 것이고요. 제가 엄마한테 배운 가장 중요한 한 가지가 바로 그거예요."

그녀의 대답에 조신선은 한숨을 내쉬었다.

"그래서 복수는 하지 않겠단 것이냐."

"삼촌이, 할락궁이가 말해 줬어요. 복수를 하는 자는 뒤돌아 선 채로 전력질주를 하는 것과 같다고. 과거만을 바라보고 과거에서 사는 거라고. 그래서 언젠가 복수가 끝나도 몸과 마음이 과거에 굳어 버려서 절대 현재를 살 수가 없다고요. 저는 과거를 살지 않고 현재를 살기로 선택했어요."

갑자기 조신선이 입을 다물었다. 그의 눈동자는 현재가 아니라 과거를 들여다보는 것 같이 아득해졌다. 그의 얼굴도 현재가 아닌, 과거의, 책장수가 아닌, 군인이었던 때로 돌아간 듯 했다.

"너는 내가 왜 비형을 봉인에서 풀어 주었는지 묻지 않는구나."

"이미 비형이 말했잖아요. 아저씨도 그…… 공주처럼 죽고 싶지 않았던 것이겠죠."

조신선은 잠시 침묵했다. 오백 년 전의 기억을 어찌 풀어내야 할지 고민하는 듯 했다. 그리고 무겁게 입을 열었다.

"오백 년 전, 나는 군인으로 살며 매일 죽음을 보았다. 어제 나와 등을 맞대고 잠이 들었던 전우가 갑작스레 칼에 맞아 죽고, 아침밥을 같이 먹었던 이도 저녁엔 창을 맞아 죽었지. 몇 년을 그리 사니 무엇보다 불안함 없이 사는 것에, 현재가 아니라 미래에만 집착하게 되었지. 안전하게 사는 것. 내 욕망이 불러들인 악독한 존재를 통해 비형이 영생을 줄 수 있단 이야기를 들었지. 봉인을 풀 수 있는 방법과 불을 다룰 수 있는 능력도……. 그리하여 얻은 영생의 대가는 나의 양심을 파는 것. 네 말대로 나는 선택한 것이다. 나의 생명과 악의 길을 바꾼 것이지.”

“행복하셨나요?”

오늘이의 물음에 조신선은 헛헛한 웃음을 날렸다.

“그랬겠느냐? 천오백 년을 산 비형은 행복해 보이고, 천 년을 살았던 이목은 너 없는 삶이 행복했겠느냐? 나는, 죽음에 대한 공포를 잊고자 무슨 짓이든 했지만 결국 여기에 갇혔다. 공허.”

조신선은 일어나 두 팔을 벌리며 감옥을 둘러보았다. 그리고 미소 지었다. 쓸쓸한 미소였다.

“비형과 나 사이의 약속은 깨어졌다. 물론 이런다고 그를 막을 수 있을지 모르겠으나…… 오백 년 만에 처음으로 옳은 길을 선택하고 싶구나.”

그러면서 오늘이의 어깨에 손을 얹었다. 가녀리지만 결코 무너지지 않을 어깨였다.

“옳은 길? 뭘 하시려고요?”

그녀가 물었지만 조신선은 말없이 미소만 지을 뿐이었다. 그리고 그녀로부터 멀어지며 두 팔을 들어 올려 손바닥을 벽에 붙였다. 순간, 그의 손에서부터 불길이 치솟았다. 놀란 오늘이가 그에게 달려들려 했지만 조신선이 크게 소리쳤다.

"오지 마라! 이것은 오로지 나만이 할 수 있는 일이다. 이것이 나의 선택이야!"

고오오. 화염이 솟구치는 소리가 감옥을 울렸다. 그러나 열기는 느껴지지 않았다. 차가운 불, 해방의 불이었다.

그때 조신선의 몸이 불타오르기 시작했다.

"아저씨!"

오늘이가 다가서려 했지만 조신선은 단호한 눈빛으로 그녀의 접근을 막았다. 서서히 벽이 무너지기 시작했다. 하얀 불꽃이 높이, 암흑의 꼭대기까지 불타오르며 공간을 구석구석 빛으로 물들였다. 그리고 조신선의 몸이 빛으로 산화되기 시작했다.

"아저씨, 그만해요! 아저씨!"

오늘이가 소리를 질렀지만 그는 멈추지 않았다. 온몸이 화염에 휩싸이고 재로 변하고 있었다. 책방에서 불태워졌던 책들이 그러했듯이.

조신선은 마지막 힘을 짜내어 그녀에게 말했다.

"죽을 자유를…… 선택한 내 마지막…… 이야기다. 이 마지막 이야기를…… 잘 들으렴."

콰르르릉, 벽이 거대한 소리를 내며 무너져 내렸다. 조신선의 심장이 마지막으로 불타올랐다. 그는 이제 재와 빛이 되어 완전히 소멸했다. 그 재가 오늘이의 온몸을, 얼굴을 뒤덮었다. 멍하니, 온몸으로, 온 마음으로 조신선이 선사한 해방을 받아들인 오늘이는 울 수 없었다.

주저앉은 그녀의 주위로 소복이 재가 쌓였다. 그녀는 손으로 그 재를 그러모아 꽉, 쥐었다. 그 안에서 조신선이 늘 끼던 까만 흑요석 반지가 느껴졌다. 뜨거울 줄 알았는데 얼음처럼 차가웠다. 눈을 깜빡이지도 못하고 고요히 숨을 쉬었다. 그리고 아주 작은 목소리로 말했다.

"아저씨, 사실은 저요, 혹시 내게 운명이 있을까 봐 엄청 무서워요. 내 곁에 있는 누군가가 항상 희생당해야지 내가 살아남는 게 너무 무섭고 싫어요. 하지만…… 은산이를, 마을과 만불산을 지키지 못하는 게 더 무섭고 싫어요."

비로소 큰 한숨을 내쉬며 눈을 깜빡이자 눈물이 툭, 떨어졌다. 그리고는 줄줄, 계속 흘렀다. 재가 잔뜩 묻은 손으로 흘러내린 눈물을 스윽, 닦았다. 눈물과 재로 얼룩진 채 고개를 숙였다. 재투성이가 된 손이 희미한 빛을 내고 있었다. 그녀는 손가락을 펴서 조신선의 흑요석 반지를 검지에 끼웠다.

"이목, 그런데 내가 여기서 멈추면, 도망가면 아무것도 아닌 게 되는 거잖아. 엄마의, 아저씨의, 너의 선택이 아무것도 아닌 게……. 그래서 나는 도망가는 쪽보단 지키는 쪽을 선택할래. 내가 지금 할 수 있는 일이니까. 그게 나의 이유이고 희망이야. 공허는 나의 믿음을 이길 수 없어."

억지로 무릎을 일으켜 세웠다. 허리를 펴고 고개를 들었다. 그리고 빛나는 손을 들어 명했다.

"문을 열라. 내 사람에게로 통하는 문을 열라!"

서서히 문이 열리고, 붉은 지옥도가 펼쳐졌다.

군자마을이 불타고 있었다. 조신선의 책방과 조왕의 식당도 불타오르고 있었다. 마을을 지키기 위해 모여든 신들의 주검이 여기저기 널려 있었다. 악귀로 변해 가는 요괴들이 신들의 주검에서 혈석을 꺼내 먹고, 어떤 것들은 저들끼리 죽이고 있었다. 눈이 세 개이든, 네 개이든 모두 붉게 물들어 제정신인 것이 없어 보였다.

해일처럼 일어난 파도가 넘실거리는 바다 역시 붉었다. 분노한 영등은 변절한 강의 신과 요괴들을 제 손으로 처단하고 있었다. 이제 무엇도 그녀를 막을 수 없을 것 같이 강력해 보였다. 그러나 그녀의 힘은 오직 바다에 국한되어 있었다. 마을 안에선 비형의 군대가 사냥에 가까운 살육을 저지르고 있을 뿐이었다.

그때 오늘이가 공간을 열고 나타났다. 동시에 몸이 비틀린 요괴들을 그녀를 향해 돌진했다. 그러나 그녀의 말이 그들의 몸보다 빨랐다.

"누구도, 나의 힘을 능가하지 못한다. 멈춰라!"

요괴들이 얼어붙고 얼이 빠진 듯 컥컥거렸다. 한때는 고귀했을 산신들이 손톱을 세우며 달려들었다. 그때부턴 육탄전이었다. 그녀는 몸을 날려 산신들을 날리고 또 날렸다. 비형의 군대는 끝이 없었다. 조금씩 숨이 차 왔다. 만불산으로 가야 해. 그때 커다란 쇠스랑이 허공을 가르며, 오늘이에게 달려드는 산신들을 날려 버렸다. 자청비였다.

"아오! 농번기엔 전투 같은 건 하지 말아야지! 이것들이 예의가 없어!"

콧등이 시큰해지는데 오늘이의 눈에 다른 한 사람이 들어왔다. 번개처럼 빠르게 활을 쏘는 자, 문도령이다.

"내가! 비록 서생이오만! 활은 좀, 쏘지요!"

처참하도록 밀리던 전세가 부부의 등장으로 조금씩 역전되기 시작했다. 쇠스랑을 가차 없이 휘두르는 자청비는 우레 같은 목소리로 오늘이에게 소리쳤다.

"여긴 우리한테 맡기고 만불산으로 가 봐! 이래 봬도 백귀군대도 물리친 나야!"

그녀의 말대로 자청비는 든든하게, 눈빛이 변한 신들과 요괴를 막아 내 주었다. 오늘이는 고개를 한번 깊이 숙여 인사하고 달리기 시작했다. 그런데 다급하고 고통스러운 짖음이 들렸다. 동이다.

창귀가 동이의 목을 틀어쥐고 있었다. 이제 겨우 아이 티를 벗은 소년이 창귀의 손아귀에서 벗어나려 버둥거리고 있었다.

"놔라!"

그렇게 외치며 오늘이는 창귀에게 발차기를 날렸다. 간신히 벗어나긴 했지만 동이의 목엔 날카로운 손톱자국이 선명했고 피가 흐르고 있었다. 오늘이가 동이의 몸을 쓸어내렸다. 그러나 동이는 고개를 들지 못했다.

"아깝구나. 숨통을 끊어 놓을 수 있었……."

창귀가 말을 마치기도 전에 오늘이의 주먹이 날아들었다. 간신히 막았으나 휘청거린 창귀는 이를 부득, 갈며 검을 휘둘렀다. 두 개의 검이었다. 훈련을 받은 오늘이었지만 미친 듯이 휘두르는 악귀의 검을 피하기는 힘들었다.

"인간 따위가! 감히!"

창귀는 전력을 다해 검을 휘둘렀고 마침내 오늘이의 팔뚝이 슥, 베여 피가 흘렀다. 극심한 통증이 찾아들었다. 고통에 오늘이가 상처를 눌러 잡았다. 그런데 고통보다 눈에 들어 온 광경이 가슴을 때렸다. 책방 앞, 은행나무가 불타고 거기 무언가 매달려 있었다. 검게 그을려 화석처럼 변해 죽은 포루루였다. 숨이 콱, 막혔다.

"하하, 이제 네 목을 베어 주마."

창귀는 검을 치켜들고 오늘이를 향해 날아올랐다. 순간, 오늘이가 피에 물든, 빛나는 손을 창귀에게로 뻗으며 가차 없이 소리쳤다.

"멸하라!"

순식간이었다. 비명도, 신음 소리도 없이 창귀가 소멸해 간 것은. 만불산, 거침없이 살육을 저지르고 있는 그녀의 주인을 향해 몸을 돌린 채. 눈물이 말라붙은 시선을 길게 던진 채. 창귀가 재가 되어 사라졌다. 혈석조차 남기지 않고 소멸한 창귀를 뒤로 하고 오늘이는 달렸다. 만불산을 향해. 은산을 향해.

만불산 앞은 더 참혹했다. 은산의 집안을 지키던 모든 가신들의 주검이 갈가리 찢겨 널브러져 있었다. 측신과 둔갑신장은 숨이 끊어졌고 조비서는 간신히 숨만 붙은 채 쓰러져 있었다. 은산과 명주도 힘을 소진해 쓰러지기 직전이었다. 그 와중에도 명주는 사력을 다해 검을 휘둘러 비형의 투구를 벗겨 내었다. 그러나 그뿐이었다.

비형의 검은 거침도, 망설임도 없었다. 쉭. 명주의 복부로 비형의 검이 날아들었다. 은산이 비명을 지를 새도 없었다. 명주가 쓰러지고 비형은 상처투성이인 은산을 똑바로 바라보았다.

"보았느냐? 나는 너다. 처음과 끝. 이제 모두 무無로 돌아가리니. 모든 것의 끝인 자여, 물러서라."

자신과 흡사한 얼굴을 한, 자신의 근원을 본 은산은 비틀거렸다. 거울을 보는 듯 했지만 또한 완전히 다른 눈을 한 남자가 자신을 노려보고 있었다.

"너 혼자, 게다가 독을 품은 몸으로 여기까지 버틴 것도 잘한 것이다. 내 손으로 너를 해하고 싶지 않으니 비켜서라."

검을 겨누며 비형이 말했다. 아무런 감정이 섞이지 않은 덤덤한 말투였다. 그래, 나는 혼자구나. 혼자이지만.

"아니, 넌 내가 아니야. 나는 비형이 아니고, 너의 끝도 아니야. 물러설 수 없다!"

은산의 외침과 동시에 비형의 검이 그의 머리 위로 내리꽂혔다. 피가 흘렀다. 그러나 은산의 피는 아니었다.

오늘이의 손이 비형의 검을 막아 내었다. 뼈가 드러날 정도로 움푹, 손바닥이 패이고 피가 흘렀다.

"오늘아!"

은산이 비명을 지르고 비형은 마을에 도착한 후 처음으로 감정을 드러냈다. 놀라움에 낮게 으르렁거렸지만 검을 무르진 않았다.

"내가 명하니, 도깨비 왕의 적장자 비형! 물러서라!"

오늘이의 명에 비형의 몸이 비틀거렸다. 오늘이의 말에 굴하는 자신의 신력에, 반은 인간인 그의 몸이 저항했다. 이제 그녀는 다른 손까지 뻗어 검을 붙잡았다. 피가 오늘이의 얼굴 위로 떨어졌다. 고통에 일그러진 표정이었지만 결코 물러서진 않았다. 그에 은산이 정신을 차렸다.

"떨어져!"

돌격하듯이 몸으로 부딪혀 비형을 밀어내고 재빨리 윗옷을 벗어 오늘이의 손을 감쌌다. 그러나 피는 쉽게 멈추지 않았다. 은산은 눈빛으로 그녀를 감싸고, 쓰다듬고 입맞춤했다. 짧은 순간이었지만 둘은 서로의 온기로 기운을 차렸다.

"조신선인가? 그 자가…… 그 탐욕스런 자가 목숨을 포기했단 말인가?"

미심쩍은 눈으로 그녀를 보던 비형이 물었다.

"그래, 아저씨가 우리를 위해서……."

오늘이는 피가 뚝뚝 떨어지는 손을 들어 흑요석 반지를 내보였다. 그런 오늘이를 자기 뒤로 숨기며 은산이 비형과 맞섰다. 쌍둥이가 마주보는 듯 했다.

"아직, 나와 맞설 수 있다고 생각하는 것이냐? 과연. 그 아이가 너의 방패가 되어 줄 것이라?"

검을 치켜든 비형은, 거대하고 위압적이었다. 그러나 은산 역시 물러서지 않았다.

"아니, 더 이상 오늘이가 내 방패가 되는 일은 없을 거야. 이제, 내가 지켜 줄 테니까."

"네가? 무슨 힘으로? 너의 힘이 되어 주던 자들은 이미 소멸되었는데?"

비형의 눈은 이미 은산의 죽음을 보고 있는 듯 어둡고 차가웠다. 은산이 손에 든 검은 날이 상할 대로 상해 부러지기 직전이었고 여기저기 베인 상처에선 피가 흐르고 있었다.

"나 자신의 힘으로 지킬 것이다. 이제 우리 가문의 종주는 당신, 비형이 아니라 바로 나, 김은산이니까! 바로 내가 만불산의 수호자다!"

동시에 은산의 검이 무엇보다 강한 검으로 벼려지며 빛이 치솟았다. 눈을 뜨기 힘들 정도로 강한 빛이 사방으로 뻗어나갔다.

마을 안 요괴들과 신들이 일순간 멈추며 빛을 향해 돌아섰다. 빛은 더, 멀리, 강하게 뻗어나갔다. 고통스런 신음 소리가 그들 내부에서 일어나더니 몸을 뒤틀며 본래의 모습을 찾기 시작했다. 붉게 물든 눈들이 제 빛깔을 찾았다. 그리고 하나둘, 쓰러지기 시작했다. 전투는 이제 시작이었다.

비형이 날아올랐다. 자비는 없었다. 날아올라 은산을 향해 검을 내리쳤다. 그러나 은산도 망설임 따위 없이 그를 막아 검을 돌려 찔렀다. 물러섬 없는 검의 공방전이 오고갔다. 은산이 검을 휘두를 때마다 비형의 검붉은 갑옷이 찢겨 나가고 핏방울이 튀었다. 그래도 비형은 막강했다.

"제법이구나! 이제야 싸워 볼 만하군."

"싸워 볼 만해? 똥줄이 타는 건 아니고?"

비형의 검을 막아 내며 돌려차기를 먹인 은산이 손등으로 볼을 스윽, 닦았다. 피가 묻어났지만 신경 쓸 틈이 없었다. 비형은 검은 빠르고, 그의 몸은 천 근 같은 묵직함으로 은산을 내리 찍었다.

"건방지구나! 너는 나의 그림자일 뿐이다!"

"네가 뭐 피터팬이냐? 그림자나 찾고!"

은산의 검이 다시 빛을 발하기 시작했다. 그 빛에 비형의 갑옷이 남김없이 찢겼다. 갑옷 안 비형의 몸도 이미 피에 젖어 있었지만 그는 눈 하나 깜짝 않고 은산을 향해 공격을 속개했다. 방어보단 공격을 우선하여, 둘의 몸은 살이 찢기고 피에 젖어 가기 시작

했다. 어느 쪽도 물러섬은 없었다. 죽음만이 그들의 공방전을 끝낼
수 있었다.

"이봐요, 눈 떠 봐!"

오늘이가 칼을 맞고 쓰러져 있는 명주를 흔들었다. 오늘이의 손
은 이미 만신창이가 되어 손바닥을 감싼 은산의 옷이 피에 흠뻑 젖
어 있었다. 고통스러웠지만 그 손으로 다시 명주를 깨웠다.

"일어나요! 어서! 눈을 떠!"

간신히 겨우 명주가 눈을 떴다. 피가 흘러든 명주의 눈이 붉다.
그녀를 알아본 명주가 뭔가 욕지거리를 하는 걸 무시했다. 부적 따
위 싫지만 뭐든 해야 한다.

"빨리! 소환의 부적! 얼른, 줘요!"

다급한 부탁에도 명주는 고개를 천천히 저었다.

"빨리 줘! 저러다 둘 다 끝장이야!"

오늘이의 말에 명주가 눈동자를 돌려 은산을 보았다. 믿을 수
없이 강하고 빠르게 공격을 주고받는 은산과 비형은 둘 다 피에 절
어 있었다.

"너에겐…… 필요 없……."

쿨럭, 피를 뿜어내었다.

"왜? 주란 말이야!"

오늘이는 명주를 흔들었다. 그녀의 팔에서 피가 계속 흘러내렸
다. 머리가 어지러웠다.

"빨리 줘. 죽는 한이 있어도 내가 해."

"너는…… 스스로가 부적……. 무엇이 필요……하단 말이지?"

"대체 무슨 말이야? 저러다 죽겠어! 빨리 주란 말이야!"

이제 명주의 몸을 뒤지기 시작했다. 여기저기서 찢기고 피에 젖은 부적이 나왔지만 어느 것인지 구분을 할 수 없었다.

"어떤 거야! 제발, 알려 줘."

절규했다. 오늘이의 눈물에 명주는 가쁜 숨을 몰아쉬며 고개를 저었다.

"네가 세상…… 가장 강한…… 부적……."

명주의 숨이 희미해졌다.

"내가…… 종주여야…… 했어……. 내가…….."

의식이 멀어져 갔다. 명주가 숨을 거뒀다. 그 곁에서 오늘이는 이를 꽉 물고 눈을 질끈 감았다. 머리가 어지러웠지만 명주의 말을 되새겼다.

"내가, 세상에서 가장 강한 부적. 내가 부적."

눈을 뜬 오늘이가 명주 곁에 떨어진 단검을 잡았다. 그리고 비형과 은산 쪽으로 몸을 돌렸다.

✦

"인정하지. 천오백 년 간 싸워 본 모든 상대 중 가장 강하구나."

이제 비형이 숨을 헐떡이고 있었다. 길게 드리워진 흑발에선 핏방울이 뚝뚝 떨어지고 있었다. 은산 역시 눈썹에 맺힌 피를 닦아 내며 가쁜 숨을 몰아쉬었다.

"이제 인정하는 거야? 나는 강해! 너보다 강하고야 말 거라고!"

다시 은산이 검을 휘두르자 비형은 이제 방어 태세로 돌아섰다. 검붉은 검에 부딪혀 오는 빛의 검은 묵직하고 강했다. 그러나 질 수 없다. 비형은 힘을 끌어모아 은산의 검을 튕겨 버렸다.

"나를 막지 마라! 내가 여기에 오기까지 어떤 세월을 버텼는지 아느냐!"

"알아야 해? 우리에게 더 이상 과거를 위해 죽으라고 하지 말라고!"

비형의 검이 은산의 팔에 상처를 내면 은산의 검이 비형의 다리에 상처를 냈다. 가슴과 등에도 상처가 늘어 가고 피가 흘렀다. 기력이 피와 함께 빠져나갔다. 오직 오기와 독기로 버텨 내는 은산과 비형을 향해 오늘이가 소리 없이, 천천히 다가갔다. 오늘이를 알아차린 건 비형이 먼저였다.

"무엇을 하려는 것이냐?"

은산의 검을 힘겹게 튕겨 내고 비형이 오늘이를 향해 물었다. 그 물음에 은산의 움직임이 더뎌졌다. 그들에게 다가가는 오늘이의 손엔 명주의 단검이 들려 있었다. 곁눈으로 오늘이의 행동을 주시했던 두 남자는 서로를 향해 겨눈 검을 거두지 않았지만 섣불리 공격하지도 못했다. 그때, 오늘이가 그들을 향해 무릎을 꿇었다.

"뭘 하려는 거야?"

은산은 불길한 예감에 오늘이에게 소리치듯이 물었다. 오늘이는 대답이 없다. 은산은 비형을 향해 검을 겨눈 채 오늘이에게로 다가가려 했다. 그런데 오늘이가 고개를 저었다. 왼쪽 손바닥으로 땅을 짚은 채. 그리고 단검으로 땅을 짚고 있는 제 손을 겨눴다. 그제야 은산은 오늘이가 무엇을 하려는 것인지 깨달았다. 숨이 쉬어지지 않았다.

"안 돼! 그런 주술은 반신半神인 우리만 할 수 있어! 부적도 없이 무슨 짓이야! 잘못하면 네가 죽어!"

"내가 부적이야. 아니, 내가 부적보다 강력해. 난 할 수 있어. 소환하고 말 거야. 비형을 막을 존재를."

"할 수 있어도! 생명을 걸어야 한다고! 제발 그만둬!"

다급하게 외치는 은산을 비형은 공격하지 않았다. 아주 희미하게 오늘이를 향한 동정의 빛이 비형의 얼굴에 서리는 것 같았다. 그리고 그녀를 달래듯이 말했다.

"만일 네가 소환의 주술에 성공한다고 해도 지상에 나를 이길 수 있는 존재는 없다. 헛된 희망에 모든 걸 내걸고 스스로에게 고통을 줄 필요는 없는 것이야."

"내가 막을게. 오늘아, 저 새끼 내가 막을 테니까 그런 짓 하지 마."

은산의 눈빛이 흔들리고 있었다.

"알아. 이제 넌 할 수 있어. 그런데 그러면 당신들 둘 다 죽어. 그러니까 내가 해!"

그리고 힘껏, 단검을 제 손등에 꽂았다.

"안 돼!"

은산이 달려갔지만 닿지 못하고 튕겨져 나왔다. 오늘이의 손에서 흘러나온 피가 대지에 스며들자 수없이 많은 빛의 원이 생겼다. 은산의 검과 다른 투명한 빛이었다. 그 빛 속에서 오늘이의 혼이 불타올랐다. 수없이 많은 상흔이 그녀의 몸과 혼에 그려졌다. 감히 소리 내지 못할 고통의 비명이 그녀의 안에서 안으로 터지고 울렸다.

"저 아이는 버티지 못할 것이다."

비형은 그 이상 오늘이를 보지 않고 만불산으로 성큼성큼 걸어갔다. 걸음을 옮기는 비형의 얼굴에서 희미했던 동정의 빛은 완전히 사라져 있었다. 몸을 일으킨 은산이 입술을 깨물며 오늘이와 비형을 번갈아 보았다. 막아야 해, 하지만…….

은산이 오늘이를 향해 발걸음을 옮기는데 그녀가 눈을 번쩍 뜨며 눈빛으로 저지했다. 그리고 결연히, 뚜렷한 목소리로 소리쳤다.

"나, 오오늘이 내 몸의 모든 생명과 혼을 걸고 명하노니! 비형의 아버지! 도깨비 왕을 소환하노라!"

비형이 걸음을 멈추고 경악한 표정으로 그녀를 보았다. 지상의 모든 것들이 멈추었다. 요괴들과 신들이 멈추고 숨을 죽였다. 모든 빛이 몸을 움츠리고 잿빛이 세상에 내려앉았다.

도깨비 왕이 지상으로 소환되었다.

우리의 오늘

산발인 머리는 허옇게 세고 허리는 굽어 있었다. 그 옛날, 화려했을 금사와 은사로 치장된 옷자락이 빛바랜 채 너덜거리며 바람에 날렸다. 주름으로 가득한 얼굴엔 여기저기 검버섯이 피어 있었고 눈동자는 탁해져서 흐린 시선이 어디로 향하는지 알기 어려울 정도였다. 살점이라곤 하나 없이 뼈만 남은 듯 앙상한 두 손은 텅 빈 채로 오그라들어 흔들렸다. 바로 그가 도깨비 왕이었다.

"지금이…… 어느 시대더냐……. 내가 너무 오래 잠들었구나."

아버지를 바라보는 비형의 눈동자엔 분노가 가득했고 검붉은 검이 웅, 웅, 울었다. 그에 도깨비 왕이 고개를 돌려 아들을 바라보았다. 잠시, 그의 눈동자가 맑아진 것 같았다.

"나의 아들…… 비형이로구나. 네가…… 나를 깨웠느냐?"

비형은 답하지 않았다. 대신, 은산의 품에 안겨 있는 오늘이가 숨을 몰아쉬며 피가 흐르는 손을 들었다. 모든 기를 다 소진한 듯 늘어진 그녀를 안고 있는 은산의 얼굴은 참담함과 두려움으로 가득했다.

"여인이여, 네가 나를 소환한 것이냐? 한낱 인간이 스스로 잠든 도깨비 왕을 깨우다니 놀랍구나."

오늘이의 곁으로 다가온 도깨비 왕은 물끄러미 그녀를 내려다보았다.

"그놈의…… 한낱 인간 소리……. 급하니까 넘어가고……. 당신 아들, 비형이 저지른…… 일을 봐요."

도깨비 왕이 느릿하게 주변을 둘러보았다. 마을 안에서 벌어진 일을 읽는 것은 물론, 세상 끝까지 과거와 현재의 벌어진 일들을 읽어 내고, 비형의 눈동자 속에서 기억을 읽어 내었다.

"그래, 봉인에서 풀려나도 이렇게, 참혹한 일을 벌였구나. 나의 아들이여."

왕의 말에 비형이 검을 번쩍 들어 달려들었으나 움직일 수 없었다.

"잊었느냐, 너의 신력은 나로부터 비롯된 것이다. 너는 결코 나의 뜻에 반할 수 없다."

왕의 머리칼이 백색에서 잿빛으로 변해 가고 굽은 허리가 펴졌다. 비형은 그럼에도 안간힘을 다해 움직이려 애썼다. 왕은 아들에게서 시선을 거두고 오늘이를 보았다.

"인간 여인, 너는 오래전 나의 여인과 닮았구나."

왕의 말에 비형이 고개를 돌렸다.

"아름답고 심지가 굳은 여인이었지. 죽은 왕을 사칭해서라도 꼭 갖고 싶은……. 허나 그 여인은 그걸 꿰뚫어 보았지."

"버렸잖아! 갖고 놀다가 버려 버렸잖아! 당신이 그리 떠나지 않았다면, 우리를 외면하지 않았다면, 내가 그때 그렇게……. 지금 이렇게……."

왕을 향해 기울였으나 보이지 않는 손에 붙들린 듯 더 이상 움직이지 않는 몸을 부들부들 떨며 비형이 고함을 질렀다.

"내 선택의 이유를 너에게 말한다 한들, 이해받을 수 있겠는가? 다만, 너의 행동의 이유가 그런 것이라면, 이 여인은 왜 다른 선택을 했을까? 지금 너를 죽일 수도 있는데, 왜 나를 소환해서 어려운 길을 선택한 것일까? 이 여인과 너의 차이는 무엇이냐?"

차분한 목소리로 묻는 왕의 발을 오늘이가 툭, 쳤다.

"저기요, 훈육도 좋은데…… 나 죽겠거든요."

"그래, 인간 여인, 네가 원하는 바가 무엇이냐?"

그의 물음에 오늘이가 가까스로 고개를 들어 비형을 보았다.

"저주를 풀어 줘요. 저 사람……. 용서해 줘요. 비형이 지랄 발광하는 게 소멸하고 싶어서니까. 뜻대로…… 죽을 수 있게."

오늘이가 숨을 몰아쉬자 왕이 그녀의 가슴에 손을 얹어 노랗고 따스한 기를 불어 넣어 주었다. 순간, 그녀의 몸이 살짝 들리더니 편안한 숨을 쉴 수 있게 되었다.

"여인, 그것은 불가하다."

왕의 대답에 이번엔 은산이 발끈했다.

"왜! 비형의 죄가 그리 깊은 거면, 죽이면 되잖아! 차라리 소멸시켜 버려!"

고래고래 고함을 지르는 그에게 다가간 왕이 은산의 머리칼을 살짝 손가락으로 건드렸다.

"너는, 나의 후손이구나. 다시 말하지만 불가하구나."

짧지만 깊은 침묵이었다.

비형은 고개를 들어 하늘을 바라보았다. 절망과 고독이 뒤섞인 남자의 얼굴이었다.

"아버지……. 그렇게도 나를 증오합니까? 천오백 년의 세월이 흘렀어도 여전히⋯⋯."

왕이 느릿느릿 비형에게 걸어갔다. 이제 비형은 그를 공격하려는 시도조차 하지 않았다. 왕은 비형의 이마에 마른 손가락을 갖다 대었다.

"잊었느냐? 저주는 내가 내린 것이 아니다. 너 스스로 건 것이다."

"그 무슨⋯⋯. 분명 당신이 그랬소! 나는 죽을 수도, 소멸할 수도 없다고!"

다시 비형이 버둥거렸다. 그의 눈에선 증오의 불이 떨어질 것 같았다.

"그랬다. 너는 죄가 너무도 중하여 봉인될 채 죽을 수도, 소멸할 수도 없다. 너의 처음과 끝은 같을 것이라고."

"그런데!"

"⋯⋯ 네가 스스로를 용서할 때까지 지속될 것이다. 그것이 나의 저주였느니라."

모두 침묵했다. 비형의 기억 속, 벌판이 펼쳐지고 도깨비 왕의 저주가 다시 울렸다. 그가 옳았다. 비형이 들었으나 기억에서 지워버린, 저주 아닌 저주.

그때 비형이 흐느껴 울기 시작했다. 그런 아들을 왕이 슬픈 눈으로 바라보았다.

"너를 저주한 것은 나의 분노가 아니라 너의 죄책감이었구나."

비로소 비형이 무너졌다. 주저앉았다.

"나 때문에 동료들과 벗들이⋯⋯ 수많은 요괴들과 신들이⋯⋯ 내탓으로, 내 잘못으로⋯⋯. 나의 연모도 괴물이 되어 죽어 갔어⋯⋯. 나의 잘못된 선택으로⋯⋯. 나는 저주받아 마땅해."

누구도 그의 눈물에 말을 보태지 못했다. 그러나 오늘이가 힘겹게 은산의 품에서 몸을 일으켰다. 다시 그녀 안에서 고통이 번졌으나 이를 악물고 버텼다.

"할아버지들…… 그만 좀 하시죠. 죄책감에 대해선…… 내가 전문가인데…… 그럴 시간에 사는 게 옳아. 한낱 인간이…… 아는 걸 천오백 년 살고도 몰라? 이제 용서해. 자신을……."

"너는! 내가 용서되느냐? 네 어미를! 이목을! 조신선과 이 마을을 이리 만든 나를?"

이해할 수 없는 대상을 향해 비형이 외쳤다.

"당연히 용서…… 못해."

그녀의 말에 비형이 헛헛하게 웃었다. 하지만 오늘이는 멈추지 않고 말했다.

"그런데, 나는 당신을…… 용서 못해도, 당신…… 스스로는 용서해야지. 그렇지 않음…… 너무 가엾잖아. 당신…… 자신이."

오늘이가 비틀거리면서 일어나려 하자 은산이 그녀를 말렸다. 그녀 내부는 이미 붕괴하고 있는 건물 같다는 것을 은산은 알고 있었다. 곧 기둥부터 삭아서 부서져 내릴 건물. 그의 눈에서 눈물이 넘쳤다.

"나 좀…… 저 바보 같은 놈한테……."

은산은 그녀를 안아 비형의 곁으로 갔다. 은산의 품에 안긴 채 오늘이가 매달리 듯 비형의 팔을 안아 주었다. 같은 얼굴을 가진 두 남자가 각자 다른 슬픔에 잠겨 오늘이를 내려다보았다.

"나…… 기억해……. 내가 읽었어. 당신…… 어머니의 말……. 당신 자신을 용서하라고…… 스스로를 용서하지 못하면…… 세상을 용서할 수 없다⋯⋯ 그렇게⋯⋯. 맞지?"

천오백 년을 참았던 눈물이 비형의 얼굴을 적셨다. 그도 가장 희미한 기억 속에서 퍼 올렸다. 어머니, 도화녀의 당부를. 슬픔이, 아픔이, 후회가 눈물이 되어 흘렀다. 그리고 오늘이에게 안겼던 팔부터 서서히 빛이 되어 희미해져 갔다. 생생한 고통이 비형의 핏줄을 타고 흘렀다.

"네가 죽인 모든 생명의 고통을 짊어지는 것이다. 그래서⋯⋯ 너의 소멸이 네 안식이 될 수는 없을 것이니⋯⋯."

도깨비 왕이 아닌, 한 자식의 아버지가 가슴을 도려내는 기분으로 말했다. 그러나 비형은 고통에 실핏줄이 하나하나 터지면서도 비명을 삼키며, 미소 지으며, 고개를 끄덕였다.

"이러하니⋯⋯ 더⋯⋯ 좋소이다."

희미해지면서도 뼈가 꺾이고 살점이 찢어지는 것이 보였다. 눈을 돌리고 싶었지만 오늘이는 그의 최후를 끝까지 눈에 담았다. 마침내 비형이 마지막 숨을 내뱉듯이 오늘이를 향해 말했다.

"고맙구나."

"⋯⋯용서 안 했다니까⋯⋯. 이제 좀⋯⋯ 꺼져. 잘⋯⋯ 가라고."

천천히 비형의 몸이, 혼이 빛으로 부서져 갔다. 그리고 잠시 왕과 시선이 마주친 그가 고개를 숙이는 순간, 완전히, 빛의 입자로 부서져서 소멸했다. 천오백 년의 생이 오롯이 빛으로 환원되었다.

오늘이가 몸을 은산에게 돌렸다. 들이쉬는 숨이 칼날처럼 아팠다.

"왜 그래? 오늘아? 도깨비 왕! 뭘 좀 해 줘요!"

왕은 고개를 가로저었다.

"그 아이가 아무리 강한 부적이라 할지라도 인간의 몸으로 나를 소환했으니…… 이미 늦었구나. 저기, 죽음을 관장하는 생사귀가 도착했다."

단정한 옷을 입고 머리를 뒤로 바짝 넘긴, 창백한 낯을 한 남자가 멀리서 어른거렸다. 아무런 표정이 없었으나 눈을 마주치는 것만으로 심장이 멈출 듯 섬뜩했다.

"아니, 방법이 있을 거야. 야광을 불러 올게. 제발…… 버텨 줘."

턱을 떨며 눈물을 참아 보려 애쓰는 은산을 오늘이가 안타깝게 바라봤다.

"명해! 생사귀한테. 너 힘이 있잖아!"

오늘이의 뺨 위로 은산의 눈물이 투둑, 떨어졌다.

"내 힘이…… 통하지 않는 게 있어. 내가…… 믿는 사람…… 그리고 죽음. 그건 누구도…… 막을 수 없어."

그녀의 얼굴이 제대로 보이지 않을 정도로 은산은 눈물을 흘렸다. 그러다 고개를 들어 도깨비 왕을 쳐다보았다. 그러나 그는 이번에도 고개를 가로저었다. 어린 아이처럼 눈물이 터진 은산이 오늘이를 끌어안고 뒤로, 뒤로, 물러섰다.

"안 돼! 왜 너여야 해? 끝을 바란 건 나였는데…… 왜 네가……."

생사귀는 움직임이 없이도 벌써 성큼 다가와 있었다.

"저리 가! 절대로 안 보내! 그럴 수 없어! 오늘이는 내 현재고 미래야! 얘가 죽으면 비형보다 더 지독하게 괴롭혀 줄 테야!"

고래고래 소리를 지르며 오늘이를 끌어안는 은산이었다. 그녀는 힘없이 은산의 뺨에 손등을 갖다 대며 말했다.

"박력…… 넘치는 고백…… 좋네. 그런데……."

"아니, 그런데, 라는 말은 하지 마. 내가! 안 보낸다고!"

498

필사적으로 그녀를 안고 죽음으로부터 벗어나려 했지만 벌써 그들의 발치에 도달한 생사귀는 스윽, 길고 긴 손톱을 꺼냈다.

"너무하잖아! 우리한테 너무하잖아! 안 보내! 만불산의 수호자인 내가 절대 안 보내!"

그 순간, 만불산에서 번개가 몰아치며 굉음이 하늘을 울렸다. 빛이 온 누리에 퍼졌다. 만불산 요괴들과 신들이 한꺼번에 쏟아져 나왔다. 그들이 수십 겹, 수백 겹으로 은산과 오늘이를 에워싸기 시작했다. 그 빛의 원에 생사귀가 저만치 밀려 났다. 긴 손톱을 휘두르며 울부짖는 생사귀가 원을 깨트리려 했다.

"누구냐? 누가 감히 죽음을 막는 것이냐!"

그러나 원은 점점 더 크고 두텁게 은산과 오늘이를 둘러싸며 생사귀를 밀어낼 뿐이었다. 그리고 야광이 오늘이의 손을 잡으며 기를 더해 주었다.

눈물로 범벅이 된 은산이 가장 안쪽의 원을 둘러보았다. 어린 신록과 나림, 작은 눈을 깜빡이는 씨앗 요괴와 상처 입은 동이까지……. 은산과 그의 조상들이 구해 낸 수많은 요괴들과 신들이 자신들의 신력을 다하여 오늘이와 은산을 감싸 주었다.

"이제, 우리 차례야. 우리가 지켜 줄게."

나림이 부드러운 목소리로 은산에게 말했다. 그뿐이 아니었다. 자청비와 문도령은 각자 창과 활을 생사귀를 향해 겨눴다.

"누가 감히 내 은인을 건드려? 말만 하라고! 내 창이 용서치 않으리니!"

"부인, 제가 뒤를 맡겠으니 맘껏 솜씨 뽐내시지요!"

뚝뚝, 바닷물이 떨어지는 머리칼을 새뜻하게 어깨 뒤로 넘기는 영등은 콧방귀를 뀌었다.

"흥, 뉘를 죽인다고? 내 사촌이 목숨 걸고 지킨 자를?"

넓고 넓은 행주치마 아래 오들오들 떨고 있는 작은 요괴들을 숨기고 있던 조왕은 슥슥, 소매를 걷어붙이고 있었다.

"저승 부엌에 일손이 부족한가? 그래도 안 되지. 살리는 손을 가진 아이를?"

분함에 주먹을 떨며 서 있던 생사귀는 저승삼신을 발견하고 비명을 지르듯이 도움을 요청했다.

"저승삼신! 도와주시오! 저 아이, 오늘이, 반드시 저승으로 데려가야 하니……. 아니, 지금 무슨 짓이오?"

저승삼신이 생사귀를 향해 두 팔을 벌리고 자신의 신력으로 오늘이를 보호했던 것이다.

"아직 다 용서한 것은 아니지만 이번 일은 나의 허물도 크니…… 물러나시오."

놀란 생사귀가 무어라 대서기도 전에 더 환하고, 빛나는 원이 보태졌다. 그 원의 정체를 알아본 오늘이의 눈에 눈물이 고였다. 할락궁이와 선녀들, 그리고 이승삼신의 수호를 받으며 저승꽃밭의 아이들이 생명의 꽃을 들고 자신을 향해 서 있었던 것이다. 어른들은 아무 말 없이 미소를 지었는데 아이들이 꽃을 흔들며 오늘이를 응원했다.

"오늘아, 힘내!"

"죽지 마! 오늘아!"

"오늘이, 이겨라!"

"아니, 싸우는 건 아니지 않아?"

저들끼리 온 힘을 다해 와아, 함성을 질렀다. 그 함성에 생사귀가 더, 더, 밀려났다.

"영원히 날 막을 수 있다 생각하느냐! 죽음은 누구에게나 공평해야 하는 것이다!"

생사귀의 외침에 오늘이가 고개를 들고 손을 쳐들었다. 그리고 불쑥, 가운뎃손가락이 솟았다.

"지랄, 누가 안 죽는대? 좀만…… 아니 조금 더…… 호호 할매 되면 부른다고."

비로소 은산이 미소 지을 수 있었다.

"매일매일 널 찾아올 것이다. 죽음이 매일 너를 노린다는 것만으로 너는 두려울 것이야. 그보다 더한 공포가 있을까? 사는 것이 오히려 고통이 될 것이다."

생사귀의 분한 비명이 마을에 울렸다. 그때 원 가장자리에 서 있던 자청비가 어깨에 쇠스랑을 틱, 얹으며 말했다.

"야, 걱정 마! 만불산 요괴가 일만이 넘어. 저 아이의 매일을 지키기에 모자람이 없단 뜻이지. 잘 가라!"

원은 이제 마을 바깥까지 넓어져 생사귀를 완전히 몰아내었다. 충만한 빛이 마을을 가득 채우고, 적이 되어 싸우던 요괴와 신들에게도 단죄보단 용서의 손을 내밀었다.

빛의 원 안에서 은산과 오늘이가 일어섰다. 반짝반짝, 빛나며 서로를 끌어안았다. 온몸이 간질간질하도록 서로를 원해서 웃음이 터져 나왔다. 우리는 살아 있어! 웃으며 동시에 서로의 입술을 찾았다. 서로의 피 맛이 입 안에 가득 찼다. 더, 더, 우리는 살아서 사랑할 거야. 숨이 차도록 입 맞추고 끌어안았다.

"그거 알아? 우리 가문의 모든 사람들이, 그 모든 조상들로부터 나에 이르기까지, 요괴와 신들을 구해 온 건 바로 너를 위한 것이었어. 비형의 저주를 풀기 위한 것이 아니라 바로 너, 오늘을 지키기 위한 것이었어. 굉장하지 않아?"

"우리야. 나의 오늘이 아니라, 우리의 오늘을 지키기 위한 것이었어."

오늘이는 은산의 허리를 끌어안고 은산은 그녀의 등을 감싸 안았다. 그리고 그녀의 얼굴을 참을 수 없는 눈빛으로 바라보았다. 그의 오늘이며, 내일을.

그들이 웃자 일만 요괴들과 신들이 함께 웃었다. 세상이 함께 웃었다. 군자마을은 그들의 웃음과 함께 다시 시작이었다.

끝이 아닌

어린 느티나무가 신선한 흙 속에서 단단히 뿌리를 내리는 걸 느낄 수 있는 푸른 날이었다. 오늘이는 은산과 함께 무릎을 꿇고 할락궁이에게서 받아 온 특별 비료를 나무 주위에 둥글게 뿌렸다.

"이제 물 좀 뿌려 줄래?"

그녀가 일어서며 손을 털었다. 어린 느티나무의 뿌리 부근엔 포루루의 초록색 혈석이 재과 함께 묻혔다. 난리의 와중에 자청비가 몰래 숨겨 준 포루루의 혼이다. 식물 요괴에게 가장 어울리는 안식처이리라.

"그렇지? 매일 여기서, 마을을 지켜줘, 포루루."

오늘이가 작게 속삭였다. 그 때 사그락, 소리를 내며 어린 나무의 나뭇잎 사이로 해마 같이 생긴 무언가가 그녀에게 다가왔다. 그것은 은빛으로 반짝거리며 그녀의 손가락에 감겨 머리를 비벼댔다.

"야! 어딜 비비적거려? 떨어지지 못해?"

은산이 발끈하며 그것을 떼어 내려 했지만 오늘이는 재빨리 등을 돌리며 다른 손으로 감싸준다.

"아직 아기잖아. 그리고 귀여워!"

팔짝, 뛰며 그것을 감싸 안는 오늘이를 보며 은산은 뒷목을 잡았다.

"아, 도깨비 왕은 쓸데없는 짓을 해서……. 아, 진짜 스트레스!"

변절했던 요괴들과 신들이 도깨비 왕에게 무릎을 꿇고 용서를 빌던 날이었다. 모두의 예상과는 다르게 왕은 도리어 그들에게 용서를 빌었다.

"그대들이 무슨 잘못이 있겠는가? 모든 것은 나의 불찰이다. 그대들은 혹독한 시간을 견뎌 내며 울분을 쌓아온 것일 뿐. 그러나 세상에 변하지 않는 것은 없고, 사라지지 않는 것 또한 없으니 그것이 순리인 것이다. 부디 울분과 응어리를 풀고 그대들 본연의 선한 모습으로 살아가라."

그를 따르는 자도, 속으로는 따르지 않는 자도 그날은 모두 평화롭게 물러났다. 그리고 왕이 은산 앞에 섰다.

"나의 후손이여, 내 부덕과 불찰로 비롯된 혼란을 잠재웠으니 너의 공이 크구나."

"알면, 아시면 이제 가져가세요."

위엄이 넘치는 도깨비 왕에게 기죽지 않고 은산이 턱을 들며 말했다. 당황한 쪽은 도깨비 왕이었다.

"무엇을 말이냐?"

"도깨비 일족의 종주란 타이틀 말이에요. 지상의 요괴들과 만신의 종주는 바로 당신이잖아요. 그러니 난 이만 평범해지겠다고요."

그때 도깨비 왕이 너털웃음을 터트렸다.

"허허, 그 칭호는 내가 네게 준 것이 아니다. 네가 획득한 것이지. 네가 죽을힘을 다해 얻어 낸 것이란 말이다. 그러니 내가 가져 가고 말고 할 수가 없구나. 하지만 이건, 내가 가져가마."

도깨비 왕은 욱, 따지고 들려는 은산을 향해 팔을 뻗었다. 거의 동시에 은산의 가슴에서 푸른빛이 힘겹게 솟아올랐다. 꼼짝할 수 도 없고, 식은땀만 흘리던 은산의 입에서 신음이 흐르자 오늘이가 나섰지만 도깨비 왕은 눈빛으로 그녀를 제지했다.

"뭐, 뭐하는……. 으윽! 윽!"

은산의 고통이 절정에 이른 순간, 푸른빛이 산산이 부서지며 도 깨비 왕의 손아귀로 들어갔다.

"너의 것이 아닌 독을 품고 있었다니……. 이것은 내가 가져가 마. 내 보답으로 생각하려무나."

"독? 무슨 독?"

무릎에 힘이 풀려 흐느적거리는 은산을 부축하던 오늘이가 따져 물었다. 하지만 은산은 말없이 미소 지을 뿐이었다. 모든 것이 다 잘 될 것이라 믿게 만드는 미소. 오늘이가 입술을 삐죽거리며 투덜 거리려는데 도깨비 왕이 부드러운 목소리로 그녀를 불렀다.

"고맙구나. 네 덕분에 비형이 평화롭게 소멸했다. 용기 있는 여 인이여, 나는 너에게 줄 것이 없구나."

"저기, 이런 이야기에선 '소원이 뭐냐?' 뭐 이런 옵션이 있던데, 여긴 그런 거 없나요?"

오늘이가 피식 웃으며 묻자 일순 왕이 당황했다.

"오, 옵션? 그런 것은 잘 모르겠으나 바라는 것이 있느냐?"

그러면서 오늘이의 눈동자를 바라보았다. 그리고 그녀의 바람을 읽어 내었다.

"네 어머니의 저주는 내가 풀 수 있는 것이 아니다. 그것은 저주의 당사자인 경족만이 풀 수 있는 것이니……. 다만……."

그러면서 오늘이의 손을 잡았다. 야광이 손을 써서 이미 상처는 아물고 있지만 그가 들여다보는 건 그것이 아니었다. 왕의 손바닥이 그녀의 손바닥에 겹쳐지자 이목의 혈석이 떠올랐다.

"그건! 친구의!"

오늘이가 황급히 혈석을 잡으려 했지만 왕이 그녀를 멈추게 만들었다. 다만 가만히 혈석을 보았다.

"강한 백룡이구나. 강한 연모이기도 하고. 내가 할 수 있는 건 여기까지다."

그때 혈석이 알이 되었다. 둥글고 하얀, 아름다운 알이 그녀의 품으로 떨어졌다. 따뜻했다.

"오늘과 내일은 너희의 것이지. 나는 인간들의 마음에서 잊혀 갔고. 그리하여 나는 서서히 소멸할 것이다. 그것이 순리이니……."

다시 백발이 된 도깨비 왕이 등을 돌렸다.

"아니요! 잊지 않을 거예요. 적어도 저는, 저의 아이들은 이 모든 이야기들을 기억할 거예요. 그러니 아직은 죽지 말아요!"

오늘이가 은산의 손을 잡고 외쳤다. 도깨비 왕은 잠시 고개를 돌리다 미소 지으며 사라졌다. 바다로부터 빛이 번지며 동이 텄다. 새로운 오늘이 시작되었다.

✦

오늘이는 품 안에서 까무룩 졸고 있는 하얗고 어린 이목의 본체를 쓰다듬었다. 그리고 마을을 내려다보았다. 쓰러져 불탄 건물들을 힘 좋은 요괴들과 신들이 모여 다시 세우고 있었다. 그들을 씩씩하게 지휘하는 건 자청비. 고개를 두리번거려 보니 문도령은 정자 아래서 책을 읽고 있다. 임시로 쌓은 부뚜막에선 조왕신이 밥을 짓고 수정이 그 곁에서 돕고 있었다.

"그냥 원래대로 복원하는 주술 같은 건 없는 거야?"

오늘이의 물음에 은산은 그녀의 어깨를 감싸 안으며 미소 지었다. 더없이 평온하고 맑은 미소였다.

"있지. 있는데……. 그럼 소중한 줄 모르거든. 조금은 힘들게, 어렵게 지키고, 만들고 그래야 정말로 소중하단 걸 알게 된다고…… 나는 아니고 조왕 할매가 그러더라고."

은산의 시선이 그녀의 얼굴을 쓰다듬었다. 꽃잎으로 쓸어내리는 것보다 더 부드럽고 향긋한 시선이었다. 볼이 발그레해지더니 오늘이가 은산의 겨드랑이 쪽을 파고들며 안겼다.

"야, 야, 간지러워! 하하! 야!"

서로를 끌어안으며 깔깔거렸다. 둘로부터 떨어져 나온 이목의 본체가 풍풍거리며 나무로 돌아가 나뭇가지를 꼬리로 휘감고 다시 잠을 청했다.

"이봐들! 연애질은 좀 있다 하고, 와서 면접 봐야지!"

언덕 아래서 조비서가 못마땅한 표정으로 둘을 향해 소리를 질렀다. 왼팔엔 깁스를 했고, 오른팔엔 서류가 잔뜩 안겨 있었다. 못내 아쉬운 눈빛의 은산이 오늘이의 이마에 입맞춤을 해 주었다. 그리고 둘은 서로의 허리에 팔을 두른 채 마을로 발걸음을 옮겼다.

"어떤 신을 면접 보는 거야?"

은산의 허리에 팔을 감은 오늘이 물었다.

"서낭이랑 성주신, 업왕신, 등등……. 예전에 안동 쪽에 댐이 생기는 바람에 밀려난 기운 센 신들이 많거든. 뭐, 다들 잘 하겠지. 아! 어머니한텐 밤에 갈 거야?"

마지막 질문을 할 땐 오늘이의 팔을 감싸 안은 은산의 팔에 조금 더 힘이 들어갔다.

"응, 화원이 이제 정리되었다니까. 꽃밭으로 갈 수 있을 거야."

대답하는 오늘이의 시선이 멀어졌다. 그때 은산이 걸음을 멈추며 그녀를 자기 쪽으로 돌려 세웠다. 그리고 그녀의 얼굴을 똑바로 내려다보며 말했다.

"내가, 아니 우리가 꼭 혼을 찾아드리자. 경족도, 함께 찾아내자."

"응, 믿어."

이마를 맞대었다. 그때 조비서의 고함 소리가 울렸다.

"이것들이! 시간 없다고! 다들 난리야!"

"아아, 젊은이들의 혈기를 이렇게 이해하지 못하다니! 2부는 밤에 이어서 하자. 알았지? 가요, 가!"

이제 둘은 손을 잡고 마을을 향해 뛰기 시작했다. 조왕의 밥 냄새가 온 마을을 가득 채우고 파도 소리가 평온히 모두를 감싸 안았다.

〈요괴를 보호해 드립니다〉
끝. 그리고…….

그리고…… 오백년 전 이야기.

전쟁이라면 지긋지긋했다. 아니, 죽음이 지긋지긋했다. 죽음 자체보다 죽음을 피할 수 없다는 공포가 싫었다.

"마누라가 아이를 낳았다는데 언제나 볼 수 있으려나?"

이리 묻던 동료는 정오가 되기 전에 적의 칼에 베어 창자를 드러내고 죽었다.

"어머니, 울 어머니 보고파요. 내가 우리 집에 유일한 남자인데……."

눈물을 훔치며 어머니는 그리워하던 어린 병사는 성벽을 기어오르다 날아 온 바윗돌에 머리가 터져 죽었다.

전쟁터에서 죽음은 도처에 산재했고 도저히 피할 길이 없어 보였다. 그러나 그는 끈질기게 살아남았다. 그 부대에서 가장 오래 살아남아, 남은 병사들이 그의 죽음으로 내기를 할 정도였다. 그걸 그도 알고 있었다.

"판돈이 얼마나 올랐나? 내가 언제 죽느냐, 그 내기 판 말이야."

웃으며 농을 했지만 내심 두렵고도 두려웠다. 매일, 매순간 죽음에 대해 생각하지 않는 때가 없을 정도였다.

순식간이었다. 적의 창이 그의 등을 찌른 것은. 그리하여 비명을 지를 수도 없고, 숨을 쉴 수 없이 천천히 죽어 갔다. 그는 억울했다. 아직 하지 못한 일이 많은데, 아직 이리 젊은데…… 절대로 죽고 싶지 않았다. 죽을 수 없었다! 억울함에 이가 갈렸다.

그때 깃털처럼 가볍고 따스한 목소리가 그에게 들렸다. 전쟁터에서는 가당치 않은, 평온하고 부드러운 음성이었다.

"그리도 살고 싶은가?"

창이 폐를 관통하여 목소리가 나오지 않았다. 벌린 입술 사이로 나오는 소리는 없었다. 그러나 목소리의 주인공은 그의 말을 알아들었다.

"그래, 전쟁터에서는 누구나 살고 싶어 하지. 허나 너처럼 끈질기게 살아남은 자, 살고자 하는 의지가 강한 자는 처음이군. 그렇다면…… 나와 거래를 할까?"

살려만 준다면 무엇이라도 할 수 있었다. 까무룩, 정신이 아득해지는 것을 버티며 고개를 끄덕였다.

역시 순식간이었다. 그의 몸이 창이 찔리기 전의 상태로 돌아온 것은. 그리고 다른 공간으로 옮겨진 것 또한. 호화로운 방이었다. 태어나 한 번도 본 적이 없는 금은보화로 가득 찬 방. 그 방 안 비단 방석 위에 한 사내가 앉아 있었다.

기이한 사내였다. 나이를 가늠할 수 없고, 길게 드리운 흑발이 기묘한 빛을 발하고 있는, 지나치게 창백하고 아름다운 얼굴을 한 사내. 인간이 아닌 것이 분명했다. 두려웠으나 사내와 같은 편에 서고 싶었다. 그의 편이 되면 살 수 있을 테니까.

"살려 주셔서 감사합니다. 소인, 뭐든, 무슨 일이든 하겠나이다."

본능적으로 납작 엎드린 그는 사내에게 맹세했다. 그러나 사내는 가만히 그를 내려다볼 뿐이었다.

"그럴 것 없어. 우린 거래를 한 것이고, 아직 서로 무엇도 주고받지 않았으니."

"살려 주시지 않았습니까? 소인을 살려 주셨으니……."

"어차피 언젠가는 죽을 텐데?"

뜻밖의 말이었지만 옳은 말이었다. 엎드린 그가 고개를 들자 사내가 미소 지었다. 눈은 웃지 않고 입술만 웃고 있는, 소름끼치는 미소였다.

"넌 다시 죽고 싶지 않을 테지. 난 한 번은 살려 줄 수 있지만 영원히 살려 줄 순 없어."

기다란 손가락으로 자신의 흑발을 돌돌 감으며 사내가 말했다.

"그렇다면…… 소인과의 거래라는 건…… 저의 영생을 보장하신단 말씀이십니까?"

그 물음에 사내는 금으로 세공된 탁자를 손가락을 탁, 내리쳤다.

"이래서 난, 사악하지만 머리 좋은 이들이 좋아. 말귀를 빨리 알아듣거든."

자유, 죽음으로부터의 자유가 그의 눈앞에 펼쳐지는 것 같았다. 그런데 사내가 다른 손에 쥐고 있던 하얀 부채를 착, 펴며 고개를 흔들었다.

"그런데 문제가 있어. 나는 너에게 영생을 주기에 힘이 부족해."

"그러면…… 누가…….."

"천 년 전에 아주 어리석게도 인간을 연모하고, 인간에게 속아 바보 같은 짓을 하다가 봉인돼 버린 놈이 하나 있지. 그놈이 네게 영생을 줄 것이야. 그럼 난? 놈이 봉인된 장소와 놈을 풀어 줄 수 있는 방법을 알지."

"소인처럼 미천하고 그저…… 아무런 능력도 없는 자가 어찌 그런…… 분의 봉인을 풀 수 있단 말입니까?"

혹여 기회를 놓칠까 두려운 자의 불안함이 묻어나오는 목소리였다.

"그건 걱정 마. 내가 네게 불을 다룰 수 있는 능력을 나눠 줄 것이거든. 넌 그저 그곳에 가서 봉인의 인을 살짝, 그슬려 주기만 하면 돼."

그렇게 답하며 사내는 손바닥에 불덩이를 하나 띄우고 자유자재로 굴렸다. 새빨간 불덩이는 아이들이 가지고 노는 종이 공처럼 보였다. 그런데 사내가 그것을 굴릴 때마다 비명이 들렸다. 작지만 분명한, 인간의 비명이었다.

"그, 그것은……."

"아, 이건 인간의 혼불이야. 내 장난감 중 하나지. 아! 네게 줄 능력은 이런 건 아니니 걱정 말라고. 그냥 불. 흐흐."

이렇게 말하며 사내는 슬쩍, 붉은 혀끝으로 제 입술을 핥았다.

모든 것이 꿈처럼 아득하고 믿기지 않았다. 그러나 살 수만 있다면 무엇인들 하지 못할까! 다만 그는 영민하고 의심 많은 자였다.

"…… 그런데 어째서 직접 행하지 않으신 겁니까?"

불호령이 떨어질까 엎드려 어깨를 떨면서도 물었다. 그러나 이어지는 사내의 음성은 부드럽기만 했다.

"역시 내가 사람을 잘 봤구나. 제법 똑똑해. 착하기만 하고 어리석은 자들보다 탐욕스럽고 똑똑한 자들이 부리기 좋다는 걸 왜들 모른 체한다지? 아! 네 탓을 하는 것이 아니니까 떨지 마라. 옳아, 할 수 있었다면 벌써 했겠지. 첫째, 봉인이 된 장소를 알아내는 데 천 년이나 걸렸어. 영감탱이가 아들놈을 어찌나 꼭꼭 숨겨 두었는지⋯⋯. 둘째는 네 의심대로, 위험할 수도 있으니까. 뭐, 내가 죽을 리는 없겠지만 고통스러운 것도 싫거든."

"천 년이나 봉인된 분을 어찌 풀어 주려 하십니까?"

"음⋯⋯. 놈이 미쳐 날뛰는 걸 보고 싶거든. 무척 재미있을 것이야. 물론 놈이 힘을 회복하기까지는 오래 걸릴 수도 있지만. 그로 인해 일이 더 꼬이고 혼란스러워지면 그 또한 즐겁지 않은가! 난 지루한 것이 세상에서 제일 싫어. 가급적 오래오래 즐겁고 싶어. 어때, 그래도 할 텐가?"

어차피 선택지는 없었다. 무슨 일이 있어도 전쟁터로 돌아가고 싶지 않았다. 매일을 죽음의 공포에 떨며 살고 싶지 않았다.

"⋯⋯하겠습니다."

"좋아! 이제, 나의 조건!"

"예?"

놀라고 말았다.

"뭘 그리 놀라나? 난 네가 영생을 얻을 방법을 가르쳐 준 것이고. 거래란 주고받는 것이 있어야 하잖나? 내가 받을 걸 알려 주겠다는데 뭐가 잘못되었나?"

명백한 덫이다. 그러나 피할 수 없고, 피할 생각도 없었다.

"소인이 무엇을 드리면 되겠습니까?"

그의 물음에 사내의 눈이 광기에 휩싸였다. 광대처럼 찢어진 입술에서 흐흐, 웃음이 흘렀다.

"내가 원하는 건…… 마음이야."

수수께끼 같은 말이었다.

"어떤 여자의 마음."

그 요구에 그는 고향에 두고 온 수많은 정인들이 떠올랐다. 그가 마음먹으면 어떤 여인이고 꾀어낼 수 있는 것도 사실이다. 그런데 저 사내는 그 사실까지 알고 있었단 말인가?

"어떤…… 여인입니까?"

"영등이라고, 사람은 아닌데……. 아, 그렇다고 겁먹진 말고. 우리 종족이 다 그러하듯이 인간한테 무지 약한 존재니까."

"연유를…… 여쭤 봐도 되겠습니까?"

"되고말고! 안 물어보면 섭섭할 뻔 했구나. 역시나 개인적인…… 재미를 위해서? 그 여자가 내 사촌 형님과 약혼을 했거든. 나와 형님, 둘 중에 하나를 고르라고 윗분들이 주선한 모양인데 형님이 선택된 거지. 아주 고귀한 한 쌍이야. 아! 그렇다고 내가 뭐, 영등을 사모해서 어쩌고저쩌고 하는 질질 짜는 이야기나, 복수니 하는 그런 사연은 아니네. 그저, 그들의 높은 자긍심에 살짝, 금을 가게 해 주고 싶다? 뭐, 그 정도지. 영등의 마음을 훔치고 나서 가차 없이 버리는 거다. 할 수 있겠지?"

악귀 같다. 전쟁터에서도 사람을 그저 재미로 죽이는 자들이 이따금씩 있었다. 사내는 그런 자들과 같은 눈을 하고 있었다. 그는 눈을 꼭 감았다. 어쩔 수 없다. 이제 물러설 곳은 없다.

"네, 할 수 있습니다."

그때였다. 그의 몸이 불길에 휩싸인 것은. 뜨겁고도 차가운, 붉고도 하얀, 이상한 불이었다.

514

"이제 넌 불을 다룰 수 있어. 아, 곧 영생을 얻을 몸이니 신선이라 불러 줄까? 인간 세상에선 그런 자들을 신선이라 부르잖아? 성씨가 무엇이지?"

"조 가……입니다."

불길에 휩싸인 자신의 몸을 내려다보며 그가 답했다.

"조신선이라, 잘 어울리는구나! 아주, 좋아."

사내는 손뼉을 치며 좋아했다. 아이가 새로 장난감을 받고 기뻐하듯이. 그러자 사내에게서 피비린내와 뒤섞인 향냄새가 강하게 풍겨 왔다. 구역질이 나는 것을 참으며 조신선이 다시 엎드렸다.

"아직 저는 어르신 존함도 알지 못합니다."

"나? 동해 용왕의 아들."

부채를 접으며 일어선 사내의 뒤로 길고 긴, 밤보다 짙은 그림자가 드리웠다.

"나는 처용이다."